भाग : दो

पतंजलि : योग-सूत्र

'योग : दि अल्फा एंड दि ओमेगा' शीर्षक से
ओशो द्वारा अंग्रेजी में दिए गए
सौ अमृत प्रवचनों में से
द्वितीय बीस प्रवचनों का हिंदी अनुवाद।

भूमिका

डा. बलदेव वंशी

सुप्रसिद्ध लेखक एवं कवि

बुलाते हैं फिर तुम्हें

भाग : दो

ओशो

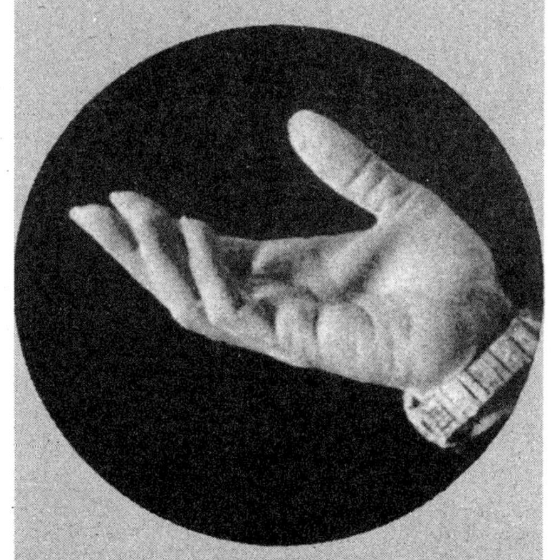

अनुवाद
निरूपम
संपादन
चिन्मय
सहयोग
सत्यार्थी और सुरेंद्र
संयोजन
अमित
आवरण-सज्जा
ओशो मल्टीमीडिया
टाइपिंग
प्रभु, भगवती
फोटोटाइपसेटिंग
ताओ पब्लिशिंग प्रा. लि., पुणे
मुद्रण
आदर्श प्रिंटर्स, शाहदरा, दिल्ली-32
प्रकाशक
फ्यूजन बुक्स
X-30, ओखला इंडस्ट्रियल एरिया, फेज-II
नई दिल्ली-110020
फोन : 011-41611861
फैक्स : 011-41611866
ई-मेल : sales@dpb.in
वेबसाइट : www.dpb.in

संस्करण : 2024

Patanjali Yog Sutra, Vol. 2

ISBN : 81-8419-132-4

भूमिका

अ-मन के संसार में निरंतर गतिमान

पतंजलि पूरब की गूढ़ रहस्यवादिता के सूर्य हैं। वे जीवन को जीने के—समग्रता में जीने के पक्षधर हैं, जीवन-विरोधी नहीं। सच्चे, समग्र जीवन को जीने की कला सिखाते हैं। वस्तुतः वे आध्यात्मिक संस्कृति के प्रवक्ता हैं। आध्यात्मिक संस्कृति में मृत्यु पर जीवन समाप्त नहीं होता, बल्कि तब एक और द्वार खुलता है संभावना का। यह द्वार उनके लेखे खुलता है, जो दूसरे आयाम की तैयारी पूरी कर लेते हैं। जो इस जीवन में ही इसके पार देखने की दृष्टि पा जाते हैं। बुद्ध, जीसस की भांति पतंजलि भी जीवन में जीवन के प्रति सजग विश्वास में निष्ठा जगाते हैं।

आध्यात्मिक संस्कृति में निष्ठा, विश्वास, प्रेम और चैतन्य जागरण के महासूत्र को ओशो वर्तमान युगबोध के साथ समन्वित करते हुए मानव इतिहास में घटित होने जा रहे महा आध्यात्मिक जागरण को लक्ष्य कर रहे हैं। उनके अनुसार मनुष्य सभ्यता का अगला चरण विनाश में नहीं आध्यात्मिक विकास में है। और यह आध्यात्मिक विकास—जागरण घटित होगा व्यक्ति की ऊर्जा के रूपांतरण द्वारा। यह ऊर्जा विभिन्न भावदशाओं में अपना स्वरूप बदलती रहती है। एक ही ऊर्जा घृणा, ईर्ष्या, प्रेम, करुणा

या काम के रूप में परिवर्तित होती रहती है। अपनी वर्तमानता से मुक्त व्यक्ति अपनी ऊर्जा को प्रेम में ढालने की क्षमता रखता है, या उसे करुणा में रूपांतरित कर सकता है। इन्हीं वृहत्तर आयामों में बुद्ध प्रार्थनामयी करुणा के साक्षात रूप हैं।

जीवन के लोभ में वर्तमान युग का व्यक्ति अपने को हर ओर से रक्षित-सुरक्षित कर लेने की चिंताओं में डूबा हुआ है और यह भूल गया है कि वह इन सुरक्षाओं में मृत्यु के सामान जुटा रहा है। यह कथन बाहर से असंगत लग सकता है, किंतु वस्तुतः असंगत है नहीं। ओशो कहते हैं—"खतरे में जीयो : यही है संन्यास का अर्थ।" मृत्यु से भय खाना, जीवन से इस कदर चिपकना कि आंतरिक जीवन की धड़कनें रुक जायें, संवेदनाएं चुक जायें—असली मृत्यु है। अन्यथा शारीरिक मृत्यु के भय से पार होना, दूसरे जीवन का—आध्यात्मिक जीवन का आरंभ है। कबीर इसे "सीस उतारे भुईं धरै, तब पैठे घर मांहि" कहते हैं। जीसस इसे पुनर्जन्म मानते हैं। ओशो कहते हैं, "खतरा जीवन के विरुद्ध नहीं। खतरा तो असली भोजन है, असली रक्त, सही आक्सीजन जीवन के बने रहने के लिए।" जीवन के प्रति इस बोध को प्राप्त करने वाले व्यक्ति को पतंजलि 'विवेकशील व्यक्ति' मानते हैं।

आध्यात्मिक आयाम में जाने के लिए एक और बड़ी बाधा पार करनी पड़ती है—वह है 'स्मृति घाव' से मुक्त होना। इसके लिए पश्चिम के मनोवैज्ञानिकों ने कई पद्धतियां ढूंढ निकाली हैं तो पूरब में महावीर, पतंजलि ने भी निदान सुझाये हैं। ओशो पतंजलि की पद्धति को 'प्रति-प्रसव विधि' कहते हैं और इसे ही श्रेष्ठ मानते हैं। "उस घटना की स्मृति तक लौटो, उसके दंश को पुनः सहो।" इस प्रक्रिया से स्मृति में बैठे घाव से मुक्त हुआ जा सकता है।

मनोवैज्ञानिक क्षेत्र में भौतिक मनोविज्ञान और आध्यात्मिक मनोविज्ञान की दो कोटियां सामने हैं। पाश्चात्य मनोविज्ञान रोग-निदान के फलस्वरूप हुई खोजों के कारण अस्तित्व में आया जबकि पूरब में स्वस्थ मन के विकास-क्रम में विकसित हुआ। पश्चिम में फ्रायड, जुंग, एडलर आदि ने कार्य किया तो पूरब में बुद्ध, महावीर, पतंजलि ने।

इन दो धाराओं के अतिरिक्त आज एक तीसरे प्रकार की संभावनाओं को लेकर चलने वाली धारा में पश्चिम में अब्राहीम, एरिकफ्राम, जैनोव आदि ने कार्य को आगे बढ़ाया है। पूरब में बुद्ध, पतंजलि के कार्य को आगे बढ़ा रहे हैं ओशो। उनके सामने, वर्तमान समय-परिस्थिति को देखते, अत्यंत कठिन कार्य है, "मैं फिर से कोशिश कर रहा हूं तीसरे आयाम पर कार्य करने की, और मैंने वह जोखिम नहीं उठाया है जो गुरजिएफ ने उठाया। मैं किसी पर निर्भर नहीं; मैं गुरजिएफ और ऑसपेंस्की का जोड़ हूं। दो विभिन्न आयामों में जीना एक कठिन कार्य है, बहुत ही कठिन है यह।...मैं निरंतर गतिमान हो रहा हूं अ-मन के संसार में, और शब्दों के और किताबों के और विश्लेषण के संसार में।"

पतंजलि के योग-सूत्र के विश्लेषण क्रम में अपने समय तक की योग-परंपरा को आगे बढ़ाते हैं ओशो। वे एक ऐसा प्रकाश-स्तंभ खड़ा करते हैं, जो बड़े-बड़े नाविकों को अंधेरे-अथाह सागरों में दिशा-बोध कराता है। यह दिशा-बोध निश्चय ही आध्यात्मिक आयामों की ओर ले जाता हुआ वर्तमान विश्व के लिए और भी अनिवार्य, और भी प्रासंगिक हो चुका है।

पतंजलि का योग-सूत्र रहस्य का तर्कशास्त्र है। भावना का भी अपना तर्क होता है। इन अर्थों में आध्यात्मिक रहस्यों को तर्कों के सहारे विश्लेषित करते हुए ओशो भाव की ही स्थापना करते हैं।

मनुष्यता का मूल, भाव में निहित है। सूक्ष्म ऐंद्रिक अनुभूतियों के स्तर पर मनुष्य प्रकृति से नाभि-नालबद्ध है। अतः गहरे अहसासों, संवेदनाओं में मनुष्य और प्रकृति की साझा एक ही संस्कृति है। पर्वतों, वृक्षों, नदियों, झरनों, पक्षियों और फूलों की अंतर्लयों को पारदर्शी बना, मानवीय लय में उनकी अंतःसंबद्धता वे दिखाते हैं। फिर इन सब की अन्विति में विराट एक लय को उजागर करने वाली चैतन्य दृष्टि आद्यंत प्रवाहित रही है यहां।

भौतिक आविष्कार और वैज्ञानिकता जैसे सूक्ष्म से सूक्ष्मतर की ओर बढ़ रही है, ऐसे ही आध्यात्मिक मनोवैज्ञानिक सूक्ष्मतर उच्च आयामों की गवेषणा कर सृष्टि के शाश्वत सत्यों की उपलब्धि कराने वाले युग-पुरुषों की भी अटूट परंपरा है। इस परंपरा में अधुनातन, सशक्त कड़ी हैं ओशो।

वस्तुतः पतंजलि के योग-सूत्र के माध्यम से ओशो ने अपनी स्थापनाओं को आवृत्त नहीं रहने दिया। उन्होंने योग को संपूर्णता में लिया है। उनकी कसौटी 'संबुद्धि' है; मात्र 'बुद्धि' नहीं। 'सम' उपसर्ग भारतीय दर्शन को विश्व के सभी दार्शनिक निकायों में भिन्न और पृथक पहचान देता है, जो 'स्व' और 'पर' की सापेक्षता में ही नहीं, देश, काल और स्थिति से जोड़ देता है और अनुभूति से भी समन्वित करता है। अतः ओशो द्वारा प्रयुक्त 'संबोधि', 'संवेदना', 'संभावना' आदि शब्द पारिभाषिक तो हैं ही, अपने विशिष्ट अर्थों को भी समाहित किये हुए हैं।

फूल के साथ खिलने और सूर्य के साथ उदय होने की सहज आत्मीय अनुभूति को उपलब्ध कर चुके हमारे युग के ऐसे योगी हैं ओशो जो योग को उस की सूक्ष्मतम दिशाओं तक व्याख्यायित कर नये आयामों की संभावनाएं जगा रहे हैं। पतंजलि के योग-सूत्र की उनकी व्याख्या अद्वितीय रूप में सरल, रोचक, बोधगम्य, मन को बांधने वाली ऐसी भाषा में है जो अपनी सहजता में उंगली पकड़ साथ ले चलती है; अपनी आत्मीयता में भिगोती और अपनी तेजस्विता में गूढ़ रहस्य के अंधेरों को छांटती चलती है।

आज ओशो हमारे मध्य अपने शरीरिक वजूद में न होते हुए भी विद्यमान हैं। उन की यश-काया की छाया युगों तक छायी रहेगी। ऐसे विरल व्यक्ति के अस्तित्व को महसूस करने की विधि, कुछ-कुछ, कविता में ही संभव हो सकती है : यहीं से कुछ अनुभव किया, देखा जा सकता है—

देख रहे हो इस पहाड़ को!
इसकी परत-परत को उघाड़ कर
इसके रेशे-रेशे को बीन कर
देखो!
इसके आकार को
आंखों की परिधि में ला कर
समूचे पहाड़ को देखो!
भावना में घुला कर
अपने को पहाड़ की धड़कनों में मिला कर

देखो!
इसकी सदियों लंबी नींद में
झांक कर देखो नयी जागृति को
काल और इतिहास से बाहर
जी रहे इस पहाड़ के सौंदर्य को
इसके अदेखे, अलेखे जीवन के इतिहास में
कई-कई इतिहास नींद ले रहे हैं
कई-कई काल-क्रम
बिखरे पड़े हैं...
इस—
पहाड़ का इतिहास
पहाड़ों का इतिहास है!
यह व्यक्ति या अभिव्यक्ति का इतिहास नहीं
इसने वे सिद्धांत नहीं ओढ़े
इसने मृत भूगोल नहीं गोड़े
कि किन्हीं नियमों में इसकी परतें जमी हों
कि इस के जीवन की सांसें
काल में थमी हों
लगातार जोखिमों, भयों
और खतरों में उठ रहा है
यह एक बाहरी अव्यवस्था में
निजी-आंतरिक व्यवस्था गढ़ रहा है।
मात्र बाहर से नहीं
पहले, और सबसे पहले अपने भीतर
अपने इरादों में बढ़ रहा है
अपने को समूचा, हर ओर से
एक पहाड़ के रूप में गढ़ रहा है
जीवन की पहाड़ी परिभाषा को
मुखर कर रहा
और सबके लिए
ऋतुओं, कालों, भूगोलों, इतिहासों के मध्य खड़ा
तमाम अव्यवस्थाओं में
व्यवस्था की ऋचा पढ़ रहा है
सबको, सबकी निजता में एक साथ

बांध रहा
और यों
मुक्त कर रहा है...

क्योंकि ओशो सबसे पहले और बाद में महा आशयों, भावों और लयों के कवि हैं; अतः उन्होंने योग को भी युग सापेक्ष नयी अर्थ-पत्तियों से भरा है। 'योग' का अर्थ व्यक्ति के भीतर की थाह लेने की ओर बढ़ना है, तो भीतर के चैतन्य को वैश्विक चैतन्य से एकात्म करने की सहजता को पाना भी है।

बलदेव वंशी

ए-3/283
पश्चिम विहार,
नयी दिल्ली 110 063

डॉक्टर बलदेव वंशी हिंदी के सुप्रसिद्ध कवि होने के साथ ही साथ एक कुशल समीक्षक, पत्रकार एवं संपादक भी हैं। आपके सात काव्य-संग्रहों एवं तीन आलोचना पुस्तकों सहित कुल बीस पुस्तकें प्रकाशित हो चुकी हैं। आपके काव्य पर दो आलोचना पुस्तकें लिखी गई हैं तथा आपके कार्य पर शोध के साथ रचनाओं का विश्वविद्यालय पाठ्य-क्रमों में निर्धारण भी हुआ है। आपको कई विश्वविद्यालयों एवं हिंदी संस्थाओं द्वारा सम्मानित किया जा चुका है। सम्प्रति श्री बलदेव वंशी दिल्ली में प्राध्यापन और अखिल भारतीय भाषा संरक्षण संगठन के अध्यक्ष हैं। और प्रकृति, अध्यात्म, संस्कृति विषयों पर केंद्रित लेखन के साथ ही भारतीय भाषाओं के लिए आंदोलन में संलग्न हैं।

अनुक्रम

प्रवचन 1

निद्राकालीन जागरूकता

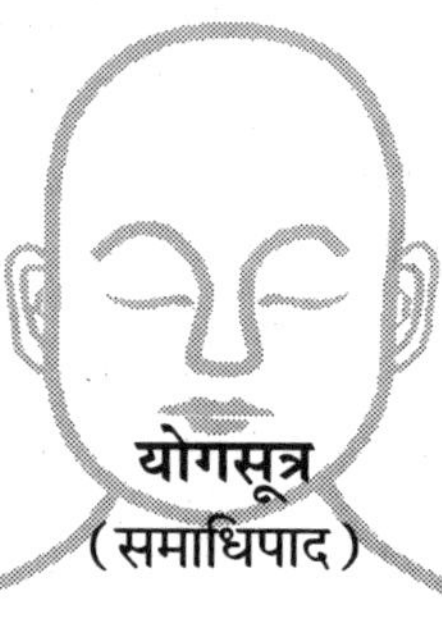

योगसूत्र

(समाधिपाद)

स्वप्ननिद्राज्ञानालम्बन वा।। ३८।।

उस बोध पर भी ध्यान करो, जो निद्रा के समय उतर आता है।

यथाभिमतध्यानाद्वा।। ३९।।

ध्यान करो किसी उस चीज पर भी, जो कि तुम्हें आकर्षित करती हो।

परमाणुपरममहत्त्वान्तोऽस्य वशीकारः।। ४०।।

इस प्रकार योगी हो जाता है सब का मालिक—अति सूक्ष्म परमाणु से लेकर अपरिसीम तक का।

आदमी अपनी जिंदगी का करीब एक तिहाई भाग, लगभग बीस वर्ष निद्रा में व्यतीत करता है। लेकिन निद्रा उपेक्षित की जाती रही है, भयंकर रूप से उपेक्षित हुई है। कोई इसके बारे में सोचता नहीं, कोई इस पर ध्यान नहीं देता। ऐसा हुआ है, क्योंकि आदमी ने चेतन मन की ओर बहुत ज्यादा ध्यान लगाया है। मन के तीन आयाम हैं। जैसे भौतिक पदार्थ के तीन आयाम हैं, मन के भी तीन आयाम हैं। मात्र एक आयाम ही चेतन है। दूसरा आयाम अचेतन है और फिर एक दूसरा आयाम भी मौजूद है, जो है अतिचेतन, परम चेतन। ये तीन आयाम होते हैं मन के। ऐसा बिलकुल भौतिक पदार्थ की भांति होता है, क्योंकि गहराई में मन भी भौतिक पदार्थ है। या तुम इसे दूसरे ढंग से कह सकते हो—पदार्थ ही मन है। ऐसा है, क्योंकि केवल एक सत्ता ही अस्तित्व रखती है।

मन सूक्ष्म पदार्थ है; पदार्थ स्थूल मन है। लेकिन साधारणतया आदमी केवल एक आयाम में रहता है, चेतन में। निद्रा संबंधित है अचेतन से; सपने संबंध रखते हैं अचेतन से; ध्यान और आनंद का संबंध है परमचेतन से; जागना और चिंतन करना संबंधित है चेतन से।

पहली बात जो ध्यान में ले लेनी है मन के विषय में वह यह है कि यह एक आइसबर्ग की तरह, बर्फ की चट्टान की तरह ही है—सबसे ऊंचा भाग होता है सतह पर। तुम देख सकते हो इसे, लेकिन यह मात्र एक दसवां हिस्सा होता है संपूर्ण का। दस के बाकी नौ भाग पानी के नीचे छिपे होते हैं। साधारणतः तुम इसे नहीं देख सकते, जब तक कि तुम गहराई में न जाओ। पर ये तो दो ही आयाम हुए। एक तीसरा आयाम है बिलकुल वैसा ही जब किसी आइसबर्ग का एक भाग वाष्प बन जाता है और आकाश में मंडराता एक छोटा बादल बन जाता है। कठिन है अचेतन तक पहुंचना। यह करीब-करीब असंभव है उस बादल तक पहुंच पाना। निस्संदेह यह उसी आइसबर्ग का हिस्सा है लेकिन वाष्प बना होता है।

इसलिए ध्यान इतना कठिन है, समाधि इतनी दुस्साध्य है। यह व्यक्ति की समग्र ऊर्जा ले लेती है। यह मांगती है व्यक्ति की समग्र प्रतिबद्धता। केवल तभी अतिचेतन की बादल सदृश घटना में कोई ऊर्ध्वगामी गति संभव हो पाती है। चेतन मन तो सहज क्रियाशील है। तुम चेतन के द्वारा सुन रहे हो मुझे। यदि तुम सोच रहे हो उस पर जो कि मैं कह रहा हूं, यदि तुम भीतर ही भीतर संवाद बना रहे हो उसके साथ जो कुछ मैं कह रहा हूं, यदि एक प्रकार की व्याख्या भीतर चल रही है, तो यह है चेतन मन।

लेकिन तुम मुझे सुन सकते हो बिना चिंतन-विचार किए—गहन प्रेम में, हृदय से हृदय तक, जो कुछ मैं कह रहा हूं उसके साथ किसी भी ढंग की शाब्दिक क्रिया न बनाते हुए, जो कुछ मैं कह रहा हूं

उस पर निर्णय न देते हुए, उसे गलत या सही न सोचते हुए, किसी भी मूल्यांकन के बिना। नहीं; तुम बस सुनते हो गहन प्रेम में जैसे कि मन जा चुका हो और हृदय सुनता हो और आनंद से स्पंदित हो—तब अचेतन सुन रहा होता है। तब जो कुछ मैं कहता हूं तुम्हारी जड़ों में बहुत गहरे उतरेगा।

लेकिन एक तीसरी संभावना है कि तुम परम चेतन द्वारा सुन सकते हो। तब प्रेम भी एक बेचैन उत्तेजना होता है—बहुत सूक्ष्म, लेकिन प्रेम भी एक उत्तेजना होता है। तब वहां कुछ नहीं होता, कोई विचार नहीं, कोई मनोभाव नहीं। तुम इस छोर से उस छोर तक खाली हो जाते हो, एक शून्यता बन जाते हो। तब जो कुछ मैं कहता हूं और जो कुछ मैं हूं, वह उसी शून्यता में उतरता है। तब तुम अतिचेतन द्वारा सुन रहे होते हो।

ये होते हैं तीन आयाम। जब तुम जागे होते हो, तो तुम चेतन मन में जीते हो; तुम काम करते हो, तुम सोचते हो, तुम यह-वह करते रहते हो। जब तुम सो जाते हो तो चेतन मन अब नहीं होता कार्य करने को, वह आराम कर रहा होता है। तब दूसरा आयाम क्रियाशील हो जाता है, अचेतन मन का आयाम। तब तुम सोच नहीं सकते, लेकिन तुम सपना देख सकते हो। सारी रात में करीब-करीब आठ आवर्तन होते हैं निरंतर आने वाले सपनों के। केवल कुछ क्षणों के लिए तुम सपना नहीं देख रहे होते, अन्यथा तो तुम सपना ही देख रहे होते हो।

पतंजलि कहते हैं:

उस बोध पर भी ध्यान करो जो निद्रा के समय उतर आता है।

तुम तो बस नींद में ऐसे जा पड़ते हो जैसे कि यह एक प्रकार से अनुपस्थित हो जाना हो। ऐसा नहीं है—इसकी अपनी मौजूदगी होती है। निद्रा जागने का अभाव मात्र ही नहीं है। यदि ऐसा होता, तो ध्यान करने को कुछ होता ही नहीं। निद्रा अहंकार की भांति या प्रकाश की अनुपस्थिति की भांति नहीं है। निद्रा की एक अपनी विधायकता होती है। यह अस्तित्व रखती है और इसका अस्तित्व होता है उतना ही जितना कि तुम्हारे जागने के समय का। जब तुम ध्यान करते हो और निद्रा के रहस्य तुम्हारे सामने उद्घाटित होते हैं, तब तुम देखोगे कि जागने और सोने के बीच कोई भेद नहीं है। दोनों पूर्णतया अस्तित्व रखते हैं। निद्रा जागने के बाद का विश्राम मात्र नहीं है, यह एक अलग प्रकार की क्रिया होती है, इसलिए होते हैं सपने।

सपना एक जबरदस्त क्रिया है—यह अधिक शक्तिशाली है तुम्हारे सोचने की अपेक्षा और अधिक अर्थपूर्ण भी, क्योंकि वे तुम्हारे सोचने-विचारने की अपेक्षा तुम्हारे ज्यादा गहरे अंश से संबंधित होते हैं। जब तुम निद्रा में उतरते हो, तब मन जो दिन भर काम कर रहा था, थका होता है, निढाल होता है। यह मन एक बहुत छोटा हिस्सा होता है, अचेतन की तुलना में दशांश ही। अचेतन नौ गुना ज्यादा बड़ा और ज्यादा विशाल और ज्यादा शक्तिशाली है। यदि तुम इसे तौलो अतिचेतन के साथ, तो तुलना संभव नहीं। अतिचेतन अपरिसीम है, परमचेतना होती है सर्वशक्तिमय, सर्वव्यापी, सर्वज्ञ। परमचेतना वह है जो परमात्मा है। अचेतन की तुलना में चेतन मन बहुत छोटा है। यह थक जाता है, इसे चाहिए आराम पुनः आविष्ट होने के लिए। निद्रा में चेतन मन डूब जाता है और सपने की एक जोरदार क्रिया आरंभ हो जाती है।

क्यों होती रही है यह उपेक्षित? क्योंकि मन प्रशिक्षित होता रहा है चेतन से तादात्म्य बनाते रहने के लिए ही, अतः तुम सोचते हो कि तुम सोते समय 'नहीं' हो जाते हो। इसीलिए निद्रा जान पड़ती है एक छोटी-मोटी मृत्यु की भांति ही। तुम बिलकुल सोचते ही नहीं कभी—इस बारे में कि क्या हो रहा है।

पतंजलि कहते हैं, 'इस पर ध्यान करो और बहुत सारी चीजें अनावृत हो जाएंगी तुम्हारे अस्तित्व के भीतर।'

थोड़ा समय लगेगा निद्रा में जागरूकता सहित उतरने के लिये क्योंकि तुम तो तब भी जागरूक नहीं होते जबकि तुम जागे हुए होते हो। वास्तव में, तुम्हारे जागरण में भी तुम यूं चलते-फिरते हो जैसे कि तुम गहरे रूप से सोये हुए हो; नींद में चलने वाले हो, निद्राचारी हो। वास्तव में तुम कुछ बहुत जागे हुए नहीं हो। मात्र इसलिए कि आंखें खुली हुई हैं तो ऐसा मत सोच लेना कि तुम जागे हुए हो। जागने का तो मतलब होता है कि जो कुछ तुम कर रहे हो और जो कुछ क्षण-प्रतिक्षण घट रहा है तुम उसे पूरे होश सहित कर रहे हो। यदि मैं अपना हाथ भी उठाता हूं तुम्हारी ओर संकेत करने को, तो मैं उसे गति दे रहा होता हूं पूरे होश के साथ। ऐसा किया जा सकता है यांत्रिक पुतले की भांति, मशीनी ढंग से। तुम्हें होश नहीं होता कि हाथ को क्या घट रहा है। वस्तुतः तुमने इसे बिलकुल ही नहीं हिलाया-डुलाया होता। यह अपने से हिला-डुला है, यह अचेतन है। इसीलिए अपनी नींद को बेध कर उसे जानना बहुत कठिन है।

लेकिन यदि कोई प्रयत्न करता है तो पहला प्रयास यह होता है—कि जब तुम जागे हुए होते हो तो अधिक जागना। वहां से आरंभ करना होता है प्रयास का। सड़क पर चलते हुए होशपूर्वक चलना, जैसे कि तुम कोई बहुत महत्वपूर्ण बात कर रहे हो, बहुत अर्थपूर्ण बात। हर कदम पूरी जागरूकता सहित उठाना चाहिए। यदि तुम ऐसा कर सकते हो, केवल तभी तुम प्रवेश कर सकते हो निद्रा में। बिलकुल अभी तो तुम्हारे पास बड़ी धुंधली, बड़ी मद्धिम जागरूकता है। जिस क्षण तुम्हारा चेतन मन सो जाता है, वह धुंधली जागरूकता छोटी-सी तरंग की भांति तिरोहित हो जाती है। उसके पास कोई ऊर्जा नहीं रहती; यह बहुत धुंधली होती है, मात्र एक टिमटिमाहट, एक जीरो वोल्टेज घटना की भांति ही। तुम्हें ले आनी होती है इसमें अधिक ऊर्जा, इतनी अधिक ऊर्जा कि जब चेतन मन बुझ जाता हो तो जागरूकता अपने से ही जारी रहे—तुम सोओ जागरूकता सहित। ऐसा घट सकता है यदि तुम होशपूर्वक करते हो दूसरे कार्य: तुम्हारा चलना, भोजन करना, सोना, नहाना। सारे दिन जो कुछ भी तुम कर रहे होते हो वह मात्र एक बहाना बन जाता है सचेतपूर्ण होने के भीतरी प्रशिक्षण का। कार्य का स्थान दूसरा हो जाता है और कार्य द्वारा आयी जागरूकता प्राथमिक बात हो जाती है।

जब रात को तुम सारी क्रिया गिरा देते हो और तुम सोने लगते हो, तो वह जागरूकता जारी रहती है चाहे तुम सोये भी रहो। जागरूकता एक साक्षी बन जाती है: हां, शरीर नींद में डूबता चला जाता है। धीरे-धीरे शरीर आराम में उतरता चला जाता है। ऐसा नहीं है: कि तुम भीतर ऐसा शब्दों में बोलते हो; तुम तो बस देखते हो: धीरे-धीरे, विचार तिरोहित हो रहे होते हैं। तुम अंतरालों को देखते हो—धीरे-धीरे संसार बहुत दूर होता जाता है। तुम उतर रहे होते हो अपने भीतरी तलघरे में, अचेतन में। यदि तुम जागरूकता सहित नींद में उतर सकते हो, केवल तभी रात्रि में भीतर होश की निरंतरता बनी रहेगी। यही अर्थ है पतंजलि का जब वे कहते हैं कि 'उस बोध पर ध्यान करो जो निद्रा द्वारा चला आता है।'

और निद्रा बहुत ज्ञान दे सकती है, क्योंकि वहां तुम्हारी अंतस-संपत्ति का भंडार है, बहुत से जन्मों

का भंडार। तुम बहुत चीजें वहां संचित किये रहते हो।

सबसे पहले जागरूक होने का प्रयास करना जबकि तुम जागे हुए होते हो, जब तुम जाग्रत अवस्था में होते हो। तब, वह जागरूकता स्वयं ही इतनी शक्तिशाली हो जाती है कि इससे कुछ अंतर नहीं पड़ता कि तुम कौन-सा कार्य कर रहे हो—वस्तुतः चलना या सपने में चलना इनमें कोई भेद नहीं रहता। जब पहली बार तुम सोते हो जागरूकता सहित, तुम देखोगे कि गियर्स किस प्रकार बदलते हैं। जब सजगता तिरोहित होने लगती है, तुम्हें एक बदलाहट (क्लिक) का भी अनुभव होगा; चेतन मन जा चुका है और एक दूसरा ही क्षेत्र प्रारंभ हो रहा है। अंतससत्ता के गियर्स परिवर्तित हो गये हैं। इन दोनों गियर्स के बीच एक छोटा-सा अंतराल होता है, एक निष्क्रिय गियर का। जब कभी गियर परिवर्तित होता है, उसे बीच के निष्क्रिय मार्ग में से गुजरना पड़ता है। धीरे-धीरे तुम केवल गियर्स के परिवर्तन के प्रति ही जाग्रत नहीं होओगे बल्कि दोनों के बीच के अंतराल के प्रति जाग्रत हो जाओगे। उस अंतराल के बीच तुम प्रथम झलक पाओगे अतिचेतन की।

जब चेतन मन अचेतन में परिवर्तित होता है, तो क्षण के बहुत सूक्ष्म भाग भर को ही तुम देख पाओगे अतिचेतन को। लेकिन वह तो बाद का अध्याय है कथा में। केवल प्रसंगवश ही मैंने इसका उल्लेख किया। पहले तो तुम अचेतन का बोध पाओगे। वह बात तुम्हारे जीवन में एक जबरदस्त परिवर्तन ले आयेगी।

जब तुम अपने सपनों को देखना शुरू कर देते हो तो तुम पाओगे पांच प्रकार के स्वप्न। पहले प्रकार का स्वप्न तो मात्र कूड़ा करकट होता है। हजारों मनोविश्लेषक बस उसी कूड़े पर कार्य कर रहे हैं; यह बिलकुल व्यर्थ है। ऐसा होता है क्योंकि सारे दिन में, दिन भर काम करते हुए तुम बहुत कूड़ा-कचरा इकट्ठा कर लेते हो। बिलकुल ऐसे ही जैसे शरीर पर आ जमती है धूल और तुम्हें जरूरत होती है स्नान की, तुम्हें जरूरत होती है सफाई की, इसी ढंग से मन इकट्ठा कर लेता है धूल को। लेकिन मन को स्नान कराने का कोई उपाय नहीं। इसलिए मन के पास होती है एक स्वचालित प्रक्रिया सारी धूल और कूड़े को बाहर फेंक देने की। पहली प्रकार का स्वप्न कुछ नहीं है सिवाय उस धूल को उठाने के जिसे मन फेंक रहा होता है। यह सपनों का सर्वाधिक बड़ा भाग होता है, लगभग नब्बे प्रतिशत। सभी सपनों का करीब-करीब नब्बे प्रतिशत तो फेंक दी गयी धूल मात्र होता है; मत देना ज्यादा ध्यान उनकी ओर। धीरे-धीरे जैसे-जैसे तुम्हारी जागरूकता विकसित होती जाती है तुम देख पाओगे कि धूल क्या होती है।

दूसरे प्रकार का स्वप्न एक प्रकार की इच्छा की परिपूर्ति है। बहुत-सी आवश्यकताएं होती हैं, स्वाभाविक आवश्यकताएं, लेकिन पंडित-पुरोहितों ने और उन तथाकथित धार्मिक शिक्षकों ने तुम्हारे मन को विषैला बना दिया है। वे नहीं पूरी होने देंगे तुम्हारी आधारभूत आवश्यकताएं भी। उन्होंने पूरी तरह निंदा की है उनकी और वह निंदा तुममें प्रवेश कर गयी है, इसलिए तुम्हारी बहुत-सी आवश्यकताओं की भूख तुम्हें बनी रहती है। वे भूखी आवश्यकताएं परिपूर्ति की मांग करती हैं। दूसरी प्रकार का स्वप्न और कुछ नहीं है सिवाय आकांक्षापूर्ति के। पंडित-पुरोहितों और तुम्हारे मन को विषाक्त करने वालों के कारण जो कुछ भी तुमने अपने अस्तित्व के प्रति अस्वीकृत किया है, मन किसी न किसी ढंग से उसे सपनों द्वारा पूरा करने की कोशिश करता है।

अभी कल ही एक युवक आया था; बहुत समझदार, बहुत संवेदनशील। वह पूछने लगा मुझसे, 'मैं

आया हूं एक बहुत महत्व का प्रश्न पूछने के लिए। मेरा सारा जीवन इस पर निर्भर करता है। मेरे माता-पिता मजबूर कर रहे हैं मुझे विवाह करने के लिए और मैं इसमें कोई अर्थ नहीं देखता। इसीलिए मैं आपसे पूछने आया हूं। विवाह अर्थपूर्ण होता है या नहीं? मुझे विवाह करना चाहिए या नहीं?' मैंने उससे कहा, 'जब तुम प्यास अनुभव करते हो तो क्या तुम पूछते हो कि पानी पीना अर्थपूर्ण है या नहीं? मुझे पानी पीना चाहिए या नहीं? अर्थ का तो कोई सवाल ही नहीं उठता। सवाल तो इसका है कि तुम प्यासे हो या नहीं। हो सकता है कि पानी में कोई अर्थ न हो और कोई अर्थ न हो पीने में, पर वह तो असंबंधित बात हुई। संबंधित बात तो यह होती है कि तुम प्यासे हो या नहीं।'

और मैं जानता हूं कि यदि तुम बार-बार भी पियो, तुम प्यासे ही बने रहोगे। मन कह सकता है, 'क्या है इसमें अर्थ, क्या है प्रयोजन फिर-फिर पानी पीने में और फिर से प्यासे होने में? यह तो यांत्रिक लीक सी जान पड़ती है। इसमें कोई अर्थ नहीं जान पड़ता।'

इसी तरह चेतन मन कोशिश करता रहा है तुम्हारे सारे अस्तित्व पर अधिकार करने की क्योंकि अर्थ संबंध रखते हैं चेतन मन के साथ। अचेतन किसी अर्थ को नहीं जानता है। यह जानता है भूख को, यह जानता है प्यास को, यह जानता है आवश्यकताओं को, पर यह नहीं जानता किसी अर्थ को। वस्तुतः जीवन का कोई अर्थ नहीं है। यदि तुम पूछते हो तो तुम आत्मघात की पूछ रहे हो। जीवन का कोई अर्थ नहीं है। यह तो बस अस्तित्व रखता है और बिना अर्थ के यह इतने सौंदर्यपूर्ण ढंग से अस्तित्व रखता है कि अर्थ की कोई आवश्यकता नहीं। क्या अर्थ है एक वृक्ष के विद्यमान होने में, या प्रातः हर दिन सूर्योदय होने में, या कि रात को चांद के होने में? जब एक वृक्ष फलने-फूलने लगता है तो क्या अर्थ होता है इसका? और क्या अर्थ होता है इसमें, जब प्रातः पक्षी चहचहाते हैं, जब नदी प्रवाहित होती जाती है और लहरें, वे बड़ी-बड़ी अद्‌भुत लहरें सागर की चट्टानों पर फिर-फिर और फिर-फिर बिछल चकनाचूर होती रहती हैं? क्या होता है अर्थ?

समग्रता का कोई अर्थ नहीं है। समग्रता बहुत सुंदरता से अस्तित्व रखती है बिना अर्थ के ही। वस्तुतः यदि कहीं कोई अर्थ होता तो समग्रता इतनी सुंदर न होती। क्योंकि अर्थ के साथ ही चली आती है विचारित गणना, अर्थ के साथ ही आ पहुंचती है चालाकी, अर्थ के साथ आता है तर्क, अर्थ के साथ चला आता है भेद: यह अर्थपूर्ण है, वह अर्थहीन है, यह अधिक अर्थपूर्ण है, यह कम अर्थपूर्ण है। समग्रता अस्तित्व रखती है बिना किन्हीं भेदों के। हर चीज परम सौंदर्यवान होती है किसी अर्थ के कारण नहीं, बल्कि मात्र मौजूद होने से ही। कोई प्रयोजन नहीं होता।

तो मैंने कहा उस युवक से, 'यदि तुम अर्थ पूछते हो, तो तुम गलत सवाल पूछ रहे हो और यह तुम्हें गलत दिशाओं में भटकाएगा। इसी तरह पंडित-पुरोहित इतने शक्तिशाली बन गये हैं; तुमने पूछे हैं गलत सवाल और उन्होंने दे दिये गलत जवाब। तुम केवल अपने होने को ध्यान से देखो। स्वयं को तृप्त करने के लिए क्या तुम्हें एक स्त्री की जरूरत है? क्या तुम्हारे समस्त प्राण ललकते हैं प्रेम के लिए? क्योंकि प्रेम एक भूख है, एक प्यास है। जब तुम किसी सुंदर स्त्री को देखते हो पास से गुजरते हुए, तब क्या तुम में अकस्मात् कुछ घटता है?—कोई तरंग, कोई अदृश्य बात, कोई परिवर्तन? या कुछ नहीं घटता है? क्या तुम उसी ढंग से चलते-फिरते रहते हो जैसे कि तुम तब चलते रहते यदि यह स्त्री पास से न गुजरी होती? यदि तुम सड़क पर चलते हो और कोई सुंदर स्त्री गुजर जाती है, और तुम उसी तरह से चलते

जाते हो जैसे कि तुम उस स्त्री के आने से पहले चल रहे थे, कुछ घटित नहीं हुआ होता, कोई तरंग नहीं उठी तुम्हारे प्राणों में, एक छोटी-सी लहर तक भी नहीं, तब कोई आवश्यकता नहीं है विवाह की। लेकिन अर्थ के विषय में कुछ मत पूछना। यदि कुछ घटता है, यदि तुम थोड़ा ज्यादा तेज चलने लगते हो या तुम कोई धुन गुनगुनाने लगते हो या तुम उस सुंदर स्त्री की ओर देखने लगते हो या तुम उससे बचना शुरू कर देते हो; यदि कुछ घटता है उस ढंग से या इस ढंग से—मुझे इससे कुछ लेना-देना नहीं है कि किस ढंग से घटता है; तुम उसी दिशा में चलने लगते हो जिस ओर स्त्री जा रही होती है या कि तुम विपरीत दिशा की ओर भागने लगते हो, प्रासंगिकता इसकी नहीं है—यदि कुछ घटता है तो तुम्हारे पास आवश्यकता है और पूरी करनी होती है वह आवश्यकता। क्योंकि आवश्यकता विद्यमान होती है पूरी होने के लिए ही। कोई दिन आ सकता है जब तुम सड़क पर किसी स्त्री के पास से गुजरोगे और इससे कुछ अंतर नहीं पड़ेगा। वह अच्छा है, लेकिन यह भी अच्छा है। हर चीज पवित्र और पावन है। एक समय होता है प्रेम में पड़ने का और एक समय होता है इससे पार हो जाने का। एक समय होता है संबंध में जुड़ने का, संबंध द्वारा आनंदित होने का और समय आता है अकेले हो जाने का और अकेले होने के सौंदर्य से आनंदित होने का। और हर चीज सौंदर्यपूर्ण है।

लेकिन व्यक्ति को देखना चाहिए आवश्यकता की ओर, अर्थ की ओर नहीं। अर्थ, चेतन मन की बात है, आवश्यकता है अचेतन की बात। इसी भांति दूसरे प्रकार का स्वप्न अस्तित्व में आता है; तुम अपनी आवश्यकताएं काटते चले जाते हो, तब मन उन्हें पूरा करता है सपनों में। शायद तुम विवाह न करो क्योंकि तुमने महान पुस्तकें पढ़ ली हैं और तुम्हें विचारकों द्वारा विष दे दिया गया है। उन्होंने तुम्हारे मन को निश्चित नमूनों में ढाल दिया है। तुम स्वयं अस्तित्व के प्रति खुले नहीं हो; दर्शनशास्त्रों ने तुम्हें अंधा बना दिया है। तब तुम अपनी आवश्यकताओं को काटने लगोगे और वे आवश्यकताएं फूट पड़ेंगी सपनों की सतह पर। अचेतन किसी दर्शन को नहीं जानता, अचेतन किसी अर्थ को नहीं जानता, किसी प्रयोजन को नहीं जानता। अचेतन तो केवल एक बात जानता हैः जिसकी तुम्हारे अस्तित्व को आवश्यकता है उसे पूरा होना है।

फिर अचेतन अपने सपनों को लादता है। यह दूसरे प्रकार का स्वप्न होता है; समझने और ध्यान करने के लिए बहुत अर्थवान है। अचेतन प्रयत्न कर रहा है तुम्हें यह सूचित करने का कि 'मूर्ख मत बनो! तुम इसके लिए दुख उठाओगे। और अपने अस्तित्व को भूखा मत रखो। आत्मघाती मत बनो। अपनी आवश्यकताओं को मारते हुए धीमा आत्मघात मत करते जाओ।'

ध्यान रहे इच्छाएं होती हैं चेतन मन की और आवश्यकताएं होती हैं अचेतन की। यह भेद बहुत अर्थवान है, बहुत महत्वपूर्ण है समझने के लिए।

इच्छाएं हैं चेतन मन की। अचेतन किन्हीं इच्छाओं को नहीं जानता है, इच्छाओं की फिक्र अचेतन को नहीं है। होती क्या है इच्छा? इच्छा फूटती है तुम्हारे सोचने-विचारने से, शिक्षा से, संस्कारों से। तुम देश के राष्ट्रपति होना चाहोगे; अचेतन को इस बात की फिक्र नहीं होती है। राष्ट्र के राष्ट्रपति हो जाने में अचेतन की कोई रुचि नहीं है। अचेतन को तो मात्र इसमें रुचि है कि एक परितृप्त जीवंत समग्रता किस प्रकार हुआ जाए। लेकिन चेतन मन कहता है, 'राष्ट्रपति हो जाओ। और यदि राष्ट्रपति होने में तुम्हें तुम्हारी स्त्री को त्यागना पड़े तो त्याग देना उसे। यदि तुम्हारी देह की बलि देनी पड़े तो दे देना। यदि तुम्हें

बाकी सुख चैन त्यागना पड़े तो कर देना उसका त्याग। पहले तो देश के राष्ट्रपति हो जाओ।' या बहुत धन एकत्रित करना; वह भी चेतन मन की बात है। अचेतन तो किसी धन को जानता नहीं। अचेतन जानता है केवल स्वाभाविक को। यह समाज से अछूता होता है। अचेतन होता है पशुओं या पक्षियों की भांति, या वृक्षों की भांति। अचेतन समाज द्वारा, राजनेताओं द्वारा अनुकूलित नहीं होता रहा, संस्कारबद्ध नहीं होता रहा। वह अभी भी शुद्ध बना हुआ है।

दूसरे प्रकार के स्वप्न की सुनो और उस पर ध्यान करो। वह तुम्हें बतलाएगा कि तुम्हारी आवश्यकता क्या है। आवश्यकताओं को पूरा कर दो और इच्छाओं की फिक्र मत लेना। यदि वास्तव में ही तुम आनंद पूर्ण होना चाहते हो, तो आवश्यकताओं को पूरा करो और इच्छाओं की चिंता मत करो। यदि तुम दुखी होना चाहते हो तो आवश्यकताओं को काट दो और इच्छाओं का अनुसरण करो।

इसी भांति तुम बने हो दुखी। यह एक सीधी-साफ घटना है कि तुम दुखी हो या आनंदमय। साफ है घटना—वह व्यक्ति जो आवश्यकताओं की सुनता है और उनके पीछे चलता है, ठीक सागर की ओर प्रवाहित हो रही नदी की भांति है। नदी नहीं मान कर चलती है कि पूरब की ओर बहना है या पश्चिम की ओर बहना है। वह तो बस खोज लेती है मार्ग। पूरब या कि पश्चिम कोई भेद नहीं बनाती। सागर की ओर बहती नदी किन्हीं इच्छाओं से परिचित नहीं होती, वह केवल अपनी आवश्यकताओं को जानती-पहचानती है। इसलिए पशु इतने प्रसन्न दिखायी देते हैं—कुछ पास नहीं होता और इतने प्रसन्न! और तुम्हारे पास इतनी सारी चीजें हैं और तुम इतने दुखी हो। पशु भी अपने सौंदर्य में, अपने आनंद में तुमसे बढ़ कर श्रेष्ठ हैं। क्या घट रहा है? पशुओं के पास अचेतन को नियंत्रित करने को और चालाकी से चलाने को कोई चेतन मन नहीं होता है; वे अविभाजित बने रहते हैं।

दूसरे प्रकार के स्वप्न के पास तुम्हारे सम्मुख उद्घाटित करने को बहुत कुछ होता है। दूसरे प्रकार के साथ तुम परिवर्तित करने लगते हो अपनी चेतना को, तुम बदलने लगते हो अपने व्यवहार को, तुम अपने जीवन का ढांचा बदलने लगते हो। अपनी आवश्यकताओं की सुनो, जो कुछ भी अचेतन कह रहा हो, उसे सुनो।

हमेशा याद रखना कि अचेतन सही होता है क्योंकि उसके पास युगों-युगों की बुद्धिमानी होती है। लाखों जन्मों से अस्तित्व रखते हो तुम। चेतन मन तो इसी जीवन से संबंध रखता है। यह प्रशिक्षित होता रहा है विद्यालयों में और विश्वविद्यालयों में, परिवार और समाज में जहां तुम उत्पन्न हुए हो, संयोगवशात् उत्पन्न हुए हो। लेकिन अचेतन साथ लिए रहता है तुम्हारे सारे जीवनों के अनुभव। यह वहन करता है उसका अनुभव जब तुम एक चट्टान थे, यह वहन करता है उसका अनुभव जब तुम एक वृक्ष थे, यह साथ बनाए रखता है उसका अनुभव जब तुम पशु थे—यह सारी बातें साथ लिए रहता है, सारा अतीत। अचेतन बहुत बुद्धिमान है और चेतन बहुत मूर्ख। ऐसा होता ही है क्योंकि चेतन मन तो मात्र इसी जीवन का होता है; बहुत छोटा, बहुत अनुभवहीन। यह बहुत बचकाना होता है। अचेतन है प्राचीन बोध। उसकी सुनो।

अब पश्चिम में सारा मनोविश्लेषण केवल यही कर रहा है और कुछ नहीं: दूसरे प्रकार के स्वप्न पर ध्यान दे रहा है और उसी के अनुसार तुम्हारे जीवन-ढांचे को बदल रहा है। और मनोविश्लेषण ने मदद की है बहुत लोगों की। इसकी कुछ अपनी सीमाएं हैं, तो भी इसने मदद दी है क्योंकि कम से कम

यह बात, दूसरे प्रकार के स्वप्न को सुनना, तुम्हारे जीवन को बना देती है अधिक शांत, कम तनावपूर्ण।

फिर होता है तीसरे प्रकार का स्वप्न। यह तीसरे प्रकार का स्वप्न अतिचेतन से आया संकेत है। दूसरे प्रकार का स्वप्न अचेतन से आया संप्रेषण है। तीसरे प्रकार का स्वप्न बहुत विरल होता है, क्योंकि हमने अतिचेतन के साथ सारा संपर्क खो दिया है। लेकिन फिर भी यह उतरता है क्योंकि अतिचेतन तुम्हारा है। हो सकता है कि यह बादल बन चुका हो और आकाश में बढ़ गया हो, विलीन हो गया हो, हो सकता है कि दूरी बहुत ज्यादा हो, लेकिन यह अब भी तुममें लंगर डाले हुए है।

अतिचेतन से आया संप्रेषण बहुत विरल होता है। जब तुम बहुत-बहुत जागरूक हो जाते हो केवल तभी तुम इसे अनुभव करने लगोगे। अन्यथा यह उस धूल में खो जाएगा जिसे मन फेंकता है सपनों में, और खो जाएगा उस आकांक्षापूर्ति में जिसके सपने मन बनाये चला जाता है; वे अधूरी दबी हुई चीजें। यह उनमें खो जाएगा। लेकिन जब तुम जागरूक होते हो तो यह बात हीरे के चमकने जैसी होती है—वे सारे कंकड़ जो चारों ओर हैं उनसे नितांत भिन्न।

जब तुम अनुभव कर सकते हो और वह स्वप्न पा सकते हो जो कि अतिचेतन से उतर रहा होता है तो उसे देखना, उस पर ध्यान करना; वही तुम्हारा मार्गदर्शन बन जाएगा, वह तुम्हें सद्गुरु तक ले जाएगा, वह तुम्हें ले जाएगा जीवन के उस ढंग तक जो कि तुम्हारे अनुकूल पड़ सकता है, जो तुम्हें ले जाएगा सम्यक् अनुशासन की ओर। वह सपना भीतर एक गहन मार्गदर्शक बन जाएगा। चेतन के साथ तुम ढूंढ़ सकते हो गुरु को, लेकिन वह गुरु और कुछ नहीं होगा सिवाय शिक्षक के। अचेतन के साथ तुम खोज सकते हो गुरु को, लेकिन गुरु एक प्रेमी से ज्यादा कुछ नहीं होगा—तुम एक निश्चित व्यक्तित्व के, एक निश्चित ढंग के प्रेम में पड़ जाओगे। केवल अतिचेतन तुम्हें सम्यक् गुरु तक ले जा सकता है। तब वह शिक्षक नहीं होता; जो वह कहता है उससे तुम सम्मोहित नहीं होते; जो वह है उसके साथ अंधे सम्मोहन में नहीं पड़ते हो तुम। बल्कि इसके विपरीत तुम निर्देशित होते हो तुम्हारे परमचेतन के द्वारा कि इस व्यक्ति से तुम्हारा तालमेल बैठेगा और विकसित होने के लिए इस व्यक्ति के साथ एक सही संभावना बनेगी तुम्हारे लिए, कि यह आदमी तुम्हारे लिए आधार भूमि बन सकता है।

फिर होते हैं चौथे प्रकार के स्वप्न जो कि आते हैं पिछले जन्मों से। वे बहुत विरल नहीं होते। वे घटते हैं, बहुत बार आते हैं वे। लेकिन हर चीज तुम्हारे भीतर इतनी गड़बड़ी में है कि तुम कोई भेद नहीं कर पाते। तुम वहां होते नहीं भेद समझने को।

पूरब में हमने बहुत परिश्रम किया है इस चौथे प्रकार के स्वप्न पर। इसी स्वप्न के कारण हमें प्राप्त हो गयी पुनर्जन्म की धारणा। इस स्वप्न द्वारा धीरे-धीरे तुम जागरूक होते हो पिछले जन्मों के प्रति। तुम जाते हो पीछे और पीछे की ओर अतीतकाल में। तब बहुत सारी चीजें तुममें परिवर्तित होने लगती हैं, क्योंकि यदि तुम्हें स्मरण आ सकता है, सपने में भी कि तुम क्या थे तुम्हारे पिछले जन्म में, बहुत-सी नयी चीजें अर्थहीन हो जाएंगी। सारा ढांचा बदल जाएगा, तुम्हारा रंग-ढंग, गेस्टाल्ट बदल जायेगा।

यदि तुमने पिछले जन्म में बहुत-सारा धन एकत्रित किया था, यदि तुम देश के सबसे धनी व्यक्ति होकर मरे थे और गहरे में तुम भिखारी थे और फिर तुम वही कर रहे हो इस जीवन में, तो अकस्मात क्रिया-कलाप बदल जायेगा। यदि तुम याद रख सको कि तुमने क्या किया था और कैसे वह सब कुछ हो गया ना-कुछ; यदि तुम याद रख सको बहुत सारे जन्म कि कितनी बार तुम वही बात फिर-फिर कर

रहे हो—तुम अटके हुए ग्रामोफोन रेकार्ड की भांति हो, एक दुश्चक्र; फिर तुम उसी तरह आरंभ करते हो और उसी तरह अंत करते हो। यदि तुम याद कर सको तुम्हारे थोड़े-से भी जन्म तो तुम एकदम आश्चर्यचकित हो जाओगे कि तुमने एक भी नयी बात नहीं की है। फिर-फिर तुमने धन एकत्रित किया; बार-बार तुम ज्ञानी बने; फिर-फिर तुम प्रेम में पड़े, और फिर-फिर चला आया वही दुख जिसे प्रेम ले आता है। जब तुम देख लेते हो यह दोहराव तो कैसे तुम वही बने रह सकते हो? तब यह जीवन अकस्मात रूपांतरित हो जाता है। तुम अब और नहीं रह सकते उसी पुरानी लीक में, उसी चक्र में।

इसीलिये पूरब में लोग पूछते आये हैं बार-बार कई शताब्दियों से, 'जीवन और मृत्यु के इस चक्र से कैसे बाहर आएं।' यह जान पड़ता है वही चक्र। यह जान पड़ती है बार-बार की वही कथा—एक दोहराव। यदि तुम इसे नहीं जान लेते तो तुम सोचते हो कि तुम नयी बातें कर रहे हो और तुम इतने उत्तेजित हो जाते हो। मैं देख सकता हूं कि तुम यही बातें करते रहे हो बार-बार।

कुछ नया नहीं है जीवन में; यह एक चक्र है। यह उसी मार्ग पर बढ़ता चला जाता है क्योंकि तुम अतीत के विषय में भूलते चले जाते हो। इसीलिये तुम इतनी अधिक उत्तेजना अनुभव करते हो। एक बार तुम्हें स्मृति आ जाती है, तो सारी उत्तेजना गिर जाती है। उसी स्मरण में संन्यास घटता है।

संन्यास एक प्रयास है संसार के चक्र में से बाहर होने का। यह प्रयास है चक्र के बाहर छलांग लगा देने का। यह है कह देना स्वयं से, 'बहुत हो गया अब मैं उस पुरानी नासमझी में भाग नहीं लेने वाला। मैं बाहर हो रहा हूं उससे।' संन्यास है इस चक्र से संपूर्णतया बाहर हो जाना, न ही केवल समाज के बाहर बल्कि जीवन-मृत्यु के तुम्हारे भीतरी चक्र के बाहर। यह है चौथे प्रकार का स्वप्न।

और फिर होता है पांचवें प्रकार का और जो अंतिम प्रकार का स्वप्न है। चौथी प्रकार का जा रहा होता है पीछे तुम्हारे अतीत में, पांचवीं प्रकार का जा रहा होता है आगे भविष्य में। यह विरल होता है, बहुत विरल। यह केवल कभी-कभी ही घटता है। जब तुम होते हो बहुत संवेदनशील, खुले, नमनीय, तो अतीत देता है एक छाया और भविष्य भी देता है छाया; यह तुममें प्रतिबिंबित होता है। यदि तुम जागरूक बन सकते हो अपने सपनों के प्रति तो किसी दिन तुम जागरूक हो जाओगे इस संभावना के प्रति भी कि भविष्य तुममें झांकता है। एकदम अकस्मात ही द्वार खुल जाता है और भविष्य का तुममें संप्रेषण हो जाता है।

ये होते हैं पांच प्रकार के स्वप्न। आधुनिक मनोविज्ञान समझता है केवल दूसरे प्रकार को। रूसी मनोविज्ञान समझता है केवल पहले प्रकार को ही। तीन प्रकार—बाकी दूसरे तीनों प्रकार करीब-करीब अज्ञात ही हैं, लेकिन योग समझता है उन सभी प्रकारों को।

यदि तुम ध्यान करो और सपनों वाले तुम्हारे आंतरिक अस्तित्व के प्रति जागरूक हो जाओ तो और बहुत बातें घटेंगी। पहली बात तो यह है कि धीरे-धीरे, जितना अधिक तुम जागरूक होते जाओगे अपने सपनों के प्रति, उतने ही तुम कम और कम कायल होओगे अपने जागने के समय की वास्तविकता के प्रति। इसीलिए हिंदू कहते हैं कि संसार एक सपने की भांति है। अभी तो बिलकुल विपरीत है अवस्था। क्योंकि तुमने संसार की वास्तविकता को इतना स्वीकारा हुआ है अपने जागने के समय, कि जब तुम सपने देखते हो तो तुम सोचते हो वे सपने भी वास्तविक हैं। जब सपना आ रहा होता है, तो कोई अनुभव नहीं करता कि वह सपना अवास्तविक है। जब सपना आ रहा हो तो वह ठीक लगता है, वह

बिलकुल वास्तविक लगता है। निस्संदेह सुबह तुम कह सकते हो कि यह तो बस एक सपना था, लेकिन बात इसकी नहीं क्योंकि अब एक दूसरा मन ही कार्य कर रहा होता है। यह मन साक्षी बिलकुल न था; इस मन ने तो केवल उड़ती खबर सुनी थी। यह चेतन मन जो सुबह जागता है और कहता है कि वह सब सपना था, यह मन तो बिलकुल साक्षी न था। कैसे यह मन कह सकता है कुछ? इसने तो बस एक खबर सुन ली है। यह ऐसा है जैसे कि तुम सोये हो और दो व्यक्ति बातें कर रहे हों और तुम नींद में यहां-वहां से कुछ शब्द सुन लेते हो क्योंकि वे इतनी जोर से बोल रहे होते हैं। मात्र मिला-जुला प्रभाव बचता है।

ऐसा घट रहा होता है—जब अचेतन निर्मित करता है सपने और जबरदस्त हलचल चल रही होती है, चेतन मन सोया हुआ होता है और केवल कोई खबर सुन लेता है। सुबह यह कह देता है, 'वह सब धोखा था। वह मात्र सपना था।' अभी तो जब कभी तुम सपना देखते हो तब तुम अनुभव करते हो कि वह बिलकुल वास्तविक है। बेतुकी चीजें भी वास्तविक लगती हैं, अतर्कपूर्ण चीजें वास्तविक दिखायी पड़ती हैं, क्योंकि अचेतन किसी तर्क को नहीं जानता। तुम सड़क पर चल रहे होते हो सपने में, तुम देखते हो किसी घोड़े को आते, और अचानक वह घोड़ा घोड़ा नहीं होता, वह घोड़ा तुम्हारी पत्नी बन गया होता है। तुम्हारे मन को कुछ नहीं घटता। वह नहीं पूछता, 'यह कैसे संभव होता है? घोड़ा अचानक पत्नी कैसे बन गया है?' कोई समस्या नहीं उठती, कोई संदेह नहीं उठता। अचेतन नहीं जानता किसी संदेह को। इतनी बेतुकी बात पर भी विश्वास कर लिया जाता है; उसकी वास्तविकता के प्रति संदेह दूर हो जाता है तुम्हारा।

बिलकुल विपरीत घटता है जब तुम जागरूक हो जाते हो सपनों के प्रति। तुम अनुभव करते हो कि वे वस्तुतः सपने ही हैं। कोई चीज वास्तविक नहीं; वे मात्र मन का खेल हैं, एक मनोनाटक। तुम हो रंगमंच, तुम्हीं हो अभिनेता और तुम्हीं हो कथा लेखक, तुम्हीं हो निर्देशक, तुम्हीं हो निर्माता और तुम्हीं होते हो दर्शक—दूसरा कोई नहीं है वहां, बस मन का सृजन है। जब तुम इस बात के प्रति जागरूक हो जाते हो, तब तुम जाग रहे होते हो; तब यह सारा संसार अपनी गुणवत्ता बदल देगा। तब तुम देखोगे कि यहां भी वही अवस्था है, लेकिन ज्यादा लंबे-चौड़े रंगमंच पर। सपना वही है।

हिंदू इस संसार को कहते हैं माया, भ्रम, स्वप्न-सदृश, मन की चीजों का धोखा। क्या मतलब होता है उनका? क्या वे यह अर्थ करते हैं कि यह अवास्तविक है? नहीं, यह अवास्तविक नहीं है। लेकिन जब तुम्हारा मन इसमें घुल-मिल जाता है तो तुम अपना एक अवास्तविक संसार बना लेते हो। हम एक तरह के संसार में नहीं जीते; हर कोई अपने ही संसार में जीता है। उतने ही संसार हैं जितने कि मन हैं। जब हिंदू कहते हैं कि यह संसार माया है, तो उनका अर्थ होता है कि वास्तविकता और मन का जोड़ है माया। वास्तविकता, जो कि है, हम जानते नहीं हैं। वास्तविकता और मन का जोड़ है भ्रम, माया। जब कोई समग्र रूप से जाग जाता है, एक बुद्ध हो जाता है, तब वह जानता है मन से मुक्त हो गयी वास्तविकता को। तब यह होता है सत्य, ब्रह्म, परम।

वास्तविकता और मन का जोड़, और हर चीज सपना हो जाती है, क्योंकि मन है वह कच्चा माल जो निर्मित करता है सपनों को। मन से न जुड़ी हुई वास्तविकता—और कोई चीज सपना नहीं हो सकती; केवल वास्तविकता बनी रहती है। अपनी पारदर्शक शुद्धता में।

मन तो दर्पण की भांति होता है। दर्पण में संसार प्रतिबिंबित होता है। वह छाया वास्तविक नहीं हो सकती; वह छाया तो बस छाया ही रहती है। जब कोई दर्पण नहीं रहता, छाया तिरोहित हो जाती है। अब तुम देख सकते हो वास्तविक को।

पूर्णिमा की रात, झील शांत होती है। चांद प्रतिबिंबित होता है झील में और तुम कोशिश करते हो चांद को पकड़ने की। यही सब है जो हर कोई कर रहा है बहुत जन्मों से, कोशिश कर रहा है झील के दर्पण में झलकते चांद को पकड़ने की। और निस्संदेह तुम कभी सफल नहीं हुए। तुम सफल हो नहीं सकते, ऐसा संभव नहीं। व्यक्ति को भूलना ही होता है झील को और देखना होता है ठीक विपरीत दिशा में। वहां है चांद।

मन है झील जिसमें संसार बन जाता है मायामय, अवास्तविक। तुम बंद आंखों से देखते हो सपना या कि खुली आंखों से इससे कुछ भेद नहीं पड़ता। यदि मन है वहां, तो सब जो घटता है वह सपना है। यह होगा पहला बोध यदि तुम ध्यान करो स्वप्नों पर।

और दूसरा बोध होगा कि तुम साक्षी हो: सपना मौजूद है, पर तुम उसके हिस्से नहीं। तुम हिस्से नहीं अपने मन के, तुम हो एक अतिक्रमण। तुम हो मन में, पर तुम नहीं हो मन। तुम देखते हो मन के द्वारा, पर तुम नहीं हो मन। तुम प्रयोग करते हो मन का, पर तुम नहीं हो मन। अकस्मात तुम होते हो साक्षी—मन नहीं रहते। और यह साक्षी अंतिम होता है, परम बोध। फिर चाहे तुम सपना देखो जबकि सोये होते हो या कि फिर सपना देखो जबकि तुम जागे होते हो इससे कुछ फर्क नहीं पड़ता; तुम साक्षी बने रहते हो। तुम बने रहते हो संसार में, लेकिन अब संसार तुममें प्रवेश नहीं कर सकता। चीजें हैं वहां, लेकिन मन नहीं होता चीजों में, और चीजें नहीं होती मन में। अकस्मात साक्षी उतर आता है और हर चीज बदल जाती है।

यह बहुत-बहुत सीधा है यदि एक बार तुम इसका राज जान लेते हो तो, अन्यथा यह लगता है बहुत-बहुत कठिन, लगभग असंभव ही कि कैसे जागो जब सपना चल रहा हो तो? यह लगता है असंभव, लेकिन है नहीं। इसमें लगेंगे तीन से नौ महीने तक यदि तुम हर रात सोने लगो और जब नींद आने लगे, तो तुम प्रयत्न करो सचेत होने का। लेकिन ध्यान रहे, सक्रिय ढंग से कोशिश मत करना सचेत होने की अन्यथा तुम सो ही न पाओगे। एक निष्क्रिय होश बन जाना—खुले, स्वाभाविक, विश्रांत, मात्र देखते हुए एक कोने से। इसके बारे में बहुत क्रियाशील नहीं, वरन मात्र निष्क्रिय जागरूकता, बहुत संबंधित नहीं। किनारे बैठे हुए हो, साथ नदी बह रही है। और तुम केवल देख रहे हो। तीन से लेकर नौ महीने लगेंगे इसमें।

फिर किसी दिन, नींद तुम पर उतर रही होती है किसी धुंधले आवरण की भांति, काले परदे की भांति, जैसे कि सूर्य अस्त हो गया हो और रात उतर रही हो। यह तुम्हारे चारों ओर ठहर जाती है, लेकिन भीतर गहरे में एक लौ जलती रहती है। तुम देख रहे होते हो मौन, निष्कंप हुए। फिर सपनों का संसार प्रारंभ हो जाता है। तब बहुत नाटक घटते हैं, बहुत से मनोनाटक और तुम देखते चले जाते हो। धीरे-धीरे भेद अस्तित्व में आता है। अब तुम देख सकते हो कि कौन से प्रकार का सपना देख रहे हो तुम। फिर अचानक एक दिन तुम जान लेते हो कि यह वैसा ही है जैसा जागने के समय होता है। इनकी गुणवत्ता में कोई भेद नहीं। सारा संसार भ्रममय तो हो चुका होता है। और जब संसार भ्रममय होता है

केवल तब साक्षी होता है वास्तविक। यही अर्थ होता पतंजलि का जब वे कहते हैं, 'उस ज्ञान पर भी ध्यान करो जो आता है निद्रा के समय'—और वह तुम्हें बना देगा बोधमय व्यक्ति।

ध्यान करो किसी उस चीज पर भी, जो कि तुम्हें आकर्षित करती हो।

ध्यान करो अपनी प्रेमिका के, अपने प्रेमी के चेहरे पर—ध्यान करो। यदि तुम प्रेम करते हो फूलों से तो ध्यान करना गुलाब का। ध्यान करना चांद का या जो भी तुम पसंद करते हो उसका। यदि तुम्हें प्रेम है भोजन से तो ध्यान-करो भोजन पर। क्यों कहते हैं पतंजलि कि '...जो कुछ तुम्हें आकर्षित करता हो।' क्योंकि ध्यान कोई जबरदस्ती का प्रयास नहीं होना चाहिए। यदि यह जबरदस्ती का होता है तो यह बेकार होता है। एकदम शुरू से ही। जबरदस्ती से लादी हुई बात तुम्हें कभी स्वाभाविक नहीं बनायेगी। बिलकुल शुरू से ही कोई ऐसी चीज ढूंढना जो तुम्हें आकर्षित करती हो। कोई जरूरत नहीं अनावश्यक संघर्ष निर्मित कर लेने की। यह बात समझ लेनी है, क्योंकि यदि तुम मन को वही विषय देते हो जो उसे आकर्षित करते हों तो मन के पास स्वाभाविक क्षमता होती है ध्यान करने की।

जैसे किसी छोटे से विद्यालय में, एक बच्चा वृक्षों पर चहचहाते पक्षियों को सुनता है। और वह एकदम सुन रहा होता है, वह सुनने में विभोर होता है, वह संपर्क में होता है। वह भूल चुका होता है शिक्षक को, वह भूल जाता है कक्षा को। वह अब वहां नहीं रहा; वह आनंदमग्न ध्यान में है। ध्यान घट गया है। और फिर शिक्षक कहता है, 'क्या कर रहे हो तुम? क्या तुम सोये हुए हो? यहां एकाग्रता लाओ बोर्ड पर।' अब बच्चे को कोशिश करनी पड़ती है, प्रयास करना पड़ता है। उन पक्षियों ने तो बच्चे से कभी न कहा था कि 'देखो, हम यहां चहचहा रहे हैं। एकाग्र हो जाओ।' यह तो बस घटता है। क्योंकि बच्चे के लिए इसमें एक गहन आकर्षण था। ब्लैकबोर्ड इतना असुंदर लगता है और शिक्षक लगता है हत्यारा। सारी बात ही जबरदस्ती की होती है। वह करेगा कोशिश लेकिन प्रयत्न द्वारा तो कोई नहीं कर सकता ध्यान। फिर-फिर सरकेगा मन। तो कमरे के बाहर बहुत सारी चीजें घटित हो रही होती हैं, अचानक कोई कुत्ता भौंकने लगता है, या कि कोई भिखारी गुजर जाता है गाना गाते हुए, या कोई बजा रहा होता है गिटार। बहुत सारी लाखों चीजें बाहर घटित हो रही होती हैं। लेकिन उसे बार-बार अपना ध्यान लाना पड़ता है ब्लैकबोर्ड पर ही, विद्यालय की कक्षा के असुंदर कमरे की ओर ही।

हमने स्कूल बना दिये हैं कैदखानों की भांति ही। भारत में स्कूल की इमारतों और जेल की इमारतों का रंग एक ही होता है—लाल। स्कूलों के कमरे होते हैं असुंदर। कोई आकर्षक चीज नहीं होती वहां—कोई खिलौने नहीं, संगीत नहीं, वृक्ष नहीं, पक्षी नहीं—कुछ नहीं। स्कूल का कमरा होता है तुम्हारे ध्यान पर जबरदस्ती करने के लिये। तुम्हें सीखना पड़ता है एकाग्र होना।

और यही है भेद एकाग्रता और ध्यान के बीच—एकाग्रता एक जोर-जबरदस्ती की बात है, ध्यान स्वाभाविक होता है। पतंजलि कहते हैं, 'साथ ही किसी उस चीज पर ध्यान करना जो तुम्हें आकर्षित करती हो'—तब तुम्हारा संपूर्ण अस्तित्व सहज भाव से प्रवाहित होने लगता है। जरा अपनी प्रेमिका के चेहरे की ओर देखना। उसकी आंखों में देखना, ध्यान करना।

साधारणतः धार्मिक शिक्षक तो कहेंगे—'क्या कर रहे हो तुम? क्या यह ध्यान हुआ?' वे तुम्हें

सिखाते हैं कि जब तुम ध्यान कर रहे होते हो, तो अपनी प्रेमिका के विषय में मत सोचना। वे सोचते हैं: वह एक ध्यान भंग है। और यह एक सूक्ष्म बात है समझ लेने की—सृष्टि में विक्षेप कहीं नहीं होता। यदि तुम अस्वाभाविक प्रयास करते हो तब घटित होते हैं विक्षेप—तुम निर्मित करते हो उन्हें। तुम्हारा सारा अस्तित्व चाहेगा देखना तुम्हारी पत्नी को, पति को, बच्चे के चेहरे को और धार्मिक शिक्षक कहते हैं—'यह मोह है, यह विक्षेप है। तुम मंदिर जाओ और चर्च जाओ और ध्यान लगाओ क्रॉस पर।' तुम ध्यान करते हो क्रॉस पर तो भी फिर-फिर ध्यान में आती है तुम्हारी प्रेमिका। अब प्रेमिका का चेहरा बन जाता है चित्त को आकर्षित करने वाला। ऐसा नहीं है कि वह चित्त को विचलित करने वाला होता है। क्रॉस पर ध्यान करने में कोई खास बात नहीं होती है; तुम बस मूढ़ मालूम होते हो। क्या जरूरत है जाकर क्रॉस पर ध्यान करने की! यदि ऐसा तुम्हें आकर्षित करता है तो यह अच्छा है लेकिन यह कोई आवश्यक नहीं है। क्रॉस में ही कोई खास गुण नहीं है।

वस्तुतः जहां भी ध्यान घटता है वहां विशिष्ट गुणवत्ता होती है। ध्यान ले आता है उस विशिष्ट गुणवत्ता को। यह गुणवत्ता नहीं होती है विषय-वस्तुओं में, यह होती है तुममें ही। जब तुम किसी चीज पर ध्यान करते हो, तुम उसे दे देते हो अपनी अंतस सत्ता। अकस्मात वह हो जाती है पावन, पवित्र। चीजें पावन नहीं होतीं, ध्यान उन्हें बना देता है पावन। तुम किसी चट्टान पर ध्यान कर सकते हो और सहसा वह चट्टान हो जाती है मंदिर। कोई बुद्ध इतना सौंदर्यपूर्ण नहीं होता जितनी कि वह चट्टान जबकि तुम उस पर ध्यान करते हो। ध्यान है क्या? यह है चट्टान को बौछारों से सराबोर करना तुम्हारी चेतना द्वारा। यह है चट्टान के चारों ओर गतिमान होना, इतना निमग्न होना, इतनी गहनता से संपर्कित होना कि एक सेतु वहां आ जुड़ता है तुम्हारे और चट्टान के बीच। अंतराल तिरोहित हो जाता है—तुम जुड़ जाते हो चट्टान के साथ। वास्तव में अभी तो तुम जानते ही नहीं कौन द्रष्टा है और कौन दृश्य। द्रष्टा ही बन जाता है दृश्य, दृश्य ही बन जाता है द्रष्टा। अब तुम नहीं जानते चट्टान क्या है, कौन है और ध्यानी कौन है। अचानक ऊर्जाएं मिलती हैं और सम्मिलित हो जाती हैं और वहां होता है मंदिर। अनावश्यक ही विक्षेपों को निर्मित मत करो, क्योंकि तब तुम बन जाते हो दुखी।

कोई यहां था और बहुत वर्षों से वह एक निश्चित प्रकार का मंत्र दोहराता था। वह बोला, 'ध्यान बार-बार भंग होता है।' मैंने पूछा, 'विक्षेप किस बात से है?' उसकी पत्नी की मृत्यु हो चुकी थी और वह उसे बहुत प्रेम करता था। मैं जानता था उस स्त्री को, वह सचमुच ही सुंदर व्यक्तित्व वाली थी। उसने फिर विवाह नहीं किया। वह वास्तव में ही प्रेम करता था उससे। किसी दूसरी स्त्री ने फिर उसे आकर्षित न किया। अब वह मर चुकी थी और रिक्तता आ बनी थी और वह अनुभव करता था अकेलापन। इसी अकेलेपन के कारण ही वह गया किसी शिक्षक के पास, यह जानने को कि कैसे छुटकारा पाये अपनी पत्नी की याद से, उसने दे दिया उसे कोई मंत्र। अब वह जप कर रहा है उस मंत्र का कम से कम तीन वर्षों से और बार-बार जब वह जप कर रहा होता है मंत्र का, एक रोबोट की भांति, तो पत्नी आ पहुंचती है, वह चेहरा सामने चला आता है। वह नहीं भूल पाया पत्नी को। वह मंत्र पर्याप्त शक्तिशाली सिद्ध नहीं हुआ। तो वह था यहां और था बहुत दुखी। वह कहता था, तीन साल गुजर गए हैं और मैं सदा आविष्ट रहता हूं उसकी स्मृति से। ऐसा जान पड़ता है कि मैं इससे बाहर नहीं आ सकता। इस मंत्र ने भी कोई मदद नहीं की। और तीन सालों से सचमुच मैं धार्मिकता से करता रहा हूं इसे।' मैंने कहा, 'तुम मूढ़

हो। इस मंत्र का जप करने की कोई जरूरत नहीं। तुम्हारी पत्नी का नाम दोहराओ; उसे ही बना लो मंत्र। उसकी तस्वीर रख लो अपने सामने और देखो उस तस्वीर को। उसे परमात्मा की प्रतिच्छवि बना लो।' वह कहने लगा, 'क्या कह रहे हैं आप? वही तो मेरे चित्त का विक्षेप है।' तो मैंने कहा उससे, 'ध्यानभंग करने वाले को अपना ध्यान बना लो। क्यों खड़ा करना संघर्ष?'

विक्षेप के विषय को ही ध्यान का विषय बनाया जा सकता है। और यह विक्षेप होता है क्योंकि गहन तल पर कोई आकर्षण है, कोई समस्वरता है। इसीलिए मंत्र अशक्त, बेकार सिद्ध हुआ। मंत्र तो बस बाहर से आरोपित हुआ था। कोई कहता है कोई शब्द और तुम दोहरा देते हो उसे, लेकिन शब्द का तुम्हारे लिए कोई आकर्षण नहीं होता। पहले तुम्हारे लिए वह अस्तित्व ही न रखता था, उसकी कोई जड़ें नहीं उतरी हुई हैं तुममें। पत्नी बहुत गहरे उतरी हुई थी। प्रेम ज्यादा गहरा होता है किसी मंत्र से।

मैंने कहा, 'क्यों करते हो अपना समय खराब?' वह कहने लगा, 'मैं कोशिश करूंगा।' बस थोड़े ही दिनों बाद उसने पत्र लिखा यह कहते हुए, 'यह बड़ी आश्चर्यजनक बात है! मैं बहुत मौन और बहुत शांतिपूर्ण अनुभव करता हूं और वास्तव में मेरी पत्नी बहुत सुंदर है, यह सोचने की कोई जरूरत नहीं है कि वह मेरा ध्यान भंग कर रही है।'

इसे खयाल में रखना, क्योंकि हो सकता है तुम इसी प्रकार की बहुत बातें कर रहे होओ। जब कभी तुम्हें अनुभव हो कि कोई चीज ध्यान भंग कर रही है तो वह केवल इतना ही बताती ही है कि तुम सहज रूप से उसके प्रति आकर्षित हो और कोई बात नहीं। क्यों खड़ा करना संघर्ष? उसी दिशा में बढ़ो; उसे ही विषय बना लो ध्यान का। स्वाभाविक बने रहो, दमनात्मक मत बनो और संघर्ष मत बनाओ और तुम ध्यान प्राप्त कर लोगे।

कोई उपलब्ध नहीं होता संघर्ष द्वारा। संघर्ष निर्मित कर देगा खंडित व्यक्तित्व। स्वाभाविक आकर्षण की ओर बढ़ो; तब तुम एक होते हो, तब तुम संपूर्ण हो जाते हो। तब तुम भीतर एक जुट होते हो। तब तुम एक संपूर्ण खंड होते हो, अखंड, न कि स्वयं के विरुद्ध बंटा हुआ भवन। और जब तुम संपूर्ण खंड के रूप में बढ़ते हो तो तुम्हारे पांवों में नृत्य थिरकता है और ऐसा कुछ नहीं होता जो कि दिव्य न हो। तुम तो शायद आश्चर्य करोगे।

ऐसा हुआ कि एक महान बौद्ध भिक्षु नागार्जुन एक छोटे से गांव में ठहरे हुए थे। कोई उनके पास आया क्योंकि वह उनके प्रति बहुत आकर्षित हो गया था। उस आदमी ने कहा, 'आपके जीवन का ढंग जिस तरह से भिखारी के वेश में आप सम्राट की तरह घूमते हैं, बहुत गहरे रूप से आकर्षित करता है। मैं भी बनना चाहूंगा धार्मिक व्यक्ति। लेकिन एक अड़चन है। मेरे पास एक गाय है और मैं उसे बहुत ज्यादा प्यार करता हूं और वह इतनी सुंदर है कि मैं उसे नहीं छोड़ सकता।' उसके पास तो सिर्फ एक गाय थी। उसकी कोई पत्नी न थी, बच्चे न थे, उसका विवाह ही न हुआ था, वह प्रेम करता था केवल गाय से। जब वह यह बात कह रहा था—उसने स्वयं को थोड़ा नासमझ भी अनुभव किया। वह बोला, 'मैं जानता हूं कि आप समझेंगे इसीलिए मैं यह कह रहा हूं। बस, केवल यही है मेरी सारी अड़चनः इतनी ज्यादा अनुरक्ति है इस गाय से। मैंने ही पाला पोसा है उसे और वह इतनी ज्यादा मेरे साथ एक हो गई है और वह मुझे प्रेम करती है। तो क्या करना होगा?' नागार्जुन बोले, 'कोई जरूरत नहीं है कहीं किसी जगह जाने की। यदि कोई किसी से प्रेम करता है इतनी गहराई से तो कोई जरूरत नहीं है कहीं जाने की, कुछ

करने की। इसी प्रेम को बना लो अपना ध्यान। गाय पर करो ध्यान।'

कोई संघर्ष मत बनाओ। इसे जरा खयाल में ले लेना, यदि प्रेम और ध्यान का संघर्ष होता है तो ध्यान पराजित होगा। प्रेम विजयी होगा क्योंकि प्रेम बहुत सुंदर होता है। केवल प्रेम-पंखों पर चढ़कर ही विजयी हो सकता है ध्यान। प्रेम का वाहन की भांति प्रयोग करना।

यही अर्थ करते हैं पतंजलि जब वे कहते हैं, 'साथ ही किसी उस चीज पर ध्यान करो जो तुम्हें आकर्षित करती हो।' जो कुछ भी है वह; मैं नहीं बनाता कोई भेद। कोई जरूरत नहीं किसी एक विषय-वस्तु से चिपक जाने की क्योंकि विषय बदल सकते हैं। इस सुबह तुम अनुभव कर सकते हो ऐसा कि तुम प्रेम करते हो अपने बच्चे से और कल शायद तुम ऐसा अनुभव न करो, तो मत निर्मित कर लेना कोई संघर्ष। सदा जान लेना उसे जहां तुम्हारा प्रेम प्रवाहित हो रहा हो और तैरते चले जाना प्रेम पर। आज वह कोई फूल होता है, कल हो सकता है कि कोई बच्चा हो, परसों वह होता है चांद—समस्या उसकी नहीं है। प्रत्येक चीज सुंदर है। जहां कहीं तुम्हारा आकर्षण स्वाभाविक रूप से प्रवाहित होता हो, उस पर चढ़ कर बहना; उस पर ध्यान करना। जोर है संपूर्ण रहने पर, अखंड रहने पर। तुम्हारे अखंड अस्तित्व में ध्यान खिलता है।

इस प्रकार, योगी हो जाता है सब का मालिक, अति सूक्ष्म परमाणु से लेकर अपरिसीम तक का।

लघुतम से लेकर विशालतम तक सब का मालिक बन जाता है वह। ध्यान द्वार है अपरिसीम शक्ति का। ध्यान द्वार है अतिचेतन का।

तुम हो चेतन। बढ़ो अचेतन की गहराइयों में। यह होता है उतरना तुम्हारे अस्तित्व के तलघर में। अधिकाधिक जागरूकता एकत्रित करो ताकि तुम बढ़ सको निद्रा में, सपनों में। आरंभ करना अपने जागने के समय जागरूकता एकत्रित करने से; वह अचेतन में बढ़ने के लिए मदद देगी। ऊर्जा की जरूरत होगी। बिलकुल अभी तो तुम्हारी ऊर्जा एक टिमटिमाहट की भांति है—पर्याप्त नहीं है। जागरूकता द्वारा ज्यादा ऊर्जा निर्मित करना।

यह वैसा ही होता है जैसे कि जब तुम पानी गरम करते हो, या कि तुम बर्फ गरम करते हो। यदि तुम गरम करते हो बर्फ को तो वह पिघलती है। गरमी की एक निश्चित डिग्री पर वह पानी बन जाती है। फिर तुम्हें उसे ज्यादा गरम करना होता है यदि तुम चाहते हो कि वह वाष्पित हो जाये। तुम उसे गरम किये जाते हो और एक निश्चित तापमान पर, सौ डिग्री पर अचानक वह छलांग लगाती है और भाप बन जाती है। परिमाणात्मकता बदल जाती है गुणात्मकता में। परिमाणात्मक परिवर्तन बन जाता है गुणात्मक। एक निश्चित तापमान के नीचे वह होता है बर्फ, उस तापमान के पार हो वह बन जाता है पानी, उस तापमान से नीचे हो वह फिर बन जाता है पानी, उस तापमान के पार हो वह वाष्पीभूत हो जाता है, भाप बन जाती है। जब वह बर्फ होता है, जो वह करीब-करीब मरा हुआ होता है और बंद होता है। वह होता है ठंडा, जीवंत होने को पर्याप्त ऊष्ण नहीं। जब वह पानी होता है, तो ज्यादा प्रवाहमान, ज्यादा जीवंत होता है, बंद नहीं। जब वह पिघल गया होता है, तब वह ज्यादा ऊष्ण होता है। लेकिन पानी तो नीचे की ओर बढ़ता है। जब वह वाष्पीभूत हो जाता है तो दिशा बदल चुकी होती है। वह अब और सपाट न रहा, वह

ऊर्ध्वगामी बन जाता है; वह ऊपर की ओर बढ़ता है।

पहले तो अधिकाधिक सचेत हो जाना जागने के समय। वह बात तुम तक ले आएगी ऊष्णता की एक निश्चित मात्रा। वह वास्तव में आंतरिक ऊष्णता की एक निश्चित डिग्री ही होती है, तुम्हारी चेतना का एक निश्चित तापमान जो कि तुम्हारी मदद करेगा अचेतन में बढ़ने के लिए। तो, अधिकाधिक बोधपूर्ण हो जाना अचेतन में। ज्यादा प्रयास की जरूरत होगी, ज्यादा ऊर्जा निर्मित की जायेगी। तब अचानक एक दिन तुम पाओगे कि तुम ऊपर की ओर बढ़ रहे हो। तुम भारविहीन हो गये हो और अब गुरुत्वाकर्षण तुम्हें प्रभावित नहीं करता। तुम बन रहे हो अतिचेतन।

अतिचेतन के पास सारी शक्ति होती है : वह होता है सर्वशक्तिमान, वह होता है सर्वज्ञ, वह होता है सर्वव्यापी। अतिचेतन है सब जगह। अतिचेतन के पास वह हर एक शक्ति है जो संभव होती है, और अतिचेतन देखता है प्रत्येक चीज को। वह बन गया होता है दृष्टि की परम स्पष्टता।

यही अर्थ करते हैं पतंजलि जब वे कहते हैं, 'इस प्रकार योगी हो जाता है, सब का मालिक, अतिसूक्ष्म परमाणु से लेकर अपरिसीम तक का।'

प्रवचन 2

जागरूकता की कीमिया

प्रश्न-सार

1. मैं क्यों विरोध अनुभव करता हूं स्वच्छंद, स्वाभाविक होने तथा जाग्रत होने के बीच?

2. क्या दमन का योग में कोई विधायक उपयोग है?

3. ध्यान के दौरान शारीरिक पीड़ा का विक्षेप हो तो क्या करें?

4. प्रेम-संबंध सदा दुख क्यों लाते हैं?

5. शिष्यत्व के विकास के लिए सद्‌गुरु के प्रेम में पड़ना क्या शिष्य के लिए जरूरी ही है?

6. बच्चे की ध्यानपूर्ण निर्दोषता क्या वास्तविक है?

7.(क) क्या दिव्य-दर्शन (विजन्स) भी स्वप्न ही हैं?
7.(ख) निद्रा और स्वप्न में कैसे सचेत रहा जाये?
7.(ग) क्या आप मेरे सपनों में आते हैं?

पहला प्रश्न : स्वच्छंद, स्वाभाविक होने और जाग्रत होने के बीच मैं विरोध अनुभव क्यों करता हूं?

विरोध है नहीं, लेकिन तुम निर्मित कर सकते हो विरोध। जहां कोई विरोध, कोई संघर्ष न भी हो तो मन संघर्ष बना लेता है, क्योंकि संघर्ष में रहे बिना मन जीवित ही नहीं रह सकता। स्वच्छंद और स्वाभाविक होना तुम्हें एक सहजस्फूर्त जागरूकता देगा। कोई जरूरत नहीं है जागरूकता के लिये प्रयास करने की; वह पीछे चली आयेगी छाया की भांति। यदि तुम स्वच्छंद और स्वाभाविक रहो तो वह आयेगी ही। इसके लिये अतिरिक्त प्रयत्न करने की जरा भी आवश्यकता नहीं है, क्योंकि स्वच्छंद और स्वाभाविक होना स्वतः विकसित होगा जागरूक हो जाने में। या, यदि तुम जागरूक हो, तो तुम स्वच्छंद और स्वाभाविक हो जाओगे। वे दोनों बातें साथ-साथ बनी रहती हैं। लेकिन यदि तुम कोशिश करते हो दोनों के लिये, तो तुम अंतर्विरोध निर्मित कर लोगे। दोनों के लिये एक साथ प्रयत्न करने की कोई जरूरत नहीं है।

जब मैं कहता हूं स्वच्छंद और स्वाभाविक होने को तो क्या होता है इसका अर्थ? इसका अर्थ होता है : मत करना कोई प्रयास। जो कुछ तुम हो बस वही हो जाओ। यदि तुम अजाग्रत हो, तो होओ अजाग्रत, क्योंकि तुम वही हो तुम्हारी स्वच्छंद और स्वाभाविक अवस्था में। अजाग्रत रहो। यदि तुम कोई प्रयास करते हो, तो कैसे तुम स्वच्छंद और स्वाभाविक हो सकते हो। बस विश्रांत रहो; जो कुछ अवस्था है स्वीकार करो, और स्वीकार करो अपनी स्वीकृति को भी। वहां से मत सरको। चीजों के शांत होते-होते समय गुजरता जायेगा। उस संक्रमण काल में, शायद तुम्हें स्पष्ट बोध न भी हो, क्योंकि चीजें सुव्यवस्थित हो रही हैं। एक बार चीजें सहज, शांत हो जाती हैं और प्रवाह स्वाभाविक होता है, तो तुम अचानक विस्मित हो जाओगे अनपेक्षित रूप से, एक सुबह तुम पाओगे कि तुम जाग्रत हो। कोई जरूरत नहीं है कोई प्रयास करने की।

या, यदि तुम काम कर रहे होते हो जागरूकता द्वारा—और दोनों विधियां भिन्न हैं, वे अलग-अलग दृष्टिकोणों से आरंभ होती हैं—तो मत सोचना स्वच्छंद और स्वाभाविक होने की बात। तुम तो इसे पा लेना जागरूक होने के अपने प्रयास द्वारा। बिना किसी प्रयास की आवश्यकता के जागरूकता के स्वाभाविक बनने में लंबा समय लगेगा और जब तक वह स्थल न आये जहां प्रयास की आवश्यकता नहीं रहती, तब तक जागरूकता उपलब्ध नहीं हुई होती। जब तुम भूल सको सारे प्रयत्नों को और सहज

ही जागरूक हो सको, केवल तभी तुमने उसे उपलब्ध किया होता है। तब, बिलकुल युगपत ही, तुम पा लोगे स्वच्छंद और स्वाभाविक होने की घटना को। वे साथ-साथ आती हैं। वे सदा एक साथ घटती हैं। वे दो पहलू हैं एक ही घटना के, तो भी तुम एक साथ उन्हें प्राप्त नहीं कर सकते।

यह तो ऐसा होता है जैसे कि कोई चढ़ रहा हो पर्वत पर और वहां बहुत सारे मार्ग हों; वे सब पहुंचते हों शिखर पर ही, वे सब एक चरम बिंदु तक पहुंच जाते हों, शिखर पर। लेकिन तुम एक साथ दो मार्गों पर तो नहीं चल सकते न। यदि तुम कोशिश करो, तो तुम पागल हो जाओगे और तुम कभी न पहुंचोगे शिखर तक। कैसे तुम दो मार्गों पर एक साथ चल सकते हो यह अच्छी तरह जानते हुए भी कि वे सब एक ही शिखर तक ले जाते हैं? व्यक्ति को केवल एक ही मार्ग पर चलना होता है। अंततः जब कोई पहुंचता है शिखर पर, तो वह पायेगा कि सभी मार्ग वहां चरम बिंदु तक पहुंच गये हैं। चलने के लिये सदा एक ही मार्ग चुनना। निस्संदेह जब तुम पहुंचते हो, तो तुम पाओगे कि सारे मार्ग पहुंचेंगे एक ही जगह, उसी एक शिखर पर।

जागरूक होना एक अलग ही प्रकार की प्रक्रिया होती है। बुद्ध ने इसी का अनुसरण किया। उन्होंने इसे कहा सम्यक-सचेतनता। इस युग में एक दूसरे बुद्ध ने, जार्ज गुरजिएफ ने इसका अनुसरण किया; उन्होंने कहा इसे स्व-स्मरण। एक और बुद्ध, कृष्णमूर्ति, कहे चले जाते हैं जागरूकता की, सचेत रहने की बात। यह होता है एक मार्ग। तिलोपा संबंधित है दूसरे मार्ग से, स्वच्छंद और स्वाभाविक होने का मार्ग और जागरूकता की फिक्र तक न लेने का मार्ग; बस वही हो जाना जो कुछ तुम हो, किसी संशोधन के लिये कोई प्रयास न करते हुए। और मैं कहता हूं तुमसे, तिलोपा का दृष्टिकोण ज्यादा ऊंचा है बुद्ध से, गुरजिएफ से और कृष्णमूर्ति से, क्योंकि वे कोई अंतर्विरोध निर्मित नहीं करते हैं। वे तो सहज ही कहते हैं कि, 'बस, वही हो जाओ जो कुछ तुम हो।' किसी आध्यात्मिक प्रयास की भी जरूरत नहीं क्योंकि वह भी अहंकार का ही हिस्सा है—कौन प्रयास कर रहा होता है सुधरने का? कौन कर रहा होता है प्रयास जागरूक होने का? कौन प्रयास कर रहा होता है संबोधि को उपलब्ध होने का? यह कौन होता है तुम्हारे भीतर? यह है फिर वही अहंकार। वही अहंकार जो प्रयास कर रहा था देश का राष्ट्रपति या प्रधान मंत्री होने के लिये, अब वह प्रयास कर रहा होता है बुद्धत्व को उपलब्ध होने के लिये।

बुद्ध ने स्वयं संबोधि को कहा है, 'अंतिम दुखस्वप्न'। संबोधि अंतिम दुखस्वप्न है क्योंकि फिर, यह एक स्वप्न ही है। और न ही यह केवल स्वप्न है, बल्कि एक दुखस्वप्न है। क्योंकि तुम इसके द्वारा दुखी होते हो। तिलोपा का दृष्टिकोण परम दृष्टिकोण है। यदि तुम इसे समझ सको, तो किसी तरह के किसी प्रयास की जरूरत नहीं होती। तुम तो केवल विश्रांत रहो और जीवंत रहो, और हर चीज अपने से ही पीछे चली आती है। व्यक्ति को होना होता है केवल प्रयासहीन; बस शांत रूप से बैठना; बसंत ऋतु आती है और घास बढ़ती है स्वयं ही।

दूसरा प्रश्नः ऐसा समझा गया है अतीत में, योग की बहुत प्रणालियां मुख्य रूप से दमन द्वारा ही सिखाई गयी हैं। और बिलकुल थोड़े लोग ही इसके द्वारा उपलब्ध भी हुए। क्या यह संभव नहीं कि आज भी, दमन की यह विधि शायद एक निश्चित प्रकार के व्यक्ति के अनुकूल पड़ती हो?

पहली तो बात कि यह बिलकुल ही गलत है; जो जानते हैं उनमें से किसी ने कभी दमन नहीं सिखाया।

दूसरी बात, कोई कभी इसके द्वारा उपलब्ध नहीं हुआ। लेकिन हर कहीं खोटे सिक्के विद्यमान हैं।

स्वाभाविक होने का मार्ग बहुत सीधा-सरल है। लेकिन तुम्हें यह कठिन दिखता है, क्योंकि अहंकार चाहता है संघर्ष करने के लिये, चुनौती पाने के लिये, विजय पाने के लिये कोई कठिन बात। अहंकार जीवित रहता है निरंतर चुनौती द्वारा। अगर कोई चीज बिलकुल सीधी होती है, तो अहंकार नीचे गिर जाता है। यदि तुम्हारे पास करने को कुछ नहीं होता है सिवाय चुपचाप और शांत बैठने के और चीजों को होने देने के, और तुम्हारी ओर से किसी क्रिया के बिना चीजों को उस ओर बढ़ने देने के जिधर कि वे बढ़ रही होती हैं, तो कब तक और कैसे जीवित रहेगा अहंकार? कोई संभावना नहीं इसकी।

स्वच्छंद और स्वाभाविक होने में, अहंकार संपूर्णतया नीचे पटका जाता है। वह तुरंत तिरोहित हो जाता है। क्योंकि अहंकार को तो चाहिये सतत क्रिया। अहंकार तो ऐसे है जैसे साइकिल चलाना—तुम्हें निरंतर पैडल चलाना होता है। यदि तुम साइकिल का पैडल चलाना बंद कर देते हो, तो यह कुछ फीट तक या गज तक जा सकती है पहले के गति-बल के कारण, लेकिन फिर इसे गिरना ही है। साइकिल और सवार दोनों गिर जायेंगे। साइकिल को चाहिये होती है पैडल की लगातार गति। चाहे तुम बहुत धीरे भी चलाओ पैडल, तुम गिर जाओगे। इसे एक निश्चित निरंतर ऊर्जा का पोषण चाहिये।

अहंकार है बिलकुल साइकिल चलाने की भांति ही—तुम्हें निरंतर इसे पोषित करना होता है : यह चुनौती, वह चुनौती, यह क्रिया, वह क्रिया—कुछ पा कर रहना है! एवरेस्ट की चोटी जीतनी ही है, तुम्हें चांद तक तो पहुंचना ही है—कुछ न कुछ सदा भविष्य में ही। तो तुम्हें चलाने ही हैं पैडल, और तभी अहंकार जीवित रह सकता है। अहंकार अस्तित्व रखता है क्रिया की हलचल में। अक्रिया सहित तो, एकदम नीचे ही गिर पड़ती है साइकिल और सवार भी। ज्यों ही सारी क्रिया तिरोहित होती है, उसके साथ ही अहंकार तिरोहित हो जाता है।

इसीलिए अहंकार को सरल चीजें कठिन जान पड़ती हैं, और कठिन चीजें जान पड़ती हैं सरल। यदि मैं तुमसे कहूं कि मार्ग बहुत-बहुत कठिन है, तो तुरंत तुम तैयार हो जाओगे उस पर चलने को। यदि मैं कहूं कि यह बहुत सीधा-सरल है, यह इतना सरल है कि तुम्हें एक कदम भी बढ़ाने की जरूरत नहीं है, यह इतना सीधा है कि तुम्हें कहीं जाने की जरूरत नहीं है, बस बैठे रहना अपने घर में और वह घटेगा, तो तुम भूल ही जाओगे मेरे बारे में और मैं जो कह रहा हूं उसके बारे में। तुम मुझसे दूर ही चले जाओगे जैसे कि तुमने बिलकुल सुना ही न हो। तुम चले जाओगे किसी के पास जो कह रहा होता है कोई नासमझी की बात और निर्मित कर रहा हो तुम्हारे लिए कठिनाई। इसीलिए दमन का अस्तित्व आ बना था, क्योंकि इस संसार में सर्वाधिक कठिन चीज वही होती है, दमन करना। यह करीब-करीब असंभव होता है, क्योंकि यह कभी सफल नहीं होता, यह सदा असफल ही होता है।

तुम कैसे अपने अस्तित्व के एक हिस्से का दमन कर सकते हो किसी दूसरे हिस्से द्वारा? यह तो ऐसा हुआ जैसे कि तुम्हारे बाएं हाथ को हराने की कोशिश करना—तुम्हारे दाएं हाथ द्वारा विजयी होने की कोशिश करते हुए। तुम दिखावा कर सकते हो। थोड़ी सी क्रिया के बाद तुम दिखावा कर सकते हो कि दायां ऊपर है और बायां दब गया है। पर तुम क्या सोचते हो यह दब गया है या जीत लिया गया है?

कैसे तुम अपने अस्तित्व के एक हिस्से को जीत सकते हो दूसरे हिस्से द्वारा? ये मात्र झूठे दावे हैं। यदि तुम दबाते हो कामवासना को, तो ब्रह्मचर्य होगा एक मिथ्याभिमान, एक पाखंड। यह तो बस वैसा ही हुआ कि दायां हाथ वहां पड़ा है और प्रतीक्षा कर रहा है, दिखावा करने में तुम्हें मदद दे रहा है। किसी क्षण फिर उलट सकती है हर चीज। और स्थिति उलटेगी ही। वह जिसे तुमने जीत लिया हो उसे जीतना होता है फिर-फिर, क्योंकि वह हरगिज वास्तविक जीत नहीं होती। अंत में तुम पाओगे कि तुम लड़ते रहे हो अपने सारे जीवन भर और कुछ प्राप्त नहीं हुआ है। वस्तुतः तुम केवल पराजित ही होओगे और कुछ नहीं। तुम्हारा संपूर्ण जीवन पराजित होगा।

जो गुरु जानता है, गुरु जो संबोधि को उपलब्ध होता है वह कभी नहीं उपदेश देता रहा दमन का। लेकिन उनकी उपदेशना रही है, कुछ ऐसी, जो दमन लग सकती है उन लोगों को जो नहीं जानते, इसलिए भेद साफ करने दो मुझे। भेद बहुत सूक्ष्म है। उदाहरण के लिए, बुद्ध और महावीर दोनों ने सिखाया है उपवास करना, दोनों ने सिखाया है ब्रह्मचर्य। क्या वे सिखा रहे हैं दमन? वे सिखा नहीं सकते, और वे नहीं सिखा रहे थे ऐसा।

जब बुद्ध कहते हैं, 'उपवास करो' तो क्या अर्थ होता है उनका? तुम्हारी भूख को दबाओ?—नहीं। वे कहते हैं, 'देखो अपनी भूख को।' शरीर कहेगा, 'मैं भूखा हूं?' तुम सिर्फ बैठना अपने भीतर और देखना। कुछ मत करना शरीर को पोषित करने के लिए और न ही कुछ करना भूख को दबाने के लिए। तुम तो सिर्फ देखना भूख को। किसी क्रिया की कोई जरूरत नहीं तुम्हारी तरफ से, और दमन एक क्रिया ही है। जबकि तुम भूख को दमन करो, तो क्या करोगे तुम? तुम उसे देख नहीं पाओगे। वस्तुतः, केवल वही बात होती है जिससे तुम बचोगे।

क्या करेगा वह व्यक्ति जो भूख दबा देना चाहता है और जिसने कि उपवास रखा है, जैसे कि जैन करते हैं हर साल? वह कोशिश करेगा मन को कहीं दूसरी जगह बहलाने की ताकि भूख का अनुभव ही न हो। वह जप करेगा मंत्रों का, या वह चला जाएगा अपने धर्म-नेता के पास उसे सुनने ताकि मन उलझा रहे। तब उसे कोई जरूरत नहीं रहती उस भूख पर ध्यान देने की जो कि उसमें होती है। यह दमन है। दमन का अर्थ है: कुछ मौजूद है और उसकी ओर तुम देखते नहीं, तुम दिखावा करते हो कि वह नहीं है वहां। यदि तुम गहरे रूप से व्यस्त होते हो मन में, तो भूख नहीं बेध सकती और अपनी ओर नहीं ला सकती तुम्हारा ध्यान। भूख खटखटाती रहेगी द्वार, लेकिन तुम मंत्र का जप कर रहे होते हो इतनी जोर से कि तुम खटखटाहट सुनते ही नहीं। दमन का मतलब है: अपने भीतर की वास्तविकता से अलग करके मन को कहीं दूसरी ओर लगा देना।

यदि तुमने प्रतिज्ञा की है ब्रह्मचर्य की या तुमने ब्रह्मचारी का जीवन धारण कर लिया है, तो क्या करोगे तुम जब कामेच्छा उठेगी और कोई सुंदर स्त्री पास से गुजर जाएगी तो? क्या तुम शुरू कर दोगे मंत्र का जप—राम, राम, राम? तो तुम अब कर रहे हो बचाव। तुम एक परदा डाल रहे हो तुम्हारी आंखों पर। तुम दिखा रहे हो कि वह स्त्री वहां नहीं है। लेकिन स्त्री तो है और इसीलिए तुम राम नाम का जप कर रहे हो इतनी जोर से।

भारत में, लोगों को प्रातः स्नान करना पड़ता है। मेरे गांव में एक बहुत सुंदर झील है, नदी, और लोग जाते हैं प्रातः स्नान करने को। वहां, बचपन में, पहली बार मैं जाग्रत हुआ दमन की चालाकी के

बारे में। नदी का पानी बहुत ठंडा होता था, खासकर सर्दियों में जब लोग जाते थे स्नान करने के लिए। मैं उन्हें देखता था गर्मियों में स्नान करते हुए भी, और वे नहीं जप करते थे—हरे राम, हरे कृष्ण, हरे कृष्ण। सर्दियों में, क्योंकि नदी इतनी ठंडी होती थी और वे इतनी जोर से जप करते थे कि वे भूल जाते थे नदी को। वे एक डुबकी लगाते और बाहर आ जाते। उनका मन संलग्न होता था जप करने में। सुबह जितनी ज्यादा ठंडी होती, उतना ही ज्यादा तीव्र होता ईश्वर का जप।

अपने बचपन में, उन लोगों को देखते हुए, पहली बार मैं सजग हुआ इस चालाकी के बारे में, कि वे क्या कर रहे होते थे इस बारे में। मैं देखता उन्हीं लोगों को गर्मियों में स्नान करते हुए और वे फिक्र नहीं लेते थे राम की, हरि की, कृष्ण की, या किसी की भी। तो फिर क्या सर्दियों में अकस्मात ही वे बन गए होते थे धार्मिक? वे तथ्य से बचने की चालाकी जान गए थे, और वहां तथ्य होता था खटखटाता, आवाज करता और जीता जागता। वे अपने मन को मोड़ लेते थे कहीं दूसरी ओर।

क्या तुमने देखा है रात को लोगों को सुनसान सड़क पर जाते हुए जब कि अंधेरा होता है? वे गीत गाना शुरू कर देते हैं, या कि सीटी बजाना, या कि गुनगुनाना। क्या कर रहे होते हैं वे?—वही चालाकी। गुनगुनाते हुए भूल जाते हैं अंधकार को। जोर से गाना गाते हुए, वे सुनते हैं उनकी अपनी आवाज और अनुभव करते हैं कि वे अकेले नहीं हैं। आवाज एक अनुभूति दे देती है कि वे अकेले नहीं हैं। उनकी अपनी आवाज से घिरने पर, अंधकार तिरोहित हो जाता है उनके लिए। अन्यथा, यदि रात को वे चुपचाप चलते हैं सुनसान सड़क पर, तो उनकी अपनी पगध्वनियां निर्मित करती हैं भय, जैसे कि कोई पीछा कर रहा हो। यह तो एक सीधी तरकीब हुई।

महावीर और बुद्ध नहीं बता सकते और नहीं सिखा सकते ऐसे धोखे। वे सिखाते हैं उपवास के बारे में, लेकिन उनका उपवास समग्र रूप से, गुणात्मक रूप से भिन्न होता है। सतह पर, दोनों उपवास करने वाले एक से ही होंगे, लेकिन गहरे तल पर भेद अस्तित्व रखता है। गहरे रूप से जो व्यक्ति बुद्ध या महावीर का अनुसरण कर रहा होता है वह उपवास करेगा और कोई क्रियाकलाप नहीं चलाएगा मन में। वह देखेगा और पूरा ध्यान देगा भूख पर। और फिर उदित होती है बहुत-बहुत सुंदर घटना: यदि तुम भूख पर ध्यान दो तो वह तिरोहित हो जाती है। बिना किसी भोजन के वह तिरोहित हो जाती है। क्यों? क्या घटता है भूख पर ध्यान देने से?

जब कामेच्छा उभरती है, तब तुम्हें पूरा ध्यान देना है उस पर—निर्णय न लेते हुए, नहीं कहते हुए कि ऐसा अच्छा है या बुरा। नहीं कहते हुए कि यह पाप है, नहीं कहते हुए कि यह शैतान की शैतानी है। नहीं, कोई मूल्यांकन नहीं होना चाहिए क्योंकि सारे मूल्यांकन मन से संबंधित होते हैं।

साक्षी का मन से संबंध नहीं। अच्छा, बुरा—तमाम भेद संबंधित होते हैं मन से, और साक्षी होता है अविभक्त, एक। न अच्छा होता है और न बुरा। वह तो मात्र होता है। यदि कोई भूख पर ध्यान देता है या कि कामेच्छा पर पूरा ध्यान देता है—और समग्र ध्यान एक ऐसी ऊर्जा होती है, वह अग्नि ही होती है—कि भूख जल ही जाती है, कामवासना की इच्छा बिलकुल जल जाती है। क्या घटता है? कौन सा रचना-तंत्र होता है भीतर?

तुम भूख अनुभव करते हो। वस्तुतः, तुम कभी भूखे नहीं होते। शरीर भूखा होता है, तुम कभी नहीं होते भूखे। लेकिन तुमने तादात्म्य बनाया होता है शरीर के साथ। तुम अनुभव करते हो, 'मैं हूं शरीर।'

इसीलिए तुम अनुभव करते कि तुम भूखे हो। जब तुम ध्यान देते हो भूख पर तो एक दूरी निर्मित हो जाती है, तादात्म्य टूट कर गिर पड़ता है। तुम अब शरीर नहीं रहतेः शरीर भूखा होता है और तुम होते हो द्रष्टा। अचानक, एक आनंदपूर्ण स्वतंत्रता तुममें उदित होती है जहां कि तुम अनुभव करते हो, 'मैं शरीर नहीं हूं, मैं कभी नहीं रहा शरीर। शरीर है भूखा, पर मैं नहीं हूं भूखा।' सेतु टूट जाता है—तुम अलग हो जाते हो।

शरीर में कामवासना के लिए इच्छा है क्योंकि शरीर आया है कामवासना में से ही। शरीर की इच्छा है कामवासना के लिए क्योंकि शरीर का हर कोशाणु कामवासनामय है। तुम्हारे माता-पिता ने, गहन कामुक क्रिया में निर्मित किया है तुम्हारे शरीर को। तुम्हारे शरीर के पहले कोशाण ही आये थे गहन काममय भावावेश द्वारा; वे उसी का गुणधर्म वहन किए रहते हैं। वे कोशिकाएं अपने को बढ़ाती रही हैं, और इसी भांति तुम्हारा सारा शरीर निर्मित हुआ है। तुम्हारा सारा शरीर काम-आवेश है। कामवासना उठती है। शरीर के लिए ऐसा स्वाभाविक है, कुछ गलत नहीं है इसमें। शरीर काम-ऊर्जा है और कुछ नहीं।

शरीर के लिये तो ब्रह्मचर्य संभव नहीं। कामवासना स्वाभाविक है शरीर के लिये। कामवासना शरीर के लिये स्वाभाविक है, और तुम्हारे लिये केवल ब्रह्मचर्य है स्वाभाविक; कामवासना है अस्वाभाविक नितांत अस्वाभाविक। इसीलिये हम इसे कहते हैं ब्रह्मचर्य। अंग्रेजी शब्द 'सेलिबेसि' बहुत ठीक नहीं है। वह बहुत साधारण है, सस्ता है। ब्रह्मचर्य का भाव नहीं पहुंचा पाता है। ब्रह्मचर्य प्राप्त किया गया है 'ब्रह्म' के मूल से। ब्रह्मचर्य शब्द का अर्थ होता है कि तुम आये हो उपलब्ध होने को, तुम आये हो जानने को कि तुम हो ब्रह्म, परम, दिव्य, कि तुम हो स्वयं परमात्मा।

जब कोई अनुभव करने लगता है वह स्वयं भगवान है, तब उसमें होता है वास्तविक ब्रह्मचर्य। तब कोई समस्या नहीं होती। और घटता क्या है, अदभुत बात तो यह होती है कि जब तुम अलग होते हो, जब सेतु टूट जाता है और शरीर से तुम्हारा तादात्म्य नहीं बना रहता, तो तुम नहीं कहते, 'मैं शरीर हूं।' तुम कहते हो, 'मैं शरीर में हूं, तो भी शरीर नहीं हूं। मैं रहता हूं इस घर में, पर मैं घर नहीं हूं। मैं इन वस्त्रों में हूं लेकिन वस्त्र नहीं हूं मैं।' जब तुम उपलब्ध कर लेते हो इसे—और मैं कहता हूं 'उपलब्ध' क्योंकि बौद्धिक रूप से तो तुम इसे पहले से ही जानते हो, बात उसकी नहीं; तुमने इसका संपूर्ण अनुभव ही नहीं किया है; जब तुम पूरी तरह समझते हो भूख पर गहरा ध्यान देते हुए, या कि काम-वासना पर ध्यान देते हुए, या किसी भी चीज पर—जब तुम करते हो स्पष्ट अनुभव, तो अचानक शरीर और आत्मा के बीच का वह सेतु तिरोहित हो जाता है। जब वहां अंतराल होता है और तुम बन चुके होते हो साक्षी, तब शरीर जीवित रहता है तुम्हारे सहयोग द्वारा।

शरीर नहीं जी सकता बिना तुम्हारे सहयोग के। यही तो घटता है जब शरीर मरता हैः शरीर तो बिलकुल वही होता है, केवल अब तुम्हारा सहयोग न रहा। तुम चले गये हो घर से बाहर और इसीलिये शरीर मर गया है। अन्यथा, कोई कभी मरता नहीं। शरीर वही होता है, पर शरीर निर्भर करता था तुम्हारी ऊर्जा पर। निरंतर, तुम्हें शरीर को ऊर्जा का भोजन देना होता है। यह बना रहता है तुम्हारे सहयोग द्वारा ही; इसकी अपनी कोई सत्ता नहीं। ऐसा तुम्हारे द्वारा ही हुआ है कि यह साथ-साथ है, वरना तो यह अलग हो गया होता। तुम इसमें केंद्रीय तथा निश्चित ठोस रूप देने वाले कारक हो।

जब भूख में, यदि कोई ध्यान देता है भूख पर, तब सहयोग नहीं होता। यह एक अस्थायी मृत्यु होती है। तुम शरीर का पोषण कर सहारा नहीं दे रहे होते हो। जब तुम नहीं बढ़ावा दे रहे होते हो शरीर को, तो

शरीर कैसे भूख अनुभव कर सकता है? शरीर कुछ अनुभव नहीं कर सकता; अनुभूति होती है तुम्हारे अस्तित्व की। हो सकता है कि भूख वहां हो शरीर में लेकिन शरीर अनुभव नहीं कर सकता है, उसके कोई स्पर्शबोधक नहीं होते।

अब, मात्र कुछ दशकों के भीतर ही, मस्तिष्क के शल्य-चिकित्सक एक बहुत रहस्यमय घटना के प्रति सजग हो गये हैं: कि मस्तिष्क, जो अनुभव करता है हर चीज, स्वयं में कोई अनुभूति नहीं होती उसकी। तुम पूरी तरह जानते हुए लेट सकते हो ब्रेन-सर्जन की मेज पर, तुम्हारा सिर खोला जा सकता है और वह काट सकता है तुम्हारे मस्तिष्क की अति सूक्ष्म नसें, तो भी तुम्हें कुछ महसूस न होगा। किसी बेहोशी की कोई जरूरत नहीं। वह खिड़की बना सकता है सिर में, वह सिर में एक सुराख बना सकता है, लेकिन तुम सुराख बनते जाने को अनुभव करोगे मात्र खोपड़ी पर। एक बार वह पहुंच जाता है भीतर तो कोई अनुभूति बिलकुल नहीं होती वहां। यदि वह तुम्हारा पूरा मस्तिष्क भी काट दे तो तुम्हें पता नहीं चलेगा, और तुम होओगे पूरी तरह जागे हुए।

पश्चिम में बहुत लोग जी रहे हैं मस्तिष्क के बहुत सारे हिस्सों को अलग करवा कर, और वे इसे जानते नहीं। बहुत लोग जी रहे हैं अपने मस्तिष्क में निश्चित इलेक्ट्रोड, विद्युत-उपकरण जुड़वाए हुए और उन्हें पता ही नहीं होता। वे अनुभव नहीं कर सकते इलेक्ट्रोड्स को। एक पत्थर तुम्हारे सिर के भीतर रख दिया जा सकता है और तुम कभी अनुभव नहीं करोगे कि वह वहां है, क्योंकि मस्तिष्क में कोई अनुभूति ही नहीं। तो कहां से आती होगी अनुभूति?

मस्तिष्क सूक्ष्मतम भाग होता है शरीर का, सबसे ज्यादा नाजुक, लेकिन उसकी भी कोई अनुभूति नहीं होती। अनुभूति आती है तुम्हारे अस्तित्व से। यह उधार ली जाती है शरीर द्वारा। शरीर की अपनी कोई अनुभूति नहीं होती। जब तुम ध्यान से देखते हो भूख को, तब अगर वह देखना वास्तविक होता है, प्रामाणिक होता है, और तुम बचते नहीं, तो भूख तिरोहित हो जाती है।

महावीर या बुद्ध का उपवास समग्रतया भिन्न उपवास होता है, जैनों और बौद्धों के उपवास से। महावीर का ब्रह्मचर्य समग्र-रूपेण भिन्न है जैन मुनियों के ब्रह्मचर्य से। महावीर बच नहीं रहे, वे तो मात्र देख रहे हैं। ध्यान से देखने पर, वह तिरोहित हो जाता है। साक्षी बनो, तो वह वहां मिलता नहीं। बचाव करने से, वह तुम्हारे पीछे चला आता है। वस्तुतः न ही केवल पीछे आता है, वह तुम्हें आविष्ट करता है।

योग कोई दमन नहीं सिखाता—वह नहीं सिखा सकता। लेकिन योगी हैं जो सिखाते हैं दमन। वे शिक्षक हैं; उन्होंने अपने अंतरतम के अस्तित्व का बोध नहीं पाया है। इसलिये एक भी ऐसा व्यक्ति अस्तित्व नहीं रखता है जो दमन द्वारा बुद्धत्व को उपलब्ध हो सकता हो। ऐसा संभव नहीं है, यह बिलकुल ही संभव नहीं है। कोई जागरूकता द्वारा प्राप्त करता है, दमन द्वारा नहीं।

तीसरा प्रश्न: ध्यान में अक्सर शारीरिक पीड़ा बनती है चित्तविक्षेप। जब पीड़ा हो रही हो तो क्या आप पीड़ा पर भी ध्यान करने के लिए कहेंगे?

इसी की तो बात कर रहा था मैं। यदि तुम पीड़ा अनुभव करते हो तो उसके प्रति सजग, ध्यानमय

रहना, कुछ करना मत। ध्यान सबसे बड़ी तलवार है—यह हर चीज काट देती है। तुम बस ध्यान देना पीड़ा पर।

उदाहरण के लिए, तुम ध्यान के अंतिम चरण में चुपचाप बैठे हुए होते हो, बिना हिले-डुले, और तुम शरीर में बहुत-सी समस्याएं अनुभव करते हो। तुम्हें लगता है कि टांग एकदम सुन्न होती जा रही है, हाथ में कुछ खुजली हो रही है, तुम्हें लगता है शरीर पर चींटियां रेंग रही हैं। बहुत बार देख लिया तुमने और वहां चींटियां हैं ही नहीं। वह रेंगाहट भीतर होती है, कहीं बाहर नहीं। तो तुम्हें करना क्या होगा? तुम्हें तो लगता है टांग खत्म हो रही है—ध्यानपूर्ण हो जाओ, अपना समग्र ध्यान ही लगा दो उस ओर। तुम्हें खुजली हो रही है? मत खुजलाना। उससे कोई मदद न मिलेगी। तुम केवल ध्यान दो। अपनी आंखें तक भी मत खोलना। केवल अपना ध्यान लगाना भीतर की ओर और मात्र प्रतीक्षा करना और देखना। कुछ पलों के भीतर ही वह खुजली मिट चुकी होगी। जो कुछ भी घटता है—यदि तुम्हें पीड़ा भी होती है, पेट में या सिर में होती है तीव्र पीड़ा, वह होती है क्योंकि ध्यान में सारा शरीर परिवर्तित होता है। वह बदलता है अपना रसायन। नयी चीजें घटनी शुरू होती हैं और शरीर एक अराजकता में होता है। कई बार पेट पर पड़ेगा प्रभाव, क्योंकि पेट में तुमने दबायी होती हैं बहुत भावनाएं, और वे सब झकझोर दी जाती हैं। कई बार तुम वमन कर देना चाहोगे, तुम अनुभव करोगे मिचलाहट; कई बार तुम सिर में तीव्र पीड़ा अनुभव करोगे। क्योंकि ध्यान परिवर्तित कर रहा होता है तुम्हारे मस्तिष्क के आंतरिक ढांचे को। ध्यान की राह से गुजरते हुए, तुम वस्तुतः ही एक अव्यवस्था में होते हो। जल्दी ही चीजें सुव्यवस्थित हो जाएंगी। लेकिन कुछ समय के लिए, हर चीज रहेगी अस्थिर, अव्यवस्थित।

तो तुम्हें करना क्या होता है? तुम सिर्फ देखना सिर की पीड़ा को, उसे देखना। तुम हो जाना द्रष्टा। तुम बिलकुल भूल ही जाना कि तुम कर्ता हो, और धीरे-धीरे हर चीज शांत हो जाएगी और इतनी सुंदरता से, इतनी लालित्य-पूर्ण ढंग से शांत होगी कि तुम्हें विश्वास नहीं आ सकता जब तक कि तुम उसे जान ही नहीं लेते। केवल पीड़ा ही नहीं मिटती है सिर की—क्योंकि यदि देखते हो तो वह ऊर्जा जो पीड़ा निर्मित कर रही थी, तिरोहित हो जाती है—वही ऊर्जा बन जाती है सुख। ऊर्जा एक ही होती है। पीड़ा या सुख वह एक ही ऊर्जा के दो आयाम हैं। यदि तुम मौन बैठे रह सकते हो और ध्यान दे सकते हो ध्यान-भंग होने की ओर, तो सारी विभ्रांतियां तिरोहित हो जाती हैं। और जब सारी विभ्रांतियां तिरोहित हो जाती हैं, तो तुम अकस्मात सजग हो जाओगे कि सारा शरीर तिरोहित हो चुका है।

वस्तुतः क्या घट रहा था? क्यों घट रही थीं ये बातें? जब तुम ध्यान नहीं करते तो ये नहीं घटतीं। सारा दिन तुम वैसे ही मौजूद होते हो और हाथ कभी नहीं खुजलाता, सिर में कोई दर्द नहीं होता, पेट बिलकुल ठीक-ठाक होता है और टांगें ठीक रहती हैं। हर चीज ठीक होती है। वस्तुतः क्या घट रहा था ध्यान में? ध्यान में ये चीजें अचानक क्यों घटने लगती हैं?

शरीर मालिक बना रहा है बहुत लंबे समय से, और ध्यान में तुम शरीर को इसकी मालकियत से बाहर फेंक रहे होते हो। तुम उतार दे रहे हो उसे सिंहासन से। वह चिपकता है; वह हर तरह से कोशिश करता है मालिक बने रहने की। वह तुम्हें विभ्रांत करने को बहुत चीजें निर्मित करेगा जिससे कि ध्यान खो जाये। तुम संतुलन से दूर हट जाते हो और शरीर फिर आ चढ़ता है सिंहासन पर। अब तक, शरीर ही बना रहा है मालिक और तुम बने रहे हो गुलाम। ध्यान द्वारा, तुम बदल रहे हो सारी चीज को ही, यह

एक बड़ी क्रांति है और निस्संदेह कोई शासक सत्ता के बाहर होना नहीं चाहता। शरीर राजनीतियां चलाता है—यही तो घट रहा है। जब वह निर्मित करता है काल्पनिक पीड़ाः खुजली, चींटियों का रेंगना तो शरीर कोशिश कर रहा होता है तुम्हारा ध्यान भंग करने की। ऐसा स्वाभाविक है, क्योंकि इतने लंबे समय से शरीर के पास सत्ता बनी रही है। बहुत जन्मों से यह बना रहा सम्राट और तुम बने रहे गुलाम। अब तुम बदल रहे हो—हर चीज उलट-पुलट गयी है। तुम अपने सिंहासन को वापस ले रहे होते हो। ऐसा स्वाभाविक है कि तुम्हारी शांति भंग करने को जो कुछ किया जा सकता है वह कुछ करना ही चाहिए शरीर को। यदि तुम अशांत हो जाते हो, तो तुम भटक जाते हो। साधारणतया लोग इन चीजों को दबा देते हैं। वे जप करने लगेंगे किसी मंत्र का। वे नहीं ध्यान देंगे शरीर पर।

मैं तुम्हें किसी प्रकार का दमन नहीं सिखा रहा हूं। मैं सिखाता हूं केवल जागरूकता। तुम मात्र देखो, ध्यान दो। क्योंकि वह झूठ है, तुरंत तिरोहित हो जायेगा वह। जब सारी पीड़ाएं और खुजलाहटें और चींटियां गायब हो चुकी होती हैं और शरीर गुलाम होने के अपने सही स्थान पर जा बैठा होता है, तो अकस्मात इतना आनंद उमगने लगता है कि तुम उसको अपने में समा नहीं सकते हो। अचानक इतना अधिक उत्सव उमड़ने लगता है तुम्हारे भीतर कि तुम उसे अभिव्यक्त भी नहीं कर सकते; उमड़ने लगती है कहीं पार की समझ की शांति, उमड़ने लगता है एक आनंद जो कि इस संसार का नहीं होता।

चौथा प्रश्नः कल प्रेम के बारे में बोलते हुए आपने कहा कि यह एक आधारभूत आवश्यकता है जिसकी परिपूर्ति करने का प्रयत्न हमें करना चाहिए। आपने यह भी बताया कि यह फिर-फिर दुख ले आता है। तो कैसे कोई अर्थपूर्ण ढंग से जी सकता है, यदि प्रेम को पूर्ण करने के हमारे प्रयत्नों का अंत सदा दुख पर ही होना होता है?

तुम्हारे सारे प्रयत्नों का अंत सदा दुख पर होता है। केवल प्रेम की ओर किये गये प्रयत्नों का ही नहीं, बल्कि तुम्हारे सारे प्रयत्नों का ही अप्रतिबंध रूप से अंत होता है दुख में, क्योंकि सारे प्रयत्न आते हैं अहंकार से। कोई प्रयत्न सफल होने वाला नहीं, क्योंकि कर्ता ही सारे दुखों का मूल है। यदि तुम प्रेम कर सकते हो बिना प्रेमी के वहां मौजूद हुए, तो कहीं कोई दुख न होगा।

बिना प्रेमी की मौजूदगी के प्रेम में होना बहुत-बहुत कठिन जान पड़ता है। प्रेम 'करने वाला' उत्पन्न करता है दुख को, प्रेम नहीं। प्रेमी वे चीजें शुरू करता है जो समाप्त होती हैं नरक में। सारे प्रेमी असफल होते हैं, और मैं किसी अपवाद की नहीं कहता, केवल प्रेम कभी असफल नहीं होता। इसलिए तुम्हें समझ लेना है कि तुम्हारे प्रेम में तुम्हें वहां मौजूद नहीं होना चाहिए। प्रेम मौजूद होना चाहिए, लेकिन बिना किसी अहंकार के।

तुम चलो, तो चलने वाला वहां न हो। तुम करो भोजन, लेकिन भोजन करने वाला न हो वहां। जो कुछ जरूरी है तुम्हें करना होगा, लेकिन कोई कर्ता न रहे वहां। यही होता है संपूर्ण अनुशासन। यही है धर्म का एकमात्र अनुशासन। धार्मिक व्यक्ति वह नहीं होता जो किसी एक धर्म से संबंधित होता है। वस्तुतः धार्मिक व्यक्ति किसी एक धर्म से संबंध नहीं रखता है। धार्मिक व्यक्ति वह व्यक्ति है जिसने

गिरा दिया है कर्ता को, जो जीता है स्वाभाविक रूप से, और बस अस्तित्व रखता है।

तब प्रेम की एक अलग ही गुणवत्ता होती है—वह आधिपत्य जमाने वाला नहीं होता, वह ईर्ष्यापूर्ण नहीं होता। वह मात्र देता है। कोई सौदा नहीं होता; तुम उसमें अदला-बदली नहीं करते। वह कोई वस्तु नहीं होता, वह एक छलकता हुआ उमड़ाव होता है तुम्हारे अस्तित्व का। तुम बांटते हो उसे। वस्तुतः, अस्तित्व की उस अवस्था में जहां कि अस्तित्व प्रेम का होता है, प्रेमी का नहीं, तो ऐसा नहीं होता कि तुम किसी एक के प्रेम में पड़ते हो और किसी दूसरे के प्रेम में नहीं होते, तुम प्रेम मात्र में होते हो। यह विषय-वस्तुओं का सवाल नहीं होता।

यह ऐसे है जैसे श्वास लेना। किसके साथ श्वास लेते हो? तुम तो मात्र श्वास लेते हो। कौन होता है तुम्हारे साथ बात इसकी नहीं। यह तो बिलकुल ऐसे होता है : तुम किसके प्रेम में पड़ते हो यह बात असंबंधित हो जाती है, तुम बस प्रेम में होते हो—जो कोई भी हो तुम्हारे साथ। या, चाहे कोई भी न हो तुम्हारे साथ। शायद तुम खाली घर में बैठे हुए होओगे, तो भी प्रेम प्रवाहित हो रहा होता है। अब प्रेम कोई क्रिया नहीं, यह तुम्हारा अस्तित्व है। तुम उसे उतार-पहन नहीं कर सकते हो—यह तुम ही होते हो। यही है विरोधाभास।

जब तुम तिरोहित हो जाते हो तब तुम होते हो प्रेम; जब तुम नहीं होते हो, तब केवल प्रेम होता है। अंततः, तुम संपूर्णतया भूल जाते हो प्रेम को, क्योंकि है कौन वहां उसे याद करने को? तो प्रेम एक फूल की भांति है जो खिलता है, वह सूर्य है जो उदित होता है, सितारों की भांति है जो रात का आकाश भर देते हैं—वह तो बस घटता है। यदि तुम एक चट्टान का भी स्पर्श करते हो, तो तुम प्रेम पूर्वक स्पर्श करते हो उसे। वह बन चुका होता है तुम्हारा अस्तित्व।

यही अर्थ है जीसस के इस कथन का, 'अपने शत्रुओं से प्रेम करो।' सवाल शत्रुओं से प्रेम करने का नहीं है, बात है कि स्वयं ही बन जाना प्रेम। तब तुम कुछ और कर नहीं सकते। चाहे शत्रु भी आ जाये, तुम्हें प्रेम ही करना पड़ता है। कुछ और करने को होता नहीं है। घृणा इतनी मूढ़ता भरी बात है कि वह अस्तित्व रख सकती है केवल अहंकार के साथ। घृणा एक मूढ़ता होती है क्योंकि तुम दूसरे को नुकसान पहुंचा रहे होते हो। और दूसरे से ज्यादा नुकसान तो स्वयं अपने को पहुंचा रहे होते हो। यह मूढ़ता है, क्योंकि वह सारा नुकसान जो तुम पहुंचाते हो, वापस आ पहुंचेगा तुम तक ही। और बहुत बढ़ कर, वह वापस लौट आएगा तुम तक। तुम दब जाओगे लुढ़कते बोझ तले। यह मात्र मूढ़ता है, जड़ता है। सारे पाप मूढ़ताएं हैं और जड़ताएं हैं।

इसीलिए पूरब में हम केवल एक ही पाप जानते हैं, और वह है अज्ञान। और सब कुछ तो मात्र उसमें से आया उत्पादन होता है। जब मैं बोलता हूं प्रेम पर, तो मैं बोलता हूं उस प्रेम के बारे में जहां कि प्रेमी मौजूद नहीं रहता। और यदि तुम्हारा प्रेम तुम तक दुख ला रहा होता है, तो खूब जान लेना कि यह प्रेम नहीं। यह तुम्हारा अहंकार है जो ले आता है दुख। अहंकार विषमय बना देता है हर चीज को, जो कुछ भी तुम छूते हो उसको। वह किंग मिडास की भांति है : जो कुछ भी वह छू लेता था वह बन जाता सोना। अहंकार है किंग मिडास की भांति ही—जो कुछ भी छू लेता है विष बन जाता है। और तुम जानते ही हो कि किन कठिनाइयों और मुसीबतों में जा पड़ा था मिडास। चीजें परिवर्तित हो रही थीं सोने में और फिर भी वह बन गया था दुखी, इतना दुखी जितना दुखी कोई इस पृथ्वी पर कभी नहीं हुआ है। उसने

अपनी बेटी को छू लिया जिससे वह प्रेम करता था और वह बन गयी सोना। उसने छुआ अपनी पत्नी को और वह बन गयी सोना। वह भोजन को छूता और भोजन बन जाता सोना। वह पी नहीं सकता था, वह खा नहीं सकता था, वह प्रेम नहीं कर सकता था, वह चल-फिर नहीं सकता था। उसके अपने रिश्तेदार भाग गये। नौकर चाकर भी बहुत दूर खड़े रहते, क्योंकि यदि वे पास आते और संयोगवशात कहीं वह उन्हें छू लेता, तो वे सोने के बन जाते। किंग मिडास तो जरूर बिलकुल पागल ही हो गया होगा।

तो तुम्हारे साथ क्या है? जो कुछ तुम छूते हो बन जाता है विष। चाहे जब हर चीज सोना भी बन जाये तो भी नरक निर्मित हो जाता है। तुम क्या करते हो?—तुम छूते हो और चीजें बन जाती हैं विषमय। तुम जीते हो दुख में, लेकिन तुम्हें ढूंढ लेना है इसका कारण। तुम्हारे भीतर ही है वह कारण : वह कर्ता, वह अहंकार, वह 'मैं'। लेकिन तुम्हें इसमें से गुजरना होगा। मेरे अनुभव से तुम नहीं सीख सकते।

झेन में कहते हैं कि पानी गर्म है या ठंडा, तुम केवल तभी जानते हो यदि तुम उसे पीते हो। मेरा कहना कि 'अहंकार हर चीज को विष में बदल देता है', बहुत मदद नहीं देगा। तुम्हें देखना होता है ध्यान से। तुम्हें रहना होता है खूब सतर्क। तुम्हें अनुभव करना पड़ता है और समझना पड़ता है तुम्हारे अपने अहंकार को—कि उसने क्या कर दिया होता है तुम्हारे साथ।

लेकिन अहंकार बहुत चालबाज होता है। जब कभी तुम दुख में होते हो वह सदा यही कह देता है कि कोई दूसरा है इसका कारण। यही तो चालाकी होती है जिस तरह अहंकार स्वयं को बचा लेता है। यदि तुम दुख में होते हो, तुम कभी नहीं सोचते कि कारण तुम्हीं हो। यह सदा कोई दूसरा होता है। पति दुख में है क्योंकि पत्नी निर्मित कर रही है दुख; पत्नी दुख में है क्योंकि पति निर्मित कर रहा है दुख; पिता दुख में है बेटे के कारण। अहंकार सदा जिम्मेदारी फेंक देता है दूसरे के ऊपर।

मैंने देखे हैं लोग जो दुख में हैं क्योंकि उनके बच्चे हैं, और मैंने देखे हैं लोग जो कि दुख में हैं क्योंकि उनके बच्चे नहीं हैं। मैं देखता हूं लोगों को जो प्रेम में पड़ गये हैं और दुखी हैं—उनका संबंध ही उन्हें दे रहा है बहुत तकलीफ, घबड़ाहट, पीड़ा—और मैं देखता हूं लोगों को दुखी जो प्रेम में नहीं पड़े हैं, क्योंकि बिना प्रेम के वे दुखी-पीड़ित हैं। ऐसा मालूम पड़ता है कि तुमने तो बिलकुल दृढ़ निश्चय ही कर रखा है दुखी रहने का। जो कुछ भी होती है स्थिति, तुम निर्मित करते हो दुख। लेकिन तुम भीतर कभी नहीं झांकते। कोई चीज भीतर होती है जरूर जो इसे बनाती है—वह अहंकार, कि तुम सोचते हो तुम हो, अहम् की वह धारणा। जितनी ज्यादा बड़ी धारणा होगी अहम् की, उतना ज्यादा बड़ा होगा दुख।

बच्चे कम दुख में होते हैं क्योंकि उनका अहंकार अभी विकसित नहीं हुआ है। फिर, जीवन भर लोग सोचते जाते हैं कि बचपन में जीवन स्वर्ग था। इसका एकमात्र कारण बस यही है कि अहंकार को समय चाहिए विकसित होने के लिए। बच्चों में ज्यादा अहंकार नहीं होता है। यदि तुम अपना अतीत याद करने की कोशिश करो तो तुम कहीं एक रुकाव पाओगे। तीन वर्ष की आयु पर या चार वर्ष की आयु पर, अकस्मात स्मृति वहां ठहर जाती है। क्यों?

मनोविश्लेषक गहराई से इस रहस्य की जांच-पड़ताल करते रहे हैं और अब वे एक निष्कर्ष पर आ पहुंचे हैं। वे कहते हैं कि ऐसा होता है क्योंकि अहंकार मौजूद नहीं था। कौन संग्रह करेगा स्मृतियों को? संग्रहकर्ता वहां था ही नहीं। चीजें घटती थीं, अनुभव घटता था, क्योंकि कोई बच्चा तीन वर्ष की आयु तक कोरा कागज ही तो नहीं होता है। लाखों चीजें घट गयी होती हैं। और बच्चे को ज्यादा चीजें घटती हैं

वृद्ध व्यक्ति की अपेक्षा, क्योंकि बच्चा ज्यादा जिज्ञासु होता है। प्रत्येक छोटी बात उनके लिए बड़ी बात होती है। लाखों चीजें घट गयी होती हैं उन तीन वर्षों में, लेकिन क्योंकि अहंकार वहां नहीं था, तो कोई चिह्न अवशेष नहीं बच रहता। यदि बच्चा सम्मोहन में होता है, तो वह कर सकता है याद। वह रुकाव-अटकाव के पार जा सकता है।

बहुत से प्रयोगों में सम्मोहित हुए व्यक्तियों को केवल वही चीजें ही याद नहीं आयीं जो जन्म के बाद घटी थीं, बल्कि वे चीजें भी याद आ गयीं जो जन्म के पहले घटी थीं। जब कि वे मां के गर्भ में थे। मां बीमार थी, या कि उसे तीव्र उदर-पीड़ा थी, और बच्चे ने पीड़ा पायी थी। या, बच्चा मां के गर्भ में था, सात या आठ महीने का हो गया था और मां ने संभोग किया था, बच्चा याद करता है उसे। क्योंकि जब मां संभोग करती है, तो भीतर बच्चे का दम घुटता है।

पूरब में यह बात पूर्णतया वर्जित रही है। जब मां गर्भवती हो तो उससे संभोग नहीं किया जाना चाहिए। कोई भी कामवासना युक्त क्रिया खतरनाक होती है बच्चे के लिए, क्योंकि बच्चा अपनी श्वास-क्रिया के लिए निर्भर रहता है मां पर। आक्सीजन उपलब्ध होती है मां के द्वारा। जब मां कामवासना की क्रिया में होती है, तो उसके श्वास की लय खो जाती है। सतत लय जब नहीं रहती वहां, तो बच्चे का दम घुटता है, न जानते हुए कि क्या हो रहा है। कामवासना में पड़ते हुए ज्यादा आक्सीजन सोख ली जाती है मां के द्वारा। अब वह वैज्ञानिक तथ्य है। जब ज्यादा आक्सीजन सोख ली जाती है मां के द्वारा, तो बच्चा नहीं पा सकता आक्सीजन। कई बार मृत्यु तक भी संभव होती है; बच्चा मर सकता है। बच्चे को याद रहती हैं ये सारी बातें। तुम्हें भी याद हैं ये सब बातें, वे मौजूद हैं। लेकिन क्योंकि अहंकार नहीं था वहां, वे बातें तुम पर बोझ नहीं बनी हैं।

संबोधि को उपलब्ध व्यक्ति को चीजें याद रहती हैं इसी भांति। याद रखने को कोई केंद्र नहीं होता उसके पास। उसने संचित कर ली होती है स्मृति, लेकिन वह कोई बोझ नहीं है। यदि वह चाहता है, तो वह झांक लेता है स्मृति में और चीजें ढूंढ लेता है उसमें से, लेकिन वह बोझिल नहीं हुआ होता। स्मृतियां अपने से ही उस तक नहीं आ पहुंचती हैं। वह जांच सकता है, वह चीजें पता कर सकता है, लेकिन सामान्यतया वह बना रहता है खाली आकाश की भांति। कोई चीज स्वयं ही नहीं आती।

तुम प्रभावित किए जाओगे तुम्हारे अपने अनुभव द्वारा, जो मैं कहता हूं उसके द्वारा नहीं। दुख की ओर देखना और सदा प्रयत्न करना कारण ढूंढने का, और तुम कारण पाओगे तुम्हारे स्वयं के भीतर। जैसे ही तुम जान लेते हो कि कारण भीतर है, तो रूपांतरण का बिंदु अपनी परिपक्वता तक पहुंच चुका होता है। अब तुम दिशा बदल सकते हो, अब तुम परिवर्तित हो सकते हो—तुम तैयार होते हो। जब तुम दूसरों पर जिम्मेदारी फेंकते जाते हो तो कोई परिवर्तन संभव नहीं होता है। जब तुम जान लेते हो कि तुम स्वयं जिम्मेदार हो उस तमाम दुख के लिए जिसे तुमने निर्मित किया है कि तुम स्वयं हो अपने नरक, तत्क्षण ही बड़ी क्रांति घटती है। तुरंत, तुम बन जाते हो स्वयं अपने स्वर्ग।

इसलिए मैं कहता हूं तुम से संबंधों में उतरने के लिए, संसार में बढ़ने के लिए; अनुभव पाने के लिए, परिपक्व होने के लिए, पकने के लिए, मंजने के लिए। केवल तभी जो कुछ मैं कह रहा हूं वह अर्थपूर्ण होगा तुम्हारे लिए। अन्यथा, बौद्धिक रूप से तुम समझ लोगे लेकिन अस्तित्वगत रूप से तुम चूक जाओगे।

पांचवां प्रश्नः मुझे नहीं लगता है कि मैं आपको प्रेमी के रूप में अनुभव कर सकूं। इतना ही लगता है कि आप मेरे लिए ठीक हैं। क्या पुराने अनुभव के कारण, पुरुषों के प्रति बन गए मेरे अनिश्चित भावों के कारण ऐसा है? क्या उच्च स्तर के संबंध के लिए, किसी पूर्व अपेक्षा के रूप में, आपके साथ प्रेम में पड़ना होता है?

तुम मुझे बिलकुल ही नहीं समझे हो। तुम अपेक्षित नहीं हो मेरे प्रेमी बनने के लिए—मैं अपेक्षित नहीं हूं तुम्हारा प्रेमी बनने के लिए। लेकिन तुम्हारी तकलीफ मैं समझता हूं। तुम नहीं समझ सकते कि प्रेम कैसे संभव होता है बिना प्रेमी बने हुए। तुम कर सकते हो मुझे प्रेम बिना मेरे प्रेमी हुए ही; वह होता है उच्चतम प्रकार का प्रेम, शुद्धतम प्रेम।

इसे समझ लेना है, क्योंकि गुरु और शिष्य के बीच का संबंध इस संसार का नहीं होता। गुरु न तो तुम्हारा पिता होता है और न तुम्हारा भाई, न तो तुम्हारा पति होता है और न पत्नी, और न ही तुम्हारा बच्चा। नहीं, वे सारे संबंध जो संसार में विद्यमान हैं, असंगत होते हैं गुरु और शिष्य के बीच। एक अर्थ में वह यह सब कुछ होता है, और दूसरे अर्थ में, इनमें से कुछ नहीं होता। एक खास अर्थ में वह पिता समान होता है। एक निश्चित अर्थ में वह तुम्हारे लिए एक बच्चे की भांति होता है। जब मैं कहता हूं निश्चित अर्थ में तो मेरा मतलब होता है कि वह तुम्हारे प्रति पिता समान होगा, यद्यपि वह शायद उम्र में तुमसे ज्यादा बड़ा न भी हो। वह बहुत युवा हो सकता है, तो भी एक निश्चित अर्थ में वह पितृवत होगा तुम्हारे प्रति क्योंकि वह देता है और तुम ग्रहण करते हो और क्योंकि वह ऊंचे शिखर पर रहता है और तुम घाटी में रहते हो। आयु की दृष्टि से वह शायद तुमसे वृद्ध न हो, लेकिन शाश्वत रूप से वह असीमित रूप से ज्यादा बड़ा होता है तुमसे। और एक निश्चित अर्थ में वह बिलकुल एक बच्चे की भांति होगा तुम्हारे लिए, क्योंकि वह फिर से बच्चा हो गया है। वह संबंध, बहुत सारी चीजों से भरा है। बहुत जटिल। वह तुम्हारा पति नहीं हो सकता क्योंकि वह तुम पर नियंत्रण नहीं रख सकता, और वह तुम्हारे नियंत्रण में हो नहीं सकता। लेकिन एक खास अर्थ में वह पतिवत होता है। तुम्हारा मालिक होने की जरा भी उसकी कामना के बिना तुम उससे आविष्ट हो जाते हो। उसकी ओर से कोई प्रयास हुए बिना तुम्हारा भाव हो ही जाता है प्रेमिका का। क्योंकि गुरु और शिष्य के बीच ऐसा ही संबंध होगा कि शिष्य को स्त्रैण होना ही होता है, क्योंकि शिष्य ग्रहणकर्ता होता है और उसे रहना होता है खुला। वस्तुतः गुरु के साथ उसे गर्भधारी होना होता है। केवल तभी संभव होगा पुनर्जन्म।

एक दूसरे निश्चित अर्थ में गुरु पत्नी की भांति होता है क्योंकि इतना मृदु, इतना स्नेही होता है वह। उसके जीवन में सारे नुकीले कोने तिरोहित हो चुके होते हैं। वह बन गया होता है अधिकाधिक वर्तुल और वर्तुल अपने शरीर में भी, अपने अस्तित्व में भी, वह अधिक स्त्रीत्वमय होता है। इसीलिए बुद्ध ज्यादा स्त्रीत्वपूर्ण जान पड़ते हैं।

नीत्से ने बुद्ध की आलोचना केवल इसी कारण की है: कि वे स्त्रैण पुरुष थे। नीत्से ने कहा कि बुद्ध ने निर्मित की थी भारत की सारी स्त्रैणता, क्योंकि नीत्से के विचार से, पुरुष शक्तिपूर्ण तत्व है और स्त्री का अर्थ है दुर्बलता। एक खास अर्थ में वह ठीक ही कहता है।

बुद्ध स्त्रैण हैं पर वे दुर्बल नहीं हैं। या दुर्बलता की एक अपनी शक्ति होती है जो किसी शक्ति में

कभी नहीं हो सकती। एक बच्चा दुर्बल होता है, लेकिन बच्चे में वह शक्ति होती है, जो किसी प्रौढ़ व्यक्ति में नहीं हो सकती।

चट्टान बहुत शक्तिशाली होती है। चट्टान के एकदम किनारे ही कोई फूल होता है—बहुत कमजोर। लेकिन फूल के पास एक शक्ति होती है जो किसी चट्टान के पास कभी नहीं हो सकती। निश्चित रूप से फूल कमजोर होता हैः सुबह को वह खिलता है, आता है, शाम तक वह जा चुका होता है। इतना अस्थायी होता है वह! वह इतना अल्पकालिक होता है। इतना क्षणिक। लेकिन फूल में एक अलग प्रकार के आयाम की, एक अलग तरह की गुणवत्ता की शक्ति होती है—वह होता है बहुत जीवंत। वस्तुतः, वह इतनी जल्दी मरता है, क्योंकि वह जीया होता है बहुत प्रगाढ़ता से। फूल में रहने वाली जीवन की वही प्रगाढ़ता उसे थका देती है शाम तक। चट्टान जीए चली जाती है क्योंकि वह जीती है बड़े कुनकुने ढंग से। वहां जीवन प्रगाढ़ नहीं होताः बहुत निस्तेज होता है, ढीला-ढीला, उनींदा। चट्टान सोती है, फूल जीता है।

सद्‌गुरु दुर्बल होता है एक निश्चित अर्थ में, क्योंकि उसकी दुर्बलता की एक अपनी शक्ति होती है। वह स्त्रैण होता है एक निश्चित अर्थ में क्योंकि सारी आक्रामकता जा चुकी है, सारी हिंसा तिरोहित हो चुकी है। पिता की भांति होने की अपेक्षा वह मां की भांति अधिक है। बात बहुत जटिल है, किसी के लिए जरूरी नहीं प्रेमी होना, लेकिन हर किसी के लिए जरूरी है प्रेम में होना।

'मुझे नहीं लगता है कि मैं आपको प्रेमी के रूप में अनुभव कर सकूं। इतना ही लगता है कि आप मेरे लिए ठीक हैं।'

कितना ठंडापन, कितनी भावशून्यता! 'मात्र ठीक?' 'मात्र ठीक' पर्याप्त नहीं होता। जब तक मैं ठीक से कुछ ज्यादा नहीं होता तुम्हारे लिए तब तक कुछ नहीं घटेगा। मात्र ठीक होना तो बहुत गणितीय हो जाता है; मात्र ठीक पर्याप्त से कम है। 'मात्र ठीक' का अर्थ हुआ कि मैं तुमसे मिलता हूं केवल बाह्य सतह पर, केंद्र पर नहीं। और जब तुम कहते हो कि 'आप मेरे लिए ठीक हैं', तो यह हृदय का संबंध नहीं हो सकता। यह तो केवल बुद्धि का हुआ—मतलबी, होशियार, चालाक, बचाव बनाये हुए, किनारे-किनारे, हृदय के खतरनाक संबंध में न बढ़ता हुआ, वरन सिर्फ बाहर-बाहर बना हुआ, हमेशा भागने को तैयार। यही है 'मात्र ठीक' का अर्थ। और 'मात्र ठीक' के पास कोई ऊर्जा नहीं होती। वह बात होती है नितांत ठंडी।

तो यदि तुम इसमें से बाहर आकर विकसित नहीं हो सकते, तो बेहतर है कि मुझे छोड़ देना, क्योंकि कुछ नहीं घटेगा। तुम्हारे पास पर्याप्त ऊर्जा नहीं होती और यदि तुम मेरी ओर त्वरा से नहीं बढ़ रहे होते हो तो मैं तुम्हारी ओर नहीं बढ़ सकता। यह संभव नहीं; तुम्हें बढ़ना होता है।

गुरु और शिष्य के बीच का संबंध कोई हिसाब-किताब लगा कर बनाया संबंध नहीं होता है। जब सद्‌गुरु हो जाता है तुम्हारे लिए केवल एक मात्र सद्‌गुरु...ऐसा नहीं होता कि केवल वही है सद्‌गुरु, बहुत से हैं, लेकिन सवाल इसका नहीं...जब शिष्य के लिए सद्‌गुरु हो जाता है एक मात्र सद्‌गुरु, जब सारा इतिहास, अतीत और भविष्य फीका पड़ जाता है इस व्यक्ति के सम्मुख, हर चीज मद्धिम पड़ जाती है और केवल यही व्यक्ति बना होता है तुम्हारे हृदय में, केवल तभी कुछ संभव होता है।

इसी कारण बहुत सारी समस्याएं उठ खड़ी होती हैं। कोई पड़ जाता है बुद्ध के प्रेम में। तब वह

कहता है कि 'बुद्ध ही हैं एकमात्र बुद्ध पुरुष।' तब वह कहता है, 'ठीक है—जीसस हैं, कृष्ण हैं, तो भी बुद्ध की भांति नहीं हैं।' तब जीसस और कृष्ण बाहर कर दिये गये परिधि पर। केंद्र पर, मंदिर के हृदय में ही, या हृदय के मंदिर में, केवल बुद्ध रहते हैं। शिष्य के लिए यह बात पूर्ण रूप से सत्य होती है। यदि कोई जीसस के प्रेम में पड़ता है तो जीसस आ जाते हैं केंद्र में, बुद्ध, महावीर और मोहम्मद—सभी परिधि पर होते हैं। जब सद्‌गुरु हो जाता है सूर्य की भांति और तुम उसके चारों ओर घूमते हो पृथ्वी की भांति, नक्षत्र की भांति, वह बन जाता है तुम्हारा केंद्र, तुम्हारे जीवन का सच्चा केंद्र। केवल तभी संभव होता है कुछ, उससे पहले बिलकुल नहीं।

'मात्र ठीक' बिलकुल ठीक नहीं। 'मात्र ठीक' का तो मतलब हुआ लगभग गलत। 'मात्र ठीक' के जाल से निकल आने की कोशिश करना। यदि तुम मेरे पास आते हो उमड़ाव के पूरे अतिरेक से, केवल तभी तुम पाओगे मुझे। यदि तुम मेरे पास आते हो त्वरा से, जितनी तेजी से दौड़ सकते हो उतनी तेजी से दौड़ते हुए, केवल तभी तुम पाओगे मुझे। यदि तुम पूरी तेजी से, बिना आगे पीछे देखे मुझमें कूद पड़ते हो, केवल तभी तुम पाओगे मुझे। यह तो बहुत व्यापारिक रंग-ढंग हो जाता है, जब तुम कहते हो, 'मात्र ठीक!' या तो इससे बाहर हो, इससे आगे बढ़ो या मुझसे दूर चले जाओ। शायद कहीं किसी और के प्रेम में तुम पड़ सको। क्योंकि सवाल इसका नहीं कि तुम 'अ' नामक सद्‌गुरु के या 'ब' नामक सद्‌गुरु के या 'स' नामक सद्‌गुरु के प्रेम में पड़ते हो—बात यह नहीं होती। बात यह होती है कि तुम प्रेम में पड़ते हो। जहां कहीं यह घटता हो, वहीं चले जाओ। यदि संबंध है 'मात्र ठीक' तब मैं नहीं हूं तुम्हारा सद्‌गुरु, तब तुम नहीं हो मेरे शिष्य।

'क्या पुराने अनुभव के कारण, पुरुषों के विषय में बन गए मेरे अनिश्चित भावों के कारण ऐसा है?'

नहीं, पुरुषों के लिए तुम्हारे अनिश्चित भावों के कारण ही ऐसा नहीं है। यह तुम्हारे कारण ही है, तुम्हारे अहंकार के कारण। पुरुषों के लिए तुम्हारी अनिश्चितताएं भी तुम्हारे अहंकार के कारण हैं। वे भी हैं तो इसी कारण। यदि कोई स्त्री किसी पुरुष के प्रति समर्पण नहीं कर सकती है, तो ऐसा इसलिए नहीं होता कि पुरुषों की कमी होती है या कि मिलते ही नहीं। ऐसा केवल इस कारण होता है कि स्त्री विकसित नहीं हुई होती। केवल विकसित व्यक्ति समर्पण कर सकता है, क्योंकि विकसित ही इतना साहसी हो सकता है कि समर्पण कर सके। स्त्री बचकानी बनी रही हो, अवरुद्ध रही हो, तो हर पुरुष के साथ समस्या ही आ बनेगी।

और यदि तुम प्रेम में समर्पण नहीं कर सकते, तो तुम्हारे लिए बहुत कठिन होगा किसी भी अन्य तल पर समर्पण करना। सद्‌गुरु के प्रति भी समर्पण होता है और कोई पुरुष या कोई स्त्री कभी जितने की मांग कर सकते हैं उससे कहीं ज्यादा बड़ा समर्पण होता है। पुरुष मांग करता है तुम्हारे शरीर के समर्पण की, यदि वह तुमसे संबंधित होता है केवल कामवासना के कारण। यदि वह तुमसे प्रेम भी करता है, तब वह मांग करता है तुम्हारे मन के समर्पण की। लेकिन सद्‌गुरु मांग करता है तुम्हारी ही—मन, शरीर, आत्मा—तुम्हारे समग्र अस्तित्व की। उससे कम से काम न बनेगा।

तीन संभावनाएं होती हैं। जब कभी तुम सद्‌गुरु के पास आते हो, तो पहली संभावना होती है बौद्धिक रूप से उसके साथ संबंधित होने की, सिर के द्वारा। वह कुछ ज्यादा नहीं। तुम्हें उसके विचार पसंद आ सकते हैं, फिर भी इसका अर्थ यह नहीं होता कि तुम 'उसे' पसंद करते हो। विचार पसंद

करना, उसकी धारणाएं पसंद करना, 'उसे ही' पसंद करना नहीं है। विचार तुम अलग रूप से ग्रहण कर सकते हो। सद्‌गुरु के साथ किसी संबंध में जुड़ने की कोई जरूरत नहीं होती। यही घट रहा है प्रश्नकर्ता को। संबंध भौतिक है; इसीलिए यह 'मात्र ठीक' है।

एक दूसरी संभावना होती है। तुम हार्दिक रूप से प्रेम में पड़ते हो, तब इसका कोई सवाल नहीं होता कि वह क्या कहता है; सवाल उसका स्वयं का ही होता है। यदि तुम बौद्धिक रूप से मुझसे संबंधित होते हो, तो कभी न कभी तुम्हें दूर जाना ही होगा। क्योंकि मैं स्वयं का खंडन करता चला जाऊंगा। हो सकता है एक विचार तुम्हें अनुकूल पड़े, दूसरा न अनुकूल पड़ता हो। यह विचार तुम पसंद करो, वह विचार तुम पसंद न करो, और मैं करता जाऊंगा स्वयं का खंडन।

और मैं स्वयं का खंडन करता हूं एक खास उद्देश्य से: मैं केवल उन्हीं लोगों को अपने चारों ओर चाहता हूं, जो प्रेम में होते हों—उन्हें नहीं जो कि बौद्धिक रूप से कायल होते हैं मेरे। उन्हें दूर फेंक देने को मुझे निरंतर विरोधाभासी बने रहना होता है।

यह एक छंटाई होती है, एक बहुत सूक्ष्म छंटाई। मैं कभी नहीं कहता तुमसे, 'चले जाओ।' तुम अपने से ही चले जाते हो। और तुम ठीक अनुभव करते हो कि 'यह आदमी विरोधाभासी था, इसलिए मैं छोड़कर चला आया।' केवल वही जो कि हृदय से संबंधित होते हैं मुझसे, विरोधाभासों की फिक्र नहीं लेंगे। वे इसकी चिंता नहीं करेंगे कि क्या कहता हूं मैं। वे देखते हैं सीधे मेरी ओर। वे जानते हैं मुझे—कि मैं धोखा नहीं दे सकता हूं उन्हें। वे जानते हैं मुझे प्रत्यक्ष रूप से—जो मैं कहता हूं उसके द्वारा नहीं। जो मैं कहता हूं, वह ज्यादा महत्वपूर्ण नहीं है।

जरा भेद पर ध्यान देना: वह व्यक्ति जो कायल होता है मेरे विचारों का, मुझसे संबंधित होता है विचारों द्वारा; वह व्यक्ति जो प्रेम में पड़ता है मेरे, विचारों से संबंधित हो सकता है, लेकिन 'मेरे' द्वारा ही। बड़ा अंतर पड़ता है इस बात से।

फिर होता है तीसरे प्रकार का संबंध जो कि संभव होता है केवल तभी, जब दूसरे प्रकार का संबंध घट चुका होता है। जब तुम वास्तव में ही प्रेम में पड़ते हो, तो प्रेम इतना स्वाभाविक हो जाता है कि तिरोहित हो जाता है। जब मैं कहता हूं 'तिरोहित' तो मेरा यह मतलब नहीं होता कि वह तिरोहित हो जाता है, मैं केवल इतना ही कहता हूं कि तुम अब जागरूक न रहे इसके प्रति कि वह वहां है। क्या तुम जागरूक होते हो श्वास के प्रति? जब कुछ गलत घटता है, हां, तभी हां, जब तुम तेज दौड़ रहे होते हो, श्वास दुष्कर हो जाती है। और तुम्हारी श्वास अवरुद्ध हो जाती है। पर जब तुम अपनी कुर्सी पर पड़े आराम कर रहे होते हो और हर चीज ठीक होती है, तो क्या तुम श्वास के प्रति सजग होते हो? नहीं; इसकी कोई जरूरत नहीं होती। जब सिर में दर्द होता है केवल तभी तुम सिर के प्रति सजग होते हो; कुछ गलत हो गया होता है। जब सिर बिलकुल स्वस्थ होता है, तो तुम सिरविहीन होते हो। यही है स्वास्थ्य की परिभाषा: जब शरीर संपूर्णतया स्वस्थ होता है, तुम उसे जानते ही नहीं। यह ऐसे होता है जैसे कि वह वहां है नहीं; तुम देहविहीन हो जाते हो। यही परिभाषा है श्रेष्ठ प्रेम की भी। प्रेम परम है, उच्चतम स्वास्थ्य है, क्योंकि प्रेम व्यक्ति को बनाता है संपूर्ण। जब तुम सद्‌गुरु से प्रेम करते हो, तो धीरे-धीरे, तुम संपूर्णतया भूल जाते हो प्रेम को। वह इतना स्वभाविक हो जाता है, श्वास की भांति।

तीसरे प्रकार का संबंध आत्मा में उतर आता है, जो कि न सिर का होता है और न हृदय का, बल्कि

स्वयं आत्मा का ही होता है। हृदय और सिर दो तहें हैं; उनके पीछे छिपा होता है तुम्हारे अस्तित्व का केंद्र। इसे तुम कह सकते हो आत्मा, आत्मन, 'स्व' या जो कुछ भी तुम कहना चाहो। क्योंकि, वहां शब्दों का कोई भेद अर्थपूर्ण नहीं रहता। तुम इसे कह सकते हो अनात्म—वह भी काम देगा।

सिर तो प्रारंभ है; वहीं अटक मत जाना। हृदय है मार्ग—उससे गुजर जाना, लेकिन वहां भी घर मत बना लेना। अस्तित्व से अस्तित्व, बीईंग से बीईंग, फिर कोई सीमाएं नहीं रहतीं। वस्तुतः तब, शिष्य और सद्‌गुरु दो नहीं रहते। वे दो की भांति अस्तित्व रखते हैं, लेकिन चेतना एक प्रवाहित होती है—एक किनारे से दूसरे किनारे तक।

छठवां प्रश्नः आपने कहा कि स्कूल का बच्चा खिड़की से बाहर झांकता है, तब वह ध्यान में होता है। जब मैं ऐसा करता था तो मैं हमेशा सोचता था कि दिन में स्वप्न देखता हूं और बहुत दूर होता हूं ध्यान से। क्या मैं इस सारे समय ध्यान में रहता हूं—बिना इसे जाने ही?

हां, बच्चा ध्यान में होता है। लेकिन यह ध्यान होता है अज्ञान के कारण; उसे चले ही जाना है। वह जिसे तुमने अर्जित नहीं किया है तुम्हारे साथ नहीं बना रह सकता है। केवल वही जो तुमने अर्जित किया है, तुम्हारा होता है। बच्चा ध्यानपूर्ण होता है क्योंकि वह अज्ञानी है। उसके पास बहुत विचार नहीं होते बेचैन करने को। बच्चा ध्यानपूर्ण होता है क्योंकि स्वभावतया, जहां कहीं मन सुख पा लेता है, वह मन को वहीं सरकने देता है।

वस्तुतः बच्चा अभी समाज का हिस्सा नहीं हुआ होता। बच्चा अभी भी आदिम होता है, एक पशु की भांति। लेकिन बीज विकसित हो रहा होता है। देर-अबेर वह हो ही जाएगा समाज का। और फिर, सारा ध्यान खो जाएगा, बचपन की वह निर्दोषता खो जायेगी। बच्चा होता है ईदन के बगीचे में आदम और हव्वा की भांति ही। उसे गिरना ही होगा। उसे पाप करना ही होगा। वह फेंक ही दिया जाएगा संसार में, क्योंकि केवल संसार के अनुभव द्वारा ही वह ध्यान उदित होता है जो पका हुआ होता है, जो खो नहीं सकता।

तो दो प्रकार की निर्दोषता होती हैः एक होती है अज्ञान के कारण, दूसरी होती है जागरूकता के कारण। बुद्ध हैं बच्चे की भांति, और सब बच्चे हैं बुद्ध की भांति, लेकिन एक विशाल अंतर बना रहता है। सारे बच्चे खो जाएंगे संसार में। उन्हें चाहिए अनुभव, उन्हें जरूरत होती है संसार में फेंक दिये जाने की। और यदि अपने अनुभव द्वारा वे ध्यान को उपलब्ध होते हैं, फिर प्राप्त कर लेते हैं निर्दोषता और बचपन, तो फिर कोई नहीं फेंक सकता उन्हें। अब वह आया हुआ होता है अनुभव में से, उन्होंने सीखा होता है उसे। अब यह उनका अपना खजाना होता है।

यदि हर चीज ठीक रहती है, तो तुम फिर बच्चे बन जाओगे अपने जीवन के अंत में। और यही है सारे धर्मों का लक्ष्य। और यही है पुनर्जन्म का अर्थ, यही होता है अर्थ ईसाइयों के पुनर्जीवित होने का। पुनर्जीवन शरीर का नहीं होता, यह तो आत्मा का होता है, फिर से व्यक्ति हो जाता है बच्चे की भांति। फिर वह व्यक्ति हो जाता है निर्दोष, लेकिन यह निर्दोषता आधारित होती है अनुभव में। यदि तुम मर जाते हो फिर से बच्चा बने बिना, तो तुमने अपने जीवन को जीया होता है व्यर्थ ढंग से; तुम जीये होते हो

व्यर्थता से; तुमने बिलकुल गंवा दिया है अवसर। और तुम्हें आना होगा फिर से, समष्टि तुम्हें फिर-फिर वापस फेंकती जाएगी।

यही है पुनर्जन्म का सार सिद्धांतः जब तक कि तुम स्वयं ही न सीखो, समष्टि संतुष्ट नहीं होती है तुमसे। जब तक कि तुम अपनी ओर से बच्चे नहीं बन जाते—तुम्हारे शरीर के कारण नहीं, बल्कि तुम्हारी बीईंग के कारण—यदि निर्दोषता तुम्हारे द्वारा प्राप्त की जाती है, और निर्दोषता प्राप्त की जाती है, सारे विक्षेपों के बावजूद, उस सबके बावजूद जो वहां है उसे नष्ट कर देने को—अन्यथा तो तुम फेंक दिए जाओगे फिर बार-बार।

जीवन है एक सीखना, यह एक अनुशासन है। इसलिए केवल तुम्हीं नहीं, बल्कि प्रत्येक बच्चा ध्यानपूर्ण रहा है और फिर वह भटक गया। बच्चा नहीं भटकता दूसरों के कारण; एक मूलभूत आवश्यकता होती है। उसे खो देनी पड़ती है वह निर्दोषता। वह पर्याप्त रूप से गहरी नहीं होती, वह बाधाओं में से नहीं गुजर सकती। वह उथली होती है।

तुम जरा सोचना इस बारे मेंः एक बच्चा निर्दोष होता है, पर बहुत उथला होता है। उसमें कोई गहराई नहीं होती। उसकी सारी भावनाएं सतही होती हैं। इस क्षण वह क्रोध में होता है, अगले क्षण वह क्षमापूर्ण हो जाता है; बिलकुल भूल ही गया होता है। वह जीता है बहुत उथला जीवन, उखड़ा हुआ जीवन। उसमें कोई गहराई नहीं होती। अज्ञान के पास निर्दोषता हो सकती है, पर गहराई नहीं हो सकती। गहराई आती है अनुभव से।

बुद्ध में गहराई है, अपरिसीम गहराई। सतह पर तो वे बिलकुल एक बच्चे की भांति हैं, लेकिन अपने अस्तित्व की गहराई में वे बच्चे की भांति बिलकुल नहीं हैं। जन्मों-जन्मों के सारे अनुभव ने उन्हें पका दिया है। कोई चीज व्याकुल नहीं कर सकती उन्हें, कोई चीज उनकी निर्दोषता को नष्ट नहीं कर सकती—कोई चीज नहीं, कोई भी चीज नहीं। अब उनकी निर्दोषता इतनी गहरे में जुड़ गयी होती है कि आंधी-तूफान आ सकता है—वस्तुतः उसका स्वागत होता है—और वृक्ष उखड़ेगा नहीं। वह तूफान के आगमन पर आनंद मनाएगा। उसे उखाड़ने के तूफान के इस प्रयत्न पर भी वह आनंद ही मनाता है। और जब तूफान गुजर जाता है, वह ज्यादा शक्तिशाली हो जाएगा उससे, दुर्बल नहीं।

यही है भेदः बचपन की निर्दोषता एक भेंट होती है प्रकृति की; निर्दोषता जो तुम प्राप्त करते हो तुम्हारे अपने प्रयास द्वारा, वह प्रकृति की दी हुई भेंट नहीं होती, तुमने अर्जित किया होता है उसे। और सदा याद रखना कि जो कुछ तुमने अर्जित किया होता है वह तुम्हारा होता है। कोई चोरी, कोई डकैती संभव नहीं अस्तित्व में। और तुम उसे उधार नहीं ले सकते किसी दूसरे से।

सातवां प्रश्नः सपनों के विषय में बहुत प्रश्न पूछे जाते रहे हैं। किसी ने पूछा है, 'क्या दिव्य-दर्शन भी स्वप्न होते हैं?' 'निद्रा और स्वप्न में कैसे सचेत रहा जाए?' 'कई बार मुझे लगता है कि आप मेरे सपनों में आते हैं। ऐसे सपनों के बारे में मुझे क्या सोचना होगा?'

हां, दिव्य-दर्शन वाले सपने होते हैं—इस संसार के नहीं, बल्कि दूसरे संसार के। कई बार तुम्हें

मिलती हैं दिव्य झलकियां और यदि तुम ध्यान करते हो, तो तुम्हें अधिकाधिक घटेंगी ये। कुछ समय के लिए, वे बन जाएंगी बहुत साधारण घटनाएं। वे ज्यादा ऊंचे सपने हैं। वे चीजों से संबंधित नहीं होते, बल्कि संबंधित होते हैं तुम्हारी अंतर्घटना से। लेकिन फिर भी वे सपने ही होते हैं, इसलिए चिपक मत जाना उनसे। उनके भी पार जाना होता है। यदि तुम बुद्ध को देखते हो तुम्हारे दिव्य-स्वप्न में, तो ध्यान रहे कि यह बुद्ध भी स्वप्न का ही भाग है। निस्संदेह, यह बात सुंदर होती है, आध्यात्मिक होती है, तुम्हारी खोज में बहुत-बहुत सहायक होती है, लेकिन तो भी चिपक मत जाना इससे।

झेन सद्‌गुरु सदियों से कह रहे हैं कि यदि ध्यान के समय तुम्हें बुद्ध मिल जाएं तो तुरंत मार देना उन्हें। एक क्षण की भी प्रतीक्षा मत करना। यदि तुम नहीं मारते हो उन्हें, तो वे मार देंगे तुम्हें। और वे ठीक कहते हैं।

दिव्य-स्वप्न सुंदर होते हैं, लेकिन यदि तुम उनसे बहुत ज्यादा आनंदित होने लगते हो तो वे खतरनाक हो सकते हैं। तब तुम फिर रुक जाते हो किसी अनुभव के साथ ही। और जब तुम देखते हो बुद्ध को तो यह बात वस्तुतः ही सुंदर होती है। यह वास्तविक की अपेक्षा ज्यादा वास्तविक लगती है, और बहुत प्रसाद होता है इसमें। दिव्य-दर्शन को देखने मात्र से ही तुम भीतर गहन मौन और गहन शांति अनुभव करते हो। जब तुम कृष्ण को देखते हो उनकी बांसुरी सहित, गीत गाते हुए, तो कौन साथ नहीं बने रहना चाहेगा? साथ रहना ही चाहोगे। फिर-फिर यह दर्शन दोहराया जाए, यही चाहोगे। तब बुद्ध ने ही मार दिया होता है तुम्हें।

जरा खयाल रखना, यही है कसौटी: जो कुछ दिखाई देता है उसे स्वप्न की भांति समझना है; केवल देखने वाला ही वास्तविक होता है। वह सब जो दिखायी देता है, स्वप्न है—अच्छा, बुरा, धार्मिक, अधार्मिक, कामुक, आध्यात्मिक—इससे कुछ भेद नहीं पड़ता। सपनों में कामवासनामयी अश्लील-लीला होती है, और सपनों में ही आध्यात्मिक लीला भी होती है, लेकिन दोनों लीलाएं ही हैं। व्यक्ति को सब कुछ गिरा देना होता है। सभी अनुभव सपना हैं; केवल अनुभवकर्ता है सत्य। तुम्हें उस स्थल तक पहुंचना होता है, जहां कुछ भी नहीं होता देखने को, कुछ नहीं होता सुनने को, कुछ नहीं होता सूंघने को, कुछ नहीं होता छूने को—केवल होता है विशाल आकाश और अकेले तुम। केवल द्रष्टा बच रहता है। सारे अतिथि चले जाते हैं, मेहमान जा चुके होते हैं, केवल मेजबान बना रहता है। जब यह क्षण आता है, केवल तभी घटती है वास्तविक घटना। इसके पहले, दूसरा सब कुछ सपना ही है।

दूसरा प्रश्न पूछा गया है: 'निद्रा और स्वप्न में सचेत कैसे रहें?'

जिस व्यक्ति ने यह पूछा है, कहता है कि वह जब कभी कोशिश करता है सजग होने की, तो वह सो नहीं सकता। या, यदि नींद आ रही होती है और अचानक उसे याद आता है कि उसे सजग रहना है, तो नींद टूट जाती है। तब वह नहीं सो सकता है—ऐसा कठिन होता है।

निद्रा में जागरूकता का अभ्यास सीधे-सीधे नहीं किया जा सकता है। पहले तुम्हें कार्य करना होता है जाग्रत अवस्था पर। सीधे निद्रा पर ऐसा करने का प्रयत्न मत करना अन्यथा तुम्हारी नींद खराब हो

जाएगी। तुम्हारा सारा दिन उत्तेजनापूर्ण हो जाएगा और तुम अनुभव करोगे उदास, सुस्त, उनींदा। ऐसा मत करना।

सदा याद रखना कि एक शृंखला होती है और सीढ़ी-दर-सीढ़ी बढ़ना होता है। पहली सीढ़ी है कि सजग रहना, जबकि जाग रहे होते हो। निद्रा की बात तो बिलकुल ही मत सोचना। पहले तो तुम जागे रहना जबकि दिन में जागे हुए होते हो। और जब तुमने जागरूकता की पर्याप्त ऊर्जा एकत्रित कर ली होती है, केवल तभी दूसरा कदम उठाया जा सकता है, तब वस्तुतः कोई प्रयास होगा ही नहीं। वही ऊर्जा जिसे तुमने दिन में इकट्ठा कर लिया होता है भीतर वह सजग बनी रहेगी। किसी प्रयास की जरूरत न रहेगी। यदि प्रयास की जरूरत होती है, तो निद्रा बाधित होगी, क्योंकि प्रयास निद्रा के विरुद्ध होता है।

ऐसा संसार भर में घटता है: लाखों लोग अनिद्रा से पीड़ित हैं। सौ में से निन्यानबे रोगी ऐसे हैं कि वे पीड़ित हो रहे हैं क्योंकि वे नींद लाने का कुछ प्रयास करते हैं। प्रयास नींद का विरोधी है। वे बहुत से तरीके आजमाते हैं नींद लाने के और वह प्रयास ही नींद के विरुद्ध हो जाता है। प्रयास तुम्हें सजग बना देता है, प्रयास बना देता है तुम्हें तनावपूर्ण, और नींद तो है प्रयासहीन घटना। तुम एकदम चले जाते हो नींद में। तुम्हें कुछ करने की जरूरत नहीं होती है। यदि तुम करते हो, तो नींद संभव न होगी। तुम तो बस अपना सिर रख देना तकिए पर और बिलकुल कुछ मत करना, प्रतीक्षा भी मत करना नींद की। क्योंकि यदि तुम प्रतीक्षा कर रहे हो नींद की तो तुम कुछ कर ही रहे होते हो—प्रतीक्षा कर रहे होते हो। तुम मात्र लेट जाना बिस्तर पर, बत्ती बुझा देना, अपनी आंखें बंद कर लेना और नींद आ जाती है। तुम इसे ला नहीं सकते, यह घटती है। यह कोई कर्म नहीं होता।

और नींद के स्वभाव को समझना बहुत-सी चीजों को समझना है। समाधि भी उसी भांति होती है। इसीलिए आगे चल कर पतंजलि कहेंगे कि निद्रा और समाधि में कुछ समानता होती है। यही है उनकी समानता: निद्रा उतरती है, और 'सतोरी' भी और समाधि भी उतरती है, लेकिन इसे ले आने के लिए तुम कुछ नहीं कर सकते। यदि तुम करते हो कोशिश, तो तुम चूक जाते हो। यदि तुम चूकना नहीं चाहते, तो तुम केवल ठहर जाओ और यह उतरती है।

इसलिए मत करना सजग रहने का कोई प्रयास, जबकि तुम्हें नींद आ रही हो तो। तुम बिगाड़ लोगे अपनी नींद और तुम न पाओगे जागरूकता। तुम इसका अभ्यास करना केवल दिन में। जब दिन में तुम अधिकाधिक सजग हो जाते हो, तो सजगता की वही तरंग ही, अपनी स्वयं की ऊर्जा द्वारा, वह आती है निद्रा में। तुम सो जाते हो फिर भी तुम अनुभव करते हो अपने भीतर एक केंद्र, जो देख रहा है। एक प्रकाश, प्रारंभ में एक छोटा-सा प्रकाश ही, प्रदीप्त हो रहा होता है भीतर, और तुम देख सकते हो। पर प्रारंभ मत करना इसे ही। तुम ऐसा करना जबकि जाग रहे होते हो, और ऐसा घटेगा जब तुम नींद में होते हो।

'बहुत लोगों को कई बार अनुभव होता है कि आप उनके सपनों में आते हैं, तो क्या सोचें ऐसे सपनों के बारे में?'

वे एक जैसे नहीं होते। यह तुम पर निर्भर है। कई बार यह होता होगा मात्र पहले प्रकार का स्वप्न; जिसे मैं कहता हूं कूड़ा-करकट, क्योंकि तुम मुझे इतने ध्यानपूर्वक सुनते हो कि एक छाप छूट जाती मन

पर। और तुम मुझे सुनते हो निरंतर, प्रतिदिन, तुम करते हो ध्यान, एक छाप मन पर छूट जाती है। वह भारी हो सकती है। कई बार मन को निर्मुक्त करना होता है उसे; वह कूड़ा होता है।

लेकिन स्वप्न दूसरे प्रकार का भी हो सकता है : तुम मुझे ज्यादा नजदीक चाहोगे। और मैंने इतनी सारी बाधाएं निर्मित की हुई हैं, तुम्हें ज्यादा पास नहीं आने दिया जाता है। सुबह तुम देख सकते हो मुझे; वह भी दूर से। शाम को तुम आ सकते हो, और वह भी बहुत कठिनाई से। इसलिए तुम्हें दबाना पड़ता है। वही दमन उत्पन्न कर सकता है दूसरे प्रकार के स्वप्न को। तुम्हें सपना आ सकता है कि मैं आया हूं तुम्हारे पास, या कि तुम आये हो मेरे पास, और बातें कर रहे हो मुझसे।

यह हो सकता है तीसरे प्रकार का : यह अचेतन से आया संप्रेषण हो सकता है। यदि यह होता है तीसरे प्रकार का, तब यह होता है अर्थपूर्ण। यह तुम्हें इतना ही दर्शाता है कि तुम मुझसे भागने का प्रयत्न कर रहे हो। ज्यादा निकट आओ। अचेतन यही कह रहा है, 'भागने की कोशिश मत करो और बाहर-बाहर मत बने रहो; ज्यादा करीब आओ।'

यह हो सकता है चौथे प्रकार का : तुम्हारे पिछले जन्म की कोई बात। क्योंकि तुममें से बहुत मेरे साथ रह चुके हैं; तो यह हो सकता है अतीत का कोई अंश। तुम्हारा मन अतीत पथ पर सरक रहा होता है।

यह पांचवीं प्रकार का भी हो सकता है : भविष्य की कोई संभावना। सारे प्रकार संभव होते हैं। ये हैं पांच प्रकार के स्वप्न। यह हो सकता है दिव्य-दर्शन, जो कि एक प्रकार का स्वप्न ही होता है। मैं इसके बारे में बोला नहीं, क्योंकि इसकी अलग गुणवत्ता होती है जागरूकता की गुणवत्ता; वह भी स्वप्न ही है। जाग्रत जीवन भी एक विशाल स्वप्न होता है। लेकिन दिव्य-दर्शन में गुणवत्ता होती है जाग्रत जीवन की।

कई बार मैं आता हूं तुम्हारे पास, पर बहुत कम, क्योंकि तुम्हें अर्जित करना होता है इसे। यदि तुम मुझे देखते हो सौ बार, तो निन्यानबे बार यह उन पांच प्रकार के सपनों की ही कोई बात होगी। लेकिन सौवीं बार मैं आता हूं तुम्हारे पास जब तुमने अर्जित किया होता है उसे। तब वह होता है दर्शन ही।

लेकिन धीरे-धीरे तुम्हें सचेत हो जाना होगा कि कौन-सी चीज क्या होती है। बिलकुल अभी तो मैं तुम्हें कसौटी नहीं दे सकता यह आंकने की, कि कौन चीज क्या है। तुम्हें स्वयं ही स्वाद लेना पड़ेगा उनका।

तो पहले जब जागरूक हो जाना, जबकि तुम जागे हुए होते हो, दिन में। जागरूकता जबकि तुम जागे हुए होते हो, दिन में। जागरूकता की अधिकाधिक ऊर्जा एकत्रित करना। इसे इतनी उमड़ती हुई धारा बना लेना कि जब तुम सोते हो तो तुम्हारा शरीर सोता है, तुम्हारा मन सोता है, तो भी वह ऊर्जा, जागरूकता की वह धार इतनी शक्तिशाली रहे कि वह जारी रहे। तब तुम भेद समझ पाओगे। और जब कोई सपनों के भेद समझने योग्य हो जाता है, तो वह एक बड़ी उपलब्धि होती है।

फिर, धीरे-धीरे, कूड़ा-करकट छंट जाता है। पहली प्रकार के स्वप्न तिरोहित हो जाते हैं, क्योंकि जागरूक व्यक्ति दिन में इतनी संपूर्णता से जीता है कि वह कूड़ा एकत्रित नहीं करता है। कूड़ा-करकट एक अधूरा अनुभव होता है। तुम खा रहे थे, भोजन स्वादिष्ट था, लेकिन तुम बहुत ज्यादा न खा सके क्योंकि तुम मेहमान थे। क्या सोचते होंगे लोग? अधूरा अनुभव अब कूड़ा हो गया। अब रात तुम फिर खाओगे। तुम्हें अनुभव को संपूर्ण करना ही होगा, अन्यथा मन और आगे-आगे चलता चलेगा।

मन किसी अधूरी चीज को पसंद नहीं करता। मन पूर्णतावादी होता है : कोई अधूरी चीज उसे पसंद

नहीं। यदि एक दांत गिर जाता है तो जीभ फिर-फिर वहीं जाती है क्योंकि कोई चीज अधूरी होती है। अब मन निरंतर वहीं रहेगा। यह बेतुकी बात है क्योंकि मात्र जीभ से छू लेने द्वारा, कुछ घटने वाला नहीं, लेकिन मन कोशिश करेगा बार-बार। पहले ऐसी कोशिश कभी न की गयी थी जब कि दांत वहां था, लेकिन अब कुछ अधूरा हो जाता है।

मनसविद कहते हैं, बंदर तक भी—क्योंकि उनके भी तुम्हारी तरह के ही मन होते हैं—यदि तुम आधावर्तुल बनाते हो और चाक वहीं छोड़ देते हो, तो वे वर्तुल को पूरा कर देंगे। बंदर! क्योंकि वे बरदाश्त नहीं कर सकते अधूरे वर्तुल को; वे उसे तुरंत पूरा कर देंगे।

मन सदा कोशिश कर रहा होता है चीजों को पूरा करने की। जब तुम जागरूक हो जाते हो तो पहली प्रकार का स्वप्न तिरोहित हो जाता है। तुम जीवन को इतने संपूर्ण रूप से जीते हो कि कोई जरूरत नहीं रहती उसकी। और फिर, धीरे-धीरे दूसरे प्रकार का स्वप्न तिरोहित हो जाता है, क्योंकि तुम इच्छाओं में नहीं जीते। वह आदमी जो जागरूक होता है, आवश्यकताओं में जीता है, इच्छाओं में नहीं। इसलिए कोई जरूरत नहीं होती किसी आकांक्षापूर्ति की। उसके पास कुछ होता नहीं, अतः वह स्वप्न में किसी देश का राष्ट्रपति कभी नहीं बनता है। उसकी कोई इच्छा नहीं, कोई आकांक्षा नहीं। वह बहुत साधारण ढंग से जीता है। जीवन का स्वाभाविक प्रवाह ही पर्याप्त होता है। भोजन करते हुए परितृप्त अनुभव करता है; पानी पीता है, परितृप्त अनुभव करता है; अच्छी नींद सोता है—तो उतना पर्याप्त होता है; ज्यादा की मांग नहीं की जाती है।

फिर तीसरे प्रकार का स्वप्न तिरोहित हो जाता है। पहले दो प्रकारों के तिरोहित होने से चेतन और अचेतन इतने ज्यादा निकट आ जाते हैं कि स्वप्न में कुछ संप्रेषित करने की कोई जरूरत नहीं रहती। वस्तुतः अचेतन संपर्कित होने लगता है जब तुम पूरी तरह जागरूक होते हो। तब चीजें सीधी-साफ हो जाती हैं; संप्रेषण सही हो जाता है। तब चौथे प्रकार का स्वप्न तिरोहित हो जाता है। जब तुम अपने जीवन में, इतने चैन से भर जाते हो, जाग्रत हो जाते हो, संपूर्णतया परितृप्त हो जाते हो, तो अतीत पूरी तरह गिर जाता है। तुम्हें अतीत में जाने की कोई जरूरत नहीं रहती। तुम इसी क्षण में जीते हो; अतीत तिरोहित हो जाता है, और तब पांचवीं प्रकार का स्वप्न तिरोहित हो जाता है। तुम इतनी समग्रता से इसी क्षण में जीते हो, तुम इतने जाग्रत होते हो, इतने पूर्णरूप से जाग्रत कि तुम्हारे लिए कोई भविष्य नहीं बचता।

और जब सभी पांचों प्रकार के स्वप्न तिरोहित हो जाते हैं; तो अवास्तविकता मिट चुकी होती है, भ्रम तिरोहित हो चुके होते हैं। अब पहली बार तुम उपलब्ध करते हो वास्तविक के बोध को, ब्रह्म को।

प्रवचन 3

सवितर्क समाधि: परिधि और केंद्र के बीच

योगसूत्र

(समाधिपाद)

क्षीणवृत्तेरभिजातस्येव मणेर्ग्रहीतृग्रहणग्राह्येषु तत्स्थतदञ्जनता समापत्तिः।। ४१।।

जब मन की क्रिया नियंत्रण में होती है, तब मन बन जाता है शुद्ध स्फटिक की भांति। फिर वह समान रूप से प्रतिबिंबित करता है बोधकर्ता को, बोध को और बोध के विषय को।

तत्र शब्दार्थ ज्ञान विकल्पैः संकीर्णा सवितर्का समापत्तिः।। ४२।।

सवितर्क समाधि वह समाधि है, जहां योगी अभी भी वह भेद करने के योग्य नहीं रहता है, जो सच्चे ज्ञान के तथा शब्दों पर आधारित ज्ञान, और तर्क या इंद्रिय-बोध पर आधारित ज्ञान के बीच होता है—जो सब मिश्रित अवस्था में मन में बना रहता है।

मन क्या है? मन कोई वस्तु नहीं है, बल्कि एक घटना है। वस्तु में अपना एक तत्व होता है, घटना तो मात्र एक प्रक्रिया है। वस्तु चट्टान की भांति होती है, घटना लहर की भांति होती है: उसका अस्तित्व होता है, तो भी वह वस्तु नहीं होती। लहर मात्र एक घटना होती है हवा और सागर के बीच की; एक प्रक्रिया, एक घटना।

यह पहली बात है समझ लेने की: कि मन एक प्रक्रिया है, लहर की भांति है या कि एक नदी की भांति है, लेकिन इसमें कोई पदार्थ नहीं होता, यदि इसमें पदार्थ होता, तो यह विलीन नहीं हो सकता था। यदि इसमें कोई पदार्थ नहीं होता तो वह तिरोहित हो सकता है एक भी चिह्न छोड़े बिना। जब लहर खो जाती है सागर में, तो क्या बच रहता है पीछे? कुछ नहीं, एक चिह्न तक नहीं। इसीलिए जिन्होंने जाना है वे कहते हैं कि मन आकाश में उड़ते पक्षी की भांति होता है—कोई एक चिह्न पीछे नहीं बचता, एक निशान भी नहीं। पक्षी उड़ता है पर पीछे कोई राह नहीं छोड़ता, कोई चिह्न नहीं छोड़ता।

मन मात्र एक प्रक्रिया है। वस्तुतः मन अस्तित्व नहीं रखता, केवल विचार ही विचार होते हैं, विचार इतनी तेजी से सरकते हैं कि तुम सोचते और अनुभव करते हो कि वहां कुछ निरंतर अस्तित्व रखता है। एक विचार आता है, दूसरा विचार आता है, फिर दूसरा और वे आते जाते हैं। उनके बीच का अंतराल इतना छोटा होता है कि तुम एक विचार और दूसरे विचार के बीच के अंतराल को नहीं देख सकते। दो विचारों के बीच के अंतराल को नहीं देख सकते। दो विचार जुड़ जाते हैं, वे एक सातत्य बन जाते हैं। उसी सातत्य के कारण तुम सोचते हो कि मन है।

विचार होते हैं, पर कोई मन नहीं होता, ऐसे जैसे कि इलेक्ट्रॉन्स हों लेकिन भौतिक वस्तु न हो। विचार मन का इलेक्ट्रॉन होता है। वह भीड़ की भांति होता है। एक अर्थ में अस्तित्व रखता है और दूसरे अर्थों में अस्तित्व नहीं रखता। केवल व्यक्ति अस्तित्व रखता है। लेकिन एक साथ बहुत सारे व्यक्ति अनुभूति देते हैं एक होने की। एक राष्ट्र अस्तित्व रखता है और अस्तित्व नहीं भी रखता है; केवल व्यक्ति होते हैं वहां। व्यक्ति इलेक्ट्रॉन होते हैं राष्ट्र के, समुदाय के, भीड़ के।

विचारों का अस्तित्व होता है, मन का अस्तित्व नहीं होता। मन तो मात्र एक प्रतीति है। और जब तुम ज्यादा गहरे झांकते हो मन में तो वह तिरोहित हो जाता है। फिर होते हैं विचार, लेकिन जब मन तिरोहित हो जाता है और एक-एक अकेले विचार अस्तित्व रखते हैं, तो बहुत सारी चीजें तुरंत सुलझ जाती हैं। पहली बात तो यह होती है कि तुम तुरंत जान जाते हो कि विचार बादलों की भांति होते हैं—वे

आते हैं और चले जाते हैं—और तुम होते हो आकाश। जब कोई मन नहीं बचता, तो तुरंत यह बोध उतर आता है कि तुम अब विचारों में उलझे हुए नहीं हो। विचार होते हैं वहां, तुममें से गुजर रहे होते हैं जैसे कि बादल गुजर रहे हों आकाश से, या कि हवा गुजर रही हो वृक्षों से, विचार तुम में से गुजर रहे होते हैं; और वे गुजर सकते हैं, क्योंकि तुम एक विशाल शून्यता हो। कोई अवरोध नहीं है, कोई बाधा नहीं है। उन्हें रोकने को कोई दीवार नहीं बनी हुई है।

तुम दीवारों से घिरी कोई घटना नहीं हो। तुम्हारा आकाश अपरिसीम रूप से खुला है; विचार आते और चले जाते हैं। और एक बार तुम्हें लगने लगे कि विचार आते हैं और चले जाते हैं तो तुम हो जाते हो द्रष्टा, साक्षी; मन नियंत्रण के भीतर होता है।

मन नियंत्रित नहीं किया जा सकता है। पहली तो बातः क्योंकि वह होता ही नहीं, तो कैसे तुम उसे नियंत्रित कर सकते हो? दूसरी बातः कौन करेगा मन को नियंत्रित? मन के पार कोई नहीं रहता। और जब मैं कहता हूं कि कोई नहीं रहता, तो मेरा मतलब होता है कि मन के पार रहता है ना-कुछ—एक कुछ-नहीं-पन। कौन करेगा मन को नियंत्रित? यदि कोई कर रहा होता है मन को नियंत्रित, तो वह एक हिस्सा भर होगा, मन का एक अंश ही मन के दूसरे अंश को नियंत्रित कर रहा होगा। यही होता है अहंकार।

मन उस ढंग से नियंत्रित नहीं किया जा सकता। मन होता ही नहीं, और कोई है नहीं उसे नियंत्रित करने को। आंतरिक शून्यता देख सकती है, पर नियंत्रण नहीं कर सकती। लेकिन देखना ही नियंत्रण है। देखने की, साक्षी की वह घटना ही बन जाती है नियंत्रण, क्योंकि मन तिरोहित हो जाता है। यह ऐसे है जैसे किसी अंधेरी रात को, तुम बहुत तेज दौड़ रहे होते हो क्योंकि तुम डर गए हो कि कोई तुम्हारे पीछे आ रहा है, और वह कोई और नहीं सिवाय तुम्हारी अपनी छाया के। जितना तुम भागते हो, छाया उतनी ही ज्यादा निकट होती है तुम्हारे। चाहे जितना तेज तुम भागो, कोई अंतर नहीं पड़ता, छाया वहां मौजूद होती है। जब कभी तुम पीछे देखते हो, छाया को पाते हो। यह कोई तरीका नहीं उससे बचने का और यह नहीं है तरीका उसे नियंत्रित करने का। तुम्हें ज्यादा गहरे देखना होगा छाया में। निष्कंप खड़े रहो और छाया में गहरे झांको और छाया तिरोहित हो जाती है। छाया होती नहीं; वह तो मात्र अनुपस्थिति है प्रकाश की। मन कुछ नहीं है सिवाय तुम्हारी मौजूदगी के अभाव के। जब तुम चुपचाप बैठे होते हो, जब तुम मन में गहरे देखते हो, तो मन बिलकुल तिरोहित हो जाता है। विचार बने रहेंगे, वे अस्तित्वगत होते हैं, लेकिन मन कहीं नहीं होगा।

और जब मन जा चुका होता है तो दूसरा बोध संभव होता है; तुम देख सकते हो कि विचार तुम्हारे नहीं होते। निस्संदेह, वे चले आते हैं; कई बार वे थोड़ी देर आराम करते हैं तुममें, और फिर वे चले जाते हैं। तुम ठहरने का विश्राम-स्थल हो सकते हो, लेकिन वे तुममें से नहीं उमगते। क्या तुमने कभी ध्यान दिया है कि एक भी विचार तुम्हारे अस्तित्व में से नहीं आया होता। वे सदा बाहर से आते हैं। वे तुमसे संबंधित नहीं होते। जड़विहीन, गृहविहीन, वे मंडराते रहते हैं। कई बार वे तुममें ठहर जाते हैं विश्राम करने को, बस इतना ही। बादल की भांति पहाड़ की चोटी पर विश्राम करते हुए वे सरकेंगे अपने से ही। तुम्हें कुछ करने की जरूरत नहीं है। यदि तुम केवल देखते हो, तो नियंत्रण उपलब्ध हो जाता है।

'नियंत्रण' शब्द कोई बहुत ठीक नहीं। क्योंकि शब्द हो नहीं सकते बहुत ठीक। शब्दों का संबंध मन

से होता है, विचारों के संसार से होता है। शब्द बहुत-बहुत सूक्ष्म, गहरे उतरने वाले हो नहीं सकते; वे उथले होते हैं। नियंत्रण शब्द ठीक नहीं क्योंकि कोई नहीं होता नियंत्रण करने को और कोई नहीं होता नियंत्रित होने को। लेकिन प्रारंभिक रूप में, यह मदद करता है उन कुछ निश्चित चीजों को समझने में जो कि घटती हैं। जब तुम गहराई से देखते हो, तो मन नियंत्रित होता है। अचानक तुम मालिक बन गये हो। विचार होते हैं वहां, पर वे तुम्हारे मालिक नहीं होते। वे कुछ कर नहीं सकते तुम्हारे प्रति, वे केवल आते हैं, और चले जाते हैं। तुम अनछुए ही रहते हो बरसते जल में कमल की भांति: जल की बूंदें पंखुड़ियों पर गिरती हैं, लेकिन वे फिसलती जाती हैं, वे छूती भी नहीं। कमल अनछुआ ही बना रहता है।

इसीलिए पूरब में कमल इतना ज्यादा अर्थपूर्ण बन गया है, इतना अधिक प्रतीकात्मक। सर्वाधिक महत्वपूर्ण प्रतीक जो पूरब से आया है वह कमल ही है। वह समाए हुए है पूरब की चेतना का संपूर्ण अर्थ। पूरब कहता है, 'कमल की भांति हो जाओ, इतना भर ही। अनछुए बने रहो और तुम हो जाते हो नियंत्रण में। अनछुए बने रहो और तुम हो जाते हो मालिक।'

इससे पहले कि हम पतंजलि के सूत्रों में प्रवेश करें, मन के संबंध में थोड़ी और बातें समझ लेनी हैं! एक दृष्टि से तो, मन लहरों की भांति है—एक अशांति! सागर होता है शांत और मौन, अनुत्तेजित; लहरें वहां नहीं हैं या सागर अशांत होता है ज्वार से या तेज हवा से, जब प्रबल लहरें उठती हैं और सारी सतह बिखरती हुई एकदम अराजक हो उठती है।

ये सारे रूपक, सारे प्रतीक मात्र यह समझने में तुम्हें मदद देने को हैं कि भीतर एक सुनिश्चित गुणवत्ता है, स्वभाव है जिसे शब्दों द्वारा नहीं बतलाया जा सकता। रूपक या प्रतीक काव्यमय होते हैं। यदि तुम सहानुभूति द्वारा उन्हें समझने की कोशिश करते हो, तो तुम समझ प्राप्त कर लोगे। लेकिन यदि तुम तार्किक ढंग से उन्हें समझने की कोशिश करते हो, तो तुम सार ही चूक जाओगे। वे प्रतीक हैं।

मन चेतना की अशांति है, जैसे कि लहरों से सागर हो जाता है अशांत। कोई बाहरी चीज प्रवेश कर जाती है—हवा। कुछ बाहर का घट गया होता है सागर को, या कि घट गया होता है चेतना को—विचार होते हैं या कि हवा, और वहां चली आती है बेचैन अराजकता। लेकिन अराजकता सदा होती है सतह पर ही। लहरें होती हैं सदा सतह पर ही। गहराई में लहरें कहीं नहीं होतीं। वहां हो नहीं सकतीं क्योंकि गहराई में हवा प्रवेश नहीं कर सकती। तो हर चीज केवल सतह पर ही होती है। यदि तुम भीतर की ओर बढ़ते हो, तो नियंत्रण उपलब्ध हो जाता है। यदि तुम सतह से भीतर की ओर बढ़ते हो, तो जा पहुंचते हो केंद्र तक। अकस्मात, सतह हो जाती होगी अशांत, लेकिन तुम नहीं होते अशांत।

सारा योग कुछ नहीं है सिवाय केंद्रस्थ होने के, केंद्र की ओर बढ़ने के, वहां बद्धमूल हो जाने के, वहीं अवस्थित हो जाने के। और वहां से, सारा परिप्रेक्ष्य बदल जाता है। हो सकता है लहरें वहां अब भी हों, लेकिन वे पहुंचती नहीं हैं तुम तक। और अब तुम देख सकते हो कि वे तुमसे संबंधित नहीं हैं; वह तो केवल सतह पर का संघर्ष होता है किसी बाहरी वस्तु के साथ। और जब तुम देखते हो केंद्र की ओर से तो धीरे-धीरे, तुम विश्राम करने लगते हो। धीरे-धीरे तुम स्वीकार लेते हो कि बेशक तेज हवा ही है, लहरें तो उठेंगी, लेकिन तुम्हें चिंता नहीं रहती।

और जब तुम चिंतित नहीं होते तो लहरों पर भी आनंदित हुआ जा सकता है। कुछ गलत नहीं है उनमें। समस्या उभरती है क्योंकि तुम भी सतह पर ही होते हो। तुम सतह पर एक छोटी-सी नाव पर

सवार होते हो; तेज हवाएं चली आती हैं, और होता है ऊंचे ज्वार का बहाव; और सारा सागर उन्मत्त हो जाता है। निस्संदेह, तुम चिंतित हो जाते हो, भय के मारे मृत्यु दिखने लगती है तुम्हें। तुम खतरे में होते हो। किसी क्षण लहरें तुम्हारी छोटी-सी नाव को फेंक सकती हैं। किसी क्षण मृत्यु घटित हो सकती है। अपनी छोटी-सी नाव को लिए क्या कर सकते हो तुम? कैसे रख सकते हो तुम नियंत्रण? यदि तुम लड़ना शुरू कर देते हो लहरों के साथ तो तुम हार जाओगे। लड़ना मदद न देगा। तुम्हें स्वीकार करना होगा लहरों को। वस्तुतः यदि तुम लहरों को स्वीकार कर सको और तुम्हारी नाव को, चाहे कितनी ही छोटी हो, उनके साथ बढ़ने दो और उनके विरुद्ध नहीं, तो कोई खतरा नहीं।

तिलोपा के 'निर्मुक्त और स्वाभाविक' का अर्थ यही है। लहरें होती हैं वहां; तुम बस आने देते हो उन्हें। तुम तो बस बढ़ने देते हो स्वयं को उनके साथ, उनके विरुद्ध नहीं। तुम उन्हीं का हिस्सा बन जाते हो। तब बहुत बड़ी प्रसन्नता घटती है। यही है 'सर्फिंग' की सारी कलाः लहरों के साथ बढ़ना; उनके विरुद्ध नहीं; इतना अधिक बहना-बढ़ना उनके साथ-साथ कि तुम उनसे अलग नहीं रहते। 'सर्फिंग' एक बड़ा ध्यान बन सकती है। यह तुम्हें अंतरतम की झलक दे सकती है क्योंकि यह कोई संघर्ष नहीं, यह होने देना है, एक प्रवाह है। तुम यह भी जान जाते हो कि लहरों पर भी आनंदित हुआ जा सकता है—जब तुम सारी घटना को केंद्र से देखते हो।

यह तो ऐसे होता है जैसे तुम कोई यात्री हो और बादल घिर आए हों, बहुत बिजली कड़क रही हो, और तुम भूल गए हो कि तुम कहां जा रहे हो; तुम भूल चुके हो मार्ग और तुम्हें घर जाने की जल्दी हो। यही घट रहा है सतह परः एक खोया हुआ यात्री, बहुत सारे बादल घिरे होते हैं, बिजली कड़कती हुई। जल्दी ही भयंकर बारिश होने लगेगी। तुम घर खोज रहे हो, घर की सुरक्षा खोज रहे हो। फिर अचानक तुम पहुंच जाते हो घर। अब तुम बैठे हो घर के भीतर, अब तुम प्रतीक्षा करते हो बारिश की, अब तुम उससे आनंदित हो सकते हो। अब बिजली चमकने का अपना सौंदर्य होता है। जब तुम बाहर थे, जंगल में खो गए थे तो वह ऐसा नहीं था। लेकिन अब घर के भीतर बैठे हुए सारी घटना बड़ी सौंदर्यपूर्ण हो जाती है। अब बारिश पड़ती है और तुम आनंद मनाते हो। अब बिजली चमक रही होती है और तुम आनंदित होते हो उससे। बादलों में बड़ी गर्जन होती है और तुम उसका उत्सव मनाते हो, क्योंकि अब भीतर तुम सुरक्षित हो।

एक बार जब तुम केंद्र तक पहुंच जाते हो, तो जो कुछ भी घटता है सतह पर उससे तुम आनंदित ही होते हो। सारी बात यह होती है कि सतह पर संघर्ष नहीं करना है बल्कि उल्टे केंद्र में सरक आना है। तब वहां नियंत्रण हो जाता है, और वह नियंत्रण जो आरोपित नहीं हुआ होता, वह नियंत्रण जो सहज रूप से घटता है जब तुम केंद्र में होते हो।

चेतना में केंद्रित हो जाना ही मन का नियंत्रण है। इसीलिए मत कोशिश करना मन पर नियंत्रण करने की। भाषा तुम्हें भटका सकती है। कोई नहीं कर सकता नियंत्रण, और जो कोशिश करते हैं नियंत्रण करने की, वे पागल हो जाएंगे। वे तो एकदम पागल ही हो जाएंगे। क्योंकि मन पर नियंत्रण करने की कोशिश और कुछ नहीं है सिवाय कि मन का एक हिस्सा मन के दूसरे हिस्से को नियंत्रित करने की कोशिश कर रहा होता है।

तुम होते कौन हो जो नियंत्रण करने की कोशिश कर रहे होते हो? तुम भी लहर हो, निस्संदेह

धार्मिक लहर हो, नियंत्रण करने की कोशिश कर रहे होते हो। और होती हैं अधार्मिक लहरें। कामवासना है, क्रोध है, ईर्ष्या है, अधिकार जमाने का भाव है और है घृणा। लाखों लहरें अधार्मिक हैं। और फिर होती हैं धार्मिक लहरें, ध्यान, प्रेम, करुणा। लेकिन ये सब होती हैं सतह की सतह पर। और सतह पर धार्मिक हों कि अधार्मिक उसमें कोई फर्क नहीं पड़ता।

धर्म केंद्र में होता है और उस परिप्रेक्ष्य में होता है जो कि घटता है केंद्र द्वारा। अपने घर के भीतर बैठे हुए, तुम देखते हो तुम्हारी अपनी सतह की ओर। हर चीज बदल जाती है, क्योंकि तुम्हारा परिप्रेक्ष्य नया होता है। अकस्मात तुम नियंत्रण में होते हो। वस्तुतः तुम इतने ज्यादा नियंत्रण में होते हो कि तुम सतह को अनियंत्रित छोड़ सकते हो। यह सूक्ष्म होता है। तुम इतने ज्यादा नियंत्रण में होते हो, इतने ज्यादा बद्धमूल, सतह के बारे में निश्चिंत, कि वास्तव में तुम पसंद ही करोगे लहरों को और ज्वार को और तूफान को। वह सब सौंदर्यपूर्ण होता है; वह ऊर्जादायक होता है। वह एक शक्ति होता है। कुछ है नहीं चिंता करने को। केवल दुर्बल व्यक्तियों को चिंता रहती है विचारों की। केवल दुर्बल व्यक्ति चिंता करते हैं मन की। सशक्त व्यक्ति तो बिलकुल आत्मसात ही कर लेते हैं संपूर्ण को, और इससे ज्यादा समृद्ध होते हैं वे। सशक्त लोग तो अस्वीकार करते ही नहीं किसी चीज को। अस्वीकार किया जाता है कमजोरी के कारण। तुम भयभीत हो। सशक्त व्यक्ति हर उस चीज को आत्मसात कर लेना चाहेगा जो कुछ जीवन देता है। धार्मिक या कि अधार्मिक, नैतिक या कि अनैतिक, दिव्यता या कि शैतान रूपी कोई चीज; उससे कुछ भेद नहीं पड़ता। व्यक्ति हर उस चीज आत्मसात कर लेता है, और वह ज्यादा समृद्ध हो जाता है उससे। उसके पास होती है एक बिलकुल ही भिन्न गहराई। साधारण धार्मिक व्यक्ति उसे पा नहीं सकते हैं; वे तो दरिद्र हैं और सतही हैं।

जरा साधारण धार्मिक व्यक्तियों को मंदिर जाते और मस्जिद और चर्च जाते हुए देखना। वहां तुम सदा पाओगे बिना गहराई के बहुत-बहुत सतही व्यक्तियों को ही। क्योंकि वे अस्वीकृत कर चुके हैं अपने हिस्सों को, वे अपंग हो गए हैं। एक खास ढंग से तो वे लकवा खा गये हैं।

कुछ गलत नहीं है मन के साथ, और कुछ गलत नहीं है विचारों के साथ। यदि कुछ गलत है, तो वह है सतह पर बने रहना, क्योंकि तब तुम संपूर्ण को जानते नहीं और तुम अनावश्यक रूप से पीड़ा भोगते हो एक अंश के कारण, अंश के बोध के कारण। संपूर्ण बोध की जरूरत होती है। वह केवल केंद्र द्वारा संभव होता है, क्योंकि केंद्र से तुम देख सकते हो चारों ओर सभी आयामों में, सभी दिशाओं में—तब तुम देख सकते हो अपने अस्तित्व की संपूर्ण परिधि को। और वह विशाल होती है। वस्तुतः वह वैसी ही होती है जैसी की संपूर्ण अस्तित्व की परिधि होती है। जब तुम केंद्रस्थ हो जाते हो, तो धीरे-धीरे तुम ज्यादा और ज्यादा व्यापक हो जाओगे और ज्यादा से ज्यादा बड़े हो जाओगे। और समाप्ति होती है तुम्हारे ब्रह्म होने पर ही, उससे कम पर नहीं।

दूसरी दृष्टि से मन होता है उस धूल की भांति जिसे कोई यात्री अपने कपड़ों पर एकत्रित कर लेता है। तुम हजारों-लाखों जन्मों से यात्रा और यात्रा कर रहे हो और स्नान कभी किया नहीं। स्वभावतया बहुत धूल इकट्ठी हो चुकी है। कुछ गलत नहीं है इसमें; ऐसा होना ही है। धूल की परतें हैं और तुम सोचते हो कि वे परतें तुम्हारा व्यक्तित्व हैं। तुम्हारा इतना तादात्म्य हो गया है उनके साथ, इतने दिनों तक तुम जी लिए उन धूल की परतों के साथ कि वह तुम्हारी त्वचा की भांति लगती हैं। तुम्हारा तादात्म्य हो

चुका होता है।

मन है अतीत, स्मृति, धूल। हर कोई उसे एकत्रित कर लेता है। यदि तुम यात्रा करते हो तो तुम एकत्रित कर ही लोगे धूल। लेकिन उसके साथ तादात्म्य बनाने की कोई जरूरत नहीं है। यदि तुम एक हो जाते हो उसके साथ, तो तुम मुश्किल में पड़ोगे क्योंकि तुम धूल नहीं हो, तुम चेतना हो। उमर खैयाम कहता है, 'धूल से धूल तक।' जब आदमी मर जाता है, तो क्या होता है?—धूल लौट जाती है धूल में। यदि तुम धूल मात्र हो, तो हर चीज वापस मिल जाएगी धूल में, कोई चीज पीछे नहीं छूटेगी। लेकिन क्या तुम मात्र धूल हो, धूल की परतें हो, या कि ऐसा कुछ तुम्हारे भीतर है जो कि धूल हरगिज नहीं है, पृथ्वी का बिलकुल नहीं है? वह है तुम्हारी चेतना, तुम्हारी जागरूकता।

जागरूकता तुम्हारी सत्ता है, चेतना तुम्हारा होना है, और वह धूल जिसे जागरूकता स्वयं के चारों ओर एकत्रित करती है तुम्हारा मन है। धूल के साथ व्यवहार करने के दो ढंग हैं। साधारण धार्मिक ढंग है कपड़ों को साफ करना, तुम्हारे शरीर को मल-मल कर साफ करना। लेकिन वे विधियां कुछ ज्यादा मदद नहीं कर सकतीं। चाहे किसी भी तरह तुम साफ कर लो तुम्हारे कपड़ों को, कपड़े इतने गंदे हो चुके होते हैं कि वे फिर से ठीक होने के परे होते हैं। तुम साफ नहीं कर सकते उन्हें। इसके विपरीत जो कुछ भी तुम करते हो वह उन्हें ज्यादा गंदा बना देगा।

ऐसा हुआ : मुल्ला नसरुद्दीन एक बार आया मेरे पास, और वह एक शराबी था। उसके हाथ खाना खाते समय, या चाय पीते समय कांपते रहते। हर चीज गिर जाती उस पर, इसलिए उसके सारे कपड़ों पर चाय और पान के, और भी ऐसी ही चीजों के दाग लगे हुए थे। तो मैंने कहा नसरुद्दीन से, 'तुम केमिस्ट के पास जाकर कुछ ले क्यों नहीं लेते? ऐसे सोल्यूशन हैं जिनसे कि ये दाग धोए जा सकते हैं।'

तो चला गया वह, और सात दिन के बाद वह वापस आया मेरे पास। उसके कपड़े बुरी हालत में थे, पहले से ज्यादा बुरी हालत में। मैंने पूछा, 'क्या बात है? क्या केमिस्ट के पास नहीं गये थे?' वह बोला, 'मैं गया था। और वह केमिकल, सोल्यूशन तो अद्‌भुत है!—काम करता है वह। चाय और पान के दाग चले गये हैं' पर मुझे अब एक दूसरे सोल्यूशन की जरूरत है क्योंकि उस सोल्यूशन ने कुछ अपने दाग छोड़ दिए हैं!'

धार्मिक लोग तुम्हें साबुन और केमिकल सोल्यूशन दे देते हैं धूल पोंछने को, साफ करने को ही, लेकिन फिर वे सोल्यूशन कुछ अपने दाग छोड़ देते हैं। इसलिए एक अनैतिक व्यक्ति बन सकता है नैतिक, पर बना रहता है मलिन; अब नैतिक ढंग से होता है ऐसा, पर बना रहता है मलिन। कई बार स्थिति पहले की अपेक्षा बुरी भी हो जाती है।

एक अनैतिक व्यक्ति कई तरह से निर्दोष होता है, कम अहंकारी होता है। एक नैतिक व्यक्ति के मन में बहुत अनैतिकता होती है। जो नयी चीजें उसने इकट्ठी कर ली होती हैं वे हैं : नैतिक, शुद्धतावादी, अहंकारयुक्त दृष्टिकोण। वह अधिक उच्च अनुभव करता है। वह अनुभव करता है विशेष रूप से चुना हुआ है और दूसरा हर कोई नर्क जाने योग्य है। केवल वही जा रहा है स्वर्ग की ओर! और सारी अनैतिकता भीतर बनी रहती है, क्योंकि तुम बाहर से नियंत्रित नहीं कर सकते मन को। कोई उपाय नहीं है। उस ढंग से यह बात होती ही नहीं है। मात्र एक नियंत्रण अस्तित्व रखता है, और वह होता है केंद्र से आया बोध।

मन वह धूल है जो लाखों-लाखों यात्राओं द्वारा इकट्ठी हो चुकी है। सामान्य नियम के विरुद्ध वास्तविक दृष्टिकोण, परम धार्मिक दृष्टिकोण है वस्त्रों को ही फेंक देना। उन्हें धोने की फिक्र मत लेना; उन्हें नहीं धोया जा सकता है। जैसे सांप अपनी पुरानी केंचुली के बाहर हो जाता है, बस उसी भांति ही सरक जाना और पीछे मुड़कर भी नहीं देखना। ठीक ऐसा ही होता है योग; कि किस प्रकार तुम्हारे व्यक्तित्व से छुटकारा हो। वे व्यक्तित्व ही होते हैं कपड़े।

यह शब्द 'व्यक्तित्व', 'पर्सनैलिटी' बहुत दिलचस्प है। यह आता है ग्रीक मूल 'पर्सोना' से। इसका अर्थ होता है वह मुखौटा, अभिनेता जिनका प्रयोग प्राचीन ग्रीक नाटक में अपने चेहरे छुपाने के लिए किया करते थे। वही मुखौटा कहलाता है पर्सोना, और इसके द्वारा तुम्हारे पास व्यक्तित्व आता है। व्यक्तित्व होता है मुखौटा, तुम नहीं। व्यक्तित्व दूसरों को दिखलाने वाला एक नकली चेहरा है। और बहुत-बहुत जन्मों द्वारा और बहुत-बहुत अनुभवों के द्वारा तुमने बहुत से व्यक्तित्व निर्मित कर लिए हैं। वे सब गंदे हो चुके हैं। तुमने बहुत ज्यादा प्रयोग कर लिया है उनका, और उन्हीं के कारण अपना मौलिक चेहरा एकदम खो दिया है।

तुम नहीं जानते कि तुम्हारा मौलिक चेहरा कौन-सा है। तुम दूसरों को धोखा दे रहे हो और तुम अपने ही धोखे के शिकार हो गए हो। सारे व्यक्तित्व गिराओ, क्योंकि यदि तुम व्यक्तित्व से चिपकते हो तो तुम सतह पर ही बने रहोगे। सारे व्यक्तित्व गिरा दो, और बस स्वाभाविक हो जाओ। तब तुम बह सकते हो केंद्र की ओर। और एक बार जब तुम देखने लगते हो केंद्र से तो कोई मन नहीं बना रहता। प्रारंभ में विचार जारी रहते हैं, लेकिन धीरे-धीरे तुम्हारे सहयोग के बिना, वे कम और कम होते जाते हैं। जब तुम्हारा सारा सहयोग खो जाता है, जब तुम उनके साथ बिलकुल ही सहयोग नहीं करते, तब वे तुम्हारे पास आना बंद कर देते हैं। ऐसा नहीं है कि वे अब होते ही नहीं; वे मौजूद होते हैं वहां, लेकिन वे तुम तक नहीं पहुंचते।

विचार आते हैं, केवल आमंत्रित मेहमानों की भांति ही। वे बिन बुलाए हुए कभी नहीं आते, यह बात जरा ध्यान में रख लेना। कई बार तुम सोचते हो, 'मैंने तो कभी नहीं बुलाया था इस विचार को', लेकिन जरूर गलत होओगे तुम। किसी ढंग से, कभी—तुम शायद उसके बारे में पूरी तरह भूल चुके हो—तुमने ही बुलाया होगा उसे। बिना बुलाए कभी नहीं आते विचार। पहले तुम बुलाते हो उन्हें, केवल तभी आते हैं वे। जब तुम नहीं बुलाते, तो कई बार मात्र पुरानी आदत के कारण ही—क्योंकि तुम पुराने मित्र रहे हो—वे खटखटा सकते हैं तुम्हारा द्वार। लेकिन यदि तुम सहयोग नहीं देते तो धीरे-धीरे वे भूल जाते हैं तुम्हारे बारे में, वे नहीं आते तुम तक। और जब विचार अपने से आने बंद हो जाते हैं, तो वह होता है नियंत्रण। ऐसा नहीं है कि तुम नियंत्रित करते हो विचारों को, तुम तो केवल अपनी सत्ता के आंतरिक मंदिर तक पहुंच जाते हो, और विचार अपने से नियंत्रित होते हैं।

फिर भी एक और दृष्टिकोण से, मन है अतीत, एक अर्थ में है, स्मृति, एकत्रित हुए संचित अनुभव : वह सब जो तुमने किया है, वह सब जो तुमने सोचा है, वह सब जिसकी तुमने आकांक्षा की है, वह सब जिसका तुमने सपना देखा है—हर चीज, तुम्हारा समग्र अतीत, तुम्हारी स्मृति। स्मृति है मन। और जब तक तुम स्मृति से छुटकारा नहीं पा लेते हो, तुम मन को नियंत्रित करने के योग्य न रहोगे।

स्मृति से कैसे छुटकारा हो? वह हमेशा वहां होती है तुम्हारे पीछे-पीछे आती हुई। वस्तुतः तुम ही हो

स्मृति, तो कैसे छुटकारा हो उससे? तुम अपनी स्मृतियों के अतिरिक्त हो क्या? जब मैं पूछता हूं, 'कौन हो तुम?' तुम मुझे बताते हो तुम्हारा नाम। यह है तुम्हारी स्मृति। कुछ समय पहले तुम्हारे माता-पिता ने तुम्हें दिया था वह नाम। मैं तुमसे पूछता हूं, 'कौन हो तुम?' और तुम मुझे बताते हो तुम्हारे परिवार के बारे में, तुम्हारे माता-पिता के बारे में। यह है स्मृति। मैं पूछता हूं तुमसे, 'कौन हो तुम?' और तुम बताते हो मुझे तुम्हारी शिक्षा के बारे में, तुम्हारी डिग्रियों के बारे में कि तुमने एम.ए. किया, या कि तुम्हारे पास पी एच.डी. है या कि तुम इंजीनियर हो या कि तुम आर्किटेक्ट हो। यह है स्मृति।

जब मैं पूछता हूं तुमसे कि कौन हो तुम, तो यदि तुम सचमुच ही भीतर झांकते हो, तो तुम्हारा एकमात्र उत्तर यही हो सकता है कि 'मैं नहीं जानता।' जो कुछ भी कहते हो तुम, वह होगी स्मृति, तुम नहीं। वास्तविक प्रामाणिक उत्तर तो केवल एक ही हो सकता है कि 'मैं नहीं जानता', क्योंकि स्वयं को जानना अंतिम बात ही है। मैं दे सकता हूं उत्तर कि कौन हूं मैं, तो भी मैं दूंगा नहीं उत्तर। तुम इसका उत्तर नहीं दे सकते कि तुम कौन हो, लेकिन तुम तैयार रहते हो उत्तर सहित।

जो जानते हैं वे इस बारे में चुप रहते हैं। क्योंकि यदि सारी स्मृति निकाल फेंक दी जाए, और सारी भाषा निकाल, हटा दी जाए, तो नहीं बताया जा सकता कि मैं कौन हूं। मैं देख सकता हूं तुम में, मैं दे सकता हूं तुम्हें संकेत; मैं इसे दे सकता हूं तुम्हें अपने समग्र अस्तित्व सहित—यही होता है मेरा उत्तर। उत्तर शब्दों में नहीं दिया जा सकता है, क्योंकि जो शब्दों में दिया जाता है वह स्मृति का, मन का ही हिस्सा होगा, चेतना का नहीं।

कैसे छुटकारा हो स्मृतियों से?—उन्हें देखना, उनका साक्षी बनना। और हमेशा याद रखना इसेः यह तुम्हें घटा है, पर यह तुम नहीं हो। निस्संदेह तुम किसी परिवार में उत्पन्न हुए, लेकिन यही नहीं हो तुम; ऐसा तुम्हें घटित हुआ है। यह तुम्हारे बाहर की घटना है। बेशक, तुम्हें किसी ने कोई एक नाम दे दिया है। इसकी अपनी उपयोगिता है तो भी नाम नहीं हो तुम। निस्संदेह, तुम्हारा एक आकार है, तो भी आकार नहीं हो तुम। रूप तो मात्र एक घर है जिसमें कि तुम्हारा होना घटित हुआ है। और आकार तो एक देह भर है जिसमें तुम्हारा होना घटित हुआ है। और देह तुम्हें दी गयी है तुम्हारे माता-पिता द्वारा। वह एक उपहार है, पर वह तुम नहीं हो।

देखना और भेद जानना। यही है जिसे पूरब में कहते हैं विवेक और विवेचनः तुम विवेचन करते हो निरंतर। विवेचन करते जाना और एक घड़ी आएगी जब तुमने वह सब मिटा दिया होगा जो तुम नहीं हो। अकस्मात, उस अवस्था में, पहली बार तुम अपना सामना करते हो, तुम साक्षात्कार करते हो तुम्हारी अपनी सत्ता का। सारे तादात्म्य काटते चले जाओ जो तुम नहीं होः परिवार, देह, मन। उस शून्यता में, जब हर वह चीज जो तुम नहीं हो, फेंक दी जाती है, तो अचानक तुम्हारी सत्ता उभर आती है। पहली बार तुम स्वयं का साक्षात्कार करते हो, और वह साक्षात्कार बन जाता है नियंत्रण।

यह शब्द 'नियंत्रण' वस्तुतः ही असुंदर होता है। मैं नहीं चाहूंगा इसका प्रयोग करना। लेकिन मैं कुछ नहीं कर सकता, क्योंकि पतंजलि प्रयोग करते हैं इसका। इस शब्द से ही ऐसा जान पड़ता है कि कोई किसी दूसरे को नियंत्रित कर रहा है।

पतंजलि जानते हैं, और बाद में वे कहेंगे कि तुम उपलब्ध होते हो वास्तविक समाधि को तभी जब कोई नियंत्रण और नियंत्रण करने वाला नहीं होता है।

अब हमें सूत्रों में प्रवेश करना चाहिए।

जब मन की क्रिया नियंत्रण में होती है, तब मन बन जाता है शुद्ध स्फटिक की भांति। फिर वह समान रूप से प्रतिबिंबित करता है बोधकर्ता को, बोध को, और बोध के विषय को।

'जब मन की क्रिया नियंत्रण में होती है...।' अब तुम समझे कि 'नियंत्रण में' से क्या अर्थ है मेरा—तुम होते हो केंद्र में और वहां से तुम देखते हो मन की ओर। तुम बैठे हुए होते हो केंद्र में और वहां से तुम देखते हो मन की ओर। तुम बैठे हुए होते हो घर में और तुम देखते हो बादलों की तरफ, और गर्जन की तरफ, और बिजली और वहां से आती बारिश की तरफ। तुमने गिरा दिए हैं अपने सारे कपड़े—धूल भरे कपड़े और गंदे कपड़े। वस्तुतः कपड़े हैं ही नहीं, मात्र तहें हैं गंदगी की। इसलिए तुम साफ नहीं कर सकते उन्हें। तुमने पा लिया है उन्हें और दूर फेंक दिया है उन्हें। तुम बिलकुल नग्न हो, अपनी अस्तित्वगत नग्नता में या तुमने वह सब हटा दिया है जिसके साथ तुम तादात्म्य बना चुके हो। अब तुम नहीं कहते कि तुम कौन हो। रूप, नाम, परिवार, देह, मन; हर चीज दूर हट गयी है। केवल वही मौजूद रहा है वहां जो हट नहीं सकता।

यह विधि है उपनिषदों की। वे इसे कहते हैं नेति-नेति। वे कहते हैं, 'मैं न यह हूं, न वह हूं।' वे कहे जाते हैं और कहे जाते हैं, और एक घड़ी आती है जब केवल साक्षी बचता है, और साक्षी को अस्वीकार नहीं किया जा सकता। वह है तुम्हारे अस्तित्व का चरम स्रोत, उसकी असली आंतरिकता ही। तुम इसे अस्वीकार नहीं कर सकते क्योंकि कौन अस्वीकार करेगा इसे? अब दो अस्तित्व नहीं रखते, केवल एक ही होता है। तब होता है नियंत्रण। तब मन की क्रिया नियंत्रण में रहती है।

तो यह ऐसा नहीं है जैसे कि छोटे बच्चे को जबद्रस्ती माता-पिता द्वारा कोने में धकेल दिया गया हो और उससे कह दिया हो, 'जाओ वहां चुपचाप बैठ जाओ।' वह लगता है नियंत्रण में है, पर वह होता नहीं। लगता है कि वह नियंत्रण में है, पर वह होता है बेचैन, अवश—भीतर होती है बड़ी हलचल।

एक छोटे बच्चे पर मां ने जबद्रस्ती की। वह खूब दौड़ रहा था चारों तरफ। उसे तीन बार मां ने चुपचाप बैठ जाने को कहा। फिर चौथी बार वह बोली, 'अब तुम चुप बैठते हो या कि मैं आऊं और पीटूं तुम्हें।' और बच्चे समझते हैं कि कब मां का सचमुच ही ऐसा मतलब होता है। वह समझ गया। वह बैठ गया, लेकिन वह कहने लगा मां से, 'मैं बाहर चुपचाप बैठा हूं, लेकिन भीतर मैं अब भी दौड़ रहा हूं।'

तुम बाहरी तौर पर शांत हो जाने के लिए मन पर जबद्रस्ती कर सकते हो; भीतर तो वह दौड़ता ही चला जाएगा। वस्तुतः वह ज्यादा तेज दौड़ेगा क्योंकि मन विरोध करता है नियंत्रण का। हर कोई विरोध करता है नियंत्रण का। नहीं, यह नहीं है कोई ढंग। इस ढंग से तुम स्वयं को मार तो सकते हो लेकिन तुम शाश्वत जीवन को उपलब्ध नहीं हो सकते। यह तो एक प्रकार की अपंगता हुई। जब बुद्ध मौन बैठे होते हैं तो कोई भीतर दौड़ नहीं होती, नहीं। वस्तुतः भीतर वे मौन हो चुके होते हैं, और वह मौन उमड़ कर प्रवाहित हो आया है उनके बाहर। विपरीत नहीं।

तुम बाहरी तौर पर मौन होने के लिये स्वयं पर जबद्रस्ती करते हो, और तुम सोचते हो कि बाहर मौन करने से, भीतर मौन हो जाएगा। तुम समझते ही नहीं मौन का विज्ञान। यदि तुम भीतर मौन होते हो,

तो बाहर सब उससे आप्लावित हो जाएगा। वह तो बस भीतर के पीछे चलता है। परिधि अनुसरण करती है केंद्र का, लेकिन केंद्र को परिधि का अनुसरण करने वाला नहीं बना सकते—यह असंभव होता है। तो सदा याद रखना कि सारी धार्मिक खोज भीतर से बाहर की ओर होती है, इससे उल्टी नहीं।

जब मन की क्रिया नियंत्रण में होती है, तब मन बन जाता है शुद्ध स्फटिक की भांति।

जब संपूर्ण मौन होता है, तो तुम भीतर बद्धमूल और केंद्रित होते हो; जो कुछ घट रहा होता है, बस उसे देख रहे होते हो। पक्षी चहचहा रहे हैं, उनका कलरव सुनायी देगा; यातायात सड़क पर होता है, शोर सुनाई पड़ेगा। और बिलकुल उसी तरह, मन का आंतरिक यातायात होता है—शब्द होते, विचार होते, आंतरिक वार्ता होती। यातायात की ध्वनियां सुनाई पड़ेंगी। लेकिन चुपचाप बैठे रहते हो, कुछ न करते हुए—होते हो एक सूक्ष्म तटस्थता। तुम केवल देखते हो तटस्थ रूप से। तुम इसकी चिंता नहीं करते कि यह इस ढंग से है या उस ढंग से। विचार आते हैं या कि नहीं आते हैं, तुम्हारे लिए एक ही बात होती है। न तो तुम उसके प्रति रुचि रखते हो और न ही विरोध। तुम सिर्फ बैठे रहते हो और मन का यातायात चलता रहता है। तुम बैठ सकते हो तटस्थ रूप से, पर ऐसा कठिन होगा, इसमें समय लगेगा। लेकिन तुम जान जाओगे तटस्थ होने का ढंग। यह कोई विधि नहीं, यह एक गुर (नैक) होता है। विधि सीखी जा सकती है, गुर नहीं सीखा जा सकता। तुम्हें बस बैठ जाना होता है और अनुभव करना होता है उसे। विधि सिखायी जा सकती है, गुर नहीं सिखाया जा सकता; तुम्हें सिर्फ बैठना होता है और अनुभव करना होता है। किसी दिन किसी ठीक घड़ी में जब तुम मौन होते हो, तो अचानक तुम जानोगे कि यह कैसे घट गया, किस प्रकार तुम तटस्थ हो गए। यदि एक क्षण को भी जब भीड़ वहां होती है और तुम तटस्थ रहते हो, तो सहसा तुम्हारे और तुम्हारे मन के बीच की दूरी बहुत बड़ी हो जाती है। मन संसार के दूसरे छोर पर है। वह दूरी दर्शा देती है कि उस क्षण तुम केंद्र में होते हो। यदि तुम आए हो गुर का अनुभव करने को, तो किसी समय, कहीं, तुम एकदम केंद्र की तरफ सरक सकते हो। तुम थम सकते हो और तुरंत, एक तटस्थता, एक बड़ी तटस्थता तुम्हें घेर लेती है। उस तटस्थता में तुम मन द्वारा अछूते बने रहते हो। तुम हो जाते हो मालिक।

तटस्थता एक तरीका है मालिक हो जाने का; मन नियंत्रित होता है तो फिर क्या घटता है? जब केंद्र में होते हो, तब मन का भ्रम तिरोहित हो जाता है। भ्रम है, क्योंकि तुम हो परिधि पर। वस्तुतः मन नहीं है भ्रम। मन और तुम जुड़ते हो परिधि पर तो वही है भ्रम। जब तुम भीतर की ओर सरकते हो, तो धीरे-धीरे तुम देखोगे कि मन अपना विभ्रम खो रहा होता है। चीजें स्थिर हो रही होती हैं। चीजें एक सुव्यवस्था में पड़ रही होती हैं। एक निश्चित सुव्यवस्था उतर रही होती है।

मन बन जाता है शुद्ध स्फटिक की भांति।

सारी अशांति, भ्रम, उल्टी-सीधी विचारधाराएं, वह सब कुछ थम जाता है। यह बहुत कठिन होता है समझना कि सारा विभ्रम होता है तुम्हारे परिधि पर होने के कारण ही। और तुम, अपनी बुद्धिमानी के

कारण, भ्रम को ठहराने की कोशिश कर रहे हो, वहीं परिधि पर बने रहने से।

मैं बहुत बार एक छोटी-सी कथा कहता रहा हूं: बुद्ध सड़क पर जा रहे हैं और दोपहर का समय है। बहुत गर्मी है। और उन्हें प्यास लगती है। वे कहते हैं अपने शिष्य आनंद से, 'तुम वापस जाओ। अभी दो या तीन मील पीछे ही हमने एक छोटी-सी नदी पार की थी। तुम मेरे लिए थोड़ा पानी ले आओ।' तो बुद्ध वृक्ष के नीचे विश्राम करते हैं और आनंद चला जाता है नदी पर। लेकिन अब यह कठिन है, क्योंकि जैसे ही वह उसके नजदीक पहुंचता है, तो कुछ बैलगाड़ियां नदी पर से गुजर जाती हैं। नदी बहुत उथली और छोटी है। बैलगाड़ी गुजरने के कारण वह बहुत गंदी हो गयी है। वह सारी धूल जो नीचे बैठ गयी थी, सतह पर आ गयी है—पुराने सूखे पत्ते और हर प्रकार का कूड़ा-कचरा वहां है। पानी पीने योग्य नहीं। आनंद वही कुछ करने की कोशिश करता है, जो कि तुम करोगे—वह नदी में प्रवेश करता है और चीजों को ठहराने की कोशिश करता है, जिससे कि पानी फिर से स्वच्छ हो जाए। वह उसे और ज्यादा गंदा कर देता है। करना क्या होगा? वह वापस चला आता है और वह कहता है, 'पानी पीने के योग्य नहीं। मैं आगे की एक खास नदी जानता हूं। मैं जाऊंगा और वहां से पानी ले आऊंगा।' लेकिन बुद्ध जोर देते हैं। वे कहते हैं, 'तुम वापस जाओ। मुझे उसी नदी का पानी चाहिए।' जब बुद्ध जोर देते हैं, तो क्या कर सकता है आनंद? बेमन से वह फिर वापस चला जाता है। अचानक वह सार को समझ लेता है, क्योंकि जब तक वह पहुंचता है, आधी गंदगी फिर से बैठ चुकी होती है। किसी के द्वारा उसे ठहराने की कोशिश किए बिना, वह अपने से ही नीचे बैठ चुकी है। वह समझ गया बात।

तो फिर वह बैठ गया वृक्ष के नीचे और वह देखता था नदी को बहते हुए, क्योंकि आधी मिट्टी अभी भी बाकी थी वहां, कुछ सूखे पत्ते अभी भी सतह पर बचे थे। उसने प्रतीक्षा की। वह करता रहा प्रतीक्षा और देखता रहा और कुछ नहीं किया उसने। जल्दी ही, पानी स्फटिक जैसा हो गया था। झर गए मुर्दा पत्ते जा चुके थे और मिट्टी फिर से तल पर जम चुकी थी। वह दौड़ता हुआ और नाचता हुआ वापस लौटा। वह गिर पड़ा बुद्ध के चरणों पर और वह बोला, 'मैं अब समझता हूं और यही गलती तो मैं अपने मन के साथ करता रहा अपनी जिंदगी-भर। अब बस मैं बैठ जाऊंगा वृक्ष के नीचे और गुजरने दूंगा मन के प्रवाह को, इसे स्वयं ही ठहर जाने दूंगा। अब मैं कूदूंगा नहीं नदी में और नहीं कोशिश करूंगा चीजों को जमाने की, कोई क्रमबद्धता लाने की।'

कोई नहीं ला सकता मन में क्रमबद्धता। व्यवस्था, क्रमबद्धता लाना ही अराजकता निर्मित कर देता है। यदि तुम देख सको और प्रतीक्षा कर सको, और तुम देख सकते हो तटस्थ रूप से, तो चीजें अपने से ठहर जाती हैं। एक निश्चित नियम होता है; चीजें बहुत समय तक अस्थिर नहीं बनी रह सकतीं, क्योंकि अस्थिर अवस्था स्वाभाविक नहीं होती। वह अस्वाभाविक होती है। चीजों की स्थिर अवस्था स्वाभाविक होती है; चीजों की अस्थिर अवस्था नहीं होती है स्वाभाविक। इसलिए अस्वाभाविक बात घट सकती है कुछ समय तक तो, तो भी वह सदा बनी नहीं रह सकती है। तुम्हारी जल्दबाजी में, तुम्हारी अधीरता में तुम चीजों को ज्यादा गलत बना सकते हो।

जापान में, झेन मठों में, उनके पास एक निश्चित विधि होती है पागल लोगों का उपचार करने की। पश्चिम में वे अभी तक नहीं ढूंढ पाए हैं कोई ऐसी चीज, ऐसी विधि। वे अभी तक अंधेरे में भटक रहे हैं। साधारण पागल व्यक्ति सहायता देने के पार के लगते हैं। और मनोविश्लेषक लगा देते हैं तीन वर्ष,

पांच वर्ष, सात वर्ष। और फिर भी, कुछ ज्यादा हासिल नहीं होता इससे। तुमने सारा हिमालय छान मारा और इससे निकलता एक चूहा भी नहीं ढूंढ पाए तुम। इसीलिए केवल बड़े धनपति इसका खर्च उठा सकते हैं, एक ऐश्वर्य की भांति। मनोविश्लेषण एक ऐश्वर्य है। लोग बड़े खुश होते हैं जब उनका मनोविश्लेषण किसी बड़े मनोविश्लेषक द्वारा किया जाता है, जैसे कि यह कोई बड़ी उपलब्धि की बात है। और घटता कुछ नहीं है। लोग एक मनोविश्लेषक से दूसरे तक चलते चले जाते हैं।

जापान में उनके पास एक बहुत सीधी-सी विधि है। यदि कोई पागल हो जाता है तो उसे लाया जाता है मठ में। उनके पास मठ से अलग, एक कोने में एक बहुत छोटी-सी कुटिया होती है। व्यक्ति को वहां छोड़ दिया जाता है। कोई उसमें ज्यादा दिलचस्पी नहीं लेता है। किसी पागल आदमी में कभी मत लेना ज्यादा दिलचस्पी, क्योंकि दिलचस्पी बन जाती है भोजन।

एक पागल आदमी सारे संसार का ध्यान पाना चाहता है; इसीलिए होता है वह पागल। पहली बात तो यह होती है कि वह पागल है, क्योंकि मांगता है ध्यान। यही बात उसे ले गयी है पागलपन में।

इसलिए कोई ज्यादा ध्यान नहीं देता उसकी ओर। वे खयाल रखते हैं, पर वे ध्यान नहीं देते। वे उसे भोजन देते हैं, और वे उसे सुविधापूर्ण बना देते हैं, पर कोई नहीं जाता उससे बात करने को। जो लोग भोजन लाते और दूसरी जरूरत की चीजें लाते, वे भी बात न करेंगे उससे। उससे बात नहीं करने दी जाती, क्योंकि पागल आदमी पसंद करते हैं बात करना। वस्तुतः बहुत ज्यादा बात करना उन्हें ले गया है इस अवस्था की ओर।

मनोविश्लेषण के साथ बात ठीक उल्टी है—मनोविश्लेषक बातें किए चले जाते हैं और घंटों बातें करने देते हैं रोगी को। पागल व्यक्ति इसका बहुत आनंद उठाते हैं, और कोई आदमी सुनता हो इतने ध्यानपूर्वक, तो बहुत सुंदर बात होती है यह।

झेन मठ में कोई नहीं बात करता है पागल आदमी से। कोई नहीं देता ध्यान, कोई खास ध्यान। एक सूक्ष्म तटस्थ ढंग से वे ध्यान रखते हैं, बस इतना ही। वह विश्राम करता है, बैठता है या चुपचाप बिस्तर पर लेटा रहता है, और कुछ नहीं करता। वस्तुतः कोई उपचार होता ही नहीं। और वह तीन सप्ताह के भीतर संपूर्णतया ठीक हो जाता है।

अब पश्चिमी मनोविश्लेषक दिलचस्पी लेने लगे हैं, क्योंकि उन्हें लगता है कि यह असंभव है—कि पागल आदमी को उसी के हाल पर ही छोड़ देना! पर यह होती है बौद्ध-दृष्टि, यही होती है योगियों की दृष्टि : कि छोड़ देना चीजों को, क्योंकि कोई चीज बहुत देर तक स्थिर नहीं रह सकती, यदि तुम उसे उस पर ही छोड़ देते हो। यदि तुम उसे नहीं छोड़ते, तो वह लंबे समय तक अव्यवस्थित रह सकती है, क्योंकि तुम उसे निरंतर फिर-फिर हिला-डुला रहे होओगे।

प्रकृति घृणा करती है अव्यवस्था से। प्रकृति प्रेम करती है सुव्यवस्था को। प्रकृति संपूर्णतया सुव्यवस्थागत है, अतः अव्यवस्था केवल एक अस्थायी अवस्था हो सकती है। यदि तुम समझ सको इसे, तो मन के साथ कुछ मत करना। पागल मन को उस पर ही छोड़ देना। तुम बस देखना, ज्यादा ध्यान मत देना। इसे खयाल में रख लेना : देखने और ध्यान देने में भेद होता है। जब तुम ध्यान देते हो, तुम बहुत ज्यादा आकर्षित होते हो। जब तुम केवल देखते हो, साक्षी मात्र होते हो तो तुम तटस्थ होते हो।

बुद्ध इसे कहते हैं उपेक्षा, परम और समग्र उपेक्षा। मात्र एक ओर बैठे रहना, नदी बहती रहती है।

और चीजें ठहरती जाती हैं; कूड़ा-करकट नीचे तल पर बैठ जाता है और सूखे पत्ते बह चुके होते हैं अकस्मात, नदी स्फटिकवत स्वच्छ होती है।

इसीलिए पतंजलि कहते हैं, 'जब मन की क्रिया नियंत्रण में होती है, तो मन शुद्ध स्फटिक बन जाता है, और जब मन शुद्ध स्फटिक बन जाता है, तो तीन चीजें प्रतिबिंबित होती हैं उसमें।'

फिर वह समान रूप से प्रतिबिंबित करता है बोधकर्ता को, बोध को और बोध के विषय को।

जब मन संपूर्णतया साफ होता है, एक सुव्यवस्था बन गया होता है, तो भ्रम नहीं रहता और चीजें थम चुकी होती हैं, तब तीन चीजें प्रतिबिंबित होती हैं उसमें; वह दर्पण बन जाता है, तीन आयामों का दर्पण। बाहर का संसार, विषय-वस्तुओं का संसार प्रतिबिंबित होता है। भीतर का संसार, आत्मपरक चेतना का संसार प्रतिबिंबित होता है। दोनों के बीच का संबंध, वह बोध प्रतिबिंबित होता है और होता है बिना किसी विकार के।

मन के साथ तुम्हारे बहुत ज्यादा घुल-मिल जाने से ही ऐसा होता है कि विकार चला आता है। क्या होता है विकार? मन एक सीधी यंत्र-क्रिया है। यह आंखों की भांति है; तुम आंखों द्वारा देखते हो और संसार प्रतिबिंबित हो जाता है। लेकिन आंखों के पास तो केवल एक आयाम है : वे तो केवल संसार को प्रतिबिंबित कर सकती हैं, वे तुम्हें प्रतिबिंबित नहीं कर सकतीं। मन त्रिआयामी घटना है, बड़ी गहरी। वह सब कुछ प्रतिबिंबित कर सकता है, और बिना किसी विकार के। साधारणतया तो वह विकृत ही करता है। जब कभी तुम देखते हो किसी चीज को यदि तुम मन से अलग नहीं होते, तो चीज बिगड़ जाएगी। तुम कुछ और देखोगे। तुम इसमें अपना ज्ञान मिला दोगे, अपने भाव मिला दोगे। तुम इसे दृष्टि की शुद्धता सहित नहीं देखोगे। तुम देखोगे धारणाओं सहित, और धारणाएं प्रक्षेपित होंगी उस पर।

यदि तुम उत्पन्न होते हो किसी अफ्रीकी जाति में, तो तुम सोचते हो पतले होंठ सुंदर नहीं होते, मोटे होंठ सुंदर होते हैं। बहुत-सी अफ्रीकी जनजातियों में वे अपने होंठ मोटे और ज्यादा मोटे बनाए चले जाते हैं। वे सब प्रकार के उपाय करते हैं होंठों को ज्यादा और ज्यादा मोटे करने के लिए, विशेषकर स्त्रियां, क्योंकि मोटे होंठ सुंदर होते हैं; ऐसी ही धारणा है। प्रजाति के सारे इतिहास में इस बात को कायम रखा है उन्होंने। यदि कोई लड़की पैदा होती है पतले होंठ लेकर, तो वह निम्न अनुभव करती है।

भारत में प्रेम करते हैं पतले होंठों से। यदि वे थोड़े से ज्यादा मोटे होते हैं, तो तुम असुंदर माने जाते हो। ये विचार मन के भीतर चलते हैं और ये विचार इतनी गहरी जड़ में उतर जाते हैं कि वे तुम्हारी दृष्टि धुंधली कर देते हैं। न पतले होंठ और न ही मोटे होंठ, न तो सुंदर होते हैं और न ही असुंदर। वस्तुतः सुंदर और असुंदर विकृत अवधारणाएं हैं। वे तुम्हारी विचारधाराएं हैं, और फिर तुम उन्हें मिला देते हो वास्तविकता के साथ।

ऐसी जनजातियां अस्तित्व रखती रही हैं जो सोने को बिलकुल ही कोई मूल्य नहीं देतीं। जब वे बिलकुल कोई मूल्य नहीं करतीं सोने का, तो वे सोने के वशीभूत नहीं रहतीं। सारा संसार ऐसा है, सोने द्वारा वशीभूत। मात्र एक निश्चित विचार, और सोना बहुत मूल्यवान हो जाता है।

वस्तुओं के संसार में, वास्तव में, कोई चीज ज्यादा मूल्यवान या कम मूल्यवान नहीं होती है।

मूल्यांकन लाया जाता है मन के द्वारा, तुम्हारे द्वारा। कोई चीज सुंदर नहीं, कोई चीज असुंदर नहीं। चीजें होती हैं जैसी वे हैं। उनकी अपनी तथाता में वे अस्तित्व रखती हैं। लेकिन जब तुम सतह पर होते हो और विचारों के साथ सम्मिलित हो जाते हो, तो तुम कहने लगते हो, 'यह मेरी धारणा है सौंदर्य की। यह मेरी धारणा है सत्य की।' तब हर चीज मुड़-तुड़ जाती है।

जब तुम केंद्र की ओर बढ़ते हो और मन अकेला छूट जाता है, और उस केंद्र से तुम देखते हो मन को, तो तुम्हारा तादात्म्य फिर उसके साथ नहीं रहता। धीरे-धीरे सारे विचार तिरोहित हो जाते हैं। मन स्फटिक की भांति साफ हो जाता है। और उस दर्पण में, मन के त्रि-आयामी दर्पण में, संपूर्ण प्रतिबिंबित हो जाता हैः विषय, व्यक्ति, ज्ञान; बोधकर्ता, बोध और बोध का विषय।

'सवितर्क समाधि, वह समाधि है, जहां योगी अभी भी वह भेद करने के योग्य नहीं रहता है, जो सच्चे ज्ञान के और शब्दों पर आधारित ज्ञान, तर्क या इंद्रिय-बोध पर आधारित ज्ञान के बीच होता है—जो सब मिश्रित अवस्था में मन में बना रहता है।'

दो प्रकार की समाधि होती हैः एक को पतंजलि कहते हैं, 'सवितर्क' दूसरी को वे कहते 'निर्विकल्प' या 'निर्वितर्क'। ये होती हैं दो अवस्थाएं। पहले तो कोई उपलब्ध होता है सवितर्क समाधि को; जिसमें कि तर्कसंगत मन अभी भी चल रहा होता है। यह है समाधि, लेकिन फिर भी बौद्धिक दृष्टिकोण पर आधारित होती है। तर्क अभी भी काम कर रहा है, तुम भेद बना रहे होते हो। यह उच्चतम समाधि नहीं होती है, मात्र पहला कदम है। लेकिन यह भी बहुत-बहुत कठिन है, क्योंकि इसमें भी जरूरत पड़ेगी केंद्र की ओर थोड़ा बहुत जाने की।

उदाहरण के लिएः परिधि है वहां, जहां कि तुम बिलकुल अभी खड़े हो, और केंद्र है वहां, जहां कि मैं हूं बिलकुल अभी और दोनों के बीच, ठीक मध्य में, सवितर्क समाधि है। इसका मतलब हुआ कि तुम सतह पर से सरक आए हो; तो भी तुम केंद्र तक नहीं पहुंचे हो अभी तक। तुम सरक आए हो परिधि से, पर अभी भी बहुत दूर है केंद्र। तुम ठीक मध्य में हो। अभी तक कुछ पुराना कार्य कर रहा है, और कुछ नया आधे रास्ते तक प्रवेश कर चुका है। और चेतना की इस बीच की अवस्था की परिस्थिति क्या होगी?

सवितर्क समाधि वह समाधि है, जहां योगी अभी भी वह भेद करने के योग्य नहीं होता है जो सच्चे ज्ञान के... ।

क्या सत्य है, यह भेद वह अभी भी नहीं कर पाएगा, क्योंकि सत्य जाना जा सकता है केवल केंद्र द्वारा ही। उसे जानने का दूसरा कोई उपाय नहीं। वह नहीं जान सकता सच्चा ज्ञान क्या है। कोई सत्य बूंद-बूंद टपक रहा होता है भीतर, क्योंकि वह सरक आया है परिधि से, ज्यादा निकट आ पहुंचा है केंद्र के। वह अभी केंद्रस्थ नहीं हुआ, तो भी ज्यादा निकट आ पहुंचा है। केंद्र की कोई चीज भीतर झर रही है—कुछ-कुछ प्रत्यक्ष बोध, केंद्र की कुछ झलकियां, लेकिन पुराना मन फिर भी है वहां, पूरी तरह नहीं चला गया। एक दूरी है वहां, लेकिन पुराना मन अभी भी कार्य करता जा रहा है। योगी अभी भी अयोग्य

है भेद करने में कि क्या है सच्चा ज्ञान।

सच्चा ज्ञान वह ज्ञान है जो घटता है जब मन किसी विकार से बिलकुल ग्रस्त नहीं होता। एक तरह से मन जब संपूर्णतया तिरोहित हो गया होता है, वह इतना पारदर्शी हो चुका है कि वह वहां है या नहीं, इससे कुछ अंतर नहीं पड़ता।

इस मध्य अवस्था में योगी पड़ा होता है बहुत गहन विभ्रम में।

भ्रम होता है, क्योंकि कोई सत्य होता है और होता है वह ज्ञान, जो उसने अतीत में एकत्रित किया : उन शब्दों का, शास्त्रों का, शिक्षकों का; वह भी वहां होता है। अपना कुछ तर्क कि क्या गलत है और क्या सही; क्या सत्य है और क्या असत्य; और उसके इंद्रिय-बोध की—आंख, कान, नाक की कोई चीज—हर चीज वहां होती, घुली-मिली हुई।

यह होती है वह अवस्था, जहां योगी पागल हो सकता है। यदि इस अवस्था में कोई ध्यान रखने वाला नहीं होता, तो पागल हो सकता है योगी, क्योंकि इतने सारे आयाम मिल रहे होते हैं। इतना बड़ा भ्रम होता है और होती है अराजकता। यह ज्यादा बड़ी अराजकता होती है उससे जितनी कि कभी पहले थी, जब कि वह सतह पर था, क्योंकि कुछ नया आ पहुंचा होता है।

केंद्र से अब थोड़ी झलकें आ रही होती हैं उस तक। वह नहीं जान सकता कि क्या यह उस ज्ञान से आ रही होती हैं, जिसे उसने इकट्ठा कर लिया है शास्त्रों से। कई बार अचानक उसे लगता है, 'अहं ब्रह्मास्मि', मैं ब्रह्म हूं। अब वह भेद करने योग्य नहीं होता कि यह उपनषिद से आ रहा है, जिसे वह पढ़ता रहा है, या कि उसके स्वयं से। यह एक बौद्धिक निर्णय होता है। 'मैं संपूर्ण का अंश हूं। संपूर्ण है परमात्मा, तो निस्संदेह मैं हूं परमात्मा।' वह नहीं बता सकता कि यह एक तर्कसंगत शास्त्रीय सूत्र है या यह आ रहा है इंद्रिय-बोध से।

क्योंकि कई बार जब तुम बहुत शांत होते हो और इंद्रियों के द्वार बहुत साफ होते हैं, तो उदित हो जाती है परमात्मा होने की अनुभूति। संगीत सुनते-सुनते, अचानक तुम फिर मानव-प्राणी ही नहीं रह जाते। यदि तुम्हारे कान तैयार होते हैं और यदि तुम्हारे पास संगीत-बोध होता है, तो अकस्मात तुम उठ जाते हो एक अलग ही तल तक। जिस स्त्री को तुम प्रेम करते हो, उससे संभोग करते हुए अचानक, आर्गाज्म के चरम पर, तुम अनुभव करते कि तुम ईश्वर हो गए। ऐसा घट सकता है तर्क के द्वारा। यह आ रहा हो सकता है उपनिषदों से, शास्त्रों से, जिन्हें तुम पढ़ते रहे हो, या यह आ रहा होता है केंद्र से। और वह व्यक्ति जो मध्य में है, वह नहीं जानता कि यह कहां से आ रहा है। सभी दिशाओं से घट रही होती हैं लाखों चीजें—अनूठी, अज्ञात, ज्ञात। व्यक्ति पड़ सकता है वास्तविक गड़बड़ में।

इसीलिए जरूरत होती है साधक-समुदाय की, जहां कि बहुत लोग काम कर रहे होते हैं। क्योंकि केवल ये ही तीन स्थल नहीं हैं। परिधि और केंद्र के बीच में, बहुत सारे स्थल होते हैं। रहस्य-साधनालय वह होता है, जहां कई तरह के वर्गों के कई लोग साथ-साथ रहते हैं। और शिक्षालय की ही भांति, प्रथम श्रेणी के लोग होते हैं वहां, द्वितीय श्रेणी के लोग होते हैं, तृतीय श्रेणी के लोग होते हैं; प्राथमिकशाला, माध्यमिकशाला, उच्चशाला और फिर विश्वविद्यालय। एक संपूर्ण रहस्य-विद्यालय होता है : बाल विद्यालय से लेकर विश्वविद्यालय तक। कोई अस्तित्व रखता है वहां एकदम चरम पर, केंद्र पर, जो कि केंद्र बन जाता है, रहस्य-विद्यालय का।

और बहुत सारे लोग होते हैं, क्योंकि वे सहायक हो सकते हैं। तुम मदद कर सकते हो किसी की, जो एकदम पीछे हो तुम्हारे। उच्च विद्यालय का व्यक्ति आ सकता है प्राथमिक विद्यालय में और सिखा सकता है। प्राथमिक विद्यालय का एक छोटा लड़का जा सकता है के. जी. में—किंडर-गार्टेन में और कर सकता है मदद।

परिधि से लेकर केंद्र तक, बहुत सारी अवस्थाएं हैं, बहुत सारे स्थल हैं। रहस्य-विद्यालय का अर्थ होता हैः जहां सब प्रकार के लोग एक गहरी लयबद्धता में बने रहते हैं, एक परिवार के रूप में रहते हैंः बिलकुल प्रथम से लेकर बिलकुल अंतिम तक, प्रारंभ से लेकर समाप्ति तक, आरंभ से लेकर अंत तक। बहुत सहायता संभव हो जाती है इस ढंग से, क्योंकि तुम उसकी मदद कर सकते हो जो पीछे होता है तुमसे। तुम कह सकते हो उससे, 'मत चिंतित होओ। बस, बढ़ते रहो। ऐसा घटता है और शांत हो जाता है अपने से ही। इसके साथ ज्यादा मत जुड़ जाना। अलग-थलग बने रहना। यह आता है और चला जाता है।' किसी की जरूरत होती है, जो हाथ बढ़ाकर तुम्हारी मदद करे। और सद्गुरु की जरूरत होती है, जो ध्यान रख सके सारी अवस्थाओं का; शिखर से लेकर एकदम घाटी तक का, जो समग्र बोध पा सकता हो सारी संभावनाओं का।

अन्यथा, सवितर्क समाधि की इस अवस्था में, बहुत से पागल हो जाते हैं। या, बहुत से इतने घबड़ा जाते हैं कि वे दूर भाग आते हैं केंद्र से और चिपकने लगते हैं परिधि से, क्योंकि वहां, कम से कम किसी एक प्रकार की सुव्यवस्था तो होती है। कम से कम कुछ अज्ञात तो प्रवेश नहीं करता है वहां, अपरिचित नहीं आ पहुंचता वहां। तुम परिचित होते हो; अजनबी दस्तक नहीं देते तुम्हारे द्वार पर।

लेकिन जो सवितर्क समाधि तक पहुंच गया है यदि वह परिधि तक वापस चला जाता है, तो कुछ सुलझेगा नहीं। वह फिर वही कभी नहीं हो सकता। अब वह कभी भी पूरी तरह परिधि का नहीं हो सकता। इसलिए वह बात कुछ काम की नहीं। वह परिधि का हिस्सा कभी नहीं हो पाएगा। और वह वहां पर होगा, ज्यादा और ज्यादा भ्रमित। एक बार तुमने जान लिया है किसी चीज को, तो तुम कैसे मदद कर सकते हो स्वयं की, उस बोध से अनजान बन कर? एक बार जान लिया तुमने, तो जान लिया है तुमने। तुम दूर हो सकते हो उससे, तुम बंद कर सकते हो अपनी आंखें, लेकिन तो भी वह होता तो है वहां पर और वह तुम्हारे पीछे पड़ा रहेगा तुम्हारी जिंदगी भर।

यदि रहस्य-विद्यालय नहीं होता और सद्गुरु नहीं होता, तो तुम बन जाओगे बहुत जटिल व्यक्ति। संसार से तुम जुड़ नहीं सकते, बाजार का तुम्हारे लिए कुछ अर्थ नहीं रहता; और संसार के पार जाने से तुम डरते रहते हो।

सवितर्क समाधि वह समाधि है, जहां योगी अभी भी वह भेद करने के योग्य नहीं रहता है, जो सच्चे ज्ञान के और शब्दों पर आधारित ज्ञान, और तर्क या इंद्रिय-बोध पर आधारित ज्ञान के बीच होता है, जो सब मिश्रित अवस्था में मन में बना रहता है।

निर्वितर्क समाधि है केंद्र तक पहुंच जानाः तर्क तिरोहित हो जाता है, शास्त्र अब अर्थपूर्ण नहीं रहते, इंद्रिय-संवेदनाएं धोखा नहीं दे सकतीं तुम्हें। जब तुम होते हो केंद्र पर, तो अचानक हर चीज स्वतःसिद्ध

सत्य हो जाती है। ये शब्द ठीक से समझ लेने हैं—'स्वतःसिद्ध सत्य।' सत्य होते हैं वहां परिधि पर, लेकिन वे स्वतः प्रमाणित हरगिज नहीं होते। किसी प्रमाण की जरूरत होती है, किसी तर्कणा की जरूरत होती है। यदि तुम कहते हो कुछ तो तुम्हें प्रमाणित करना होता है उसे। यदि परिधि पर कहते हो, 'परमात्मा है', तो तुम्हें उसे प्रमाणित करना होगा, स्वयं के सामने, दूसरों के सामने। केंद्र पर परमात्मा है, स्वतः प्रमाणित, तुम्हें जरूरत नहीं रहती किसी प्रमाण की। कौन-से प्रमाण की जरूरत होती है, जब तुम्हारी आंखें खुली होती हैं और तुम देख सकते हो सूरज को उगते हुए। लेकिन उस आदमी के लिए जो कि अंधा होता है प्रमाण की जरूरत होती है। क्या प्रमाण की जरूरत होती है, जब तुम प्रेम में होते हो?

तुम्हें पता होता है कि वह है; वह स्वतः स्पष्ट है। दूसरे तो मांग कर सकते हैं प्रमाण की। कैसे तुम उन्हें दे सकते हो कोई प्रमाण?

केंद्र पर पहुंचा व्यक्ति स्वयं ही प्रमाण बन जाता है; वह देता नहीं है कोई प्रमाण। जो कुछ वह जानता है वह स्वतः प्रमाणित होता है। ऐसा ही है। वह किसी बौद्धिक निर्णय के रूप में नहीं पहुंचा है उस तक। वह कोई शास्त्रीय-सूत्र नहीं होता; वह किसी निष्कर्ष के रूप में नहीं आया है; वह बस वैसा है ही। उसने जान लिया है। इसलिए उपनिषदों में कहीं कोई प्रमाण नहीं है। पतंजलि के यहां कोई प्रमाण नहीं है। पतंजलि तो मात्र व्याख्या कर देते हैं, लेकिन कोई प्रमाण नहीं देते। यही है भेदः जब कोई जानता है तो वह वर्णन ही करता है; जब कोई नहीं जानता है, तो पहले वह प्रमाणित करता है कि यह ऐसा-ऐसा है। जिन्होंने जाना है वे मात्र वर्णन कर देते हैं उस अज्ञात का। वे कोई प्रमाण नहीं देते।

पश्चिम में, ईसाई संतों ने परमात्मा के प्रमाण दिए हैं। पूरब में, हम हंसते हैं इस पर, क्योंकि यह बेतुकी बात है। परमात्मा को प्रमाणित करता हुआ आदमी बेतुका है। कैसे तुम प्रमाणित कर सकते हो उसे? और जब तुम प्रमाणित करते हो परमात्मा जैसे किसी रूप को तो तुम उसे झूठा प्रमाणित करने को ही निमंत्रित कर लेते हो लोगों को। और इन्हीं ईसाई संतों के कारण ही जो कि परमात्मा को प्रमाणित करने की कोशिश करते हैं, सारा पश्चिम, धीरे-धीरे, परमात्मा विरोधी हो गया है, क्योंकि लोग सदा ही कर सकते हैं खंडन। तर्क एक दो-धारी तलवार होती हैः यह काटती है दोनों ओर से। यदि तुम प्रमाणित करते हो कोई चीज, तो वह झूठी प्रमाणित भी हो सकती है। तर्क प्रस्तुत किया जा सकता उसके विरुद्ध।

ईसाई संतों के कारण, जो कि परमात्मा को प्रमाणित करने की कोशिश करते रहे हैं, सारा पश्चिम नास्तिक हो गया है। पूरब में हमने कभी ऐसी कोशिश नहीं की; हमने कभी कोई प्रमाण नहीं दिया। जरा उपनिषदों में झांको—एक भी प्रमाण अस्तित्व नहीं रखता। वे इतना ही कहते हैं, 'परमात्मा है।' यदि तुम जानना चाहते हो, तुम जान सकते हो। यदि तुम नहीं जानना चाहते तो वह तुम्हारा चुनाव है। लेकिन इसके लिए कोई प्रमाण नहीं है।

वह अवस्था होती है निर्वितर्क समाधि की, वह समाधि जो होती है बिना तर्क की। वह समाधि पहली बार अस्तित्वगत होती है। लेकिन वह भी अंतिम नहीं। एक और अंतिम सोपान अस्तित्व रखता है। उसकी चर्चा हम आगे बाद में करेंगे।

प्रवचन 4

प्रयास, अप्रयास और ध्यान

प्रश्न-सार

1. प्रकृति पर छोड़ देने पर अव्यवस्था स्वयं ही व्यवस्था हो जाती है यथासमय। तो क्यों दुनिया हमेशा से अराजकता और अव्यवस्था में है?

2. कैसे पता चले कि कोई व्यक्ति रेचन की ध्यान विधियों से गुजर कर अराजकता के पार चला गया है?

3. मन को अपने से शांत हो जाने देना है, तो योग की सैकड़ों विधियों की क्या आवश्यकता है?

4. आप प्रेम में डूबने पर जोर देते हैं लेकिन मेरी मूल समस्या भय है। प्रेम और भय क्या संबंधित हैं?

5. 'कुछ न करना, मात्र बैठना' सार है, तो ध्यान की विधियों में इतना प्रयास क्यों है?

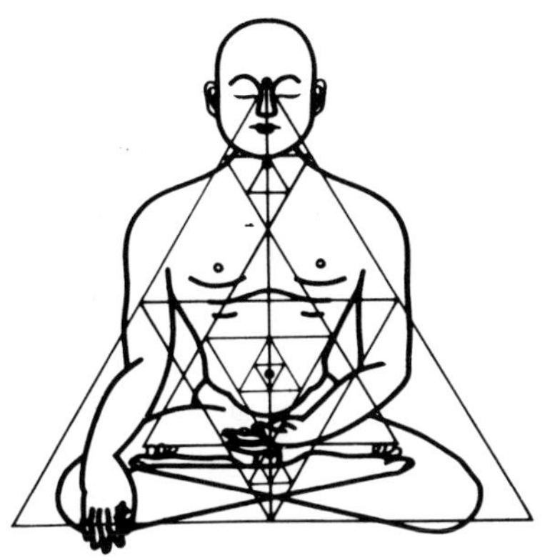

पहला प्रश्नः आपने कहा कि प्रकृति विरोध करती है अव्यवस्था का, और अव्यवस्था स्वयं ही व्यवस्थित हो जाती है यथासमय। तो क्यों दुनिया हमेशा अराजकता और अव्यवस्था में रहती रही है?

दुनिया कभी नहीं रही अराजकता और अव्यवस्था में, केवल मन रहा है। संसार तो परम रूप से व्यवस्थित है। वह कोई अव्यवस्था नहीं, वह सुव्यवस्था है। केवल मन ही सदा अव्यवस्था में रहता है, और सदा रहेगा अव्यवस्था में ही।

कुछ बातें समझ लेनी होंगीः मन की प्रकृति ही होती है अराजकता में होने की। क्योंकि वह एक अस्थायी अवस्था है। मन तो मात्र एक संक्रमण है स्वभाव से परम स्वभाव तक का। कोई अस्थायी अवस्था नहीं हो सकती है सुव्यवस्थित। कैसे हो सकती है वह सुव्यवस्था में? जब तुम बढ़ते हो एक अवस्था से दूसरी अवस्था तक, तो बीच की स्थिति अव्यवस्था में, अराजकता में रहेगी ही।

कोई उपाय नहीं है मन को सुव्यवस्थित कर देने का। जब तुम स्वभाव के पार हो रहे होते हो और परम स्वभाव में बढ़ रहे होते हो, बाह्य से अंतस में परिवर्तित हो रहे होते हो, भौतिक से अध्यात्म में परिवर्तित हो रहे होते हो, तो दोनों में एक अंतराल बनेगा ही जब कि तुम कहीं नहीं हो, जब कि तुम इस संसार से संबंध नहीं रखते और अभी भी तुम दूसरे से संबंधित नहीं होते हो। यही है अराजकता—यह संसार छूट गया है, और मृत्यु अभी भी नहीं मिली। मध्य में तो, हर चीज एक अव्यवस्था होती है। और यदि तुम बने रहते हो मध्य में, तो तुम सदा ही अराजकता में रहोगे। मन के पार होना ही होगा। मन कुछ ऐसा नहीं है जिसके साथ रहा जाए।

मन एक सेतु की भांति हैः इसे पार करना है; दूसरे किनारे को प्राप्त करना ही है। और तुमने तो सेतु पर ही घर बना लिया है। तुमने सेतु पर रहना शुरू कर दिया है। तुम मन के साथ जुड़ गए हो। तुम पड़े हो जाल में क्योंकि तुम कहीं नहीं हो। और कैसे तुम कहीं न होने वाली जमीन पर व्यवस्थित हो सकते हो?

अतीत तुम्हें निमंत्रित करता ही जाएगाः 'वापस आओ, वापस लौट आओ उस किनारे पर जिसे कि तुम छोड़ चुके हो।' और वापस लौटना होता नहीं, क्योंकि तुम समय में पीछे की ओर बढ़ नहीं सकते। बढ़ना केवल एक ही है, और वह है आगे की ओर—आगे। अतीत तुम पर गहरा प्रभाव बनाये रहता है; क्योंकि तुम होते हो सेतु पर। और अतीत भी सेतु पर होने से तो बेहतर ही लगता है। एक छोटी झोपड़ी भी ज्यादा ठीक होती सेतु पर होने की अपेक्षा। कम से कम वह एक घर तो है; तुम सड़क पर नहीं होते।

मानव प्राणियों का अतीत, वह पशुत्व, उसमें सतत आकर्षण होता है। वह कहता, 'लौट आओ पीछे।' वह कहता है, 'कहीं कोई जाना, बढ़ना नहीं है।' तुम्हारे भीतर का पशु तुम्हें पुकारे चला जाता है, 'वापस आ जाओ।' और इसमें आकर्षण होता है, क्योंकि सेतु की तुलना में बेहतर है यह। तो भी तुम नहीं जा सकते वापस। एक बार कोई कदम उठा लिया जाता है तो उसे अनकिया नहीं किया जा सकता। एक बार जब तुम बढ़ जाते हो आगे, तो तुम वापस नहीं जा सकते। तुम स्वप्न संजोए रख सकते हो, और तुम व्यर्थ गंवा सकते हो अपनी ऊर्जा, वही ऊर्जा जो तुम्हें ले गयी होती आगे।

लेकिन वापस जाना संभव नहीं। कैसे एक युवा व्यक्ति फिर से बच्चा बन सकता है? और कैसे एक वृद्ध फिर से युवा व्यक्ति हो सकता है?—ऐसा संभव हो भी जाए कि विज्ञान करता हो मदद तुम्हारी देह के फिर से युवा होने में। वैसा संभव है, क्योंकि आदमी बहुत चालाक है, और वह देह के कोशाणुओं को धोखा दे सकता है। और वह तुम्हें नया कार्यक्रम दे सकता है और वे लौट सकते हैं पीछे। लेकिन तुम्हारा मन पुराना बना रहेगा। तुम्हारी देह युवा हो सकती है, लेकिन तुम कैसे हो सकते हो युवा? वह सब जिसका अनुभव तुमने किया है तुम्हारे साथ रहेगा। उसे वापस नहीं फेंका जा सकता।

कोई नहीं लौट सकता पीछे। वह किनारा जो छूट जाता है सदा के लिए ही छूट जाता है। तुम फिर से पशु नहीं हो सकते। बेहतर है वापस जाने के उस आकर्षण को और उस सम्मोह-आसक्ति को गिरा देना। जितनी जल्दी तुम गिरा दो उसे, उतना ज्यादा अच्छा है।

व्यक्ति उन चीजों से आनंदित होता है जो उसे अनुभूति दे जाती हैं अतीत की, प्राणी-जगत की। इसीलिए इतना ज्यादा आकर्षण होता है कामवासना का। इसीलिए लोग खाने के प्रति आसक्त होते हैं; खाये चले जाते हैं, भोजन के वशीभूत हो जाते हैं। इसीलिए एक आकर्षण होता है लालच, क्रोध, ईर्ष्या, और घृणा में। वे सब बातें संबंध रखती हैं पशुता के राज्य से: वह किनारा है जिसे तुम छोड़ चुके, पशु-राज्य का किनारा। और है एक दूसरा किनारा जिस तक कि तुम अभी पहुंचे नहीं हो, तुम्हारे सपनों में भी नहीं—वह है प्रभु का राज्य। और इन दोनों के बीच तुम टिके हुए हो मन में।

तुम नहीं जा सकते वापस। कठिन होता है आगे बढ़ना, क्योंकि अतीत तुम्हें खींचे चला जाता है और भविष्य बना रहता है अज्ञात, धुंधला-सा, धुंध की भांति। तुम देख नहीं सकते दूसरा किनारा, वह प्रकट नहीं होता—ऐसा नहीं कि वह बहुत ज्यादा दूर होता है। वह किनारा जिसे तुमने छोड़ दिया, वह दीखता है। वह दूसरा किनारा जिसकी ओर तुम पहुंच रहे हो, वह अदृश्य होता है अपनी प्रकृति के कारण ही। ऐसा नहीं कि वह बहुत ज्यादा दूरी पर है, इसलिए वह अदृश्य है। जब तुमने उसे प्राप्त भी कर लिया होता है, तब भी वह अदृश्य बना रहेगा। वही उसका स्वभाव है, प्रकृति है।

पशु बहुत ज्यादा प्रकट है। कहां है परमात्मा? क्या किसी ने कभी देखा है परमात्मा को?—नहीं देखा किसी ने। क्योंकि सवाल तुम्हारे देखने का या न देखने का नहीं है। परमात्मा है अदृश्यता, पूर्ण अज्ञात, सच्ची अबोधगम्यता। जिन्होंने पाया है वे भी कहते कि उन्होंने देखा नहीं, और वे हुए हैं उपलब्ध।

परमात्मा कोई विषय-वस्तु नहीं हो सकता। वह तुम्हारे अपने अस्तित्व की गहनतम गहराई है। कैसे तुम देख सकते हो उसे? वह किनारा जो कि तुम छोड़ चुके बाहरी संसार में होता है, और वह किनारा जिसकी ओर तुम पहुंच रहे हो वह अंतर्जगत है। जो किनारा तुम छोड़ चुके, वह है वस्तुपरक; और जिस किनारे की ओर तुम बढ़ रहे हो, वह आत्मपरक है। यह तुम्हारी स्व-सत्ता की ही आत्मपरकता है। तुम

उसे विषय-वस्तु नहीं बना सकते। तुम नहीं देख सकते हो उसे। वह ऐसा कुछ नहीं जिसे कि बदला जा सके विषय-वस्तु में, जिसे कि तुम देख सको। वह द्रष्टा है, दृश्य नहीं। वह ज्ञाता है, ज्ञात नहीं है। वह तुम हो अपनी सत्ता के गहनतम अंतरतम में।

मन वापस नहीं जा सकता, और नहीं समझ सकता कि आगे कहां जाए। वह अराजकता में रहता है, सदा उखड़ा हुआ, सदा सरकता हुआ न जानते हुए कि कहां सरक रहा है; हमेशा आगे चलता हुआ। मन है एक तलाश। जब लक्ष्य की प्राप्ति हो जाती है, केवल तभी तिरोहित होती है तलाश।

जब तुम संसार को देखते हो तो जरा ध्यान रखना, कि वह एक सुव्यवस्था है। प्रतिदिन सुबह सूरज उगता है बिना किसी भूल के, अचूक। दिन के पीछे रात आती है और फिर दिन आता है रात के पीछे। और रात्रि के आकाश में, लाखों, करोड़ों सितारे अपने मार्ग पर बढ़ते रहते हैं। मौसम एक दूसरे के पीछे आते रहते हैं। यदि आदमी न होता यहां, तो कहां होती अस्त-व्यस्तता? हर चीज ऐसी है जैसी कि होनी चाहिए। सागर लहराता रहेगा और आकाश फिर-फिर भरता रहेगा सितारों से। वर्षा आएगी, और शीत और ग्रीष्म, और हर चीज चलती रहती है संपूर्ण चक्र में। कहीं कोई अस्त-व्यस्तता नहीं है सिवाय तुम्हारे भीतर के। प्रकृति सुस्थिर है जहां कहीं भी वह है। प्रकृति कहीं उन्नत नहीं हो रही है। प्रकृति में कोई विकास नहीं होता है। परमात्मा में भी कोई विकास नहीं है। प्रकृति प्रसन्न है अपनी अचेतना में, और परमात्मा आनंदमय है अपनी चेतना में।

दोनों के बीच तुम होते हो मुसीबत में। तुम होते हो तनावपूर्ण। न तो तुम होते हो अचेतन, और न ही तुम होते हो चेतन। तुम तो बस मंडरा रहे होते हो प्रेत की भांति। तुम किसी किनारे से नहीं जुड़े होते। बिना किन्हीं आधारों के, बिना किसी घर के, मन कैसे आराम से रह सकता है? वह खोजता है, ढूंढता रहता है—कुछ नहीं ढूंढ पाता। तब तुम ज्यादा और ज्यादा थके, निराश और चिड़चिड़े हो जाते हो। क्या घट रहा होता है तुम्हें? तुम एक ही लीक में पड़े होते हो। ऐसा चलता रहेगा जब तक कि तुम ऐसा कुछ न सीख जाओ जो कि तुम्हें निर्विचार कर सकता हो, जो मन को खाली कर सकता हो।

इसी सब को अपने अंतर्गत लेता है ध्यान। ध्यान एक उपाय है—तुम्हारे अंतस को निर्विचार कर देने का, मन को गिरा देने का, सेतु पर से सरकने का, अज्ञात में बढ़ने का और रहस्य में छलांग लगा देने का। इसलिए मैं कहता हूं: हिसाब-किताब मत लगाना, क्योंकि वह मन की चीज है। इसीलिए मैं कहता हूं कि आध्यात्मिक खोज सीढ़ी दर सीढ़ी नहीं होती, आध्यात्मिक खोज है—एक अचानक छलांग। वह साहस है, वह कोई हिसाब-किताब नहीं। वह बुद्धि की चीज नहीं, क्योंकि बुद्धि है मन का हिस्सा। वह हृदय की अधिक है।

लेकिन तुम ज्यादा गहरे जाओ, तो तुम ज्यादा अनुभव करोगे कि वह हृदय से भी पार की है। वह न तो विचार की है और न ही भाव की है। वह ज्यादा गहरी है, उन दोनों से अधिक समग्र, अधिक अस्तित्वगत। एक बार तुम इस पर कार्य करना शुरू कर देते हो कि अ-मन को कैसे पाया जाए, केवल तभी, धीरे-धीरे शांति तुम पर आ उतरेगी। धीरे-धीरे, मौन आ उतरेगा, और संगीत सुनाई पड़ने लगेगा—अज्ञात का संगीत, अकथित का संगीत। तब हर चीज फिर से व्यवस्था में आ जाती है। अराजकता है मार्ग मन का। ऐसा होना ही है उसे, क्योंकि तुम गिरा देते हो अतीत को जहां कि तुम ठहरे थे और बद्धमूल थे और तुम बढ़ते हो नए भविष्य में जहां तुम फिर ठहर जाओगे और बद्धमूल हो जाओगे।

लेकिन मध्य में है आदमी। आदमी एक होना, एक अस्तित्व नहीं है; आदमी है एक मार्ग। आदमी कुछ है नहीं; आदमी है मात्र एक यात्रा, एक रस्सी खिंची है प्रकृति और परम प्रकृति के बीच। इसीलिए वह होता है तनावपूर्ण। यदि तुम मनुष्य बने रहते हो, तो तुम रहोगे तनावपूर्ण। या तो तुम्हें गिरना होता है मनुष्य तल के नीचे, या तुम्हें स्वयं को उठाना होता है मनुष्य-अतीत तल तक।

केवल मनुष्य है अराजकता में। जरा प्रकृति की ओर देखना—कौवे कांव-कांव करते, चिड़ियां चहचहातीं, और हर चीज संपूर्ण होती है। प्रकृति में कहीं कोई समस्या नहीं। समस्या का अस्तित्व बनता है मनुष्य के मन द्वारा ही, और समस्या विसर्जित हो जाती जब मानव मन विसर्जित हो जाता है। इसलिए जीवन की समस्याओं को स्वयं मन के द्वारा ही सुलझाने की कोशिश मत करना। ऐसा हो नहीं सकता। वह सब से ज्यादा मूढ़ता की बात होती है जो कि कोई कर सकता है। ठीक से समझ लो कि मन है सेतु—उसे देखना भर है। वह शाश्वत नहीं, वह है अस्थायी।

वह ऐसा है; जब तुम मकान बदलते हो तो पुराना मकान व्यवस्थित था; हर चीज अपनी जगह पर ठीक बैठी थी। फिर तुम बदल लेते हो मकान, फिर फर्नीचर, फिर कपड़े, फिर और दूसरी चीजें। हर चीज जो व्यवस्थित थी अव्यवस्थित हो जाती है, और तुम चले आते हो नए मकान में। हर चीज एक अव्यवस्था हो जाती है। तुम्हें उसे फिर से जमाना होता है। जब तुम बदल रहे होते हो मकान, तुमने छोड़ दिया होता है वह मकान जिसमें कि तुम सदा रहते रहे हो, और दूसरे मकान तक तुम पहुंचे नहीं हो। तुम तुम्हारे सारे सामान सहित गाड़ी में हो रास्ते पर ही।

यही है जो है मनः वह कोई मकान नहीं है, यह मात्र एक मार्ग है गुजर जाने को। और एक बार तुम समझ लेते हो इसे, तो उस पार का कुछ उतर चुका होता है तुम में। समझ कुछ पार की चीज है; वह मन की चीज नहीं है। ज्ञान मन का होता है। समझ मन की नहीं होती। ध्यान दो कि क्यों तुम अराजकता में हो और एक समझ तुम पर प्रकट होने लगेगी।

दूसरा प्रश्नः कुछ वर्षों तक रेचक विधियों पर कार्य करने के बाद मैं अनुभव करता हूं कि मुझमें एक गहन आंतरिक सुव्यवस्था, संतुलन और केंद्रण घट रहा है। लेकिन आपने कहा कि समाधि की अंतिम अवस्था में जाने से पहले व्यक्ति एक बड़ी अराजकता में से गुजरता है। मुझे कैसे पता चले कि मैंने अराजक अवस्था पार कर ली है या नहीं?

पहली बातः हजारों जन्मों से तुम अराजकता में रहते रहे हो। यह कोई नयी बात नहीं है। यह बहुत पुरानी बात है। दूसरी बातः ध्यान की सक्रिय विधियां जिनका कि आधार रेचन है, तुम्हारे भीतर की तमाम अराजकता को बाहर निकल आने देती हैं। यही सौंदर्य है इन विधियों का। तुम चुपचाप नहीं बैठ सकते, तो भी तुम सक्रिय या अव्यवस्थित ध्यान कर सकते हो बहुत आसानी से। एक बार अराजकता बाहर निकाल दी जाती है, तो तुममें एक मौन घटना शुरू होता है। फिर तुम बैठ सकते हो मौनपूर्ण ढंग से। यदि ठीक से की गयी हों, निरंतर की गई हों, तो ध्यान की रेचक विधियां तुम्हारी अराजकता को एकदम विसर्जित कर देंगी बाहरी आकाश में। तुम्हें पागल अवस्था में से गुजरने की जरूरत न रहेगी।

यही तो सौंदर्य होता है इन विधियों का। पागलपन तो पहले से ही बाहर फेंका जा रहा होता है। वह अंतर्गठित होता है विधि में ही।

जैसे पतंजलि सुझाएंगे, तुम वैसे शांत नहीं बैठ सकते। पतंजलि के पास कोई रेचक विधि नहीं है। ऐसा लगता है उसकी कोई जरूरत ही न थी, उनके समय में। लोग स्वभावतया ही बहुत मौन थे, शांत थे, आदिम थे। मन अभी भी बहुत ज्यादा क्रियाशील नहीं हुआ था। लोग ठीक से सोते थे, पशुओं की भांति जीते थे। वे बहुत सोच-विचार वाले, तार्किक, बौद्धिक न थे; वे हृदय में केंद्रस्थ थे, जैसे कि अभी भी असभ्य लोग होते हैं। और जीवन ऐसा था कि वह बहुत सारे रेचन स्वचालित रूप से घटने देता था।

उदाहरण के लिए, एक लकड़हारे को किसी रेचन की कोई जरूरत नहीं होती। क्योंकि लकड़ियां काटने भर से ही, उसकी सारी हत्यारी प्रवृत्तियां बाहर निकल जाती हैं। लकड़ी काटना पेड़ की हत्या करने जैसा ही है। पत्थर तोड़ने वाले को कोई जरूरत नहीं होती रेचनपूर्ण ध्यान करने की। सारा दिन वह यही कर रहा होता है। लेकिन आधुनिक व्यक्ति के लिए चीजें बदल गयी हैं। अब तुम इतनी सुख-सुविधा में रहते हो कि किसी रेचन की कहीं कोई संभावना नहीं है तुम्हारे जीवन में, सिवाय इसके कि तुम पागल ढंग से ड्राइव कर सको।

इसीलिए पश्चिम में हर साल किसी और चीज की अपेक्षा कार दुर्घटनाओं द्वारा ज्यादा लोग मरते हैं। वही है सबसे बड़ा रोग। न तो कैंसर, न ही तपेदिक और न ही कोई और रोग इतनी मृत्यु देता है जिंदगियों को जितना कि कार चलाना। दूसरे विश्वयुद्ध में, एक वर्ष में लाखों व्यक्ति मर गए थे। सारी पृथ्वी पर हर साल ज्यादा लोग मरते हैं पागल कार ड्राइवरों द्वारा ही।

यदि तुम कार चलाते हो तो तुमने ध्यान दिया होगा कि जब तुम क्रोधित होते हो तब तुम कार स्पीड से चलाते हो। तुम एक्सेलेरेटर को दबाते जाते हो, तुम बिलकुल भूल ही जाते हो ब्रेक के बारे में। जब तुम बहुत घृणा में होते, चिढ़े हुए होते तब कार एक माध्यम बन जाती है अभिव्यक्ति का। अन्यथा तुम इतने आराम में रहते हो : किसी चीज के लिए शरीर द्वारा कम से कम काम लेते हो, मन में ही ज्यादा और ज्यादा रहते हो।

वे जो मस्तिष्क के ज्यादा गहरे केंद्रों के बारे में जानते हैं, कहते हैं कि जो लोग अपने हाथों द्वारा कार्य करते हैं उनमें कम चिंता होती है, कम तनाव होता है। तब तुम ठीक से सोते हो क्योंकि तुम्हारे हाथ संबंधित हैं, गहनतम मन से, मस्तिष्क के गहनतम केंद्र से। तुम्हारा दायां हाथ संबंधित है बायें मस्तिष्क से, तुम्हारा बायां हाथ संबंधित है दाएं मस्तिष्क से। जब तुम काम करते हो हाथों द्वारा, तब ऊर्जा मस्तिष्क से हाथों तक बह रही होती है और निर्मुक्त हो रही होती है। लोग जो अपने हाथों द्वारा कार्य करते हैं उन्हें रेचन की जरूरत नहीं होती है। लेकिन जो लोग मस्तिष्क द्वारा कार्य करते हैं, उन्हें जरूरत होती है ज्यादा रेचन की। क्योंकि वे इकट्ठी कर लेते हैं ज्यादा ऊर्जा और उनके शरीरों में कोई मार्ग नहीं होता, उसके बाहर जाने के लिए कोई द्वार नहीं होता। वह मन के भीतर ही चलती चली जाती है। मन पागल हो जाता है।

लेकिन हमारी संस्कृति और समाज में—आफिस में, फैक्टरी में, बाजार में लोग जो सिर के द्वारा यानी 'हेड' के द्वारा कार्य करते हैं 'हेड्स' कहलाते हैं : हेड-क्लर्क, या हेड-सुपरिन्टैंडेंट; और लोग जो हाथों द्वारा कार्य करते हैं, हैंड्स द्वारा वे कहलाते हैं 'हैंड्स'। यह बात निंदात्मक हो जाती है। यह 'हैंड्स'

शब्द ही बन गया है निंदात्मक।

जब पतंजलि कार्य कर रहे थे इन सूत्रों पर, तो संसार पूर्णतया अलग था। लोग थे 'हैंड्स'। विशेष रूप से रेचन की कोई जरूरत नहीं थी। जीवन स्वयं ही एक रेचन था। तब, वे बड़ी आसानी से बैठ सकते थे शांत होकर। लेकिन तुम नहीं बैठ सकते। इसीलिए मैं आविष्कार करता रहा हूं रेचक विधियों का। केवल उन्हीं के बाद तुम शांति से बैठ सकते हो, उससे पहले नहीं।

कुछ वर्षों तक रेचक विधियों पर कार्य करने के बाद, मैं अनुभव करता हूं कि एक गहन आंतरिक सुव्यवस्था, संतुलन और केंद्रण मुझ में घट रहा है।

अब झंझट मत खड़ी कर लेना; इसे होने देना। अब वही मन अपनी टांग अड़ा रहा है। मन कहता है, 'ऐसा कैसे घट सकता है? पहले मेरा अराजकता से गुजरना जरूरी है।' यह विचार निर्मित कर सकता है अराजकता का। यही मेरे देखने में आता रहा है : लोग ललकते रहते हैं शांति के लिए, और जब वह घटने लगती है, तो वे विश्वास नहीं कर सकते उस पर। यह इतना अच्छा होता है कि इस पर विश्वास ही नहीं आता। खास करके वे लोग जिन्होंने सदा निंदा की होती है अपनी, वे विश्वास नहीं कर सकते कि वह सब घटित हो रहा है उन्हें। 'असंभव! ऐसा घटा होगा बुद्ध को या कि जीसस को, लेकिन मुझको? नहीं, यह तो संभव नहीं है।' वे शांति द्वारा, मौन द्वारा, वैसा घटने पर अशांत होकर मेरे पास चले आते हैं। 'यह सच है, या कि मैं कल्पना कर रहा हूं इसकी?' क्यों चिंता करनी? यदि यह कल्पना भी है, तो क्रोध के बारे में कल्पना करने से यह बेहतर है; यह कामवासना के बारे में कल्पना करने से तो बेहतर है।

और मैं कहता हूं तुमसे, कोई कल्पना नहीं कर सकता शांति की। कल्पना को जरूरत रहती है किसी रूपाकार की; मौन के पास कोई आकार नहीं होता। कल्पना का अर्थ होता है बिंब में सोचना, और मौन का कोई प्रतिबिंब नहीं होता। तुम कल्पना नहीं कर सकते संबोधि की, सतोरी की, समाधि की, मौन की। नहीं। कल्पना को चाहिए कोई आधार, कोई आकार, और मौन होता है आकारविहीन, अनिर्वचनीय। किसी ने कभी नहीं बनाया इसका कोई चित्र; कोई नहीं बना सकता। किसी ने नहीं गढ़ी इसकी कोई मूरत; कोई कर नहीं सकता ऐसा।

तुम मौन की कल्पना नहीं कर सकते। मन चल रहा है चालाकियां। मन तो कहेगा, 'यह जरूर कल्पना ही होगी। ऐसा संभव कैसे हो सकता है तुम्हारे लिए? तुम्हारे जैसा इतना मूढ़ व्यक्ति और मौन घट रहा है तुमको? जरूर यही होगा कि तुम कल्पना कर रहे हो।' या, 'इस आदमी रजनीश ने सम्मोहित कर दिया है तुम्हें। कहीं कुछ तुम्हें धोखा हो रहा होगा।' मत खड़ी कर लेना ऐसी समस्याएं। ऐसे ही जीवन में काफी समस्याएं हैं। जब मौन घट रहा हो, तो उसमें आनंदित होना, उसका उत्सव मनाना। इसका अर्थ हुआ कि अराजक शक्तियां बाहर निकाली जा चुकी हैं। मन खेल रहा है अपना अंतिम खेल। वह खेलता है बिलकुल अंत तक; सर्वथा, पूर्णतया अंत तक वह खेलता ही जाता है, अंतिम घड़ी में जब संबोधि घटने को ही होती है, तब भी मन चलता है अंतिम चालाकी। यह अंतिम लड़ाई होती है।

मत चिंता करना कि यह वास्तविक है या अवास्तविक है, या कि इसके बाद अराजकता आएगी या नहीं। इस ढंग से सोचने द्वारा अराजकता तो तुम ले ही आए हो। यह तुम्हारा विचार होता है जो कि

निर्मित कर सकता है अराजकता। और जब वह निर्मित हो जाती है, तो मन कहेगा, 'अब सोच लो, मैंने तो ऐसा पहले ही कह दिया था तुमसे।'

मन बहुत स्वतः आपूरक होता है। पहले यह तुम्हें दे देता है बीज, और जब वह प्रस्फुटित होता है तो मन कहता है, 'देख लिया, मैंने तो तुमसे पहले ही कह दिया था कि तुम्हें धोखा हुआ है।' अराजकता पहुंच चुकी और यह लायी गयी है विचार द्वारा। तो क्यों चिंता करनी इस बारे में कि भविष्य में अभी अराजकता आने को है या नहीं? कि वह गुजर गई है या नहीं? बिलकुल इसी घड़ी तुम मौन हो, क्यों नहीं उत्सव मनाते इस बात पर? और मैं कहता हूं तुमसे, यदि तुम मनाते हो उत्सव, तो वह बढ़ता है।

चेतना के इस संसार में और कुछ इतना सहायक नहीं है जितना कि उत्सव। उत्सव है पौधों को पानी देने जैसी बात। चिंता ठीक विपरीत है उत्सव के; यह है जड़ों को काट देने जैसी बात। प्रसन्नता अनुभव करो! नृत्य करो तुम्हारे मौन के साथ। इस क्षण वह मौजूद है—पर्याप्त है। क्यों मांग करनी ज्यादा की? कल अपनी फिक्र अपने आप लेगा। यह क्षण ही बहुत काफी है; क्यों नहीं जी लेते इसे! क्यों नहीं इसका उत्सव मनाते, इसे बांटते, इससे आनंदित होते? इसे बनने दो एक गान, एक नृत्य, एक कविता। इसे बनने दो सृजनात्मक। तुम्हारे मौन को होने दो सृजनात्मक; कुछ न कुछ करो इसका।

लाखों चीजें संभव होती हैं, क्योंकि मौन से ज्यादा सृजनात्मक, तो कुछ और नहीं होता है। कोई जरूरत नहीं बहुत बड़ा चित्रकार बनने की, पिकासो की भांति संसार प्रसिद्ध होने की। कोई जरूरत नहीं हेनरी मूर बनने की; कोई जरूरत नहीं महान कवि बनने की। महान बनने की वे महत्वाकांक्षाएं मन की होती हैं, मौन की नहीं।

अपने ढंग से चित्र बनाना, चाहे कितना ही मामूली हो। तुम्हारे अपने ढंग से हाइकू रचना, चाहे वह कितना ही साधारण हो। कितना ही सामान्य हो—तुम्हारे अपने ढंग से गीत गाना, थोड़ा नृत्य करना, उत्सव मनाना। तुम पाओगे कि अगला ही क्षण ले आता है ज्यादा मौन। तुम जान जाओगे कि जितना ज्यादा मनाते हो तुम उत्सव, उतना ज्यादा दिया जाता है तुम्हें; जितना ज्यादा तुम बांटते हो, उतने ज्यादा तुम सक्षम हो जाते हो ग्रहण करने में। हर क्षण वह बढ़ता है, बढ़ता ही चला जाता है।

और अगला क्षण सदा ही उत्पन्न होता है इस क्षण से, तो क्यों फिक्र करनी उसकी! यदि यह वर्तमान क्षण शांतिपूर्ण है, तो कैसे अगला क्षण अराजक हो सकता है? कहां से आएगा वह? उसे इसी क्षण से ही उत्पन्न होना होता है। यदि मैं प्रसन्न हूं इस क्षण, तो कैसे मैं अप्रसन्न हो सकता हूं अगले क्षण में?

यदि तुम चाहते हो कि अगला क्षण अप्रसन्नता वाला हो, तो तुम्हें इसी क्षण अप्रसन्न होना होगा, क्योंकि अप्रसन्नता में से ही अप्रसन्नता उत्पन्न होती है। और प्रसन्नता में से उत्पन्न होती है प्रसन्नता। जो कुछ तुम प्राप्त करना चाहते हो अगले क्षण में, तुम्हें उसे बोना होगा बिलकुल अभी। एक बार चिंता को आने दिया जाता है और तुम सोचने लगते कि अराजकता आएगी, तो वह आएगी ही। तुम उसे ले ही आए हो। अब तुम्हें पास रखना ही होगा उसे; वह आ ही पहुंची है! अगली घड़ी की प्रतीक्षा करने की कोई जरूरत नहीं; वह पहले से वहां है ही।

इसे जरा खयाल में ले लेना, और यह सचमुच ही कुछ अजीब बात है: जब तुम उदास होते हो तो तुम कभी नहीं सोचते कि यह बात काल्पनिक हो सकती है। कभी मैंने ऐसा आदमी नहीं देखा जो कि उदास हो और कहता हो मुझसे कि शायद यह बात काल्पनिक ही है। उदासी संपूर्णतया वास्तविक होती

है! लेकिन प्रसन्नता?—तुरंत कुछ गलत हो जाता है और तुम सोचने लगते हो, 'शायद यह बात काल्पनिक ही है।' जब कभी तुम तनावपूर्ण होते, तो तुम कभी नहीं सोचते कि यह काल्पनिक बात है। यदि तुम सोच सकते हो कि तुम्हारा तनाव और पीड़ा काल्पनिक है, तो वह तिरोहित हो जाएगी। और यदि तुम सोचते हो कि तुम्हारी शांति और प्रसन्नता काल्पनिक हैं, तो वे तिरोहित हो जाएंगी।

जो कुछ धारण किया जाता है वास्तविकता के रूप में, वह वास्तविक हो जाता है। जो कुछ धारण किया जाता है अवास्तविकता के रूप में, वह हो जाता है अवास्तविक। तुम्हीं हो निर्माता तुम्हारे चारों ओर के सारे संसार के; इस बात को खयाल में ले लेना। प्रसन्नता की, आनंद की घड़ी को पा लेना बहुत दुर्लभ होता है। इसे मत गंवा देना सोचने-विचारने में ही। लेकिन यदि तुम कुछ नहीं करते, तो चिंता के आने की संभावना है। यदि तुम कुछ नहीं करते—यदि तुम नृत्य नहीं करते, यदि तुम गीत नहीं गाते, यदि तुम बांटते नहीं, तो वैसी संभावना होती है। वही ऊर्जा जो हो सकती है सृजनात्मक, वह सृजन कर देगी चिंता का। वह भीतर नए तनाव बनाना शुरू कर देगी।

ऊर्जा को होना है सृजनात्मक। यदि तुम उसका उपयोग प्रसन्नता के लिए नहीं करते, तो वही ऊर्जा प्रयुक्त हो जाएगी अप्रसन्नता के लिए। और अप्रसन्नता के लिए तुम्हारे पास इतने गहरे रूप से बद्धमूल हुई आदतें हैं कि उसके लिए ऊर्जा-प्रवाह बहुत मुक्त और स्वाभाविक होता है। प्रसन्नता लाने के लिए यह एक श्रमसाध्य कार्य होता है।

तो पहले कुछ दिन तुम्हें निरंतर रूप से जागरूक रहना होगा। जब कभी कोई प्रसन्नता की घड़ी आए, होने दो उसकी पकड़ तुम पर, करने दो तुम्हें वशीभूत। इतनी समग्रता से उसका आनंद मनाओ कि अगली घड़ी कुछ अलग तरह की न हो सके। कहां से होगी वह अलग? कहां से आएगी वह?

तुम्हारा समय निर्मित होता है तुम्हारे भीतर। तुम्हारा समय मेरा समय नहीं है। उतने ही समानांतर समय अस्तित्व रखते हैं जितने कि मन होते हैं। कोई एक समय नहीं है। यदि एक समय होता, तो कठिनाई हो गया होती। तब सारी दुखी मानव-जाति के बीच, कोई बुद्ध नहीं हो सकता था, क्योंकि हम संबंधित होते एक ही समय से। नहीं, वह एक ही नहीं होता है। मेरा समय आता है मुझसे—वह मेरा सृजन है। यदि यह क्षण सुंदर है, तो अगला क्षण जन्मता है ज्यादा सुंदर—यह है मेरा समय। यदि यह क्षण उदास होता है तुम्हारे लिए, तो और ज्यादा उदास क्षण जन्मता है तुममें से—वह है तुम्हारा समय।

समय की लाखों समानांतर रेखाएं अस्तित्व रखती हैं। और कुछ लोग हैं जो अस्तित्व रखते हैं बिना समय के, वे जिन्होंने पा लिया है अ-मन। उनके पास कोई समय नहीं, क्योंकि वे नहीं सोचते हैं अतीत के बारे में, अतीत तो जा चुका; केवल मूढ़ सोचते हैं उसके विषय में। जब कोई चीज जा चुकी होती है, तो वह जा चुकी होती है।

एक बौद्ध मंत्र है: 'गते, गते, परा गते, परा संगते—बोधि स्वाहा!' 'जा चुका, जा चुका, परम रूप से जा चुका; उसे अग्नि में स्वाहा हो जाने दो।' अतीत जा चुका है, भविष्य अभी आया नहीं है। क्यों चिंता करनी उसकी? जब आएगा वह, हम देख लेंगे। तुम होओगे मौजूद उसका सामना करने को, क्यों चिंता करनी उसकी? जो चला गया वह चला गया है, नहीं आया हुआ अभी तक आया नहीं। केवल यही क्षण बचा हुआ है, शुद्ध प्रगाढ़ ऊर्जा सहित।

जीयो इसे! यदि यह शांतिपूर्ण है, तो अनुगृहीत होओ। यदि यह आनंदपूर्ण है, तो धन्यवाद दो

परमात्मा को, आस्था रखो इस पर और यदि तुम आस्था रख सकते हो, तो यह विकसित होगी। यदि तुम रखते हो अनास्था, तो तुमने पहले से ही विषाक्त कर दिया इसे।

तीसरा प्रश्न : आपने कहा कि हमारी ओर से की गयी सब क्रियाएं ज्यादा समस्याएं खड़ी कर देंगी। और हमें देखना चाहिए और प्रतीक्षा करनी चाहिए और विश्रांत होना चाहिए और चीजों को अपने से ही शांत होने देना चाहिए। तो ऐसा किस प्रकार हुआ कि योग सैकड़ों तरकीबों और अभ्यासों, साधनाओं से भरा हुआ है।

तुम्हारे कारण! ऐसा पतंजलि के कारण नहीं हुआ है, ऐसा हुआ है तुम्हारे कारण। तुम नहीं विश्वास कर सकते कि तुम्हारे बिना कुछ किए ही परम सत्य घट सकता है तुमको—तुम नहीं विश्वास कर सकते। तुम्हें कुछ चाहिए करने को। जैसे कि बच्चों को चाहिए खिलौने खेलने के लिए, तुम्हें तरकीबें चाहिए खेलने के लिए। और क्योंकि तुम विश्वास नहीं कर सकते कि परमात्मा इतना सरल है और इतने निकटतम रूप से संभव है, अतः तरकीबें खोज ली गयी हैं। वे तरकीबें तुम्हारी मदद न करेंगी परम सत्य तक पहुंचने में। तो क्या करेंगी वे?—वे तो मात्र दर्शा देंगी तुम्हें तुम्हारी मूढ़ता। एक दिन अचानक बोध होने पर कि क्या कर रहे हो तुम, तरकीबें गिर जाती हैं, और परमात्मा उतर आता है। परमात्मा तो सदा से ही है। तरकीबें हैं तुम्हारे कारण; तुम मांग करते हो उनकी।

लोग मेरे पास आते, और यदि मैं कहता हूं उनसे कि कोई जरूरत नहीं कुछ करने की, तो वे कहते हैं 'फिर भी कुछ दीजिए। कम से कम कोई मंत्र ही दे दीजिए आप ताकि हम उसका जप ही कर सकें।' वे कहते कि मात्र शांति से बैठ जाना असंभव है—'हमें कुछ करना है।' तो क्या करूं मैं इन लोगों का? यदि मैं कहता हूं उनसे, 'शांत होकर बैठो', तो वे बैठ नहीं सकते। तब कामचलाऊ रूप की कोई चीज निर्मित कर लेनी होती है। मैं दे देता हूं उन्हें कुछ करने को। उसे करते हुए, कम से कम वे कुछ घंटे व्यस्त तो रहेंगे। वे बैठे रहेंगे जपते हुए, कम से कम इस मंत्र की सहायता से, वे किसी का कुछ बुरा तो नहीं करेंगे। वे बैठे ही रहेंगे : वे बुरा कर नहीं सकते। और निरंतर राम, राम, राम—जपते हुए, किसी दिन वे जान लेंगे कि वे क्या कर रहे हैं।

एक झेन गुरु अपने शिष्य के पास गया। शिष्य सच्चा प्रामाणिक खोजी था। वह निरंतर ध्यान कर रहा था और उसे उपलब्ध हो गया था वह अंतिम स्थल जहां गिरा ही देना होता है ध्यान; सारी तरकीबें गिरा देनी होती हैं। वे मात्र खिलौने हैं, क्योंकि बिना खिलौनों के तुम रह नहीं सकते। वे इस आशा में दिए जाते हैं कि किसी दिन तुम जान जाओगे कि वे मात्र खिलौने हैं। तुम स्वयं ही फेंक दोगे उन्हें और शांत होकर बैठ जाओगे।

गुरु गया क्योंकि अब सही घड़ी आ पहुंची थी, और शिष्य फिर भी जारी रखे हुए था अपने मंत्र का जप। वह हो गया था आदी। अब वह वशीभूत हो गया था। वह छोड़ नहीं सकता था उसे। यह ऐसा ही है कि जैसे जब कई बार तुम पाते हो कि गाने की कोई निश्चित पंक्ति मन में चलती ही जाती है। यदि तुम चाहते भी हो तो भी तुम गिरा नहीं सकते उसे। वह लगी रहती है तुम्हारे भीतर, फिर-फिर आ पहुंचती है

वह। यह कुछ ऐसी बात नहीं है जिसे कि तुम नहीं जानते।

जब कोई व्यक्ति बरसों तक एक मंत्र दोहराता चला जाता है, तो करीब-करीब असंभव होता है उसे गिरा देना। वह उसकी मांस-मज्जा ही बन जाता है। वह अपनी नींद में भी नहीं गिरा सकता है उसे। जब वह नींद में होता है तो तुम उसके होंठों को देख सकते हो कहते हुए, 'राम, राम, राम।' यह बात एक अंतर्धारा बन जाती है। निस्संदेह यह एक खिलौना होता है, एक भालू-गुड्डा, लेकिन इतना ज्यादा निकट का बन जाता है कि बच्चा सो नहीं सकता इसके बिना।

गुरु गया और एकदम बैठ गया शिष्य के सम्मुख। वह बैठा हुआ था बुद्ध की भांति, जप कर रहा था, अपने मंत्र का। गुरु ले गया था अपने साथ एक ईंट और शुरू कर दिया था उसने ईंट को पत्थर पर रगड़ना: घर्र, घर्र, घर्र। वह करता गया ऐसा बिलकुल मंत्र की भांति ही। पहले तो शिष्य ने यह देखने के प्रलोभन को कि 'कौन शांति भंग कर रहा है', रोके रखा; लेकिन फिर वह चीज चलती ही चली गई; घंटों गुजर गये। शिष्य ने अपनी आंखें खोल लीं और बोला, 'क्या कर रहे हैं आप?' गुरु ने कहा, 'मैं इस ईंट को चमकाने की कोशिश कर रहा हूं, इसका दर्पण बना देने के लिए।' शिष्य बोला, 'आप नासमझ हो। मैंने कभी नहीं सोचा था कि आप, जिनकी प्रतिष्ठा बुद्ध-पुरुष के रूप में है, वे इतनी मूढ़ बात कर सकते हैं। ईंट कभी न बनेगी दर्पण, चाहे कितनी ही जोर से आप इसे रगड़ लें पत्थर पर। यह पूरी तरह मिट तो सकती है, लेकिन यह दर्पण न बनेगी। आप बंद कीजिए यह बेतुकी बात।' गुरु हंस पड़ा और बोला, 'तुम भी करो बंद, क्योंकि चाहे कितना ही क्यों न रगड़ो तुम मन की ईंट को, वह कभी न बनेगी अंतरतम आत्मा। वह चमकती जाएगी और चमकती जाएगी और चमकती जाएगी, पर फिर भी वह न बनेगी तुम्हारी आंतरिक वास्तविकता।'

मन को गिरा देना है। ध्यान की विधियां, तरकीबें, उस गिराने में मदद देने की चालाकियां हैं, लेकिन तब ध्यान भी तो गिरा देना है। अन्यथा, वही बन जाता है तुम्हारा मन।

यह ऐसा है जैसे जब तुम्हारे पैर में कांटा चुभा हो, और तुम दूसरा कांटा पा लो, उस पहले कांटे को तुम्हारे पैर में से हटा देने को, दूसरा कांटा मदद करता है, लेकिन तो भी दूसरा कांटा भी पहले की भांति कांटा ही है। दूसरा कांटा कोई फूल नहीं होता। जब पहला निकाला जा चुका होता है दूसरे की मदद से, तो क्या करोगे तुम? क्या तुम दूसरे को घाव में रख दोगे क्योंकि उसने बहुत ज्यादा मदद की और कांटा इतना महान था कि तुम्हें पूजा करनी पड़ी उसकी! क्या तुम पूजा करोगे दूसरे कांटे की? नहीं, तुम दोनों को ही एक साथ फेंक दोगे।

इस बात को खयाल में ले लेना है: मन एक कांटा है, और सारी तरकीबें कांटा हैं, पहले कांटे को बाहर निकालने की। ध्यान भी एक कांटा है। जब पहला कांटा बाहर हो जाता है, तब दोनों को साथ-साथ ही फेंक देना होता है। यदि तुम एक घड़ी भी गंवा देते हो, तब पहले कांटे के स्थान पर होगा दूसरा कांटा। तुम उसी मुसीबत में पड़े होगे।

इसीलिए जरूरत होती है सद्गुरु की जो कह सकता हो तुम से, 'अब आयी है ठीक घड़ी। गिरा दो इस ध्यान को और इस मूढ़ कार्यकलाप को।' जब तक ध्यान तिरोहित ही न हो जाए, ध्यान उपलब्ध नहीं हुआ होता है। जब ध्यान व्यर्थ पड़ जाता है, केवल तभी पहली बार तुम हो जाते हो ध्यानी। तरकीबें तुम्हारे लिए आविष्कृत की जाती रही हैं, क्योंकि तुम्हारे पास पहले से ही कांटा होता है। कांटा वहां है

पहले से ही। किसी उपाय की जरूरत है उसे बाहर ले आने के लिए। लेकिन सदा ध्यान रहे, भूलो मत कभी : कि दूसरा कांटा भी कांटा है पहले की भांति, और दोनों को ही फेंक देना है।

क्योंकि तुम तो जान नहीं पाओगे, इसीलिए इतना महत्व दिया जाता है गुरु को, गुरु के सत्संग को। जब मन गिर जाता है, तो तुरंत ध्यान बन जाता है मन और फिर से अधिकृत कर लिए जाते हो तुम। अनाधिकृत अवस्था में जब न तो कहीं मन होता है और न ही ध्यान, उस समग्ररूपेण अनाधिकृत मन की अवस्था में, परम सत्य घटता है—उसके पहले कभी नहीं।

ऐसा हुआ कि एक बड़ा झेन गुरु, जब वह संबोधि को उपलब्ध नहीं हुआ था और अभी झेन गुरु नहीं हुआ था और खोज रहा था और ढूंढ रहा था, अपने गुरु के पास गया। गुरु सदा से कहता आ रहा था लोगों से, 'ज्यादा ध्यान करो।' जो कोई भी आया उसने पायी वही सलाह, 'ज्यादा ध्यान करो, ज्यादा ऊर्जा ले आओ उसमें।' इस शिष्य ने किया जो कुछ भी वह कर सकता था। वह वस्तुतः उतने ही समग्र रूप से कर रहा था ध्यान जितना कि कोई मानव प्राणी कर सकता है। वह गया गुरु के दर्शन को, और उसे देख गुरु ने खास ध्यान नहीं दिया। चेहरे से खुश न दिखाई पड़ा वह। शिष्य पूछने लगा, 'बात क्या है? यदि आप ज्यादा कुछ करने को कहें, तो करूंगा मैं कोशिश। लेकिन आप मेरी ओर इतनी उदास दृष्टि से क्यों देख रहे हैं? क्या अनुभव करते हैं कि मैं एक निराशाजनक व्यक्तित्व हूं?' गुरु ने कहा, 'नहीं, ठीक उलटी है बात—तुम बहुत कुछ कर रहे हो। थोड़ा कम करो। तुम सब मिला कर ध्यान और झेन से बहुत ज्यादा भर गए हो। थोड़ा-सा कम ही काम दे देगा।'

कोई वशीभूत हो सकता है ध्यान द्वारा, और वशीभूत होना एक समस्या है। पहले तुम धन द्वारा सम्मोहित हुए, अब तुम सम्मोहित हो गए ध्यान द्वारा। धन नहीं है समस्या, आविष्ट होना, वशीभूत होना समस्या है। तुम बाजार से वशीभूत थे, अब वशीभूत हुए परमात्मा द्वारा। बाजार कोई समस्या नहीं है, बल्कि वशीभूत होना समस्या है। व्यक्ति को स्वाभाविक और मुक्त होना चाहिए और किसी चीज द्वारा सम्मोहित नहीं होना चाहिए; न तो मन द्वारा और न ही ध्यान द्वारा। केवल तभी खाली होने पर, सम्मोहन रहित होने पर, जब तुम एकदम उमग रहे होते, प्रवाहमान होते, परम सत्य घटता है तुम में।

चौथा प्रश्न : आप प्रेम के विषय में बताते हैं, और यह कि उस पर ध्यान करना कितना ठीक है, लेकिन मेरी वास्तविकता ज्यादा जुड़ी है भय से। क्या आप हमें बताएंगे भय के विषय में और हमारा क्या दृष्टिकोण होना चाहिए इसके प्रति?

पहली बात तो यह है कि भय प्रेम का दूसरा पहलू है। यदि तुम प्रेम में होते हो, तो भय तिरोहित हो जाता है। यदि तुम प्रेम में नहीं होते, तो भय उठ खड़ा होता है, बड़ा प्रबल भय। केवल प्रेमी होते हैं निर्भय। केवल प्रेम के गहन क्षण में, कोई भय नहीं रहता। प्रेम के गहन क्षण में, अस्तित्व बन जाता है एक घर—तुम अजनबी नहीं रहते, तुम बाहरी व्यक्ति नहीं रहते, तुम स्वीकृत हो जाते हो। यदि एक भी मनुष्य द्वारा तुम स्वीकृत हो जाते हो, तो गहरे में कुछ खिल जाता है—फूल खिलने जैसा कुछ घट जाता है अंतरतम अस्तित्व में। तुम स्वीकृत हो जाते हो किसी के द्वारा, तुम मूल्यवान माने जाते हो; तुम व्यर्थ

ही नहीं रहते। तुम्हारी सार्थकता होती है; कुछ अर्थ हो जाता है। यदि तुम्हारे जीवन में कोई प्रेम न रहे, तो तुम भयभीत हो जाओगे। तब हर कहीं भय होगा क्योंकि हर कहीं शत्रु हैं, मित्र हैं नहीं। सारा अस्तित्व पराया जान पड़ता है। तुम लगने लगते हो सांयोगिक—गहरे में उतरे नहीं, बद्धमूल नहीं, घर में नहीं। प्रेम में कोई एक मनुष्य भी तुम्हें दे सकता है इतना गहरा सुख-चैन तो जरा उसकी तो सोचो जब कोई व्यक्ति प्रार्थना को उपलब्ध हो जाता है।

प्रार्थना उच्चतम प्रेम है—समग्र के, संपूर्ण के संग प्रेम। और जिन्होंने प्रेम नहीं किया वे प्रार्थना को नहीं उपलब्ध हो सकते। प्रेम पहला सोपान है और प्रार्थना अंतिम। प्रार्थना का अर्थ हुआ कि तुम संपूर्ण से प्रेम करते हो और संपूर्ण तुम्हें प्रेम करता है। जब किसी एक व्यक्ति के कारण भी इतना गहरा खिलाव तुम्हारे भीतर घट सकता है तो जरा उसकी सोचो जब अनुभव होता है कि संपूर्ण के साथ प्रेम में हो? प्रार्थना होती है जब तुम प्रेम करते हो परमात्मा से और परमात्मा प्रेम करता है तुमसे। और यदि प्रेम और प्रार्थना तुम्हारे जीवन में नहीं, तो वहां होता है केवल भय।

अतः भय वास्तव में प्रेम का अभाव ही है। और यदि भय है तुम्हारी समस्या, तो वह यही दिखाती है मुझे कि तुम देख रहे हो गलत पहलू की ओर। समस्या प्रेम की होनी चाहिए, भय की नहीं। यदि भय है समस्या, तो उसका अर्थ हुआ तुम्हें खोज करनी चाहिए प्रेम की। यदि भय है समस्या, तो समस्या वस्तुतः यही है कि तुम्हें ज्यादा प्रेमपूर्ण होना चाहिए, ताकि दूसरा कोई तुम्हारे प्रति ज्यादा प्रेमपूर्ण हो सके। तुम्हें ज्यादा खुला होना चाहिए प्रेम के प्रति।

लेकिन यही है अड़चनः जब तुम्हें भय होता है तो तुम बंद हो जाते हो। तुम इतना भय अनुभव करने लगते हो कि तुम दूसरे मनुष्य की ओर बढ़ना बंद कर देते हो। तुम एकाकी हो जाना चाहते हो। जब कभी कोई आ जाता है, तुम घबड़ाहट अनुभव करते हो, क्योंकि दूसरा लगता है शत्रु की भांति। और यदि तुम इतने जकड़े गए होते हो भय द्वारा तो यह हो जाता है एक दुश्चक्र। प्रेम का अभाव तुम में भय निर्मित कर देता है, और अब भय के कारण ही तुम हो जाते हो बंद। तुम बिना खिड़कियों वाली बंद कोठरी की भांति हो जाते हो। जब तुम भयभीत होते हो, तो कोई भी आ सकता है खिड़कियों द्वारा, और चारों ओर होते हैं शत्रु। तुम्हें द्वार खोलने में भय होता है क्योंकि जब तुम खोल देते हो द्वार, तब कुछ भी संभव होता है। अतः प्रेम भी जिस समय खटखटाता है तुम्हारा द्वार, तो तुम भरोसा नहीं करते।

कोई पुरुष या कोई स्त्री जो बहुत गहरे रूप से बद्धमूल हो भय में, उसे हमेशा प्रेम में पड़ने से डर लगता है। तब हृदय के द्वार खुल जाएंगे और दूसरा तुम में प्रवेश कर जाएगा, और दूसरा तो है शत्रु। सार्त्र कहता है, 'दूसरा है नरक।'

प्रेमियों ने एक दूसरी वास्तविकता जानी है, दूसरा है स्वर्ग, पूरा स्वर्ग। सार्त्र जरूर गहरे भय में, पीड़ा में, चिंता में जी रहा है। और सार्त्र बहुत, बहुत प्रभावकारी हो गया है पश्चिम में। वस्तुतः उससे बचना चाहिए रोग की भांति, एक खतरनाक रोग की भांति। लेकिन वह आकर्षित करता है क्योंकि जो कुछ भी वह कह रहा है, बहुत लोग वही कुछ तो अनुभव करते हैं अपने जीवन में। यही है उसका आकर्षण। निराशा, उदासी, पीड़ा, भयः ये ही हैं सार्त्र के मूल विषय, अस्तित्ववाद के संपूर्ण आंदोलन के विषय। और लोग अनुभव करते कि ये उनकी समस्याएं हैं। इसीलिए जब मैं बात करता हूं प्रेम की, निस्संदेह तुम अनुभव करते कि वह तुम्हारी समस्या है ही नहीं। तुम्हारी समस्या तो भय की है। लेकिन मैं

कहना चाहूंगा तुमसे कि प्रेम है तुम्हारी समस्या, भय नहीं।

यह ऐसा है : जैसे कि घर में अंधेरा हो और मैं बात करूं प्रकाश की। तुम कहते, 'आप प्रकाश की ही बात करते जाते हैं। बेहतर होता यदि आप बोलते अंधकार के बारे में, क्योंकि हमारी समस्या तो अंधकार की है। घर भरा हुआ है अंधकार से। प्रकाश नहीं है हमारी समस्या।' लेकिन क्या तुम्हें बात समझ में आती है कि तुम क्या कह रहे हो? यदि अंधकार है तुम्हारी समस्या, तो अंधकार के बारे में बातें करना मदद न देगा। तुम कहते हो कि अंधकार है तुम्हारी समस्या, लेकिन सीधे तौर पर कुछ किया नहीं जा सकता है अंधकार के बारे में। तुम उसे बाहर निकाल फेंक नहीं सकते, तुम उसे बाहर धकेल नहीं सकते, तुम उसे उतार दूर नहीं कर सकते।

अंधकार एक अभाव है। सीधे-सीधे उसके बारे में कुछ किया नहीं जा सकता है। यदि तुम्हें कुछ करना हो, तो तुम्हें कुछ करना होगा प्रकाश के साथ, अंधकार के साथ नहीं।

ज्यादा ध्यान देना प्रकाश पर—कि कैसे ढूंढ़ो प्रकाश को, कैसे निर्माण करो प्रकाश का, कैसे घर में प्रज्वलित कर लो दीया? और तब अचानक, कहीं कोई अंधकार नहीं रहता।

ध्यान रहे कि समस्या प्रेम की होती है, भय की नहीं। तुम देख रहे हो असद् पक्ष की ओर। तुम जन्मों-जन्मों तक देख सकते हो असद् पक्ष की तरफ और तुम उसे सुलझा न पाओगे।

सदा स्मरण रखना कि अनुपस्थिति को नहीं बना लेना होता है समस्या, क्योंकि कुछ नहीं किया जा सकता है उस विषय में। केवल उपस्थिति को बनाना है समस्या, क्योंकि तभी किया जा सकता है कुछ; उसे सुलझाया जा सकता है।

यदि भय अनुभव होता हो, तो समस्या प्रेम की है। ज्यादा प्रेममय हो जाओ। दूसरे की ओर कुछ कदम बढ़ाओ। क्योंकि भय हर किसी में है, केवल तुम्हीं में नहीं। तुम प्रतीक्षा करते हो कि कोई आए तुम तक और प्रेम करे तुम्हें। तुम सदा ही प्रतीक्षा करते रह सकते हो, क्योंकि वह दूसरा भी भयभीत होता है। और लोग जो भयभीत हैं, एक बात के प्रति तो बिलकुल ही भयभीत हो जाते हैं, और वह है : अस्वीकृत होने का भय।

यदि मैं जाऊं और खटखटाऊं तुम्हारे द्वार, तो संभावना यही होती है कि तुम शायद अस्वीकार ही कर दोगे। वह अस्वीकृति बन जाएगी एक घाव, इसलिए तुम अनुभव करते हो कि न जाना ही बेहतर है। अकेले बने रहना ही बेहतर है। बेहतर है तुम्हारा अपने से ही बढ़ते रहना और दूसरे के साथ अंतरंग न होना क्योंकि दूसरा अस्वीकृत कर सकता है। जिस घड़ी तुम समीप जाते और प्रेम में पहल करते हो, तो पहला भय जो आता है वह यह कि दूसरा तुम्हें स्वीकार करेगा या अस्वीकार कर देगा। वह स्त्री हो या पुरुष, संभावना तो होती है कि करेगा तो शायद अस्वीकार ही।

इसीलिए स्त्रियां कभी पहल नहीं करतीं; वे ज्यादा भयभीत होती हैं। वे सदा प्रतीक्षा करती हैं पुरुष के आने की। वे अस्वीकार करने या स्वीकार करने की संभावना सदा अपने पास ही रखती हैं। दूसरे को कभी संभावना नहीं देतीं, क्योंकि वे पुरुषों की अपेक्षा अधिक भयभीत होती हैं। तो बहुत-सी स्त्रियां उम्र भर इंतजार ही करती रहती हैं। कोई नहीं आता उनका द्वार खटखटाने को, क्योंकि वह व्यक्ति जो भयभीत होता है, एक खास तरह से, इतना बंद हो जाता है कि वह लोगों को दूर करता है। जरा पहुंच जाओ ज्यादा निकट, और भयभीत आदमी ऐसी तरंगें फेंकता है चारों ओर कि कोई जो निकट आ रहा

होता है, दूर कर दिया जाता है। भयभीत आदमी दूर सरकने लगता; उस गतिविधि में भी भय होता है।

तुम बात करते हो किसी स्त्री से—यदि तुम उसके लिए किसी प्रकार का प्रेम या स्नेह अनुभव कर रहे होते हो, तो तुम और-और निकट होना चाहोगे। लेकिन देखना स्त्री के शरीर को, क्योंकि शरीर की अपनी भाषा होती है। स्त्री, अनजाने में ही, पीछे की ओर झुक रही होगी। या वह पीछे ही हटने लगेगी। तुम निकट हो रहे हो, तुम ज्यादा निकट पहुंच रहे हो और वह पीछे हट रही होती है। यदि कोई संभावना नहीं होती पीछे हटने की, यदि कोई दीवार वहां होती है, तो वह दीवार के सहारे टेका लगा लेगी। आगे न झुकते हुए, वह दिखा रही होती है, 'चले जाओ।' वह कह रही होती है, 'मत आओ मेरे निकट।'

जरा देखना लोगों को बैठे हुए, चलते हुए। ऐसे लोग हैं जो बस हर किसी को दूर कर देते हैं। यदि कोई ज्यादा निकट आता है, तो वे भयभीत हो जाते हैं। और भय प्रेम की तरह की ऊर्जा है, एक निषेधात्मक ऊर्जा। वह व्यक्ति जो प्रेम अनुभव कर रहा होता है विधायक ऊर्जा से भरा-पूरा होता है। जब तुम ज्यादा निकट आते हो, तो ऐसा लगता है जैसे कि कोई चुंबक तुम्हें खींच रहा हो। तुम इस व्यक्ति के साथ हो जाना चाहोगे।

यदि तुम्हारी समस्या भय की है, तब सोचना तुम्हारे व्यक्तित्व के बारे में, ध्यान देना उस पर। तुमने जरूर अपने द्वार बंद कर दिए हैं प्रेम के प्रति, बस इतनी ही बात है। खोल दो उन द्वार-दरवाजों को। निस्संदेह संभावना होती है अस्वीकृत हो जाने की। लेकिन क्यों होना भयभीत? दूसरा केवल 'नहीं' ही कह सकता है। 'नहीं' की पचास प्रतिशत संभावना वहां है, लेकिन 'नहीं' की इस पचास प्रतिशत संभावना के कारण ही, तुम सौ प्रतिशत अप्रेम का जीवन चुन लेते हो।

संभावना है, तो क्यों करनी चिंता? बहुत सारे लोग हैं। यदि एक कह देता है नहीं, तो उसे चोट की भांति मत जान लेना, उसे घाव की भांति मत धारण कर लेना। बस ऐसे मान लेना—प्रेम घटित नहीं हुआ था। बिलकुल यही समझ लेना—दूसरे व्यक्ति ने तुम्हारे साथ बढ़ने जैसा अनुभव नहीं किया। तुम्हारा एक दूसरे से मेल नहीं बैठा। तुम अलग-अलग प्रकार के हो। वस्तुतः पुरुष ने या कि स्त्री ने तुम्हें 'न' नहीं कही; यह कोई व्यक्तिगत बात नहीं है। तुम अनुरूप नहीं बैठे; आगे बढ़ जाओ। और यह अच्छा है कि उस व्यक्ति ने 'न' कर दी, क्योंकि यदि तुम उस व्यक्ति के अनुरूप नहीं होते और वह व्यक्ति 'हां' कह देता है, तो तुम पड़ जाओगे वास्तविक अड़चन में। तुम जानते नहीं—हो सकता है दूसरे ने तुम्हें मुसीबत की एक पूरी जिंदगी से बचा लिया हो। उसे धन्यवाद देना, और आगे बढ़ जाना, क्योंकि सभी उपयुक्त नहीं बैठते सभी को।

प्रत्येक व्यक्ति इतना बेजोड़ होता है कि यह वास्तव में ही कठिन होता है तुम्हारे साथ उपयुक्त बैठने वाला सही व्यक्ति खोज पाना। किसी बेहतर दुनिया में, कहीं कभी भविष्य में, लोगों में ज्यादा गतिमयता होगी, जिससे कि लोग कोशिश कर सकें और पा सकें अपने लिए ठीक स्त्री और ठीक पुरुष।

गलतियां करने से डरना मत, क्योंकि यदि तुम्हें गलतियां करने का डर होता है तो तुम बिलकुल ही न चलोगे, और तुम पूरी जिंदगी चूक जाओगे। न करने से बेहतर है गलती करना। अस्वीकृत होना बेहतर है मात्र स्वयं तक ही, भयभीत बने रहने से, कुछ आरंभ न करने से—क्योंकि अस्वीकार ले आता है स्वीकार की संभावना। वह है स्वीकार का दूसरा पहलू।

यदि कोई अस्वीकर करता है, तो कोई स्वीकार करेगा। व्यक्ति को चलते जाना होता है और ढूंढ

लेना होता है सही व्यक्ति। जब सही व्यक्ति मिल जाता है, तो कोई चीज खट से कौंध जाती है। वे एक दूसरे के लिए ही बने होते हैं। वे साथ-साथ ठीक बैठते हैं। ऐसा नहीं है कि वहां कोई संघर्ष न होगा, कि गुस्से और झगड़े के क्षण न आएंगे; नहीं। यदि प्रेम जीवंत होता है तो संघर्ष भी होगा वहां। कई बार क्रोध के क्षण भी आएंगे। यह बात इतना ही दर्शाती है कि प्रेम एक जीवंत घटना है। कई बार चली आती है उदासी, क्योंकि जहां कहीं प्रसन्नता अस्तित्व रखती है, उदासी तो वहां होगी ही।

केवल विवाह में कोई उदासी नहीं होती, क्योंकि कोई प्रसन्नता नहीं होती। व्यक्ति केवल बरदाश्त करता है—यह एक समझौता होता है, यह एक नियंत्रित की हुई घटना होती है। जब तुम सचमुच ही जीवन में उतरते हो, तो क्रोध भी होता है वहां। तो जब तुम प्रेम करते हो किसी व्यक्ति को, तो तुम स्वीकार कर लेते हो क्रोध को। जब तुम प्रेम करते हो किसी व्यक्ति को तुम उसकी उदासी को भी स्वीकार कर लेते हो।

कई बार तुम दूर चले जाते हो मात्र फिर से ज्यादा निकट आने को ही। वस्तुतः एक गहरी प्रक्रिया है : प्रेमी लड़ते हैं फिर-फिर प्रेम में पड़ने को ही, ताकि वे फिर और फिर और फिर हनीमून मना सकें।

प्रेम से भयभीत मत हो जाना। चीज तो केवल एक ही है जिससे कि किसी को भयभीत होना चाहिए, और वह है भय। भय से भयभीत होना और कभी भयभीत मत होना किसी दूसरी चीज से, क्योंकि भय अपंग कर देता है। वह विषमय होता है, वह आत्मघाती होता है। बढ़ो! उसके बाहर कूद जाओ! जो कुछ तुम चाहते हो वही करो, लेकिन भय को लेकर ही मत ठहर जाना क्योंकि वह नकारात्मक अवस्था होती है। और यदि तुम चूक जाते हो प्रेम को...।

मेरे देखे, प्रेम कोई बड़ी समस्या नहीं है, क्योंकि मैं तुमसे और आगे दूर देखता हूं। यदि तुम प्रेम को चूकते हो, तो तुम चूक जाओगे प्रार्थना को, और मेरे लिए वही है वास्तविक समस्या। तुम्हारे लिए शायद अभी भी यह कोई समस्या न होगी। यदि भय है समस्या, तो प्रेम भी तुम्हारे लिए कोई समस्या नहीं है अभी, तो कैसे तुम सोच सकते हो प्रार्थना के बारे में? लेकिन मुझे दिखाई पड़ता है कि किस प्रकार जिंदगी का पूरा सिलसिला चलता है। यदि प्रेम चूक जाता है तो तुम कभी प्रार्थना नहीं कर सकते, क्योंकि प्रार्थना है ब्रह्मांड का प्रेम। तुम प्रेम से कतरा कर नहीं पहुंच सकते प्रार्थना तक। बहुत लोगों ने की है कोशिश; वे मृत पड़े हैं मठों में। संसार भर में बहुत लोग कर चुके हैं कोशिश। भय के कारण, उन्होंने पूरी तरह प्रेम से बचने की कोशिश की है। वे ढूंढने की कोशिश करते रहे हैं जल्दी पहुंचा देने वाला कोई रास्ता, प्रेम के भय से बच कर सीधे प्रार्थना तक जाता हुआ।

यही कुछ है जो साधु-मुनि करते आ रहे हैं सदियों-सदियों से। ईसाई और हिंदू और बौद्ध—सभी साधु-मुनि यही करते रहे हैं। वे कोशिश करते रहे हैं प्रेम से पूरी तरह कतराने की। उनकी प्रार्थना झूठी होगी। उनकी प्रार्थना में कोई जीवन नहीं होगा। उनकी प्रार्थना कहीं नहीं सुनी जाएगी, और ब्रह्मांड उनकी प्रार्थना का उत्तर नहीं देने वाला है। वे सारे ब्रह्मांड को धोखा देने की कोशिश कर रहे हैं।

नहीं, व्यक्ति को प्रेम में से गुजरना ही होता है। भय से हट कर प्रेम में सरको। प्रेम से, तुम उतरोगे प्रार्थना में। प्रेम के साथ चली आती है निर्भयता। और परम निर्भयता होती है प्रार्थना में, क्योंकि तब मृत्यु का भी बिलकुल भय नहीं रहता। क्योंकि तब कोई मृत्यु होती ही नहीं। अस्तित्व के साथ ही इतने गहरे रूप से तार जुड़ा होता है तुम्हारा—कि भय का अस्तित्व कैसे बना रह सकता है?

इसलिए जरा कृपा करना, भय से आविष्ट मत हो जाना। उससे बाहर कूद पड़ना, और प्रेम की ओर बढ़ने लगना। प्रतीक्षा मत करो, क्योंकि किसी को रुचि नहीं है तुम में। यदि तुम प्रतीक्षा कर रहे हो तो तुम प्रतीक्षा किए चले जा सकते हो। मेरे देखे, तो ऐसा है: तुम प्रेम से बच कर नहीं निकल सकते, अन्यथा तुम आत्मघात करने लगोगे। लेकिन प्रेम बच कर निकल सकता है तुमसे, यदि तुम केवल प्रतीक्षा ही करते रहते हो। बढ़ो! प्रेम एक भावावेश होना चाहिए। वह होना चाहिए भावपूर्ण, जीवंत, प्राणवान। केवल तभी तुम किसी को आकर्षित कर सकते हो, तुम्हारी ओर झुकने के लिए। मुरदा हो, तो कौन परवाह करता है तुम्हारी? मुरदा होते हो, तो लोग छुटकारा पा लेना चाहेंगे तुमसे। मुरदा हो, तो तुम हो जाते हो एक उबाऊ घटना, एक ऊब। तुम्हारे चारों ओर, तुम बनाए रहते हो ऊब की ऐसी धूल-गर्द, कि कोई जो तुमसे मिल जाता हो वह अनुभव करेगा कि यह एक विपत्ति है।

प्रेममय रहना, सक्रिय रहना, निर्भय रहना—और बढ़ जाना। जिंदगी के पास तुम्हें देने को बहुत कुछ है यदि तुम निर्भय रहो तो। और जिंदगी जितना दे सकती है उससे कहीं ज्यादा है प्रेम के पास तुम्हें देने को, क्योंकि प्रेम सच्चा केंद्र है इस जीवन का। उसी केंद्र को पार कर तुम जा सकते हो दूसरे किनारे तक।

मैं इन्हें तीन चरण कहता हूं: जीवन, प्रेम और प्रकाश। जीवन तो पहले से ही वहां है। प्रेम तुम्हें उपलब्ध करना है। तुम इसे चूक सकते हो क्योंकि इसे दिया नहीं जाता है। व्यक्ति को निर्मित करना होता है इसे। जीवन एक सौंपी हुई घटना है; तुम जीवंत हो ही। वहां ठहर जाता है स्वाभाविक विकास। प्रेम तुम्हें खोज लेना है। निस्संदेह इसमें खतरे हैं, बाधाएं हैं, लेकिन वे सभी सुंदर बना देते हैं इसे।

तो तुम्हें खोज लेना होता है प्रेम को। और जब तुम खोज लेते हो प्रेम, केवल तभी तुम पा सकते हो प्रकाश। तब प्रार्थना उदित होती है। वस्तुतः प्रेम में गहरे उतरने पर, वे व्यक्ति, वे प्रेमी धीरे-धीरे, अचेतन रूप से बढ़ने लगते हैं प्रार्थना की ओर। क्योंकि प्रेम के उच्चतम क्षण ही निम्नतम क्षण होते हैं प्रार्थना के। सीमा बिंदु के बिलकुल करीब होती है प्रार्थना।

ऐसा घटा है बहुत प्रेमियों को। लेकिन वे प्रेमी जो अकस्मात शुरू कर देते हैं प्रार्थना, जब वे गहन प्रेम में हों—वे बहुत विरल होते हैं। मौन में एक दूसरे के साथ बैठे हुए ही, एक-दूसरे का हाथ थामे हुए, या कि समुद्र के किनारे साथ-साथ लेटे हुए, अनायास वे अनुभव कर लेते हैं एक अंतर्आवेग, पार उतरने की एक अंतः प्रेरणा।

इसीलिए भय पर बहुत ज्यादा ध्यान मत देना, क्योंकि वह खतरनाक है। यदि तुम बहुत ज्यादा ध्यान देते हो भय पर, तो तुम पोषण कर रहे होते हो उसका, और वह विकसित होगा। भय की ओर पीठ फेर लो और बढ़ो प्रेम की तरफ।

पांचवां प्रश्न: यदि हमें खड़े रहना है और हमें पानी को अपने से ही ठहरने देना है, फिर क्यों हैं ये सारे सक्रिय ध्यान?

यदि तुम बैठ सकते, तो कोई जरूरत न होती किसी ध्यान की। जापान में ध्यान के लिए उनके पास एक शब्द है—'झा-झेन'। इसका अर्थ होता है, 'मात्र बैठना, कुछ नहीं करना।' यदि तुम बैठ सको, कुछ

न करते हुए तो यही ध्यान का परम सत्य है। किसी दूसरी चीज की कोई जरूरत नहीं है।

लेकिन क्या तुम बैठ सकते हो? सारी समस्या का मर्म यही है। क्या तुम बैठ सकते हो? क्या तुम बैठ भर सकते हो कुछ न करते हुए? यदि ऐसा संभव होता, केवल बैठ जाना और कुछ न करना, तो हर चीज ठहर गयी होती अपने से ही, हर चीज बहने लगती अपने से ही। तुम्हें आवश्यकता नहीं है कुछ करने की। लेकिन समस्या यही है— क्या तुम बैठ सकते हो?

ऐसा हुआ कि एक गांव के निकट एक छोटी-सी पहाड़ी पर एक आदमी खड़ा था। सुबह हुई ही थी और सूर्य उदित हो चुका था। तीन आदमी चले ही थे सुबह की सैर के लिए और उन्होंने देखा था उस आदमी की ओर। और जैसे कि मन चलते हैं, वे बातें करने लगे इस बारे में कि यह आदमी वहां कर क्या रहा है। एक आदमी ने सुझाया कि वह वहां जरूर अपनी गाय खोज रहा होगा। 'कई बार उसकी गाय खो जाती है। तब वह पहाड़ी की चोटी पर जा पहुंचता है और उसे ढूंढता है, वहां से वह देखता है सब ओर।' दूसरा आदमी कहने लगा, 'लेकिन वह सब ओर नहीं देख रहा है। वह तो बस खड़ा हुआ है, इसलिए यह कारण नहीं हो सकता है। मुझे लगता है वह जरूर सुबह की सैर के लिए आया होगा किसी मित्र के साथ, और मित्र पीछे छूट गया है, अतः वह प्रतीक्षा कर रहा है उसकी।' तीसरे आदमी ने कहा, 'सही बात यह नहीं है। क्योंकि यदि तुम प्रतीक्षा कर रहे होते हो किसी की, तो कई बार तुम देखते हो पीछे की तरफ। वह तो बिलकुल देख ही नहीं रहा है पीछे। मेरा विचार है कि वह ध्यान कर रहा है। और जरा देखो तो उसके कपड़ों की ओर, वह संन्यासी है। वह जरूर ध्यान कर रहा है।' उनकी बहस इतनी उत्तेजित हो गयी कि वे कह उठे, 'अब हमें जाना ही होगा पहाड़ी की चोटी तक और इसी आदमी से ही पूछना होगा कि वह कर क्या रहा है वहां।'

मीलों चलकर वे पहाड़ की चोटी तक पहुंचे। पहले आदमी ने पूछा, 'क्या कर रहे हो तुम यहां? मैं सोचता हूं तुमने अपनी गाय खो दी है और तुम खोज रहे हो उसे।' उस व्यक्ति ने अपनी आंखें खोलीं और वह बोला, 'नहीं।' दूसरा व्यक्ति एक कदम आगे आया और पूछने लगा, 'तो जरूर मैं सही होऊंगा। क्या तुम उस किसी का इंतजार कर रहे हो जो पीछे रह गया है?' वह बोला, 'नहीं।' तब तीसरा खुश हो गया। वह कहने जगा, 'तो मैं बिलकुल सही था। क्या तुम ध्यान कर रहे हो?' वह आदमी बोला, 'नहीं।' तीनों के तीनों हैरान थे। वे कुछ नहीं समझ पाए थे। तीनों ही बोले, 'तुम कह क्या रहे हो? तुम हर चीज के लिए कह देते हो नहीं। तो फिर तुम कर क्या रहे हो?' वह आदमी बोला, 'मैं सिर्फ यहां खड़ा हुआ हूं, कर कुछ नहीं रहा।'

यदि ऐसा संभव हो, तो यह होता है ध्यान का परम सत्य। यदि ऐसा संभव न हो, तो तुम्हें प्रयुक्त करनी होंगी विधियां, क्योंकि केवल विधियों द्वारा ऐसा संभव होगा। विधियों द्वारा, एक दिन तुम जान लोगे पूरी निरर्थकता को। ध्यान की सारी कार्य प्रणालियां स्वयं को अपने जूतों के फीतों द्वारा ही खींचने जैसी हैं। ध्यान की प्रणालियां बेतुकी हैं, लेकिन व्यक्ति को इसे जानना होता है। यह एक बड़ा बोध है। जब कोई बोध पा लेता है कि उसका ध्यान बेतुका है, तो वह बिलकुल गिर ही जाता है।

महर्षि महेश योगी हैं विधियों के उन्मुख, जैसे कि विधियां ही सब कुछ हों। कृष्णमूर्ति हैं, विधियों के एकदम विरुद्ध। और यहां मैं हूं—विधियों के हक में, और विरुद्ध भी। कोई प्रणाली, कोई विधि तुम्हें एक बिंदु तक ले जाती है जहां कि तुम उसे गिरा सकते हो। महर्षि महेश योगी खतरनाक हैं। वे बहुत

लोगों को चला देंगे इस मार्ग पर, लेकिन वे कभी न पहुंचेंगे लक्ष्य तक। क्योंकि मार्ग इतना महत्वपूर्ण मान लिया गया है। वे लाखों लोगों की शुरुआत कर देंगे विधियों पर, और फिर विधियां इतनी महत्वपूर्ण हो जातीं हैं कि कोई रास्ता नहीं बचता उन्हें गिरा देने का।

फिर हैं कृष्णमूर्ति—हानिरहित, लेकिन व्यर्थ भी। वे कभी किसी को नुकसान नहीं पहुंचा सकते। कैसे वे पहुंचा सकते हैं नुकसान? वे कभी किसी को मार्ग पर चलाते ही नहीं। वे बात करते हैं लक्ष्य की, और तुम बहुत ज्यादा दूर होते हो लक्ष्य से। तुम महर्षि महेश योगी के जाल में पड़ जाओगे। हो सकता है कृष्णमूर्ति तुम्हें बौद्धिक रूप से आकर्षित करते हों, लेकिन कोई मदद नहीं दे पाएंगे। वे नुकसान नहीं पहुंचा सकते। वे संसार के सर्वाधिक हानिरहित आदमी हैं।

और फिर हूं मैं। मैं तुम्हें मार्ग देता हूं—उसे वापस ले लेने को ही। मैं तुम्हें विधियां देता हूं—एक विधि नहीं, बहुत सारी विधियां—खेलने के खिलौनों की भांति। और प्रतीक्षा करता हूं उस घड़ी की जब तुम सारी विधियों के प्रति कहोगे, 'स्वाहा, अग्नि की भेंट चढ़ जाओ!'

प्रवचन 5

सूक्ष्मतर समाधियां : निर्वितर्क, सविचार, निर्विचार

योगसूत्र
(समाधिपाद)

स्मृतिपरिशुद्धौ स्वरूपशून्येवार्थमात्र निर्भासा निर्वितर्का।। ४३।।

जब स्मृति परिशुद्ध होती है और मन किसी अवरोध के बिना वस्तुओं की यथार्थता देख सकता है, तब निर्वितर्क समाधि फलित होती है।

एतयैव सविचारा निर्विचारा च सूक्ष्मविषया व्याख्याता।। ४४।।

सवितर्क और निर्वितर्क समाधि का जो स्पष्टीकरण है, उसी से समाधि की उच्चतर स्थितियां भी स्पष्ट होती हैं। लेकिन सविचार और निर्विचार समाधि की इन उच्चतर अवस्थाओं में ध्यान के विषय अधिक सूक्ष्म होते हैं।

सूक्ष्मविषयत्वं चालिंगपर्यवसानम्।। ४५।।

इन सूक्ष्म विषयों से संबंधित समाधि का प्रांत सूक्ष्म ऊर्जाओं की निराकार अवस्था तक फैलता है।

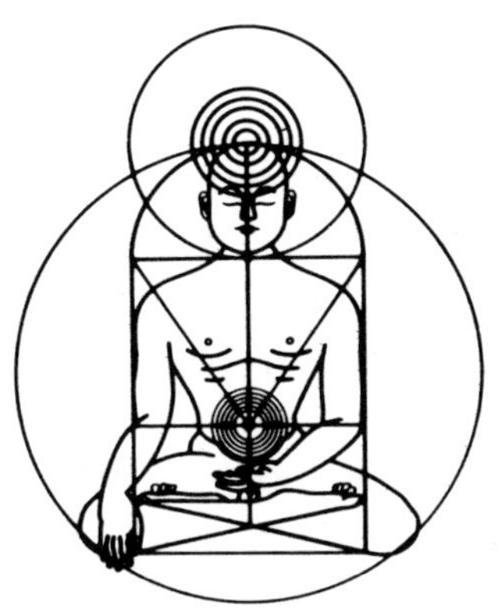

मन स्मृति है; वह कंप्यूटर की भांति है—ठीक-ठीक कहो तो जैविक-कंप्यूटर। यह वह सब संचित कर लेता है जो कि अनुभव किया जाता है, जाना जाता है। बहुत जन्मों द्वारा, लाखों अनुभवों द्वारा मन एकत्रित कर लेता है स्मृति। यह एक विशाल घटना है। लाखों-लाखों स्मृतियां इसमें संग्रहीत हुई होती हैं। यह एक बड़ा संग्रहालय है। तुम्हारे सारे पिछले जन्म इसमें संचित हैं। वैज्ञानिक कहते हैं कि एक क्षण में भी हजारों स्मृतियां निरंतर एकत्रित हो रही होती हैं। तुम्हारे जाने बिना, मन क्रियान्वित होता ही रहता है। जब तुम सोए होते हो, तब भी स्मृतियां बन रही होती हैं। जब तुम सोए भी हो, यदि कोई चीखता और रोता है, तो तुम्हारी इंद्रियां काम कर रही होती हैं और अनुभव को इकट्ठा कर रही होती हैं। शायद सुबह तुम इसे फिर याद न कर पाओ क्योंकि तुम्हें होश नहीं था, लेकिन गहन सम्मोहन में इसे याद किया जा सकता है। गहरे सम्मोहन में, हर वह चीज जिसका तुमने कभी अनुभव किया होता है, जाने में या अनजाने में, वह सब याद किया जा सकता है। तुम अपने पिछले जन्मों को भी याद कर सकते हो। मन का सहज स्वाभाविक विस्तार सचमुच ही विशाल है। ये स्मृतियां अच्छी होती हैं यदि तुम उनका प्रयोग कर सको, लेकिन ये स्मृतियां खतरनाक होती हैं यदि वे तुम्हारा ही प्रयोग करने लगें।

शुद्ध मन वह होता है जो कि अपनी स्मृतियों का मालिक हो। अशुद्ध मन वह मन है जो कि निरंतर प्रभावित होता है अपनी स्मृतियों द्वारा। जब तुम किसी सत्य की ओर देखते हो, तब तुम देख सकते हो बिना उसकी व्याख्या किए हुए। तब चेतना वास्तविकता के साथ सीधे संपर्क में होती है। या, तुम देख सकते हो मन के द्वारा, व्याख्याओं के द्वारा। तब तुम वास्तविकता के संपर्क में नहीं होते। उपकरण के रूप में मन ठीक ही है, लेकिन यदि मन एक ग्रस्तता बन जाता है और चेतना दब जाती है मन के द्वारा, तो सत्य भी दब जाएगा मन के द्वारा। तब तुम जीते हो माया में; तब तुम जीते हो भ्रम में।

जब कभी तुम देखते हो सत्य को, यदि तुम देखो उसे सीधे तौर पर प्रत्यक्ष रूप से, बिना मन और स्मृति को बीच में लाए हुए केवल तभी वह होती है वास्तविकता। अन्यथा, वह बन जाती है एक व्याख्या। और सारी व्याख्याएं झूठी होती हैं। क्योंकि सारी व्याख्याएं बोझिल हुई होती हैं, तुम्हारे पुराने अनुभव से। तुम केवल उन चीजों को देख सकते हो जिनका तुम्हारे अनुभव से तालमेल बैठा होता है। तुम वे चीजें नहीं देख सकते जिनका तुम्हारे पिछले अनुभव से तालमेल नहीं होता है, और तुम्हारा पिछला अनुभव ही सब कुछ नहीं है। जीवन कहीं ज्यादा बड़ा है तुम्हारे पिछले अनुभव की अपेक्षा। चाहे

कितना ही बड़ा क्यों न हो मन, वह मात्र एक छोटा हिस्सा ही होता है यदि तुम संपूर्ण अस्तित्व की सोचो तो। बहुत छोटा है वह। ज्ञात बहुत छोटा होता है; अज्ञात होता है विशाल और अपरिसीम। जब तुम कोशिश करते हो अज्ञात को ज्ञात द्वारा जानने की, तो तुम चूक जाते हो सार को ही। यही है अशुद्धता। जब तुम अज्ञात को जानने की कोशिश करते हो तुम्हारे भीतर के अज्ञात द्वारा, तब उतरता है एक रहस्योद्घाटन।

ऐसा हुआः मुल्ला नसरुद्दीन ने नदी में एक बहुत बड़ी मछली पकड़ी। भीड़ इकट्ठी हो गयी, क्योंकि किसी ने देखी न थी कभी इतनी बड़ी मछली। मुल्ला नसरुद्दीन ने देखा मछली की तरफ, विश्वास न कर सका कि ऐसा संभव था—इतनी बड़ी मछली! खुली-फटी दृष्टि सहित वह घूम लिया मछली के चारों ओर लेकिन फिर भी विश्वास न कर सका। उसने छुआ मछली को लेकिन फिर भी विश्वास न कर सका, क्योंकि उसने सुना-पढ़ा था इतनी बड़ी मछली के बारे में केवल मछेरों की अविश्वसनीय कथाओं में ही। भीड़ भी वहां आ खड़ी हुई थी—अविश्वसनीय दृष्टि सहित ही। तब मुल्ला नसरुद्दीन कहने लगा, 'कृपया मेरी मदद करें इस बड़ी मछली को वापस नदी में फेंकने में। यह मछली ही नहीं है, यह एक झूठ है।'

कोई चीज सच होती है यदि वह तुम्हारे पिछले अनुभव के अनुकूल बैठती हो। यदि वह अनुकूल नहीं पड़ती, तो वह झूठ होती है। तुम परमात्मा में विश्वास नहीं कर सकते क्योंकि वह तुम्हारे पिछले अनुभव के अनुरूप नहीं है। तुम ध्यान में विश्वास नहीं कर सकते क्योंकि तुम रहते आए हो सदा बाजार में, और तुम केवल बाजार की वास्तविकता को जानते हो, गणनापरक मन की, व्यापारिक मन की वास्तविकता को ही। तुम उस उत्सव के बारे में कुछ नहीं जानते—जो है शुद्ध, स्वाभाविक, बिलकुल कारण रहित, अहेतुक।

यदि तुम जीए हो वैज्ञानिक संसार में, तो तुम विश्वास नहीं कर सकते कि कोई चीज सहज-स्फूर्त हो सकती है, क्योंकि वैज्ञानिक जीता है कार्यकारण के संसार में। प्रत्येक चीज सकारण होती है; कोई चीज सहज-स्फूर्त नहीं है। अतः जब वैज्ञानिक सुनते हैं कि कुछ ऐसा संभव है जो कि सहज-स्फूर्त है—जब हम कहते हैं सहज-स्फूर्त, तो हमारा मतलब होता है कि उसका कोई कारण नहीं, अचानक बिना किसी वजह, बिना जाने-बूझे हुआ है वह—वैज्ञानिक तो विश्वास ही नहीं कर सकता। वह तो कहेगा, 'यह मछली बिलकुल नहीं है, यह एक झूठ है। उसे वापस फेंक दो नदी में।'

लेकिन वे जिन्होंने कि काम किया है आंतरिक संसार में, जानते हैं कि ऐसी घटनाएं हैं जो कि अकारण होती हैं। न ही केवल वे यही जानते हैं, वे जानते हैं कि सारा अस्तित्व ही अकारण है। वह भिन्न होता है, उस वैज्ञानिक मन से समग्रतया विभिन्न संसार होता है वह।

जो कुछ भी तुम देखते हो, इससे पहले कि तुम ठीक से देखो भी, व्याख्या प्रवेश कर चुकी होती है। निरंतर मैं देखता हूं लोगों को। मैं बात कर रहा होता हूं उनसे और यदि वह अनुकूल बैठता है, चाहे उन्होंने अभी कुछ कहा भी नहीं होता है, तो वे मुझे दे देते हैं एक आंतरिक सहमति, 'हां' वे कह रहे होते हैं, 'ठीक।' यदि वह नहीं अनुकूल बैठता उनके दृष्टिकोणों के साथ, चाहे उन्होंने कुछ कहा ही नहीं होता, तो 'नहीं' लिख दिया गया होता है उनके चेहरों पर। गहन तल पर उन्होंने कहना शुरू कर दिया, 'नहीं, यह सच नहीं।'

अभी उस रात मैं बात करता था एक मित्र से। वह कुछ ही दिन पहले आया था; वह बहुत नया था। वह विश्वास करता था उपवास करने में, और मैं कह रहा था उससे, 'उपवास खतरनाक हो सकता है। तुम्हें अपने से ही नहीं चलना चाहिए; तुम्हें किसी विशेषज्ञ से पूछ लेना चाहिए। और यदि तुम मेरी सुनते हो, तो मैं उपवास के हक में बिलकुल नहीं हूं, क्योंकि उपवास एक प्रकार का दमन है। शरीर सत्य है। शरीर की भूख सत्य है; शरीर की जरूरत ही सच्ची होती है। बहुत ज्यादा मत खाओ, क्योंकि वह भी शरीर के विरुद्ध है और एक प्रकार का दमन है। और उपवास मत करो, क्योंकि वह भी असत्य है और वह भी दमनात्मक है। वह भी स्वभाव के साथ मेल नहीं खाता है। इसीलिए मैं इसे कहता हूं असत्य।'

कोई भोजन करते जाने की बात से वशीभूत होता है—पागल है वह, और कोई वशीभूत होता है भोजन न करने की बात से—वह भी पागल होता है। दोनों अपने शरीरों को नष्ट कर रहे होते हैं—वे शत्रु हैं—और उपवास का प्रयोग किया जाता रहा है एक चालाकी की भांति।

जब कभी तुम उपवास करते हो, तुम्हारी ऊर्जा क्षीण हो जाती है। वह दुर्बल हो ही जाती है। क्योंकि इसके निरंतर बहने के लिए भोजन की आवश्यकता होती है। उपवास करने के तीन-चार दिन बाद, तुम्हारी ऊर्जा इतनी क्षीण हो जाती है कि मन इसमें से अपना नियतांश नहीं ले पाता है, क्योंकि मन एक ऐश्वर्य है। जब शरीर के पास बहुत ज्यादा होता है, तब वह मन को दे देता है। मन बाद की चीज है, संसार में बहुत बाद में पहुंची चीज है। शरीर मूलभूत और प्राथमिक है। पहले शारीरिक आवश्यकताएं परिपूर्ण होनी चाहिए, और केवल इसके बाद ही आती हैं मन की आवश्यकताएं।

यह ऐसा है जैसे कि जब तुम भूखे होते हो, तुम नगर के दार्शनिक को बरदाश्त नहीं कर सकते। जब तुम भूखे होते हो तो दार्शनिक को वहां से सरकना ही होता है। वह नहीं रह सकता है वहां। दार्शनिकता तभी आती है जब समाज धनवान होता है, समृद्ध होता है। धर्म तभी आता है जब समाज समृद्ध हो, जब मूलभूत आवश्यकताएं परिपूर्ण हों। और यही व्यवस्था होती है शरीर की: पहले तो शरीर, फिर दूसरा है मन। यदि शरीर मुसीबत में होता है और अपना आवश्यक नियतांश नहीं पा रहा होता है, तब मन का ऊर्जा-नियतांश तुरंत कम हो जाएगा।

और यही है चालाकी जिसे चलाते रहे हैं लोग अपने शरीरों के साथ: जब मन के लिए ऊर्जा-अंश में कटौती हो जाती है, तो मन नहीं सोच सकता क्योंकि सोच-विचार को आवश्यकता होती है ऊर्जा की। और लोग सोचते हैं कि वे ध्यानी बन गए हैं, क्योंकि मन के पास विचार रहे नहीं। यह सच नहीं होता। उन्हें भोजन दे दो और विचार वापस लौट आएंगे। जब ऊर्जा नहीं बह रही होती, तो मन हो जाता है ग्रीष्म के नदी-तल की भांति—नदी बह नहीं रही है, लेकिन किनारे हैं वहां, हर चीज तैयार है। जब कभी वर्षा हो तो फिर से नदी बहने लगेगी। जब कभी वहां ऊर्जा होती है, तो फिर से सांप अपना फन उठा लेगा। सांप मरा नहीं है मात्र मूर्च्छा में है, क्योंकि ऊर्जा उपलब्ध नहीं हो रही है।

उपवास एक चालाकी है झूठी ध्यानमयी अवस्था निर्मित करने की। और उपवास बनावटी ब्रह्मचर्य निर्मित करने की चालाकी भी है—क्योंकि जब तुम उपवास रखते हो, तो ऊर्जा प्रबल नहीं होती, और काम-केंद्र ऊर्जा नहीं पा सकता।

फिर प्रश्न उठ खड़ा होता है व्यवस्था-विज्ञान का: व्यक्ति भोजन द्वारा जीवित रहता है; समाज जीवित है कामवासना द्वारा, जाति जीती है कामवासना द्वारा। तुम यहां पर हो क्योंकि तुम्हारे माता-पिता

ने परस्पर प्रेम किया, कामवासना में सरके। यदि तुम सरकते हो कामवासना में तो तुम्हारे बच्चे यहां होंगे; तुम चले जाओगे। यदि तुम नहीं सरकते कामवासना में तब कहीं कोई भविष्य न रहा। तुम जाति के यहां बने रहने में कोई मदद नहीं देते। यदि हर कोई ब्रह्मचारी बन जाता है, तब समाज तिरोहित हो जाएगा।

भोजन द्वारा व्यक्ति का शरीर बना रहता है; कामवासना द्वारा जाति का शरीर बना रहता है। लेकिन पहले है व्यक्ति, क्योंकि यदि व्यक्ति ही न हो, तो जाति कैसे बनी-बची रह सकती है? अतः व्यक्ति प्राथमिक होता है, जाति है द्वितीय। जब तुम भरे हुए होते हो ऊर्जा से और शरीर ठीक अनुभव कर रहा होता है, तब तुरंत ऊर्जा भेजी जाती है काम-केंद्र की ओर। अब तुम्हारे पास पर्याप्त है और तुम उसे बांट सकते हो जाति के साथ। जब ऊर्जा-प्रवाह क्षीण होता है तो कामवासना तिरोहित हो जाती है।

जरा दस दिन का उपवास रखना, और दसवें दिन तक तुम्हें लगेगा कि तुम्हें स्त्री में कोई रस ही नहीं रहा है। यदि तुम पंद्रह दिन का और ज्यादा लंबा उपवास रखते हो, तो पंद्रहवें दिन, चाहे कोई बहुत सुंदर प्लेब्वाय और प्लेगर्ल पत्रिकाएं भी वहां पड़ी हों, तुम उन्हें खोल न पाओगे। वे पड़ी रहेंगी वहीं और धूल जम जाएगी उन पर। तुम आकर्षित नहीं होओगे। इक्कीसवें दिन, यदि तुमने उपवास जारी रखा, तो चाहे नग्न स्त्री भी वहां नृत्य कर रही हो, तुम बुद्ध की भांति ही बैठे रहोगे। ऐसा नहीं है कि तुम बुद्ध की भांति हो गए। एक दिन को एकदम ठीक भोजन मिलते ही तुम रस लेने लगोगे प्लेब्वाय में और प्लेगर्ल में। तीसरे दिन ऊर्जा फिर से बह रही होती है; तुम स्त्री में रस लेने लगोगे।

वस्तुतः मनस्विद इसे एक कसौटी बना चुके हैं कि यदि कोई पुरुष स्त्रियों में रुचि नहीं लेता, तो कुछ गलत बात होती है। यदि स्त्री पुरुषों में रुचि नहीं लेती, तो कोई गलत बात होती है। ऊर्जा-प्रवाह क्षीण होता है। और सौ अवस्थाओं में से, निन्यानबे अवस्थाओं में यह बात सच होती है; वे ठीक कहते हैं। केवल सौवीं अवस्था में वे सही नहीं होंगे क्योंकि वह होगा बुद्ध। बुद्ध के साथ, ऐसा नहीं है कि ऊर्जा क्षीण प्रवाहित हो रही होती है। ऊर्जा उच्चतम होती है, अपने शिखर पर, अपनी सबसे बड़ी विशालता में होती है। लेकिन अब वे एक अलग ही व्यक्ति होते हैं, एक अलग दिशा में बढ़ते हुए जहां दूसरे में उनका रस नहीं; क्योंकि वे पूर्ण परितृप्त हो गए हैं अपने साथ। दूसरे की ओर कोई गति नहीं है, और ऐसा नहीं है कि ऊर्जा का कुछ अभाव है।

जब मैं बात कर रहा था इस नवागत से, तो मैं देख सकता था उसके चेहरे पर कि वह कह रहा है, 'नहीं।' उसने एक भी शब्द नहीं कहा, लेकिन मैं जानता था कि वह कह रहा है, 'मैं इसमें आस्था नहीं रख सकता।' और फिर वह कहने लगा, 'मैं उपवास में ही विश्वास करने वाला हूं। जो कुछ भी आप कह रहे हो, मैं उसके साथ कोई तालमेल अनुभव नहीं कर सकता।'

स्मृति के कारण तुम सुन नहीं सकते; स्मृति के कारण तुम देख नहीं सकते; स्मृति के कारण तुम संसार की तथ्यता की ओर नहीं देख सकते। स्मृति आ जाती है बीच में—तुम्हारा अतीत, तुम्हारा ज्ञान, तुम्हारी शिक्षा, तुम्हारे अनुभव—और वह रंग देती है यथार्थ को। संसार माया नहीं है, लेकिन जब उसकी व्याख्या की जाती है तो तुम जीते हो मायामय संसार में। याद रखना इसे।

हिंदू कहते हैं कि संसार माया है, भ्रम है। जब वे कहते हैं ऐसा, तो उनका अर्थ उस संसार से नहीं जो कि वहां होता है, उनका मात्र इतना ही अर्थ होता हैः वह संसार जो तुम्हारे भीतर है—तुम्हारी व्याख्याओं का, तुम्हारे अपने अर्थों का संसार। तथ्य का संसार असत्य नहीं है; वह तो स्वयं ब्रह्म है।

वह परम सत्य है। लेकिन वह संसार जिसे तुम्हारे द्वारा निर्मित किया गया है, तुम्हारे मन और स्मृति द्वारा, और जिसमें कि तुम रहते हो, जो तुम्हें घेरे रहता है वातावरण की भांति, वह होता है असत्य। और तुम इसके साथ बढ़ते और इसी में बढ़ते हो। जहां कहीं तुम जाते हो, तुम इसे तुम्हारे चारों ओर लिए रहते हो। यह तुम्हारा वातावरण रूपी घेरा होता है, और इसके द्वारा तुम संसार की ओर देखते हो। तब जो कुछ भी तुम देखते हो, वह सत्य नहीं होता, वह व्याख्या होती है। पतंजलि कहते हैं :

जब स्मृति परिशुद्ध होती है और मन किसी अवरोध के बिना वस्तुओं की यथार्थता देख सकता है, तब निर्वितर्क समाधि फलित होती है।

व्याख्या अवरोध ही है। व्याख्या करते हो और सत्य खो जाता है। बिना व्याख्या बनाए देखो, और सत्य वहां होता है, और वहां सदा से है ही। सत्य हर पल मौजूद होता है। वह किसी दूसरी तरह से हो कैसे सकता है? सत्य का अर्थ है : वह जो कि सचमुच है। जो अपनी जगह से नहीं सरका है क्षण भर को भी। तुम तो बस तुम्हारी व्याख्याओं में जीते हो और तुम निर्मित कर लेते हो तुम्हारा अपना संसार। वास्तविकता लोकगत है, भ्रम व्यक्तिगत है।

तुमने सुनी ही होगी बहुत पुरानी प्राचीन भारतीय कथा। पांच अंधे आदमी एक हाथी को देखने आए। उन्होंने कभी देखा न था किसी हाथी को; वह बिलकुल नयी चीज थी शहर में। उस देश के उस भाग में हाथियों का कोई अस्तित्व न था। उन सबने हाथी को छुआ और महसूस किया, और उन सबने उसकी व्याख्या की जो कुछ भी उन्होंने महसूस किया था उस आधार पर। उन्होंने व्याख्या की अपने-अपने अनुभव द्वारा। एक आदमी कहने लगा, 'हाथी एक खंभे की भांति है।'—वह हाथी की टांगों को छू रहा था।—और वह सही था। उसने अपने हाथों से छुआ था, और फिर उसने याद किया था, खंभों को; वह तो ठीक खंभों की भांति ही था। और इसी तरह ही, उन सबने व्याख्याएं कीं।

ऐसा हुआ कि अमरीका में एक प्राथमिक पाठशाला में एक शिक्षिका ने लड़के-लड़कियों को एक कहानी सुनाई, बिना उन्हें बताए हुए कि वे पांच आदमी जो हाथी के पास आए थे, वे अंधे थे। कहानी इतनी ज्यादा जानी-पहचानी थी, और शिक्षिका ने अपेक्षा रखी थी कि बच्चे समझ ही जाएंगे। फिर वह पूछने लगी, 'अब मुझे जरा बताओ वे पांच आदमी कौन थे, जो हाथी को देखने के लिए आए थे?' एक छोटे बच्चे ने अपना हाथ उठा दिया और बोला, 'विशेषज्ञ।'

विशेषज्ञ सदा ही अंधे होते हैं। वह लड़का वस्तुतः एक खोजी था। यही है सारी कहानी का सार-तत्व। वास्तव में, वे विशेषज्ञ थे। क्योंकि एक विशेषज्ञ बहुत थोड़े के बारे में बहुत ज्यादा जानता है। वह अधिकाधिक संकुचित और संकुचित होता जाता है। विशेषज्ञ लगभग अंधा ही हो जाता है सारे संसार के प्रति, केवल एक खास दिशा में ही वह दृष्टि-संपन्न होता है। अन्यथा वह अंधा ही होता है। उसकी दृष्टि ज्यादा सीमित और ज्यादा सीमित और ज्यादा सीमित होती जाती है। जितना ज्यादा बड़ा होता है विशेषज्ञ, उतनी ही सीमित होती है दृष्टि। एक परम विशेषज्ञ को संपूर्ण रूप से अंधा होना होता है। वे कहते हैं कि एक विशेषज्ञ वह आदमी होता है जो थोड़े के बारे में ज्यादा और ज्यादा जानता है।

कुछ शताब्दियों पूर्व केवल हुआ करते थे चिकित्सक, डाक्टर, जो शरीर के बारें में सब कुछ जानते

थे। विशेषज्ञ नहीं होते थे। अब, यदि तुम्हारे हृदय का कुछ बिगड़ा होता है तो तुम विशेषज्ञ के पास जाते हो, दांत में कुछ बिगड़ा होता है, तो तुम चले जाते हो किसी दूसरे विशेषज्ञ के पास।

मैंने सुनी है एक कथा कि एक आदमी आया डाक्टर के पास और बोला, 'मैं बहुत कठिनाई में हूं। मैं ठीक से देख नहीं सकता। हर चीज धुंधली जान पड़ती है।' डाक्टर कहने लगा, 'पहले आती हैं पहली चीजें। पहले तो मुझे बताओ तुम कि कौन सी आंख कठिनाई में है, क्योंकि मैं विशेषज्ञ हूं केवल दायीं आंख का ही। यदि तुम्हारी बायीं आंख मुसीबत में है तो तुम दूसरे विशेषज्ञ के पास चले जाओ जो बस मुझसे अगले द्वार पर ही रहता है।' जल्दी ही बायीं आंख के विशेषज्ञ और दायीं आंख के विशेषज्ञ अलग हो जायेंगे। ऐसा ही होना है क्योंकि विशेषज्ञता होती जाती है ज्यादा सीमित, और ज्यादा सीमित, और ज्यादा सीमित। सारे विशेषज्ञ अंधे होते हैं। और अनुभव तुम्हें बना देता है एक विशेषज्ञ।

सत्य जानने के लिए तुम्हें विशेषज्ञ नहीं होना है। सत्य को जानने के लिए तुम्हें संकुचित, एकांतिक नहीं होना होता है। सत्य के साथ तालमेल बैठाने के लिए तुम्हें अलग रख देना होता है तुम्हारा सारा ज्ञान, एक ओर रख देना होता है उसे। और उसकी ओर देखना होता है एक बच्चे की आंखों द्वारा, किसी विशेषज्ञ की आंखों द्वारा नहीं, क्योंकि वे आंखें तो सदा ही अंधी होती हैं। केवल एक बच्चे के पास होती हैं वास्तविक आंखें—पूरा-पूरा देखती हुई, हर कहीं, सभी ओर, सभी दिशाओं में देखती हुई। क्योंकि वह कुछ जानता नहीं है। वह सारे समय सारी दिशाओं में बढ़ रहा होता है। जिस क्षण तुम जान जाते हो, तुम कहीं न कहीं पकड़ में आ गए होते हो। यदि तुम फिर से बालक बन सको और वास्तविकता को देख सको बिना किसी अवरोध के, व्याख्या के, बिना किसी अनुभव के, ज्ञान के, विशेषज्ञता के—तो पतंजलि कहते हैं, 'निर्वितर्क समाधि उपलब्ध हो जाती है।' क्योंकि जब कोई व्याख्या नहीं होती, तब स्मृति शुद्ध हो जाती है और मन चीजों के सच्चे स्वभाव को देखने योग्य हो जाता है।

पतंजलि समाधि को बहुत सारी परतों में बांट देते हैं। पहले तो वे बात करते हैं 'सवितर्क' समाधि के बारे में। इसका अर्थ होता है तर्कयुक्त समाधि। तुम अभी भी तार्किक व्यक्ति होते हो, तर्कयुक्त समाधि। फिर वे दूसरी समाधि को कहते हैं 'निर्वितर्क', तर्करहित समाधि। अब तुम वास्तविकता के बारे में तर्क नहीं कर रहे होते हो। तुम सत्य की ओर भी तुम्हारे ज्ञान सहित नहीं देख रहे होते। तुम तो बस देख रहे होते हो सत्य की ओर।

वह व्यक्ति जो यथार्थ को देखता है तर्कसहित, विवेचना सहित, कभी नहीं देखता सत्य को। वह अपना मन प्रक्षेपित करता है यथार्थ पर। अपने को प्रक्षेपित करने के लिए यथार्थ उसके लिए एक परदे की भांति काम करता है। और जो कुछ भी तुम प्रक्षेपित करते हो, तुम पाओगे वहां। पहले तुम वहां रखते हो उसे, और फिर तुम उसे पा लेते हो वहां। यह एक वंचना है क्योंकि तुम स्वयं रखते हो उसे वहां, और फिर तुम उसे पा लेते हो वहां। वह सच नहीं होता।

नसरुद्दीन एक बार कहने लगा मुझसे, 'मेरी पत्नी संसार की सर्वाधिक सुंदर स्त्री है।' मैंने पूछा उससे, 'मुल्ला तुमने इसके बारे में जाना कैसे?' वह बोला, 'कैसे? बहुत सीधी बात है। मेरी पत्नी ने कहा था मुझसे।' इसी तरह बात चलती रहती है मन में: तुम इसे यथार्थ पर प्रक्षेपित कर देते हो, और फिर इसे तुम पा लेते हो वहां। यह होता है सवितर्क मन का दृष्टिकोण। निर्वितर्क मन, निर्विकल्प मन, कुछ प्रक्षेपित नहीं करता है। वह तो मात्र देखता है उसे जो भी अवस्था होती है।

क्यों तुम अपने मन द्वारा कुछ प्रक्षेपित किए जाते हो यथार्थ पर?—क्योंकि तुम सत्य से भयभीत होते हो। सत्य के प्रति बना एक गहरा भय होता है वहां। ऐसा हो सकता है कि वह तुम्हारी पसंद का न हो। ऐसा हो सकता है कि वह तुम्हारे विरुद्ध हो, तुम्हारे मन के विरुद्ध हो। क्योंकि सच्चाई स्वाभाविक होती है, इसकी परवाह नहीं करती कि तुम कौन हो—तो तुम भयभीत होते हो। सत्य तुम्हारी आकांक्षा पूर्ति नहीं कर सकता, तो बेहतर होता है उसे न देखना। तुम उसे देखते चले जाते हो, जिस किसी बात की तुम आकांक्षा करते हो। इसी तरह तुमने बहुत सारे जन्म गंवा दिए हैं—इधर-उधर की मूर्खताओं में। और तुम किसी दूसरे को मूर्ख नहीं बना रहे हो, तुम स्वयं को ही मूर्ख बना रहे हो। क्योंकि तुम्हारी व्याख्या और प्रक्षेपण द्वारा सत्य परिवर्तित नहीं किया जा सकता। तुम केवल पीड़ित होते हो अनावश्यक रूप से। तुम सोचते हो कि द्वार है और द्वार है नहीं; वह दीवार है। तुम कोशिश करते हो उसमें से गुजरने की। फिर तुम पीड़ित होते हो, फिर तुम जड़ हो जाते हो।

जब तक तुम वास्तविकता नहीं देख लेते हो, तब तक तुम उस कारागृह का द्वार कभी न खोज पाओगे जिसमें कि तुम हो। द्वार का अस्तित्व है, लेकिन द्वार का अस्तित्व तुम्हारी आकांक्षाओं के अनुरूप नहीं हो सकता है। द्वार अस्तित्व रखता है, यदि तुम इच्छाओं को गिरा देते हो तो तुम उसे देख पाओगे। यही है अड़चन: तुम इच्छापूर्ति की धारणा बनाए जाते हो। तुम तो बस विश्वास किए जा रहे हो, और प्रक्षेपित किए जा रहे हो, और हर बार विश्वास टुकड़े-टुकड़े हो जाता है और प्रक्षेपण गिर जाता है। ऐसा बहुत बार घटेगा, क्योंकि तुम्हारे दिवास्वप्न यथार्थ द्वारा परिपूर्ण नहीं किए जा सकते। जब कभी कोई स्वप्न चूर-चूर होता है, एक इंद्रधनुष नीचे जा गिरता है, एक इच्छा मरती है, तुम पीड़ित होते हो। लेकिन तुरंत ही तुम एक और इच्छा, अपनी इच्छाओं का एक और इंद्रधनुष निर्मित करने लगते हो। फिर से तुम बनाने लग जाते हो एक नया इंद्रधनुष जो सेतु होता है तुम्हारे और यथार्थ के बीच।

कोई कहीं चल सकता इंद्रधनुषी सेतु पर? वह लगता है सेतु की भांति; वह होता नहीं है सेतु। वस्तुतः इंद्रधनुष अस्तित्व नहीं रखता; उसकी केवल प्रतीति होती है। यदि तुम जाओ वहां पर तो तुम कोई इंद्रधनुष नहीं पाओगे। यह एक स्वप्न-सदृश घटना होती है। परिपक्वता बनती है इस बोध तक आने में कि, 'अब और प्रक्षेपण और व्याख्या नहीं। अब मैं तैयार हूं उसे देखने को जो कुछ है वस्तुस्थिति।'

विटगेंस्टीन, इस युग के बड़े प्रखर विचारकों में से एक, उसने अपनी अद्‌भुत महत्वपूर्ण पुस्तक 'ट्रेक्टैटस' आरंभ की इस वाक्य सहित, 'वर्ल्ड इज आल, दैट इज दि केस।' तुम स्वप्न देखते जा सकते हो इसके चारों ओर; उससे मदद न मिलेगी। तुम बंद कर देते हो सपने देखना और समझते हो: 'वर्ल्ड इज आल, दैट इज दि केस।' क्या तुम बेकार ही अपना जीवन और समय और ऊर्जा नहीं गंवा देते वह कुछ देखने में जो कि वहां है ही नहीं। बंद करो सपने देखना और देखो सत्य को।

यही अर्थ है निर्वितर्क समाधि का, समाधि जो होती है बिना तर्क की। यह मात्र एक शुद्ध दृष्टि होती है। तुम इसको लेकर तर्क नहीं करते, तुम्हें तो बस प्रतीति होती है इसकी। तुम कुछ नहीं करते हो इसके बारे में, तुम तो बस इसे वहां होने देते हो और व्यापने देते हो तुममें। सवितर्क समाधि में तुम प्रयत्न करते हो सत्य में उतरने का। निर्वितर्क समाधि में तुम सत्य को उतरने देते हो तुम में। सवितर्क समाधि में तुम वास्तविकता को अपने अनुसार बनाने का प्रयत्न करते हो। निर्वितर्क समाधि में तुम प्रयत्न करते हो स्वयं सत्य के अनुसार होने का।

सवितर्क और निर्वितर्क समाधि का जो स्पष्टीकरण है, उसी से समाधि की उच्चतर स्थितियां भी स्पष्ट होती हैं। लेकिन सविचार और निर्विचार समाधि की उन उच्चतर अवस्थाओं में ध्यान के विषय अधिक सूक्ष्म होते हैं।

फिर पतंजलि ले आते हैं दो और शब्द, सविचार और निर्विचार। सविचार का अर्थ होता है चिंतन-मनन सहित, और निर्विचार का अर्थ होता है बिना चिंतन-मनन के। वे उच्चतर अवस्थाएं हैं उसी घटना की जिसे वे कहते सवितर्क और निर्वितर्क। सवितर्क समाधि का यदि अनुसरण किया जाए, तो बन जाएगा सविचार।

यदि तुम तर्कपूर्ण ढंग से सोचो और सोचते ही चले जाओ, तो तर्क के पास एक सीमा होगी। वह अपरिसीम नहीं है। तर्क अपरिसीम हो नहीं सकता। वस्तुतः तर्क सारी असीमताओं को नकारता है। तर्क सदा सीमा के भीतर होता है। केवल तभी यह तार्किक बना रह सकता है, क्योंकि असीम के साथ तो प्रवेश कर जाता है अतर्क। असीम के साथ प्रवेश करते हैं रहस्य, गूढ़ताएं, असीम के साथ प्रविष्ट होती हैं अद्‍भुत बातें। इस प्रवेश के साथ, पंडोरा-बाक्स खुल जाता है। अतः तर्क कभी बात नहीं करता असीम की। तर्क कहता है कि हर चीज सीमित है और व्याख्यायित की जा सकती है। हर चीज सीमाओं के भीतर है और समझी जा सकती है। तर्क सदा भयभीत होता है असीम द्वारा। वह जान पड़ता है विशाल अंधकार की भांति, तर्क कंपता है उसमें उतरने से। तर्क स्वयं को रखता है राजमार्ग पर, वह कभी शून्य में नहीं सरकता। राजमार्ग पर हर चीज सुरक्षित होती है और तुम जानते हो कि तुम कहां जा रहे होते हो। एक बार तुम अलग कदम रखते हो और शून्य में सरकते हो, तो तुम नहीं जानते कि तुम जा कहां रहे होते हो। तर्क एक बहुत गहरा भय है।

यदि तुम मुझसे पूछो, तो तर्क सब से बड़ा कायर होता है। लोग जो कि साहसी होते हैं सदा तर्क के पार जाते हैं। लोग जो कायर होते हैं तर्क की काराओं के भीतर बने रहते हैं। तर्क सुंदरतापूर्वक सजायी गयी कैद है; वह किसी विशाल आकाश की भांति नहीं है। आकाश सजा हुआ बिलकुल नहीं है। वह अनसजा है, तो भी वह विशाल है। वह है निर्मुक्तता और निर्मुक्तता का अपना सौंदर्य होता है; उसे किसी सजधज की जरूरत नहीं होती। आकाश अपने में ठीक पर्याप्त है। उसे चित्रित करने को किसी चित्रकार की जरूरत नहीं है, उसे सजाने को किसी साज-सज्जा करने वाले की जरूरत नहीं है। संपूर्ण विस्तार ही इसका सौंदर्य है। लेकिन विस्तार भयभीत करने वाला भी होता है, क्योंकि वह इतना विशाल होता है कि मन बिलकुल ठिठक जाता है उसके सामने; मन तो बहुत छोटा जान पड़ता है। अहंकार बिखर-बिखर जाता है उसके सामने, इसीलिए अहंकार तर्क का, परिभाषाओं का, एक खूबसूरत कारागार बना लेता है—हर चीज सुनिश्चित-स्पष्ट होती है। हर चीज होती है अनुभव किए ज्ञात की—और अपने द्वार बंद कर देता है अज्ञात के प्रति। वह बना लेता है एक अपना ही संसार, एक अलग संसार, एक निजी संसार। वह संसार संबंधित नहीं होता है संपूर्ण से; वह अलग किया जा चुका होता है। संपूर्ण के साथ सारे संबंध कट चुके होते हैं।

इसलिए तर्क किसी को नहीं ले जाएगा परमात्मा की ओर, क्योंकि तर्क मानवीय है, और उसने परमात्मा के साथ के सारे सेतु तोड़ लिए हैं। परमात्मा, दिव्य और बीहड़ है; वह है बड़ा रहस्यपूर्ण और

बड़ा विशाल। वह एक बड़ा रहस्य होता है जिसकी थाह नहीं पायी जा सकती है। वह कोई पहेली नहीं जिसे तुम हल कर सको, वह एक रहस्य है। उसका स्वभाव ऐसा है कि उसे हल नहीं किया जा सकता है। लेकिन यदि तुम निरंतर तर्कपूर्ण ढंग से सोचते चले जाते हो, तो एक घड़ी आ पहुंचेगी जब कि तुम जा पहुंचोगे तर्क की सीमा तक। यदि तुम अधिक और अधिक सोचते चले जाते हो, तो तर्कपूर्ण सोच परिवर्तित हो जाएगी चिंतन-मनन में, विचार में।

पहला चरण है तर्कयुक्त सोच, और यदि तुम जारी रखते हो उसे, तो अंतिम चरण होगा मनन। यदि दार्शनिक आगे बढ़ता जाए, चलता चला जाए, कहीं रुके नहीं, तो किसी न किसी दिन उसे बनना ही होता है कवि, क्योंकि जब सीमा पार की जा चुकी होती है, तो अचानक वहां होती है कविता। कविता है अवलोकन, मनन; वह है विचार।

इसे ऐसे समझो : एक तार्किक दार्शनिक बैठा हुआ है बाग में और देख रहा है गुलाब के फूल को। वह व्याख्या करता है उसकी। वह वर्गीकरण करता है उसका—वह जानता है किस प्रकार का गुलाब है वह, कहां से आया है वह—गुलाब का शरीर-विज्ञान, गुलाब का रसायन। वह हर चीज के बारे में सोचता है तर्कपूर्ण ढंग से। वह वर्गीकृत करता है उसे, परिभाषित करता है उसे, और चारों तरफ कार्य करता है। वस्तुतः वह गुलाब को छूता बिलकुल नहीं है। सिर्फ चारों तरफ—और चारों तरफ घूमता है, उसके आसपास चक्कर और चक्कर लगाता है, तमाम इधर-उधर छूता है झाड़ी को, पर गुलाब को छोड़ देता है।

तर्क नहीं छू सकता है गुलाब को। वह काट सकता है उसे, वह रख सकता है उसे खानों में, वह कर सकता है वर्गीकरण, वह लगा सकता है उस पर लेबल—लेकिन वह छू नहीं सकता है उसे। गुलाब तर्क को छूने नहीं देगा। और यदि तर्क चाहे भी तो ऐसा संभव नहीं। तर्क के पास कोई हृदय नहीं, और केवल हृदय छू सकता है गुलाब को। तर्क केवल सिर की बात है। सिर नहीं छू सकता है गुलाब को। गुलाब अपने रहस्य को उद्घाटित नहीं होने देगा सिर के सामने, क्योंकि सिर है बलात्कार की भांति। और गुलाब खोलता है स्वयं को केवल प्रेम के लिए, किसी बलात्कार के लिए नहीं।

विज्ञान बलात्कार है : कविता प्रेम है। यदि कोई व्यक्ति चलता चला जाता है, आइंस्टीन की भांति, तो दार्शनिक हो या कि वैज्ञानिक हो या कि तार्किक हो वह बन जाता है कवि। आइंसटीन अपने अंतिम दिनों में कवि बन गया था। एडिंगटन कवि बन गया था अपने अंतिम दिनों में। वे बोलने लगे थे रहस्यों के बारे में। वे आ पहुंचे थे तर्क की सीमा पर। लोग जो सदा तार्किक बने रहते हैं, वे लोग होते हैं जो बिलकुल चरम सीमा तक नहीं गए होते; वे अपनी तर्कपूर्ण तर्कना के एकदम अंत तक नहीं गए होते। वे वस्तुतः तर्कपूर्ण होते ही नहीं। यदि वे वास्तव में तर्कपूर्ण हो जाएं, तो एक घड़ी जरूर आती ही है जहां कि तर्क समाप्त हो जाता है और कविता आरंभ होती है।

विचार यानी मनन। एक कवि करता क्या है?—मनन करता है। वह मात्र देखता है फूल की ओर, वह उसके बारे में सोचता नहीं है। यही है भेद, पर है बड़ा सूक्ष्म। तार्किक सोचता है फूल के बारे में, कवि फूल की ही सोचता है, उसके बारे में नहीं। तार्किक चलता है, चक्कर-दर-चक्कर में।

एक कवि सीधे तौर पर चलता है और साक्षात्कार करता है फूल के पूरे सत्य को ही। एक कवि के लिए, एक गुलाब तो गुलाब ही होता है—घेरे में घिरा विषय नहीं होता। वह सरकता है भीतर की ओर

फूल में। अब स्मृति साथ ही भीतर नहीं लायी जाती है। मन एक ओर रख दिया जाता है; वहां होता है एक सीधा संपर्क।

यह उसी घटना की उच्चतर अवस्था है। गुणवत्ता परिष्कृत हो चुकी है तो भी घटना वही है।

इसीलिए पतंजलि कहते हैं, 'सवितर्क और निर्वितर्क समाधि का जो स्पष्टीकरण है, उसी से समाधि की उच्चतर स्थितियां भी स्पष्ट होती हैं। लेकिन सविचार और निर्विचार समाधि की उच्चतर अवस्थाओं में ध्यान के विषय अधिक सूक्ष्म होते हैं।'

कवि होता है सविचार में, और कोई भी जो सविचार में प्रवेश करता है कवि हो जाता है। वह फूल की सोचता है, उसके बारे में नहीं सोचता। वह प्रत्यक्ष होता है और तात्कालिक होता है, लेकिन अब भी भेद होता है वहां। कवि फूल से अलग रहता है। कवि होता है व्यक्ति और फूल होता है विषय। द्वैत अस्तित्व रखता है। द्वैत को पार नहीं किया गया हैः कवि फूल नहीं बना है, फूल कवि नहीं बना है। द्रष्टा है द्रष्टा ही, और दृश्य अभी भी दृश्य है। द्रष्टा नहीं बना है दृश्य, दृश्य नहीं बना है द्रष्टा। द्वैत अस्तित्व रखता है।

सविचार समाधि में तर्क गिराया जा चुका होता है पर द्वैत नहीं। निर्विचार समाधि में द्वैत भी गिर जाता है। व्यक्ति बस देखता है फूल को, न स्वयं की सोचते हुए और न फूल की सोचते हुए; बिलकुल ही कुछ न सोचते हुए। वह है निर्विचारः बिना सोच-विचार के, चिंतन-मनन के पार। व्यक्ति होता भर है फूल के साथ, नहीं सोच रहा होता है उसके बारे में। वह न तो होता है तार्किक की भांति और न ही होता है कवि की भांति।

अब आता है रहस्यवादी संत, जो कि बस होता है फूल के साथ। तुम नहीं कह सकते कि वह उसके बारे में सोचता है, या कि वह सोचता है। नहीं, वह मात्र उसके साथ होता है और वहां होने देता है स्वयं को। उस होने देने की घड़ी में, अकस्मात वहां चली आती है एकमयता। फूल फूल नहीं रह जाता, और द्रष्टा एक द्रष्टा नहीं रहता। अकस्मात, ऊर्जाएं मिलतीं और घुलमिल जातीं और एक हो जाती हैं। अब द्वैत का अतिक्रमण हो गया। संत नहीं जानता फूल कौन है और कौन देख रहा है उसे। यदि तुम पूछो संत से, रहस्यवादी से, तो वह कहेगा, 'मैं नहीं जानता। हो सकता है वह फूल ही हो जो कि देख रहा हो मुझे। हो सकता है वह मैं ही हूं जो देख रहा हूं फूल को। बात परिवर्तनशील है।' वह कहेगा, 'निर्भर करता है और कई बार, वहां न तो मैं होता हूं और न ही फूल। दोनों मिट जाते हैं। एकमयी ऊर्जा ही बच रहती है केवल। मैं बन जाता हूं फूल और फूल बन जाता है मैं।' यह होती है निर्विचार की अवस्था, किसी चिंतन-मनन की नहीं, बल्कि अस्तित्व की।

सवितर्क है प्रथम चरण, निर्वितर्क है उसी दिशा में अंतिम चरण। सविचार है प्रथम चरण, उसी दिशा में, निर्विचार है अंतिम चरण, दो धरातल हैं। तो भी पतंजलि कहते हैं कि वही व्याख्या प्रयुक्त होती है। अब तक सर्वोच्च है निर्विचार।

पतंजलि ज्यादा ऊंची अवस्थाओं तक भी पहुंचेंगे, क्योंकि थोड़ी और बातें स्पष्ट करनी हैं, और वे चलते हैं बहुत धीरे-धीरे—क्योंकि यदि वे बहुत तेज चलें तो तुम्हारे लिए समझना संभव न होगा। हर क्षण वे जा रहे हैं ज्यादा और ज्यादा गहरे में। धीरे-धीरे, कदम-दर-कदम, वे तुम्हें ले जा रहे हैं अपरिसीम सागर की ओर। वे नहीं विश्वास रखते हैं अचानक-संबोधि में, बल्कि विश्वास रखते हैं

क्रमिक-संबोधि में, इसीलिए उनका आकर्षण बहुत बड़ा है।

बहुत सारे लोग हुए हैं जिन्होंने बातें की हैं अचानक-संबोधि के बारे में, लेकिन वे नहीं आकर्षित कर पाए हैं अधिकांश लोगों को, क्योंकि यह बात बिलकुल अविश्वसनीय है कि अचानक संबोधि संभव होती है। तिलोपा कह सकते हैं ऐसा, लेकिन तिलोपा क्या कहते हैं, बात उसकी नहीं। बात है : क्या कोई समझ लेता है इसे? इसीलिए बहुत से तिलोपा मिट गए, लेकिन पतंजलि का आकर्षण जारी रहता है, क्योंकि कोई नहीं समझ सकता तिलोपा के उन जंगली फूलों को। वे अचानक प्रकट हो जाते हैं अविश्वसनीय रूप से और वे कहते हैं, 'अचानक तुम भी बन सकते हो हम जैसे।' यह बात समझ में आने जैसी नहीं होती। उनके चुंबकीय व्यक्तित्व के प्रभाव में तुम सुन सकते हो उन्हें, लेकिन तुम विश्वास नहीं कर सकते उनका। जिस क्षण तुम छोड़ते हो उन्हें तो तुम कहोगे, 'यह आदमी कुछ कह रहा है जो मेरे पार का है। यह बात गुजर जाती है मेरे सिर के ऊपर से!'

कई तिलोपा हुए हैं, बोले हैं, प्रयत्न करते रहे हैं, लेकिन वे नहीं कर पाते रहे बहुत सारे लोगों की मदद। कभी-कभार ही कोई समझा होगा उन्हें। इसीलिए तिलोपा को तिब्बत जाना पड़ा था शिष्य खोजने के लिए। यह इतना विशाल देश, और वे नहीं खोज सके एक भी शिष्य। और बोधिधर्म को चीन जाना पड़ा शिष्य खोजने के लिए। यह प्राचीन देश, हजारों साल से कार्य करता रहा है धार्मिक आयामों पर, और उन्हें नहीं मिल सका एक भी शिष्य। हां, यह कठिन था तिलोपा के लिए, कठिन था बोधिधर्म के लिए एक भी शिष्य को खोजना। कठिन होता है किसी ऐसे को खोजना जो कि समझ सके तिलोपा को, क्योंकि वे बात करते हैं लक्ष्य की। वे कहते हैं, 'कोई मार्ग नहीं है, और कोई विधि नहीं है।' वे खड़े हुए हैं पहाड़ की चोटी पर और वे कहते हैं, 'कोई मार्ग नहीं है।' और तुम अपने दुख में खड़े हुए हो अंधकार में और सीलन भरी घाटी में। तुम देखते हो तिलोपा को और तुम कहते हो, 'शायद—पर कैसे, कोई कैसे पहुंचता है?' तुम पूछते चले जाते हो, 'कैसे?'

कृष्णमूर्ति लोगों से कहे चले जाते हैं कि कोई विधि नहीं है, और प्रत्येक प्रवचन के बाद लोग पूछते हैं, 'फिर कैसे? फिर पहुंचें कैसे?' वे कंधे उचका भर देते हैं और क्रोधित हो जाते हैं, 'मैंने कहा है न तुमसे कि कोई विधि है ही नहीं, तो मत पूछना कैसे, क्योंकि कैसे की बात पूछना फिर विधि की बात पूछना ही है।' और जो पूछते हैं, ये कोई नए लोग नहीं हैं। कृष्णमूर्ति के पास लोग हैं जो उन्हें सुनते आ रहे हैं तीस या चालीस वर्षों से। तुम उनके प्रवचनों में पाओगे बहुत पहले के पुराने लोग। वे निरंतर सुनते रहे हैं उन्हें, धार्मिक भाव से; निष्ठापूर्वक वे सुनते हैं उन्हें। वे हमेशा जाते हैं—जब कभी वे वहां होते हैं, वे हमेशा जाते और सुनते हैं। तुम करीब-करीब वही चेहरे पाओगे वहां वर्षों-वर्षों तक, और फिर-फिर वे पूछते हैं अपनी घाटियों से, 'लेकिन कैसे?'—और कृष्णमूर्ति केवल अपने कंधे झटक देते हैं और कह देते हैं, कोई 'कैसे' है नहीं। तुम बस समझो, और तुम पहुंच जाओ। कहीं कोई मार्ग नहीं है।

तिलोपा, बोधिधर्म, कृष्णमूर्ति—वे आते और चले जाते हैं। उनसे कोई बहुत मदद नहीं आती। लोग जो उन्हें सुनते हैं, आनंद उठाते हैं उन्हें सुनने का। वे एक निश्चित बौद्धिक समझ तक भी पहुंच जाते हैं, लेकिन वे बने रहते हैं घाटी में। मैंने स्वयं बहुत से लोगों को देखा है, जो सुनते हैं कृष्णमूर्ति को, लेकिन एक भी ऐसा व्यक्ति मेरे देखने में नहीं आया जो उन्हें सुन कर अपनी घाटी के पार चला गया हो। वे बने रहते हैं घाटी में और बोलने लगते हैं कृष्णमूर्ति की भांति ही, बस इतना ही। वे कहने लगते हैं दूसरे लोगों

को कि कोई रास्ता नहीं और वे बने रहते हैं घाटी में ही।

पतंजलि रहे हैं बड़ी अद्‌भुत मदद, अतुलनीय। लाखों गुजर चुके हैं इस संसार से पतंजलि की सहायता से, क्योंकि वे अपनी समझ के अनुसार बात नहीं कहते, वे तुम्हारे साथ चलते हैं। और जैसे-जैसे तुम्हारी समझ विकसित होती है, वे ज्यादा गहरे और गहरे और गहरे जाते हैं। पतंजलि पीछे हो लेते हैं शिष्य के; तिलोपा चाहेंगे शिष्य का उनके पीछे चलना। पतंजलि तुम तक आते हैं; तिलोपा चाहेंगे तुम्हारा उन तक चले आना। और निस्संदेह, पतंजलि तुम्हारा हाथ थाम लेते हैं और धीरे-धीरे, वे तुम्हें संभावित उच्चतम शिखर तक ले जाते हैं, वे शिखर जिनकी बात तिलोपा करते हैं लेकिन उस ओर तुम्हें ले नहीं जाते, क्योंकि वे कभी नहीं आएंगे तुम्हारी घाटी तक। वे बने रहेंगे अपने शिखर पर और चिल्लाते रहेंगे वहीं से। वस्तुतः वे क्षुब्ध कर देंगे बहुत सारे लोगों को क्योंकि वे रुकेंगे नहीं। वे चोटी पर से चिल्लाते रहेंगे, 'ऐसा संभव है। और कोई रास्ता नहीं है, और कोई विधि नहीं है। तुम बस आ सकते हो। वह घटता है, तुम कर नहीं सकते!' वे क्षुब्ध कर देते हैं।

जब कहीं कोई विधि नहीं होती, तो लोग क्षुब्ध हो जाते हैं और वे रोक देना चाहेंगे उनको, कि चिल्लाएं नहीं। क्योंकि यदि कोई राह नहीं, तो कैसे कोई बढ़े घाटी से शिखर तक? वह व्यक्ति तो नासमझी की बात कह रहा है। लेकिन पतंजलि बहुत युक्तियुक्त हैं, बहुत समझदार। वे बढ़ते हैं चरण-चरण, वे तुम्हें ले चलते वहां से जहां कि तुम हो। वे आते हैं घाटी तक, तुम्हारा हाथ थाम लेते हैं और कहते हैं, 'एक-एक करके कदम उठाओ।'

पतंजलि ने कहा, 'मार्ग है; विधियां हैं।' और वे वास्तव में बहुत ही बुद्धिमान हैं। बाद में, अंत में वे तुम्हें राजी कर लेंगे विधि को गिरा देने के लिए और मार्ग को गिरा देने के लिए। न मार्ग है, न विधि; कुछ नहीं है; लेकिन केवल अंत पर।

उस वास्तविक शिखर पर जब कि तुम बिलकुल पहुंच चुके होते हो, जब पतंजलि भी तुम्हें छोड़ देते हैं, तो वहां कोई अड़चन नहीं होती। तुम पहुंचोगे अपने से ही। अंतिम घड़ी में वे बन जाते हैं निरर्थक। अन्यथा, वे होते हैं युक्तियुक्त। और वे बने रहे हैं इतने युक्तियुक्त सारे मार्ग पर कि जब वे बन जाते हैं निरर्थक, तो भी वे आकर्षित करते हैं, तो भी वे बहुत उचित जान पड़ते हैं। क्योंकि पतंजलि जैसा आदमी नासमझी की बात कह नहीं सकता है। वे विश्वसनीय हैं।

सवितर्क और निर्वितर्क समाधि का जो स्पष्टीकरण है, उसी से समाधि की उच्चतर स्थितियां भी स्पष्ट होती हैं। लेकिन सविचार और निर्विचार समाधि की उच्चतर अवस्थाओं में ध्यान के विषय अधिक सूक्ष्म होते हैं।

बाद में, ध्यान के विषय को बना देना होता है ज्यादा और ज्यादा सूक्ष्म। उदाहरण के लिए, तुम ध्यान कर सकते हो चट्टान पर, या कि तुम ध्यान कर सकते हो फूल पर, या तुम ध्यान कर सकते हो ध्यानी पर। और तब चीजें ज्यादा और ज्यादा सूक्ष्म होती जाती हैं। उदाहरण के लिए, तुम ध्यान कर सकते हो ओम की ध्वनि पर। पहला ध्यान है इसे जोर से कहने का, जिससे कि वह प्रतिध्वनित हो सके तुम्हारे चारों ओर। वह तुम्हारे चारों ओर एक ध्वनि-मंदिर बन जाए। ओम, ओम, ओम! तुम अपने चारों

ओर निर्मित करते हो प्रदोलित तरंगें—अपरिष्कृत; पहला चरण। फिर तुम बंद कर लेते हो तुम्हारा मुंह। अब तुम इसे जोर-जोर से नहीं कहते। भीतर तुम कहते हो, 'ओम, ओम, ओम।' होंठों को नहीं हिलने देना, जीभ को भी नहीं हिलाना। बिना जीभ और बिना होंठों के तुम कहते हो, 'ओम'। अब तुम निर्मित कर लेते हो एक आंतरिक वातावरण, एक अंतर्जलवायु ओम की। विषय सूक्ष्म हो गया है। फिर है तीसरा चरण: तुम उसका पाठ भी नहीं करते, तुम मात्र सुनते हो उसे। तुम बदल देते हो स्थिति कर्ता की, तुम सरक जाते हो सुनने वाले की निश्चेष्टता की ओर। तीसरी अवस्था में तुम भीतर भी नहीं उच्चारित करते, 'ओम'। तुम बस बैठ जाते हो और तुम सुनते हो उस ध्वनि को, नाद को। वह पहुंचता है क्योंकि वह वहां होता है। तुम मौन नहीं हो, इसीलिए तुम सुन नहीं सकते उसे।

'ओम' किसी मानवी भाषा का शब्द नहीं। उसका कोई अर्थ नहीं है। इसीलिए हिंदू इसे सामान्य वर्णमाला में नहीं लिखते। नहीं, उन्होंने एक अलग रूपाकार बना लिया है इसके लिए, मात्र भेद बतलाने को ही कि वह वर्णमाला का हिस्सा नहीं है। वह अलग से, अपने से ही अस्तित्व रखता है, और उसका कोई अर्थ नहीं है। यह मानवी भाषा का शब्द नहीं। यह स्वयं अस्तित्व का ही नाद है। निःशब्द का नाद है, मौन का नाद है। जब हर चीज मौन होती है तब सुनाई पड़ता है वह। तो तुम बन जाते हो श्रोता। यह इसी भांति बढ़ता जाता है, ज्यादा और ज्यादा सूक्ष्म ढंग से। और चौथी अवस्था में तुम भूल ही जाते हो हर चीज को, कर्ता को, श्रोता को, और नाद को—हर चीज को। चौथी अवस्था में वहां कुछ नहीं होता।

तुमने देखे होंगे झेन के दस ऑक्सहर्डिंग (बैल की खोज) चित्र। पहले चित्र में एक व्यक्ति खोज रहा है अपने बैल को। बैल कहीं चला गया है घने जंगल में। कहीं कोई चिह्न नहीं, कोई पदचिह्न नहीं। बस चारों ओर देख रहा है, वहां वृक्ष और वृक्ष और वृक्ष हैं। दूसरे चित्र में वह ज्यादा खुश जान पड़ता है—पदचिह्न खोज लिए गए हैं। तीसरे में वह थोड़ा चकित है—बैल की पीठ भर ही वृक्ष के निकट दिखाई दी है, पर फिर भी मुश्किल है भेद कर पाना। जंगल बीहड़ है, घना है। शायद यह एक भ्रम ही हो जो कि वह देख रहा है बैल की पीठ को? हो सकता है वह वृक्ष का हिस्सा भर हो। और शायद वह प्रक्षेपण कर रहा हो। फिर चौथे में, उसने पकड़ ली है बैल की पूंछ। पांचवें में, उसने उसे नियंत्रित कर लिया है। चाबुक के साथ। अब बैल उसके अधीन है। छठे में, वह सवारी कर रहा है बैल की। सातवें में, बैल है गौशाला में और वह है घर में। वह प्रसन्न है, बैल खोज लिया गया है। आठवें में, कुछ नहीं है वहां पर; बैल खोज लिया गया। बैल और उसे खोजने वाला, खोजी और जो खोजा गया है, वे दोनों ही तिरोहित हो चुके हैं। तलाश समाप्त हुई।

प्राचीन काल में यही आठ चित्र थे। यह एक पूरा सेट था। शून्यता अंतिम होती है। लेकिन फिर एक बड़े गुरु ने दो चित्र और जोड़ दिए। नौवां: वह व्यक्ति वापस आ गया है। वह फिर से है वहां पर। और दसवें में वह व्यक्ति केवल वापस ही नहीं आया है, वह बाजार में चला गया है, कुछ चीजें खरीदने के लिए। न ही केवल चीजें खरीद रहा है वह, शराब की बोतल भी पकड़ रखी है उसने! यह वस्तुतः ही सुंदर है। यह संपूर्ण है। यदि समाप्ति हो जाती है शून्यता पर, तो कुछ असंपूर्ण रहता है। आदमी फिर वापस लौट आया है, और केवल वापस ही नहीं लौटा है, वह बाजार में है। न ही केवल बाजार में है, उसने खरीद ली है शराब की बोतल।

संपूर्णता बनती जाती है अधिकाधिक सूक्ष्म, अधिक और अधिक सूक्ष्म। एक घड़ी आती है जब तुम

अनुभव करोगे सर्वाधिक सूक्ष्म ही संपूर्ण है। जब हर चीज खाली हो जाती है और वहां कोई चित्र नहीं होता, खोजी और खोजा हुआ दोनों मिट चुके होते हैं। लेकिन यही सच्चा अंत नहीं है। अभी भी वहां सूक्ष्मता है। आदमी वापस चला जाता है संसार में समग्र रूप से रूपांतरित होकर। वह अब पुराना व्यक्ति न रहा। बल्कि पुनर्जन्म होता है उसका। और जब तुम पुनर्जीवित होते हो तो, संसार भी वही नहीं रहता। मदिरा अब मदिरा न रही, विष अब विष न रहा, बाजार नहीं रहा बाजार। अब हर चीज स्वीकृत हो गई है। यह बात सुंदर है। अब वह उत्सव मना रहा है। यही है प्रतीकः वह शराब।

तलाश जितनी ज्यादा और ज्यादा सूक्ष्म होती जाती है, और ज्यादा और ज्यादा शक्तिपूर्ण होती जाती है चेतना। और एक क्षण आता है जब चेतना इतनी शक्तिशाली हो जाती है कि तुम सहज स्वाभाविक व्यक्ति की भाँति जीते हो संसार में, बिना किसी भय के। लेकिन पतंजलि के साथ चरण-चरण बढ़ना। ध्यान के विषय अधिकाधिक सूक्ष्म होते हैं।

इन सूक्ष्म विषयों से संबंधित समाधि का प्रांत सूक्ष्म ऊर्जा की निराकार अवस्था तक फैलता है।

यही है आठवां चित्र। समाधि का आयाम जो कि जुड़ा हुआ है, इन ज्यादा सूक्ष्म विषयों के साथ, वह अधिकाधिक सूक्ष्म होता जाता है, और एक घड़ी आती है जब आकार मिट जाता है और वहां होता है निराकार।

'...सूक्ष्म ऊर्जा की निराकार अवस्था तक फैलता है।'

ऊर्जाएं इतनी सूक्ष्म होती हैं कि तुम उनका चित्र नहीं बना सकते। तुम मूर्ति नहीं बना सकते उनकी। केवल शून्यता ही दर्शा सकती है उन्हें, एक शून्य; वह आठवां चित्र। धीरे-धीरे, तुम समझ जाओगे कि कैसे बाकी के ये दूसरे दो चित्र आ पहुंचे।

पतंजलि को मैं धार्मिक जगत का वैज्ञानिक कहता हूं, रहस्यवाद का गणितज्ञ कहता हूं, अतर्क्य का तार्किक कहता हूं। दो विपरीतताएं मिलती हैं उनमें। यदि कोई वैज्ञानिक पढ़ता है पतंजलि के योग-सूत्रों को तो वह तुरंत ही समझ जाएगा। एक विटगेन्स्टीन, एक तार्किक मन तुरंत एक घनिष्ठ संबंध अनुभव करेगा पतंजलि के साथ।

वे पूर्णतया तर्कयुक्त हैं। और यदि वे ले जाते हैं तुम्हें अतर्क्य की ओर, तो वे ले चलते हैं तुम्हें ऐसे तर्कयुक्त सोपानों द्वारा कि तुम हरगिज नहीं जानते कि कब उन्होंने छोड़ दिया तर्क को और वे ले जा चुके तुम्हें उसके पार।

वे बढ़ते हैं दार्शनिक की भांति, चिंतक की भांति। और वे बनाते हैं इतने सूक्ष्म भेद कि जिस क्षण वे तुम्हें ले जाते हैं निर्विचार में, अ-चिंतन में, तो तुम नहीं जान पाओगे कि कब लग गई छलांग। उन्होंने उस छलांग को बहुत सारे छोटे सोपानों में काट दिया है।

पतंजलि के साथ तुम कभी भी भय अनुभव नहीं करोगे, क्योंकि वे जानते हैं कि कहां तुम अनुभव करोगे भय। वे सोपानों को ज्यादा और ज्यादा छोटा तराश देते हैं, लगभग ऐसे ही जैसे कि तुम समतल भूमि पर चल रहे होओ। वे इतने धीरे-धीरे तुम्हें ले चलते हैं कि तुम नहीं देख सकते कि कब घट गई छलांग, कब पार कर ली तुमने सीमा।

और वे एक कवि भी हैं और एक रहस्यवादी भी हैं—एक बहुत ही विरल सम्मिलन। रहस्यवादी हुए हैं तिलोपा की भांति; महान कवि हुए हैं उपनिषदों के ऋषियों की भांति; महान तार्किक हुए हैं अरस्तू की भांति, लेकिन तुम दूसरे पतंजलि को नहीं पा सकते। वे ऐसे सम्मिलन हैं कि उनके बाद कोई हुआ ही नहीं जिसकी की तुलना की जा सके उनके साथ।

बहुत आसान है कवि होना क्योंकि तुम एक खंड से बने हुए होते हो। यह लगभग असंभव है पतंजलि होना, क्योंकि तुम्हें समझना होता है इतनी सारी विपरीतताओं को, और इतनी सुंदर सुसंगतता में—वे उन सबको संयुक्त किए रहते हैं।

इसीलिए वे आरंभ और अंत बन गए हैं योग की संपूर्ण परंपरा के।

वस्तुतः यह वे नहीं थे जिन्होंने आविष्कार किया योग का। योग तो बहुत ज्यादा पुराना है। योग वहां था बहुत सदियों से पतंजलि से पहले ही। वे आविष्कारक न थे, लेकिन वे करीब-करीब बन गए आविष्कारक और प्रवर्तक—मात्र अपने व्यक्तित्व के दुर्लभ संयोग के कारण। उनसे पहले बहुत से लोगों ने काम किया है और लगभग हर चीज ज्ञात थी, लेकिन योग तो प्रतीक्षा कर रहा था किसी पतंजलि की। और अकस्मात, पतंजलि उस पर बोले, तो हर चीज एक दिशा में उतर गयी और वे बन गए प्रवर्तक। वे प्रवर्तक नहीं थे, लेकिन उनका व्यक्तित्व विपरीत तत्वों का एक सम्मिलन था, उन्होंने स्वयं में सम्मिलित किए इतने अबोधगम्य तत्व, कि वे हो गए प्रवर्तक या हो गए लगभग प्रवर्तक ही। अब योग सदा जाना जाएगा पतंजलि सहित।

पतंजलि के बाद, फिर बहुतों ने काम किया और बहुत से पहुंच गए योग के अंतरंग की नयी भूमियों तक, लेकिन पतंजलि शिखर बने रहते हैं एवरेस्ट की भांति। यह लगभग असंभव जान पड़ता है कि कभी कोई पतंजलि से ज्यादा ऊंचा शिखर बन पाएगा—लगभग असंभव लगता है। ऐसा विरल संयोग असंभव होता है। तार्किक होना और कवि होना साधारण प्रतिभाओं के लिए संभव है। तुम हो सकते हो तार्किक, एक महान तार्किक, और एक साधारण कवि। तुम हो सकते हो महान कवि और एक बड़े साधारण तार्किक—तीसरे दर्जे के तार्किक। वैसा संभव है; वह कोई बहुत कठिन नहीं। पतंजलि एक प्रतिभावान तार्किक हैं, एक प्रतिभावान कवि हैं, और एक प्रतिभावान रहस्यवादी हैं। अरस्तू, कालिदास और तिलोपा—सभी एक ही में उतर आए हैं। इसीलिए है आकर्षण।

जितना संभव हो उतने गहरे रूप से समझने की कोशिश करो पतंजलि को, क्योंकि वे मदद करेंगे तुम्हारी। झेन गुरुओं से ज्यादा मदद न मिलेगी। तुम आनंदित हो सकते हो उनसे—एक सुंदर घटना होती है वह। तुम श्रद्धा, विस्मय से भर सकते हो; तुम भर सकते हो आश्चर्य से, लेकिन वे मदद न देंगे तुम्हें। दुष्प्राय होगा कि कोई तुम्हारे भीतर पहुंचे जो कि तुम्हें साहस दे सके और तुम्हारी मदद कर सके अतल शून्य में छलांग लगाने में।

पतंजलि देंगे बहुत मदद। वे बन सकते हैं तुम्हारे अस्तित्व की सच्ची नींव, और वे तुम्हें ले जा सकते हैं, धीरे-धीरे। वे तुम्हें ज्यादा समझते हैं किसी और दूसरे व्यक्ति की अपेक्षा। वे देखते हैं तुम्हारी तरफ और वे उस भाषा को बोलने का प्रयत्न करते हैं, जिसे तुम में से कोई भी समझ पाएगा। वे केवल गुरु ही नहीं हैं, वे एक महान शिक्षक भी हैं।

शिक्षाविद जानते हैं कि एक महान शिक्षक वह नहीं होता जो कि कक्षा के केवल थोड़े से सर्वोच्च

विद्यार्थियों द्वारा समझा जाता हो—मात्र आगे की बेंच पर बैठे हुए विद्यार्थियों द्वारा—पचास की कक्षा में केवल चार या पांच विद्यार्थियों द्वारा। वह कोई बड़ा शिक्षक नहीं होता। बड़ा शिक्षक वह होता है, जिसे कि अंतिम बेंच पर बैठे हुए भी समझ सकते हों।

पतंजलि केवल गुरु ही नहीं हैं, वे हैं एक शिक्षक भी। कृष्णमूर्ति गुरु हैं, तिलोपा गुरु हैं, लेकिन वे शिक्षक नहीं हैं। वे समझे जा सकते हैं केवल शिखर व्यक्तित्वों द्वारा। यही है समस्या—सर्वोच्च को जरूरत ही नहीं समझने की। वे अपने से ही बढ़ सकते हैं। कृष्णमूर्ति के बिना भी वे उतरेंगे सागर में और पहुंच जाएंगे दूसरे किनारे तक; थोड़े दिन पहले या बाद में, बात यही होती है। अंतिम बेंच पर बैठे हुए जो कि अपने से नहीं बढ़ सकते, पतंजलि हैं उनके लिए। वे आरंभ करते हैं निम्नतम से और जा पहुंचते हैं उच्चतम तक। उनकी मदद है सबके लिए। वे केवल थोड़े से चुने हुओं के लिए नहीं हैं।

प्रवचन 6

योग : छलांग के लिए तैयारी

प्रश्न-सार

1. आप जिस किसी भी मार्ग की बात करते हैं, तो वही लगता है मेरा मार्ग! तो कैसे पतां चले मुझे कि मेरा मार्ग क्या है?

2. क्या समाधि की सभी अवस्थाओं से गुजरना जरूरी है? क्या गुरु का सान्निध्य सीधे छलांग लगाने में सहायक हो सकता है?

3. पतंजलि की तरह ही क्या आप स्वयं भी कविता, रहस्यवाद और तर्क के श्रेष्ठ जोड़ हैं?

4. प्रार्थना तक पहुंचने के लिए प्रेम से गुजरना क्यों जरूरी है?

5. पतंजलि आधुनिक मनुष्य की न्यूरोसिस (विक्षिप्तता) के साथ कैसे कार्य करेंगे?

6. आपके प्रवचनों में नींद की झपकी आने का क्या कारण है?

7. पतंजलि की विधियां इतनी धीमी और लंबी हैं, फिर भी आप इन पर, भागते हुए आधुनिक मनुष्य के लिए, क्यों बोल रहे हैं?

पहला प्रश्न: जब आप पतंजलि पर बोलते हैं, तो मैं अनुभव करतां हूं कि वही है मेरा मार्ग। जब आप झेन पर बोलते हैं, तब मेरे लिए झेन होता है मार्ग। जब आप बोलते हैं तंत्र पर, तब तंत्र हो जाता है मेरा मार्ग। तो कैसे पता चले मुझे कि मेरे लिए कौन-सा मार्ग है?

बहुत सीधी-साफ बात है—यानि जब मैं पतंजलि पर बोलता हूं, तुम अनुभव करते हो कि पतंजलि तुम्हारे मार्ग हैं। और जब मैं बोलता हूं झेन पर, तुम अनुभव करते हो झेन है तुम्हारा मार्ग। और जब मैं बोलता हूं तंत्र पर, तुम अनुभव करते हो कि तंत्र है तुम्हारा मार्ग। तब तो समस्या अस्तित्व ही नहीं रखती—मैं ही हूं तुम्हारा मार्ग।

दूसरा प्रश्न: क्या खोजी के लिए समाधि की सारी अवस्थाओं में से गुजरना जरूरी है? क्या गुरु का सान्निध्य कुछ अवस्थाओं को एकाएक पार करने में मदद दे सकता है?

नहीं, वैसा आवश्यक नहीं। सारी अवस्थाओं की व्याख्या पतंजलि द्वारा की गई है क्योंकि सारी अवस्थाएं संभव होती हैं, लेकिन आवश्यक नहीं। तुम बहुत को छोड़ निकल सकते हो। तुम पहले चरण से अंतिम चरण तक भी जा सकते हो; बीच के सारे रास्ते से बिलकुल बचा जा सकता है। यह तुम पर निर्भर करता है, तुम्हारी प्रगाढ़ता पर, तुम्हारी तीव्र खोज पर, तुम्हारी समग्र प्रतिबद्धता पर। गति निर्भर करती है तुम पर।

इसलिए अचानक संबोधि को उपलब्ध होना भी संभव होता है। सारी क्रमिक प्रक्रिया गिराई जा सकती है। बिलकुल इसी क्षण ही, तुम हो सकते हो संबोधि को उपलब्ध। वैसा संभव है, लेकिन यह निर्भर करेगा इस पर कि तुम्हारी खोज कितनी प्रगाढ़ है, तुम कितने उतरे हुए हो उसमें। यदि तुम्हारा केवल एक हिस्सा उसमें है, तब तुम प्राप्त करोगे एक टुकड़ा, एक चरण। यदि तुम्हारा आधा हिस्सा इसमें है, तब तुम तुरंत पार कर जाओगे आधी यात्रा, और फिर वहीं अटक जाओगे। लेकिन यदि तुम्हारा समग्र अस्तित्व होता है इसमें और तुम कोई चीज रोके हुए नहीं होते, तुम सारी चीज को बस घटित होने दे रहे होते हो तो बिलकुल अभी, तो तुरंत घट सकता है वैसा। समय की कोई जरूरत नहीं होती।

समय की जरूरत होती है क्योंकि तुम्हारा प्रयास अधूरा होता है, आंशिक होता है। तुम उसे करते हो, आधे-आधे मन से। तुम करते हो उसे, और तुम करते भी नहीं उसे। तुम एक साथ एक कदम आगे बढ़ते और एक कदम पीछे हटते। दायें हाथ से तुम करते, और बायें हाथ से तुम अनकिया कर देते। फिर वहां होंगी बहुत सारी अवस्थाएं। पतंजलि जिनका वर्णन कर सकते हैं, उनसे कहीं ज्यादा उन्होंने सारी संभव अवस्थाओं का वर्णन कर दिया है। बहुतों को गिराया जा सकता है या सभी को गिराया जा सकता है। संपूर्ण मार्ग को गिराया जा सकता है। तुम्हारे प्रयास में अपना समग्र अस्तित्व ले आओ।

और गुरु का सान्निध्य बहुत मदद दे सकता है, लेकिन वह भी तुम पर निर्भर करता है। तुम शारीरिक रूप से गुरु के निकट रह सकते हो, और तुम शायद बिलकुल ही निकट न हो उसके। क्योंकि गुरु के साथ होने में बात शारीरिक निकटता की नहीं होती, बात होती है कि तुम कितने खुले होते हो उसके प्रति, कितनी आस्था रखते हो तुम, कितना तुम्हारा प्रेम होता है उसके प्रति, तुम्हारे अस्तित्व का कितना तुम दे सकते हो उसे। यदि तुम वास्तव में ही निकट होते हो, उसका अर्थ है यदि तुम आस्था रखते हो और प्रेम करते हो, तो फिर दूसरी और कोई निकटता नहीं। यह बात स्थान की दूरी की नहीं, यह बात है प्रेम की। यदि तुम वास्तव में ही गुरु के निकट होते हो, तो सारे मार्ग, सारी विधियां गिराई जा सकती हैं। क्योंकि गुरु के निकट होना परम विधि है। उसके जैसा और कुछ अस्तित्व नहीं रखता है। उसकी तुलना में और कुछ नहीं है, तब तुम बिलकुल भूल सकते हो तमाम विधियों को, सारे पतंजलियों को; तुम बिलकुल ही भूल सकते हो उनके बारे में। गुरु के निकट होने मात्र से और गुरु को तुम्हारे अस्तित्व में प्रवेश करने देने से ही, यदि तुम बन जाते हो केवल एक ग्रहणशीलता, तुम्हारी ओर से बिना किसी चुनाव के, केवल एक खुला द्वार, तब एकदम इसी क्षण घटना संभव हो जाती है।

और मैं तुम्हें याद दिला देना चाहूंगा कि उन सब विधियों द्वारा जो कि संसार में अस्तित्व रखती हैं, बहुत सारे लोग नहीं पहुंच पाए हैं। बहुत ज्यादा लोग पहुंचे हैं गुरु के निकट होने द्वारा। वह सब से बड़ी विधि है। लेकिन अंततः हर चीज निर्भर करती है तुम पर।

यही है समस्या, यही है समस्या की असली जड़ कि वह मुझ पर निर्भर नहीं। अन्यथा मैं तुम्हें दे चुका होता पहले ही। तब कहीं कोई समस्या न होती। एक बुद्ध ही काफी होता, और उसने दे दिया होता सबको क्योंकि उसके पास अपरिसीम है; तुम उसे निःशेष नहीं कर सकते। वे और-और दे सकते हैं। और सदा तैयार होते हैं देने को, क्योंकि जितना ज्यादा वे देते हैं, उतना ज्यादा वे पाते हैं। जितना ज्यादा वे बांटते हैं, उतने ज्यादा अज्ञात स्रोत खुलते जाते हैं, अज्ञात नदियां बहने लगती हैं उनकी तरफ।

एक बुद्ध ने ही संबोधि दे दी होती सब प्राणियों को, यदि यह बात गुरु पर निर्भर होती तो। यह निर्भर नहीं है। तुम्हारे अज्ञान में, तुम्हारे मन की अहंकारयुक्त अवस्था में, तुम्हारे बंद कैद हुए अस्तित्व में, तुम अस्वीकार कर दोगे यदि बुद्ध उसे तुम्हें देना भी चाहते हों तो। जब तक तुम न चाहो तुम करोगे अस्वीकार। उसे तुम्हें तुम्हारी इच्छा के विरुद्ध नहीं दिया जा सकता है। तुम्हें उसे प्रवेश करने देना होता है, और तुम्हें उसे प्रवेश करने देना होता है बड़े बोधपूर्वक, सतर्कता से और सजगता से। केवल गहरी जागरूकता में और गहरी ग्रहणशीलता में उसे ग्रहण किया जा सकता है।

गुरु के समीप होने से, प्रेम और आस्था में उसके निकट होने से, और बिना तुम्हारे अपने चुनाव के जो कुछ वह करना चाहे करने देने से फिर कोई और चीज करने की कोई जरूरत नहीं होती। लेकिन फिर

अपेक्षा मत रखना। तब अपने मन के ज्यादा गहरे में भी कोई मांग मत रखना, क्योंकि वही अपेक्षा और मांग ही अड़चन बन जायेगी। तब तुम केवल प्रतीक्षा करना। यदि वह बहुत-बहुत जन्मों तक भी न घटने वाला हो, यदि तुम्हें अनंतकाल तक भी प्रतीक्षा करनी पड़े, तो भी प्रतीक्षा करना और यह प्रतीक्षा उदास घुटी हुई प्रतीक्षा नहीं होनी चाहिए। इसे होना चाहिए प्रतीक्षामय उत्सव। इसे आनंदमय उत्सव होना चाहिए। इसे होना चाहिए आनंद से परिपूर्ण। यही चीजें बताती हैं कि तुम और-और निकट हो सकते हो।

और अकस्मात एक दिन आता है जब गुरु की प्रज्वलित लौ और तुम्हारे अस्तित्व की लौ एक हो सकती है। अचानक एक छलांग लगती है; तुम वहां नहीं होते, और न ही होता गुरु। तुम एक हो गए होते हो। उस एकमयता में, वह सब जो कि गुरु तुम्हें दे सकता है, उसने दे दिया होता है तुम्हें। उसने स्वयं को उंडेल दिया होता है तुममें।

तो खोजी के लिए आवश्यक नहीं होता समाधि की सारी अवस्थाओं में से गुजरना। ऐसा आवश्यक हो जाता है इसलिए क्योंकि तुम पर्याप्त रूप से खोजी नहीं होते हो। तब बहुत सारी अवस्थाएं होती हैं। यदि तुम सचमुच ही प्रगाढ़ होते, सच्चे होते, प्रामाणिक होते, यदि तुम मरने को तैयार होते हो तो इसी क्षण वह घट सकता है।

तीसरा प्रश्न: आपने कहा कि पतंजलि कविता, रहस्यवाद, और तर्क के श्रेष्ठ जोड़ हैं। क्या आपके पास भी यही संपूर्ण संतुलन नहीं है?

नहीं, मैं तो बिलकुल विपरीत हूं पतंजलि के। पतंजलि के पास एक संपूर्ण जोड़ है कविता, रहस्यवाद और तर्क का। नहीं, मैं तो केवल हूं 'नेति-नेति'; न तो यह हूं और न ही वह हूं। मेरे पास कविता, रहस्यवाद और तर्क का संपूर्ण संतुलन नहीं है। वस्तुतः मेरे पास न तो संतुलन है और न ही है असंतुलन, क्योंकि—संपूर्ण रूप से संतुलित व्यक्ति के पास असंतुलन भी साथ में ही होता है।

संतुलन केवल तभी अस्तित्व रख सकता है जबकि असंतुलन का अस्तित्व हो। सुसंगतता केवल तभी अस्तित्व रख सकती है जब विसंगति साथ में ही हो। मैं तो हूं एक विशाल शून्यता की भांति, बगैर किसी समस्वरता के; कोई असमस्वरता भी नहीं। कोई संतुलन नहीं, कोई असंतुलन नहीं; कोई पूर्णता नहीं, कोई अपूर्णता नहीं—मात्र एक शून्यता। यदि तुम आते हो मुझ में तो तुम मुझे बिलकुल ही नहीं पाओगे वहां। मैंने स्वयं नहीं पाया, तो तुम कैसे पा सकते हो मुझे?

ऐसा हुआ कि सूफी संत बायजीद के घर में एक चोर घुस गया। रात अंधेरी थी और बायजीद का घर था बिलकुल अंधकार में। क्योंकि वह बहुत गरीब था, वह एक भी मोमबत्ती का खर्च नहीं उठा सकता था। और कोई जरूरत भी न थी क्योंकि वह कभी कुछ करता नहीं था रात को, वह तो बस सो जाता था। जब चोर प्रविष्ट हुआ तो कठिनाई नहीं हुई क्योंकि द्वार सदा खुले रहते थे। चोर प्रवेश कर गया। बायजीद ने किसी की उपस्थिति अनुभव करते हुए कहा, 'मित्र क्या ढूंढ रहे हो यहां?'

बायजीद जैसे गुरु के निकट होने से ही, एक चोर तक भी झूठ नहीं बोल सका। वह मौजूदगी ही ऐसी थी कि उसने अनुभव किया प्रेम। और जब बायजीद बोला, 'मित्र तुम क्या ढूंढ रहे हो यहां?' तो

वह आदमी बोला, 'मुझे ऐसा कहने में अफसोस होता है, लेकिन कहना ही चाहिए मुझे! मैं आपसे झूठ नहीं बोल सकता। मैं एक चोर हूं और कुछ पाने आया हूं।' बायजीद बोला, 'प्रयत्न बेकार है क्योंकि मैं इस घर में रह रहा हूं तीस वर्षों से, और मैंने कुछ नहीं पाया है। लेकिन यदि तुम कुछ पा सको, तो जरा बता देना मुझे।'

यदि तुम प्रवेश करते हो मुझ में तो तुम मुझे बिलकुल ही नहीं पाओगे वहां, क्योंकि मैं स्वयं रह रहा हूं इस घर में बहुत-बहुत वर्षों से और मैंने किसी को नहीं पाया है वहां। वही है मेरी प्राप्ति; वही है जो पाया है मैंने—कि वहां कोई नहीं है भीतर—वह अंतस सत्ता है अनत्ता। जितना ज्यादा गहरे जाते हो तुम भीतर, उतना ही कम तुम पाओगे अहं जैसी कोई चीज। और जब तुम पहुंच जाते हो भीतर के गहनतम मर्म तक, तो केवल होती है शून्यता, शुद्ध शून्यता, 'कुछ-नहीं-पन' का विशाल आकाश मात्र होता है। तो संतुलन कैसे अस्तित्व रख सकता है वहां, और कैसे असंतुलन अस्तित्व रख सकता है वहां?

पतंजलि सर्वाधिक असाधारण व्यक्तियों में से एक हैं, मैं नहीं। पतंजलि ठीक विपरीत हैं। यदि तुम पतंजलि से कहते मुझ पर बोलने के लिए तो वे नहीं बोल पाते। वे बहुत भरे हुए हैं स्वयं से। लेकिन यदि तुम मुझ से कहो बोलने के लिए—पतंजलि पर, तिलोपा पर, बोधिधर्म पर, महावीर पर, जीसस क्राइस्ट पर—तो यह आसान होता है, बहुत आसान, क्योंकि मैं बिलकुल शून्य हूं। मैं किसी के प्रति उपलब्ध हो सकता हूं। मैं किसी को आने दे सकता हूं मेरे द्वारा बोलने के लिए। मैं हूं बांस की खाली पोंगरी—कोई व्यक्ति गीत गा सकता है उसके द्वारा, वह बन सकती है बांसुरी।

इसलिए मैं जोड़ नहीं हूं—कविता, रहस्यवाद और तर्क का या किसी भी चीज का। मैं संतुलन बिलकुल नहीं। पर ध्यान रहे, मैं असंतुलन भी नहीं हूं। मैं हूं 'नेति-नेति'; जिसे उपनिषद कहते हैं—'न तो यह और न ही वह।' इसीलिए मैं उपलब्ध हूं किसी के लिए भी। यदि पतंजलि जोर देते हैं, चाहते हैं, तो वे बोल सकते हैं मेरे द्वारा, कोई झंझट नहीं, कोई रुकावट नहीं।

इसलिए तुम सदा परेशान रहते हो कि जब मैं बोलता हूं पतंजलि पर, तो वे समस्त अस्तित्व का पूरा चरमोत्कर्ष बन जाते हैं। तब मैं भूल जाता हूं, बुद्ध, महावीर, जीसस और मोहम्मद के बारे में, जैसे कि वे कभी रहे ही न थे, जैसे कि केवल पतंजलि का ही अस्तित्व रहा हो। क्योंकि उस क्षण मैं पतंजलि के प्रति उपलब्ध होता हूं अपनी समग्रता में। केवल 'कुछ-नहीं-पन' वैसा कर सकता है। इसीलिए ऐसा घट रहा है पहली बार। अन्यथा, तुम जीसस को कृष्ण पर बोलते हुए, या कि कृष्ण को बुद्ध पर बोलते हुए नहीं पा सकते थे।

महावीर और बुद्ध एक ही समय में जीए, एक ही देश में, देश के एक ही हिस्से में। वे बिहार के छोटे से प्रदेश में निरंतर घूमते रहे, चालीस वर्ष तक। वे समकालीन थे। कई बार वे इकट्ठे होते एक ही गांव में। एक बार वे ठहरे एक ही धर्मशाला में, पर फिर भी परस्पर बोले नहीं। उनके पास कुछ था उनके भीतर। उनके पास कुछ अपना था कहने को। वे एक दूसरे के लिए उपलब्ध नहीं थे।

मेरे पास अपना कुछ नहीं कहने को—मात्र एक खाली बांस की पोंगरी। यदि तुम कभी मेरी प्रतिमाएं बनाना चाहो, तो बहुत सीधी-सरल है प्रक्रिया; प्रयोग करना खाली बांस का। वही होगी मेरी प्रतिमा; तुम मेरा स्मरण कर सकते हो उसके द्वारा। उससे कोई और अर्थ लगाने की जरूरत नहीं—सिर्फ एक शून्यता, सिर्फ एक विशाल आकाश। कोई भी पक्षी उड़ान भर सकता है और आकाश की कोई शर्तें

नहीं, जैसे कि केवल मानसरोवर झील में हंसों को ही आने दिया जाएगा, लेकिन कौवे नहीं, उन्हें आने देने की आज्ञा नहीं। आकाश उपलब्ध होता है हर एक के लिए; हंस के लिए या कौवे के लिए। एक सुंदर पक्षी हो या एक असुंदर पक्षी—आकाश कोई शर्त नहीं बनाता।

पतंजलि के पास संदेश है, मेरे पास नहीं है। या फिर, तुम कह सकते हो कि 'कुछ-नहीं-पन' है मेरा संदेश। और उस 'कुछ-नहीं' में रहते हुए तुम मेरे ज्यादा निकट हो जाओगे। और 'ना-कुछ' में होने से, तुम मुझे समझ पाओगे।

चौथा प्रश्न : बहुत सारे लोग प्रेम को लेकर काफी निराशा अनुभव करते हैं। क्या प्रार्थना तक पहुंचने के लिए कोई दूसरा रास्ता नहीं है?

नहीं, यदि तुम प्रेम को लेकर काफी निराशा अनुभव करते हो, तुम सर्वथा निराशा अनुभव करोगे प्रार्थना के विषय में, क्योंकि प्रार्थना और कुछ नहीं है सिवाय प्रेम की खुशबू के। प्रेम है फूल की भांति और प्रार्थना है सुवास की भांति। यदि तुम फूल को प्राप्त नहीं कर सकते, तो कैसे तुम प्राप्त कर सकते हो सुवास को? कोई भी उपेक्षा नहीं कर सकता है प्रेम की। और किसी को ऐसी कोशिश करनी नहीं चाहिए, क्योंकि फिर वहां विफलता ही प्रतीक्षा कर रही होती है और दूसरी कोई चीज नहीं।

तुम प्रेम को लेकर इतने निराश क्यों हो? वही समस्या आ बनेगी प्रार्थना में, क्योंकि प्रार्थना का मतलब है संपूर्ण के साथ, ब्रह्मांड के साथ प्रेम। इसलिए प्रेम की समस्या के ज्यादा गहरे में जाओ, और उसे सुलझा लो इससे पहले कि तुम प्रार्थना के बारे में सोचो। अन्यथा तुम्हारी प्रार्थना झूठी होगी। वह एक धोखा होगा। निस्संदेह तुम्हीं धोखा पाते हो, कोई दूसरा नहीं। वहां कोई ईश्वर नहीं तुम्हारी प्रार्थना सुनने को, जब तक कि तुम्हारी प्रार्थना प्रेम न हो, समष्टि बहरी बनी रहेगी। वह किसी दूसरे ढंग से खुल नहीं सकती—प्रेम ही है चाबी।

तो समस्या क्या है? क्यों कोई प्रेम को लेकर इतनी निराशा अनुभव करता है? बहुत ज्यादा अहंकार तुम्हें किसी से प्रेम न करने देगा। यदि तुम बहुत अहं-केंद्रित हो, बहुत स्वार्थी हो, स्वार्थ से ही जुड़े हो, अहं-अभिभूत हो, तो प्रेम संभव न होगा, क्योंकि व्यक्ति को थोड़ा झुकना पड़ता है, और व्यक्ति को अपना दायरा थोड़ा छोड़ना पड़ता है, व्यक्ति को थोड़ा समर्पण करना पड़ता है प्रेम में। चाहे कितना ही थोड़ा हो, व्यक्ति को एक हिस्से का समर्पण करना ही पड़ता है। और किन्हीं निश्चित क्षणों में समर्पण करना होता है संपूर्ण रूप से।

दूसरे को समर्पण करने की ही है समस्या। तुम चाहोगे दूसरा समर्पण कर दे तुम्हें, लेकिन दूसरा भी होता है उसी अवस्था में। जब दो अहंकार मिलते हैं तो वे चाहते हैं कि दूसरे को समर्पण करना चाहिए; और दोनों कोशिश कर रहे होते हैं एक ही बात की। प्रेम बन जाता है एक निराशा भरी चीज।

दूसरे को समर्पण के लिए विवश करने को प्रेम नहीं कहते हैं। वह तो घृणा होती है जो विवश करती है दूसरे को तुम्हारे प्रति समर्पण करने के लिए, क्योंकि दूसरे को तुम्हारे प्रति समर्पण करने के लिए विवश करना दूसरे को नष्ट करना है। यही होता है घृणा का स्वभाव। यह एक प्रकार की हत्या हो जाती

है। प्रेम है स्वयं का समर्पण दूसरे के प्रति। इसलिए नहीं करना क्योंकि तुम विवश किए गए हो समर्पण करने को, नहीं। यह एक ऐच्छिक चीज होती है; तुम बस आनंदित होते उससे। ऐसा नहीं कि तुम्हें विवश किया जाता है। कभी समर्पण मत करना उस किसी के प्रति जो कि तुम्हें विवश कर रहा हो समर्पण करने को, क्योंकि वह बात हो जाएगी आत्मघात। कभी समर्पण मत करना उस किसी के प्रति जो चालाकी से तुम्हारा इस्तेमाल कर रहा हो, क्योंकि वह होगी गुलामी, प्रेम नहीं। समर्पण करना अपने से, और गुणवत्ता तुरंत बदल जाती है।

जब तुम समर्पण करते हो अपने से, तो वह उपहार होता है; हृदय का उपहार। और जब तुम समर्पण करते हो अपने से, अपनी ही इच्छा से, तुम बस स्वयं को दे देते हो दूसरे को, तब कोई चीज पहली बार खुलती है तुम्हारे हृदय में। पहली बार तुम झलक पाते हो प्रेम की। तुमने केवल सुन लिया है शब्द, तुम्हें पता नहीं कि उसका मतलब क्या है। प्रेम उन शब्दों में से है जिनका प्रयोग हर व्यक्ति करता है और जानता कोई नहीं कि उनका मतलब क्या है।

कुछ शब्द हैं, जैसे कि 'प्रार्थना', 'प्रेम', 'परमात्मा', 'ध्यान'। तुम प्रयोग कर सकते हो इन शब्दों का, लेकिन तुम जानते नहीं कि क्या होता है उनका अर्थ, क्योंकि उनका अर्थ शब्दकोश में नहीं होता है। वरना तो तुम सहायता ले लेते शब्दकोश की; वह बात कठिन नहीं। उनका अर्थ तो जीवन के एक खास ढंग में निहित रहता है। उनका अर्थ है तुम्हारे भीतर के एक सुनिश्चित रूपांतरण में। उनका अर्थ भाषागत नहीं है, उनका अर्थ अस्तित्वगत है। जब तक कि तुम अनुभव से नहीं जान लेते, तुम नहीं जानते—और कोई दूसरा रास्ता नहीं है जानने का।

तुम्हें समर्पण करना होता है अपने से बेशर्त, क्योंकि यदि कहीं कोई शर्त होती है तो वह एक सौदा होता है। यदि वहां यह शर्त भी हो कि 'मैं तुम्हें समर्पण कर दूंगा, यदि तुम समर्पण कर दो मेरे प्रति', तो भी, वह समर्पण नहीं होता है। वह कहला सकता है व्यापारिक सौदा, न कि समर्पण।

समर्पण बाजार की चीज नहीं। वह बिलकुल नहीं है अर्थशास्त्र का हिस्सा। समर्पण का अर्थ है बिना किसी शर्त के यह बात, 'मैं समर्पण करता हूं क्योंकि मैं आनंदित होता हूं; मैं समर्पण करता हूं क्योंकि यह बहुत सुंदर है; मैं समर्पण करता हूं क्योंकि समर्पण करने में, अकस्मात मेरा दुख तिरोहित हो जाता है क्योंकि दुख अहंकार की प्रतिच्छाया है।' जब तुम समर्पण करते हो, अहंकार नहीं रहता। तो कैसे बना रह सकता है दुख? इसीलिए प्रेम इतना प्रसन्न होता है।

जब कभी कोई प्रेम में पड़ता है, अकस्मात ऐसा होता है जैसे कि बसंत खिल आया हो हृदय में। वे पक्षी जो मौन थे चहचहाने लगे, और तुमने कभी नहीं सुना था उन्हें। अचानक भीतर हर चीज खिल उठी और तुम भर जाते हो उस सुवास से जो इस धरती की नहीं होती है। प्रेम इस पृथ्वी की एकमात्र किरण होती है जो संबंध रखती है पार के सत्य से।

तो तुम नहीं टाल सकते प्रेम को और नहीं पहुंच सकते प्रार्थना तक, क्योंकि प्रेम है प्रार्थना का प्रारंभ। यह ऐसा है जैसे कि तुम पूछ रहे हो, 'क्या हम आरंभ से बच कर पहुंच सकते हैं अंत तक?' वैसा संभव नहीं। ऐसा कभी घटा नहीं और कभी घटेगा नहीं।

कौन-सी समस्या होती है प्रेम में? पहली, तुम समर्पण नहीं कर सकते। यदि तुम प्रेम में समर्पण नहीं कर सकते, तो कैसे तुम समर्पण करोगे प्रार्थना में? क्योंकि प्रार्थना समग्र-समर्पण की मांग करती

है। प्रेम तो इतना नहीं मांगता है। प्रेम समर्पण मांगता है, लेकिन आंशिक समर्पण भी ठीक है। यदि तुम कभी-कभी कुछ-कुछ समर्पण भी करते हो, तो उन क्षणों में भी एक द्वार खुलता है और तुम्हें कुछ अलौकिक की झलक मिलती है। प्रेम बहुत समर्पण की मांग नहीं करता। और यदि तुम प्रेम की मांगों को पूरा नहीं कर सकते, तो कैसे तुम पूरा करोगे प्रार्थना की मांगों को? प्रार्थना नितांत रूप से समर्पण मांगती है। यदि तुम एक ही हिस्से का समर्पण करते हो तो वह तुम्हें स्वीकार नहीं करेगी। वह नहीं स्वीकार करेगी तुम्हें, यदि कई बार तो तुम समर्पण करते हो और कई बार नहीं करते। प्रार्थना बहुत की मांग करती है। व्यक्ति को गुजरना ही पड़ता है प्रेम से। यदि तुम मुझ से पूछो, तो मैं कहूंगा कि प्रेम पाठशाला है प्रार्थना के लिए—एक प्रशिक्षण, अनुशासन, ज्यादा ऊंची छलांग लगाने की एक तैयारी। मैं संपूर्ण रूप से हूं प्रेम के पक्ष में।

जो कह रहे हो तुम उसके लिए कोशिश की है लोगों ने; सदियों से कोशिश करते आए हैं लोग। लोग जो प्रेम नहीं कर सकते थे उन्होंने कोशिश की है प्रार्थना करने की। सारे मठ, धर्म-स्थान भरे हुए हैं वैसे ही लोगों से—प्रेम में असफल व्यक्तियों से। प्रेम में निराश होकर, उन्होंने सोचा कि कम से कम वे प्रार्थना की कोशिश तो कर ही सकते थे। लेकिन यदि तुम असफल होते हो प्रेम में, तो कैसे कर सकते हो तुम प्रार्थना? धर्म-स्थानों में, संसार भर में हजारों लोग अपनी प्रार्थनाएं कर रहे हैं, लेकिन वे नहीं जानते कि प्रेम क्या होता है। तब प्रार्थना बन जाती है मात्र एक शाब्दिक बड़बड़ाहट। तब वे परमात्मा से बातें किए जाते हैं सिर से ही। परमात्मा के साथ संप्रेषण होता है हृदय का। परमात्मा के साथ तुम सिर के द्वारा बात नहीं कर सकते, क्योंकि परमात्मा ऐसी किसी भाषा को नहीं जानता जिसे तुम्हारा सिर जानता हो। वह केवल एक भाषा जानता है, और वह है प्रेम।

इसीलिए जीसस कहते हैं, 'प्रेम ईश्वर है', क्योंकि प्रेम एकमात्र मार्ग है उस तक पहुंचने का, और प्रेम एकमात्र भाषा है जिसे वह समझता है। यदि तुम बोलते हो अंग्रेजी में वह नहीं समझेगा। यदि तुम बोलते हो जर्मन में वह बिलकुल नहीं समझेगा। वह पृथ्वी की कोई भाषा नहीं समझता है।

यही कहता हूं मैं, 'यदि तुम बोलते हो जर्मन, तो बिलकुल नहीं!'—क्योंकि जर्मन अधिक पुरुष-चित्तमयी भाषा है। जर्मन अपने देश को कहते हैं, 'फादरलैंड।' सारा संसार अपने-अपने देश को कहता है, 'मदरलैंड।' जितनी ज्यादा पुरुष-चित्त के अनुकूल होती है कोई भाषा, उसे उतना ही कम समझ सकता है परमात्मा। वस्तुतः परमात्मा पुरुष-चित्त से अधिक स्त्री-चित्त को समझता है, क्योंकि स्त्री-चित्त पुरुष-चित्त की अपेक्षा हृदय के ज्यादा निकट होता है। वह गद्य से ज्यादा पद्य को समझता है। वस्तुतः वह विचारों से ज्यादा भावों को समझता है। वह आंसुओं को, मुस्कानों को ज्यादा समझ लेता है, धारणाओं की अपेक्षा। यदि तुम पूरे हृदय से रो सकते हो तो वह समझ जाएगा। यदि तुम नृत्य कर सकते हो, तो वह समझ लेगा। लेकिन यदि तुम शब्दों में बोले चले जाओ तो वे मात्र फेंके जा रहे होते हैं शून्यता में—कोई नहीं समझता।

परमात्मा समझता है मौन को और प्रेम बहुत मौन होता है। वस्तुतः जब दो व्यक्ति प्रेम में पड़ते हैं तो वे साथ-साथ चुपचाप बैठना चाहेंगे। जब प्रेम तिरोहित हो जाता है, केवल तभी भाषा बीच में चली आती है। पति और पत्नी निरंतर बोलते जाते हैं क्योंकि प्रेम मिट चुका होता है। सेतु अब वहां नहीं रहा, तो किसी तरह वे भाषा का सेतु बना लेते हैं। वे किसी भी चीज की बात करते हैं—अफवाहों की,

गप्पबाजियों की—क्योंकि मौन को वे बरदाश्त नहीं कर सकते। जब कभी वे मौन होते हैं, तो अकस्मात वे अकेले पड़ जाते। पत्नी नहीं होती है वहां, पति नहीं होता है वहां—वहां बनी होती है एक विशाल दूरी। भाषा के द्वारा वे स्वयं को धोखा दे लेते हैं कि दूरी वहां है ही नहीं।

गहन प्रेम में, लोग मौन रहते हैं। बोलने की कोई जरूरत नहीं होती। परस्पर बिना कुछ बोले ही वे समझ जाते हैं। वे एक-दूसरे का हाथ पकड़ सकते हैं और चुपचाप बैठे रह सकते हैं। प्रार्थना भी मौन होती है। लेकिन यदि तुम प्रेम में कभी मौन नहीं रहे, तो कैसे तुम मौन रहोगे प्रार्थना में? वह मौन है तुम्हारे और समष्टि के बीच का।

प्रेम है दो व्यक्तियों के बीच का मौन; प्रार्थना है समष्टि और एक व्यक्ति के बीच का मौन। वह समष्टि, वह अखंड संपूर्णता है परमात्मा। प्रेम एक प्रशिक्षण है; वह एक पाठशाला है। मैं कभी नहीं सुझाऊंगा कि तुम उससे बचो। यदि तुम कतराते हो उससे तो तुम कभी नहीं पहुंचोगे प्रार्थना तक। और जब तुम प्रार्थना करते हो, तुम इतनी ज्यादा बातें करोगे तो भी हृदय संप्रेषण नहीं कर पाएगा, नहीं कर पाएगा कोई संवाद।

तो चाहे कितना ही कठिन हो पाठ, कितना ही मुश्किल हो ठंडेपन को समाप्त करना, प्रेम को टाल जाने की कोशिश मत करना। प्रार्थना प्रेम से किया पलायन नहीं है। मत बना लेना उसे पलायन। बहुतों ने किया है वैसा और विफल हुए हैं। तुम संसार के किसी धर्मस्थान में जा सकते हो और जरा देख सकते हो उन मूढ़ों को जो विफल हुए, असफल हुए, क्योंकि उन्होंने प्रेम से बचने का प्रयत्न किया।

व्यक्ति को प्रेम में से गुजरना ही पड़ता है; अन्यथा तुम क्रोधित रहोगे जीवन भर। कैसे तुम प्रार्थना कर पाओगे, यदि तुम जीवन के प्रति गहरा अस्वीकार ही बनाए रहो? कैसे तुम करोगे स्वीकार और कैसे करोगे प्रार्थना? तुम निंदा करने वाले बने रहोगे; स्वीकृति संभव न होगी। प्रेम में, पहली बार तुम स्वीकार करते हो। प्रेम में पहली बार तुम जान पाये कि अर्थ मौजूद है और जीवन अर्थपूर्ण है। प्रेम में, पहली बार तुम अनुभव करते हो कि तुम इस संसार के अपने ही हो, न तो अजनबी हो और न ही कोई बाहरी आदमी। प्रेम में, पहली बार एक छोटा-सा घर निर्मित होता है। प्रेम में, पहली बार तुम अनुभव करते हो शांति। कोई तुम्हें प्यार करता है और तुम्हारे साथ प्रसन्नता अनुभव करता है। पहली बार तुम भी स्वीकार करते हो स्वयं को। वरना, कैसे तुम स्वीकार करोगे स्वयं को? जीवन में एकदम बचपन से ही तुम्हें सिखाया गया है स्वयं को निंदित करना, अस्वीकृत करना। 'ऐसा मत करो, वैसे मत बनो'—हर कोई उपदेश देता रहा है तुम्हें और हर कोई कोशिश करता रहा है तुम्हें समझाने की कि तुम बिलकुल गलत हो और तुम्हें स्वयं को सुधारना है।

ऐसा हुआ कि मुल्ला नसरुद्दीन की पत्नी बहुत बीमार थी। वह अस्पताल में थी। मुल्ला रोज आया करता था। वह डाक्टरों से और नर्सों से पूछता रहता उसके बारे में और वे कह देते, 'उसकी हालत सुधर रही है।' और उसकी हालत ज्यादा और ज्यादा बिगड़ रही थी रोज, लेकिन डाक्टर और नर्सों ने जारी रखा कहना कि उसकी हालत सुधर रही है, उसमें सुधार हो रहा है। और मैं पूछा करता मुल्ला नसरुद्दीन से, 'कैसी है तुम्हारी पत्नी?' वह कहता, 'डाक्टर कहते हैं, एकदम ठीक; उसकी हालत सुधर रही है। नर्सें कहती हैं, उसमें सुधार हो रहा है। तो जल्दी ही वह जरूर घर आ जाएगी।' फिर एक दिन वह अचानक चल बसी। तो मैंने पूछा उससे, 'क्या हुआ नसरुद्दीन?' उसने अपने कंधे उचका दिए और बोला, 'मैं

समझता हूं वह उस तमाम सुधार को सहन नहीं कर सकी। बहुत ज्यादा था वह सब।'

हर कोई सुधार रहा है तुम्हें; माता-पिता, शिक्षक, पंडित-पुरोहित, समाज, सभ्यता। हर कोई सुधार रहा है, और कोई सह नहीं सकता उतना ज्यादा सुधार! और कुल परिणाम यह होता है कि तुम आदर्श व्यक्ति कभी नहीं हो पाते, बस तुम हो जाते हो स्वयं के निंदक। सर्वांग पूर्णता असंभव है। पूर्ण आदर्श कल्पनात्मक है। सर्वांग पूर्णता संभव ही नहीं; वह सैद्धांतिक होती है, स्वाभाविक नहीं। और हर किसी को बाध्य किया जा रहा है, उसे सुधारने को खींचा और धकेला जा रहा है हर दिशा से। हर कहीं से संदेश आता है कि जो कुछ भी तुम हो, तुम गलत हो—सुधारो। वह बात निर्मित करती है आत्मनिंदा; तुम अस्वीकार कर देते हो स्वयं को, तुम सुयोग्य नहीं—बेकार हो, रद्दी हो, अनाप-शनाप हो। यही रहता है मन में।

केवल प्रेम कभी कोशिश नहीं करता तुम्हें सुधारने की। वह तुम्हें स्वीकार करता है जैसे कि तुम होते हो। जब कोई तुम्हें प्रेम करता है, तो तुम बिलकुल सही होते हो, आदर्श होते हो जैसे कि तुम हो। और यदि प्रेमी भी एक दूसरे का सुधार करने की कोशिश कर रहे होते हैं तो वे प्रेमी नहीं। फिर से सारा वही खेल आ बनता है। प्रेम तुम्हें स्वीकार करता है जैसे कि तुम हो, और इस स्वीकृति द्वारा रूपांतरण घटित होता है। पहली बार तुम चैन अनुभव करते हो और तुम आराम पा सकते हो और यह बात अंततः प्रार्थना हो जाने वाली है।

केवल तभी जब कि तुम चैन अनुभव करते हो और विश्रांत होते हो, तो उदित होता है अनुग्रह। मात्र 'होने' का अनुग्रह बहुत सुंदर और आनंदमय होता है। प्रार्थना में तुम किसी चीज की मांग नहीं करते, तुम केवल अनुगृहीत होते हो। प्रार्थना है अनुग्रह का अर्पण; वह परमात्मा से कुछ मांगने जैसी बात नहीं। भिखारी वे लोग हैं जो प्रार्थना कभी नहीं कर सकते। प्रार्थना एक अनुग्रह का भाव है, एक गहन कृतज्ञता कि जो कुछ उसने दिया है वह बहुत ज्यादा है। वास्तव में तुम कभी उसे पाने के योग्य न थे। प्रेम द्वारा, सारा जीवन एक उपहार बन जाता है परमात्मा का, और तब तुम अनुभव करते हो धन्यभागी। और अनुग्रह के भाव से उदित होती है प्रार्थना की सुवास।

यह एक बहुत सूक्ष्म प्रक्रिया होती है : प्रेम द्वारा, तुम्हारी अपने प्रति तथा दूसरे के प्रति स्वीकृति; प्रेम की स्वीकृति द्वारा, एक रूपांतरण और एक दृष्टि कि कैसे भी हो जो भी तुम हो, तुम बिलकुल सही हो। और समग्रता स्वीकार करती है तुम्हें। फिर वहां रहता है अनुग्रह। तब उमग आती है प्रार्थना। वह शाब्दिक नहीं होती; संपूर्ण हृदय बस परिपूरित होता है अनुग्रह के भाव से। प्रार्थना कोई क्रिया नहीं है, प्रार्थना तो होने का एक ढंग है। जब वास्तव में ही प्रार्थना मौजूद होती है, तो तुम प्रार्थना नहीं कर रहे होते, तुम प्रार्थना ही होते हो, तुम प्रार्थना में बैठते, तुम प्रार्थना में खड़े होते, तुम प्रार्थना में चलते-फिरते, तुम सांस लेते तो प्रार्थना में।

झलक मिलती है प्रेम द्वारा। क्या कभी तुम पड़े हो प्रेम में?—तब तुम सांस लेते हो प्रेम में, तब तुम चलते हो तो प्रेम में। तब तुम्हारे चरणों में नृत्य की गुणवत्ता होती है, जो कि दिखायी पड़ जाती है दूसरों को भी। तब तुम्हारी आंखों में एक चमक होती है, एक अलग ही चमक होती है उनमें। तब तुम्हारे चेहरे पर एक आभा होती है। तब तुम्हारी आवाज में गुनगुनाहट होती है—किसी गीत की।

वह व्यक्ति जिसने कभी प्रेम नहीं किया ऐसे चलता है जैसे कि वह स्वयं को घसीट रहा हो। वह

व्यक्ति जिसने प्रेम किया है, ऐसे तिरता है जैसे कि हवा के पंखों पर तिर रहा हो। वह आदमी जिसने कभी प्रेम नहीं किया नृत्य नहीं कर सकता है। क्योंकि वह अपने अंतरतम में नहीं जानता कि नृत्य क्या है। वह आनंदपूर्ण नहीं हो सकता—उदास होता है, बंद होता है, लगभग मरा हुआ, करीब-करीब कब्र में ही रह रहा होता है। प्रेम दूसरे की ओर सरकने देता है और जब ऊर्जा सरकती है दूसरे की ओर, तो तुम सक्रिय हो जाते हो। जब ऊर्जा सरकती है दूसरे तक, दूसरे से तुम तक, अकस्मात तुम सेतु निर्मित कर लेते हो अपने और दूसरे के बीच। और यह सेतु देगा तुम्हें इसकी पहली झलक, इसकी पहली रूपरेखा कि प्रार्थना क्या होती है। वह एक सेतु होता है तुम्हारे और संपूर्ण के बीच।

मैं कल्पना नहीं कर सकता कि प्रेम में जाए बिना किसी के लिए कैसे संभव होता है प्रार्थना में जाना, इसलिए प्रेम से भयभीत मत हो जाना। प्रेम में मर जाओ, ताकि पुनर्जन्म ले सको। स्वयं को मिटा दो प्रेम में, जिससे कि तुम फिर से युवा और ताजा हो सको। अन्यथा कहीं कोई संभावना नहीं होती है प्रार्थना की। और निराश मत अनुभव करना प्रेम के विषय में, क्योंकि वही है एकमात्र आशा। कहा है जीसस ने, 'यदि नमक अपनी नमकीनी छोड़ देता है तो कैसे वह फिर से हो सकता है नमकीन?' और मैं कहता हूं तुमसे, यदि प्रेम निराश हो जाता है, तो कहीं कोई आशा नहीं, क्योंकि प्रेम ही है एकमात्र आशा। तो फिर से आशा कहां पाओगे तुम?

प्रयास को मत गिरा देना, मत स्वीकार करना विफलता को। कोई अस्तित्व रखता है तुम्हारे लिए; तुम अस्तित्व रखते हो किसी के लिए। यदि प्यास है, तो पानी भी जरूर होगा। यदि भूख है, तो भोजन भी जरूर होगा। यदि आकांक्षा मौजूद है, तो उसकी परिपूर्ति के लिए कोई मार्ग जरूर होगा। मत अनुभव करना निराशा। फिर से पुनर्जीवित कर लेना अपनी आशा, क्योंकि केवल एक निराश व्यक्ति ही अधार्मिक होता है। केवल एक निराश व्यक्ति होता है, नास्तिक।

प्रेम है एकमात्र आशा। प्रेम द्वारा, बहुत सारी नयी आशाएं उठ खड़ी होंगी, क्योंकि प्रेम है बीज परम आशा का—जो है परमात्मा। हर एक कोशिश कर लेना। उस आशा-शून्यता में मत जा बैठना। ऐसा कठिन होगा, लेकिन यही बात उपयुक्त बैठती है, क्योंकि इसके बिना तुम अटके हुए होते हो और तुम फिर-फिर वापस फेंक दिए जाओगे जीवन में, जब तक प्रेम का पाठ न सीख लो। और एक बार प्रेम को जान लिया जाता है, तो प्रार्थना बहुत आसान हो जाती है। वास्तव में, प्रार्थना सीखने की तो कोई जरूरत ही नहीं रहती। यह तो अपने से ही आती है यदि तुम प्रेम करते हो तो।

पांचवां प्रश्न: पतंजलि आधुनिक मन की अविश्वसनीय न्यूरोसिस (विक्षिप्तता) के साथ कैसे कार्य करेंगे?

मेरी तरह ही! मैं क्या कर रहा हूं यहां पर?—तुम्हारी न्यूरोसिस (विक्षिप्तता) के साथ संघर्ष कर रहा हूं। अहंकार सारी न्यूरोसिस का मूल स्रोत है, क्योंकि अहंकार ही है सारे झूठों का केंद्र, सारे विकारों का केंद्र। सारी समस्या अहंकार की ही होती है। यदि तुम बने रहते हो अहंकार के साथ, तो देर-अबेर तुम न्यूरोटिक बन ही जाओगे। तुम बनोगे ही, क्योंकि अहंकार है आधारभूत न्यूरोसिस। अहंकार कहता

है, 'मैं हूं संसार का केंद्र', जो कि है मिथ्या, पागल। केवल यदि परमात्मा हो वहां तो वह कह सकता है 'मैं'। हम तो केवल हिस्से हैं, हम नहीं कह सकते 'मैं'। यही दावा 'मैं' का, यह न्यूरोटिक है। 'मैं' को गिरा दो और सारी न्यूरोसिस तिरोहित हो जाती है ।

तुम्हारे और पागलखाने के पागलों के बीच कोई बहुत बड़ा भेद नहीं है। केवल अवस्था या परिमाण का ही अंतर है, किसी गुणवत्ता का अंतर नहीं है। तुम शायद अठानबे डिग्री पर होगे, और वे एक सौ के पार जा चुके हैं। तुम जा सकते हो किसी समय, अंतर कोई बड़ा नहीं है।

पागलखानों में किसी दिन जाना और जरा देखना, क्योंकि वही कुछ बन सकता है तुम्हारा भविष्य भी।

देखना जरा पागल आदमी की ओर। क्या घटित हुआ है उसको? वही आंशिक तौर पर तुमको घटा है। क्या घटता है पागल आदमी में?—उसका अहंकार इतना वास्तविक हो जाता है कि हर दूसरी चीज झूठ बन जाती है। सारा संसार भ्रममय होता है; केवल उसका आंतरिक संसार, अहंकार और उसका संसार, सत्य होता है। तुम जा सकते हो पागलखाने में किसी मित्र से मिलने, और शायद वह तुम्हारी ओर देखेगा नहीं, वह तुम्हें पहचानेगा भी नहीं। वह सिर्फ बात करेगा अपने उस अदृश्य मित्र से जो कि उसके साथ ही बैठा हुआ है। तुम नहीं पहचाने गए, लेकिन उसके मन का एक कल्पित तत्व पहचाना गया है मित्र के रूप में। वह बात कर रहा है और वही उत्तर दे रहा है।

पागल आदमी वह आदमी है जिसके अहंकार ने पूरा आधिपत्य जमा लिया होता है। ठीक इसके विपरीत होती है अवस्था बुद्ध-पुरुष की जिसने अहंकार गिरा दिया होता है पूरी तरह। तब वह स्वाभाविक होता है। अहंकार के बिना तुम स्वाभाविक होते हो, सागर की ओर बहती नदी की भांति, या कि देवदारों के बीच से गुजरती हवा की भांति या कि आकाश में तैरते बादलों की भांति। अहंकार के बिना तुम फिर से इस विशाल प्रकृति के हिस्से होते हो, निर्मुक्त और स्वाभाविक। अहंकार के साथ तनाव मौजूद होता है। अहंकार के साथ तुम अलग होते हो। अहंकार सहित तुमने सारे संबंधों से स्वयं को काट लिया होता है। यदि तुम संबंध में सरकते भी हो, तो तुम ऐसा क्रमिक-रूप से करते हो। अहंकार तुम्हें किसी चीज में पूरेपन से नहीं जाने देगा। वह हमेशा रोक रहा होता है स्वयं को।

यदि तुम सोचते हो कि तुम अस्तित्व के केंद्र हो तो तुम पागल हो। यदि तुम सोचते हो कि तुम मात्र एक तरंग हो सागर की, संपूर्ण के भाग हो, संपूर्ण के साथ एक हो, तब तुम कभी नहीं हो सकते पागल।

यदि पतंजलि यहां होते, तो वे वही कुछ करते जो मैं कर रहा हूं। और ठीक से याद रख लेना कि स्थितियां भेद रखती हैं, लेकिन आदमी करीब-करीब वही है।

अब टेक्नालॉजी आ पहुंची है। वह मौजूद नहीं थी पतंजलि के दिनों में—नए घर हैं, नए साधन हैं। आदमी के आस-पास की हर चीज बदल गयी है, लेकिन आदमी बना हुआ है वैसा ही। पतंजलि के समय में भी, आदमी ऐसा ही था, लगभग ऐसा ही। कुछ ज्यादा नहीं बदला है आदमी में। इस बात को ध्यान में रख लेना है। अन्यथा व्यक्ति सोचने लगता है कि आधुनिक आदमी एक ढंग से निंदित है। नहीं, ऐसा हो सकता है कि तुम किसी कार के पीछे पागल होते हो; तुम चाहोगे स्पोर्ट्स कार और तुम होते हो बहुत तनावपूर्ण और इसके द्वारा बहुत चिंता निर्मित हो जाती है। निस्संदेह, पतंजलि के समय में कारें इत्यादि नहीं थीं, लेकिन लोग बैलगाड़ियों के पीछे पागल हुए जाते थे। यदि अभी भी तुम किसी भारतीय गांव में चले जाओ, तो जिस व्यक्ति के पास तेज बैलगाड़ी होती है वह सम्मानित होता है। एक तेज

बैलगाड़ी हो या कि रॉल्स रॉयस उससे कुछ अंतर नहीं पड़ता; अहंकार उसी ढंग से परिपूर्ण होता है। विषय-वस्तुओं से कुछ ज्यादा अंतर नहीं पड़ता। आदमी का मन यदि अहंकेंद्रित होता है, तो सदा ढूंढ ही लेगा कुछ न कुछ, इसलिए समस्या किसी चीज की नहीं है।

आधुनिक आदमी आधुनिक नहीं है, केवल दुनिया आधुनिक है। आदमी बना रहता है बहुत प्राचीन, पुराना। तुम सोचते हो तुम आधुनिक हो? जब मैं देखता हूं तुम्हारे चेहरों की ओर, मैं पहचान लेता हूं पुराने चेहरों को। तुम यहां रहते रहे हो बहुत-बहुत जन्मों से और तुम बने रहे हो लगभग वैसे ही। तुमने कुछ नहीं सीखा है क्योंकि तुम फिर वही कर रहे हो—फिर-फिर वही लकीर पीट रहे हो! चीजें बदल गई हैं, मगर आदमी बना हुआ है वैसा का वैसा ही; कुछ ज्यादा नहीं बदला है। कुछ ज्यादा बदल नहीं सकता, जब तक कि रूपांतरण के लिए तुम कोई कदम नहीं उठाते हो।

जब तक कि रूपांतरण तुम्हारा हृदय ही नहीं बन जाता, जब तक कि रूपांतरण तुम्हारे हृदय की धड़कन ही नहीं बन जाता और तुम मन की मूढ़ता को नहीं समझ लेते। जब तुम उसकी पीड़ा को समझ लेते हो—तो तुम उसके बाहर लगा देते हो छलांग।

मन बहुत पुराना है। मन बहुत-बहुत प्राचीन है। वस्तुतः मन कभी हो नहीं सकता नया, वह कभी हो नहीं सकता आधुनिक। केवल अ-मन ही हो सकता है नया और आधुनिक क्योंकि केवल अ-मन हो सकता है ताजा—हर घड़ी ताजा। अ-मन कभी कुछ संचित नहीं करता। दर्पण सदा ही साफ होता है; धूल-धवांस एकत्रित नहीं होती उस पर। मन एक संचयकर्ता है। वह संचय किए चला जाता है। मन तो सदा पुराना होता है; मन कभी नहीं हो सकता है नया। मन कभी नहीं होता है मौलिक; केवल अ-मन होता है मौलिक।

इसीलिए वैज्ञानिक भी अनुभव करते हैं कि जब कोई खोज की जाती है तो वह मन द्वारा नहीं की जाती बल्कि केवल अंतराल में होती है, जहां मन अस्तित्व नहीं रखता है, जैसा कि कई बार नींद में होता है।

यह बिलकुल आर्केमिडीज की भांति है जो गणित की एक खास समस्या हल करने की कोशिशें करता रहा और उसे हल नहीं कर सका। उसने कोशिश की और कोशिश की, निस्संदेह मन को साथ लेकर ही, लेकिन मन केवल दे सकता है वे उत्तर जिन्हें मन जानता है। वह तुम्हें कोई अज्ञात चीज नहीं दे सकता है। वह एक कंप्यूटर होता है; जो कुछ पोषण तुमने उसका किया होता है, वह उत्तर दे सकता है। तुम कोई नई बात नहीं पूछ सकते। बेचारे मन से कैसे अपेक्षा रखी जा सकती है किसी नयी बात के उत्तर की? ऐसा तो बिलकुल संभव ही नहीं होता। यदि मैं जानता हूं तुम्हारा नाम, तो मैं याद रख सकता हूं उसे क्योंकि मन स्मृति है और स्मरण शक्ति है, लेकिन यदि मैं नहीं जानता हूं तुम्हारा नाम और मैं कोशिश और कोशिश करता रहता हूं, तो कैसे मैं याद रख सकता हूं उसे जो कि वहां है ही नहीं!

फिर अचानक वह घट गया। आर्केमिडीज ने कार्य किया, और कड़ा परिश्रम किया क्योंकि राजा प्रतीक्षा कर रहा था उसकी। एक सुबह वह स्नान कर रहा था नग्न, जल में आराम कर रहा था, और अकस्मात बात बुदबुदा कर फूट पड़ी, बिना जाने ही वह यकायक सतह पर आ निकली। वह बाहर कूद गया स्नान कुंड से। वह अ-मन की अवस्था में था। वह सोच भी न सकता था कि वह नग्न था क्योंकि वह मन का भाग है। वह सोच न सका कि सड़क पर नग्न जाने से लोग उसे पागल समझेंगे। वह मन जो कि समाज द्वारा दिया जाता है वहां था ही नहीं, वह काम ही नहीं कर रहा था। वह अ-मन की स्थिति में

था, एक प्रकार की सतोरी में। वह चिल्लाता हुआ, गली में, भाग चला, 'यूरेका, यूरेका।' चीखता चिल्लाता, 'मैंने उसे पा लिया, पा लिया!' निस्संदेह लोगों ने सोचा कि वह पागल हो गया। 'क्या पाया है तुमने नग्न हो गली में दौड़ते हुए?' उसे पकड़ लिया गया क्योंकि वह 'यूरेका' की पुकार मचाते हुए, महल में प्रवेश करने की कोशिश कर रहा था। उसे तो जेल भेज दिया जाता। मित्रों ने उसे थामा; घर ले आए उसे और बोले, 'क्या कर रहे हो तुम? यदि तुम्हें कुछ मिला भी है तो जरा उचित वस्त्रों में जाओ, वरना तो तुम मुसीबत में पड़ जाओगे।'

मन के दो संवेगमय क्षणों के बीच सदा एक अंतराल होता है अ-मन का। दो विचारों के बीच एक अंतराल होता है, निर्विचार का एक विराम। दो बादलों के बीच तुम देख सकते हो नीले आकाश को। तुम्हारा स्वभाव है अ-मन का। वहां कोई विचार नहीं होता, विशाल शून्यता के सिवाय, आकाश की नीलिमा के सिवाय कुछ नहीं होता। मन तो बस तैर रहा होता है सतह पर। ऐसा बहुत लोगों को घटित हुआ है।

ऐसा घटा मैडम क्यूरी को। उसे नोबल पुरस्कार मिल गया अ-मन के क्षण के लिए। वह कार्य कर रही थी गणित की एक समस्या पर; परिश्रम का कार्य कर रही थी। कुछ परिणाम नहीं निकल रहा था और महीनों गुजर गए। फिर एक रात, अकस्मात वह अपनी नींद से जाग पड़ी; मेज तक गयी, उत्तर लिखा; वापस अपने बिस्तर पर जाकर सो गई। और उसके बारे में हर चीज भूल गयी। सुबह जब वह मेज तक आयी तो विश्वास न कर सकी कि उत्तर वहां पड़ा था। किसने लिखा था वह? फिर धीरे-धीरे उसे याद आ गया, किसी सपने की भांति ही: 'ऐसा रात्रि में घटा...' वही आयी थी और वह हस्तलिपि उसी की थी।

गहरी निद्रा में मन गिर जाता है और अ-मन कार्य करता है। मन सदा पुराना होता है, अमन सदा ताजा, युवा, मौलिक होता है। अ-मन सदा सुबह की ओस की भांति होता है—नितांत ताजा, स्वच्छ। मन सदा गंदा होता है। उसे होना ही होता है; वह धूल इकट्ठी कर लेता है। धूल है स्मृति।

जब मैं देखता हूं तुम्हारी तरफ, मैं देखता हूं कि तुम्हारा मन बहुत पुराना है; बहुत सारे पिछले जन्म वहां इकट्ठे हो चुके हैं। लेकिन मैं ज्यादा गहरे भी देख सकता हूं। वहां है तुम्हारा अ-मन, जो कि बिलकुल ही संबंधित नहीं है समय से, इसीलिए न तो वह पुराना है और न ही आधुनिक। मनुष्य तो सदा ही पुराना होता है तो भी मनुष्य में कुछ विद्यमान होता है—वह चेतना—जो न तो पुरानी होती है और न ही नयी, या फिर, बिलकुल नित-नूतन होती है।

छठवां प्रश्न: हम में से कुछ लोग आपके प्रवचन के दौरान सो जाते हैं या ऊंघती अवस्था में चले जाते हैं। आप जरूर देखते ही होंगे ऐसा घटते हुए। क्या यह बात किसी सृजनात्मक, विधायक प्रक्रिया का हिस्सा होती है? क्या हमें इसे घटने देना चाहिए, इसके बारे में कोई अपराध-भाव अनुभव किए बिना, या कि हमें ज्यादा बड़ा प्रयत्न करना चाहिए सजग बने रहने का?

यह थोड़ा जटिल है। पहले तो, बहुत से प्रकार हैं। एक प्रकार की ऊंघ वह होती है जो कि आती है

यदि तुम मुझे सुनते हो बहुत ध्यानपूर्वक। तब वह निद्रा की भांति नहीं होती है, वह हिप्नोसिस की भांति, सम्मोहन की भांति अधिक होती है। तुम्हारा मेरे साथ इतना गहरा तालमेल बैठ जाता है कि तुम्हारा मन अ-क्रियान्वित होने लगता है। तुम बस सुनते हो मुझे और मुझे सुनते जाना भर ही लोरी जैसा हो जाता है। यदि ऐसी होती है अवस्था तो एक निश्चित उनींदापन वहां होगा ही। लेकिन यह केवल तभी आएगी, जब तुम मुझे बहुत ध्यानपूर्वक सुनो। तब यह बात निद्रा नहीं होती। यह सुंदर है। और तुम्हें इसे लेकर अपराधी नहीं अनुभव करना चाहिए। यदि यह निर्मित होती है मुझे सुनने से, तो कोई समस्या नहीं। वस्तुतः यही होनी चाहिए अवस्था, क्योंकि तब तुम ज्यादा और ज्यादा गहरे में सुन रहे होते हो। तब मैं तुम्हें बेध रहा होता हूं बहुत गहरे रूप से, और तुम उनींदापन अनुभव कर रहे होते हो, क्योंकि मन कार्य नहीं कर रहा होता है। तुम विश्राम में होते। यह 'होने देने' की एक अवस्था होती है। तुम मुझे अपने में ज्यादा और ज्यादा गहरे व्याप्त होने दे रहे होते हो। यह शुभ है। कुछ गलत नहीं है इसमें। तुम इसे उनींदेपन की भांति अनुभव करते हो, क्योंकि यह एक निष्क्रियता होती है। तुम सक्रिय नहीं होते, और वैसा होने की कोई जरूरत भी नहीं।

जब तुम सुन रहे होते हो मुझे, तो सक्रिय होने की कोई जरूरत नहीं, क्योंकि यदि तुम सक्रिय होते हो तो तुम्हारा मन व्याख्या किए चला जाएगा। यह सुंदर है—और कोई जरूरत नहीं अपराधी अनुभव करने की—ऐसा होने दो। इसे अस्त-व्यस्त करने के लिए कोई प्रयास करने की कोई आवश्यकता नहीं। मैं तुम्हारे भीतर गहरे में समा जाऊंगा। यह बात सहायक होती है।

भारत में हमारे पास एक विशिष्ट शब्द है इसके लिए। पतंजलि इसे कहते हैं 'योग तंद्रा'—वह निद्रा जो आती है योग द्वारा। कोई चीज यदि तुम समग्रता से करते हो, तो तुम बहुत आराम अनुभव करते हो, और वही आराम लगता है निद्रा जैसा। वह निद्रा नहीं होती; वह ज्यादा लगती है हिप्नोसिस की तरह। हिप्नोसिस का अर्थ भी होता है निद्रा, लेकिन एक अलग प्रकार की निद्रा, जिसमें दो व्यक्तियों का गहन तालमेल बैठ जाता है। यदि मैं तुम्हें सम्मोहित करता हूं, तो तुम मुझको सुन पाओगे, किसी और चीज को नहीं। सम्मोहित व्यक्ति सुनता है केवल सम्मोहनकर्ता को ही, किसी दूसरे को नहीं। वह मात्र केंद्रित होता है। इस एकांतिक एकाग्रता में, चेतन मन गिर जाता है और अचेतन क्रियान्वित हो जाता है। तुम्हारी गहराई सुनती है मेरी गहराई को; यह एक संप्रेषण होता है, गहराई से गहराई तक का। मन की जरूरत नहीं होती। लेकिन खयाल में रखने की बात यह होती है कि तुम्हें मुझे बहुत ध्यानपूर्वक सुनना चाहिए, केवल तभी ऐसा घटेगा।

फिर होती है दूसरी प्रकार की निद्राः तुम मुझे नहीं सुन रहे होते, और मुझे न सुनते हुए इतनी देर केवल यहां बैठे रहने से ही, तुम नींद अनुभव करने लगते हो। या जो मैं कह रहा हूं वह तुम्हारे लिए बहुत ज्यादा होता है; तुम कुछ ऊबा हुआ अनुभव करते हो। या फिर, जो मैं कह रहा होता हूं, वह बहुत एक-रस लगता है। ऐसा है क्योंकि जो मैं कहता हूं एक स्वर ही होता है। मैं गा रहा हूं एक ही स्वर लाखों-लाखों ढंग से। पतंजलि, जीसस, बुद्ध, तो बस बहाने हैं। मैं गा रहा हूं एक ही स्वर, वह एकरस है। यदि तुम अनुभव करते कि वह एकरस है और तुम थोड़ी ऊब अनुभव करते हो या कि तुम उसे समझ ही नहीं सकते, यह तुम्हारे लिए बहुत ज्यादा हो जाता है, या फिर वह तुम्हारे सिर के ऊपर से ही गुजर जाता है, फिर तुम नींद अनुभव करने लगते हो, लेकिन वह नींद अच्छी नहीं होती। तब कोई जरूरत नहीं

होती मुझे सुनने के लिए यहां आने की; क्योंकि वस्तुतः तुम सुन नहीं रहे होते, तुम सोए हुए होते हो। तो क्यों आना यहां शारीरिक रूप से भी?—कोई जरूरत नहीं।

एक तीसरा प्रकार भी होता है। तुम यदि दूसरे प्रकार के हो, तो तुम्हें सचमुच इस बारे में अपराधी अनुभव करना चाहिए और जब मुझे सुन रहे होते हो तो सजग रहने का ज्यादा प्रयास करना। तो संभव होता है कि पहला प्रकार घट जाए। फिर होता है तीसरा प्रकार जो कि न तो संबंधित होता है सुनने से और न संबंधित होता है तुम्हारे अस्तित्व की ऊबपूर्ण स्थिति से। वह आता है तुम्हारे शरीर से। शायद तुम रात को ठीक से नहीं सो सकते होओगे। बहुत थोड़े लोग ठीक से सोते हैं। जब तुम रात को ठीक से नहीं सोए होते तो तुम कुछ थके-थके होते हो। तुम्हें नींद की भूख होती है और यहां एक मुद्रा में फिर-फिर एक ही व्यक्ति के साथ बैठने से एक ही आवाज बार-बार सुनते हुए, तुम्हारा शरीर उनींदापन अनुभव करने लगता है, जो कि आता है तुम्हारे शरीर से।

यदि वैसी होती है स्थिति तो कुछ कर लेना अपनी नींद का। उसे ज्यादा गहरा बनाना होगा। समय की कोई ज्यादा समस्या नहीं—तुम सो सकते हो आठ घंटे, और यदि वह सोना गहरा नहीं होता तो तुम भूख अनुभव करोगे—नींद के लिए भूखे हो जाओगे—समस्या गहराई की ही है।

हर रात सोने के पहले तुम एक छोटी-सी विधि का प्रयोग कर सकते हो जो कि जबर्दस्त मदद देगी। बिजली बुझा दो, अपने बिस्तर में बैठ जाओ, सोने के लिए तैयार होकर, लेकिन बैठना पंद्रह मिनट के लिए ही। आंखें बंद कर लेना। फिर शुरू कर देना कोई भी एकरस निरर्थक ध्वनि, उदाहरण के लिए : ला, ला, ला—और मन की प्रतीक्षा करना कि वह नयी ध्वनियां भेजे। एकमात्र बात जो ध्यान में रखने की है वह यही कि वे ध्वनियां या शब्द किसी उस भाषा के नहीं होने चाहिए जिसे कि तुम जानते हो। यदि तुम जानते हो अंग्रेजी, जर्मन और इतालवी, तब वे इतालवी, जर्मन, अंग्रेजी के नहीं होने चाहिए। कोई दूसरी भाषा जिसे तुम नहीं जानते स्वीकार करनी होती है—तिब्बती, चीनी, जापानी। लेकिन यदि तुम्हें जापानी आती है, तो गुंजाइश नहीं होती, तब इतालवी सबसे अच्छी होती है। कोई वह भाषा बोलो जिसे तुम नहीं जानते। केवल पहले दिन थोड़ी देर को तुम कठिनाई में पड़ोगे, क्योंकि कैसे तुम वह भाषा बोलोगे जो तुम नहीं जानते? वह बोली जा सकती है और एक बार वे शुरू होती हैं, कोई भी ध्वनियां, बेतुके शब्द तो चेतना को बिलकुल बहा देने की और अचेतन को बोलने देने की बात घटेगी।

जब अचेतन बोलता है, तो अचेतन किसी भाषा को नहीं जानता। यह एक बहुत पुरानी विधि है। यह चली आती है प्राचीन विधान से। उन दिनों यह कहलाई जाती थी, 'ग्लोसोलालिया'। अमेरिका के कुछ चर्च अभी इसका प्रयोग करते हैं। वे इसे कहते हैं, 'जीभ में बोलना।' और यह एक अदभुत विधि है, सर्वाधिक गहन और अचेतन में उतर जाने वाली विधियों में से एक। तुम शुरू करते हो, 'ला, ला, ला,' और फिर तुम चलते चले जा सकते हो किसी भी चीज के साथ जो कि आ जाती है। केवल पहले दिन तुम इसे थोड़ा कठिन अनुभव करोगे। एक बार यह आ जाए तो तुम जान लेते हो इसका ढंग। तब पंद्रह मिनट को प्रयोग करना उस भाषा का जो कि तुम तक पहुंच रही हो, और उसका प्रयोग करना भाषा की भांति। वस्तुतः तुम उसमें बोल ही रहे होते हो। ये पंद्रह मिनट तुम्हारे चेतन को इतने गहरे रूप से आराम पहुंचा देंगे, और फिर तुम बस लेट जाते हो और सो जाते हो। तुम्हारी नींद ज्यादा गहरी हो जाएगी। कुछ सप्ताह के भीतर तुम गहराई अनुभव करोगे तुम्हारी निद्रा में, और सुबह तुम संपूर्ण रूप से

ताजा अनुभव करोगे। फिर मैं प्रयत्न भी करूं, तो मैं तुम्हें नींद में नहीं ला सकता।

पहला प्रकार सुंदर है; तीसरा प्रकार एक प्रकार की शारीरिक भुखमरी है, वह रोग है। तीसरे प्रकार का उपचार करना होता है; पहले प्रकार को आने देना होता है। दूसरे प्रकार के बारे में तुम्हें अपराधी अनुभव करना ही चाहिए और हर प्रयास करना चाहिए उससे बाहर आ जाने का।

सातवां प्रश्न: अब, जिस समय कि आधुनिक आदमी इतनी जल्दी में है, और पतंजलि की विधियां इतना समय लेती हैं, तो किसके प्रति संबोधित कर रहे हैं आप ये प्रवचन?

हां, आधुनिक आदमी जल्दी में है, इसीलिए ठीक विपरीत बात मदद देगी। यदि तुम जल्दी में होते हो, तब पतंजलि सहायक होंगे क्योंकि वे जल्दी में नहीं हैं। वे प्रतिकारक (एंटिडोट) हैं। तुम्हारे मन को जरूरत है एंटिडोट की, विशेषकर पश्चिमी मन को। इस बात की ओर जरा इस ढंग से देखो: अब और कोई दूसरा मन अस्तित्व नहीं रखता सिवाय पश्चिमी मन के, कमोबेश हर जगह ऐसा है, पूरब में भी। पूरब को भी जल्दी है। इसीलिए वह आकर्षित हुआ है झेन में। झेन अचानक संबोधि की आशा दिलाता है। झेन जान पड़ता है इन्स्टेंट कॉफी की भांति, और आकर्षण है उसमें। लेकिन मैं जानता हूं कि झेन मदद न देगा। क्योंकि झेन के कारण नहीं है आकर्षण, आकर्षण है जल्दबाजी के कारण। और तब तुम नहीं समझते झेन को। पश्चिम में जो खबर उड़ी हुई है झेन के बारे में वह लगभग झूठी है। वह पूरी करता है उस मन की आवश्यकता को जो जल्दी में है, लेकिन यह बात सच नहीं झेन के विषय में।

यदि तुम जापान जाओ और पूछो झेन लोगों से, वे प्रतीक्षा करते तीस वर्ष तक, चालीस वर्ष तक प्रतीक्षा करते, सतोरी के घटने की। अचानक संबोधि के लिए भी व्यक्ति को कड़ा परिश्रम करना होता है। संबोधि अचानक होती है, लेकिन तैयारी लंबी होती है। यह बिलकुल ऐसे होता है जैसे तुम पानी उबालते हो: तुम पानी गर्म करते हो निश्चित डिग्री तक, सौ डिग्री तक, और पानी अकस्मात उड़ जाता है। ठीक—भाप तो अकस्मात बनती है लेकिन तुम्हें ताप को लाना हाता है सौ डिग्री तक। तपने में वक्त लगेगा, और तपन निर्भर करती है तुम्हारी प्रगाढ़ता पर।

यदि तुम जल्दी में होते हो तो कोई ऊष्मा नहीं होती है तुम में, क्योंकि तुम चाहोगे झेन सतोरी पा लेना, या कि जल्दी से संबोधि पा लेना, केवल प्रासंगिक रूप से ही, जैसे कि वह प्राप्त की जा सकती हो, जैसे कि वह खरीदी जा सकती हो। दौड़ते हुए, तुम इसे छीन लेना चाहोगे किसी के हाथ से। इस ढंग से ऐसा नहीं किया जा सकता है। फूल होते हैं, मौसमी फूल होते हैं। तुम बीज बोते हो और तीन सप्ताह के भीतर पौधे तैयार हो जाते हैं। लेकिन तीन महीनों में, पौधों में फूल खिले और चले गए, मिट गए।

यदि तुम जल्दी में हो, तो नशों में रस लेना बेहतर होगा बजाय कि ध्यान, योग, या झेन में रस लेने के, क्योंकि नशे तुम्हें सपने दे सकते हैं, तात्कालिक सपने; कई बार नरक के और कई बार स्वर्ग के सपने। तब मारिजुआना बेहतर होता है ध्यान से। यदि तुम जल्दी में हो, तब कोई शाश्वत चीज तुम्हें नहीं घट सकती, क्योंकि शाश्वतता को चाहिए शाश्वत प्रतीक्षा। यदि तुम शाश्वतता की मांग कर रहे हो कि वह तुम्हें घट जाए तो तुम्हें तैयार रहना होगा उसके लिए। जल्दबाजी मदद न देगी।

एक झेन कहावत है : यदि तुम जल्दी में होते हो, तो तुम कभी न पहुंचोगे। तुम बैठने भर से पहुंच सकते हो, लेकिन जल्दी करके तुम कभी नहीं पहुंच सकते। वह अधीरता ही बाधा है।

यदि तुम्हें जल्दी है तो पतंजलि हैं प्रतिकारक, एंटिडोट। यदि तुम्हें कोई जल्दी नहीं तो झेन भी संभव है। यह कथन विरोधाभासी जान पड़ेगा, लेकिन यह ऐसा ही है। यही कुछ है वास्तविकता, विरोधाभासी। यदि तुम्हें जल्दी होती है, तब इससे पहले कि संबोधि घटे, तुम्हें प्रतीक्षा करनी पड़ती है कई जन्मों तक। यदि तुम्हें कोई जल्दी नहीं होती, तब बिलकुल अभी घट सकती है यह।

मैं तुमसे एक कथा कहता हूं जो कि मुझे बहुत ज्यादा प्यारी है। यह प्राचीन भारतीय कथाओं में से एक है। नारद, पृथ्वी और स्वर्ग के बीच के संदेशवाहक, एक पौराणिक व्यक्तित्व, वे जा रहे थे स्वर्ग की ओर। वे थे डाकिए की भांति ही। वे निरंतर ऊपर-नीचे आते-जाते रहते थे। ऊपर से संदेश लाते, नीचे से संदेश लाते। उन्होंने जारी रखा था अपना काम। वे स्वर्ग के मार्ग पर जाते थे और वे एक बहुत वृद्ध मुनि के बिलकुल पास से गुजरे जो अपनी माला के मनके लिए राम नाम जपते हुए वृक्ष के नीचे बैठा हुआ था। उसने देखा नारद की तरफ और वह बोला, 'कहां जा रहे हो तुम? क्या तुम स्वर्ग की ओर जा रहे हो? तो मेरे ऊपर एक कृपा करना। पूछना ईश्वर से कि और कितनी प्रतीक्षा मुझे करनी होगी'—इस प्रश्न में ही अधैर्य मौजूद था—'और जरा यह भी याद दिला देना उनको कि तीन जन्मों से मैं ध्यान, तप कर रहा हूं। जो कुछ भी किया जा सकता है, मैंने कर लिया है। हर बात की एक सीमा होती है!' इसमें मांग थी, अपेक्षा थी, अधीरता थी। नारद बोले, 'मैं जा रहा हूं और मैं पूछूंगा।'

और उस वृद्ध मुनि के एक ओर ही एक दूसरे वृक्ष के नीचे, एक युवा व्यक्ति नाचते हुए और गाते हुए परमात्मा का नाम ले रहा था। मात्र मजाक में ही नारद ने उस युवा व्यक्ति से पूछ लिया, 'क्या तुम भी चाहोगे कि मैं तुम्हारे बारे में कुछ पूछूं? कि कितना समय लगेगा?' लेकिन वह युवक इतना ज्यादा डूबा हुआ था आनंद में कि उसने परवाह नहीं की। उसने उत्तर न दिया।

फिर कुछ दिनों के बाद, नारद लौट आए। वे उस वृद्ध से बोले, 'मैंने पूछा था ईश्वर से और वह हंस पड़ा और बोला—कम से कम तीन जन्मों तक और।' उस बूढ़े आदमी ने अपनी माला फेंक दी, और बोला, 'यह तो अन्याय हुआ। और जो कोई कहता है कि ईश्वर न्यायी है, वह गलत कहता है।' वह बहुत क्रोध में था। फिर नारद पहुंचे उस युवक के पास जो अभी भी नाच रहा था और कहने लगे वे उससे, 'हालांकि तुमने नहीं भी कहा, मैंने पूछ लिया। लेकिन अब मैं भयभीत हूं तुमसे कह देने में, क्योंकि वह बूढ़ा आदमी इतना क्रोध में आ गया कि वह मुझे पीट भी सकता था।' लेकिन वह युवक तो अभी भी नाच रहा था, पूछने में रुचि न ले रहा था। नारद बोले उससे, 'मैंने पूछा था उनसे, और ईश्वर ने कहा, कह देना उस युवक से कि जिस वृक्ष के नीचे वह नाच रहा है उसी के पत्ते गिन ले; इससे पहले कि वह उपलब्ध हो, उसे उतनी ही बार और जन्म लेना होगा।' युवक ने सुना और बड़े आनंद में डूब गया—हंसा और कूदा और उत्सव मनाने लगा। वह बोला, 'इतनी जल्दी? क्योंकि पृथ्वी तो पूरी भरी पड़ी है वृक्षों से, लाखों-लाखों वृक्षों से और बस यही पत्ते और इतनी ही संख्या? इतनी जल्दी? परमात्मा की असीम करुणा है, और मैं इसके योग्य नहीं।' और ऐसा कहा जाता है कि तुरंत ही वह उपलब्ध हो गया। उसी क्षण शरीर गिर गया। तत्क्षण ही वह संबोधि को उपलब्ध हुआ।

यदि तुम्हें जल्दी होती है, तो समय लगेगा इसमें। यदि तुम्हें कोई जल्दी नहीं होती तो यह संभव है

बिलकुल इसी क्षण।

पतंजलि प्रतिकारक हैं, एंटिडोट हैं उनके लिए जो जल्दी में होते हैं, और झेन है उनके लिए जो जल्दी में नहीं हैं। और इसके ठीक विपरीत घटता है; जिन लोगों को कोई जल्दी नहीं होती, वे पतंजलि की ओर आकर्षित हो जाते हैं। यह गलत है। यदि तुम्हें जल्दी है, तो अनुसरण करो पतंजलि का, क्योंकि वे तुम्हें खींचते-बढ़ाते चलते चलेंगे और तुम्हें तुम्हारे चेतना-बोध तक ले आएंगे। वे इतने लंबे समय तक मार्ग की बात करेंगे कि वे एक प्रघात होंगे तुम्हारे लिए। और यदि तुम उन्हें प्रवेश करने देते हो स्वयं में, तो तुम्हारी जल्दबाजी तिरोहित हो जाएगी।

इसीलिए मैं बात कर रहा हूं; मैं बात कर रहा हूं पतंजलि की तुम्हारे ही कारण। तुम जल्दी में हो और मुझे लगता है कि पतंजलि तुम्हारी अधीरता को गिरा देंगे। वे तुम्हें बढ़ाए चलेंगे; यथार्थ तक लौटा लायेंगे। वे तुम्हें तुम्हारे विवेक-बोध तक ले आयेंगे।

प्रवचन 7

निर्विचार समाधि और ऋतम्भरा प्रज्ञा

योगसूत्र
(समाधिपाद)

ता एव सबीज समाधिः।। ४६।।

ये समाधियां जो फलित होती हैं किसी विषय पर ध्यान करने से,
वे सबीज समाधियां होती हैं; और आवागमन के चक्र से मुक्त नहीं करतीं।

निर्विचार वैशारद्ये अध्यात्म प्रसादः।। ४७।।

समाधि की निर्विचार अवस्था की परम शुद्धता उपलब्ध होने पर
प्रकट होता है आध्यात्मिक प्रसाद।

ऋतम्भरा तत्र प्रज्ञा।। ४८।।

निर्विचार समाधि में चेतना सत्य से, ऋतम्भरा से संपूरित होती है।

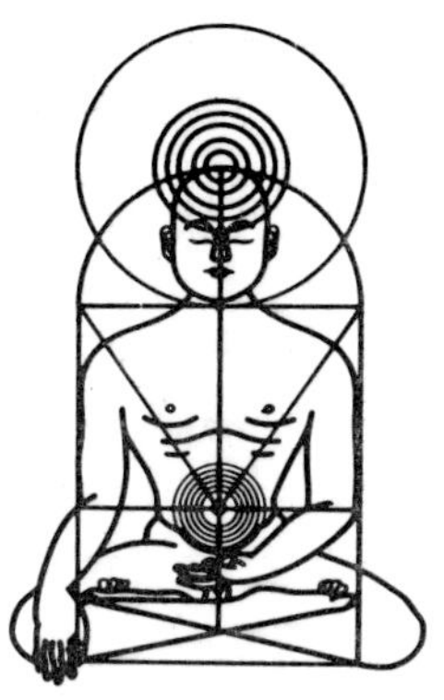

चिंतन-मनन ध्यान नहीं है। इनमें बड़ा भेद है और केवल परिमाणात्मक ही नहीं बल्कि गुणात्मक भेद है। वे भिन्न धरातलों पर अस्तित्व रखते हैं। उनके आयाम बिलकुल ही भिन्न होते हैं; केवल भिन्न ही नहीं, बल्कि एकदम ही विपरीत होते हैं। यह पहली बात है समझ लेने की; चिंतन संबंध रखता है किसी विषय-वस्तु से। यह दूसरे की ओर जाती चेतना की एक गति है। चिंतन बहिर्मुखी ध्यान है, परिधि की ओर बढ़ता हुआ, केंद्र से दूर होता हुआ। ध्यान है केंद्र की ओर बढ़ना, परिधि से दूर हटना, दूसरे से दूर होना। चिंतन लक्षित होता है दूसरे की ओर, ध्यान लक्षित होता है स्वयं की ओर। चिंतन में द्वैत विद्यमान होता है। वहां दो होते हैं, चिंतन और चिंतनगत। ध्यान में केवल एक ही होता है।

ध्यान के लिए अंग्रेजी शब्द 'मेडिटेशन' बहुत अच्छा नहीं है। यह 'ध्यान' या 'समाधि' का वास्तविक अर्थ नहीं देता, क्योंकि 'मेडिटेशन' शब्द से ही ऐसा प्रकट होता है कि तुम किसी चीज पर ध्यान कर रहे हो। इसलिए समझने की कोशिश करना: चिंतन है किसी चीज पर ध्यान करना; ध्यान है किसी चीज पर ध्यान नहीं करना, बस स्वयं भर हो रहना। केंद्र से हटकर कोई गति नहीं होती, बिलकुल ही नहीं होती। यह तो बस इतने समग्र रूप से स्वयं जैसा हो जाना है कि एक कंपकपाहट भी नहीं होती; आंतरिक लौ अकंप बनी रहती है। दूसरा खो चुका होता है, और केवल तुम होते हो। एक भी विचार वहां नहीं रहता। सारा संसार जा चुका होता है। मन अब वहां रहता ही नहीं; केवल तुम होते हो, तुम्हारी परम शुद्धता में। चिंतन तो किसी चीज की प्रतिच्छवि दिखलाते दर्पण की भांति है; ध्यान है केवल दर्पण होना, किसी चीज की प्रतिच्छवि नहीं दिखलाता। वह केवल विशुद्ध क्षमता है दर्पण होने की; लेकिन वास्तव में कोई चीज प्रतिबिंबित नहीं की जा रही होती।

चिंतन सहित उपलब्ध हो सकते हो निर्विचार समाधि को, बिना विचार की समाधि। लेकिन निर्विचार में एक विचार बना रहता है, और वह होता है अ-विचार का विचार। वह भी अंतिम विचार होता है, एकदम अंतिम, तो भी वह बना तो रहता है, व्यक्ति सचेत होता है इसके प्रति कि कोई विचार नहीं है, वह जानता है कि कोई विचार नहीं है। किंतु अ-विचार को जानना क्या होता है? एक बड़ा परिवर्तन आ चुका होता है—विचार मिट चुके होते हैं, लेकिन अब स्वयं अ-विचार ही एक विषय बन जाता है। यदि तुम कहते हो, 'मैं जानता हूं शून्य को', तो पर्याप्त शून्य नहीं होता; शून्यता का विचार वहां रहता है। मन अभी भी काम कर रहा होता है, बहुत, बहुत निष्क्रिय, नकारात्मक ढंग से काम कर रहा

होता है—लेकिन अभी भी काम तो कर ही रहा है। तुम सजग हो कि वहां शून्यता है। अब यह शून्यता होती क्या है जिसके बारे में तुम सजग होते हो? यह बहुत सूक्ष्म होती है। सर्वाधिक सूक्ष्म, अंतिम होती है; जिसके बाद विषय संपूर्णतया तिरोहित हो जाता है।

अतः जब कभी कोई शिष्य झेन गुरु के पास अपनी उपलब्धि सहित बड़ी प्रसन्नता से आता है और कहता है, 'मैंने पा लिया है शून्यता को', तो गुरु कहता है, 'जाओ और दूर फेंक दो इस शून्यता को। फिर मत लाना इसे मेरे पास। यदि तुम सचमुच ही खाली हुए हो तो वहां शून्यता का कोई विचार भी नहीं होता।'

ऐसा ही हुआ है सुभूति की उस प्रसिद्ध कथा में। वह वृक्ष तले बैठा हुआ था बिना किसी विचार के, अ-विचार का विचार भी न था। अकस्मात, फूल बरस पड़े। वह चकित हो गया—'क्या घट रहा है?' उसने देखा चारों ओर; फूल ही फूल झरते थे आकाश से। उसे चकित हुआ देखकर देवताओं ने कहा उससे, 'चकित मत होओ। हमने आज शून्यता पर सबसे बड़ा प्रवचन सुना है। तुमने दिया है उसे। हम उत्सव मना रहे हैं और हम तुम पर ये फूल बरसा रहे हैं प्रतीक के रूप में, शून्यता पर दिए तुम्हारे प्रवचन पर उत्सव मना रहे हैं और उसका सम्मान कर रहे हैं।' सुभूति ने कंधे उचका दिए और बोला, 'मगर मैं तो कुछ बोला ही नहीं।' देवताओं ने कहा, 'हां तुम तो नहीं बोले, और न ही हमने सुना है—यही तो है, शून्यता पर दिया गया सबसे बड़ा प्रवचन।'

यदि तुम बोलते हो, यदि तुम कहते हो, 'मैं खाली हूं', तो तुम चूक गए। अ-विचार के विचार तक निर्विचार समाधि होती है, कोई चिंतन-मनन नहीं। लेकिन फिर भी अंतिम अंश तो बाकी है; हाथी गुजर गया है दुम रह गयी है, मगर अंतिम अंश। और कई बार दुम ज्यादा बड़ी सिद्ध होती है हाथी से, क्योंकि वह बहुत सूक्ष्म होती है। विचारों को फेंक देना आसान है, लेकिन शून्यता को कैसे फेंकें, अ-विचार को कैसे फेंकें? वह बहुत-बहुत सूक्ष्म होता है; उसे कैसे पूरी तरह समझोगे? ऐसा ही हुआ जब झेन गुरु ने शिष्य से कहा, 'जाओ और फेंक दो इस शून्यता को!' शिष्य कहने लगा, 'पर कैसे फेंकना होगा शून्यता को?' गुरु कहने लगा, 'तो ले जाओ इसे। जाओ फेंको इसे, पर अपने सिर में शून्यता लेकर मत खड़े रहना मेरे पास। कुछ करो इस बारे में।'

यह बहुत सूक्ष्म होता है। कोई चिपक सकता है इससे; लेकिन तब मन ने तुम्हें धोखा दे दिया अंतिम स्थल पर। निन्यानबे प्वाइंट नौ प्रतिशत तुम पहुंच चुके; बस आखिरी चरण ही बाकी था। सौ डिग्री पर तो वह संपूर्ण हो चुका होता और तुम तिरोहित हो चुके होते।

अब तक तो पतंजलि कहते हैं कि यह चिंतन-रहित समाधि है—निर्विचार समाधि। यदि तुम उपलब्ध हो चुके होते हो इस समाधि को, तो तुम हो जाओगे बहुत-बहुत प्रसन्न, मौन, शांत। तुम भीतर सदा रहोगे अपने में स्थिर, अपने से जुड़े हुए। तुम पाओगे एक निश्चित संगठित केंद्रीकरण; तुम नहीं रहोगे साधारण मनुष्य। तुम लगभग अतिमानव जान पड़ोगे, लेकिन तो भी तुम्हें फिर-फिर लौटना होगा। तुम जन्म लोगे, तुम्हारी मृत्यु होगी।

आवागमन का चक्र थमेगा नहीं क्योंकि अ-विचार सूक्ष्म बीज की भांति ही होता है; बहुत सारे जन्म इसमें से चले आएंगे। बीज बहुत सूक्ष्म होता है, वृक्ष बड़ा होता है, लेकिन सारा वृक्ष छिपा है बीज में ही। राई का बीज हो सकता है बहुत छोटा, लेकिन वह वृक्ष लिए रहता है अपने भीतर। वह भरा हुआ होता है, उसका पूरा खाका लिए रहता है; वह सारे वृक्ष को ला सकता है फिर और फिर, और फिर।

और एक बीज से लाखों बीज आ सकते हैं; एक छोटा-सा राई का बीज सारी पृथ्वी को भर सकता है पेड़-पौधों से।

अ-विचार सूक्ष्मतम बीज होता है। और यदि तुम्हारे पास होता है वह, तो पतंजलि कहते हैं इसे 'बीज सहित समाधि, सबीज समाधि।' तुम आना जारी रखोगे, चक्र चलना जारी रहेगा—जन्म और मृत्यु, जन्म और मृत्यु। यह बात दोहराई जाती रहेगी। अभी तक तुमने बीज जलाए नहीं हैं।

यदि तुम जला सकते हो अ-विचार के इस विचार को, यदि तुम अनात्म के इस विचार को जला सकते हो, यदि तुम न-अहंकार के इस विचार को जला सकते हो केवल तभी निर्बीज समाधि घटती है, बिना बीज की समाधि। तब कोई जन्म नहीं होता, कोई मृत्यु नहीं होती। तुम संपूर्ण चक्र के ही बाहर हो जाते हो, तुम उसके पार चले जाते हो। अब तुम होते हो विशुद्ध चेतना। द्वैत गिर चुका; तुम एक हो चुके। यह एकमयता, द्वैत का यह गिरना ही होता है मृत्यु और जीवन का गिर जाना। सारा चक्र अकस्मात थम जाता है—तुम दुखस्वप्न के बाहर हो जाते हो।

अब हम इन सूत्रों में प्रवेश करेंगे। वे बहुत-बहुत सुंदर हैं। उन्हें समझने की कोशिश करना। गहरा है उनका अर्थ। तुम बहुत-बहुत सजग होना उस सूक्ष्म अर्थ-भेद को समझने के लिए।

ये समाधियां जो फलित होती हैं किसी विषय पर ध्यान करने से, वे सबीज समाधियां हैं; और आवागमन के चक्र से मुक्त नहीं करतीं।

'ये समाधियां जो फलित होती हैं किसी विषय पर ध्यान करने से...।'

तुम ध्यान कर सकते हो किसी विषय पर, वह पौद्‌गलिक हो या कि आध्यात्मिक। वह विषय धन हो, या कि वह विषय मोक्ष हो, उस अंतिम उपलब्धि का विषय; कोई पत्थर हो सकता है या कोहिनूर हीरा हो सकता है विषय; इससे कुछ भेद नहीं पड़ता। यदि विषय वहां होता है, तो मन वहां होता है; और विषय होता है, तो मन जारी रहता है। मन की निरंतरता होती है विषय द्वारा। दूसरे के द्वारा, मन निरंतर पोषित होता है। और जब दूसरा वहां होता है, तो तुम स्वयं को नहीं जान सकते; संपूर्ण मन केंद्रित हुआ होता है, दूसरे पर ही। दूसरे को हटा देना होता है, बिलकुल हटा देना होता है जिससे कि तुम्हारे लिए सोचने को कुछ रहे ही नहीं, तुम्हारे लिए तुम्हारा ध्यान देने को कुछ न रहे, कोई जगह ही न हो जहां तुम सरक सको।

'विषय के साथ,' पतंजलि कहते हैं, 'बहुत सारी संभावनाएं होती हैं।' तुम विषय के साथ संबंध में जुड़ सकते हो बौद्धिक प्राणी के रूप में; तुम तार्किक रूप से विषय के बारे में सोच सकते हो। तब पतंजलि इसे नाम देते हैं सवितर्क समाधि। ऐसा बहुत बार घटता है: जब कोई वैज्ञानिक किसी विषय-वस्तु का परीक्षण कर रहा होता है तो वह बिलकुल मौन हो जाता है। वह विषय के साथ इतना तल्लीन होता है कि उसके अंतस आकाश में, उसकी अंतस सत्ता में कोई विचार घुमड़ता ही नहीं। कई बार जब कोई बच्चा अपने खिलौने के साथ खेल रहा होता है, वह इतना तल्लीन हो जाता है कि मन संपूर्णतया, लगभग समाप्त हो जाता है। एक बड़ी गहरी शांति विद्यमान रहती है। विषय तुम्हारा सारा ध्यान थाम लेता है; कोई चीज पीछे नहीं बच रहती। किसी चिंता की संभावना नहीं, कोई तनाव संभव

नहीं होता, कोई पीड़ा संभव नहीं होती, क्योंकि तुम समग्र रूप से समाए होते हो विषय में, तुम उतर चुके होते हो विषय में।

ऐसा घटा सुकरात को, वह था वैज्ञानिक, वह था बड़ा दार्शनिक, वह बाहर खड़ा था एक रात। वह एक पूर्णिमा की रात थी और वह देख रहा था चांद की ओर। वह इतना तल्लीन हो गया—वह जरूर उसी में डूबा होगा जिसे पतंजलि कहते हैं सवितर्क समाधि। जो सर्वाधिक तार्किक व्यक्ति हुए हैं, वह उनमें से ही एक था; सर्वाधिक बौद्धिक मन जो होते हैं उनमें से एक; वह बुद्धि संपन्नता का शिखर था। वह सोच रहा था चांद के बारे में, सितारों के बारे में, रात के बारे में और आकाश के बारे में और वह बिलकुल भूल ही गया स्वयं को। बर्फ गिरने लगी और सुबह तक करीब-करीब मरा हुआ ही पाया गया, उसका आधा शरीर बर्फ से ढका हुआ था, जमा हुआ था, और अब तक वह देख रहा था आकाश की ही तरफ। वह जिंदा था, पर ठंड के मारे जम गया था। लोग आए थे खोजने को कि वह कहां चला गया, और उन्होंने उसे पाया खड़े हुए। सारी रात वह वृक्ष के नीचे खड़ा रहा था। जब उन्होंने पूछा, 'तुम घर वापस क्यों नहीं लौटे?—और बर्फ गिर रही है और मर सकता है व्यक्ति।' वह बोला, 'मैं तो बिलकुल भूल ही गया था इसे बारे में। मेरे लिए तो यह गिरी ही नहीं। मेरे लिए तो समय गुजरा ही नहीं। मैं रात के सौंदर्य में, और सितारों में और अस्तित्व की सुसंबद्धता में और ब्रह्मांड में ही इतना डूबा हुआ था।'

तर्क सदा घुलमिल जाता है सुव्यवस्था के साथ, उस समस्वरता के साथ जो ब्रह्मांड में अस्तित्व रखती है। तर्क विषय के चारों ओर घूमता रहता है। वह उसके ही चारों तरफ और इधर-उधर और आस-पास चक्कर लगाता रहता है। सारी ऊर्जा विषय द्वारा ले ली जाती है। यह तर्कमय समाधि होती है, सवितर्क, पर विषय तो होता ही है वहां। वैज्ञानिक, बौद्धिक, दार्शनिक मन प्राप्त करता है इसे।

फिर पतंजलि कहते कि एक और समाधि है, 'निर्वितर्क', आनंद में डूबे मन की; कवि, चित्रकार, संगीतकार उपलब्ध करते हैं इसको। कवि सीधे-सीधे उतर जाता है विषय में, उसके इधर और उधर ही नहीं रहता, पर फिर भी विषय वहां होता है। वह शायद उसके बारे में सोच नहीं रहा होता, लेकिन उसका ध्यान केंद्रित होता है उस पर। सिर क्रियान्वित नहीं रहा होगा, तो शायद हृदय ही क्रियान्वित होता होगा, पर फिर भी विषय तो मौजूद होता है, दूसरा होता ही है वहां। एक कवि बहुत गहन, आनंदमयी अवस्थाओं को उपलब्ध हो सकता है, लेकिन न तो वैज्ञानिक के लिए, न ही कवि के लिए पुनर्जन्म का चक्र समाप्त हो सकता है।

फिर पतंजलि पहुंच जाते हैं 'सविचार समाधि' तक; तर्क गिरा दिया गया, मात्र शुद्ध मनन रहता है। किसी के बारे में नहीं—केवल उसे देखना, उस पर ध्यान करना, उसके साक्षी बने रहना। ज्यादा गहरे आयाम खुलते हैं; तो भी विषय बना रहता, और तुम आविष्ट रहते विषय द्वारा ही। तुम अभी भी तुम्हारे अपने 'स्व' में नहीं होते—दूसरा होता है वहां। फिर पतंजलि आ पहुंचते निर्विचार तक।

निर्विचार में धीरे-धीरे विषय सूक्ष्म बन जाता है। यह सब से महत्वपूर्ण बात है समझ लेने कीः निर्विचार में विषय ज्यादा और ज्यादा सूक्ष्म हो जाता है। स्थूल विषय-वस्तुओं से तुम सरकते हो सूक्ष्म विषय की ओर—चट्टान से फूल की ओर, फूल से सुवास की ओर। तुम सरकते हो सूक्ष्म की ओर। धीरे-धीरे एक घड़ी आती है, जब विषय बहुत सूक्ष्म हो जाता है, लगभग ऐसे ही जैसे कि वह हो ही नहीं।

उदाहरण के लिए: यदि तुम ध्यान-मनन करते हो शून्यता का, यदि विषय लगभग हो ही नहीं, तुम ध्यान करते हो ना-कुछ पर। ऐसी बौद्ध-पद्धतियां हैं जो जोर देती हैं केवल ध्यान पर, और जो है, 'नहीं-कुछ-होने' पर ध्यान करना। व्यक्ति को सोचना होता है, व्यक्ति को ध्यान करना होता है, व्यक्ति को यह धारणा आत्मसात करनी होती है कि कोई चीज अस्तित्व नहीं रखती। निरंतर 'नहीं-कुछ' पर ध्यान करते हुए, एक घड़ी आती है तब विषय इतना सूक्ष्म हो जाता है कि वह तुम्हारे ध्यान को पकड़ नहीं सकता, वह इतना सूक्ष्म होता जाता है कि चिंतन-मनन करने को कुछ बचता ही नहीं, और व्यक्ति इसी तरह चलता जाता है और चलता चला जाता है। अचानक, एक दिन चेतना स्वयं पर उछल जाती है। वहां विषय में कोई स्थायी जगह न पाकर, कोई आधार न पाकर, चेतना उछल पड़ती है स्वयं पर; वह लौट आती है, स्वयं अपने केंद्र पर वापस लौट आती है। तब वह उच्चतम, शुद्धतम, निर्विचार हो जाती है।

उच्चतम निर्विचार अवस्था तब होती है जब चेतना स्वयं पर ही उछल आती है। यदि तुम सोचने लगते हो, 'मैंने प्राप्त कर लिया अ-विचार को और मैंने पा लिया है नहीं-कुछ होने को', तो फिर तुमने निर्मित कर लिया होता है एक विषय और चेतना दूर सरक चुकी होती है। ऐसा बहुत बार घटता है खोजी को। अंतःरहस्यों को न जानते हुए, बहुत बार तुम छलांग लगा जाते हो स्वयं पर; कई बार तुम छू लेते हो अपने केंद्र को, और फिर तुम बाहर चले जाते हो। अकस्मात, विचार उदित होता है, 'हां, मैंने पा लिया है।' अकस्मात, तुम अनुभव करने लगते, 'हां, यही है वह। सतोरी घट गई, समाधि उपलब्ध हो गई।' तुम इतना आनंदपूर्ण अनुभव करते हो कि ऐसे विचार का उदित होना स्वाभाविक होता है। लेकिन यदि विचार उठता है, तो फिर तुम किसी उस बात की पकड़ में आ गए जो कि वस्तुगत होती है। आत्मपरकता फिर खो जाती; एकत्व दो हो चुका। द्वैत फिर आ पहुंचा वहां।

व्यक्ति को सजग होना होता है अ-विचार के विचार को न आने देने के लिए। कोशिश मत करना—जब कभी ऐसा कुछ घटे, उसी में बने रहना। उसके बारे में सोचने की कोशिश मत करना, उसके बारे में कोई धारणा मत बनाना; उसका आनंद मनाना। तुम कर सकते हो नृत्य, उससे कोई अड़चन न होगी, लेकिन शब्दों द्वारा बनी अभिव्यक्ति को मत आने देना, भाषा को मत आने देना। नृत्य अड़चन नहीं देगा, क्योंकि नृत्य में तुम एक हो जाते हो।

सूफी परंपरा में, नृत्य का प्रयोग किया जाता है मन से बचने के लिए। अंतिम अवस्था में, सूफी गुरु बताते हैं, 'जब तुम उस स्थल तक आ पहुंचो जहां कि विषय तिरोहित हो जाए, तो तुरंत नृत्य करने लगना जिससे कि ऊर्जा शरीर में बहे और मन में नहीं बहे। तुरंत कुछ करने लगना, कुछ भी चीज मदद देगी।'

जब झेन गुरु उपलब्ध होते हैं, तो वे पेट भरकर सच्ची हंसी हंसना शुरू कर देते हैं, बहुत गर्जन-भरी, एक सिंह गर्जना। क्या कर रहे होते हैं वे? ऊर्जा वहां है और पहली बार ऊर्जा एक हो गयी है। यदि तुम मन में कुछ और आने देते हो, तो तुरंत भेद फिर वहां आ बनता है, और भेद बनाना तुम्हारी पुरानी आदत है। कुछ दिनों तक डटी रहेगी वह। कूदो, दौड़ो, नाचो, अच्छी पेट भर हंसी हंसो, कुछ करो जिससे कि ऊर्जा शरीर में सरके और सिर में न सरके। क्योंकि ऊर्जा है वहां, पुराना ढांचा है वहां, वह फिर से पुराने ढंग में सरक सकती है।

बहुत से लोग आते हैं मेरे पास, और जब कभी ऐसा घटता है, तो सब से बड़ी समस्या उठ खड़ी होती है। मैं कहता हूं सब से बड़ी, क्योंकि यह कोई साधारण समस्या नहीं होती। मन फौरन उसे धर

पकड़ता है और कहता है, 'हां तुम उपलब्ध हो गए!' अहंकार प्रवेश कर चुका, मन प्रवेश कर गया और हर चीज खो जाती है। एक ही विचार और बड़ा भेद तुरंत वहां आ पहुंचता है। नृत्य अच्छा होता है। तुम कर सकते हो नृत्य—कुछ गड़बड़ाएगा नहीं उससे। तुम आनंदित हो सकते हो। तुम उत्सव मना सकते हो। इसीलिए मेरा जोर है उत्सव पर।

प्रत्येक ध्यान के बाद उत्सव मनाओ, जिससे कि उत्सव तुम्हारा हिस्सा बन जाए। जब अंतिम घटता है, तो तुरंत तुम उत्सव मना पाओगे।

वे समाधियां, जो किसी विषय पर ध्यान करने से फलित होती हैं, सबीज समाधियां होती हैं; और आवागमन के चक्र से मुक्त नहीं करतीं।

सारी समस्या यही होती है कि दूसरे से, विषय से, कैसे मुक्त हों? विषय ही होता है सारा संसार। तुम आओगे फिर-फिर यदि विषय वहां होता है तो, क्योंकि विषय के साथ ही विद्यमान होती है आकांक्षा, विषय के साथ ही जीवन बना रहता है विचार का, विषय के साथ ही अस्तित्व होता है अहंकार का, विषय के साथ ही अस्तित्व रखते हो 'तुम'। यदि विषय गिर जाता है, तुम गिर पड़ोगे अचानक ही, क्योंकि विषय और व्यक्ति एक साथ ही अस्तित्व रखते हैं। वे एक दूसरे के हिस्से हैं; एक का अस्तित्व नहीं बना रह सकता है। ऐसा सिक्के की भांति ही है। चित्त और पट एक साथ अस्तित्व रखते हैं। तुम एक को बचा, दूसरे को नहीं फेंक सकते। तुम चित्त को नहीं बचा सकते और पट को नहीं फेंक सकते—वे दोनों इकट्ठे ही हैं। या तो तुम उन दोनों को रख लो और या फिर दोनों को ही फेंक दो। यदि तुम एक को फेंकते हो तो दूसरा फिंक जाता है। व्यक्ति और विषय साथ-साथ होते हैं, वे एक होते हैं, एक ही चीज के पहलू होते हैं। जब विषय गिर जाता है, तुरंत व्यक्ति-परकता का संपूर्ण घर ही ढह जाता है। तब तुम फिर वही पुराने न रहे। तब तुम पार चले गए, और केवल 'पार' ही जीवन-मृत्यु के पार है।

तुम्हें मरना होगा, तुम्हें होना होगा पुनर्जीवित। जब मर रहे होते हो, तो वृक्ष की भांति तुम फिर से बीज में एकत्रित कर लेते हो अपनी आकांक्षाओं, अभीप्साओं को। तुम नहीं जाते दूसरे जन्म में, बीज उड़ जाता है और जा पहुंचता है दूसरे जन्म में। वह सब जिसे तुमने जीया होता है, चाहा होता है—तुम्हारी कुंठाएं, तुम्हारी विफलताएं, तुम्हारी सफलताएं, तुम्हारे प्रेम, घृणा—जब तुम मर रहे होते हो तो सारी ऊर्जा इकट्ठी हो जाती है एक बीज में। वह बीज होता है ऊर्जा का। वह बीज कूद पड़ता है तुम में से और सरक जाता है किसी गर्भ में। फिर वह बीज पुनर्निर्मित कर देता है तुम्हें, वृक्ष के बीज की भांति ही। जब वह वृक्ष मरने वाला होता है, वह सुरक्षित रखता है स्वयं को बीज में। बीज के द्वारा वृक्ष डटा रहता है; बीज के द्वारा 'तुम' डटे रहते हो, अटके रहते हो। इसीलिए पतंजलि इसे कहते हैं, 'सबीज' समाधि। यदि विषय वहां होता है, तो तुम्हें फिर-फिर जन्म लेना होगा, तुम्हें गुजरना पड़ेगा उसी दुख में से, उसी नरक में से जो है जीवन, जब तक कि तुम बीज-विहीन ही न हो जाओ।

और बीज-विहीनता होती क्या है? यदि विषय वहां नहीं होता, तो बीज नहीं होता। तब तुम्हारे पिछले सारे कर्म बिलकुल तिरोहित हो जाते हैं, क्योंकि वस्तुतः तुमने तो कभी कुछ किया ही नहीं। हर चीज होती रही है मन के द्वारा—मगर तुम तादात्म्य बना लेते हो, तुम सोचते हो, तुम्हीं मन हो। हर चीज

की गयी है शरीर के द्वारा—लेकिन तुम बना लेते हो तादात्म्य, तुम सोच लेते हो कि तुम शरीर हो।

बीज-विहीन समाधि में, निर्विचार समाधि में, जब केवल चेतना अस्तित्व रखती है अपनी परम शुद्धता में, तो पहली बार तुम्हें सारी बात समझ में आती है: कि तुम कभी नहीं रहे कर्ता। तुमने कभी एक भी चीज नहीं चाही। चाहने की कोई जरूरत नहीं क्योंकि हर चीज तुममें है। तुम आत्यंतिक सत्य हो। यह तुम्हारी मूढ़ता थी कुछ चाहना, और क्योंकि तुमने चाहा, तुम भिखारी हो गए। साधारणतया तुम उलटे ढंग से सोचते हो—तुम सोचते कि तुम आकांक्षा करते हो क्योंकि तुम भिखारी हो। लेकिन निर्बीज समाधि में यह समझ अवतरित होती है कि यह तो बिलकुल दूसरी ही बात है: क्योंकि तुम आकांक्षा करते हो, तो तुम भिखारी हो। तुम संपूर्णतया सिर के बल खड़े होते हो, उलटे खड़े होते हो। यदि आकांक्षा तिरोहित हो जाती है, तो तुम एकदम अकस्मात सम्राट हो जाते हो। भिखारी तो कभी वहां था ही नहीं। वह था तो केवल इसीलिए कि तुम आकांक्षा कर रहे थे। वह था क्योंकि तुम बहुत ज्यादा सोच रहे थे विषय को लेकर। तुम इतने ज्यादा आविष्ट थे विषय और विषयों द्वारा, कि तुम्हारे पास समय न था और कोई सुअवसर न था और कोई स्थान न था भीतर देखने को। तुम बिलकुल भूल ही गए थे कि भीतर कौन है। भीतर है वह परम दिव्य, और भीतर है स्वयं परमात्मा।

इसीलिए हिंदू कहे चले जाते हैं, 'अहं ब्रह्मास्मि।' वे कहते हैं, 'मैं हूं अंतिम सत्य।' लेकिन मात्र ऐसा कहने से, उसे नहीं पाया जा सकता है। व्यक्ति को पहुंचना होता है निर्विचार समाधि तक। केवल तभी उपनिषद सत्य हो जाते हैं, केवल तभी सत्य हो जाते हैं बुद्ध-पुरुष। तुम हो जाते हो साक्षी। तुम कहते, 'हां वे ठीक हैं', क्योंकि अब यह बात तुम्हारा अपना अनुभव बन चुकी होती है।

समाधि की निर्विचार अवस्था की परम शुद्धता उपलब्ध होने पर प्रकट होता है आध्यात्मिक प्रसाद।

'निर्विचार वैशारद्ये अध्यात्म प्रसादः।'

यह शब्द 'प्रसाद' बहुत-बहुत सुंदर है। जब कोई स्वयं की सत्ता में स्थिर हो जाता है, घर आ जाता है, अकस्मात वहां चला आता है आशीष, एक प्रसाद। वह सब जिसे किसी ने सदा से चाहा होता है, अकस्मात पूरा हो जाता है। जो तुम होना चाहते थे, अचानक तुम हो जाते हो, और तुमने कुछ किया नहीं होता उसके लिए, तुमने कोई प्रयास नहीं किया होता उसके लिए! निर्विचार समाधि में व्यक्ति जान लेता है कि अपने सच्चे स्वभाव में, गहनतम स्वभाव में व्यक्ति सदा ही संपूरित होता है। वहां होता है एक संपूरित नृत्य!

'निर्विचार समाधि की परम शुद्धता उपलब्ध होने पर...!'

और परम शुद्धता होती क्या है?—जहां अ-विचार का विचार तक भी विद्यमान नहीं होता है। वही है परम परिशुद्धता जहां दर्पण बस दर्पण ही होता है, उसमें कुछ प्रतिबिंबित नहीं हो रहा होता—क्योंकि प्रतिबिंब भी एक अशुद्धता ही होती है। वस्तुतः वह दर्पण के साथ कुछ जोड़ता नहीं, पर फिर भी दर्पण परिशुद्ध नहीं रहता। प्रतिबिंब कुछ बिगाड़ नहीं सकता दर्पण का। वह कोई पदचिह्न, कोई अवशेष न छोड़ेगा, वह कोई छाप न छोड़ेगा दर्पण पर, लेकिन जब वह वहां होता है तो दर्पण भरा रहता है किसी दूसरी ही चीज से। कोई बाहरी चीज वहां होती है। दर्पण अपनी परम शुद्धता में, अपनी परम एकांतिकता

में नहीं होता। दर्पण निर्दोष न रहा; कोई चीज मौजूद है वहां।

जब मन संपूर्णतया जा चुका होता है और वहां अ-मन भी नहीं होता; किसी भी, कोई भी चीज का विचार मात्र भी वहां नहीं होता; इतने आनंदपूर्ण क्षण में होने की तुम्हारी अवस्था का विचार भी नहीं होता, जब तुम समाधि की निर्विचार अवस्था की इस परम शुद्धता में ही होते हो, तो प्रकट होता है आध्यात्मिक प्रसाद। बहुत-सी चीजें घटती हैं।

ऐसा ही घटा था सुभूति कोः अचानक फूलों की वर्षा हो गई बिना किसी ज्ञात कारण के ही, और उसने कुछ नहीं किया था। यदि वह होता, तो फूलों की वर्षा न हुई होती। वह तो बस विस्मरण से भरा था किसी भी चीज के लिए। वह इतना ज्यादा अवस्थित था स्वयं में—चेतना की सतह पर कोई छोटी-सी लहर तक न उठी थी; दर्पण में एक भी प्रतिबिंब न था; आकाश में कोई श्वेत बादल तक न था—कुछ नहीं। बरस गए फूल...।

ऐसा ही कहते हैं पतंजलि, 'निर्विचार वैशारद्ये अध्यात्म प्रसादः।' अचानक उतर आता है प्रसाद। वास्तव में, वह उतरता ही रहा है सदा से।

तुम सजग नहीं हो, बिलकुल अभी फूल बरस रहे हैं तुम पर, लेकिन तुम खाली नहीं हो अतः तुम नहीं देख सकते हो उन्हें। केवल शून्यता की आंखों से वे दिखाई पड़ सकते हैं, क्योंकि वे इस संसार के फूल नहीं हैं, वे फूल हैं किसी दूसरे ही संसार के।

वे सब जो उपलब्ध हुए हैं इस बिंदु पर सहमत हैंः कि उस अंतिम उपलब्धि में व्यक्ति अनुभव करता है कि बिलकुल किसी कारण के बिना ही, हर चीज परिपूरित होती है। व्यक्ति इतना आनंदित अनुभव करता है, और उसने कुछ किया नहीं होता है इसके लिए। तुमने कुछ तो किया ही होता है ध्यान के बारे में, तुमने कुछ न कुछ तो किया ही होता है चिंतन-मनन के बारे में; तुमने कुछ तो किया ही होता है इस बारे में कि विषय से कैसे न चिपका जाए; तुमने कुछ न कुछ किया ही होता है इन दिशाओं में, लेकिन तुमने कुछ नहीं किया होता उस अचानक प्रसाद के तुम पर बरस जाने के लिए। तुमने कुछ नहीं किया होता तुम्हारी इच्छाओं को पूरा करने के लिए।

विषय के साथ दुख बना रहता है, आकांक्षा के साथ दुखी मन बना रहता है; मांग के साथ, शिकायती मन के साथ, नरक बना रहता है। अचानक जब विषय जा चुका होता है, नरक भी मिट चुका होता है और स्वर्ग बरस रहा होता है तुम पर। यह घड़ी होती है प्रसाद की। तुम नहीं कह सकते कि तुमने उपलब्ध किया इसे। तुम केवल यही कह सकते हो कि तुमने कुछ नहीं किया। यही अर्थ है प्रसाद काः तुम्हारे अपने से कुछ किए बिना वह घट रहा होता है। वस्तुतः वह सदा घटता ही रहता है, लेकिन तुम किसी न किसी तरह चूकते ही रहे। तुम बहुत तन्मय होते हो विषय के साथ, और इसलिए तुम भीतर देख ही नहीं सकते, नहीं देख सकते उसे जो घट रहा होता है वहां। तुम्हारी आंखें भीतर की ओर नहीं देख रही होतीं। तुम्हारी आंखें देख रही होती हैं बाहर की ओर। तुम उत्पन्न हुए होते हो पहले से ही परिपूर्ण होकर। तुम्हें कुछ करने की जरूरत नहीं, तुम्हें एक कदम भी बढ़ाने की जरूरत नहीं। यही अर्थ है प्रसाद का।

'...प्रकट होता है आध्यात्मिक प्रसाद।'

सदा ही तुम घिरे रहे हो अंधकार से। जागरूकता सहित भीतर बढ़ने पर, वहां प्रकाश होता है और उस प्रकाश में तुम जान लेते हो कि कोई अंधकार कहीं था ही नहीं। तुम्हारा बस अपना तालमेल नहीं

बैठा हुआ था स्वयं के साथ; वही था एकमात्र अंधकार।

यदि तुम समझ लेते हो इसे, तब तो मात्र मौन होकर बैठने से ही हर चीज संभव हो जाती है। तुम यात्रा करते ही नहीं और तुम पहुंच जाते हो लक्ष्य तक। तुम कुछ नहीं करते और हर चीज घट जाती है। कठिन है समझना क्योंकि मन तो कहता है, 'कैसे संभव होता है यह? और मैं करता रहा हूं इतना कुछ! तब भी परम आनंद घटित नहीं हुआ, तो कैसे यह घट सकता है बिना कुछ किए ही? हर कोई खोज रहा है प्रसन्नता को और हर कोई चूक रहा है उसे। और मन कहता है, निस्संदेह तर्कपूर्ण रूप से कहता है कि यदि इतनी ज्यादा खोज से वह नहीं घटता है तो कैसे वह घट सकता है बगैर खोजे ही? लोग जो बातें कर रहे हैं इन चीजों के बारे में वे जरूर पागल हो गए हैं: 'मनुष्य को तो बहुत परिश्रमपूर्वक खोजना होता है, केवल तभी ऐसा संभव होता है।' और फिर मन कहे चला जाता है; 'परिश्रम से खोजो। ज्यादा प्रयास करो। तेज दौड़ो। गति पाओ। क्योंकि लक्ष्य तो बहुत दूर है।'

लक्ष्य तुम्हारे भीतर है। किसी तेज गति की कोई आवश्यकता नहीं, और कहीं जाने की कोई आवश्यकता नहीं। कुछ भी तो करने की आवश्यकता नहीं। आवश्यकता है केवल अ-क्रियात्मक अवस्था में मौनपूर्ण ढंग से बैठ जाने की, बिना किसी विषय के, संपूर्ण रूप से मात्र स्वयं हो जाने की, इतने पूर्णरूप से केंद्रस्थ हो जाने की, कि एक छोटी-सी लहर भी न उठती हो सतह पर, तब वहां होता है प्रसाद। तब प्रसाद उतर आता है तुम पर, कृपा की वर्षा हो जाती है और तुम्हारा पूरा अस्तित्व भर जाता है एक अज्ञात प्रसाद से। तब यही संसार हो जाता है स्वर्ग। तब यही जीवन हो जाता है दिव्य, और कोई चीज गलत नहीं होती। तब हर चीज उसी तरह होती है जैसी कि होनी चाहिए। तुम्हारे आंतरिक परम आनंद सहित तुम हर कहीं आनंद अनुभव करते हो। एक नए बोध के साथ, एक नयी स्पष्टता के साथ, कोई दूसरा संसार न रहा, कोई दूसरा जीवन नहीं, कोई दूसरा समय नहीं। केवल यही क्षण, यही अस्तित्व है सत्य।

लेकिन जब तक तुम स्वयं अनुभव नहीं करते, तुम चूकते चले जाओगे उन सब प्रसादों को जिन्हें कि अस्तित्व देता है उपहारों के रूप में।

'प्रसाद' का अर्थ है कि यह अस्तित्व की ओर से एक उपहार है। तुमने इसे अर्जित नहीं किया है, तुम इसे दावे से मांग नहीं सकते। वस्तुतः जब दावेदार चला जाता है, तो अचानक यह वहां मौजूद हो जाता है।

'समाधि की निर्विचार अवस्था की परम शुद्धता उपलब्ध होने पर प्रकट होता है आध्यात्मिक प्रसाद।'

और तुम्हारी अंतरतम सत्ता प्रकाश के स्वभाव की है। चेतना प्रकाश है। चेतना ही है एकमात्र प्रकाश। तुम जी रहे हो बहुत अचेतन रूप से: कई चीजें कर रहे हो न जानते हुए कि क्यों कर रहे हो; आकांक्षा कर रहे हो चीजों की, न जानते हुए कि क्यों; मांग कर रहे हो चीजों की, न जानते हुए कि क्यों! एक अचेतन निद्रा में बहे चले जा रहे हो। तुम सब नींद में चलने वाले हो। निद्राचारिता एकमात्र आध्यात्मिक रोग है—निद्रा में चल रहे हो और जी रहे हो!

ज्यादा बोधपूर्ण हो जाओ। विषयों के साथ ज्यादा बोधपूर्ण, चैतन्यपूर्ण होना शुरू करो। चीजों की ओर ज्यादा सजगता से देखो। तुम गुजरते हो एक वृक्ष के निकट से; वृक्ष को ज्यादा सजगता से देखो, रुक जाओ कुछ देर को, देखो वृक्ष की ओर। आंखें मल लो अपनी; ज्यादा सजगता से देखो वृक्ष की

ओर। तुम्हारी जागरूकता को इकट्ठा करो, देखो वृक्ष की तरफ। और भेद पर ध्यान देना।

अकस्मात जब तुम सचेत हो जाते हो, वृक्ष कुछ अलग ही हो जाता है: वह ज्यादा हरा होता है, वह ज्यादा जीवंत होता है, वह ज्यादा सुंदर होता है। वृक्ष वही है, केवल तुम बदल गए।

एक फूल की ओर देखो, ऐसे जैसे कि तुम्हारा सारा अस्तित्व इस देखने पर निर्भर करता हो। तुम्हारी सारी जागरूकता को उस फूल तक ले आओ और अचानक फूल महिमावान हो जाता है—वह ज्यादा चमकीला होता है, वह ज्यादा प्रदीप्त होता है। उसमें शाश्वत की कोई आभा होती है, जैसे कि शाश्वत आ पहुंचा हो लौकिक संसार में किसी फूल के रूप में ही।

सजगता से देखना तुम्हारे पति के, तुम्हारी पत्नी के, तुम्हारे मित्र के, तुम्हारी प्रेमिका के चेहरे की तरफ; ध्यान करना उस पर और अचानक तुम देखोगे न ही केवल शरीर को, बल्कि उसको जो शरीर के पार का है, जो झर रहा है शरीर के भीतर से। दिव्यता का एक आभामंडल होता है शरीर के चारों ओर। प्रेमिका का चेहरा अब तुम्हारी प्रेमिका का चेहरा न रहा; प्रेमिका का चेहरा परमात्मा का चेहरा बन चुका है। देखना तुम्हारे बच्चे की ओर, पूरी सजगता से, जागरूकता से, उसे देखना खेलते हुए और अचानक विषय रूपांतरित हो जाता है।

पहले तो विषय-वस्तुओं के साथ काम करना शुरू करो। इसीलिए पतंजलि दूसरी समाधियों की बात करते हैं, इससे पहले कि वे बात करें निर्विचार समाधि की—समाधि जो है बीज रहित। विषयों के साथ आरंभ करो और बढ़ो ज्यादा सूक्ष्म विषयों की ओर।

उदाहरण के लिए एक पक्षी गाता है एक वृक्ष पर: सजग हो जाओ, जैसे कि उसी पल में और पक्षी के उसी गान में अस्तित्व हो तुम्हारा—समष्टि अस्तित्व नहीं रखती। अपनी समग्र सत्ता को केंद्रित करो पक्षी के गान की तरफ और तुम जान जाओगे अंतर को। यातायात के शोर का कोई अस्तित्व न रहा, या फिर वह अस्तित्व रखता है परिधि पर ही—दूर, कहीं बहुत दूर। वह छोटा-सा पक्षी और उसका गान तुम्हारे अस्तित्व को भर देता है संपूर्णतया—केवल तुम्हारा और पक्षी का अस्तित्व बना रहता है। और फिर जब गान समाप्त हो जाता है, तो सुनो गाने की अनुपस्थिति को। तब विषय सूक्ष्म बन जाता है।

सदा स्मरण रख लेना कि जब गान समाप्त होता है तो वह वातावरण में एक निश्चित गुणवत्ता छोड़ जाता है—वह अनुपस्थिति। वातावरण अब वही नहीं रहा। वातावरण संपूर्णतया बदल गया क्योंकि गाने का अस्तित्व था और फिर गान तिरोहित हो गया—अब है गाने की अनुपस्थिति। ध्यान देना इस पर—सारा अस्तित्व भरा हुआ है गाने की अनुपस्थिति से। और यह ज्यादा सुंदर है किसी भी गाने से, क्योंकि यह गान है मौन का। एक गान उपयोग करता है ध्वनि का और जब ध्वनि तिरोहित हो जाती है तो अनुपस्थिति उपयोग करती है मौन का। पक्षी गा चुका होता है तो उसके बाद मौन ज्यादा गहन होता है। यदि तुम देख सकते हो इसे, यदि तुम सचेत रह सकते हो, तो अब तुम ध्यान कर रहे होते हो सूक्ष्म विषय पर, बहुत ही सूक्ष्म विषय पर।

एक व्यक्ति चल रहा होता है, बहुत सुंदर व्यक्ति—ध्यान देना उस व्यक्ति पर। और जब वह चला जाता है, तो ध्यान देना अनुपस्थिति पर। वह पीछे छोड़ गया है कोई चीज। उसकी ऊर्जा ने बदल दिया होता है कमरे को; अब वह वही कमरा नहीं रहा।

जब बुद्ध मृत्युशय्या पर थे, आनंद जो कि चीख रहा था और रो रहा था, पूछने लगा उनसे, 'अब

हमारा क्या होगा? आप यहां थे और हम उपलब्ध न हो सके। अब आप यहां नहीं रहेंगे। क्या करेंगे हम?' कहा जाता है कि बुद्ध बोले, 'अब मेरी अनुपस्थिति से प्रेम करना, मेरी अनुपस्थिति के प्रति एकाग्र रहना।'

पांच सौ वर्ष तक बुद्ध की कोई प्रतिमा नहीं बनाई गयी ताकि अनुपस्थिति की अनुभूति पाई जा सके। प्रतिमाओं के स्थान पर केवल बोधिवृक्ष चित्रित किया गया। मंदिरों का अस्तित्व रहा, लेकिन बुद्ध की प्रतिमा के साथ नहीं। मात्र बोधिवृक्ष होता था, पत्थर का बोधिवृक्ष जिसके नीचे अनुपस्थित बुद्ध होते। लोग जाते बैठने को और ध्यान देते वृक्ष पर और वृक्ष के नीचे बुद्ध की अनुपस्थिति पर ध्यान करने की कोशिश करते। बहुत से उपलब्ध हो गए बहुत गहन मौन को और ध्यान को। फिर धीरे-धीरे वह सूक्ष्म विषय खो गया और लोगों ने कहना शुरू कर दिया, 'वहां ध्यान करने को क्या है? केवल एक वृक्ष ही है वहां, लेकिन बुद्ध कहां हैं?' क्योंकि अनुपस्थिति में बुद्ध की प्रतीति पाने के लिए बहुत गहरी स्पष्टता और एकाग्रता की आवश्यकता होती है। तब फिर यह अनुभव करते हुए कि अब लोग सूक्ष्म अनुपस्थिति पर ध्यान नहीं कर सकते, प्रतिमाओं का निर्माण कर दिया गया।

ऐसा तुम कर सकते हो तुम्हारी किन्हीं भी इंद्रियों के साथ, क्योंकि लोगों के पास विभिन्न क्षमतायें और संवेदन शक्तियां होती हैं। उदाहरण के लिए, यदि तुम्हारे पास संगीतप्रिय कान हों, तो यह अच्छा होता है पक्षी के गाने पर ध्यान देना और उसके प्रति सतर्क होना, एकाग्र होना। कुछ क्षणों तक वह वहां होता है और फिर वह जा चुका होता है। तब ध्यान करना अनुपस्थिति पर। अकस्मात विषय बहुत सूक्ष्म हो चुका होता है। पक्षी के वास्तविक गाने की अपेक्षा इसमें ज्यादा ध्यान और ज्यादा सजगता की आवश्यकता होगी।

यदि तुम्हारे पास संवेदनशील नाक है—बहुत थोड़े से लोगों के पास होती है; मानवता अपनी नाक लगभग बिलकुल ही खो चुकी है। पशु बेहतर हैं, उनकी घ्राण-शक्ति कहीं ज्यादा संवेदनशील है, ज्यादा क्षमतापूर्ण है आदमी से। आदमी की नाक को कुछ हो गया है, कुछ गलत घट गया है। बहुत थोड़े से आदमियों के पास संवेदनशील नाक होती है। लेकिन यदि तुम्हारे पास है—तो जरा नजदीक रहना फूल के। सुवास भरने देना स्वयं में। फिर, धीरे-धीरे सरकते जाना फूल से दूर, बहुत धीमे से, लेकिन महक के प्रति, सुवास के प्रति सचेत रहना जारी रखना। जैसे-जैसे तुम दूर होते जाते हो, सुवास अधिकाधिक सूक्ष्म होती जायेगी, और तुम्हें ज्यादा जागरूकता की आवश्यकता होगी, उसे अनुभव करने के लिए नाक ही बन जाना। भूल जाना सारे शरीर के बारे में और अपनी सारी ऊर्जा ले आना नाक तक, जैसे कि केवल नाक का ही अस्तित्व हो। यदि तुम खो देते हो गंध का बोध, तो फिर कुछ कदम और आगे बढ़ना; फिर पकड़ लेना गंध को। फिर आ जाना पीछे, पीछे की ओर। धीरे-धीरे तुम बहुत, बहुत दूर से फूल को सूंघने योग्य हो जाओगे। कोई और दूसरा वहां से सूंघ नहीं पाएगा फूल को। फिर और दूर हटते चले जाना। बहुत सीधे-सरल ढंग से तुम विषय को सूक्ष्म बना रहे होते हो। फिर एक घड़ी आ जाएगी जब तुम गंध को सूंघ न पाओगे: अब सूंघ लेना अनुपस्थिति को। अब सूंघना उस अभाव को। जहां सुवास अभी कुछ देर पहले थी; अब वह वहां नहीं रही; उसी के अस्तित्व का वह दूसरा हिस्सा है, वह अनुपस्थित हिस्सा, वह अंधेरा हिस्सा। यदि तुम सूंघ सको महक की अनुपस्थिति को, यदि तुम अनुभव कर सको कि इससे अंतर पड़ता है—पड़ता ही है इससे अंतर—तब विषय बहुत सूक्ष्म बन जाता है।

अब वह निर्विचार अवस्था के, समाधि की अ-विचार की अवस्था के निकट पहुंच रहा होता है।

केवल एक बुद्धपुरुष ने, मोहम्मद ने सुगंधित द्रव्य को ध्यान के विषय की भांति प्रयुक्त किया। इसलाम ने उसे ध्यान का विषय बना लिया। सुंदर है यह बात!

और क्यों घ्राण शक्ति खो गयी आदमी से? बहुत सारी जटिल चीजें जुड़ी हैं इस बात से, तो मैं उन्हें भी कह देना चाहूंगा तुम से प्रसंगवश ही, ताकि तुम उन्हें याद रख सको। यदि तुम पार कर जाते हो उन अवरोधों को, तो अचानक तुम्हारी सूंघने की क्षमता वापस लौट आएगी। वह दबाई गई है।

तुम्हें पता होना चाहिए कि सूंघना गहरे रूप से संबंधित होता है कामवासना से। कामवासना का दमन बन जाता है सूंघने का दमन। प्रेम करने से पहले जानवर शरीर को सबसे पहले सूंघते हैं। वास्तव में, वे काम-केंद्र को सूंघ लेते हैं इससे पहले कि वे प्रेम करें। यदि काम-केंद्र उन्हें संकेत दे रहा होता है कि 'हां, तुम्हें स्वीकार कर लिया गया, आने दिया गया', केवल तभी वे प्रेम करते हैं अन्यथा नहीं।

मानव शरीर भी महक देता है—निमंत्रण की, विकर्षण की, आकर्षण की। शरीर की अपनी भाषा होती है और प्रतीक होते हैं। लेकिन समाज में, ऐसा बहुत कठिन हो जाये यदि तुम महक सको तो। यदि तुम बात कर रहे हो मित्र से, और उसकी पत्नी महकना शुरू कर दे जैसे कि तुम्हें निमंत्रण दे रही हो कामवासना के लिए तो क्या करोगे तुम? खतरनाक होगा ऐसा। एकमात्र ढंग जिससे कि सभ्यता सामना कर सकती है इसका, यही है कि महक को पूरी तरह नष्ट कर दिया जाए, क्योंकि यह एक कामवासना से संबंधित घटना है।

तुम गुजर रहे होते एक सड़क पर से और एक स्त्री गुजर जाती है पास से। हो सकता है वह चेतन रूप से तुम्हारी ओर आकर्षित न हो, तो भी वह देती है यह महक, निमंत्रण की महक। क्या करोगे? तुम अपनी पत्नी से संभोग करना चाहते हो। वह तुम्हारी पत्नी है तो निस्संदेह जब तुम संभोग करना चाहते हो, तो उसे करना ही होगा संभोग, लेकिन उसका शरीर तुम्हें संकेत देता है अ-प्रेम का, अ-निमंत्रण का, मात्र अरुचि का। क्या करोगे तुम? और शरीर अनियंत्रित होते हैं; तुम उन्हें नियंत्रित नहीं कर सकते केवल मन के द्वारा ही।

महक खतरनाक बन गई। वह कामवासनामयी बन गयी; वह होती है कामवासनामयी।

इसीलिए सुगंधित द्रव्यों के नाम कामवासना से जुड़े होते हैं। जाओ किसी दुकान पर और देखो जरा सुगंधियों के नामों को—सभी कामवासनामय होते हैं। सुगंधियां काम-भाव युक्त हैं, और नाक पूरी तरह बंद है। क्योंकि इसलाम कामवासना को अलग नहीं करता बल्कि उसे स्वीकारता है, और इसलाम कामवासना को अस्वीकार नहीं करता बल्कि उसे स्वीकार करता है, और इसलाम कामवासना के संसार को त्यागने की बात नहीं करता, इसलिए इसलाम थोड़ी आजादी दे सकता था सूंघने के बोध को। दुनिया का कोई धर्म ऐसा नहीं कर सका।

किंतु सुगंध बहुत, बहुत सुंदर हो सकती है यदि तुम इसे ध्यान का विषय बना लेते हो। यह एक बड़ी सूक्ष्म घटना होती है, और धीरे-धीरे तुम पहुंच सकते हो सूक्ष्मतम तक।

हिंदुओं ने विशेष प्रकार की सुगंधियों के लिए कहा है, विशेषकर मंदिरों के सुगंध भरे लोबान के लिए, लेकिन उनकी लोबानें अलग तरह की हैं। जैसे कि कामवासनामय सुगंधियां होती हैं, आध्यात्मिक सुगंधियां भी होती हैं, और दोनों संबंधित हैं। बहुत लंबे समय की खोज के बाद हिंदुओं ने विशेष प्रकार

की सुगंधियों को जो कि कामवासनामय नहीं हैं, खोज निकाला। उल्टे, ऊर्जा ऊपर सरकती है, न कि नीचे। लोबान और चंदन की अगरबत्ती बहुत-बहुत सार्थक बन गए। वे प्रयोग करते रहे उसका मंदिर में और मदद मिली इससे। जैसे कि ऐसा संगीत होता है जो तुम्हें कामवासनायुक्त बना सकता है। ऐसा संगीत भी है जो तुम्हें आध्यात्मिक भाव की अनुभूति दे सकता है। विशेषकर आधुनिक संगीत बहुत कामवासनामय होता है। शास्त्रीय संगीत बहुत आध्यात्मिक है। यही बात अस्तित्व रखती है सभी इंद्रियों के साथ: ऐसे चित्र हैं जो कि आध्यात्मिक हो सकते या कामवासनायुक्त; ध्वनियां हैं, महकें हैं, जो कि कामवासना से भरी हो सकती हैं या आध्यात्मिक हो सकती हैं। प्रत्येक इंद्रिय की दो संभावनाएं हैं: यदि ऊर्जा नीचे की ओर चली जाती है, तब वह होती है कामवासनामय; यदि ऊर्जा ऊपर की ओर उठती है, तब वह होती है आध्यात्मिक।

तुम ऐसा कर सकते हो लोबान के साथ। जलाओ लोबान को, ध्यान करो उस पर, महसूस करो उसको, सुगंध महसूस करो उसकी, भर जाओ उससे, और फिर पीछे हटते जाओ, दूर हटते जाओ उससे। और उस पर ध्यान करते जाओ, करते चले जाओ और होने दो उसे अधिक से अधिक सूक्ष्म। एक घड़ी आती है जब तुम किसी चीज की अनुपस्थिति को अनुभव कर सकते हो। तब तुम आ पहुंचे होते हो बड़ी गहन जागरूकता तक।

'समाधि की निर्विचार अवस्था की परम शुद्धता उपलब्ध होने पर प्रकट होता है आध्यात्मिक प्रसाद।'

लेकिन जब विषय संपूर्णतया तिरोहित हो जाता है—विषय की उपस्थिति समाप्त हो जाती है और विषय की अनुपस्थिति भी समाप्त हो जाती है; विचार मिट जाता है और अ-विचार भी मिट जाता है; मन तिरोहित हो जाता है और अ-मन की धारणा तिरोहित हो जाती है—केवल तभी तुम उपलब्ध होते हो उस उच्चतम को। अब यही है वह घड़ी जब अकस्मात ही प्रसाद तुम पर उतरता है। यही है वह घड़ी जब फूलों की वर्षा हो जाती है। यही है वह क्षण जब तुम जुड़ जाते हो अंतस सत्ता और जीवन के मूल स्रोत के साथ। यही है वह क्षण जब तुम भिखारी नहीं रहते; तुम सम्राट हो जाते हो। यही है वह क्षण जब तुम संपूर्ण रूप से अभिषेकित हो जाते हो। इससे पहले तो तुम सूली पर थे; यही होता है वह क्षण जब सूली तिरोहित हो जाती है और तुम सम्राट हो जाते हो।

निर्विचार समाधि में चेतना संपूरित होती है सत्य से, ऋतम्भरा से।

अतः सत्य कोई निष्कर्ष नहीं है जिस पर कि पहुंचा जाए, सत्य एक अनुभव है जिसे उपलब्ध करना होता है। सत्य कोई ऐसी चीज नहीं है जिसके बारे में तुम सोच सको, यह कुछ ऐसा है जो कि तुम हो सकते हो। सत्य एक अनुभव है स्वयं के संपूर्ण रूप से अकेले होने का, बिना किसी विषय के। तुम्हारी परम शुद्धता में तुम्हीं हो सत्य। सत्य कोई दार्शनिक निष्कर्ष नहीं है। कोई सैद्धांतिक तर्क तुम्हें सत्य नहीं दे सकता। कोई सिद्धांत, कोई परिकल्पना तुम्हें नहीं दे सकते सत्य को। सत्य तुम तक आता है जब मन तिरोहित हो जाता है। सत्य वहां मन में पहले से ही छिपा हुआ है, और मन तुम्हें देखने न देगा उसकी ओर, क्योंकि मन बाहर-बाहर जाने वाला होता है और विषयों की तरफ देखने में मदद करता है तुम्हारी।

'निर्विचार समाधि में चेतना संपूरित होती है सत्य से, ऋतम्भरा से।'

'ऋतम्भरा तत्र प्रज्ञा।' 'ऋतम्भरा' बहुत सुंदर शब्द है। यह 'ताओ' की भांति ही है। शब्द 'सत्य' पूरी तरह इसकी व्याख्या नहीं कर सकता है। वेदों में इसे कहा हैः 'ऋत्'। ऋत् का मतलब होता है—अस्तित्व का मूल आधार। 'ऋत्' का मतलब होता है—अस्तित्व का गहनतम नियम। 'ऋत्' केवल सत्य नहीं; सत्य बहुत ही रूखा-सूखा शब्द है और काफी तार्किक गुणवत्ता लिए रहता है अपने में। हम कहते हैं, 'यह सत्य है और वह असत्य है।' और हम निर्णय करते हैं कि कौन-सा सिद्धांत सत्य है और कौन-सा सिद्धांत असत्य है। सत्य अपने में ज्यादा भाग तर्क का लिए रहता है। यह एक तर्कमय शब्द है। 'ऋत्' का अर्थ हैः ब्रह्मांड की समस्वरता का नियम; वह नियम जो कि सितारों को गतिमान करता है; वह नियम जिसके द्वारा मौसम आते और चले जाते, सूर्य उदय होता और अस्त हो जाता, दिन के पीछे रात आती, और मृत्यु चली आती जन्म के पीछे। मन निर्मित कर लेता है संसार को और अ-मन तुम्हें उसे जानने देता है जो कि है। 'ऋत्' का अर्थ है ब्रह्मांड का नियम, अस्तित्व का ही अंतस्तल।

उसे सत्य कहने की अपेक्षा, उसे अस्तित्व का आत्यंतिक आधार कहना बेहतर होगा। सत्य जान पड़ता है कोई दूर की चीज, कोई ऐसी चीज जो तुम से अलग अस्तित्व रखती है।

ऋत् है तुम्हारा अंतरतम अस्तित्व और केवल अंतरतम अस्तित्व तुम्हारा ही नहीं है, बल्कि अंतरतम अस्तित्व है सभी का—ऋतम्भरा।

निर्विचार समाधि में चैतन्य आपूरित होता है ऋतम्भरा से, ब्रह्मांड की समस्वरता से। कुछ निकाल फेंका नहीं गया होता। कोई द्वंद्व नहीं। हर चीज सुव्यवस्था में उतर चुकी होती है। गलत भी विलीन हो जाता है, वह अलग निकाल नहीं दिया जाता; विष भी विलीन हो जाता है, वह अलग नहीं किया जाता है। कोई चीज अलग नहीं की जाती है।

सत्य में, असत्य अलग कर दिया जाता है। ऋतम्भरा में संपूर्णता ही स्वीकृत होती है। और संपूर्ण की घटना इतनी समस्वरीय है कि विष भी अपनी भूमिका निभाता है। केवल जीवन ही नहीं, बल्कि मृत्यु भी, हर चीज नये प्रकाश में देखी जाती है। पीड़ा भी, दुख भी, स्वयं में एक नयी गुणवत्ता धारण कर लेता है। असुंदर भी हो जाता है सुंदर क्योंकि ऋतम्भरा के अवतरण की घड़ी में, तुम्हें पहली बार समझ में आता है कि विपरीत का अस्तित्व क्यों होता है। और विपरीतताएं फिर विपरीतताएं नहीं रहतीं; वे सब पूरक बन चुकी होती हैं; वे मदद पहुंचाती हैं एक दूसरे को।

अब तुम्हें कोई शिकायत न रही, अस्तित्व के विरुद्ध कोई शिकायत नहीं। अब तुम्हें समझ आ जाती है कि क्यों वे चीजें वैसी हैं जैसे कि वे हैं; मृत्यु का अस्तित्व क्यों है। अब तुम जान लेते हो कि जीवन अस्तित्व नहीं रख सकता बिना मृत्यु के। और मृत्यु के बिना जीवन होगा क्या? जीवन तो बस असह्य हो जाएगा बिना मृत्यु के; जीवन तो असुंदर ही हो जाएगा बिना मृत्यु के; जरा सोचकर देखना।

एक कथा है सिकंदर महान के विषय में। वह किसी ऐसी चीज की तलाश में था जो उसे अमर बना सके। हर कोई होता है किसी ऐसी ही चीज की तलाश में, और जब सिकंदर ने खोजा, तो पाया उसने। वह बहुत शक्तिशाली व्यक्ति था। वह खोजता गया और खोजता गया, और एक बार वह पहुंच गया उस गुफा में जहां किसी फकीर ने उसे बताया कि वहां एक नदी की धारा है, और कि यदि वह उस गुफा का पानी पी ले, तो वह अमर हो जाएगा। सिकंदर जरूर मूढ़ रहा होगा। सारे सिकंदर मूढ़ होते हैं, अन्यथा उसने पूछ लिया होता उस फकीर से कि उसने भी उस धारा का पानी पीया है या नहीं। उसने नहीं

पूछा; इतनी जल्दी में था वह! और कौन जाने?—वह शायद गुफा तक पहुंच ही न पाया हो मरने के पहले, अतः वह धावा बोलता दौड़ पड़ा। वह पहुंच गया गुफा तक।

वह पहुंचा अंदर, वह बहुत प्रसन्न था। वहां स्फटिक की भांति साफ जल था। उसने कभी न देखा था ऐसा जल। वह जल पीने को ही था, तब गुफा में बैठा हुआ एक कौआ अचानक बोला, 'ठहरो! ऐसा मत करना। मैंने किया ऐसा और मैं भुगत रहा हूं।' सिकंदर ने देखा कौए की तरफ और बोला, 'क्या कह रहे हो तुम? तुमने पीया और दुख तकलीफ क्या है?' वह कहने लगा, 'अब मैं मर नहीं सकता और मैं मरना चाहता हूं। हर चीज समाप्त हो गई। मैंने जान लिया हर चीज को जो कि यह जीवन दे सकता है। मैंने जान लिया है प्रेम को और मैं आगे बढ़ गया हूं उससे। मैंने जान लिया है सफलता को; मैं राजा था कौओं का। मैं थक कर तंग आ चुका और जो-जो कुछ जाना जा सकता है जान लिया है मैंने। और हर वह व्यक्ति जिसे मैं जानता था, मर चुका है। वे लौट गए, शांति पा गए, और मैं शांत हो नहीं सकता। मैंने सारी कोशिशें कर ली हैं आत्महत्या करने की, पर हर चीज असफल हो जाती है।

'मैं मर नहीं सकता क्योंकि मैंने इस दोषित गुफा से जल पी लिया है। बेहतर है कि कोई न जाने इसके बारे में। इससे पहले कि तुम पीयो, तुम जरा ध्यान कर लेना मेरी स्थिति पर और फिर तुम पी सकते हो।' ऐसा कहा जाता है कि सिकंदर ने पहली बार सोचा इसके बारे में और उस गुफा की उस जल धारा से पानी पीए बिना ही चला आया।

जीवन बिलकुल असहनीय हो गया होता, यदि मृत्यु न होती! प्रेम असहनीय हो गया होता, य उसके विपरीत कुछ न होता। यदि तुम अपनी प्रेमिका से अलग न हो सको, तो ऐसा असहनीय जाएगा। सारी बात ही इतनी एकरस हो जाएगी; वह अर्थहीनता निर्मित कर देगी।

जीवन अस्तित्व रखता है विपरीतताओं सहित—इसीलिए वह इतना दिलचस्प है। एक साथ हो और दूर हो जाना, फिर साथ-साथ होना और दूर हो जाना; चढ़ना और उतरना। जरा सागर की उस ल के बारे में सोचना जो चढ़ चुकी और गिर नहीं सकती! जरा उस सूर्य की सोचना जो उदय हो जात और अस्त नहीं हो सकता! एक से दूसरी ध्रुवता तक की गति इस बात का रहस्य है कि क्यों जी दिलचस्प बना रहता है।

जब कोई जान लेता है ऋतम्भरा को, सब चीजों के आधारभूत नियम को, सबकी असली नींव तो हर चीज सुव्यवस्था में उतरने लगती है और समझ आ जाती है। तब कोई शिकायत नहीं र व्यक्ति स्वीकार कर लेता है कि जो कुछ है सुंदर है।

इसीलिए जिन्होंने जाना है, वे सब कहते हैं, जीवन संपूर्ण है; तुम उसमें और संशोधन नहीं सकते।

'निर्विचार समाधि में चैतन्य आपूरित हो जाता है सत्य से, ऋतंभरा से।'

इसे कहना ताओ। ताओ ज्यादा सही ढंग से अर्थ दे सकता है ऋतम्भरा का, किंतु यदि तुम ब सकते हो 'ऋतम्भरा' शब्द के साथ, तो ऐसा ज्यादा सुंदर होगा। इसे रहने दो मौजूद। इसकी भी—ऋतम्भरा—समस्वरता की कुछ गुणवत्ता लिए रहती है। सत्य कहीं ज्यादा रूखा-सूखा हो एक तार्किक अवधारणा।

यदि तुम सत्य और प्रेम के जोड़ से कुछ बना सको, तो वह ऋतम्भरा के ज्यादा निकट होगा।

हेराक्लाइटस की 'छिपी हुई समस्वरता'। लेकिन ऐसा घटता है केवल तभी जब चेतना का विषय संपूर्णतया तिरोहित हो चुका होता है। तुम अकेले होते हो तुम्हारी चेतना के साथ और दूसरा कोई नहीं होता। बिना प्रतिबिंब का दर्पण!

प्रवचन ४

शिष्य का पकना : गुरु का मिलना

प्रश्न-सार

1. कृष्णमूर्ति लगातार बोले जाते हैं, लेकिन क्या वे नहीं जानते कि लोग उन्हें समझ ही नहीं पा रहे हैं?
और आप कहते हैं कि मैं सबके लिए मार्ग बन सकता हूं,
फिर भी आप स्वयं का खंडन करके कई लोगों को अपने से दूर क्यों हटाया करते हैं?

2. व्यक्ति से प्रेम, गुरु से प्रेम—और फिर परमात्मा से प्रेम।
भक्ति के संदर्भ में इसे समझाने की कृपा करें।

3. क्या सद्‌गुरु कभी जंभाई लेते हैं?

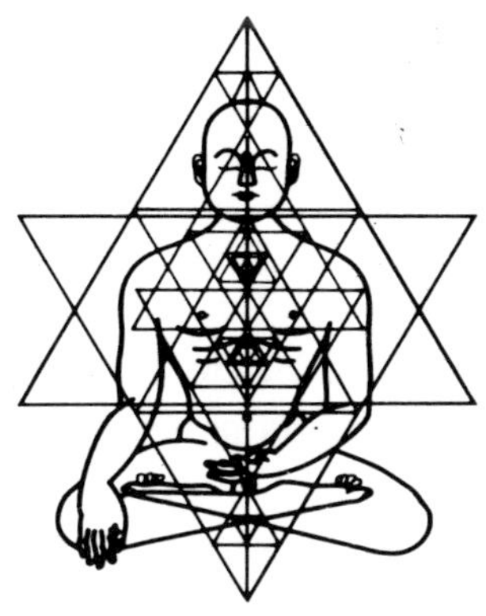

पहला प्रश्न : ऐसा कैसे है कि कृष्णमूर्ति जैसे बुद्ध-पुरुष नहीं देख सकते कि वे मदद नहीं कर पा रहे हैं लोगों की? यदि वे बुद्ध-पुरुष हैं तो क्या वे यह सब देख नहीं पाते? और आप कहते हैं कि आप हर प्रकार के लोगों की मदद करने योग्य हैं, लेकिन आप यह भी कहते हैं कि आप प्रयोजनवश विरोधात्मक हैं, जिससे कि कुछ लोग दूर चले जाएंगे। यदि आप सभी की मदद कर पाते हैं, तो क्यों कुछ लोगों का दूर जाना आवश्यक है?

कृष्णमूर्ति जैसा आदमी देख सकता है। कोई अड़चन नहीं, कोई बाधा नहीं, और वह देख लेता है हर चीज को जो-जो घट रही है उसके आसपास। लेकिन एक बुद्ध-पुरुष कुछ कर नहीं सकता है। उसे वैसा ही होना होता है जैसा कि वह होता है, मुक्त और स्वाभाविक। कुछ करना ले आता है तनाव, और करना तुम्हें बना देता है अस्वाभाविक। तब तुम धारा के विपरीत बह रहे होते हो।

कृष्णमूर्ति जानते हैं कि क्या घट रहा है, किंतु वे कुछ कर नहीं सकते। उन्हें घटने देना होता है इसे। इसी भांति समष्टि इसे चाहती है। कुछ नहीं किया जा सकता इस विषय में। कर्ता सदा रहता है अज्ञान में। जब कोई जाग जाता है तो कर्ता कभी नहीं मिलता। जब कोई जाग जाता है तो जो कुछ भी हो अवस्था, वह स्वीकार करता है उसे।

तो मत सोच लेना कि कृष्णमूर्ति जानते नहीं हैं। वे संपूर्णतया जानते हैं, तो भी इसी प्रकार घटी है बात और भीतर कोई नहीं है यह निर्णय देने को कि ऐसा इस तरह घटना चाहिए या किसी दूसरी तरह। कुछ नहीं किया जा सकता है। गुलाब का फूल तो गुलाब का फूल ही होता है, और आम का वृक्ष होता है आम का वृक्ष। आम्रवृक्ष गुलाबों को नहीं ला सकता, गुलाब का पौधा आमों को नहीं ला सकता। ऐसा ही होता है—एक समग्र स्वीकार।

और जब मैं कहता हूं 'समग्र स्वीकार', तो ऐसा तुम्हें मात्र समझाने को ही। अन्यथा एक संबोधि को उपलब्ध हुई चेतना में स्वीकार नहीं होता क्योंकि वहां कोई अस्वीकार नहीं होता। इसीलिए मैं इसे कहता हूं समग्र। यह परम समर्पण ही होता है समग्रता के प्रति। हर चीज ठीक होती है। मैं तुम्हें मदद दे सकता हूं या कि नहीं, यह मेरे निर्णय की बात नहीं। समग्रता निर्णय करती है, और समग्रता मेरा उपयोग करती है। यह उस पर है। यदि यह ठीक है कि लोगों की मदद नहीं की जानी चाहिए, तो समग्रता मुझे मदद नहीं करने देगी लोगों की, लेकिन मैं कहीं नहीं होता इसमें। यह होती है संबोधि की अवस्था। तुम नहीं

समझ सकते इसे, क्योंकि तुम सदा कर्ता के ढंग से सोचते हो। बुद्ध-पुरुष वस्तुतः अस्तित्व ही नहीं रखता। वह वहां होता ही नहीं। एक विशाल शून्यता होती, इसीलिए जो कुछ भी घटता है, घटता है; जो कुछ नहीं घटता नहीं घटता है।

और तुम पूछते हो मुझसे, 'और आप कहते हैं कि आप सभी प्रकार के खोजियों की मदद कर पाते हैं, किंतु आप यह भी कहते हैं कि आप प्रयोजनवश विरोधात्मक हैं, जिससे कि कुछ लोग दूर चले जाएंगे। यदि आप सभी की मदद कर पाते हैं, तो क्यों कुछ लोगों का दूर जाना आवश्यक है?'

हां, ऐसा ही है यह। सभी को मदद मिल सकती है मेरे द्वारा। जब मैं कहता हूं कि सभी को मदद मिल सकती है मेरे द्वारा, तो मेरा मतलब यह नहीं होता कि सभी को मदद मिलनी चाहिए, क्योंकि ऐसा केवल मेरी ओर से ही संबंधित नहीं है। यह निर्भर करता है उस व्यक्ति पर भी जिसे कि मदद मिलनी होती है। ऐसा आधा-आधा होता है। एक नदी बहती है और मैं पानी पी सकता हूं उसका, तो भी यह तो निश्चित नहीं कि सभी को पीना होगा। कुछ दूर चले जाएंगे। हो सकता है यह उनके लिए सही समय न हो और जब सही समय न हो तो किसी को मदद नहीं मिल सकती। हर चीज अपने समय से घटती है।

कई को मदद नहीं मिल सकती क्योंकि वे बंद हैं। और तुम जबर्दस्ती नहीं कर सकते, और तुम आक्रामक नहीं हो सकते। आध्यात्मिक घटना घटती है एक गहन निष्क्रियता में। जब शिष्य निष्क्रिय होता है, केवल तभी वह घटती है। यदि मैं पाता हूं कि तुम बहुत सक्रिय हो तुम्हारी ओर से या कि मैं पाता हूं कि तुम बहुत बंद हो या कि मैं पाता हूं कि यह सही समय नहीं है तुम्हारे लिए, तो सबसे अच्छा जो घट सकता है वह यह कि तुम मुझसे दूर चले जाओ, क्योंकि वरना तो तुम केवल बरबाद ही करोगे अपना समय—मेरा नहीं, क्योंकि मेरा कोई समय नहीं, तुम मात्र बरबाद करोगे अपना समय।

इस बीच में, तुम्हारा ध्यान भंग होता रहा है। तुम्हें रहना चाहिए था संसार में किसी दूसरी जगह, किसी बाजार में। तुम्हें कहीं और होना चाहिए था, क्योंकि वहां घट गई होती तुम्हारी प्रौढ़ता। यहां तो तुम व्यर्थ कर रहे हो अपना समय। यदि तुम्हारे लिए यह सही समय नहीं है तो बेहतर है कि तुम दूर चले जाओ। कुछ और देर को तुम्हें संसार में घूमते रहना है। तुम्हें कुछ और देर पीड़ा में से गुजरना है। तुम अभी तैयार न हुए, अभी पके नहीं, और पकना ही सब कुछ है; क्योंकि गुरु कुछ कर नहीं सकता। वह कर्ता नहीं है। यदि तुम पके हुए हो और गुरु मौजूद है तो समग्रता में से कुछ प्रवाहित हो जाता है गुरु के द्वारा और पहुंच जाता है तुम तक और पका फल गिर पड़ता है धरती पर। लेकिन कच्चा फल नहीं गिरेगा, और यह अच्छा है कि वह न गिरे।

तो जब मैं कहता हूं कि मैं विरोधात्मक हूं, तो मेरा मतलब होता है कि एक निश्चित प्रकार की स्थिति सदा निर्मित हुई होती है, मेरे द्वारा नहीं, बल्कि संपूर्ण द्वारा, मुझमें से होकर।

इसलिए लोग जो तैयार नहीं हैं, उन्हें किसी भी तरह समय व्यर्थ नहीं करने देना चाहिए। उन्हें जाना होगा और पाठ सीखना होगा; उन्हें गुजरना होगा जीवन की पीड़ाओं में से, एक निश्चित प्रौढ़ता उपलब्ध करनी होगी, और फिर आना होगा मेरे पास। हो सकता मैं यहां न रहूं, तो भी तब कोई और होगा यहां। क्योंकि यह मेरा या किसी दूसरे का सवाल नहीं है; सारे बुद्ध-पुरुष एक जैसे ही हैं। यदि मैं यहां नहीं होता हूं, यदि यह शरीर यहां नहीं होता है, तो कोई और शरीर कार्य कर रहा होगा समग्रता के लिए, इसलिए कोई जल्दी नहीं है। अस्तित्व प्रतीक्षा कर सकता है अनंतकाल तक, लेकिन कच्चे हो, तो तुम्हारी

मदद नहीं की जा सकती है।

ऐसे शिक्षक हैं—उन्हें मैं गुरु नहीं कहता हूं क्योंकि वे जागे हुए नहीं हैं, वे शिक्षक हैं—जो कच्चे व्यक्ति को भी दूर नहीं जाने देंगे। वे हर प्रकार की स्थितियां निर्मित कर देंगे जिससे कोई व्यक्ति भाग नहीं सकता है। वे खतरनाक हैं क्योंकि यदि व्यक्ति पका नहीं होता, तो वे भटका रहे होते हैं व्यक्ति को। यह व्यक्ति परिपक्व नहीं होता है और उसे कोई बेमौसमी चीज दे दी जाती है, वह सृजनात्मक नहीं होगी, वह ध्वसांत्मक होगी।

यह ऐसा होता है जैसे यदि तुम किसी छोटे बच्चे को शिक्षा देने लगते हो कामवासना के बारे में और वह नहीं जानता कि वह क्या होती है। उसके कोई अंतरावेश नहीं, उसका अभी प्रकट होना बाकी है। तुम विनष्ट कर रहे हो उसके मन को। प्यास उठने दो, अंतरावेश को मौजूद होने दो, तब वह खुला होगा और समझने को तैयार होगा।

आध्यात्मिकता कामवासना जैसी ही है। कामवासना को जरूरत होती है एक खास प्रौढ़ता की; चौदहवें वर्ष की आयु में ही बच्चा तैयार होगा। उसकी अपनी उत्तेजना आ बनेगी। वह पूछना शुरू कर देगा, और वह ज्यादा से ज्यादा जानना चाहेगा उसके बारे में। केवल तभी संभावना होती है उसे कुछ निश्चित चीजें समझाने की।

ऐसा ही होता है आध्यात्मिकता के साथ : एक निश्चित परिपक्वता आने पर आवेश उठता है, तुम खोज कर रहे होते हो परमात्मा की। संसार तो पहले से ही समाप्त हो चुका। तुम उसे जी चुके होते हो पूरी तरह, तुमने उसे देख लिया पूर्णतया। वह समाप्त हो चुका है। कोई आकर्षण नहीं है उसमें, कोई अर्थ नहीं है उसमें। अब अंतर्प्रेरणा उठती है स्वयं अस्तित्व का ही अर्थ जानने की। तुम खेल चुके सारे खेल, और अब कोई खेल तुम्हें आकर्षित नहीं करता। जब संसार खो चुका होता है अपना अर्थ, तब तुम प्रौढ़ होते हो।

अब तुम्हें जरूरत होगी गुरु की, और गुरु सदा होते हैं, इसलिए कोई जल्दी नहीं है। हो सकता है कि गुरु इस रूप में न हो, इस देह में न हो, बल्कि किसी दूसरी देह में हो। रूप और आकार कोई मतलब नहीं रखते, शरीर कोई संबंध नहीं रखते। गुरु की आंतरिक गुणवत्ता सदा वही होती है, वही होती है, और वही होती है। बुद्ध बार-बार कहते हैं, 'तुम सागर के पानी को कहीं से चखो, वह सदा नमकीन होता है।' इसी भांति, गुरु का सदा एक ही स्वाद होता है। वह स्वाद होता है जागरूकता का। और गुरु सदा होते हैं, वे सदा होंगे, इसलिए कोई जल्दी नहीं है।

और यदि संसार के साथ तुम्हारी बात समाप्त नहीं हुई, यदि एक छिपी हुई आकांक्षा है कामवासना को जानने की, धन क्या ला सकता है, इस बात को जानने की, सत्ता तुम्हें क्या दे सकती है, इस बात को जानने की, तब तुम तैयार न हुए। आध्यात्मिक प्यास बहुत-सी प्यासों में से ही एक प्यास नहीं है। नहीं, जब सारी प्यासें अपने अर्थ खो देती हैं तब उठती है वह। आध्यात्मिक प्यास दूसरी प्यासों के साथ नहीं बनी रह सकती—वैसा संभव नहीं। वह पूरा अधिकार कर लेती है, तुम्हारे संपूर्ण अस्तित्व पर। वह एक और एकमात्र आकांक्षा बन जाती है। केवल तभी गुरु किसी तरह सहायक हो सकता है तुम्हारे लिए।

लेकिन शिक्षक हैं। वे चाहेंगे तुम चिपके रहो उनसे और वे चिपके रहेंगे तुमसे। वे ऐसी स्थिति बना देंगे जिसमें से यदि तुम भागे तो सदा तुम अपराधी अनुभव करोगे। गुरु के पास एक वातावरण होता है

उसके चारों ओर, यदि तुम रहते हो उसमें, तो तुम रहते हो तुम्हारे अपने निर्णय द्वारा। यदि तुम चले जाते हो, तो तुम चले जाते हो अपने निर्णय द्वारा। और जब तुम जाते हो, तो गुरु नहीं चाहेगा कि तुम अपराधी अनुभव करो इस बारे में, तो वह ऐसा रंग-रूप दे देता है स्थिति को कि तुम अनुभव करते हो, 'यह गुरु तो गुरु नहीं', या कि 'यह गुरु हमारे लिए नहीं' या कि 'वह इतना विरोधात्मक है कि वह बेतुका है।' वह तुम्हारे लिए सारी जिम्मेदारी उठा लेता है। अपराधी अनुभव मत करो। तुम बस चले जाओ उससे दूर, पूरी तरह स्पष्ट होकर और उससे कट कर।

इसीलिए मैं विरोधात्मक हूं। और जब मैं कहता हूं, 'प्रयोजनवश', इसका यह अर्थ नहीं होता कि मैं कर रहा हूं वैसा; बस मैं वैसा हूं ही। लेकिन 'प्रयोजनवश' का अर्थ होता है, और वह अर्थ है: मैं नहीं चाहूंगा कि जब कभी तुम मुझे छोड़ो तो तुम उसके बारे में अपराधी अनुभव करो। मैं सारी जिम्मेदारी ले लेना चाहूंगा। मैं चाहूंगा कि तुम अनुभव करो, 'यह आदमी गलत है', और इसलिए तुम छोड़कर जा रहे हो। इसलिए नहीं कि तुम गलत हो, क्योंकि यदि वैसी अनुभूति तुम्हारे अस्तित्व में चली जाती है कि तुम गलत हो और ऐसा अच्छा नहीं, तो फिर ध्वंसात्मक हो जाएगी बात, तुम्हारे भीतर एक ध्वंसात्मक बीज पड़ जाएगा।

गुरु कभी तुम पर कब्जा नहीं करता। तुम उसके साथ हो सकते हो, तुम दूर जा सकते हो, लेकिन उसमें कोई मालकियत नहीं होती। उसके साथ होने की या दूर चले जाने की वह तुम्हें पूर्ण स्वतंत्रता देता है। यही होता है मेरा मतलब, जब मैं कहता हूं कि यदि तुम यहां हो, तो उत्सव मनाओ मेरे साथ। जो कुछ मैं हूं, उसे बांटो मेरे साथ। लेकिन यदि किसी निश्चित घड़ी में तुम अनुभव करते हो दूर चले जाने की बात, तो तुम्हारी पीठ फेर लेना और फिर कभी मत देखना मेरी तरफ, और मत सोचना मेरे बारे में, और मत अनुभव करना अपराधी।

गहरी समस्याएं जुड़ी होती हैं इस बात से। यदि तुम अपराधी अनुभव करते हो तो तुम दूर जा सकते हो मुझसे, किंतु अपराध संतुलित करने को ही तुम मेरे विरुद्ध बातें कहे जाओगे। अन्यथा कैसे तुम प्रभावहीन करोगे अपराध-भाव को? तुम मेरी निंदा करते रहोगे। जिसका मतलब, तुम चले गए और अभी तक गए भी नहीं। निषेधात्मक रूप से तुम होते हो मेरे साथ और वह बात ज्यादा खतरनाक होती है। यदि तुम्हें मेरे साथ होना है, तो विधायक रूप से रहो मेरे साथ। अन्यथा, बिलकुल भुला ही दो मुझे, 'यह आदमी अस्तित्व ही नहीं रखता।' क्यों निंदा करते जाना? लेकिन यदि तुम अपराधी अनुभव करते हो, तो तुम्हें लानी ही होगी व्याख्या। जब तुम अपराध-भाव अनुभव करते हो, और वह भारी होता है, तब तुम मेरी निंदा करना चाहोगे। और निंदा करके तुम एक हल्कापन अनुभव करोगे, लेकिन तब निषेधात्मक रूप से तुम मेरे साथ बने रहोगे। मेरी छाया के साथ तुम चलोगे-फिरोगे। वह तो फिर तुम्हारे समय का और तुम्हारे जीवन का, तुम्हारी ऊर्जा का व्यर्थ हो जाना ही हुआ।

इसलिए जब मैं कहता हूं कि प्रयोजनवश मैं निर्मित करता हूं स्थितियों को, तो मेरा मतलब होता है: जब कभी मैं अनुभव करता हूं कि कोई एक व्यक्ति तैयार नहीं है, वह व्यक्ति पका नहीं है, उस व्यक्ति को संसार में थोड़ा और पकने की जरूरत है, या कि कोई व्यक्ति बहुत बौद्धिक है और आस्था नहीं रख सकता; उसे शिक्षक की जरूरत है न कि गुरु की; या कि कोई व्यक्ति अपनी ओर से किए गए किसी निर्णय के कारण नहीं आया है मेरे पास, बल्कि बस बहता हुआ आ पहुंचा है संयोगवशात...।

तुम यों ही चले आ सकते हो। तुम्हारा कोई मित्र आ रहा होता है मुझे मिलने और रास्ते में तुम भी पीछे हो लेते हो। अब तुम पकड़ में आते जाते और फंस जाते और तुमने कभी इरादा नहीं किया था यहां होने का। तुम जा रहे थे कहीं और, किंतु संयोगवशात तुम यहां आ गए! जब मैं अनुभव करता हूं कि तुम संयोगवश ही यहां हो, तो मैं चाहूंगा कि तुम दूर चले जाओ क्योंकि यह तुम्हारे लिए सही स्थान नहीं। मैं नहीं चाहूंगा कि किसी का अपने मार्ग से ध्यान भंग हो जाए। यदि तुम्हारे मार्ग पर तुम मिल सको मुझसे, तो अच्छा है। यदि मिलन स्वाभाविक है, यदि ऐसा घटना ही था, यदि ऐसा होना भाग्य से जुड़ा ही था, तुम तैयार और तैयार और तैयार हो रहे थे और ऐसा घटना ही था, तब यह बात सुंदर होती है। अन्यथा, मैं तुम्हारा समय खराब करना नहीं चाहूंगा। इस बीच तुम सीख सकते हो बहुत सारी चीजें।

या कई बार मैं अनुभव करता हूं कि कोई मेरे पास आया है किसी कारण से जो कि सही कारण नहीं है। बहुत लोग आ जाते हैं गलत कारणों से। कोई आ गया होगा उसमें उठ रहे नए अहंकार को अनुभव करने के लिए ही, वह अहंकार जिसे धर्म दे सकता है, वह अहंकार जिसे दे सकता है संन्यास। धर्म द्वारा तुम अनुभव कर सकते हो बहुत विशिष्ट, असाधारण। यदि मैं अनुभव करता हूं कि कोई इसी चीज के लिए आया है, तब यह ठीक कारण नहीं मेरे पास आने का, क्योंकि अहंकारी मेरे निकट नहीं रह सकते।

कोई शायद मेरे विचारों से आकर्षित हुआ होगा—वह भी गलत कारण होता है। मेरे विचार तुम्हारी बुद्धि को आकर्षित करते होंगे, लेकिन बुद्धि कुछ नहीं। वह तुम्हारे संपूर्ण अस्तित्व के लिए एक बाहरी वस्तु ही बनी रहती है। जब तक तुम मेरी ओर आकर्षित नहीं होते, बल्कि जो मैं कहता हूं उसके प्रति आकर्षित होते हो, तो तुम यहां होते हो गलत कारणों से ही। मैं कोई दार्शनिक नहीं हूं और मैं कोई सत्य का सिद्धांत नहीं सिखा रहा हूं।

इसीलिए मेरे पास असंगत होने की इतनी स्वतंत्रता है, क्योंकि यदि कोई सिद्धांत सिखा रहा होता है, तो वह असंगत होने की सामर्थ्य नहीं पा सकता है। मैं किसी चीज का उपदेश नहीं दे रहा हूं। मेरे पास तुम पर लादने को कोई सिद्धांत नहीं है। मेरा तुम्हारे साथ बोलना कोई शिक्षा देना नहीं है। इसीलिए मैं स्वतंत्र हूं, पूरी तरह स्वतंत्र हूं स्वयं का खंडन करने के लिए। कुछ मैंने कल कहा, मैं आने वाले कल उसका खंडन कर सकता हूं। जो मैं आज कह रहा हूं, उसे मैं कल काट सकता हूं। मैं कवि की भांति हूं, और यदि तुम मेरा गान समझ लेते हो तो तुम यहां होते हो ठीक कारण से। यदि तुम समझ लेते हो मेरी लय, तो तुम यहां होते हो ठीक कारण से। यदि तुम 'मुझे' समझते हो, जो मैं कहता हूं उसे नहीं, बल्कि मेरी उपस्थिति को समझते हो, केवल तभी ठीक है यहां होना, वरना नहीं।

संसार बड़ा है; यहां क्यों अटकना! और सदा ध्यान रहे, यदि यहां किसी ढंग से तुम गलत कारणों से हो, तो तुम सदा फंसा हुआ अनुभव करोगे। जैसे कि कुछ ऐसा घट गया हो, जिसे नहीं घटना चाहिए था। तुम सदा बेचैनी अनुभव करोगे। मैं तुम्हारे लिए सुख-चैन नहीं होऊंगा। मैं एक कारा बन जाऊंगा। और मैं नहीं चाहूंगा किसी के लिए कारा बनना। यदि मैं तुम्हें कुछ दे सकता हूं, यदि कुछ ऐसा है जो कि महत्व का है तो वह है स्वतंत्रता। इसीलिए मैं कहता हूं, 'प्रयोजनवश'।

लेकिन गलत मत समझ लेना मुझे, यह कुछ ऐसा नहीं जिसे मैं कर रहा हूं, मैं इस ढंग से हूं ही। यदि मैं चाहूं भी तो इसे बंद नहीं कर सकता, और कृष्णमूर्ति ऐसा नहीं कर सकते, वे चाहें भी तो। वे अपने ढंग से खिले हुए हैं; मैं अपने ढंग से खिला हुआ हूं।

ऐसा हुआ एक बार कि एक संदेश मिला एक मित्र द्वारा, जो कि मेरे मित्र हैं और कृष्णमूर्ति के भी मित्र हैं। संदेश पहुंचा कृष्णमूर्ति की ओर से कि वे मुझसे मिलना चाहेंगे। मैंने कहा उस संदेशवाहक से कि यह तो बिलकुल ही बेतुकी बात हो जाएगी। हम अलग-अलग दो छोर हैं। या तो हम मौनपूर्वक बैठ सकते हैं, और वह ठीक होगा, या फिर हम बहस किए जा सकते हैं अनंतकाल तक बिना किसी निष्कर्ष तक पहुंचे हुए। ऐसा नहीं है कि हम एक दूसरे के विरुद्ध हैं, हम तो बस विभिन्न हैं। और मैं कहता हूं कृष्णमूर्ति उन महानतम बुद्ध-पुरुषों में से एक हैं जो आज तक हुए हैं। उनकी एक अपनी अद्वितीयता है।

यह बात बहुत गहरे रूप से समझ लेनी है। ऐसा थोड़ा कठिन होगा। अबुद्ध पुरुष तो लगभग सदा एक से ही होते हैं। कोई ज्यादा अंतर नहीं होता है; हो नहीं सकता। अंधकार उन्हें एक जैसा बना देता है, अज्ञान उन्हें बना देता है लगभग एक जैसा ही। वे एक दूसरे की नकल होते हैं और तुम मौलिक को नहीं पा सकते। सभी कार्बन-कॉपी होते हैं, प्रतिकृति होते हैं। अज्ञान में लोग कुछ ज्यादा अलग नहीं होते। वे हो नहीं सकते। अज्ञान है उस काले कंबल की भांति जो कि ढांक लेता है सभी को। अंतर क्या होते हैं? मात्रा के अंतर हो सकते हैं, लेकिन अद्वितीयता में अंतर नहीं होते। साधारणतया, अज्ञानी व्यक्ति बने रहते हैं सामान्य भीड़ की भांति। एक बार कोई व्यक्ति संबोधि को उपलब्ध हो जाता है तो वह संपूर्ण रूप से बेजोड़ हो जाता है। तब तुम उसकी तरह का कोई दूसरा नहीं खोज सकते, इतिहास के इस क्षण में भी नहीं, न ही फिर कभी। अतीत में नहीं, भविष्य में नहीं। फिर कभी न होगा कृष्णमूर्ति की तरह का आदमी, और कभी था भी नहीं। मैं फिर से दोहराया नहीं जाऊंगा। बुद्ध बुद्ध हैं; महावीर हैं महावीर—अद्वितीय ढंग की खिलावटें। बुद्ध-पुरुष होते हैं पर्वतशिखरों की भांति।

साधारणतया तो अज्ञानी व्यक्ति सपाट जमीन की भांति होते हैं; हर चीज एक-सी ही होती है। यदि भेद अस्तित्व रखते भी हैं तो इस तरह के ही होते हैं: कि तुम्हारे पास छोटी कार होती है और किसी के पास बड़ी कार होती है, या कि तुम अशिक्षित होते हो और कोई शिक्षित होता है, या तुम गरीब होते हो और कोई अमीर होता है। यह तो कुछ नहीं। वास्तव में ये तो भेद न हुए। तुम्हारे पास सत्ता हो सकती है और कोई सड़क का भिखारी और गरीब हो सकता है, लेकिन यह अंतर नहीं हैं, ये बेजोड़पन नहीं हैं। यदि तुम्हारी सारी चीजें ले ली जाती हैं, तुम्हारी शिक्षा और तुम्हारी सत्ता, तब तुम्हारे राष्ट्रपति और तुम्हारे भिखारी एक समान ही दिखाई पड़ेंगे।

पश्चिम के बड़े मनसविदों में से एक है विक्टर फ्रेंकल। उसने मनोविश्लेषण में एक नई विचारधारा विकसित की है। वह उसे कहता है लोगोथैरेपी। वह एडोल्फ हिटलर के यातना-शिविरों में रहा था, और वह अपनी एक किताब में संस्मरण लिखता है कि जब वे कई सौ लोगों के साथ प्रवेश कर रहे थे यातना शिविरों में, तो हर चीज दरवाजे पर ही ले ली जाती थी, हर चीज—तुम्हारी घड़ी, हर चीज। अचानक ही, धनी व्यक्ति और निर्धन व्यक्ति सभी एक जैसे हो गए। जब तुम प्रवेश करते दरवाजे में तो तुम्हें गुजरना होता था इस परीक्षा से और हर किसी को बिलकुल ही नग्न होना पड़ता था। केवल इतना ही नहीं, बल्कि वह हर किसी के बाल भी मूड़ देते। फ्रेंकल याद करता है कि हजारों लोगों सहित बाल मुड़ाए हुए, नग्न हो जाने से, अकस्मात सारे भेद तिरोहित हो जाते थे। वह एक सामूहिक-अनुष्ठान होता था। तुम्हारे केश संवारने का ढंग, तुम्हारी कार, तुम्हारे मूल्यवान कपड़े, या फिर तुम्हारी हिप्पियों जैसी पोशाक: यही होते हैं भेद।

सामान्य मनुष्यता अस्तित्व रखती है भीड़ की भांति। वस्तुतः तुम्हारे पास आत्माएं नहीं, तुम हो भीड़ का हिस्सा मात्र, उसका एक अंश। तुम प्रतिकृति होते हो प्रतिकृतियों की, एक दूसरे की नकल करते हुए। तुम नकल करते हो पड़ोसी की और पड़ोसी नकल करता है तुम्हारी और यही कुछ चलता चला जाता है।

लोग अध्ययन करते रहे हैं पेड़ों का और कीट-पतंगों का और तितलियों का। अब वे कहते हैं कि एक निरंतर नकल घट रही है प्रकृति में। तितलियां नकल करती हैं फूलों की, और फिर फूल नकल करते हैं तितलियों की। कीड़े नकल करते हैं वृक्ष की और फिर वृक्ष नकल करते हैं कीड़ों की। अतः ऐसे कीट-पतंगे होते हैं जो छिप सकते हैं उसी रंग के वृक्षों में, और जब वृक्ष बदलता है अपना रंग, तो वे भी बदलते हैं अपना रंग। तो अब वे कहते हैं कि सारी प्रकृति में निरंतर नकल की प्रक्रिया चलती है।

वह व्यक्ति जो संबोधि को उपलब्ध होता है, वह हो जाता है शिखर की भांति, एक एवरेस्ट। दूसरी कोई और संबोधि भी होती है शिखर की भांति, एक और एवरेस्ट। भीतर गहरे में वे उपलब्ध हो चुके होते हैं एक ही बात को, लेकिन वे होते हैं बेजोड़। कोई सामान्य चीज अस्तित्व नहीं रखती बुद्ध-पुरुषों के बीच, यही है विरोधाभास। वे माध्यम हैं एक ही समष्टि के, लेकिन उनके भीतर कोई बात एक जैसी दोहरती नहीं। वे बेजोड़ माध्यम होते हैं।

इस बात ने एक गहरी समस्या खड़ी कर दी है धार्मिक व्यक्तियों के लिए, क्योंकि जीसस जीसस हैं और बिलकुल दिखायी नहीं पड़ते बुद्ध की भांति। बुद्ध बुद्ध हैं और कृष्ण की भांति बिलकुल नहीं लगते। जो लोग कृष्ण से प्रभावित हैं वे सोचेंगे कि बुद्ध में किसी तरह की कमी है। जो लोग बुद्ध से प्रभावित हैं वे सदा सोचेंगे कि कृष्ण कुछ न कुछ गलत हैं। क्योंकि तब तुम्हारे पास एक आदर्श होता है और तुम निर्णय बनाते हो उस आदर्श द्वारा, और बुद्ध-पुरुष तो बस व्यक्ति होते हैं। तुम कोई मापदंड नहीं बना सकते; तुम उन्हें किन्हीं आदर्श स्वरूपों द्वारा नहीं जांच सकते। वहां कोई आदर्श अस्तित्व नहीं रखता। उनके पास, उनके भीतर एक समान तत्व होता है; वह है भगवत्ता, जो है संपूर्ण ब्रह्म के लिए एक माध्यम बनना, लेकिन बस इतना ही। वे अपने अलग-अलग गान गाते हैं।

यदि इसे तुम याद रख सको, तो ज्यादा सक्षम हो जाओगे, विकास की उस उच्चतम पराकाष्ठा को समझने में जो कि एक बुद्ध-पुरुष होता है। और मत रखना किसी चीज की अपेक्षा उससे; वह कुछ नहीं कर सकता है। वह बस वैसा होता है। मुक्त और सहज स्वाभाविक होकर वह जीता है अपने अस्तित्व को। यदि तुम कोई घनिष्ठ नाता अनुभव करते हो उसके साथ, तो बढ़ जाना उसकी तरफ और उत्सव मनाना उसके अस्तित्व के साथ; साथ हो लेना उसके। यदि तुम कोई घनिष्ठता अनुभव नहीं करते; तो कोई विरोध नहीं बनाना। तो बस चले ही जाना किसी दूसरी जगह। कहीं किसी जगह कोई जरूर अस्तित्व रखता होगा तुम्हारे लिए। किसी और के साथ तुम तालमेल अनुभव करोगे।

तो मत परवाह करो यदि तुम मोहम्मद के साथ तालमेल अनुभव नहीं करते हो। क्यों खड़ी करनी अनावश्यक चिंताएं? मोहम्मद को मोहम्मद ही रहने दो और उन्हें करने दो अपना काम। तुम उसके बारे में मत करो चिंता। यदि तुम बुद्ध के साथ तालमेल जुड़ा अनुभव करते हो, तो बुद्ध हैं तुम्हारे लिए; सारे विचार गिरा देना। यदि तुम मेरे साथ तालमेल अनुभव करते हो, तो केवल मैं ही एक बुद्ध-पुरुष होता हूं तुम्हारे लिए। बुद्ध, महावीर, कृष्ण—फेंक दो उन्हें रद्दी की टोकरी में। यदि तुम मेरे साथ तालमेल

अनुभव नहीं करते तो मुझे फेंक देना रद्दी की टोकरी में और चलते चलना अपने स्वभाव के अनुसार। कहीं-न-कहीं, कोई गुरु अस्तित्व रख रहा होता है तुम्हारे लिए। जब कोई प्यासा होता है तो पानी अस्तित्व रखता है। जब कोई भूखा होता है तो भोजन अस्तित्व रखता है। जब किसी में गहन प्यास होती है प्रेम की, तो प्रिय अस्तित्व रखता है। जब आध्यात्मिक अभीप्सा जगती है—वह वास्तव में उठ ही नहीं सकती यदि ऐसा कोई व्यक्ति न हो जो कि उसे पूरा कर सकता हो।

यही है गहन समस्वरता, ऋतम्भरा। यही है छिपी हुई समस्वरता। असल में तो—यदि तुम मुझे इसे कहने दो, क्योंकि यह बेतुका मालूम पड़ेगा—यदि कोई बुद्ध-पुरुष मौजूद न हो, जो कि तुम्हारी अभीप्सा को परिपूरित कर सकता हो तो वह आकांक्षा, अभीप्सा पहुंच ही नहीं सकती है तुम तक। क्योंकि संपूर्ण ब्रह्मांड एक हैः एक हिस्से में आकांक्षा जगती है, तो कहीं दूसरे हिस्से में परिपूर्ति प्रतीक्षा कर रही होती है। वे साथ-साथ उदित होती हैं। साथ-साथ होता है शिष्य और गुरु का विकास, लेकिन ऐसा बहुत ज्यादा हो जाएगा तुम्हारे लिए।

जब मैं खोज रहा था अपनी संबोधि को, तो तुम खोज रहे थे तुम्हारे शिष्यत्व को। संपूर्ण द्वारा अपनी परिपूर्ति के लिए साथ-साथ स्थिति का निर्माण किए बिना कुछ नहीं घट सकता। हर चीज जुड़ी है। वह इतने गहरे रूप से जुड़ी हुई होती है कि व्यक्ति निश्चिंत हो सकता है, कोई जरूरत नहीं है फिक्र लेने की। यदि तुम्हारी अंतर्अभीप्सा सचमुच ही जाग चुकी है तो तुम्हें गुरु को खोजने जाने की भी जरूरत नहीं, गुरु को आना ही होगा तुम तक। या तो शिष्य जाता है या गुरु आता है।

मोहम्मद ने कहा है, 'यदि पहाड़ नहीं आ सकता है मोहम्मद तक, तो मोहम्मद को जाना होगा पहाड़ तक।' पर मिलन होना ही है; यह नियत है।

कुरान में ऐसा कहा है कि एक फकीर को, संन्यासी को, उस व्यक्ति को जिसने तज दिया संसार, उसे नहीं जाना चाहिए राजाओं के, सत्ताशालियों के, धनपतियों के महलों में। लेकिन ऐसा हुआ कि महान सूफियों में से एक जलालुद्दीन रूमी आया करता था सम्राट के महल में। संशय उठ खड़ा हुआ। लोग इकट्ठे हुए और वे कहने लगे, 'यह तो ठीक नहीं, और तुम एक बुद्ध-पुरुष हो। क्यों तुम जाते हो सम्राट के महल में, और जब कि कुरान में लिखा है—कि तुम्हें नहीं जाना चाहिए।' और मुसलमान तो बिलकुल आसक्त होते हैं कुरान पर। किसी पुस्तक द्वारा इतने आविष्ट हुए तुम कोई दूसरे लोग नहीं ढूंढ सकते। 'ऐसा लिखा है कुरान में कि यह गलत है। तुम मुसलमान नहीं? क्या उत्तर दोगे तुम? कौन-सा उत्तर है तुम्हारे पास? कुरान में कहा है कि जिस आदमी ने दुनिया को छोड़ दिया हो उसे उन लोगों के यहां नहीं जाना चाहिए जो कि धनवान होते हैं और सत्ताशाली होते हैं। यदि वे लोग चाहते हैं, तो उन्हें आना चाहिए।'

जलालुद्दीन हंस दिया और वह बोला, 'यदि तुम समझ सको तो यह है मेरा उत्तरः चाहे मैं महल में जाऊं या राजा के पास, या कि राजा आए मेरे पास, जो कुछ भी घटे, सदा राजा ही आता है मेरे पास। चाहे मैं चला भी जाता हूं महल में, तो भी वह राजा ही है जो कि आता है मेरे पास। यह है मेरा उत्तर। यदि तुम समझ सकते हो, तो समझ लो। अन्यथा, भूल जाओ इसके बारे में। मैं यहां कुरान का अनुसरण करने के लिए नहीं हूं, लेकिन मैं कहता हूं तुमसे कि जो कुछ भी हो वस्तुस्थिति, चाहे रूमी जाता हो महल तक या राजा आता हो रूमी तक, सदा राजा ही आता है रूमी के पास, क्योंकि वह प्यासा होता है,

और मैं हूं वह पानी जो कि बुझा सकता है उसकी प्यास।' और फिर बोला, 'कई बार ऐसा होता है कि रोगी इतना बीमार होता है कि डाक्टर को जाना पड़ता है। और निस्संदेह राजा बहुत-बहुत बीमार होते हैं, करीब-करीब अपनी मृत्युशय्या पर ही पड़े होते हैं।'

यदि तुम नहीं आ सकते, तो मैं आऊंगा तुम्हारे पास, लेकिन ऐसा होगा ही। इससे बचा नहीं जा सकता। क्योंकि हम दोनों विकसित होते रहे हैं साथ-साथ, एक सूक्ष्म छिपी हुई समस्वरता में। जब ऐसा घटता है कि एक शिष्य और गुरु का मिलन होता है, और वे अनुभव करते हैं समस्वरता को, तो वह क्षण संपूर्ण अस्तित्व के सबसे अधिक संगीतमय क्षणों में से एक होता है। तब उनके हृदय एक ही लय में धड़कते हैं; तब उनकी चेतना एक ही लय में प्रवाहित होती है; तब वे एक दूसरे का हिस्सा हो जाते हैं, एक दूसरे के अंश हो जाते हैं।

जब तक कि ऐसा घट न जाए, मत ठहरना। भूल जाना मेरे बारे में। इसे एक स्वप्न की भांति समझ लेना। जितनी जल्दी से जल्दी हो सके भाग निकलना मुझसे दूर। और मैं हर ढंग से तुम्हारी मदद करूंगा भाग निकलने में, क्योंकि तब मैं तुम्हारे लिए नहीं। कोई और कहीं प्रतीक्षा कर रहा है तुम्हारी। और उन्हें चले जाना चाहिए उसी के पास, या वह आ जाएगा तुम्हारे पास। एक प्राचीन मिस्त्री परंपरा कहती है : जब शिष्य तैयार होता है तब गुरु के दर्शन होते हैं।

महान सूफी संतों में से एक, झुन्नून, कहा करते थे; जब मैंने पाया परम सत्य को, तब मैंने कहा परमात्मा से, 'मैं खोज रहा था तुम्हें इतनी देर से, इतनी देर से, अनंतकाल से!' परमात्मा ने जवाब दिया, 'इससे पहले कि तुमने तुम्हारी खोज आरंभ की तुम पा ही चुके थे मुझे, क्योंकि जब तक तुमने पाया नहीं होता तुम खोज आरंभ कर ही नहीं सकते।'

ये बातें विरोधाभासी मालूम पड़ती हैं, लेकिन यदि तुम ज्यादा गहरे में जाते हो तो तुम एक बहुत गहन छिपा हुआ सत्य पाओगे उनमें। ठीक है यह : इससे पहले कि तुमने मेरे बारे में सुना भी हो, मैं पहुंच चुका था तुम तक। ऐसा नहीं है कि मैं कोशिश कर रहा हूं पहुंचने की; इसी तरह ही घटता है यह। तुम यहां हो केवल तुम्हारे कारण ही नहीं, मैं यहां हूं केवल मेरे कारण ही नहीं। एक सुनिश्चित अंतर्संबंध घटता है। एक सुनिश्चित अंतर्संबंध होता है। और एक बार जब तुम समझ लेते हो अंतर्संबंध को, तभी एक वही गुरु ही श्रेष्ठ गुरु होता है। इस कारण बहुत कट्टरपन निर्मित हो जाता है अनावश्यक रूप से।

ईसाई कहते हैं, 'जीसस एक मात्र बेटे उत्पन्न हुए हैं ईश्वर के।' यह बात बिलकुल ठीक होती है; यदि तालमेल बैठ जाता है तो जीसस ही एकमात्र बेटे उत्पन्न हुए हैं ईश्वर के—तुम्हारे लिए, हर एक के लिए नहीं।

आनंद फिर-फिर कहते हैं बुद्ध के बारे में कि कोई कभी ऐसी सर्वोच्च संबोधि को उपलब्ध नहीं हुआ जैसे कि बुद्ध—'अनुत्तर सम्यक संबोधि'—कभी इससे पहले किसी के द्वारा उपलब्ध नहीं हुई। नितांत सत्य है यह बात। ऐसा नहीं है कि पहले वह किसी और के द्वारा उपलब्ध नहीं की गयी है। इसके पहले लाखों उपलब्ध हो गए, किंतु आनंद के लिए वही बात संपूर्णतया सत्य है; आनंद के लिए कोई अन्य गुरु अस्तित्व ही नहीं रखता; केवल यह बुद्ध ही हैं उसके लिए।

प्रेम में, एक स्त्री संपूर्ण स्त्रीत्व बन जाती है, एक पुरुष संपूर्ण पुरुषत्व बन जाता। और समर्पण में, जो कि प्रेम का उच्चतम रूप है, एक गुरु हो जाता है एकमात्र ईश्वर। इसीलिए शिष्यों को वे नहीं समझ

सकते जो कि बाहरी व्यक्ति होते हैं। वे अलग भाषा में बात करते हैं। उनके पास अलग भाषा होती है। यदि तुम मुझे 'भगवान' कहते हो, तो यह बात उनकी समझ में नहीं आ सकती जो कि बाहरी व्यक्ति हैं। वे तो हंस ही पड़ेंगे, उनके लिए मैं भगवान नहीं हूं, और बिलकुल सही हैं वे; और तुम भी बिलकुल सही हो। यदि तुमने मेरे साथ किसी तालमेल की अनुभूति पायी है, तो उस तालमेल में भगवान हो जाता हूं मैं तुम्हारे लिए। यह एक प्रेम का संबंध होता है और तालमेल में गहनतम होता है।

दूसरा प्रश्नः कुछ भक्ति संप्रेदाय प्रेम की उच्चतर अवस्थाओं का ध्यान करना सिखाते हैं—पहले प्रेम करो एक साधारण व्यक्ति से, फिर गुरु से, फिर परमात्मा से, वगैरह-वगैरह। क्या आप इस विधि के विषय में हमें कुछ बताएंगे।

प्रेम कोई विधि नहीं। यही है दूसरी सारी विधियों और भक्तिमार्ग के बीच का अंतर। भक्ति के मार्ग में कोई विधि नहीं होती। योग के पास विधियां हैं; भक्ति के पास एक भी नहीं। प्रेम कोई विधि नहीं है। इसे विधि कहना इसे गलत नाम देना है।

प्रेम सहज-स्वाभाविक होता है। वह पहले से ही वहां होता है तुम्हारे हृदय में फूट पड़ने को तैयार। एक ही चीज करनी होती है; वह यह कि उसे होने देना होता है, आने देना होता है। तुम खड़ी कर रहे होते हो सब प्रकार की रुकावटें और बाधाएं। तुम उसे आने नहीं दे रहे होते। वह मौजूद ही है वहां, तुम जरा थोड़ा शांत होओ और वह आ पहुंचेगा, वह फूट पड़ेगा, वह खिल जाएगा। और जब वह खिलता है एक साधारण मनुष्य के लिए, तो तुरंत वह साधारण मनुष्य असाधारण हो जाता है।

प्रेम हर किसी को असाधारण बना देता है। वह ऐसी कीमिया है। एक साधारण स्त्री अचानक रूपांतरित हो जाती है जब तुम उसे प्रेम करते हो। वह फिर साधारण न रही; वह हो जाती है ऐसी सबसे अधिक असाधारण स्त्री जैसी कि कभी हुई न होगी। ऐसा नहीं है कि तुम अंधे होते हो, जैसा कि दूसरे कहते होंगे। वस्तुतः तुमने देख लिया होता है उस असाधारणता को जो कि छिपी रहती है प्रत्येक साधारणता में।

प्रेम ही है एकमात्र आंख, एकमात्र दृष्टि, एकमात्र स्पष्टता। तुम उस साधारण स्त्री में देख लेते हो संपूर्ण स्त्रीत्व को—अतीत, वर्तमान, भविष्य की सारी स्त्रियां एक साथ मिल जाती हैं। जब तुम प्रेम करते हो किसी स्त्री को, तब तुमने जान लिया होता है उसकी असली स्त्रीत्वमयी आत्मा को ही। अकस्मात वह हो जाती है असाधारण। प्रेम हर एक को असाधारण बना देता है।

प्रेम में ज्यादा गहरे उतरने में कठिनाइयां हैं, क्योंकि जितना ज्यादा गहरे तुम जाते हो, उतना ही तुम खोते हो स्वयं को। यदि तुम ज्यादा गहरे उतरते हो तुम्हारे प्रेम में, तो भय उठ खड़ा होता है, एक कंपन जकड़ लेती है तुम्हें। तुम प्रेम की गहराई से बचना शुरू कर देते हो, क्योंकि प्रेम की गहराई मृत्यु की भांति ही है।

तुम अवरोध बना लेते हो तुम्हारे और तुम्हारे प्रिय के बीच, क्योंकि स्त्री जान पड़ती है अतल शून्य की भांति, तुम समाविष्ट किए जा सकते हो उसमें। और वह होती है अतल शून्य। तुम जन्म पाते हो स्त्री

के भीतर से, इसलिए वह आत्मसात कर सकती है तुम्हें। यही होता है भय। वह है गर्भाशय, अगाध शून्य। जब वह जन्म दे सकती है तुमको, तो मृत्यु क्यों नहीं? वास्तव में, जो तुम्हें जन्म दे सकता है केवल वही दे सकता तुम्हें मृत्यु। तो भय होता है।

स्त्री खतरनाक है, बहुत रहस्यपूर्ण है। तुम नहीं रह सकते उसके बिना और तुम नहीं रह सकते उसके साथ। तुम उससे बहुत दूर नहीं जा सकते क्योंकि अधिक दूर तुम जाते हो, तो अचानक उतने ज्यादा साधारण हो जाते हो तुम। और तुम बहुत निकट नहीं आ सकते क्योंकि जितने ज्यादा तुम निकट आते हो, उतने ज्यादा तुम मिटते हो।

यही संघर्ष है प्रत्येक प्रेम का। तो करना पड़ता है समझौता—तुम बहुत दूर नहीं जाते, तुम बहुत निकट नहीं जाते। तुम कहीं ठीक बीच में खड़े रहते हो, स्वयं को संतुलित करते हुए। लेकिन तब प्रेम गहरे नहीं उतर सकता। गहराई उपलब्ध होती है केवल तब जब तुम सारे भय गिरा देते हो और तुम ज्यादा सोचे-समझे बिना, बड़ी तेजी से कूद पड़ते हो। खतरा होता है, और खतरा सच्चा होता है; प्रेम मार देगा तुम्हारे अहंकार को। अहंकार के लिए प्रेम विष है। तुम्हारे लिए वह जीवन है, किंतु अहंकार के लिए मृत्यु है। लगानी ही पड़ती है छलांग। यदि तुम आत्मीयता को विकसित होने देते हो, यदि तुम ज्यादा और ज्यादा और ज्यादा निकट होते जाते हो और विलीन होते जाते हो स्त्री के स्त्रीत्व में, तब वह केवल असाधारण ही न रहेगी, वह हो जाएगी दिव्य, क्योंकि वह शाश्वतता का द्वार बन जाएगी। जितना ज्यादा तुम स्त्री के निकट आते हो, उतना ज्यादा तुम अनुभव करते हो कि वह पार की किसी चीज का द्वार है।

ऐसा ही घटता है स्त्री को पुरुष के साथ। उसकी अपनी समस्याएं हैं। समस्या यह होती है कि जितना ज्यादा निकट वह आती है पुरुष के, उतना ज्यादा उससे भागना शुरू कर देता है पुरुष। ज्यादा निकट आती है स्त्री तो पुरुष होता जाता है अधिकाधिक भयभीत। स्त्री जितना और निकट आती है, उतना ज्यादा भागने लगता है पुरुष उससे। दूर जाने के हजारों बहाने खोज लेता है।

इसलिए स्त्री को प्रतीक्षा करनी पड़ती है। और यदि वह प्रतीक्षा करती है, तो फिर एक समस्या आ बनती है। यदि वह कोई उतावलापन नहीं दिखाती तो यह बात उदासीनता जैसी जान पड़ती है, और उदासीनता मार सकती है प्रेम को।

प्रेम के लिए उदासीनता से ज्यादा खतरनाक कोई दूसरी चीज नहीं। घृणा भी ठीक है, क्योंकि कम से कम जिस आदमी से तुम घृणा करते हो उसके लिए एक निश्चित प्रकार का संबंध तो होता है तुम्हारे पास। प्रेम बना रह सकता है घृणा होने पर, लेकिन प्रेम नहीं बना रह सकता है उदासीनता के होने से।

और स्त्री सदा कठिनाई में रहती है, यदि वह पहल करती है तो पुरुष भाग ही निकलता है। कोई पुरुष उस स्त्री को बरदाश्त नहीं कर सकता जो पहल करती हो। इसका अर्थ होता है कि वह अतल शून्यता अपने से तुम्हारे पास आ रही है। इससे पहले कि बहुत देर हो जाए, तुम भाग निकलते हो।

इसी भांति निर्मित होते हैं डॉन जुआन। तब वे चलते चले जाते हैं एक स्त्री से दूसरी स्त्री तक। वे जीते हैं पाने और फिर भाग खड़े होने के प्रेम-संबंध में, क्योंकि यदि वे ज्यादा वहां रहते हैं, तो वह अगाध शून्य अपने में विलीन कर लेगा उन्हें। डॉन जुआन प्रेमी नहीं होते, बिलकुल नहीं। वे लगते हैं प्रेमियों की भांति क्योंकि वे लगातार क्रियाशील रहते हैं। रोज एक नयी स्त्री! लेकिन वे गहरे भय में जीने

वाले लोग हैं। क्योंकि यदि वे बहुत समय तक एक ही स्त्री के साथ रहते हैं, तो गहन आत्मीयता विकसित होगी। वे ज्यादा निकट आ जायेंगे, और कौन जाने क्या घट जाए? इसलिए वे ठहरते हैं केवल कुछ समय के लिए ही और इससे पहले कि बहुत देर हो जाए, वे भाग निकलते हैं।

अपने जीवन की छोटी-सी अवधि में बायरन ने कई सौ स्त्रियों से प्रेम किया था। वह इसका आदर्श नमूना है—डॉन जुआन का। उसने कभी नहीं जाना प्रेम को। कैसे तुम जान सकते हो प्रेम को जब कि तुम सरकते रहते हो एक से दूसरे तक, और दूसरे तक और दूसरे तक? प्रेम को आवश्यकता रहती है पकने की। उसे थिर होने के लिए जरूरत होती है समय की; उसे जरूरत होती है भरोसे की। तो स्त्री को सदा मुश्किल रहती है कि 'क्या करे?' यदि वह अपनी ओर से पहल करती है तो पुरुष भाग जाता है। यदि वह ऐसी बनी रहती है जैसे उसे रस ही नहीं, तब भी पुरुष भाग निकलता है, क्योंकि उसकी दिलचस्पी नहीं।

उसे चुननी पड़ती है बीच की चीजः थोड़ी-सी उत्सुकता और थोड़ी उदासीनता, साथ-साथ; एक मिश्रण। और दोनों ही बुरे रूप होते हैं, क्योंकि ये समझौते तुम्हें विकसित न होने देंगे।

समझौता कभी किसी को विकसित नहीं होने देता है। समझौता एक गणनात्मक, चालाक चीज है। वह व्यापार की भांति है, प्रेम की भांति नहीं। जब प्रेमी वास्तव में ही एक-दूसरे से भयभीत नहीं होते और अहंकार के बाहर आ चुके होते हैं, तो वे बड़ी तीव्रता से छलांग लगा देते हैं एक दूसरे में। वे इतनी गहराई से छलांग लगाते हैं कि वे परस्पर एक हो जाते हैं। वास्तव में वे एक हो जाते हैं। और जब यह एकमयता घटती है तब प्रेम रूपांतरित हो जाता है प्रार्थना में। जब यह एकमयता घटती है, तब अकस्मात ही एक धार्मिक गुणवत्ता चली आती है प्रेम में।

पहले प्रेम में गुणवत्ता होती है कामवासना की। यदि वह संकीर्ण है, तो वह मात्र कामवासना होगी; वह प्रेम न होगा। यदि प्रेम और ज्यादा गहरा जाता है, तो उसमें गुणवत्ता आ जाएगी आध्यात्मिकता की, दिव्यता की गुणवत्ता। तो प्रेम एक सेतु होता है इस संसार और उस संसार के बीच, सेक्स और समाधि के बीच। इसीलिए मैं कहता चला जाता हूं कि यात्रा सेक्स से लेकर समाधि तक की है। प्रेम तो एक सेतु है। यदि तुम सेतु की ओर नहीं बढ़ते, तो कामवासना ही बन जाएगा तुम्हारा जीवन, तुम्हारा संपूर्ण जीवन; बहुत मामूली, बहुत असुंदर। सेक्स सुंदर हो सकता है, किंतु केवल प्रेम सहित, प्रेम के अंश के रूप में। अकेले अपने में वह असुंदर होता है। यह बात बिलकुल ऐसी होती है: तुम्हारी आंखें सुंदर होती हैं, लेकिन यदि आंखें उनकी सॉकेट से निकाल ली जाती हैं तो असुंदर बन जाएंगी। सुंदरतम आंखें असुंदर बन जाएंगी यदि उन्हें देह से काट दिया तो।

ऐसा हुआ वानगॉग के साथ। कोई नहीं प्रेम करता था उसे, क्योंकि उसका शरीर असुंदर और नाटा था। फिर एक वेश्या ने, उसे खुश कर देने को—प्रशंसा करने लायक और कोई चीज उसके शरीर में न पाकर, उसके कान की प्रशंसा कर दी, यह कहते हुए कि उसके पास सुंदरतम कान हैं। प्रेमी कानों की बात कभी नहीं कहते क्योंकि कई और चीजें होती हैं प्रशंसा करने के लिए, लेकिन उसमें कुछ था ही नहीं। शरीर बहुत-बहुत असुंदर था, और इसीलिए उस वेश्या ने कह दिया था, 'तुम्हारे कान बड़े सुंदर हैं।' वह घर गया। किसी ने भी कभी उसके शरीर की किसी चीज को गुणवान नहीं माना था। किसी ने कभी उसके शरीर को स्वीकार न किया था। ऐसा पहली बार हुआ था, और वह इतना रोमांचित हो गया

कि उसने अपना ही कान काट दिया, वापस आया उस वेश्या के पास और कान पेश कर दिया। अब तो वह कान बिलकुल ही असुंदर था।

कामवासना अंश है प्रेम का, अधिक बड़ी संपूर्णता का। प्रेम उसे सौंदर्य देता है, अन्यथा तो यह सबसे अधिक असुंदर क्रियाओं में से एक है। इसीलिए लोग अंधकार में कामवासना की ओर बढ़ते हैं। वे स्वयं भी इस क्रिया का प्रकाश में संपन्न किया जाना पसंद नहीं करते हैं। तुम देखते हो कि मनुष्य के अतिरिक्त सभी पशु संभोग करते हैं दिन में ही। कोई पशु रात में कष्ट नहीं उठाता; रात विश्राम के लिए होती है। सभी पशु दिन में संभोग करते हैं; केवल आदमी संभोग करता है रात्रि में। एक तरह का भय होता है कि संभोग की क्रिया थोड़ी असुंदर है। और कोई स्त्री अपनी खुली आंखों सहित कभी संभोग नहीं करती है, क्योंकि उनमें पुरुष की अपेक्षा ज्यादा सुरुचि-संवेदना होती है। वे हमेशा मुंदी आंखों सहित संभोग करती हैं, जिससे कि कोई चीज दिखाई नहीं देती। स्त्रियां अश्लील नहीं होती हैं, केवल पुरुष होते हैं ऐसे।

इसीलिए स्त्रियों के इतने ज्यादा नग्न चित्र विद्यमान रहते हैं। केवल पुरुषों का रस है देह देखने में; स्त्रियों की रुचि नहीं होती इसमें। उनके पास ज्यादा सुरुचि-संवेदना होती है, क्योंकि देह पशु की है। जब तक कि वह दिव्य नहीं होती, उसमें देखने को कुछ है नहीं। प्रेम सेक्स को एक नयी आत्मा दे सकता है। तब सेक्स रूपांतरित हो जाता है—वह सुंदर बन जाता है। वह अब कामवासना का भाव न रहा, उसमें कहीं पार का कुछ होता है। वह सेतु बन जाता है।

तुम किसी व्यक्ति को प्रेम कर सकते हो। इसलिए क्योंकि वह तुम्हारी कामवासना की तृप्ति करता है। यह प्रेम नहीं, मात्र एक सौदा है। तुम किसी व्यक्ति के साथ कामवासना की पूर्ति कर सकते हो इसलिए क्योंकि तुम प्रेम करते हो। तब कामभाव अनुसरण करता है छाया की भांति, प्रेम के अंश की भांति। तब वह सुंदर होता है; तब वह पशु-संसार का नहीं रहता। तब पार की कोई चीज पहले से ही प्रविष्ट हो चुकी होती है। और यदि तुम किसी व्यक्ति से बहुत गहराई से प्रेम किए चले जाते हो, तो धीरे-धीरे कामवासना तिरोहित हो जाती है। आत्मीयता इतनी संपूर्ण हो जाती है कि कामवासना की कोई आवश्यकता नहीं रहती। प्रेम स्वयं में पर्याप्त होता है। जब वह घड़ी आती है तब प्रार्थना की संभावना तुम पर उतरती है।

ऐसा नहीं कि उसे गिरा दिया गया होता है, ऐसा नहीं है कि उसका दमन किया गया, नहीं। वह तो बस तिरोहित हो जाती है। जब दो प्रेमी इतने गहन प्रेम में होते हैं कि प्रेम पर्याप्त होता है और कामवासना बिलकुल गिर जाती है, तब दो प्रेमी समग्र एकत्व में होते हैं, क्योंकि कामवासना विभक्त करती है। अंग्रेजी का शब्द 'सेक्स' तो आता ही उस मूल से है जिसका अर्थ होता है विभेद। प्रेम जोड़ता है; कामवासना भेद बनाती है। कामवासना विभेद का मूल कारण है।

जब तुम किसी व्यक्ति के साथ कामवासना की पूर्ति करते हो, स्त्री या पुरुष के साथ, तो तुम सोचते हो कि सेक्स तुम्हें जोड़ता है। क्षण भर को तुम्हें भ्रम होता है एकत्व का, और फिर एक विशाल विभेद अचानक बन आता है। इसीलिए प्रत्येक काम-क्रिया के पश्चात एक हताशा, एक निराशा आ घेरती है। व्यक्ति अनुभव करता है कि वह प्रिय से बहुत दूर है। कामवासना भेद बना देती है, और जब प्रेम ज्यादा और ज्यादा गहरे में उतरता है और ज्यादा और ज्यादा जोड़ देता है तो कामवासना की आवश्यकता नहीं

रहती। तुम इतने एकत्व में रहते हो कि तुम्हारी आंतरिक ऊर्जाएं बिना कामवासना के मिल सकती हैं।

जब दो प्रेमियों की कामवासना तिरोहित हो जाती है तो जो आभा उतरती है तुम देख सकते हो उसे। वे दो शरीरों की भांति एक आत्मा में रहते हैं। आत्मा उन्हें घेरे रहती है। वह उनके शरीर के चारों ओर एक प्रदीप्ति बन जाती है। लेकिन ऐसा बहुत कम घटता है।

लोग कामवासना पर समाप्त हो जाते हैं। ज्यादा से ज्यादा जब इकट्ठे रहते हैं; तो वे एक-दूसरे के प्रति स्नेहपूर्ण होने लगते हैं—ज्यादा से ज्यादा यही होता है। लेकिन प्रेम कोई स्नेह का भाव नहीं है, वह आत्माओं की एकमयता है—दो ऊर्जाएं मिलती हैं और संपूर्ण इकाई हो जाती हैं। जब ऐसा घटता है, केवल तभी प्रार्थना संभव होती है। तब दोनों प्रेमी अपनी एकमयता में बहुत परितृप्त अनुभव करते हैं, बहुत संपूर्ण, कि एक अनुग्रह का भाव उदित होता है। वे गुनगुनाना शुरू कर देते हैं प्रार्थना को।

प्रेम इस संपूर्ण अस्तित्व की सबसे बड़ी चीज है। वास्तव में, हर चीज हर दूसरी चीज के प्रेम में होती है। जब तुम पहुंचते हो शिखर पर, तुम देख पाओगे कि हर चीज, हर दूसरी चीज को प्रेम करती है। जब कि तुम प्रेम की तरह की भी कोई चीज नहीं देख पाते, जब तुम घृणा अनुभव करते हो—घृणा का अर्थ ही इतना होता है कि प्रेम गलत पड़ गया है। और कुछ नहीं। जब तुम उदासीनता अनुभव करते हो, इसका केवल यही अर्थ होता है कि प्रेम प्रस्फुटित होने के लिए पर्याप्त रूप से साहसी नहीं रहा है। जब तुम्हें किसी बंद व्यक्ति का अनुभव होता है, उसका केवल इतना ही अर्थ होता है कि वह बहुत ज्यादा भय अनुभव करता है, बहुत ज्यादा असुरक्षा—वह पहला कदम नहीं उठा पाया। लेकिन प्रत्येक चीज प्रेम है।

हालांकि जब एक जानवर दूसरे जानवर पर जा कूदता है और उसे खा जाता है, जब एक शेर एक हिरण के ऊपर छलांग लगा देता है और उसे खा जाता है, तो वह प्रेम ही होता है। यह लगता है हिंसा की भांति क्योंकि तुम्हें पता नहीं होता, वह प्रेम होता है। वह जानवर, वह शेर समाविष्ट कर रहा होता है हिरण को अपने में। निस्संदेह यह बात बहुत अपरिष्कृत होती है, बहुत बहुत अनगढ़ और जंगली, यह होती है पशु-सदृश लेकिन तो भी यह है प्रेम ही। प्रेमी एक-दूसरे को भोजन जानते हैं, वे अपने में समाते हैं एक-दूसरे को। पशु बहुत जंगली ढंग से ऐसा कर रहा होता है, बस यही होती है बात।

सारा अस्तित्व प्रेममय है। वृक्ष प्रेम करते हैं पृथ्वी को। वरना कैसे वे साथ-साथ अस्तित्व रख सकते थे? कौन-सी चीज उन्हें साथ-साथ पकड़े हुए होगी? कोई तो एक जुड़ाव होना चाहिए। केवल जड़ों की ही बात नहीं है, क्योंकि यदि पृथ्वी वृक्ष के साथ गहरे प्रेम में न पड़ी हो तो जड़ें भी मदद न देंगी। एक गहन अदृश्य प्रेम अस्तित्व रखता है। संपूर्ण अस्तित्व, संपूर्ण ब्रह्मांड घूमता है प्रेम के चारों ओर। प्रेम ऋतम्भरा है। इसलिए कल कहा था मैंने सत्य और प्रेम का जोड़ है ऋतम्भरा। अकेला सत्य बहुत रूखा-सूखा होता है।

यदि तुम समझ सको—बिलकुल अभी तो यह केवल एक बौद्धिक समझ हो सकती है, लेकिन तुम्हारी स्मृति में रख लेना इसे। किसी दिन यह बात बन सकती है एक अस्तित्वगत अनुभव। ऐसा ही अनुभव करता हूं मैं।

शत्रु एक-दूसरे से प्रेम करते हैं, वरना क्यों करेंगे वे एक-दूसरे की चिंता? वह व्यक्ति भी जो कि कहता है कि ईश्वर नहीं है, प्रेम करता है ईश्वर से, क्योंकि वह निरंतर कहता जाता है कि ईश्वर नहीं है।

वह वशीभूत है, मुग्ध है, वरना क्यों करेगा वह परवाह? एक नास्तिक जीवन भर यही प्रमाणित करने की कोशिश करता है कि ईश्वर नहीं है। वह इतने प्रेम में होता है, और इतना भयभीत होता है ईश्वर से कि यदि 'उसका' अस्तित्व होता है, तो फिर उसके अपने अस्तित्व में बड़ा जबर्दस्त रूपांतरण घटेगा। तो, भयभीत होकर वह यह प्रमाणित करने का प्रयत्न किए चला जाता है कि कहीं कोई ईश्वर नहीं है। ईश्वर नहीं है, यह बात प्रमाणित करने के प्रयास में, वह बड़ा गहरा भय ही दिखला रहा होता है कि ईश्वर पुकार रहा है। और यदि ईश्वर है तो फिर वह वही नहीं बना रह सकता है।

यह बात उस साधु की भांति ही है जो शहर की सड़क पर आंखें मूंद कर या आंखें आधी मूंद कर चल रहा होता है ताकि वह किसी स्त्री को न देख सके। वह कहता जाता है स्वयं से 'कहीं कोई स्त्री नहीं। यह सब कुछ माया है, भ्रम है। यह स्वप्न की भांति है।' लेकिन वह क्यों यह प्रमाणित करने की कोशिश करता है कि कहीं कोई प्रेम की बात अस्तित्व नहीं रखती?—क्योंकि वरना तो मसजिद-मंदिर मिट जाएंगे, साधु समाप्त हो जाएगा, और जीवन का उसका सारा ढांचा बिखर-बिखर जाएगा।

सब कुछ प्रेम है, और प्रेम सब कुछ है। सर्वाधिक अनगढ़ से लेकर परम उच्चता तक, चट्टान से लेकर परमात्मा तक, प्रेम है। बहुत सारी परतें होती हैं, बहुत सारे सोपान होते हैं, बहुत सारी मात्राएं होती हैं, तो भी होता है प्रेम ही। यदि तुम स्त्री से प्रेम करते हो तो तुम गुरु से प्रेम कर पाओगे। यदि तुम गुरु से प्रेम कर सकते हो, तो तुम परमात्मा से प्रेम कर पाओगे। स्त्री से प्रेम करना देह से प्रेम करना है। देह सुंदर है, गलत नहीं है कुछ उसमें। सचमुच वह चमत्कार है। लेकिन यदि तुम प्रेम कर सको, तो प्रेम विकसित हो सकता है।

ऐसा हुआ कि भारत के बड़े भक्तों में से एक, रामानुज एक शहर से गुजरते थे। एक आदमी आया, और आदमी उस तरह का रहा होगा जो कि साधारणतया धर्म की ओर आकर्षित होता है : योगी, तपस्वी प्रकार का आदमी जो बिना प्रेम के जीने की कोशिश करता है। कोई सफल नहीं हुआ है अब तक। कोई कभी होगा नहीं सफल, क्योंकि प्रेम ही आधारभूत ऊर्जा है जीवन की और अस्तित्व की, कोई इसके विरुद्ध होकर सफल नहीं हो सकता है।

उस आदमी ने पूछा रामानुज से, 'मैं दीक्षित होना चाहता हूं आपसे। कैसे मैं पा सकता हूं परमात्मा को? मैं शिष्य के रूप में स्वीकृत होना चाहता हूं।' रामानुज ने देखा उस आदमी की तरफ, और वह देख सकते थे कि आदमी प्रेम के विरुद्ध है। वह मृत चट्टान की भांति था, संपूर्णतया सूखा हुआ, हृदय विहीन। रामानुज बोले, 'पहले मुझे कुछ बातें बताओ। क्या तुमने कभी किसी आदमी से प्रेम किया है?' वह आदमी तो घबड़ा गया क्योंकि रामानुज जैसा आदमी प्रेम की बातें कर रहा था, इतनी साधारण सांसारिक बात!

वह कहने लगा, 'क्या कह रहे हैं आप? मैं एक धार्मिक आदमी हूं। मैंने कभी किसी से प्रेम नहीं किया।' रामानुज ने फिर आग्रह किया। वे बोले, 'जरा अपनी आंखें मूंदो और थोड़ा सोचो। तुमने किया होगा प्रेम, चाहे तुम उसके विरुद्ध भी हो। तुमने यथार्थ में शायद नहीं किया हो प्रेम, लेकिन कल्पना में किया है।' वह आदमी कहने लगा, 'मैं तो बिलकुल ही विरोधी हूं प्रेम का, क्योंकि प्रेम ही माया का, भ्रम का पूरा ढांचा है। और मैं इस संसार के बाहर चला जाना चाहता हूं। प्रेम ही है वह कारण जिससे कि लोग इसके बाहर नहीं जा सकते हैं। नहीं, कल्पना में भी नहीं।'

रामानुज ने फिर जोर दिया। वे बोले, 'जरा भीतर देखो। कई बार सपनों में प्रेम का विषय प्रकट हुआ होगा।' वह आदमी बोला, 'इसलिए तो मैं ज्यादा सोता नहीं। लेकिन मैं यहां प्रेम सीखने को नहीं हूं, मैं यहां आया हूं प्रार्थना सीखने को।' रामानुज उदास हो गए और वे बोले, 'मैं तुम्हारी मदद नहीं कर सकता, क्योंकि जिस व्यक्ति ने प्रेम को नहीं जाना है, वह कैसे जान सकता है प्रार्थना को?'

प्रार्थना सर्वाधिक सूक्ष्म प्रेम है, सारभूत प्रेम है—जैसे कि देह मिट जाती हो और केवल प्रेम की आत्मा बनी रहती हो; जैसे कि दीया वहां बचता ही न हो, मात्र अग्नि-शिखा रहती हो; जैसे फूल खो जाता है धरती में, लेकिन सुवास बनी रहती है हवा में—वही होती है प्रार्थना। काम-भाव देह है प्रेम की; प्रेम है आत्मा। फिर प्रेम देह है प्रार्थना की; प्रार्थना है आत्मा। तुम बना सकते हो सकेंद्रित वर्तुल। पहला वर्तुल है काम, दूसरा वर्तुल है प्रेम और तीसरा वर्तुल जो कि केंद्र है, वह है प्रार्थना। काम द्वारा तुम दूसरे की देह को खोजते हो, और दूसरे की देह को खोजने के द्वारा तुम खोजते हो तुम्हारी अपनी ही देह को।

वह व्यक्ति जो किसी के साथ काम-संबंधों द्वारा नहीं जुड़ा रहा, उसमें अपनी देह का कोई बोध नहीं होता, क्योंकि कौन देगा तुम्हें बोध? किसी ने तुम्हारी देह को प्रेममय हाथों से नहीं छुआ होता; किसी ने प्रेममय हाथों से तुम्हारी देह को सहलाया नहीं होता; किसी ने तुम्हारी देह को आलिंगनबद्ध नहीं किया होता। कैसे तुम प्रतीति पा सकते हो तुम्हारी देह की? तुम तो हो बस एक प्रेत की भांति। तुम नहीं जानते कहां तुम्हारी देह की समाप्ति है और कहां दूसरे की देह का आरंभ।

केवल एक प्रेमपूर्ण आलिंगन में पहली बार देह एक आकार लेती है। प्रेमिका तुम्हें तुम्हारी देह का आकार देती है। वह तुम्हें एक रूप देती, वह तुम्हें एक आकार देती, वह चारों ओर से तुम्हें घेरे रहती और तुम्हें तुम्हारी देह की पहचान देती है। प्रेमिका के बगैर तुम नहीं जानते तुम्हारा शरीर किस प्रकार का है, तुम्हारे शरीर के मरुस्थल में मरूद्यान कहां है, फूल कहां हैं? कहां तुम्हारी देह सबसे अधिक जीवंत है और कहां मृत है? तुम नहीं जानते। तुम अपरिचित बने रहते हो। कौन देगा तुम्हें वह परिचय? वास्तव में जब तुम प्रेम में पड़ते हो और कोई तुम्हारे शरीर से प्रेम करता है तो पहली बार तुम सजग होते हो अपनी देह के प्रति कि तुम्हारे पास देह है।

प्रेमी एक दूसरे की मदद करते हैं अपने शरीरों को जानने में। काम तुम्हारी मदद करता है दूसरे की देह को समझने में—और दूसरे के द्वारा तुम्हारे अपने शरीर की पहचान और अनुभूति पाने में। कामवासना तुम्हें देहधारी बनाती है, शरीर में बद्धमूल करती है, और फिर प्रेम तुम्हें स्वयं का, आत्मा का, स्व का अनुभव देता है—वह है दूसरा वर्तुल। और फिर प्रार्थना तुम्हारी मदद करती है अनात्म को अनुभव करने में, या ब्रह्म को, या परमात्मा को अनुभव करने में।

ये हैं तीन चरणः कामवासना से प्रेम तक, प्रेम से प्रार्थना तक। और प्रेम के कई आयाम होते हैं, क्योंकि यदि सारी ऊर्जा प्रेम है तो फिर प्रेम के कई आयाम होने ही होते हैं। जब तुम किसी स्त्री से या किसी पुरुष से प्रेम करते हो तो तुम परिचित हो जाते हो अपनी देह के साथ। जब तुम प्रेम करते हो गुरु से, तब तुम परिचित हो जाते हो अपने साथ, अपनी सत्ता के साथ और उस परिचय द्वारा, अकस्मात तुम संपूर्ण के प्रेम में पड़ जाते हो।

स्त्री द्वार बन जाती है गुरु का, गुरु द्वार बन जाता है परमात्मा का। अकस्मात तुम संपूर्ण में जा पहुंचते हो, और तुम जान जाते हो अस्तित्व के अंतरतम मर्म को।

जीसस ठीक ही कहते हैं, 'प्रेम है परमात्मा', क्योंकि प्रेम वह ऊर्जा है जो चलाती है सितारों को, जो चलाती है बादलों को, जो बीजों को फूटने देती है, जो पक्षियों को चहचहाने देती है, जो तुम्हें यहां होने देती है। प्रेम सबसे अधिक रहस्यपूर्ण घटना है। वह है 'ऋतम्भरा।'

अंतिम प्रश्न : क्या गुरु कभी जंभाई लेते हैं?

हां, वे जंभाई लेते हैं लेकिन वे संपूर्ण रूप से जंभाई लेते हैं। और यही एक बुद्ध-पुरुष और अबुद्ध-पुरुष के बीच का भेद है। भेद है केवल समग्रता का।

तुम जो कुछ करते हो, तुम करते हो आंशिक रूप से। तुम प्रेम करते हो, लेकिन केवल तुम्हारा कोई हिस्सा ही प्रेम करता है। तुम सोते हो, लेकिन तुम्हारा एक हिस्सा ही सोता है। तुम खाते हो, लेकिन तुम्हारा एक हिस्सा ही खाता है। तुम जंभाई लेते हो, लेकिन तुम्हारा एक हिस्सा ही जंभाई लेता है। एक और हिस्सा होता है इसके विरुद्ध, उस पर नियंत्रण करता हुआ।

एक सद्गुरु जीता है समग्र रूप से, जैसे और जो कुछ वह जीता है। यदि वह खाता है, तो वह समग्ररूप से खा रहा होता है। कुछ और होता ही नहीं सिवाय खाने के। जब वह चलता है, तो वह चलता है; चलने वाला वहां नहीं होता है। चलने वाले का तो अस्तित्व ही नहीं होता, क्योंकि कहां अस्तित्व रखेगा चलने वाला? चलना इतना समग्र है। तुम जंभाई लेते हो; तो तुम होते हो वहां। जब गुरु जंभाई लेता है तो केवल जंभाई ही होती है वहां। और यदि तुम्हें यकीन नहीं हुआ हो, तो तुम पूछ सकते हो विवेक से; वही होगा प्रमाण! तुम पूछ सकते हो गवाह से!

प्रवचन ९.

निर्विचार समाधि से अंतिम छलांग...

योगसूत्र

(समाधिपाद)

श्रुतानुमानप्रज्ञाभ्यामन्यविषया विशेषार्थत्वात्।। ४९।।

निर्विचार समाधि की अवस्था में विषय-वस्तु की अनुभूति होती है उसके पूरे परिप्रेक्ष्य में, क्योंकि इस अवस्था में ज्ञान प्रत्यक्ष रूप से प्राप्त होता है— इंद्रियों को प्रयुक्त किए बिना ही।

तज्जः संस्कारोऽन्यसंस्कारप्रतिबन्धी।। ५०।।

जो प्रत्यक्ष बोध निर्विचार समाधि में उपलब्ध होता है, वह सभी सामान्य बोध संवेदनाओं के पार का होता है—प्रगाढ़ता में भी और विस्तीर्णता में भी।

तस्यापि निरोधे सर्वनिरोधान्निर्बीजः समाधिः।। ५१।।

जब सारे नियंत्रणों पर का नियंत्रण पार कर लिया जाता है, तो निर्बीज समाधि फलित होती है और उसके साथ ही उपलब्ध होती है—जीवन-मृत्यु से मुक्ति।

ज्ञान अप्रत्यक्ष होता है, सम्यक अनुभूति प्रत्यक्ष होती है। ज्ञान आता है बहुत सारे माध्यमों द्वारा; वह विश्वसनीय नहीं होता है। सम्यक अनुभूति प्रत्यक्ष होती है, बिना किसी माध्यम के। केवल सम्यक अनुभूति भरोसे की हो सकती है। इस भेद को याद रख लेना है। ज्ञान तो ऐसा है जैसे कि जब कोई संदेशवाहक आता हो और कुछ कहता हो तुमसे: हो सकता है संदेशवाहक ने कुछ गलत समझ लिया होगा संदेश; हो सकता है संदेशवाहक ने संदेश में कुछ अपने से जोड़ दिया हो, संदेश-वाहक ने शायद कुछ हटा दिया हो संदेश में से; संदेशवाहक शायद भूल गया हो संदेश की कोई बात; संदेशवाहक ने शायद कोई अपनी ही व्याख्या जोड़ दी हो उसमें; या फिर शायद संदेशवाहक एकदम चालाक हो और भ्रमपूर्ण हो। और तुम्हें विश्वास करना पड़ता है संदेशवाहक पर। संदेश के स्त्रोत तक तुम्हारी कोई सीधी पहुंच नहीं होती है—यह होता है ज्ञान।

ज्ञान भरोसे का नहीं होता है। केवल एक ही संदेशवाहक नहीं जुड़ा होता है ज्ञान के साथ, बल्कि चार-चार जुड़े होते हैं। आदमी बहुत सारे बंद द्वारों के पीछे कैद रहता है। पहले तो ज्ञान आता है ज्ञानेंद्रियों तक, फिर ज्ञानेंद्रियां उसे वहन करतीं नाड़ी-तंत्र द्वारा, वह पहुंच जाता है मस्तिष्क तक, फिर मस्तिष्क उसे पहुंचा देता है मन तक, और मन उसे पहुंचा देता है तुम तक, चेतना तक। यह एक बड़ी प्रक्रिया होती है, और तुम्हारे पास ज्ञान के स्त्रोत तक कोई सीधी पहुंच है नहीं।

ऐसा हुआ कि द्वितीय महायुद्ध में, एक सिपाही के पैर और उसकी उंगलियों में बहुत गहरी चोट आयी थी, और पैर के अंगूठे में बहुत गहन पीड़ा थी। इतनी ज्यादा थी पीड़ा कि वह सिपाही बेहोश हो गया। शल्य-चिकित्सकों ने पूरी टांग का आपरेशन करने का निश्चय किया। वह इतनी टूट-फूट गयी थी कि उसे बचाया नहीं जा सकता था, इसलिए उन्होंने उसे काट दिया। सिपाही बेहोश था इसलिए उसे बिलकुल पता ही नहीं चला कि क्या हुआ।

अगली सुबह जब सिपाही को होश आया, तो फिर उसने अपने पैर के अंगूठे के दर्द के बारे में शिकायत की। अब जब कि टांग रही ही नहीं, जब अंगूठे सहित पूरी टांग ही काट दी गई थी, तो यह बात बेतुकी हुई। उस अंगूठे में कैसे दर्द बना रह सकता है, जो है ही नहीं? नर्स हंस पड़ी और बोली, 'तुम कल्पना कर रहे हो या तुम्हें भ्रम हो रहा है।' उसने चादर उतार दी उसकी, और दिखा दिया सिपाही को कि उसकी पूरी टांग निकाल दी गयी है, इसलिए अब पैर के अंगूठे में कोई दर्द नहीं बना रह सकता, क्योंकि पैर का ही अस्तित्व नहीं है। लेकिन सिपाही अड़ा रहा अपनी बात पर। वह बोला, 'मैं देख

सकता हूं कि टांग है ही नहीं और मैं समझ सकता हूं तुम्हारे मन का विचार। मैं बेतुका लग रहा हूं, लेकिन मैं फिर भी कहता हूं कि दर्द बहुत तेज है और बरदाश्त के बाहर है।'

डाक्टरों को बुलाया गया; शल्य-चिकित्सकों ने आपस में सलाह-मशविरा किया। यह तो बिलकुल ही बेतुकी बात थी। मन कोई चालाकी चल रहा था। लेकिन जो घट रहा था उसे उन्होंने समझने की कोशिश की। तब सारे शरीर का एक्स-रे फोटो लिया, और जिस बात तक वे पहुंचे, वह यह थीः जो नाड़ी पैर के अंगूठे के दर्द का संदेश वहन करती रही थी वह अभी भी उसे वहन कर रही थी। वह उसी ढंग से कांप रही थी, जैसे कि उसे तब कांपना चाहिए, यदि वहां अंगूठा होता और उसमें दर्द होता।

और जब नाड़ी पहुंचा देती है संदेश तो निस्संदेह मस्तिष्क को उस संकेत का अर्थ करना होता है। मस्तिष्क के पास कोई तरीका नहीं है इसकी जांच करने का कि नाड़ी सही संदेश वहन कर रही है या गलत संदेश; वास्तविक संदेश, या कि अवास्तविक संदेश। मस्तिष्क बाहर नहीं आ सकता और नाड़ी को नियंत्रित नहीं कर सकता। मस्तिष्क को निर्भर रहना पड़ता है नाड़ी पर, और मस्तिष्क उस संकेत का अर्थ करता है मन के सामने। तो अब मन के पास कोई तरीका नहीं होता मस्तिष्क को जांचने का। व्यक्ति को तो बस विश्वास कर लेना होता है उस पर। और मन ज्ञान को पहुंचाता है चेतना तक। अब चेतना पीड़ित होती है उस पैर के अंगूठे के लिए जो विद्यमान ही नहीं होता।

इसे ही हिंदू कहते हैं 'माया'। 'संसार अस्तित्व नहीं रखता है', हिंदू कहते हैं, 'और तुम भयंकर रूप से पीड़ा भोग रहे हो। उस चीज के लिए पीड़ित हो रहे हो, जिसका कि अस्तित्व ही नहीं!' ऐसे ही क्रियान्वित होती है ज्ञान की यंत्र-प्रक्रिया। इस प्रक्रिया में यह बहुत कठिन होता है कहीं जांच करना जब तक कि तुम स्वयं में से बाहर न आ सको। मन ऐसा नहीं कर सकता, क्योंकि मन शरीर के बाहर अस्तित्व नहीं रख सकता है। उसे मस्तिष्क पर निर्भर रहना पड़ता है, वह मस्तिष्क में ही बद्धमूल होता है। मस्तिष्क ऐसा नहीं कर सकता क्योंकि मस्तिष्क की जड़ें जुड़ी होती हैं पूरे स्नायु-तंत्र से। वह बाहर नहीं आ सकता। केवल एक जगह संभावना होती है जांचने-परखने की, और वह होती है चैतन्य में।

चैतन्य शरीर में बद्धमूल नहीं है; शरीर तो केवल एक नाव है। जैसे कि तुम अपने घर के बाहर आते हो और भीतर जाते हो, इसी तरह चैतन्य घर के बाहर आ सकता है और भीतर जा सकता है। केवल चैतन्य इस सारे रचना-तंत्रों के बाहर जा सकता है और चीजों को जो घट रहा है, उसे देख-जान सकता है।

निर्विचार समाधि में ऐसा घटता है। विचार समाप्त हो जाते हैं। मन और चेतना के बीच का संपर्क कट जाता है, क्योंकि विचार ही होता है संपर्क। विचार के बगैर तुम्हारे पास कोई मन नहीं होता, और जब तुम्हारे पास कोई मन नहीं होता, तो मस्तिष्क के साथ संपर्क टूट जाता है। जब तुम्हारे पास मन नहीं होता, और मस्तिष्क के साथ का संपर्क टूट चुका होता है, तो स्नायु-तंत्र के साथ संपर्क भी टूट चुका होता है। तुम्हारी चेतना अब बाहर और भीतर प्रवाहित हो सकती है। सारे द्वार खुले होते हैं। निर्विचार समाधि में, जब सारे विचार समाप्त हो जाते हैं, तब चेतना गतिमान होने और प्रवाहित होने के लिए स्वतंत्र होती है। वह बिना जड़ों के, गृहविहीन बादल की भांति हो जाती है, वह उस रचनातंत्र से मुक्त हो जाती है जिसके साथ तुम जीए होते हो। वह बाहर आ सकती है, वह भीतर जा सकती है; उसके मार्ग पर कोई रुकावट नहीं है।

अब प्रत्यक्ष ज्ञान संभव हो जाता है। प्रत्यक्ष ज्ञान है सम्यक अनुभूति। अब तुम सीधे देख सकते हो। ज्ञान के स्रोत और तुम्हारे बीच बिना किसी संदेशवाहक के तुम सीधे देख सकते हो। यह एक बड़ी जबरदस्त घटना होती है, जब तुम्हारी चेतना बाहर आ जाती है और एक फूल को देखती है। तुम उसकी कल्पना नहीं कर सकते, क्योंकि वह कल्पना का हिस्सा ही नहीं। तुम विश्वास नहीं कर सकते कि क्या घटता है! जब चेतना सीधे ही फूल को देख सकती है, तो पहली बार फूल को जाना जाता है, और केवल फूल को ही नहीं, फूल के द्वारा संपूर्ण अस्तित्व को जान लिया जाता है। एक छोटे-से पत्थर में समग्र अस्तित्व छिपा हुआ है; हवा में नाचते हुए एक छोटे-से पत्ते में, पूरी सृष्टि नृत्य करती है। सड़क के किनारे के छोटे-से फूल में, संपूर्ण सृष्टि की मुसकान होती है।

जब तुम अपनी इंद्रियों की कैद के बाहर आते हो: स्नायु-तंत्र के बाहर, मस्तिष्क के, मन के, परत-दर-परत दीवारों के बाहर, तो अचानक व्यक्ति तिरोहित हो जाते हैं। लाखों आकारों में एक बड़ी विशाल ऊर्जा है, और प्रत्येक आकार संकेत कर रहा है निराकार की तरफ, प्रत्येक आकार पिघल रहा है और घुलमिल रहा है दूसरे आकार में—एक विशाल सागर है निराकार सौंदर्य का, सत्य का, शुभ का। हिंदू उसे कहते हैं, सत्यं शिवं सुंदरं और सत्-चित्-आनंद: जो कि है, जो कि सुंदर है, जो कि शुभ है; जो है, जो चैतन्य है, जो आनंदमय है। यह एक सीधा बोध होता है, अपरोक्षानुभूति, प्रत्यक्ष ज्ञान।

अन्यथा, तुम्हारा सारा ज्ञान अप्रत्यक्ष होता है। वह निर्भर करता है संदेशवाहकों पर जो कि बहुत विश्वसनीय नहीं होते—हो नहीं सकते। उनका स्वभाव ही भरोसे का नहीं होता है। क्यों? तुम्हारा हाथ किसी चीज का स्पर्श करता है; हाथ एक अचेतन चीज है। बिलकुल प्रारंभ से ही तुम्हारे मन का अचेतन भाग संदेश ग्रहण करता है। चेतना तो पीछे छिपी है, लेकिन द्वार पर एक जड़ नासमझ बैठा है, और वह नासमझ संदेश ले लेता है। स्वागत-कक्ष में एक जड़ नासमझ बैठा है! हाथ को बोध नहीं और हाथ छू लेता है किसी चीज को और ग्रहण कर लेता है संदेश को। अब स्नायुओं द्वारा संदेश यात्रा करता है। स्नायु बोधमय नहीं होते हैं, उनके पास कोई समझ नहीं होती है। तो अब, एक नासमझ से दूसरे नासमझ तक चला जाता है संदेश। पहले जड़ नासमझ से दूसरे जड़ नासमझ तक चला जाता है संदेश। पहले जड़ नासमझ से दूसरे जड़ नासमझ तक जरूर बहुत कुछ बदल जाता है।

पहली बात: कोई जड़ नासमझ सौ प्रतिशत सच नहीं हो सकता है, क्योंकि वह समझ नहीं सकता है। समझ वहां होती ही नहीं। हाथ बुद्धिरहित होता है, बुद्धिविहीन। वह कार्य को यांत्रिक रूप से वहन करता है, यंत्र-मानव की भांति। संदेश पहुंचा दिया जाता है, लेकिन बहुत कुछ तो पहले से ही बदल जाता है। स्नायु उसे मस्तिष्क तक ले जाते हैं और मस्तिष्क उसका अर्थ करता है। और मस्तिष्क की भी कोई बहुत समझ नहीं है क्योंकि मस्तिष्क शरीर का ही हिस्सा होता है; वह हाथ का दूसरा छोर होता है।

यदि तुम शरीर-विज्ञान के बारे में कुछ जानते हो, तो तुम जरूर जानते होगे कि दायां हाथ जुड़ा होता है मस्तिष्क के बाएं भाग से और बायां हाथ जुड़ा होता है मस्तिष्क के दाएं आधे भाग से। तुम्हारे दो हाथ दो ग्रहणकारी छोर हैं मस्तिष्क के। वे मस्तिष्क की ओर से कार्य करते हैं; वे विस्तारित मस्तिष्क हैं। तुम्हारा दायां हाथ संदेश ले जाता है बाएं मस्तिष्क की ओर, तुम्हारा बायां हाथ ले जाता है दाएं मस्तिष्क की ओर। मस्तिष्क भी सजग नहीं होता। मस्तिष्क होता है कंप्यूटर की भांति—कोई चीज दी जाती है उसे, वह उसका अर्थ निकालता है। वह एक रचनातंत्र है। कभी न कभी हम बना पायेंगे प्लास्टिक के

मस्तिष्क, क्योंकि वे सस्ते होंगे और वे ज्यादा टिकाऊ होंगे। वे कम मुसीबत खड़ी करेंगे और उन्हें बड़ी आसानी से परिचालित किया जा सकता है। हिस्से बदले जा सकते हैं। तुम सदा अतिरिक्त हिस्से भी रख सकते हो तुम्हारे साथ।

मस्तिष्क एक रचनातंत्र है, और कंप्यूटरों के आविष्कार द्वारा यह बात पूरी तरह स्पष्ट हो चुकी है कि मस्तिष्क एक यंत्र-रचना है। मस्तिष्क सूचना एकत्रित करता है, उसके अर्थ करता है, और मन को संदेश दे देता है। उसमें कोई समझ नहीं होती। तुम्हारे मन के पास थोड़ी समझ है, और बहुत थोड़ी है वह भी। ऐसा है क्योंकि तुम्हारा मन सजग नहीं। तुम्हारा हाथ यांत्रिक है; तुम्हारा मस्तिष्क यांत्रिक है; तुम्हारा स्नायु-तंत्र यांत्रिक है; और तुम्हारा मन सोया हुआ है, जैसे कि मदहोश हो। इसलिए संदेश पहुंचता है एक नासमझ से दूसरे नासमझ तक, और अंततः संदेश पहुंच जाता है मदहोश तक।

गुरजिएफ अपने शिष्यों के लिए बड़े भोज आयोजित किया करता था, और पहला टोस्ट सदा नासमझों के लिए होता था। ये ही हैं जड़ नासमझ।

और फिर यह आधा सोया, आधा जागा मदहोश इसकी व्याख्या कर देता है अतीत के अनुसार, क्योंकि दूसरा कोई रास्ता नहीं। मन वर्तमान की व्याख्या करता है अतीत के अनुसार। हर चीज गलत हो जाती है, क्योंकि वर्तमान सदा नया होता है, और मन सदा पुराना होता है। लेकिन दूसरा कोई रास्ता नहीं; मन कुछ और कर नहीं सकता। उसने अतीत में बहुत सारा ज्ञान इकट्ठा कर लिया है इन्हीं जड़ नासमझों के द्वारा, जो नितांत अविश्वसनीय हैं। और वह अतीत लाया जाता है वर्तमान तक, और वर्तमान को समझा जाता है अतीत के द्वारा। हर चीज गलत पड़ जाती है। लगभग असंभव है इस प्रक्रिया द्वारा किसी चीज को समझना।

इसलिए इस प्रक्रिया द्वारा जो सारा संसार जाना जाता है, हिंदू उसे कहते हैं, माया—स्वप्न सदृश, भ्रम। ऐसा है कि अभी तुमने सत्य को जाना नहीं। ये चार संदेशवाहक तुम्हें जानने न देंगे, और तुम जानते नहीं कि इन संदेशवाहकों से कैसे बचा जाए या कि खुले में कैसे आया जाए। स्थिति ऐसी है जैसे कि तुम एक अंधेरी कोठरी में बंद हो, और तुम बाहर देख रहे हो चाबी के एक छोटे-से छिद्र द्वारा और वह छिद्र निष्क्रिय नहीं, छिद्र सक्रिय है—वह व्याख्या करता है। वह कहता है, 'नहीं, तुम गलत हो; यह उस तरह से नहीं है, यह इस तरह से है।' तुम्हारा हाथ व्याख्या करता है, तुम्हारे स्नायु-तंत्र व्याख्या करते हैं, तुम्हारा मस्तिष्क व्याख्या करता है, और अंत में एक मदहोश मन व्याख्या करता है। वह व्याख्या तुम्हें दे दी जाती है और तुम उस व्याख्या द्वारा जीते हो। यह होती है अज्ञानी मन की अवस्था, न जागे हुए की अवस्था।

निर्विचार समाधि में, यह सारी अवस्था बिखर जाती है। अचानक तुम इस रचनातंत्र के बाहर हो जाते हो। तुम इस पर भरोसा नहीं करते, तुम बिलकुल गिरा ही देते हो सारी यंत्र-प्रक्रिया। तुम सीधे आ जाते हो ज्ञान के स्रोत तक। तुम सीधे ही देखते हो फूल को।

यह संभव होता है। यह संभव होता है केवल ध्यान की उच्चतम अवस्था में, निर्विचार में, जब कि विचार समाप्त हो जाते हैं। विचार ही हैं संपर्क। जब विचार समाप्त हो जाते हैं, तब सारी यंत्र-प्रक्रिया समाप्त हो जाती है और तुम अलग हुए होते हो। अकस्मात अब तुम कैद में न रहे। तुम छिद्र द्वारा नहीं देख रहे होते। तुम खुले आकाश के संसार में आ पहुंचे हो। तुम चीजों को वैसा ही देखते हो जैसी कि वे हैं।

और तुम देखोगे कि चीजें अस्तित्व नहीं रखतीं, वे तुम्हारी व्याख्याएं ही थीं। केवल जीवंत सत्ताएं

रखती हैं अस्तित्व। संसार में चीजें नहीं हैं। एक चट्टान भी प्राणमयी है। चाहे कितनी ही गहरी सोयी हो, खर्राटे भर रही हो, चट्टान प्राणमयी होती है, क्योंकि परम स्रोत प्राणवान है। इसके सारे हिस्से प्राणवान हैं, आत्मवान हैं। वृक्ष एक प्राणवान सत्ता है, पक्षी एक प्राणवान सत्ता है, चट्टान एक प्राणवान सत्ता है। अकस्मात चीजों का संसार तिरोहित हो जाता है। 'चीज' व्याख्या है इन जड़ नासमझों की और नशे में डूबे मन की। इस प्रक्रिया के कारण हर चीज धुंधली हो जाती है। इस प्रक्रिया के कारण केवल सतह स्पर्शित होती है। इस प्रक्रिया के कारण तुम सत्य को चूक जाते हो, तुम जीते हो एक स्वप्न में।

इस तरह से तुम एक स्वप्न निर्मित कर सकते हो। जरा कोशिश करना किसी दिन। तुम्हारी पत्नी सो रही होती है या तुम्हारा पति सो रहा होता है या कि तुम्हारा बच्चा—जरा सोए हुए व्यक्ति के पैरों पर बर्फ का टुकड़ा मल देना। थोड़ा-सा ही करना ऐसा, बहुत ज्यादा नहीं, अन्यथा वह जाग जाएगा। थोड़ी देर ही करना ऐसा और उसे हटा लेना। तुरंत तुम देखोगे कि पलकों के तले की आंखें तेजी से गतिमान हो रही हैं, जिसे मनस्विद कहते हैं—'आर ई एम'— रेपिड आई मूवमेंट, आंखों की तेजगति। जब आंखें तेजी से गतिमान हो रही होती हैं, तब स्वप्न शुरू हो चुका होता है। व्यक्ति कोई चीज देख रहा होता है और इसीलिए आंखें इतनी तेजी से गतिमान हो रही होती हैं। फिर स्वप्न के मध्य में ही, जगाना उस व्यक्ति को और पूछना कि उसने क्या देखा। या तो उसने देखा होगा कि वह एक नदी में से गुजर रहा था जो कि बहुत ठंडी है, बर्फ जैसी ठंडी, या फिर वह चल रहा था बर्फ पर, या वह पहुंच चुका है गौरीशंकर पर: वह कुछ इसी तरह का स्वप्न देखेगा। और तुमने निर्मित किया था स्वप्न, क्योंकि तुमने धोखा दिया पहले जड़ नासमझ को, शरीर को। तुम पैरों को छूते हो बर्फ द्वारा, तुरंत वह पहला जड़ मूढ़ काम करने लगता है; दूसरे जड़ मूढ़ स्नायुतंत्र ने संदेश दे दिया, तीसरा मूढ़ जड़ मस्तिष्क उसके अर्थ कर देता है। और चौथा वह मदहोश मन—जो कि सोया-सोया हुआ है, तुरंत स्वप्न की शुरुआत कर देता है!

तुम सपनों को निर्मित कर सकते हो। तुम अनजाने में बहुत बार निर्मित करते हो उन्हें। तुम्हारे दोनों हाथ तुम्हारे हृदय पर होते हैं और तुम लेटे हुए होते हो तुम्हारे बिस्तर पर, और तुम अनुभव करते हो कि कोई तुम्हारी छाती पर बैठा हुआ है, कोई भीमकाय राक्षस! जब तुम अपनी आंखें खोलते हो, तो कोई नहीं होता है वहां; तुम्हारे अपने ही हाथ होते हैं, या फिर तकिया होता है।

यही कुछ घट रहा होता है, जब कि तुम जागे हुए होते हो। इससे कुछ अंतर नहीं पड़ता, क्योंकि सारी रचना-प्रक्रिया वैसी ही होती है। चाहे आंखें खुली हों या बंद हों, इससे कुछ अंतर नहीं पड़ता, क्योंकि प्रक्रिया पर कोई नियंत्रण नहीं हो सकता। यदि तुम नियंत्रण करना भी चाहो तो तुम्हें सारी प्रक्रिया में से ही गुजरना पड़ेगा। कैसे तुम नियंत्रण कर सकते हो जब तक कि तुम बाहर न आ सको और देख न सको कि क्या घट रहा है?

यह संभावना आध्यात्मिकता का संपूर्ण संसार होती है: कि अंतिम, चेतना बाहर आ सकती है। सारे रचना-तंत्र को गिरा देना, चीज को सीधे देखना, और 'चीजें' तिरोहित हो जाती हैं। इसीलिए हिंदू कहते हैं कि यह संसार सत्य नहीं है और सच्ची समझ वाले के लिए यह तिरोहित हो जाता है। ऐसा नहीं है कि चट्टानें वहां नहीं होंगी और वृक्ष वहां नहीं होंगे। वे होंगे वहां—कुछ ज्यादा ही होंगे। लेकिन वे अब वृक्ष न रहेंगे, चट्टानें न रहेंगी—वे होंगे प्राणमय अस्तित्व। तुम्हारा मन प्राणियों को चीजों में बदल देता है: तुम्हारी पत्नी एक चीज हो जाती है इस्तेमाल करने की; तुम्हारा पति एक अधिकार जमाने की

चीज हो जाता है; तुम्हारा सेवक एक चीज हो जाता शोषित करने की; तुम्हारा बॉस एक चीज हो जाता है धोखा देने के लिए। इस सारी मूढ़ता-भरी प्रक्रिया के कारण, मन प्रत्येक चैतन्य प्राणी को बदल देता है चीज में। जब तुम मन के बाहर आ जाते हो और खुले आकाश तले देखते हो, तो अकस्मात कोई जड़ चीज नहीं होती। जड़ चीज-पन तिरोहित हो जाता है।

जब विचार गिर जाते हैं, तो गिरने की दूसरी चीज होती है—वस्तुओं का जड़पन। अचानक सारा संसार प्राणियों के अस्तित्व से भर जाता है—सुंदर प्राण-सत्ताएं, परम जीवंत सत्ताएं। क्योंकि वे सभी भाग लेते हैं परमात्मा के परम अस्तित्व में। व्याख्याएं तिरोहित हो जाती हैं—तुम अलग नहीं हो सकते। सारे विभाजन अस्तित्व रखते थे रचना-तंत्र के कारण। अचानक तुम एक वृक्ष को धरती में से उमगते देखते हो, अलग नहीं; आकाश से मिलते हुए—अलग नहीं। हर चीज एक साथ जुड़ी होती है, हर कोई अंश होता हर दूसरे का। सारा संसार चेतना की एक बुनावट बन जाता, भीतर से प्रदीप्त हुई लाखों-लाखों प्रज्वलित चेतनाओं की एक बुनावट। हर घर प्रकाशमान होता। शरीर तिरोहित हो जाते हैं, क्योंकि शरीर संबंध रखते हैं चीजों के संसार से। आकार होते हैं वहां, लेकिन अब वे भौतिक न रहे। वे आकार होते हैं चलती हुई सक्रिय ऊर्जा के, और वे बदलते रहते हैं। ऐसा ही घट रहा है।

तुम बच्चे थे, अब तुम युवा हो, अब तुम वृद्ध हो। घट क्या रहा है—तुम्हारे पास निश्चित आकार नहीं है। आकार निरंतर गतिमान हैं और बदल रहे हैं। एक बच्चा एक युवा व्यक्ति बन रहा है, युवा व्यक्ति वृद्ध बन रहा है, वृद्ध मृत्यु में जा रहा है।

तब तुम अचानक देखते हो कि जन्म, जन्म नहीं है, मृत्यु नहीं है मृत्यु। परिवर्तित हो रहे आकार हैं, और निराकार उसी तरह बना रहता है। तुम देख सकते हो कि आलोकित आकारविहीनता सदा वैसी ही बनी रहती है, लाखों आकारों के बीच सरकते हुएः परिवर्तित हो रही होती है, फिर भी परिवर्तित नहीं हो रही होती; बढ़ रही होती है, फिर भी नहीं बढ़ रही होती; हर दूसरी चीज बन रही होती, फिर भी वैसी ही बनी रहती है। और यही होता है सौंदर्य और रहस्य। तो जीवन एक है—एक विशाल जीवन-सागर। तब तुम नहीं देखते जीवित प्राणियों को, और मृत प्राणियों को। नहीं। क्योंकि मृत्यु अस्तित्व ही नहीं रखती। ऐसा होता है जड़ रचनातंत्र के कारण, गलत व्याख्या के कारण।

न तो जन्म का अस्तित्व होता है और न ही मृत्यु का। जो कि अस्तित्व रखता है वह है जन्मविहीन और मृत्युविहीन; वह शाश्वत है। ऐसा ही दिखता है यह सब, जब तुम मन के बाहर आते हो।

अब पतंजलि के सूत्रों में प्रवेश करने का प्रयत्न करो।

निर्विचार समाधि की अवस्था में, विषय-वस्तु की अनुभूति होती है उसके पूरे परिप्रेक्ष्य में, क्योंकि इस अवस्था में ज्ञान प्रत्यक्ष रूप से प्राप्त होता है, इंद्रियों को प्रयुक्त किए बिना ही।

जब इंद्रियों का प्रयोग नहीं होता, जब आकाश को देखने के लिए छोटे से छिद्र का प्रयोग नहीं किया जाता...क्योंकि छिद्र आकाश को अपना ढांचा देगा और हर चीज नष्ट कर देगा—आकाश उस छिद्र से ज्यादा बड़ा नहीं होगा, वह हो नहीं सकता। कैसे तुम्हारा परिप्रेक्ष्य ज्यादा बड़ा हो सकता है तुम्हारी आंखों से? कैसे तुम्हारा स्पर्श ज्यादा बड़ा हो सकता है तुम्हारे हाथों से? और कैसे ध्वनि ज्यादा गहन हो सकती

है तुम्हारे कानों से? असंभव! आंखें, कान और नाक छिद्र हैं। उनके द्वारा तुम देख रहे होते हो सत्य को। और अकस्मात निर्विचार में तुम स्वयं में से बाहर कूद जाते हो। पहली बार वह विशालता, वह असीमता जानी जाती है। अब पूरा परिप्रेक्ष्य उपलब्ध हो जाता है। आरंभ नहीं होता है वहां, अंत नहीं होता है वहां। अस्तित्व में कहीं कोई सीमाएं नहीं। वह असीम होता है। कोई सीमा नहीं होती। सारी सीमा तुम्हारी इंद्रियों से संबंधित होती है। वह इंद्रियों द्वारा दी जाती है। अस्तित्व स्वयं असीम है; सारी दिशाओं में तुम चलते और चलते चले जाते हो। उसका कोई अंत नहीं होता।

जब संपूर्ण परिप्रेक्ष्य उपलब्ध हो जाता है, तब पहली बार सूक्ष्मतम अहंकार जो कि अब तक तुमसे चिपका हुआ था, तिरोहित हो जाता है। क्योंकि अस्तित्व बहुत विशाल है—कैसे तुम छोटे-से व्यर्थ के अहंकार से चिपके रह सकते हो?

ऐसा हुआ कि एक बहुत बड़ा अहंकारी, बहुत धनी व्यक्ति, एक राजनेता सुकरात के पास गया। उसके पास एथेन्स का, वास्तव में, सारे यूनान का ही सबसे बड़ा, सबसे सुंदर महल था। और तुम देख सकते हो जब एक अहंकारी चलता है, जब एक अहंकारी कुछ बोलता है, तुम देख सकते हो कि अहंकार वहां सदा ही होता है, हर चीज में घुला-मिला हुआ। वह चला आया था दंभी ढंग से ही। वह पहुंचा सुकरात के पास और दंभपूर्ण ढंग से बोलने लगा उससे। सुकरात बात करता रहा कुछ देर तक और फिर वह बोला, 'जरा ठहरो। अभी पहले तो एक जरूरी बात है जिसे सुलझाना है, फिर हम बात करेंगे।' उसने अपने शिष्य से संसार का नक्शा लाने को कहा। वह धनपति, राजनेता, अहंकारी समझ नहीं सका कि अचानक यह किस प्रकार की बड़ी आवश्यकता उठ खड़ी हुई, और वह नहीं समझ सका कि संसार का नक्शा लाने में क्या अर्थ है। लेकिन जल्दी ही वह जान गया कि अर्थ था उसमें। सुकरात ने पूछा, 'संसार के इस बड़े नक्शे में यूनान कहां है?—एक छोटी-सी जगह। एथेन्स कहां है?—एक बिंदु मात्र।' फिर सुकरात पूछने लगा, 'कहां है तुम्हारा महल और कहां हो तुम? और यह नक्शा है केवल पृथ्वी का ही, और पृथ्वी तो कुछ भी नहीं। सूर्य आठ गुना ज्यादा बड़ा है और हमारा सूर्य तो सामान्य सूर्य है। लाखों गुना ज्यादा बड़े सूर्य हैं ब्रह्मांड में। कहां होगी हमारी पृथ्वी यदि हम अपने सौर-मंडल का नक्शा बनाएं तो? और हमारा सौर-मंडल तो बहुत सामान्य सौर-मंडल है। लाखों सौर-मंडल हैं। कहां होगी हमारी पृथ्वी यदि हम उस आकाश-गंगा (गैलेक्सी) का नक्शा बनाएं जिससे कि हम संबंधित हैं? लाखों-लाखों आकाश-गंगाएं हैं। कहां होगा हमारा सौर-मंडल? क्या स्थान होगा हमारे सूर्य का?'

और अब वैज्ञानिक कहते कि कोई अंत ही नहीं—गैलेक्सियों के पीछे गैलेक्सियां बनी हुई हैं, जहां कहीं हम सरकते, वहां कोई अंत नहीं जान पड़ता है। इतनी विशालता में, कैसे तुम चिपके रह सकते हो अहंकार से? वह तो एकदम तिरोहित हो जाता है सुबह की ओस की भांति, जब सूर्योदय होता है। जब विशालता उदित होती है और परिप्रेक्ष्य समग्र हो जाता है, तो तुम्हारा अहंकार बिलकुल तिरोहित हो जाता है ओस-कण की भांति। यह तो उतना भी बड़ा नहीं होता। यह जड़ मूढ़ संदेशवाहकों में से किसी एक के द्वारा दी हुई एक भ्रांत धारणा ही होती है। तुम्हारी इंद्रियों के छोटे छिद्र के कारण, तुलना में तुम बहुत बड़े जान पड़ते हो। जब तुम बाहर आ जाते हो आकाश के नीचे, तो अकस्मात अहंकार तिरोहित हो जाता है। वह एक निर्माण था किसी छिद्र का, क्योंकि बहुत छोटा था छिद्र, और छिद्र द्वारा सारा संसार बहुत छोटा हो जाता है। तुम बहुत बड़े होते हो उसके पीछे। आकाश के नीचे वह बिलकुल मिट ही जाता है।

सुकरात ने कहा था, 'कहां है तुम्हारा महल इस नक्शे में? कहां हो तुम?' वह आदमी समझ सकता था बात, तो भी वह पूछने लगा, 'बड़ी जरूरत क्या थी इस बात की?' सुकरात बोला, 'बहुत जरूरत थी, क्योंकि इसे समझे बिना किसी संवाद की कोई संभावना नहीं। तुम मेरा समय और अपना समय व्यर्थ करते। अब यदि तुमने सार को समझ लिया हो, तो संभावना है संवाद की। तुम एक ओर रख सकते हो इस अहंकार को; इसका कुछ अर्थ नहीं।'

विशाल आकाश के नीचे तुम्हारा अहंकार बिलकुल असंगत हो जाता है। वह अपने से ही गिर जाता है। इसे गिराने की बात तक भी मूढ़ता जान पड़ती है; यह उसके योग्य भी नहीं है। जब परिप्रेक्ष्य पूरा होता है, तुम तिरोहित हो जाते हो। यह बात समझ लेनी है। तुम हो क्योंकि परिप्रेक्ष्य संकुचित है। जितना ज्यादा संकुचित होता है परिप्रेक्ष्य, उतना बड़ा होता है अहंकार। बिना परिप्रेक्ष्य के तो संपूर्ण अहंकार का अस्तित्व बना रहता है। जब परिप्रेक्ष्य विकसित होता है, अहंकार छोटा और छोटा होता चला जाता है। जब परिप्रेक्ष्य संपूर्ण होता है, तो अहंकार बिलकुल मिलता ही नहीं।

यहां मेरी पूरी कोशिश यही है—परिप्रेक्ष्य को इतना संपूर्ण बना देना कि अहंकार तिरोहित हो जाए। इसीलिए बहुत सारी दिशाओं से मैं तुम्हारे मन की दीवार पर चोट किए चला जाता हूं। कम से कम कुछ और वातायन बनाए जा सकते हैं प्रारंभ में। बुद्ध के द्वारा एक नया वातायन खुलता है, पतंजलि के द्वारा एक दूसरा, तिलोपा के द्वारा फिर एक और। यही कुछ कर रहा हूं मैं। मैं नहीं चाहता तुम बुद्ध के अनुयायी हो जाओ, तिलोपा के या पतंजलि के अनुयायी हो जाओ। नहीं। क्योंकि एक अनुयायी के पास ज्यादा बड़ा परिप्रेक्ष्य कभी नहीं हो सकता है—उसका सिद्धांत उसका छोटा-सा झरोखा होता है।

इतने सारे दृष्टिकोणों के बारे में बोलते हुए, क्या करने की कोशिश कर रहा हूं मैं? मैं इतना ही करने की कोशिश कर रहा हूं—तुम्हें ज्यादा बड़ा परिप्रेक्ष्य देने की; दीवारों में बहुत सारे झरोखा बनाने की। तुम देख सकते हो पूरब की तरफ और तुम देख सकते हो पश्चिम की तरफ; तुम दक्षिण की तरफ देख सकते हो और तुम उत्तर की तरफ देख सकते हो; तब, पूरब की ओर देखते हुए, तुम नहीं कहते कि, 'यही है एकमात्र दिशा।' तुम जानते हो दूसरी दिशाएं हैं। पूरब की ओर देखते हुए तुम नहीं कहते, 'यही है एकमात्र सच्चा धर्म-सिद्धांत', क्योंकि तब परिप्रेक्ष्य संकुचित हो जाता है। मैं सत्य के इतने सारे सिद्धांतों की बात कह रहा हूं, ताकि तुम मुक्त हो सको सारी दिशाओं से और सिद्धांतों से।

स्वतंत्रता आती है समझ द्वारा। जितनी ज्यादा तुम्हारी समझ होती है, उतने ज्यादा तुम स्वतंत्र होते हो। और कभी न कभी जब तुम जान जाते हो बहुत से वातायनों द्वारा कि तुम्हारा पुराना वातायन बिलकुल पुराना पड़ गया है, कुछ ज्यादा अर्थ नहीं रखता, तब एक अंतःप्रेरणा तुममें उठने लगती है कि क्या घटता होगा यदि तुम तोड़ देते हो इन सारी दीवारों को और बाहर भाग खड़े होते हो? एक ही नया वातायन और सारा परिप्रेक्ष्य बदल जाता है! तुम जान जाते हो उन चीजों को जिन्हें तुमने कभी नहीं जाना होता है। जिनकी कल्पना भी नहीं की होती, जिनका स्वप्न तक नहीं देखा होता। क्या होगा जब सारी दीवारें खो जाएंगी और तुम सीधे-सीधे खुले आकाश के नीचे सत्य के आमने-सामने होओगे!

और जब मैं कहता हूं, 'खुले आकाश के नीचे', तो स्मरण रहे कि आकाश कोई एक चीज नहीं, वह एक चीज-नहीं-पन है। वह हर कहीं है, तो भी तुम उसे नहीं पा सकते कहीं। वह एक चीज-नहीं-पन है। वह मात्र एक विशालता है। इसीलिए मैं कभी नहीं कहता कि 'परमात्मा विशाल है।' परमात्मा विशालता

है। अस्तित्व विशाल नहीं, क्योंकि विशाल अस्तित्व में भी सीमाएं होंगी। चाहे कितना विशाल हो, कहीं कोई सीमा जरूर होती है। अस्तित्व एक विशालता है।

यही है हिंदुओं की ब्रह्म की अवधारणा। ब्रह्म का अर्थ होता है : वह कुछ जो विस्तीर्ण होता जाता है। 'ब्रह्म' शब्द का अर्थ ही यह है कि जो विस्तार पाता जाए। विस्तीर्णता ब्रह्म है। अंग्रेजी में इसके लिए कोई शब्द नहीं। तुम ब्रह्म को परमात्मा नहीं कह सकते, क्योंकि परमात्मा तो एक बहुत ही सीमित अवधारणा है। ब्रह्म परमात्मा नहीं है, इसीलिए भारत में हमारे पास एक ईश्वर की अवधारणा नहीं है, बल्कि बहुत ईश्वरों की है। ईश्वर बहुत से हैं; ब्रह्म एक है। और ब्रह्म से, इस शब्द से, मेरा मतलब है विशालता, विस्तीर्णता। तुम उसे व्यवस्थित नहीं कर सकते।

यही होता है अर्थ जब मैं कहता हूं, 'आकाश के नीचे, खुले आकाश के नीचे। चारों ओर कोई दीवारें नहीं; सत्य का कोई सिद्धांत नहीं; इंद्रियां नहीं, विचार नहीं, मन नहीं। तुम बिलकुल बाहर होते हो यंत्र-रचना के। पहली बार तुम नग्न होते हो, सत्य के ऐन सामने होते हो। तब वहां एक पूरा परिप्रेक्ष्य होता है, विषय-वस्तु को अनुभव किया जाता है, उसके पूरे परिप्रेक्ष्य में। और विषय की प्रतीति उसके पूरे परिप्रेक्ष्य में करने का अर्थ होता है कि विषय बिलकुल खो जाता है और एक विशालता बन जाता है। यह हो सकती है ऊर्जा के सकेंद्रित होने की बात।

यह बिलकुल ऐसे है, जब कि तुम जाते हो और देखते हो कुएं की ओर। पानी की एक मात्रा वहां होती है कुएं में। यदि पानी तुम खींचते हो बाहर, तो ज्यादा पानी भेज दिया जाता है छिपे हुए जल-स्रोतों द्वारा। तुम नहीं देखते जल-स्रोत को। तुम पानी बाहर लाए चले जाते हो और नया पानी लगातार प्रवाहित हो रहा होता है। कुआं तो मात्र एक छिद्र है सागर का। बहुत सारे छिपे हुए जल-स्रोत चारों ओर से पानी ला रहे हैं। यदि तुम प्रवेश करते हो कुएं में, तब कुआं कुछ नहीं होता है। वस्तुतः वही जल-स्रोत ही हैं चीजें, वास्तविक चीजें। कुआं कोई टंकी नहीं, क्योंकि टंकी में जल-स्रोत होते नहीं। जल का संचित-भंडार मृत होता है; कुआं जीवंत होता है। संचित जल-भंडार एक 'चीज' होता है; कुआं प्राणवान होता है। यदि बढ़ो जल-स्रोत के साथ, और गहरे उतरो स्रोत में, तो अंत में तुम पहुंच जाओगे सागर तक। और यदि तुम बढ़ते हो सब स्रोतों के साथ, तब तमाम दिशाओं से सागर उमड़ आया होता है कुएं में। वह सब एक है।

यदि तुम देखो विषय-वस्तु की ओर पूरे परिप्रेक्ष्य के साथ, तो विषय अपने हर हिस्से के द्वारा जुड़ा होता है अपरिसीम के साथ। उसके बिना वह अस्तित्व नहीं रख सकता है। कोई विषय, कोई वस्तु स्वतंत्र रूप से अस्तित्व नहीं रखती है। कहीं कोई व्यक्ति नहीं होता है। व्यक्ति तो मात्र एक व्याख्या है। हर कहीं, समष्टि अस्तित्व रखती है। यदि तुम हिस्से को बना लेते हो समष्टि, तब तुम विभ्रांत हो जाते हो। यही दृष्टिकोण होता है अज्ञान का। तब तुम हिस्से को ऐसे देखते हो, जैसे वह संपूर्णता हो। जब तुम देखते हो हिस्से की तरफ और संपूर्ण प्रकट हो जाता है उसमें, तो यह दृष्टिकोण होता है एक जाग्रत चेतना का।

निर्विचार समाधि की अवस्था में विषय-वस्तु की अनुभूति होती है उसके पूरे परिप्रेक्ष्य में, क्योंकि इस अवस्था में ज्ञान प्रत्यक्ष रूप से प्राप्त होता है, इंद्रियों को प्रयुक्त किए बिना ही।

माध्यम प्रयुक्त नहीं होते। तब बहुत सारी नयी चीजें अकस्मात संभव हो जाती हैं। ये नयी चीजें ही होती हैं सिद्धियां, शक्तियां। जब तुम्हारी कोई निर्भरता नहीं रहती इंद्रियों पर, तब टेलीपेथी, दूर-श्रवण एकदम संभव हो जाता है। इंद्रियों के कारण ही ऐसा होता है कि टेलीपेथी, दूरश्रवण संभव नहीं होती। तब क्लैरवॉयन्स, दूरदृष्टि बिलकुल संभव होती है। इंद्रियों के कारण ही ऐसा होता है कि दूरदृष्टि संभव नहीं होती। चमत्कार साधारण घटनाओं जैसे हो जाते हैं। तुम किसी के विचारों को पढ़ सकते हो, उसके कहने की कोई आवश्यकता नहीं होती, उसके लिए कोई आवश्यकता नहीं रहती, उसे संप्रेषित करने की। पूरे परिप्रेक्ष्य सहित, हर चीज उदघाटित हो जाती है। सारे आवरण उतर जाते हैं। अब और आवरण न रहे; संपूर्ण सत्य तुम्हारे सामने होता है। अदृश्य चीजों को ठोस मूर्त रूप देना संभव हो जाता है। जो कुछ तुम करना चाहते हो, वह तुरंत घट जाता है। कुछ करने की जरूरत नहीं होती। करने की जरूरत थी तो शरीर के ही कारण।

यही मतलब है लाओत्सू का, जब वह कहता है, 'संत रहता है निष्क्रियता में और हर चीज घटती है।' बिना उसके कुछ किए ही लाखों चीजें घटती हैं संत के चारों ओर। वह देखता है तुम्हारी तरफ और अकस्मात वहां मौजूद हो जाता है रूपांतरण। अकस्मात तुम फिर शरीर ही नहीं रहते। जब वह देख रहा होता है तुम्हारी ओर, तुम बन चुके होते हो चेतना।

निस्संदेह यह बात स्थायी नहीं बनी रह सकती तुम्हारे साथ, क्योंकि जब उसकी दृष्टि दूर हट जाती है, तुम फिर शरीर होते हो। उसके निकट होने भर से ही तुम किसी अज्ञात संसार के निवासी हो जाते हो। तुम्हें उसके द्वारा स्वाद मिलता है किसी अज्ञात का, क्योंकि अब वह स्वयं ही एक खुला हुआ आकाश होता है। कुछ न करते हुए, बहुत सारी चीजें घटती हैं। लेकिन, इससे पहले कि ये चीजें संभव हो पाएं संत की आकांक्षाएं तिरोहित हो चुकी होती हैं। अतः एक संत कभी नहीं करता चमत्कार। और वे जो कि चमत्कार करते हैं, संत नहीं होते, क्योंकि कर्ता मौजूद होता है। उनके चमत्कार चमत्कार नहीं हो सकते। वे साधारण जादुई करतब होते हैं। वे मूर्ख बना रहे होते हैं लोगों को और धोखा दे रहे होते हैं उन्हें।

चमत्कार घटता है; उसे किया नहीं जा सकता। वह घटता है संत के निकट। ऐसा नहीं होता कि वह पैदा कर दे स्विस-घड़ियां। वह संत जो स्विस घड़ियां पैदा करता है, मूढ़ होता है। क्या कर रहा होता है वह? और वास्तव में कोई चमत्कार होता ही नहीं। क्योंकि कोई सत्य साईं बाबा वैज्ञानिक-जांच के अंतर्गत अपने चमत्कार दिखाने को राजी नहीं होता है। वह ऐसा कर नहीं सकता, क्योंकि स्विस-घड़ियां मार्केट से खरीदनी पड़ती हैं, लंबे चोगे में छिपानी पड़ती हैं या नीग्रो ढंग के केश विन्यास में। वैज्ञानिक-जांच के अंतर्गत कोई सत्य साईं बाबा अपने चमत्कार दिखाने को राजी नहीं होता है। और यदि ये लोग सचमुच सच्चे होते हैं, तो उन्हें पहले ऐसा करना चाहिए वैज्ञानिक-जांच के अंतर्गत। ये केवल साधारण जादुई करतब हैं। जब कोई जादूगर दिखाता है इन्हें, तो तुम सोचते हो कि यह तो केवल हाथ की सफाई है और जब कोई बाबा दिखाता है इसे, तो अचानक यह बन जाता है एक चमत्कार, युक्ति वही होती है।

चमत्कार घटते हैं केवल तब जब निर्विचार समाधि उपलब्ध हो जाती है और तुम बाहर आ जाते हो तुम्हारे शरीर से। लेकिन वे किए नहीं जाते। यही होती है चमत्कार की आधार-भूत गुणवत्ता—वह किया कभी नहीं जाता है; वह घटता है। और जब घटता है, वह कभी पैदा नहीं करता स्विस-घड़ियां। निर्विचार समाधि उपलब्ध करना और फिर स्विस-घड़ियां पैदा करना, यह बात ही कुछ अर्थपूर्ण नहीं लगती! वह तो

प्राणियों को रूपांतरित करती है; वह दूसरों को मदद देती है उच्चतम तक उपलब्ध होने में।

संत द्वारा तुम ज्यादा जागरूक हो सकते हो, लेकिन तुम नहीं पाओगे कोई स्विस-घड़ी। जागरूकता घटती है। वह बना देता है तुम्हें ज्यादा सजग, सचेत। वह तुम्हें समय नहीं देता, वह तुम्हें देता है शाश्वतता। लेकिन ये चीजें घटती हैं। कोई उन्हें करता नहीं है, क्योंकि कर्ता तो जा चुका होता है। केवल तभी संभव होती है निर्विचार समाधि। कर्ता के साथ, कैसे तुम समाप्त कर सकते हो सोच-विचार? कर्ता ही है विचारक। वस्तुतः इससे पहले कि तुम कुछ करते हो, तुम्हें सोचना-विचारना पड़ता है। विचारक आता है पहले, कर्ता तो अनुसरण करता है। जब विचारक और कर्ता दोनों जा चुके होते हैं और केवल एक साक्षी, केवल एक चैतन्य बच रहता है, तब बहुत सारी चीजें एकदम ही संभव हो जाती हैं; वे घटती हैं।

जब बुद्ध चलते हैं, तब बहुत सारी चीजें घटती हैं, लेकिन वे बहुत प्रकट नहीं होतीं। केवल थोड़े-से लोग समझ पाएंगे कि क्या घट रहा होता है, क्योंकि ये चीजें संबंधित होती हैं किसी बड़े अज्ञात जगत से। तुम्हारे पास कोई भाषा नहीं होती है इसके लिए, कोई अवधारणाएं नहीं होती हैं इसके लिए। और तुम नहीं देख सकते उसे, जब तक कि वह तुम्हें घट न जाए।

'...इस अवस्था में ज्ञान प्रत्यक्ष रूप से प्राप्त होता है, इंद्रियों का प्रयोग किए बिना ही।'

मन जा चुका होता है, और मन के साथ ही उसके सारे सहयोगी, सारे मूढ़ जा चुके होते हैं। वे कार्य नहीं कर रहे होते हैं, वे तुम्हें विभ्रांत नहीं करते हैं, वे तुम्हारे प्रत्यक्ष बोध को भंग नहीं करते हैं, वे किसी तरह की बाधाएं निर्मित नहीं करते हैं। वे प्रक्षेपण नहीं करते, वे व्याख्या नहीं करते। वे सारी चीजें अब वहां नहीं होतीं। चेतना मात्र होती है वहां सत्य के सामने। और जब ऐसा घटता है, चेतना सामना करती है चेतना का, क्योंकि पदार्थ है नहीं।

जो सुंदरतम प्रतीक मेरे सामने आया है, वह है: एक दर्पण दूसरे दर्पण के सामने आया हुआ। क्या घटेगा जब एक दर्पण सामने आ जाता है दूसरे दर्पण के? एक दर्पण प्रतिबिंबित करता है दूसरे दर्पण को; और दूसरा प्रतिबिंबित करता है इस दर्पण को और दर्पण में कुछ होता नहीं है; केवल प्रतिबिंबित होना; परस्पर प्रतिबिंबित हो जाना—लाखों-लाखों बार। सारा संसार बन जाता है लाखों दर्पण, और तुम भी होते हो एक दर्पण। सारे दर्पण खाली होते हैं; क्योंकि वहां कुछ और होता नहीं प्रतिबिंबित होने को, दर्पण का ढांचा, फ्रेम तक भी नहीं होता है। केवल दर्पण ही होता है—दो दर्पण एक दूसरे के आमने-सामने होते हैं! वह सुंदरतम क्षण होता है, सर्वाधिक आनंदपूर्ण; प्रसाद उतरता है, फूल बरसते हैं, समष्टि उत्सव मनाती है कि एक और उपलब्ध हुआ, एक और यात्री घर पहुंचा।

जो प्रत्यक्ष बोध निर्विचार समाधि में उपलब्ध होता है वह सभी सामान्य बोध संवेदनाओं के पार का होता है—प्रगाढ़ता में भी और विस्तीर्णता में भी।

ये दो शब्द बड़े अर्थपूर्ण हैं: 'विस्तीर्णता' और 'प्रगाढ़ता'। जब तुम संसार को देखते हो इंद्रियों द्वारा, मस्तिष्क द्वारा और मन द्वारा, तो संसार बहुत फीका होता है। उसमें कोई आलोक नहीं रहता। वह धूल-भरा होता है और जल्दी ही वह उबाऊ हो जाता है। व्यक्ति थकान अनुभव करता है—वही वृक्ष, वही लोग, वही कार्यकलाप—हर चीज एकदम पिटी हुई होती है। ऐसा नहीं है।

कई बार एल एस डी लेने से, मारिजुआना से या कि हशीश से, अचानक कोई वृक्ष ज्यादा हरा हो जाता है। तुमने कभी जाना न था कि वृक्ष इतना हरा था या कि गुलाब इतना गुलाबी था।

जब अल्डुअस हक्सले ने पहली बार एल एस डी ली तो वह बैठा हुआ था एक कुर्सी के सामने। अचानक कुर्सी संसार की सुंदरतम चीजों में से एक हो गयी। वह कुर्सी उसके कमरे में वर्षों तक पड़ी रही थी, और उसने कभी न देखा था उसकी तरफ। अब वह हीरे की भांति थी। कुर्सी अब वही कुर्सी न रही थी। हक्सले मोहित हो गया था कुर्सी पर। वह विश्वास न कर सकता था कि क्या घटता है, जब किसी ने नशा किया हो तो।

नशों का प्रयोग एक आक्रामक प्रयास होता है, जड़ माध्यमों को जगाने का, एक आक्रामक प्रयास जड़ मूढ़ों को जगाने का। तो तुम झटका देते हो उन्हें, और वे बस अपनी आंखों को थोड़ा-सा खोल देते हैं, और वे देखते हैं, 'हां'! और उस समय संसार इतना सुंदर हो जाता है, अविश्वसनीय रूप से सुंदर। और फिर तुम पकड़ में आ जाते हो क्योंकि तब तुम सोचते कि ऐसा नशे के कारण है कि संसार इतना सुंदर है। अब, जब कि तुम लौट आते हो और यात्रा समाप्त हो जाती है, तो संसार पहले की अपेक्षा और भी ज्यादा गंदा और ज्यादा फीका लगेगा। क्योंकि अब मन में तुम्हारे पास तुलना होती है। कुछ निश्चित घड़ियों के लिए वह एक सुंदर घटना बन गया था; वह स्वयं ही स्वर्ग था। अल्डुअस हक्सले जैसा आदमी भी उलझ गया था और सोचने लगा था कि यही है वह समाधि, जिसकी बात पतंजलि ने कही और जिसे कबीर और बुद्ध उपलब्ध हुए और संसार के सारे रहस्यवादी उपलब्ध हुए! उसने सोचा कि यही थी समाधि।

नशा तुम्हें दे सकता है समाधि का झूठा बोध, लेकिन तुम फिर भी होते हो वर्तमान में। केवल नशे के झटके के कारण ही तुम्हारा रचना-यंत्र क्रियान्वित होता है सजगता सहित, लेकिन यह सजगता बहुत लंबे समय तक नहीं रहेगी। यदि तुम इसका प्रयोग करते हो अधिकाधिक, तो नशे की मात्रा ऊंचे और ऊंचे उठानी होगी, क्योंकि उसी मात्रा सहित तुम फिर से जड़ माध्यमों को झटका नहीं दे सकते। उनका तालमेल बैठ जाता है उसके साथ, तब अधिकाधिक मात्रा की आवश्यकता होती है। नशे केवल इसी तरह कार्य करते हैं।

एक बार मुल्ला नसरुद्दीन ने एक खच्चर खरीदा और वह चलता न था। उसने हर तरह से कोशिश की उसे चलाने की। जिस आदमी से उसने उसे खरीदा था, उसने उससे कहा कि खच्चर को पीटे नहीं क्योंकि वह बहुत कोमल था। इसीलिए उसने प्रार्थना की, उसके अनुसार सब किया, और हर चीज की, जो कुछ भी वह कर सकता था। वह चलता न था; वह सुनता न था। तो उसने उस आदमी को बुलाया और कहने लगा, 'किस प्रकार का खच्चर तुमने मुझे दे दिया है?' वह आदमी अपनी छड़ी लिए हुए आया और बहुत जोर से मारी खच्चर के सिर पर। नसरुद्दीन कहने लगा, 'यह तो बहुत हुआ! और तुमने तो कहा था मुझसे कि उसे मारना नहीं।' वह आदमी बोला, 'मैं मार नहीं रहा हूं उसे, मैं तो केवल उसका ध्यान आकर्षित कर रहा हूं।' तुरंत ही खच्चर चलने लगा।

जड़ इंद्रियां होती हैं वहां; एल एस डी उन्हें चोट देती है छड़ी की मार जैसी। कुछ पलों के लिए तुम आकर्षित करते हो उनका ध्यान; तुमने दे दिया होता है उन्हें झटका। सारा संसार हो जाता है सुंदर। लेकिन यह कुछ नहीं, यह बात तो बिलकुल ही कुछ नहीं। यदि तुम उपलब्ध हो सको निर्विचार के एक

भी क्षण को, तब तुम जान पाओगे। संसार उससे लाखों गुना ज्यादा सुंदर हो जाता है; जितनी झलक कोई एल एस डी तुम्हें दे सकती है। ऐसा इसलिए नहीं होता कि तुम खच्चर के सिर पर चोट कर रहे होते हो। ऐसा सिर्फ इसलिए होता है क्योंकि तुम अब खच्चर के भीतर न रहे। तुम बाहर आ गए, तुमने गिरा दिया जड़ माध्यमों को। तुम वास्तविकता का सामना करते हो तुम्हारी समग्र नग्नता सहित।

निर्विचार होकर तुम नग्न होते हो। विचारविहीन तुम कौन होते हो?—हिंदू, मुसलमान, ईसाई, कम्युनिस्ट? तुम कौन होते हो बिना विचारों के?—धार्मिक, अधार्मिक? तुम कोई नहीं होते बिना विचारों के। सारे कपड़े गिरा दिए गए होते हैं। तुम होते हो मात्र एक नग्नता, एक शुद्धता, एक शून्यता। तब प्रत्यक्ष बोध स्पष्ट हो जाता है, और स्पष्टता के साथ चली आती है विस्तीर्णता और प्रगाढ़ता। अब तुम देख सकते हो अस्तित्व के विशाल फैलाव की ओर। अब तुम्हारे प्रत्यक्ष बोध में कोई अवरोध नहीं रहता। तुम्हारी दृष्टि हो जाती है अपरिसीम।

प्रगाढ़ता सहित तुम देख सकते हो किसी घटना में, किसी व्यक्ति में, क्योंकि 'चीजें' अब वहां नहीं बनी हुई हैं। फूल भी अब व्यक्ति हैं, और वृक्ष हैं मित्र, और चट्टानें हैं सोई हुई आत्माएं। अब प्रगाढ़ता घटती है; तुम पूरा-पूरा देख सकते हो। जब तुम पूर्णरूपेण देख सकते हो फूल की ओर, तब तुम समझ पाओगे कि रहस्यवादी संत और कवि क्या कहते रहे हैं।

टेनीसन कहता है, 'यदि मैं किसी फूल को समझ सका, किसी छोटे-से फूल को उसकी समग्रता में समझ सका, तो मैं समझ जाऊंगा समस्त को।' ठीक, बिलकुल ठीक है बात। यदि तुम एक अंश को समझ सकते हो, तब तुम समझ जाओगे संपूर्ण को, क्योंकि अंश ही है संपूर्ण। जब तुम अंश को समझने की कोशिश करते हो, तो धीरे-धीरे, अनजाने ही तुम बढ़ चुके होओगे संपूर्ण की ओर, क्योंकि अंश अवयव है संपूर्ण का।

एक बार, एक बड़े रहस्यवादी इकहार्ट से पूछा किसी ने, 'तुम क्यों नहीं लिखते तुम्हारी जीवन-कथा? तुम्हारी आत्मकथा बहुत-बहुत मददगार होगी लोगों के लिए।' वह बोला, 'कठिन है, असंभव है—क्योंकि यदि मैं अपनी आत्मकथा लिखता हूं, तो वह आत्मकथा होगी समष्टि की, क्योंकि हर चीज संबंधित है। और वह हो जाएगी बहुत ज्यादा। कैसे कोई आत्मकथा लिख सकता है समष्टि की?'

इसीलिए जिन्होंने जाना है उन्होंने सदा रोका है इसे; उन्होंने कभी नहीं लिखी हैं आत्मकथाएं—सिवाय इन परमहंस योगानंद के, जिन्होंने लिखी है, 'एक योगी की आत्मकथा'। वे योगी ही नहीं हैं। एक योगी नहीं लिख सकता है आत्मकथा। वैसा असंभव होता है, एकदम असंभव, क्योंकि जब कोई निर्विचार समाधि को उपलब्ध होता है, तब वह होता है योगी, और फिर होती है मात्र विशालता—अब वह बन गया होता है संपूर्ण। यदि तुम सचमुच लिखना चाहते हो आत्मकथा, तो वह समष्टि की आत्मकथा होगी प्रारंभ से—और प्रारंभ है नहीं; अंत तक की—और अंत है नहीं!

यदि मैं हो जाता हूं जागरूक अपने में, तो समष्टि पराकाष्ठा पर पहुंच जाती है। मैं अपने जन्म से प्रारंभ नहीं करता, मैं प्रारंभ करता हूं एकदम प्रारंभ से ही, और प्रारंभ कोई है नहीं; और मैं चला जाऊंगा एकदम अंत तक—और अंत कहीं है नहीं। मैं गहन रूप से जुड़ा हूं संपूर्ण के साथ। ये थोड़े-से वर्ष जो यहां हूं, संपूर्ण नहीं हैं। मेरे जन्म लेने से पहले मैं था, और मैं रहूंगा मेरे मरने के बाद, तो कैसे लिखूं? वह एक टुकड़ा-भर होगा, एक पृष्ठ—आत्मकथा नहीं। एक पृष्ठ तो बिलकुल व्यर्थ होता है और

संदर्भरहित होता है, क्योंकि दूसरे पृष्ठ मौजूद न होंगे।

कुछ मित्र आते हैं मेरे पास और वे भी कहते हैं, 'क्यों नहीं? आपको लिखना चाहिए कुछ अपने बारे में।' मैं जानता हूं मिस्टर इकहार्ट की कठिनाई। वैसा संभव नहीं, क्योंकि कहां से करना प्रारंभ? हर आरंभ मनमाना होगा और झूठा होगा; और कहां करना अंत? हर अंत मनमाना और झूठा होगा। दो झूठी चीजों के बीच—झूठा आरंभ और झूठा अंत—कैसे बना रह सकता सत्य? वह व्यवस्थित नहीं होगा; वह बात संभव नहीं। योगानंद ने कुछ ऐसा किया है जो कि संभव नहीं। उसने कुछ ऐसा किया है, जो एक राजनीतिज्ञ कर सकता है, पर योगी नहीं।

प्रगाढ़ता इतनी ज्यादा हो जाती है कि जब तुम देखते हो एक पत्थर की ओर, उस पत्थर के द्वारा, राहें सरक रही होती हैं संपूर्ण अस्तित्व में; पत्थर के द्वारा तुम प्रवेश कर सकते हो उच्चतम रहस्यों में। हर कहीं है द्वार, खटखटाओ तुम, और हर कहीं स्वीकृत हो जाते हो तुम, स्वागत पाते हो तुम। जहां कहीं से तुम प्रवेश करते हो, तुम प्रविष्ट हो जाते हो अपरिसीम में, क्योंकि सारे द्वार समष्टि के हैं। व्यक्ति हो सकते हैं मौजूद; वे होते हैं द्वारों की भांति। प्रेम करो किसी व्यक्ति को और तुम प्रवेश करते हो अनंतता में, अपरिसीम में। जरा देखो फूल की तरफ और खुल जाता है मंदिर। लेट जाओ रेत पर, और रेत का हर कण उतना ही विशाल होता है जितनी कि समष्टि। यही है धर्म का उच्चतर गणित।

साधारण गणित तो कहता है कि एक अंश कभी नहीं हो सकता संपूर्ण। यह बात सामान्य गणित के नियमों में से एक है जो चलते हैं विश्वविद्यालयों मेंः अंश कभी नहीं हो सकता है संपूर्ण, और अंश सदा छोटा होता है संपूर्ण से, और अंश कभी ज्यादा बड़ा नहीं हो सकता है संपूर्ण से। ये गणित के साधारण नियम हैं, और हर कोई मान लेगा कि यह ऐसा ही है।

लेकिन फिर है ज्यादा ऊंचा गणित। जब तुम बाहर आ जाते हो इंद्रियों के, तो वहां संसार है उच्चतर गणित का और ये हैं सूत्रः अंश सदा संपूर्ण होता है, अंश कभी छोटा नहीं होता है संपूर्ण से। और असंगतियों की असंगति तो यह होती है—कई बार तो अंश ज्यादा बड़ा होता है संपूर्ण से।

अब मैं इसे समझा नहीं सकता हूं तुम्हें। कोई नहीं व्याख्या कर सकता है इसकी, लेकिन यही है नियम। एक बार तुम बाहर आ ज़ाते हो तुम्हारी कैद से, तो तुम देखोगे कि ऐसी ही हैं चीजें। एक पत्थर एक अंश है, एक बहुत छोटा अंश, लेकिन यदि तुम इसकी ओर देखते हो विचारहीन मन से, सीधे-साफ चैतन्य से, तो अचानक पत्थर बन जाता है संपूर्ण—क्योंकि केवल एक का ही अस्तित्व होता है, क्योंकि कोई अंश वास्तव में अंश नहीं होता है, या अलग नहीं होता है। अंश निर्भर करता है संपूर्ण पर, संपूर्ण निर्भर करता है अंश पर।

ऐसा ही नहीं है कि जब सूर्योदय होता है, तो फूल खिलते हैं। इसके विपरीत बात भी सत्य हैः जब फूल खिलते हैं, तो सूर्योदय होता है। यदि फूल न होते, तो किसके लिए निकलता सूर्य? केवल ऐसा ही नहीं है कि जब-जब सूर्योदय होता है, तो पक्षियों का गान होता है। विपरीत बात उतनी ही सच है जितनी कि यह बात—क्योंकि पक्षियों का गान होता है, इसलिए सूर्योदय होता है। अन्यथा किसके लिए उदित होगा वह? हर चीज दूसरी चीज पर अवलंबित होती है; हर चीज संबंधित होती है किसी दूसरी चीज के साथ; हर चीज गुंथी होती है दूसरी किसी चीज के साथ। यदि एक पत्ता भी खो जाता है, तो समष्टि उसका अभाव अनुभव करेगी। तब समष्टि फिर समष्टि नहीं रहेगी।

इकहार्ट सबसे अधिक विरले व्यक्तियों में से एक था, जिसे ईसाइयत ने उत्पन्न किया। वस्तुतः यह ईसाइयों के संसार में अजनबी जान पड़ता है। उसे तो झेन गुरु के रूप में जापान में उत्पन्न होना चाहिए; उसकी अंतर्दृष्टि बहुत साफ, बहुत गहरी, किसी सिद्धांत के बहुत पार की है।

अपनी प्रार्थनाओं में से एक में इकहार्ट ने कहा है, 'हां, मैं तुम पर निर्भर हूं प्रभु, लेकिन तुम भी मुझ पर निर्भर हो। यदि मैं यहां नहीं रहूं तो कौन करेगा पूजा और कौन करेगा प्रार्थना? आप मुझे याद करोगे?' और ठीक कहता है वह। ऐसा किसी अहंकार के कारण नहीं है; यह तो मात्र तथ्य है। मैं जानता हूं कि ईश्वर ने उस घड़ी जरूर सहमति प्रकट की होगी, 'तुम सच्चे हो इकहार्ट, क्योंकि यदि तुम न होते, तो मैं यहां नहीं होता।'

पूजा करने वाला और पूजा पाने वाला साथ-साथ अस्तित्व रखते हैं; प्रेम करने वाला और प्रेम पाने वाला साथ-साथ बने रहते हैं। एक अस्तित्व नहीं रख सकता है दूसरे के बिना। यही है अस्तित्व का राज—हर चीज एक साथ अस्तित्व रखती है। यही सह-अस्तित्व है परमात्मा। परमात्मा कोई एक व्यक्ति नहीं है। यही सब का सहयोगी भाव ही परमात्मा है।

जो प्रत्यक्ष-बोध निर्विचार समाधि में उपलब्ध होता है, वह सभी सामान्य बोध संवेदनाओं के पार का होता है—प्रगाढ़ता में भी और विस्तीर्णता में भी।

हर कहीं से खुलती है विशालता, और हर कहीं से ही वह गहराई। जरा देखना फूल में, और वहां होता है विशाल शून्य। तुम उतर सकते हो फूल में और खो सकते हो। ऐसा हुआ है। बेतुकी लगेगी बात, तो भी यह है सच्ची। इस पर विश्वास करना या न करना, तुम पर निर्भर करता है।

ऐसा हुआ कि चीन में एक सम्राट ने एक बड़े चित्रकार को महल में आमंत्रित किया और कहा कि वह कुछ चित्र बनाए। चित्रकार गया और उसने चित्र बनाया हिमालय के पर्वतों का। वह बहुत सुंदर था, वर्षों लगाए थे उसने और वह उसे किसी को देखने नहीं दे सकता था जब तक कि वह पूरा ही न हो जाए। फिर एक दिन उसने कहा सम्राट से, 'अब वह तैयार है और आप आ सकते हैं।'

सम्राट आया अपने मंत्रियों और सेनापतियों और दरबार सहित, और वे बिलकुल आश्चर्यचकित रह गए। उन्होंने कभी कोई वैसी चीज देखी न थी। इतनी वास्तविक थी वह। चोटियां एकदम वास्तविक थीं। चोटियों के चारों ओर एक घुमावदार रास्ता था और रास्ता तो खो गया था कहीं। पूछा सम्राट ने, 'कहां ले जाता है यह मार्ग?' चित्रकार बोला, 'मैंने इस पर यात्रा नहीं की है। मैंने यात्रा नहीं की इस पर, तो कैसे जानूंगा मैं।' लेकिन सम्राट ने जोर दिया। वह बोला कि 'यह यात्रा का तो प्रश्न ही नहीं था। तुमने चित्र बनाया है इसका!' चित्रकार बोला, 'प्रतीक्षा कीजिए आप। मुझे जाने दें और देखने दें।' ऐसा कहा जाता है कि वह गया चित्र में, खो गया, और कभी लौटा नहीं, इसकी कथा बताने को कि वह मार्ग कहां ले जाता था!

ऐसा हो नहीं सकता, इसे मैं जानता हूं; लेकिन निर्विचार में ऐसा घटता है। फूलों में अपार शून्य है। तुम्हारी प्रगाढ़तावश, तुम देखते हो फूल में और वहां होती है गहराई। तुम उतर सकते हो फूल में और खो सकते हो सदा के लिए। तुम निर्विचारयुक्त देखते हो सुंदर चेहरे की ओर, और वहां अपार शून्यता

होती है उसके सौंदर्य में। तुम सदा-सदा के लिए खो सकते हो, तुम उतर सकते हो उसमें। हर चीज द्वार बन जाती है, हर चीज। तुम्हारी दृष्टि की प्रगाढ़ता सहित, सारे द्वार-दरवाजे खुल जाते हैं तुम्हारे लिए।

जब सारे नियंत्रणों पर का नियंत्रण पार कर लिया जाता है, तो निर्बीज समाधि फलित होती है, और उसके साथ ही उपलब्ध होती है—जीवन-मृत्यु से मुक्ति।

ऐसा कभी-कभार होता है, सारे हिस्से चरम शिखर पर पहुंचते हैं, सारे बुद्धों का मिलन होता हैः तंत्र और योग, झेन और हसीदवाद, सूफी और बाउल, सभी हिस्सों का। हिस्से अलग-अलग हो सकते हैं—वे होते ही हैं—लेकिन जब शिखर आ पहुंचता है तो हिस्से तिरोहित हो जाते हैं।

'जब सारे दूसरे नियंत्रणों पर का नियंत्रण पार कर लिया जाता है...'

क्योंकि पतंजलि कहते हैं कि वह फिर भी नियंत्रित अवस्था होती है। विचार तिरोहित हो गए होते हैं और अब तुम्हें अनुभूति हो सकती है अस्तित्व की, लेकिन फिर भी अनुभवकर्ता और अनुभव मौजूद रहता है, विषय और विषयी मौजूद रहते हैं। शरीर के साथ ज्ञान अप्रत्यक्ष था। अब वह प्रत्यक्ष होता है, लेकिन फिर भी ज्ञाता अलग होता है ज्ञात से। अंतिम अवरोध बना रहता है, वह भेद। जब यह भी गिरा दिया जाता है, जब यह नियंत्रण पार कर लिया जाता है और चित्रकार खो जाता है चित्र में, जब प्रेमी खो जाता है प्रेम में, विषय और विषयी तिरोहित हो जाते हैं, वहां न तो कोई ज्ञाता रहता है और न ही ज्ञात।

जब दूसरे नियंत्रणों पर का यह नियंत्रण पार कर लिया जाता है, तो यह होता है अंतिम नियंत्रणः निर्विचार समाधि, वह समाधि जहां विचार समाप्त हो गए। यह होता है अंतिम नियंत्रण। अभी भी तुम होते हो; किसी अहंकार की भांति नहीं; बल्कि एक आत्मा की भांति। अभी भी तुम अलग होते हो समष्टि से। तुम केवल एक बड़ी पारदर्शी तरंग होते हो फिर भी तुम होते तो हो। और यदि तुम चिपके रहते हो इससे, तो तुम फिर जन्म लोगे, क्योंकि विभेद को पार नहीं किया गया है। तुम अभी भी अद्वैत को उपलब्ध नहीं हुए हो। द्वैत का बीज अभी भी वहां मौजूद है, और वह बीज प्रस्फुटित होगा नए जन्मों में। जीवन-मृत्यु का चक्र चलता ही चला जाएगा।

'जब सारे नियंत्रणों पर का नियंत्रण पार कर लिया जाता है, तो निर्बीज समाधि फलित होती है'—तब तुम उपलब्ध होते हो उस निर्बीज, निर्विचार समाधि को—'और उसके साथ ही उपलब्ध होती है—जीवन-मृत्यु से मुक्ति।'

फिर चक्र तुम्हारे लिए थम जाता है। फिर कोई समय न रहा, कोई स्थान न रहा। जीवन और मृत्यु दोनों मिट चुके हैं किसी स्वप्न की भांति। कैसे पार जाना होता है इस अंतिम नियंत्रण के? यह बात कठिनतम होती है। निर्विचार को उपलब्ध करना बहुत कठिन है, लेकिन अंतिम नियंत्रण को गिरा देने की तुलना में तो कुछ भी नहीं है, क्योंकि यह बात बहुत सूक्ष्म होती है। कैसे करना होता है इसे? उस अवस्था में 'कैसे' उतना प्रासंगिक नहीं होता है। व्यक्ति को तो बस जीना होता है, देखना होता है, उत्सव मनाना होता है, निर्मुक्त और सहज-स्वाभाविक बने रहना होता है। यहीं तो तिलोपा अर्थपूर्ण बन जाते हैं।

तिलोपा जैसे लोग झेन गुरु होते हैं; वे इस लक्ष्य की बात कहते हैंः व्यक्ति विमुक्त और सहज-स्वाभाविक होकर जीता है, कुछ नहीं करता नियंत्रण को पार करने के लिए, कुछ नहीं करता। क्योंकि

यदि तुम कुछ करते हो, तो फिर वह एक नियंत्रण ही होगा। तुम्हारा कुछ करना, तुम्हारे बिगड़ाव का कारण होगा। विमुक्त और स्वाभाविक बने रहो—सार यही है।

यहीं तो अर्थवान हो जाता है 'दि ऑक्स हर्डिंग' सिरीज का दसवां चित्र। तुम फिर लौट आए होते हो संसार में, और केवल लौट ही नहीं आते फिर से संसार में, बल्कि साथ ही अंगूरी शराब की बोतल लिए हुए होते हो! आनंद मनाओ, सहज-साधारण होने का उत्सव मनाओ—यही है अर्थ। अब कुछ नहीं किया जा सकता। वह सब जो किया जा सकता था, तुमने किया है। अब तो तुम एकदम विमुक्त और सहज हो जाओ और योग, नियंत्रण, साधना, खोज, तलाश के बारे में हर चीज भूल जाओ। इसकी हर चीज भूल जाओ। अब यदि तुम करते हो कुछ, तो नियंत्रण जारी रहेगा। और नियंत्रण के साथ कोई स्वतंत्रता नहीं होती। तुम्हें प्रतीक्षा करनी होती है, बस विमुक्त और सहज बने हुए ही।

किसी ने पूछा लिंची से, 'आजकल क्या कर रहे हो आप?' वह बोला, 'लकड़ियां काटता हूं, कुएं से पानी लाता हूं—और कुछ नहीं।' लकड़ियां काटना, कुएं से पानी लाना...।

जब उसने यह उत्तर दिया तो लिंची जरूर इसी अवस्था में होगा। वह पहुंच गया था अंतिम नियंत्रण पर। अब वहां करने को कुछ न रहा था, इसलिए वह लकड़ी काटता था। सर्दियां आ रही थीं और लकड़ी की जरूरत थी। लोगों ने कहा था कि इन सर्दियों में बहुत सर्दी होगी, इसलिए वह लकड़ी काटता था; और निस्संदेह यदि वह प्यासा होता, तो वह पानी ले आता। वह बगीचे को पानी देता। वह एकदम सहज-स्वाभाविक था। कोई खोज नहीं, कोई तलाश नहीं, कहीं जाना नहीं।

यही है अवस्था जहां कि झेनरिन ने कहा था, 'मौन बैठे, कुछ न करते, बसंत आता है और घास बढ़ती है अपने से ही।' इसके बाद, शब्द व्याख्या नहीं कर सकते। आदमी को पहुंचना है निर्विचार तक और फिर प्रतीक्षा करनी है निर्बीज समाधि की। वह आती है अपने से ही, जैसे कि घास बढ़ती है अपने से ही। तब अंतिम नियंत्रण पार कर लिया जाता है, और कोई मौजूद नहीं होता जो उसे पार करे। वह पार करना मात्र होता है। कोई होता नहीं उसे पार करने को, क्योंकि यदि कोई होता है वहां उसे पार करने को, तो नियंत्रण फिर मौजूद हो जाता है। इसलिए तुम कुछ नहीं कर सकते इस विषय में।

इसलिए पतंजलि यहीं समाप्ति करते हैं। यह समाधि है। लेकिन यहीं समाप्ति होती है समाधियों के अध्याय की। कहने को कुछ और नहीं। वे कुछ नहीं कहते इस बारे में कि कैसे करना है उसे। कोई 'कैसे' जुड़ा नहीं है उसके साथ। यही है वह स्थल जहां कृष्णमूर्ति बहुत क्रोधित हो उठते हैं, जब कि लोग पूछते हैं, 'कैसे?' कोई सूत्र है नहीं। कोई विधि नहीं, कोई तरकीब नहीं, क्योंकि यदि कोई तरकीब संभव होती यहां, तो नियंत्रण बना रहता। नियंत्रण के पार जाया जाता है, लेकिन कोई होता नहीं जो पार जाता है। विमुक्त और स्वाभाविक बने हुए, लकड़ी काटते और पानी ढोते हुए, शांत बैठे हुए, बसंत आता है और घास बढ़ती है अपने से ही।

तो मत फिक्र लेना निर्बीज समाधि की। केवल सोचना निर्विचार समाधि की, वह समाधि जहां विचार समाप्त हो जाते हैं। वहां तक खोज जारी रहती है। उसके बाद राज्य है अखोज का। जब तुम निर्विचार हो चुके होते हो तभी, केवल तभी तुम समझोगे कि क्या करना होता है। वह सब, जो कुछ किया जा सकता था, तुमने कर लिया।

अंतिम अवरोध वहां है। वह अंतिम अवरोध निर्मित हुआ है तुम्हारी क्रिया द्वारा। अंतिम अवरोध

निर्मित हो जाता है; वह बहुत पारदर्शी होता है। यह ऐसे होता है, जैसे कि तुम बैठे हुए हो कांच की दीवार के पीछे, बहुत सुंदर और शुद्ध कांच और तुम हर चीज इतनी स्पष्टता से देखते हो, जैसे कि बिना दीवार के देख रहे हो, लेकिन दीवार वहां है और यदि तुम कोशिश करते हो उसे पार करने की, तो तुम्हें जोर से चोट लगेगी और पीछे फेंक दिए जाओगे।

अतः निर्विचार समाधि ही अंतिम चीज नहीं है, वह है उपान्तिम—अंतिम से पहले का आखिरी चरण। और वही उपान्तिम ही है लक्ष्य, उसके पार, तिलोपा और लिंची शांति से बैठे होते हैं और घास को अपने से बढ़ने देते हैं। उसके पार तुम रह सकते हो बाजार में, क्योंकि बाजार उतना ही सुंदर है जितने कि मठ। उसके बाद जो कुछ तुम करना चाहते हो, कर सकते हो, पर उसके पहले नहीं। तुम अपना काम कर सकते हो। तुम विश्रांत हो सकते हो; खोज समाप्त हुई। उसी विश्रांति में ब्रह्मांड के साथ की आंतरिक समस्वरता की वह घड़ी आ पहुंचती है, और दीवार मिट जाती है। क्योंकि वह निर्मित हुई थी तुम्हारे कुछ करने से, तुम करो नहीं; वह मिट जाती है। वह पोषण पाती है तुम्हारे कुछ करने से। जब तुम नहीं करते कुछ, वह मिट जाती है। जब क्रिया खो जाती है, तब तुम पार जा चुके होते हो सारे नियंत्रण के।

फिर न कोई जीवन है न कोई मृत्यु, क्योंकि जीवन है तो कर्ता का, मृत्यु है तो कर्ता की। अब तुम बचे ही नहीं; तुम विसर्जित हो चुके। तुम विसर्जित हो चुके, नमक के उस टुकड़े की भांति जो समुद्र में पड़ कर घुल जाता है। तुम पता नहीं लगा सकते कि कहां चला जाता है वह। क्या तुम पता लगा सकते हो नमक के उस टुकड़े का जो कि घुल चुका हो समुद्र में? वह एक हो जाता है समुद्र के साथ। तुम स्वाद पा सकते हो समुद्र का, लेकिन तो भी तुम नमक के टुकड़े को नहीं पा सकते हो।

इसीलिए लोग जब फिर-फिर बुद्ध से पूछते थे, 'क्या होता होगा जब कोई बुद्ध मरता है? क्या होता है जब एक बुद्ध मरता है?' बुद्ध मौन रहते। उन्होंने कभी उत्तर नहीं दिया इसका। यह एक बड़ा बार-बार उठने वाला प्रश्न था—क्या होता है बुद्ध को? बुद्ध मौन रहे, क्योंकि तुम्हें लगता है कि बुद्ध हैं; उनके अपने लिए, वे अब नहीं रहे। भीतर, वे अब नहीं रहे। अंदर और बाहर एक हो गए हैं; अंश और संपूर्ण एक हो गए हैं; भक्त और भगवान एक हो गए हैं; प्रेमी विलीन हो गया है प्रिय में।

तो क्या बना रहता है? प्रेम बना रहता है। प्रेम करने वाला अब न रहा, प्रेम पाने वाला न रहा; ज्ञाता न रहा, ज्ञात न रहा। केवल समझ बनी रहती है, सहज चैतन्य बना रहता है, बिना किसी केंद्र के। वह अस्तित्व की भांति विशाल होता है; गहरा होता है अस्तित्व की भांति; रहस्यपूर्ण होता है अस्तित्व की भांति। लेकिन किया कुछ नहीं जा सकता है।

जब किसी दिन तुम इस बिंदु-स्थल तक आ जाते हो—यदि तुम तीव्रता से खोजो तो आ जाओगे तुम, यदि तीव्रता से खोजो तो पहुंच जाओगे तुम निर्विचार समाधि तक—तब कुछ करने की पुरानी आदत मत ढोए रहना; तब कुछ करने के पुराने ढांचे को लादे मत रहना; तब मत पूछना कि 'कैसे?' तब तो बस विमुक्त रहना और सहज रहना और चीजों को होने देना। जो कुछ घटता है स्वीकार करना। जो कुछ घटता है उत्सव मनाना उसका। 'लकड़ी काटो, पानी भरो, शांत होकर बैठो और घास को बढ़ने दो।'

प्रवचन 10

जीवन को बनाओ एक उत्सव

प्रश्न-सार

1. इक्कीस मार्च उन्नीस सौ तिरपन को आपको सबीज समाधि घटित हुई थी अथवा कि निर्बीज?

2. कृपया समझाइये कि निर्बीज समाधि में बीज कैसे जल जाता है?

3. आपके पास कई गंभीर संन्यासी इकट्ठे हो गये हैं, आप उनके लिए क्या कहना चाहेंगे?

4. मैं कभी सजग होता हूं और कभी असजग! ऐसा क्यों है?

5. प्रेम और ध्यान पर बातें करते समय बहुत बार आप असंगत क्यों हो जाते हैं?

6. क्या आप फिर से एक और जन्म ले सकते हैं?

पहला प्रश्नः श्री रजनीश को क्या घटित हुआ 21 मार्च को? उन्होंने सबीज समाधि उपलब्ध की या निर्बीज समाधि?

यह केवल तुम्हारा प्रश्न ही नहीं है, यह मेरा भी है। तब से, मैं भी आश्चर्य करता रहा हूं कि इस व्यक्ति रजनीश को क्या घटा था। उस रात एक क्षण को वह वहीं था, और अगले क्षण वह वहां नहीं था। तब से मैं उसे खोजता रहा हूं बाहर-भीतर, लेकिन एक निशान तक भी पीछे नहीं छूटा, कोई पदचिह्न नहीं। यदि कभी मुझे मिल जाए वह, तो मैं याद दिलाऊंगा तुम्हारा प्रश्न। या, यदि ऐसा होता है कि तुम कहीं मिल जाते हो उसे, तो तुम मेरी ओर से भी पूछ ले सकते हो प्रश्न।

ऐसा किसी स्वप्न की भांति ही होता है। सुबह तुम जागे हुए होते हो, तुम देखते हो चारों ओर, तुम स्वप्न को खोजते हो बिस्तर की चादरों में, बिस्तर के नीचे और वह वहां नहीं। तुम विश्वास नहीं कर सकते उस पर। क्षण भर पहले ही तो वह वहां था, इतना रंगीन, इतना वास्तविक और अचानक वह बिलकुल ही नहीं मिलता है और कोई रास्ता नहीं है उसे ढूंढ निकालने का। वह केवल एक आभास था। वह कोई वास्तविकता न थी, वह तो एक स्वप्न मात्र था। कोई जाग जाता है और स्वप्न तिरोहित हो चुका होता है। स्वप्न को कुछ नहीं होता।

रजनीश को भी कुछ नहीं हुआ। पहली बात तो यह कि वह वहां कभी था ही नहीं। मैं सोया हुआ था, और इसलिए ही वह वहां था। मैं जाग गया और मैं नहीं पा सका उसे। और ऐसा हुआ इतने अप्रत्याशित तौर से कि प्रश्न पूछने को समय ही न था। व्यक्ति तो एकदम खो गया, और कोई संभावना नहीं दिखती है उसे फिर से खोज लेने की। केवल एक संभावना होती है—यदि मैं फिर से सो जाता हूं, केवल तभी मैं पा सकता हूं उसे। और यह बात असंभव है।

एक बार तुम समग्र रूप से चैतन्य हो जाते हो तो अचेतन की बिलकुल जड़ ही कट जाती है। बीज जल जाता है। तुम फिर से अचेतन में नहीं गिर सकते।

रोज तुम रात को गिर सकते हो अचेतन में, क्योंकि अचेतन वहां मौजूद होता है। लेकिन जब तुम्हारा संपूर्ण अस्तित्व बोधमय हो जाता है, चेतन हो जाता है, तो तुम्हारे भीतर कोई स्थान नहीं रहता, कोई अंधेरा कोना नहीं रहता, जहां कि तुम जा सको और सो सको। और बिना नींद के कहीं कोई सपने नहीं होते।

रजनीश एक स्वप्न था जो कि मुझे घटित हुआ। रजनीश को कुछ नहीं घट सकता है। स्वप्न को क्या घट सकता है? या यह वहां होता है, यदि तुम सोए हुए हो तो, या यह वहां नहीं होता जब कि तुम जागे हुए होते हो। सपने को कुछ नहीं घट सकता। वास्तविकता को स्वप्न घट सकता है; वास्तविकता नहीं घट सकती स्वप्न को। रजनीश मुझे घटा स्वप्न की भांति।

अतः यही मेरा भी प्रश्न है। यदि तुम्हारे पास कान हैं तो सुनना और यदि तुम्हारे पास आंखें हैं तो तुम देख सकते हो! अचानक, एक दिन अब वह पुराना आदमी नहीं मिलता है घर के भीतर—मात्र एक शून्यता है, कोई नहीं है वहां। तुम बढ़ते हो, तुम खोजते हो, पर वहां कोई नहीं है। वहां केवल है एक केंद्रविहीन, सीमाविहीन विशाल विस्तार चैतन्य का। जब व्यक्तित्व खो जाता है—और सारे नाम संबंधित होते हैं व्यक्तित्व से—तब पहली बार संपूर्ण व्यापकता उदित होती है तुममें। नाम-रूप का संसार, नाम का और रूपाकारों का संसार तिरोहित हो चुका होता है, और अकस्मात निराकार आ पहुंचता है।

ऐसा तुम्हें भी घटने वाला है। इससे पहले कि ऐसा घटे, यदि तुम्हारे कुछ प्रश्न हों पूछने को, तो पूछ लेना अपने व्यक्तित्व से, क्योंकि एक बार ऐसा घट जाता है, तो फिर तुम नहीं पूछ सकते। कोई होगा नहीं वहां पूछने को। एक दिन, अचानक तुम तिरोहित हो जाओगे। ऐसा घटे इससे पहले तुम पूछ सकते हो, लेकिन वह भी कठिन होता है, क्योंकि इसके घटने से पहले, तुम इतनी गहन निद्रा में होते हो कि कौन पूछेगा? यह घटे इससे पहले कोई होता नहीं पूछने को, और जब ऐसा घट चुका होता है तो कोई बचता नहीं जिससे कि पूछा जाए!

दूसरा प्रश्नः कृपया समझाइए कि अंतिम समाधि में बीज कैसे जल जाता है?

तुम हमेशा शब्दों से चिपक जाते हो! ऐसा स्वाभाविक है, मैं जानता हूं। जब तुम 'समाधि', 'निर्बीज समाधि', 'बीज जल चुका, अब कोई बीज न रहा,' इन शब्दों को सुनते हो, तो तुम शब्दों को सुनते हो और प्रश्न उभरते हैं तुम्हारे मन में। लेकिन यदि तुम मुझे समझ जाते हो, तब ये प्रश्न अप्रासंगिक हो जाएंगे। बीज जल जाता है, इसका यह अर्थ नहीं होता कि वैसा कुछ सचमुच ही घटता है, जो घटता है सीधा होता है। वह बस यही हैः जब निर्विचार समाधि उपलब्ध होती है, विचार समाप्त हो जाते हैं। अकस्मात कोई बीज नहीं रहता जलने के लिए। वह कभी वहां था ही नहीं; तुम ही भ्रांति में थे।

यह एक रूपक है और धर्म बात करता है रूपकों में, प्रतीकों में, क्योंकि उन चीजों के बारे में बोलने का कोई रास्ता नहीं है, जो कि अज्ञात से संबंधित हैं। यह एक प्रतीकात्मक रूपक है। जब ऐसा कहा जाता है कि बीज जल गया, तो मात्र इतना ही अर्थ होता है कि अब कोई इच्छा न रही जन्म लेने की, कोई इच्छा नहीं रही मरने की, कोई इच्छा नहीं रही न मरने की। बिलकुल कोई इच्छा रही ही नहीं। इच्छा ही है बीज, और इच्छा कैसे बनी रह सकती है जब कि विचार समाप्त हो चुके हों? इच्छा केवल सोचने द्वारा, सोच-विचार के रूप में ही अस्तित्व रख सकती है। जब विचार नहीं रहते मौजूद, तो तुम इच्छा रहित होते हो। जब तुम इच्छा रहित होते हो, तो जीवन और मृत्यु खो जाते हैं। तुम्हारी इच्छा के साथ ही जल

जाता है वह बीज। ऐसा नहीं कि वहां कोई अग्नि होती है, जिसमें कि तुम जला देते हो बीज। मूढ़ मत बनो। बहुत से लोग शिकार बन गए हैं प्रतीकों के। यह तो कवितामय ढंग है कुछ चीजों को प्रतीक-भरे रूपक द्वारा कहने का।

केवल समझ लेना परमावश्यक तत्व को। सार-तत्व यह है कि इच्छा तुम्हें ले जाती है समय में, इस संसार में। तुम कुछ न कुछ हो जाना चाहोगे; भविष्य निर्मित हो जाता है, समय निर्मित हो जाता है, इच्छा के द्वारा। समय इच्छा की परछाईं के सिवाय और कुछ नहीं है। अस्तित्व में कहीं कोई समय नहीं है। अस्तित्व शाश्वत है। उसने कभी किसी समय को नहीं जाना है। समय तो निर्मित हो जाता है तुम्हारी इच्छा के द्वारा, क्योंकि इच्छा को सरकने के लिए स्थान चाहिए। अन्यथा, यदि कहीं कोई भविष्य नहीं होता, तो कहां सरकेगी इच्छा? तुम सदा रहोगे दीवार के सामने, तो तुम निर्मित करते हो भविष्य को। तुम्हारा मन निर्मित करता है समय के आयाम को, और तब इच्छा के घोड़े तेजी से सरपट दौड़ते हैं।

इच्छा के कारण तुम भविष्य को निर्मित करते हो, न ही केवल इस जन्म में बल्कि दूसरे जन्मों में भी। तुम जानते हो इच्छाएं बहुत सारी होती हैं, और इच्छाएं ऐसी होती हैं कि वे पूरी नहीं की जा सकती हैं। यह जीवन पर्याप्त न होगा; ज्यादा जन्म चाहिए। यदि यही एकमात्र जीवन है, तब तो समय बहुत थोड़ा है। बहुत सारी चीजें हैं करने को, और इतने कम समय में तो कुछ नहीं किया जा सकता है। तब तुम निर्मित कर लेते हो भविष्य के जन्मों को।

यह तुम्हारी इच्छा होती है जो कि बन जाती है बीज, और इच्छा के द्वारा तुम बढ़ते जाते—एक स्वप्न से दूसरे स्वप्न तक। जब तुम एक जन्म से दूसरे जन्म तक बढ़ते हो तो वह एक स्वप्न से दूसरे स्वप्न तक बढ़ने के अतिरिक्त और कुछ नहीं होता। जब तुम गिरा देते हो सारे विचार और बस बने रहते हो वर्तमान क्षण में ही, तो अचानक समय तिरोहित हो जाता है।

वर्तमान क्षण समय का हिस्सा बिलकुल नहीं होता। तुम समय को बांट देते हो तीन कालों में: अतीत, वर्तमान और भविष्य में। वह गलत है। अतीत और भविष्य समय हैं पर वर्तमान समय का हिस्सा नहीं होता, वर्तमान होता है अस्तित्व का हिस्सा। अतीत होता है मन में—यदि तुम्हारी स्मृति गिर जाती है, तो कहां रहेगा अतीत? भविष्य होता है मन में—यदि तुम्हारी कल्पना गिर जाती है, तो कहां रहेगा भविष्य? केवल रहेगा वर्तमान। वह तुम पर और तुम्हारे मन पर निर्भर नहीं करता है। वर्तमान अस्तित्वगत होता है। हां, केवल यही क्षण सत्य है। दूसरे सारे क्षण या तो संबंध रखते हैं अतीत से या भविष्य से। अतीत चला गया, अब न रहा; और भविष्य अभी तक आया नहीं। दोनों गैर-अस्तित्व हैं। केवल वर्तमान है सत्य, वर्तमान का एक क्षण ही है सत्य। जब इच्छाएं समाप्त हो जाती हैं और विचार समाप्त हो जाते हैं, तो अचानक तुम फेंक दिए जाते हो वर्तमान क्षण पर, और वर्तमान क्षण से द्वार खुलता है शाश्वत का। बीज जल जाता है। इच्छा के गिरने के साथ बीज तिरोहित हो जाता है अपने से ही। वह निर्मित हुआ था इच्छा के द्वारा।

तीसरा प्रश्न: अपेक्षाकृत नए संन्यासी के रूप में थोड़ा चिंतित हूं आपके आस-पास के उन बहुत

गंभीर, चिंताग्रस्त दिखते संन्यासियों के बारे में। क्या आप इस विषय में आश्वस्त कर सकते हैं?

हां, बहुत सारी चीजें समझ लेनी हैं। पहली, 'धार्मिक' व्यक्ति सदा गंभीर होते हैं। मैं धार्मिक व्यक्ति नहीं हूं, लेकिन बहुत सारे धार्मिक व्यक्ति, मुझे गलत समझ आ पहुंचते हैं मेरे पास। धार्मिक व्यक्ति सदा गंभीर रहते हैं, वे बीमार होते हैं। वे हताश होते हैं जीवन के प्रति, इतने हताश, इतनी पूरी तरह से असफल कि उन्होंने खो दी होती है आनंद मनाने की क्षमता। जीवन में उन्हें पीड़ा के सिवाय और कुछ नहीं मिला है। जीवन में वे कभी उत्सव मनाने के योग्य नहीं रहे। जीवन की हताशा के कारण वे धार्मिक बन गए हैं, फिर वे होते हैं गंभीर। उनका ऐसा रवैया होता है कि वे कोई बहुत बड़ी चीज कर रहे हैं। वे कोशिश कर रहे होते हैं अपने अहंकार को सांत्वना देने कीः तुम शायद असफल हो गए हो जीवन में, लेकिन फिर भी तुम सफल हो रहे हो धर्म में। तुम शायद असफल हो गए हो बाहरी जीवन में, लेकिन आंतरिक जीवन में तुम हो गए हो साक्षात आदर्श रूप! वस्तुओं के संसार में असफल हुए होओगे तुम, लेकिन तुम्हारी कुंडलिनी जाग्रत हो रही है! फिर वे क्षतिपूर्ति करते हैं निंदात्मक दृष्टि से दूसरों को देखने के द्वारा। 'तुम से ज्यादा पवित्र हूं' वाली दृष्टि होती है उनकी और सारे पापी होते हैं। केवल वे ही बचने वाले हैं, दूसरा हर कोई नरक में फेंक दिया जाने वाला है। इन धार्मिक लोगों ने नरक निर्मित कर दिया है दूसरों के लिए, और अपने लिए भी। वे जी रहे हैं एक प्रतिकारी जीवन। यह वास्तविक नहीं है, बल्कि काल्पनिक है। ये लोग गंभीर होंगे।

मेरा उनसे कुछ लेना-देना नहीं है। लेकिन यह सोचकर कि मैं भी उसी प्रकार का धार्मिक आदमी हूं, कई बार वे मेरे साथ आ बंधते हैं। मैं तो पूरी तरह ही अलग तरह का धार्मिक व्यक्ति हूं, यदि तुम मुझे किसी तरह धार्मिक कह सकते हो, तो मेरे लिए धर्म एक आनंद है। मेरे लिए धार्मिकता एक उत्सव है। मैं धर्म को कहता हूं—'उत्सवमय आयाम।' वह ऐसे धार्मिक व्यक्तियों के लिए नहीं है, गंभीर लोगों के लिए नहीं है। गंभीर लोगों के लिए मनसचिकित्सा होती है। वे बीमार होते हैं, और वे किसी और को नहीं, बल्कि स्वयं को ही धोखा दे रहे होते हैं।

मेरे देखे, धर्म की समग्र रूप से एक अलग ही गुणवत्ता होती है। ऐसा नहीं है कि तुम जीवन में असफल हो गए हो और इसलिए तुम धर्म की ओर चले आए हो, बल्कि इसलिए आए हो, क्योंकि तुम जीवन के द्वारा परिपक्व हो गए हो। तुम्हारी असफलताएं भी जीवन के कारण नहीं हैं; असफलताएं हैं तुम्हारी इच्छाओं के कारण। तुम हताश इसलिए नहीं हुए कि जीवन हताशा देने वाला है, बल्कि इसलिए कि तुमने बहुत ज्यादा आशा बनाई थी। जीवन तो सुंदर होता है; कष्ट तो तुम्हारे मन ने निर्मित कर लिया। तुम्हारी महत्वाकांक्षा बहुत ज्यादा थी। यह सुंदर और विशाल जीवन भी उसे पूरा नहीं कर सकता था।

साधारण धार्मिक व्यक्ति संसार को त्याग देता है; वास्तविक धार्मिक व्यक्ति महत्वाकांक्षा छोड़ देता है, आशा छोड़ देता है, कल्पना छोड़ देता है। अनुभव द्वारा यह जान कर कि हर आशा उस स्थल तक आ पहुंचती है, जहां यह बन जाती है आशा विहीनता, और हर स्वप्न उस स्थल पर आ पहुंचता है, जहां यह बन जाता है एक दुखस्वप्न, और हर इच्छा उस बिंदु तक आ पहुंचती है, जहां असंतुष्टि के सिवाय तुममें और कुछ नहीं बचता है; अनुभव द्वारा यह जान कर व्यक्ति पक जाता है, प्रौढ़ हो जाता है। व्यक्ति गिरा देता है महत्वाकांक्षा को। या, इस विकास के कारण, महत्वाकांक्षा गिर जाती है अपने से ही। तब

व्यक्ति धार्मिक हो जाता है।

ऐसा नहीं है कि वह संसार को त्याग देता है। संसार तो सुंदर है! वहां त्यागने को कुछ है नहीं। वह त्याग देता है सारी अपेक्षाएं। और जब कोई अपेक्षा नहीं होती, तो हताशा कैसे हो सकती है? और जब कोई मांग नहीं होती, तो हताशा कैसे हो सकती है? और जब कोई मांग नहीं होती, तो अतृप्ति कैसे हो सकती है? और जब कोई महत्वाकांक्षा नहीं होती, तो कैसे आ पहुंच सकता है कोई दुखस्वप्न? व्यक्ति एकदम बन जाता है मुक्त और स्वाभाविक। व्यक्ति वर्तमान क्षण को जीता है और कल की फिक्र नहीं करता है। व्यक्ति इसी क्षण को जीता है और उसे इतने संपूर्ण रूप से जीता है, क्योंकि भविष्य में कहीं कोई आशा और इच्छा नहीं होती। व्यक्ति अपना संपूर्ण अस्तित्व ले आता है इस क्षण तक, और तब संपूर्ण जीवन हो जाता है रूपांतरित। वह एक आनंद होता है, वह एक त्यौहार होता है, वह एक उत्सव होता है। फिर तुम नृत्य कर सकते हो और तुम हंस सकते हो और गा सकते हो, और मेरे देखे ऐसी ही होनी चाहिए धार्मिक-चेतना—एक नृत्य-मग्न चेतना। यह चेतना बच्चों की चेतना जैसी ज्यादा होती है, मरी हुई लाश की चेतना जैसी कम होती है। तुम्हारे चर्च, तुम्हारे मंदिर, तुम्हारी मस्जिदें; कब्रों की भांति ही हैं—बहुत ज्यादा गंभीरता है।

तो निस्संदेह बहुत लोग हैं मेरे आसपास, जो गंभीर हैं, उन्होंने मुझे बिलकुल ही नहीं समझा है। हो सकता है वे अपने मन प्रक्षेपित कर रहे होंगे मुझ पर, जो कुछ मैं कहता हूं वे उसकी व्याख्या कर रहे होंगे उनके अपने विचारों के अनुसार, लेकिन मुझे समझा नहीं है उन्होंने। वे गलत लोग हैं। या तो उन्हें बदलना होगा या उन्हें चले जाना होगा। अंततः केवल वे ही व्यक्ति रहेंगे मेरे साथ, जो समग्र रूप से जीवन का उत्सव मना सकते हैं, बिना किसी शिकायत के, बिना किसी दुर्भाव के। दूसरे चले जाएंगे। जितनी जल्दी वे जाएं, उतना बेहतर। लेकिन यह होता है: यह सोच कर कि मैं धार्मिक हूं, पुराने ढंग के धार्मिक लोग भी कई बार आ जाते हैं मेरे पास, और एक बार वे आ जाते हैं तो वे उनके अपने मन ले आते हैं उनके साथ, और वे यहां भी गंभीर रहने की कोशिश करते हैं।

एक आदमी आया मेरे पास, एक बूढ़ा आदमी। वह एक बहुत प्रसिद्ध भारतीय नेता था। एक बार उसने शिविर में भाग लिया था, और उसने देख लिया कुछ संन्यासियों को ताश खेलते हुए। तुरंत वह चला आया मेरे पास और कहने लगा, 'यह तो बहुत गलत हुआ। संन्यासी ताश खेलते हैं?' मैं बोला, 'क्या गलत हुआ है इसमें? ताश के पत्ते सुंदर हैं, और वे किसी को कोई हानि नहीं पहुंचा रहे हैं। वे तो बस आनंद मना रहे हैं ताश खेलने का।' यह आदमी एक राजनीतिज्ञ था, और वह राजनीति में ताश खेल रहा था और जुआ खेल रहा था, पर तो भी इसे वह नहीं समझ सकता था। लोगों के ताश खेलने की बात सीधी-साफ है, वे उत्सव भर मना रहे हैं इस क्षण का। और यह आदमी पत्तों के खेल खेलता रहा था अपनी पूरी जिंदगी-भर, बड़े खतरनाक ताश के खेल, आक्रामक; लोगों के सिरों पर पैर रखकर, हर वह चीज करते हुए जो कि एक राजनीतिज्ञ को करनी होती है। लेकिन वह तो स्वयं को धार्मिक समझ रहा था। और बेचारे संन्यासी; केवल ताश के पत्ते खेलने से, निंदित होते हैं वे। वह कहने लगा, 'इसकी तो मैंने कभी अपेक्षा न की थी!' मैंने कहा उससे कि मेरे लिए कुछ गलत नहीं है इसमें।

जब तुम किसी को नुकसान नहीं पहुंचा रहे होते तो कुछ गलत नहीं होता है। जब तुम नुकसान पहुंचाते हो किसी को, तो गलत होती है वह बात। जो चीजें गलत समझी जाती रही हैं; कई बार वे उतनी

गलत नहीं होती हैं। उदाहरण के लिए तुम किसी आदमी से कुछ अनाप-शनाप बोल रहे होते हो और कूड़ा-कबाड़ ही फेंक रहे होते हो उसके सिर में—और तुम केवल कूड़ा-कबाड़ ही फेंक सकते हो क्योंकि तुम्हारे पास कोई और चीज है नहीं—तुम सोचते हो, वैसा ठीक ही है। लेकिन जो व्यक्ति एक कोने में बैठा है और सिगरेट पी रहा है—वह गलत है? वह कम से कम किसी के सिर के ऊपर या किसी के सिर में कूड़ा तो नहीं फेंक रहा होता है। उसने होठों के लिए एक विकल्प ढूंढ लिया होता है, वह बोलता नहीं है, वह सिगरेट पीता है। हो सकता है वह खुद को नुकसान पहुंचा रहा हो लेकिन वह किसी दूसरे को तो नुकसान नहीं पहुंचा रहा है। हो सकता है वह मूढ़ हो, फिर भी वह पापी नहीं है।

सदा अपनी सोच इसी दिशा के समानांतर रखने की कोशिश करना कि यदि तुम किसी को नुकसान पहुंचा रहे होते हो, केवल तभी गलत होती है बात। यदि तुम किसी को नुकसान पहुंचा रहे होते हो—और यदि थोड़ा-सा सजग रहते हो, तो इस 'किसी' में तुम भी सम्मिलित होओगे—यदि तुम किसी को नुकसान नहीं पहुंचा रहे, अपने को भी नहीं, तो हर चीज सुंदर है। तब तुम कर सकते हो अपना काम।

मेरे लिए संन्यास कोई बड़ी गंभीर बात नहीं है। वस्तुतः यह ठीक विपरीत बात है: यह एक छलांग है अ-गंभीरता में। गंभीरता से तो तुम जी लिए बहुत जन्म। क्या पाया है तुमने? सारा संसार तुम्हें गंभीर होने की, तुम्हारा कर्तव्य पूरा करने की, नैतिक होने की, यह कुछ या वह कुछ करने की सीख देता है। मैं तुम्हें सिखाता हूं आनंदित होना; मैं तुम्हें सिखाता हूं उत्सवपूर्ण होना। मैं तुम्हें उत्सव मनाने के अतिरिक्त और कुछ नहीं सिखाता। केवल एक बात याद रखना: तुम्हारा उत्सव किसी दूसरे के लिए नुकसान देने वाला नहीं होना चाहिए, बस इतना ही।

अहंकार की ही है समस्या। यदि तुम जीवन को आनंद के रूप में लेते हो, और किसी त्यौहार की भांति इसका उत्सव मनाते हो, तो तुम्हारा अहंकार तिरोहित हो जाएगा। अहंकार केवल तभी बना रह सकता है, जब तुम गंभीर होते हो। बच्चे की भांति होते हो, तब अहंकार तिरोहित हो जाता है। तो तुम दुखी से लगते हो, तुम तन कर चलते हो; तुम कुछ बहुत गंभीर बात कर रहे जो कि दूसरा कोई और नहीं कर रहा: सारे संसार को सुधारने में मदद देने की कोशिश कर रहे हो तुम। तुम सारे संसार का बोझ ढोते हो अपने कंधों पर। हर कोई अनैतिक है; केवल तुम्हीं हो नैतिक! हर कोई पाप कर रहा है; केवल तुम्हीं हो पुण्यात्मा! तब अहंकार बहुत अच्छा-अच्छा अनुभव करता है।

उत्सवमयी भावदशा में अहंकार जीवित नहीं रह सकता। यदि उत्सव तुम्हारे अस्तित्व की ही आबोहवा बन जाता है तो अहंकार मिट जाएगा। कैसे तुम बनाए रख सकते हो अपना अहंकार, जब तुम हंस रहे होते हो, नाच रहे होते हो, आनंद मना रहे होते हो? ऐसा कठिन होता है। तुम बनाए रख सकते हो अपने अहंकार को जबकि तुम शीर्षासन कर रहे होते हो, सिर के बल खड़े हुए होते हो, या कि कठिन, मूढ़ता-भरी मुद्राएं बना रहे होते हो। तब तुम बनाए रख सकते हो अहंकार को, तुम एक महान योगी हो! या चारों ओर से दूसरे सारे मुर्दा शरीरों के साथ मंदिर में या चर्च में बैठ कर, तुम स्वयं को अनुभव कर सकते हो बहुत, बहुत महान, उच्च।

खयाल में ले लेना यह बात, मेरा संन्यास इस प्रकार के लोगों के लिए नहीं है, लेकिन तो भी आ जाते हैं वे। आने में कुछ गलत भी नहीं। या तो वे परिवर्तित हो जाएंगे, या फिर उन्हें चले जाना होगा। उनकी फिक्र मत करो। मैं आश्वासन देता हूं तुम्हें कि मैं गंभीर नहीं हूं। मैं ईमानदार हूं, पर गंभीर नहीं।

ईमानदारी पूरी तरह से एक अलग ही गुणवत्ता है। गंभीरता एक रोग ही है अहंकार का, और ईमानदारी एक गुणवत्ता है हृदय की। ईमानदार होने का अर्थ है सच्चे होना, गंभीर होना नहीं। ईमानदार होने का अर्थ है प्रामाणिक होना। जो कुछ भी कर रहे होते हो, तुम उसे किसी कर्तव्य की भांति नहीं कर रहे होते हो, बल्कि प्रेम की भांति कर रहे होते हो। संन्यास कोई तुम्हारा कर्तव्य नहीं है, वह है तुम्हारा प्रेम। यदि तुम लगा देते हो छलांग, तो तुम लगाते हो तुम्हारे प्रेम के कारण, तुम्हारी प्रामाणिकता के कारण। तुम ईमानदार रहोगे उसके प्रति, पर गंभीर नहीं।

गंभीरता उदास होती है। ईमानदारी प्रफुल्ल होती है। एक ईमानदार व्यक्ति सदा प्रफुल्ल रहता है। केवल दिखावटी व्यक्ति उदास होता है, क्योंकि वह बड़ी झंझट में पड़ जाता है। यदि तुम दिखावटी होते हो, तो एक दिखावट तुम्हें ले जाएगी दूसरी दिखावट में। यदि तुम निर्भर करते हो एक झूठी बात पर, तुम्हें निर्भर करना पड़ेगा और झूठी बातों पर। धीरे-धीरे झूठी बातों की एक भीड़ इकट्ठी हो जाती है तुम्हारे आसपास। तुम्हारा दम घुटने लगता है तुम्हारे अपने झूठे चेहरों के द्वारा और फिर तुम हो जाते हो उदास। तब जिंदगी झंझट की भांति जान पड़ती है। तब तुम उससे आनंदित नहीं हो सकते, क्योंकि तुमने तो सारा सौंदर्य ही नष्ट कर दिया होता है उसका। तुम्हारे अपने झूठे मन के अतिरिक्त अस्तित्व में कोई और चीज असुंदर नहीं है; हर चीज सुंदर है।

ईमानदार बनो, प्रामाणिक बनो और सच्चे बनो, और जो कुछ करो, तुम वह प्रेमवश ही करो, अन्यथा मत करो उसे। यदि तुम संन्यासी होना चाहते हो, तो प्रेमवश ही होना; अन्यथा, मत लगाना छलांग—प्रतीक्षा करना, सही घड़ी को आने देना; लेकिन इस बारे में गंभीर मत हो जाना। ऐसा कुछ नहीं, गंभीरता जैसा कुछ नहीं।

मेरे देखे, गंभीरता एक रोग है, वह मामूली औसत मन जो जीवन में असफल हुआ है, उसका रोग है। वह असफल हुआ है क्योंकि वह औसत है। संन्यास तुम्हारी प्रौढ़ता का चरम शिखर होना चाहिए; तुम्हारी असफलताओं, सफलताओं का, हर वह चीज जो तुमने देखी है और जो है, और हर वह चीज जिसके द्वारा तुम विकसित हुए हो उसका शिखर, चरम बिंदु। अब तुम ज्यादा समझ रखते हो और जब तुम ज्यादा समझते हो तो तुम ज्यादा आनंदित हो सकते हो।

जीसस धार्मिक हैं। ईसाई धार्मिक नहीं हैं। जीसस उत्सवमय हो सकते हैं, ईसाई नहीं हो सकते। चर्च में तुम्हें जाना होता है एक बड़ा गंभीर चेहरा, उदास चेहरा लेकर। क्यों? क्योंकि क्रॉस एक प्रतीक बन गया है धर्म का। क्रॉस को प्रतीक नहीं बनना चाहिए; मृत्यु से संबद्धता नहीं होनी चाहिए। एक धार्मिक व्यक्ति इतने गहरे रूप से जीता है कि वह किसी मृत्यु को नहीं जानता। मृत्यु को जानने के लिए ऊर्जा बचती ही नहीं। कोई वहां होता नहीं मृत्यु को जानने के लिए। जब तुम इतने गहरे रूप से जीते हो जीवन को, तो मृत्यु मिट जाती है। मृत्यु केवल तभी अस्तित्व रखती है, यदि तुम सतह पर जीते हो। जब तुम गहरे रूप से जीते हो, तो मृत्यु भी जीवन बन जाती है। जब तुम जीते हो सतह पर, तो जीवन भी मृत्यु बन जाता है। क्रॉस नहीं होना चाहिए प्रतीक धर्म का।

भारत में हमने क्रॉस जैसी चीजों को कभी नहीं ढाला है प्रतीकों में। हमारे पास कृष्ण की बांसुरी है या शिव का नृत्य है प्रतीकों के रूप में। यदि कभी तुम समझना चाहते हो कि धार्मिक चेतना को किस तरह विकसित होना चाहिए, तो कोशिश करना कृष्ण को समझने की। वे आनंदपूर्ण हैं, उत्सवपूर्ण हैं,

नृत्यमय हैं। अपने होंठों पर बांसुरी और गान लिए वे प्रेमी हैं जीवन के। क्राइस्ट सचमुच ही पुरुष थे कृष्ण जैसे। वस्तुतः यह शब्द 'क्राइस्ट' आया कृष्ण से। जीसस है उनका नामः जीसस कृष्ण, जीसस क्राइस्ट। कृष्ण के बहुत रूप हैं। भारत में, बंगाल में, उनका एक रूप है जो है 'कृष्टो'। कृष्टो से ग्रीक में वह बन जाता है 'कृष्टोस' और वहां से वह बढ़ता है और बन जाता है 'क्राइस्ट'।

जीसस जरूर कृष्ण जैसे रहे होंगे, पर ईसाई कहते हैं कि वे कभी हंसे ही नहीं। यह बड़ी बेतुकी बात जान पड़ती है। यदि जीसस नहीं हंस सकते, तो फिर कौन हंस सकता है? उन्होंने उन्हें चित्रित किया है इतने गंभीर रूप में। वे हंसे होंगे जरूर। वस्तुतः वे प्रेम करते थे स्त्रियों को, अंगूरी शराब को। यही थी अड़चन; इसीलिए यहूदियों ने सूली पर चढ़ा दिया उनको। उनका प्रेम था स्त्रियों पर, मेरी मेग्दालिन और दूसरी स्त्रियों पर, और मेरी मेग्दालिन एक वेश्या थी। वे जरूर एक अदभुत व्यक्ति रहे होंगे, एक बड़े ही विरल धार्मिक व्यक्ति। वे प्रेम करते थे भोजन को; वे सदा आनंदित होते थे उत्सवमय प्रीतिभोजों से। और क्राइस्ट के साथ भोजन करने की बात जरूर किसी दूसरी दुनिया की चीज ही रही होगी।

ऐसा हुआ कि क्राइस्ट की मृत्यु हो गई क्रॉस पर। तो कहा जाता है कि तीन दिनों के बाद वे पुनर्जीवित हो उठे। यह एक बड़ी ही सुंदर कथा है। वे पुनर्जीवित हो उठे और सबसे पहले मेरी मेग्दालिन ने देखा था उन्हें। क्यों?—क्योंकि केवल प्रेम की दृष्टि ही समझ सकती है पुनर्जीवित होने को, क्योंकि प्रेम-दृष्टि ही देख सकती है अंतस को, अमरत्व को। बहुत सारे अनुयायी गुजरे थे जीसस के निकट से, जो कि वहां खड़े हुए थे और वे नहीं देख सके थे। प्रतीक सुंदर हैः केवल प्रेम ही देख सकता है अंतस की उस गहनतम मृत्यु-विहीनता को। तब मेरी मेग्दालिन आयी शहर में और उसने बताया लोगों को। उन्होंने सोचा, वह पागल हो गई; कौन विश्वास करता है एक स्त्री का? लोग कहते हैं कि प्रेम पागल होता है, प्रेम अंधा होता है। कोई नहीं विश्वास करता था उसका, जीसस के शिष्य भी नहीं। जीसस के निकटतम शिष्य भी हंसने लगे और बोले, 'क्या तू पागल हो गयी है?' वे विश्वास करते इसका जब उन्होंने देखा होता तो।

फिर ऐसा हुआ कि दो शिष्य जा रहे थे दूसरे शहर की ओर, जीसस उनके पीछे आए। वे बोले उनके साथ, और उन्होंने बातें की जीसस के सूली चढ़ने के बारे में और इस बारे में कि क्या-क्या घटा था। वे दोनों बड़े दुखी थे और जीसस चल रहे थे उनके साथ और बातचीत कर रहे थे उनके साथ, और उन्होंने पहचाना ही नहीं उनको। फिर वे पहुंच गए शहर में। उन्होंने बुला लिया उस अजनबी को उनके साथ भोजन करने के लिए। जब जीसस रोटी का टुकड़ा तोड़ रहे थे, तब अकस्मात उन्होंने पहचान लिया उन्हें, क्योंकि जीसस के अतिरिक्त किसी ने उस ढंग से न तोड़ी होती रोटी।

मुझे यह कथा बहुत ज्यादा प्यारी रही है। उन्होंने बातें की और पहचान न सके उन्हें; वे मीलों-मीलों तक एक साथ चले और पहचान न सके उन्हें; लेकिन जीसस के रोटी तोड़ने का वही ढंग और अचानक उन्होंने पहचान लिया उन्हें। उन्होंने कभी न जाना था ऐसे व्यक्ति को, जो इतने उत्सवपूर्ण भाव से रोटी तोड़ता हो। उन्होंने भोजन का उत्सव मनाने वाले किसी व्यक्ति को नहीं देखा था। अकस्मात, उन्होंने पहचान लिया उन्हें और बोले, 'आपने बताया क्यों नहीं कि आप पुनर्जीवित हो गए जीसस हैं? वही ढंग!'

ईसाई कहते हैं कि यह आदमी कभी हंसा ही नहीं। ईसाइयों ने संपूर्णतया नष्ट ही कर दिया जीसस को, विकृत कर दिया। यदि वे कभी वापस लौटते हैं—और मुझे डर है कि वे आएंगे नहीं इन ईसाइयों के

कारण—तो वे उन्हें आने न देंगे चर्चों में।

यही बात मेरे साथ भी संभव है। जब मैं नहीं रहूं तो ये गंभीर लोग खतरनाक हैं। वे बना सकते हैं मालकियत, क्योंकि वे चीजों पर मालकियत जमाने की खोज में सदा ही रहते हैं। वे बन सकते हैं मेरे उत्तराधिकारी और फिर वे नष्ट कर देंगे। इसलिए स्मरण रख लेना यह बात: एक अज्ञानी व्यक्ति भी बन सकता है मेरा उत्तराधिकारी, लेकिन हंसने और उत्सव मनाने में उसे सक्षम होना चाहिए। यदि कोई संबोधि को उपलब्ध कर लेने का दावा भी करता हो, तो जरा देख लेना उसके चेहरे की ओर और यदि वह गंभीर हो, तो वह नहीं बनने वाला मेरा उत्तराधिकारी। इसे ही बनने देना कसौटी: एक मूढ़ भी चलेगा, लेकिन उसे हंसने और आनंदित होने और जीवन का उत्सव मनाने में सक्षम होना चाहिए। लेकिन गंभीर लोग सदा ही सत्ता की तलाश में रहते हैं। जो लोग हंस सकते हैं, वे सत्ता के विषय में चिंतित नहीं होते—यही है अड़चन। जीवन इतना अच्छा है कि कौन फिक्र करता है पोप बनने की? सहज-स्वाभाविक लोग, अपने सीधे-सरल तरीकों में प्रसन्न होते हैं, राजनीतियों की चिंता नहीं करते।

जब कोई बुद्ध-पुरुष देह रूप में मिट जाता है, तो फौरन, जो लोग गंभीर होते हैं वे लड़ रहे होते हैं उत्तराधिकारी बनने को। और उन्होंने सदा ही विनाश किया है, क्योंकि वे हैं गलत लोग, लेकिन गलत लोग सदा ही महत्वाकांक्षी होते हैं। केवल सही व्यक्ति ही कभी नहीं होते महत्वाकांक्षी, क्योंकि जीवन इतना कुछ दे रहा है कि महत्वाकांक्षा की कोई जरूरत नहीं—उत्तराधिकारी बनने की, पोप बनने की या कि कुछ न कुछ बन जाने की। जीवन इतना सुंदर है कि ज्यादा की मांग नहीं की जाती है; लेकिन लोग जिनके पास आनंद नहीं, वे चाहते हैं सत्ता; लोग जो चूक गये हैं प्रेम को, वे आनंदित होते हैं मान-सम्मान से; जो लोग किसी न किसी ढंग से चूक गये हैं जीवन के उत्सव को और नृत्य को, वे हो जाना चाहेंगे पोप—ऊंचे, सत्तावान, नियंत्रणकर्ता। सावधान रहना उनसे। वे सदा रहे हैं विनाशकारी, विषदायक लोग। उन्होंने नष्ट कर दिया बुद्ध को, उन्होंने मिटा दिया क्राइस्ट को, उन्होंने मिटा दिया मोहम्मद को और वे सदा रहते हैं आसपास। मुश्किल है उनसे छुटकारा पाना, बहुत बहुत मुश्किल है, क्योंकि वे इतने गंभीर ढंग से हैं मौजूद कि तुम छुटकारा नहीं पा सकते उनसे।

लेकिन मैं आश्वासन देता हूं तुम्हें कि मैं सदा प्रसन्नता और उल्लास की ओर, नृत्य-गान के जीवन की ओर, आनंद की ओर हूं, क्योंकि मेरे देखे वही है एकमात्र प्रार्थना। जब तुम प्रसन्न होते हो, प्रसन्नता से आप्लावित होते हो, तो प्रार्थना मौजूद रहती है। और कोई दूसरी प्रार्थना है ही नहीं। अस्तित्व सुनता है केवल तुम्हारी अस्तित्वगत प्रतिसंवेदना को, न कि तुम्हारे शाब्दिक संप्रेषण को। जो तुम कहते हो, महत्व उसका नहीं, बल्कि उसका है जो कि तुम हो।

यदि तुम सचमुच ही अनुभव करते हो कि परमात्मा है, तो उत्सव मनाओ। तब एक भी पल गंवाने में कोई सार नहीं। अपने समग्र अस्तित्व के साथ, यदि तुम अनुभव करते कि परमात्मा है, तो नृत्य करो! क्योंकि केवल जब तुम नृत्य करते हो और गाते हो और तुम प्रसन्न होते हो, या यदि तुम बैठे भी होते हो शांतिपूर्वक, तो तुम्हारी सत्ता का वह रूप, वह परिवर्तनशीलता ही दे देती है जीवन के प्रति इतनी शांतिपूर्ण, गहन संतुष्टि। वही है प्रार्थना; तुम धन्यवाद दे रहे होते हो। तुम्हारा धन्यवाद तुम्हारी प्रार्थना है। गंभीर लोग? मैंने कभी नहीं सुना कि गंभीर लोगों ने कभी स्वर्ग में प्रवेश किया हो। वे नहीं प्रवेश कर सकते।

ऐसा हुआ एक बार कि एक पापी की मृत्यु हुई और वह पहुंच गया स्वर्ग में। एक संत की भी मृत्यु हुई उसी दिन और दूत ले जाने लगे उसे नरक की ओर। वह संत कहने लगा, 'ठहरो! कहीं कुछ गलत हो गया है। तुम उस पापी को ले जा रहे हो स्वर्ग की ओर, और मैं उसे जानता हूं खूब अच्छी तरह। मैं ध्यान करता रहा हूं और ईश्वर से प्रार्थना करता रहा हूं चौबीसों घंटे, और मुझे ले आया गया है नरक में! मैं ईश्वर से ही पूछना चाहूंगा। यह क्या है? क्या यह न्याय है?' तो उसे ले आया गया ईश्वर के पास ही, और शिकायत की उस आदमी ने और कहने लगा, 'यह तो बिलकुल अविश्वसनीय बात है—कि यह पापी पहुंचा है स्वर्ग में। और मैं खूब अच्छी तरह जानता हूं उसे। वह पड़ोसी था मेरा। कभी प्रार्थना नहीं की उसने; उसने जीवन में कभी एक बार भी नाम नहीं लिया है आपका। मैं प्रार्थना करता रहा हूं दिन में चौबीसों घंटे। मेरी नींद में भी मैं जपता रहा, राम, राम, राम और यह क्या हो रहा है?'

ऐसा कहा जाता है कि ईश्वर ने कहा, 'क्योंकि तुमने मुझे मार ही डाला तुम्हारी निरंतर उबाऊ राम-राम से। तुमने तो मुझे लगभग मार ही दिया, और मैं नहीं चाहूंगा तुम्हारे निकट होना। जरा सोचो, चौबीस घंटे! तुम मुझे एक पल भी न दोगे आराम-चैन का। यह दूसरा आदमी भला है। कम से कम कभी तकलीफ नहीं दी उसने मुझे। मैं जानता हूं उसने कभी प्रार्थना नहीं की, लेकिन उसका तो पूरा जीवन ही था एक प्रार्थना। वह तुम्हें दिखाई पड़ता है पापी जैसा, क्योंकि तुम सोचते कि मात्र प्रार्थना करने से और मुंह की बकबक करने से नैतिकता चली आती है। वह जीया और प्रसन्नतापूर्वक जीया। हो सकता है वह सदा ही भला न रहा हो, लेकिन वह सदा प्रसन्न रहा था और वह सदा रहता था आनंदपूर्ण। हो सकता उसने गलतियां की हों यहां-वहां की, क्योंकि गलतियां करना मानवीय बात है, लेकिन वह अहंकारी न था। उसने कभी प्रार्थना नहीं की, लेकिन उसके अस्तित्व के गहनतम तल से सदा ही उठता था धन्यवाद। उसने जीवन का आनंद मनाया और उसने धन्यवाद दिया इसके लिए।'

स्मरण रहे, गंभीर लोग पूरे नरक में ही होते हैं। शैतान बहुत प्यार करता है गंभीरता से। स्वर्ग किसी चर्च की भांति नहीं होता है, और यदि वह होता है तो जिसके पास थोड़ा होश है वह कभी नहीं जाएगा उस स्वर्ग की ओर। तब बेहतर है नरक चले जाना। स्वर्ग है जीवन, लाखों-लाखों आयामों से भरपूर जीवन।

जीसस कहते हैं अपने शिष्यों से, 'आओ मेरे पास और मैं तुम्हें दूंगा भरपूर जीवन।' स्वर्ग एक कविता है, एक निरंतर गान है, नदी के प्रवाहित होने जैसा, बिना किसी रुकाव का एक निरंतर उत्सव।

जब तुम यहां हो मेरे साथ, तो स्मरण में ले लेना यह बात, तुम मुझे चूक जाओगे यदि तुम गंभीर हो तो, क्योंकि कोई संपर्क न बनेगा। केवल जब तुम प्रसन्न होते हो तो तुम मेरे पास रह सकते हो। प्रसन्नता द्वारा एक सेतु निर्मित होता है। गंभीरता द्वारा सारे सेतु टूट जाते हैं। तुम बन जाते किसी द्वीप की भांति—पहुंच के बाहर।

चौथा प्रश्न: कई बार मैं सजग हुआ अनुभव करता हूं और कई बार नहीं। सजगता धड़कती हुई जान पड़ती है। यह सजग धड़कन धीरे-धीरे मिटती है या क्या यह अकस्मात खो जाती है?

जीवन में हर चीज एक लय है। तुम प्रसन्न होते हो और फिर पीछे चली आती है अप्रसन्नता। रात

और दिन, गर्मी और सर्दी; जीवन एक लय है दो विपरीतताओं के बीच की। जब तुम सजग होने का प्रयास करते हो तो वह लय वहां होगी : कई बार तुम जागरूक हो जाओगे और कई बार नहीं।

समस्या मत खड़ी कर लेना, क्योंकि तुम समस्याएं खड़ी करने में इतने कुशल हो कि बेबात ही तुम बना सकते हो कोई समस्या। और एक बार जब तुम बना लेते हो कोई समस्या तब तुम उसे सुलझा लेना चाहते हो। फिर ऐसे लोग हैं, जो तुम्हें दे देंगे उत्तर। गलत समस्या सदा ही उत्तर पाती है किसी गलत उत्तर द्वारा। और फिर यही बात चली चल सकती है अनंतकाल तक; एक गलत उत्तर फिर बना लेता है प्रश्नों को। एकदम आरंभ से ही असम्यक समस्या न बनने देने के लिए सजग होना होता है। अन्यथा, पूरा जीवन ही चलता चला जाता है असम्यक दिशा की ओर।

समस्या न बनाने की बात को सदा ही समझने की कोशिश करना। हर चीज स्पंदित होती है लय में। और जब मैं कहता हूं हर चीज, तो मेरा मतलब होता है हर एक चीज से ही। प्रेम होता है, और मौजूद होती है घृणा; सजगता—और मौजूद होती है असजगता। मत खड़ी कर लेना कोई समस्या; दोनों से आनंदित होना।

जब सजग होते हो, तो आनंद मनाना सजगता का, और जब असजग होते हो तो आनंद मनाना असजगता का। कुछ गलत नहीं है, क्योंकि असजगता है विश्राम की भांति। अन्यथा, सजगता हो जाएगी एक तनाव। यदि तुम जागते रहते हो चौबीस घंटे, तो तुम क्या सोचते कि कितने दिन जी सकते हो तुम? बिना भोजन के आदमी जी सकता है तीन महीने तक; बिना नींद के वह तीन सप्ताह के भीतर पागल हो जाएगा। वह कोशिश करेगा आत्महत्या करने की। दिन में तुम जागते रहते, रात में तुम विश्राम करते और वह विश्राम तुम्हारी मदद करता दिन में ज्यादा सचेत और ज्यादा ताजा रहने में। ऊर्जाएं गुजर चुकी होती हैं विश्राम-अवधि में से, जिससे कि वे सुबह फिर ज्यादा जीवंत होती हैं।

यही बात घटेगी ध्यान में : कुछ पलों के लिए तुम संपूर्णतया जागरूक होते हो, शिखर पर होते हो, और कुछ पलों के लिए तुम होते हो घाटी में, विश्राम कर रहे होते हो—जागरूकता समाप्त हो चुकी होती है, तुम भूल चुके होते हो। पर क्या गलत है इसमें? यह सीधी-साफ बात है। अजागरूकता द्वारा, जागरूकता फिर से उदित होगी, ताजी, युवा, और यही चलता चला जाएगा। यदि तुम दोनों से आनंदित हो सकते हो, तो तुम तीसरे बन जाते हो, और यही सार-बिंदु है समझने का।

यदि तुम दोनों से आनंदित हो सकते हो, तो इसका मतलब होता है कि तुम न तो जागरूकता हो और न ही अजागरूकता हो। तुम एक वह हो जो दोनों से आनंदित होता है। पार का कुछ प्रवेश करता है। वस्तुतः यही है असली साक्षी। प्रसन्नता से तुम आनंदित होते—क्या गलत है इसमें? जब प्रसन्नता चली जाती है और तुम उदास हो जाते हो, तो क्या गलत है उदासी में? प्रसन्न होओ उससे। एक बार तुम सक्षम हो जाते हो उदासी का आनंद मनाने में, तब तुम दोनों में से कुछ नहीं होते।

और मैं कहता हूं तुमसे, यदि तुम आनंद मनाते हो उदासी का, तो उसके अपने सौंदर्य होते हैं। प्रसन्नता थोड़ी सतही होती है; उदासी बड़ी गहन होती है, उसकी अपनी एक गहराई होती है। जो व्यक्ति कभी उदास नहीं रहा होता, वह सतही होगा, सतह पर ही होगा। उदासी है अंधेरी रात की भांति—बहुत गहन। अंधकार का अपना एक मौन होता है और उदासी का भी। प्रसन्नता फूटती है, बुदबुदाती है; उसमें एक ध्वनि होती है, वह होती है पर्वतों की नदी की भांति; ध्वनि निर्मित हो जाती

है। लेकिन पर्वतों में नदी कभी नहीं हो सकती बहुत गहरी। वह सदा उथली होती है। जब नदी पहुंचती है मैदान में, वह हो जाती है गहरी, पर ध्वनि थम जाती है। वह चलती है, जैसे कि न चल रही हो। उदासी में एक गहराई होती है।

क्यों बनानी अड़चन? जब प्रसन्न होते हो, तो प्रसन्न रहो, आनंद मनाओ उसका। तादात्म्य मत बनाओ उसके साथ। जब मैं कहता हूं प्रसन्न रहो तो मेरा मतलब होता आनंदित होओ उससे। उसे होने दो एक आबोहवा, जो गतिमय होगी और परिवर्तनशील होगी। सुबह परिवर्तित हो जाती है दोपहर में, दोपहर परिवर्तित हो जाती है सांझ में और फिर आती है रात्रि। प्रसन्नता को तुम्हारे चारों ओर की एक आबोहवा बनने दो। आनंद मनाओ उसका, और फिर जब उदासी आती है, तो उससे भी आनंदित होना।

जो कुछ भी हो अवस्था मैं तो तुम्हें सिखाता हूं आनंद मनाना। शांत होकर बैठ जाना और आनंदित होना उदासी से, और अचानक उदासी फिर उदासी नहीं रहती; वह बन चुकी होती है मौन शांतिमय पल, अपने में सौंदर्यपूर्ण। कुछ गलत नहीं होता उसमें।

और फिर आती है अंतिम कीमिया, वह स्थल, जहां तुम अकस्मात जान जाते हो कि तुम न तो प्रसन्नता हो और न ही उदासी। तुम देखने वाले हो, साक्षी हो। तुम देखते शिखरों को, तुम देखते घाटियों को, लेकिन तुम इनमें से कुछ भी नहीं हो।

एक बार यह दृष्टि उपलब्ध हो जाती है तो तुम हर चीज का उत्सव मना सकते हो। तुम उत्सव मनाते हो जीवन का, तुम उत्सव मनाते हो मृत्यु का। तुम उत्सव मनाते हो प्रसन्नता का और तुम उत्सव मनाते हो अप्रसन्नता का। तुम हर चीज का उत्सव मनाते हो। तब तुम किसी ध्रुवता के साथ तादात्म्य नहीं बनाते। दोनों ध्रुवताएं, दोनों छोर साथ-साथ उपलब्ध हो गए हैं तुम्हें और तुम आसानी से एक से दूसरे तक पहुंच सकते हो। तुम हो जाते हो तरल, तुम बहने लगते हो। तब तुम कर सकते हो उपयोग दोनों का, और दोनों ही तुम्हारे विकास में मदद बन सकते हैं।

इसे स्मरण रखनाः मत बनाना समस्याएं। स्थिति को समझने की कोशिश करना, जीवन की ध्रुवता को समझने की कोशिश करना। गर्मियों में गर्मी होती है, सर्दियों में सर्दी होती है, तो कहां है कोई समस्या? सर्दियों में आनंदित होना सर्दी से, गर्मियों में आनंदित होना गर्मी से। गर्मियों में आनंद मनाना सूर्य का। रात्रि में आनंद मनाना सितारों का और अंधकार का, दिन में सूर्य का और प्रकाश का। तुम आनंद को बना लेना तुम्हारी निरंतरता। जो कुछ भी घटता है उसके बावजूद तुम आनंद मनाते रहना। तुम प्रयास करना इसका, और अकस्मात हर चीज बदल जाती है और रूपांतरित हो जाती है।

पांचवां प्रश्नः अभी पिछले दिनों ही आपने कहा कि यदि तुम प्रेम नहीं कर सकते, तो ध्यान तुम्हें ले जाएगा प्रेम की ओर, और यदि तुम ध्यान नहीं कर सकते, तो प्रेम तुम्हें ले जाएगा ध्यान की ओर। जान पड़ता है आपने अपना मन बदल लिया है।

मेरे पास कोई मन है ही नहीं बदलने को। तुम बदल सकते हो, यदि तुम्हारे पास हो तो; तुम कैसे बदल सकते हो इसे यदि तुम्हारे पास यह हो ही नहीं?

कभी कोशिश मत करना दो पलों की तुलना करने की, क्योंकि हर पल स्वयं में अतुलनीय होता है। हां, कई दिनों मैं होता हूं सर्दियों की भांति और कई दिनों मैं होता हूं गर्मियों की भांति, लेकिन तो भी मैंने नहीं बदला होता मन। मेरे पास कोई मन है नहीं। इसी तरह घटती है यह बात।

तुम पूछते हो कोई प्रश्न, मेरे पास उसके लिए कोई बना-बनाया उत्तर नहीं होता है। तुम पूछते हो कोई प्रश्न और मैं उसका उत्तर देता हूं। मैं नहीं सोचता कि मैं अपने पिछले कथनों के अनुरूप हूं या नहीं। मैं अतीत में नहीं जीता हूं और मैं नहीं सोचता हूं भविष्य की—कि जो कुछ मैं कह रहा हूं, क्या भविष्य में भी मैं इसी बात को कह पाऊंगा। नहीं, कोई अतीत नहीं और नहीं है कोई भविष्य।

बिलकुल इसी क्षण तुम पूछते हो प्रश्न और जो कुछ घटता है, घटता है। मैं प्रतिसंवेदित होता हूं। वह एक सहज-स्वाभाविक प्रत्युत्तर होता है, वह कोई उत्तर नहीं होता है। अगले दिन तुम फिर वही प्रश्न पूछते हो, लेकिन मैं उसी ढंग से प्रत्युत्तर नहीं दूंगा। मैं इस विषय में कुछ नहीं कर सकता। मेरे पास बने-बनाए तैयार उत्तर नहीं रहते हैं। मैं हूं दर्पण की भांति : जो चेहरा तुम ले आते हो, वह प्रतिबिंबित होता है। यदि तुम क्रोधित होते हो तो वह प्रतिबिंबित करता है क्रोध को, यदि तुम प्रसन्न होते हो, तो वह प्रतिबिंबित करता है प्रसन्नता को। तुम नहीं कह सकते दर्पण को, 'क्या बात है? कल मैं था यहां और तुमने झलकाया क्रोधी चेहरा; आज मैं हूं यहां और तुम झलका रहे हो एक बहुत प्रसन्न चेहरा। बात क्या है तुम्हारे साथ? क्या तुमने बदल दिया तुम्हारा मन?' दर्पण के कोई मन नहीं होता; दर्पण तो बस तुम्हें ही झलका देता है।

तुम्हारा प्रश्न ज्यादा महत्वपूर्ण है मेरे उत्तर से। वस्तुतः तुम्हारा प्रश्न ही मुझमें उत्तर निर्मित कर देता है। आधा भाग तो तुम्हारे द्वारा ही भेज दिया जाता है, दूसरा आधा भाग होता है मात्र एक प्रतिध्वनि। तो यह निर्भर करता है—यह निर्भर करेगा तुम पर, यह निर्भर करेगा तुम्हें घेरने वाले वृक्षों पर, यह निर्भर करेगा आबोहवा पर, यह निर्भर करेगा अस्तित्व पर, उसकी समग्रता में। तुम पूछते हो प्रश्न, और मैं यहां कुछ नहीं हूं, मात्र एक माध्यम। यह ऐसा है जैसे कि समष्टि तुम्हें उत्तर देती हो। जो कुछ भी होती है तुम्हारी आवश्यकता, वैसा ही होता है उत्तर जो कि चला आता है तुम तक।

मत कोशिश करना तुलना करने की, अन्यथा तुम गड़बड़ी में पड़ जाओगे। कभी कोशिश न करना तुलना करने की। जब कभी तुम अनुभव करो कि कोई चीज तुम्हारे अनुकूल पड़ती है, तो बस उसका अनुसरण करना, उसे कर लेना। यदि तुम करते हो उसे तो जो कुछ बाद में चला आता है, तुम समझ पाओगे। तुम्हारा करना मदद देगा, तुलना मदद न देगी। तुम पूरी तरह पागल हो जाओगे, यदि तुम तुलना ही करते गए तो।

हर क्षण मैं कई बातें कहता जाता हूं। बाद में, अपनी जिंदगी भर बोल चुकने के बाद, जो अध्ययन करेंगे उनका, और जो यह जांचने-छांटने का प्रयत्न करेंगे कि मैं क्या कहता हूं, वे बिलकुल पागल ही हो जाएंगे। वे वैसा कर नहीं पाएंगे, क्योंकि इसी तरह तो यह अभी घट रहा है। वे हैं दार्शनिक; मैं नहीं हूं दार्शनिक। उनके पास एक निश्चित विचार होता है तुम पर आरोपित करने का। वे फिर-फिर उसी विचार पर जोर दिए चले जाते हैं। उनके पास कुछ है, जिसमें कि वे तुम्हें सिद्धांतबद्ध करना चाहेंगे। वे तुम्हारे मन को निश्चित अवस्था में ढाल देना चाहेंगे, एक निश्चित दर्शन में। वे तुम्हें कुछ सिखा रहे होते हैं।

मैं शिक्षक नहीं हूं। मैं तुम्हें कुछ सिखा नहीं रहा। बल्कि इसके विपरीत, मैं तुम्हें अनसीखा होने में

मदद देने की कोशिश कर रहा हूं।

जो कुछ अनुकूल पड़ता हो तुम्हारे, अनुसरण करना उसका। मत सोचना कि वह सुसंगत है या नहीं। यदि वह तुम्हारे अनुकूल हो तो वह अच्छा है तुम्हारे लिए। यदि तुम अनुसरण करते हो उसका तो जल्दी ही तुम समझ पाओगे मेरी सारी असंगतियों की अंतर-सुसंगतता को। मैं सुसंगत हूं। हो सकता है मेरे कथन न हों, लेकिन वे आते हैं एक ही स्रोत से। वे आते हैं मुझसे, अतः उन्हें होना ही चाहिए सुसंगत। वरना यह ऐसा कैसे संभव होता। वे आते हैं एक ही स्रोत से। आकारों में भिन्नता हो सकती है, शब्दों में भेद हो सकता है, लेकिन गहन तल पर वहां सुसंगतता जरूर व्याप्त होती है, जिसे तुम देख पाओगे, जब तुम स्वयं में गहरे उतर जाते हो।

तो जो कुछ तुम्हें अनुकूल पड़ता हो उसे करना। इस बारे में तो बिलकुल चिंता ही मत करना कि मैंने इसके विरुद्ध कुछ कहा है या नहीं। यदि तुम वैसा 'करते' हो, तो तुम्हें अनुभव होगी मेरी सुसंगतता। यदि तुम केवल 'सोचते' हो, तो तुम कभी कोई कदम नहीं बढ़ा पाओगे, क्योंकि हर दिन मैं बदलता जाऊंगा। मैं और कुछ कर नहीं सकता, क्योंकि मेरे पास कोई ठोस-जड़ मन, चट्टान जैसा मन नहीं है, जो कि सदा एक जैसा ही रहता है।

मैं हूं पानी और हवा की भांति, चट्टान की भांति नहीं। लेकिन तुम्हारा मन तो फिर-फिर सोचेगा कि मैंने यह कहा, और फिर मैंने वह कहा, तो ठीक क्या है? ठीक वह है जो आसानी से पहुंच जाता है तुम तक। सहज-सरल होता है ठीक; तुम्हें अनुकूल बैठे, वही ठीक होता है, सदा ही।

हमेशा इस ढंग से सोचने की कोशिश करना कि तुम्हारी सत्ता और मेरा कथन—यह सोचने की कोशिश करना कि वे अनुकूल बैठते हैं या नहीं। यदि वे अनुकूल नहीं होते, तो मत करना चिंता। मत सोचना उनके बारे में, मत व्यर्थ करना समय—आगे बढ़ जाना। कुछ ऐसी चीज आती होगी जो तुम्हारे अनुकूल पड़ती होगी।

और तुम हो बहुत सारे, इसीलिए मुझे बोलना पड़ता है बहुत लोगों के लिए। उनकी आवश्यकताएं अलग-अलग हैं, उनकी अपेक्षाएं अलग हैं, उनके व्यक्तित्व अलग हैं—उनके पिछले जन्मों के कर्म अलग हैं। मुझे बोलना है बहुतों के लिए। केवल तुम्हारे लिए ही नहीं बोल रहा हूं। तुम तो केवल एक बहाना हो। तुम्हारे द्वारा मैं बोल रहा हूं सारी दुनिया से।

इसलिए मैं कई तरह से बोलूंगा, मैं बहुत तरीकों से बनाऊंगा चित्र और मैं गाऊंगा बहुत-से गीत। तुम तो सोचना तुम्हारे बारे में ही—जो अनुरूप हो तुम्हारे, तुम गुनगुनाना वही गीत और भूल जाना दूसरों को। उस गीत को गुनगुनाने से, धीरे-धीरे, कोई चीज स्थिर हो जाएगी तुम्हारे भीतर; एक समस्वरता उदित होगी। उस समस्वरता से गुजरते हुए तुम समझ पाओगे मेरी सुसंगतता को, सारी असंगतियों के बावजूद।

असंगति रह सकती है केवल सतह पर ही, लेकिन मेरी सुसंगति है अलग गुणवत्ता की। एक दार्शनिक जीता है सतह पर। जो कुछ वह कहता है—वह देखता अतीत में, उसे जोड़ता है अपने कथनों से। देखता है भविष्य में, उसे जोड़ता है भविष्य के साथ—वह एक शृंखला निर्मित कर लेता है सतह पर। उस प्रकार की सुसंगतता तुम मुझ में न पाओगे।

सुसंगति की एक अलग गुणवत्ता होती है, जिसे समझना कठिन होता है, जब तक कि तुम उसे जीयो नहीं, फिर धीरे-धीरे जो तरंगें असंगत थीं, खो जाती हैं और तुम पहुंच जाते हो सागर की गहराई

तक, जहां निवास करती है शांति, सदा सुसंगत। चाहे सतह पर तूफान हो या न हो, बड़ी ऊंची लहरें और बड़ी अशांति हो या न हो—गहराई में होती है शांति। कोई लहर नहीं, एक तरंग भी नहीं। वह ज्वार हो कि भाटा हो, इससे कोई अंतर नहीं पड़ता है; गहन तल पर सागर सुसंगत होता है, एक समान होता है।

मेरी सुसंगतता है अंतस की—शब्दों की नहीं। लेकिन जब तुम उतरते हो तुम्हारे अपने भीतरी सागर में, तब तुम समझ पाओगे उसे। बिलकुल अभी, तुम उसकी फिक्र मत लेना।

जब कोई विशेष जूता तुम्हारे ठीक बैठता हो, तो खरीद लेना उसे और पहन लेना उसे। दुकान के दूसरे जूतों को लेकर चिंतित मत होना। वे तुम्हें पूरे नहीं आतेः कोई आवश्यकता नहीं उनके बारे में चिंता करने की। वे तुम्हारे लिए नहीं बने। लेकिन दूसरे और लोग हैं; कृपा करके जरा उनका भी स्मरण कर लेना। कोई है कहीं, जिसे पूरे आ जाएंगे वे जूते। बस देखना अपने पैरों को और तलाश करना अपने जूतों की ही, क्योंकि यह प्रश्न है अनुभूति का, बुद्धि का नहीं।

जब तुम जाते हो जूतों की दुकान पर, तो क्या करते हो तुम? दो तरीके होते हैंः तुम नाप ले सकते हो अपने पैरों का और तुम नाप ले सकते हो जूतों का—वह एक बुद्धिजनित प्रयास होगा, एक गणितीय प्रयास यह देखने का कि वह पूरे आते हैं या नहीं। दूसरी बात होती हैः तुम बस पहन ही लेते हो जूते तुम्हारे पैरों में, चलते हो, और अनुभव करते हो कि वे पूरे आते हैं या नहीं। यदि वे पूरे आते हैं, तो वे ठीक बैठते हैं। हर चीज ठीक है; तुम फिक्र छोड़ सकते हो इसकी। गणित के अनुसार तो बिलकुल ठीक हो सकता है और हो सकता है कि जूता ठीक ही न बैठे, क्योंकि जूते किसी गणित को नहीं जानते। वे तो बिलकुल अनपढ़ होते हैं। मत चिंता करना इस बारे में।

मुझे याद हैः ऐसा हुआ कि जिस आदमी ने एवरेज का, औसत का नियम खोजा था, एक महान गणितज्ञ, एक ग्रीक, बहुत भरा हुआ था औसत के नियम के अपने आविष्कार से।

एक दिन वह पिकनिक पर जा रहा था अपनी पत्नी और अपने सात बच्चों के साथ। उन्हें एक नदी पार करनी पड़ी तो वह बोला, 'ठहरो।' वह गया नदी में और चार या पांच स्थानों पर उसने नदी की गहराई नापी। कुछ स्थानों पर वह एक फुट थी, कई स्थानों पर वह थी तीन फीट, कई स्थानों पर वह केवल छः इंच गहरी थी। नदियों की संगति नहीं बैठती गणित के साथ। रेत पर उसने गणना की और औसत पायी डेढ़ फीट की। उसने नापा था अपने सारे बच्चों को और औसत पायी थी दो फीट की। वह बोला, 'चिंता मत करो, उन्हें जाने दो। नदी तो है डेढ़ फीट, बच्चे हैं दो फीट।' जहां तक गणित का प्रश्न है, बिलकुल ठीक है बात; लेकिन न तो बच्चे और न ही नदी परवाह करती है गणित की।

पत्नी तो थोड़ी डरी, क्योंकि स्त्रियां कभी नहीं चलतीं गणित के अनुरूप। और यह अच्छा है कि वे ऐसी नहीं होती हैं, क्योंकि वे देती हैं संतुलन। अन्यथा, पुरुष तो पागल हो जाता। वह थोड़ी भयभीत हो गयी थी। वह बोली, 'मैं नहीं समझती तुम्हारे एवरेज के नियम को। मुझे तो ऐसा जान पड़ता है कि कुछ बच्चे बहुत छोटे हैं और नदी बहुत गहरी दिखायी पड़ती है।' वह बोला, 'तुम चिंता मत करो। मैंने एवरेज के नियम को प्रमाणित कर दिया है महान गणितज्ञों के सामने। तुम कौन होती हो इस बारे में संशय, संदेह करने वाली? तुम जरा देखो कैसे काम करता है यह।'

गणितज्ञ आगे चल दिया। स्त्री भयभीत थी, वह पीछे-पीछे चली, ताकि वह देख सके कि क्या हुआ बच्चों को, क्योंकि कुछ बच्चों को लेकर चिंतित थी वह। एक छोटा तो पानी में डूबने ही लगा। वह

चिल्लायी, 'देखो, डूब रहा है बच्चा।' तो भी गणितज्ञ दौड़ा दूसरे किनारे की रेत की तरफ, उस बच्चे की ओर नहीं, जो कि डूब रहा था। वह कहने लगा, 'तो जरूर कुछ गलती रही होगी मेरी गणना में।' वह स्त्री दौड़ी दूसरे किनारे की तरफ—'मेरे साथ गणितबाजी मत चलाओ! मैं गणितज्ञ नहीं हूं और मैं विश्वास नहीं करती एवरेज के किसी नियम में।'

हर व्यक्ति एक अद्वितीय व्यक्ति होता है। कोई औसत आदमी अस्तित्व नहीं रखता है। मैं बहुतों से बातें कर रहा हूं, और तुम्हारे द्वारा लाखों लोगों से बातें कर रहा हूं। मैं दो चीजें कर सकता हूंः या तो मैं ढूंढ सकता हूं कोई औसत सिद्धांत, तो मैं सदा रहूंगा समरूप, मैं सदा बात करूंगा दो फीट की। लेकिन मैं देखता हूं कि कुछ सात फीट के हैं; और कुछ केवल चार फीट के ही हैं, और मुझे संभालने पड़ते हैं बहुत प्रकार के जूते और बहुत प्रकार की विधियां। तुम तो बस ध्यान रखो तुम्हारे पैरों का; जूते को खोज लो और भूल जाओ सारी दुकान को। केवल तभी किसी दिन तुम समझ पाओगे कि सुसंगतता अस्तित्व रखती है मेरे भीतर। अन्यथा, मैं तो इस पृथ्वी पर सर्वाधिक असंगत व्यक्ति हूं।

अंतिम प्रश्नः एक बार आपने कहा था कि यदि इसकी आवश्यकता हुई तो आप एक और जन्म लेंगे। लेकिन यदि आप निर्बीज समाधि को उपलब्ध हो चुके हैं, तो कैसे आप एक और जन्म ले सकते हैं? आप शायद इसे एक प्रासंगिक व्यक्तिगत प्रश्न नहीं समझते होंगे, लेकिन जिस रफ्तार से मेरा आध्यात्मिक विकास बढ़ता हुआ जान पड़ रहा है, यह प्रश्न मेरे लिए संगत है।

हां, एक बार मैंने कहा था कि यदि इसकी आवश्यकता हुई तो मैं आऊंगा वापस। लेकिन अब मैं कहता हूं कि ऐसा असंभव है। अतः कृपा करना, थोड़ी जल्दी करना। मेरे फिर से आने की प्रतीक्षा मत करना। मैं यहां हूं केवल थोड़े-से और समय के लिए ही। यदि तुम सचमुच ही सच्चे हो तो जल्दी करना, स्थगित मत करना। एक बार मैंने कहा था वैसा, लेकिन मैंने कहा था उन लोगों से, जो उस क्षण तैयार न थे। मैं सदा ही प्रत्युत्तर देता रहा हूं; मैंने ऐसा कहा था उन लोगों से जो कि तैयार न थे। यदि मैंने उनसे कहा होता कि मैं नहीं आ रहा हूं, तो उन्होंने एकदम गिरा ही दी होती सारी खोज। उन्होंने सोच लिया होता कि, 'फिर यह बात संभव ही नहीं है। मैं ऐसा एक जन्म में नहीं कर सकता, और वे वापस नहीं आ रहे हैं, तो बेहतर है कि शुरू ही न करना। एक जन्म में उपलब्ध होने के लिए यह एक बहुत बड़ी चीज है।' लेकिन अब मैं तुमसे कहता हूं कि मैं यहां और नहीं आ रहा; वैसा संभव नहीं। मुझे लग रहा है कि अब तुम तैयार हो इसे समझने के लिए, और गति बढ़ा देने के लिए।

तुम यात्रा आरंभ कर ही चुके हो। किसी भी घड़ी, यदि तुम गति बढ़ा देते हो, तो तुम पहुंच सकते हो परम सत्य तक। किसी घड़ी संभव है ऐसा। अब स्थगित करना खतरनाक होगा। यह सोचकर कि मैं फिर आऊंगा, तुम्हारा मन विश्राम कर सकता है और स्थगित कर सकता है बात को। अब मैं कहता हूं, मैं नहीं आ रहा हूं।

एक कथा कहूंगा मैं तुमसे। ऐसा हुआ एक बार कि मुल्ला नसरुद्दीन कहता था अपने बेटे से, 'मैं जंगल में गया शिकार करने और न केवल एक, दस शेर अकस्मात कूद पड़े मेरे ऊपर।' वह लड़का

बोला, 'ठहरो पापा। पिछले साल तो आपने कहा था पांच शेर, और इस साल आप कहते हैं कि दस शेर।' मुल्ला नसरुद्दीन ने कहा, 'हां, पिछले साल तुम पर्याप्त रूप से प्रौढ़ न थे, और तुम बहुत डर गए होते दस शेरों से। अब मैं तुम्हें सच्ची बात बतलाता हूं। तुम विकसित हो गये हो और यही मैं कहता हूं तुमसे।'

पहले मैंने तुमसे कहा था कि मैं आऊंगा। क्योंकि तुम पर्याप्त रूप से विकसित न थे। लेकिन अब तुम थोड़े विकसित हो गए हो, और मैं तुम्हें बतला सकता हूं सच्ची बात। बहुत बार मुझे कहनी पड़ती हैं झूठी बातें तुम्हारे ही कारण, क्योंकि तुम नहीं समझ सकोगे सच को। जितना तुम विकसित होते हो, उतना ज्यादा मैं गिरा सकता हूं झूठी बातों को और उतना ज्यादा मैं हो सकता हूं सच। जब तुम सचमुच ही विकसित हो जाते हो, तब मैं तुम्हें बताऊंगा वास्तविक सच। तब झूठ बोलने की कोई आवश्यकता न रहेगी। यदि तुम विकसित नहीं होते, तब सत्य विनाशकारी होगा।

तुम्हें असत्य की आवश्यकता है उसी भांति जैसे कि बच्चों को आवश्यकता होती खिलौनों की। खिलौने झूठी बातें हैं। तुम्हें असत्य की जरूरत होती है, यदि तुम विकसित नहीं होते। और यदि करुणा होती है, तब वह व्यक्ति जिसके पास गहरी करुणा होती है वह चिंतित नहीं होता इस बारे में कि वह झूठ बोलता है या कि सच। उसका पूरा अस्तित्व तुम्हारी मदद करने को ही होता है, लाभ पहुंचाने को होता है, तुम्हें आशीष देने को होता है। सारे बुद्ध झूठ बोलते हैं। उन्हें बोलना पड़ता है, क्योंकि इतने ज्यादा करुणावान होते हैं वे। और कोई बुद्ध परम सत्य को नहीं बतला सकता, क्योंकि किसको कहेगा वह इसे? केवल किसी दूसरे बुद्ध से ही कहा जा सकता है इसे, लेकिन किसी दूसरे बुद्ध को इसकी आवश्यकता नहीं होगी।

झूठी बातों के द्वारा धीरे-धीरे सद्‌गुरु तुम्हें ले आता है प्रकाश की ओर। तुम्हारा हाथ थामकर कदम-दर-कदम, उसे तुम्हारी मदद करनी पड़ती है प्रकाश की ओर जाने में। संपूर्ण सत्य तो बहुत ज्यादा हो जाएगा। तुम एकदम धक्का खा सकते हो, बिखर सकते हो। संपूर्ण सत्य को तुम अपने में समा नहीं सकते; वह विनाशकारी हो जाएगा। केवल झूठ द्वारा ही तुम्हें लाया जा सकता है मंदिर के द्वार तक, और केवल द्वार पर ही तुम्हें दिया जा सकता है संपूर्ण सत्य, केवल तभी समझोगे तुम। तब तुम समझोगे कि वे तुमसे झूठ क्यों बोले। न ही केवल समझोगे तुम, तुम अनुगृहीत होओगे उनके प्रति।

प्रवचन 11

सहजता—स्वाध्याय—विसर्जन

योगसूत्र
(साधनपाद)

तपःस्वाध्यायेश्वरप्रणिधानानि क्रियायोगः।। १।।

क्रियायोग एक प्रायोगिक, प्राथमिक योग है और वह संघटित हुआ है— सहज संयम (तप), स्वाध्याय और ईश्वर के प्रति समर्पण से।

समाधिभावनार्थः क्लेशतनूकरणार्थश्च।। २।।

क्रियायोग का अभ्यास क्लेश (दुख) को घटा देता है और समाधि की ओर ले जाता है।

अविद्यास्मितारागद्वेषाभिनिवेशाः क्लेशाः।। ३।।

दुख उत्पन्न होने के कारण हैं: जागरूकता की कमी, अहंकार, मोह, घृणा, जीवन से चिपके रहना और मृत्यु-भय।

अविद्या क्षेत्रमुत्तरेषां प्रसुप्ततनुविच्छिन्नोदाराणाम्।। ४।।

चाहे वे प्रसुप्तता की, क्षीणता की, प्रत्यावर्तन की या फैलाव की अवस्थाओं में हों, दुख के दूसरे सभी कारण क्रियान्वित होते हैं—जागरूकता के अभाव द्वारा ही।

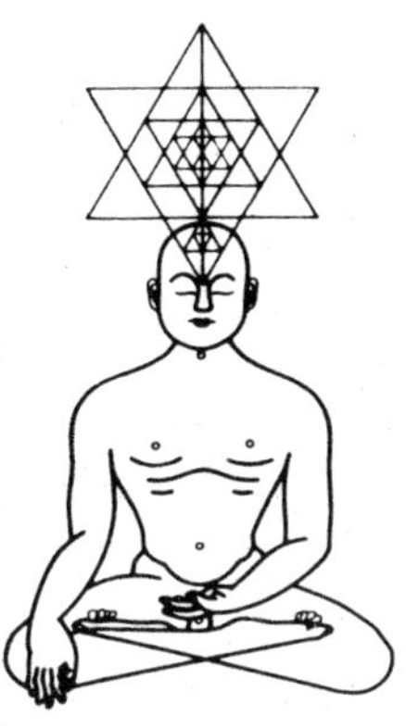

सामान्य मनुष्यता को दो मूलभूत प्रकारों में बांटा जा सकता है: एक तो है पर-पीड़क और दूसरा है स्व-पीड़क। पर-पीड़क आनंद पाता है दूसरों को पीड़ा पहुंचा कर और स्व-पीड़क आनंदित होता है स्वयं को पीड़ा पहुंचा कर। निस्संदेह दूसरों को पीड़ा देने वाला आकर्षित होता है राजनीति की ओर। वहां संभावना होती है, दूसरों को उत्पीड़ित करने का अवसर होता है। या वह आकर्षित होता है वैज्ञानिक खोज की ओर, विशेषकर चिकित्सा-शास्त्र की खोज की ओर। वहां प्रयोग के नाम पर एक संभावना होती है, मासूम जंतुओं को यातना देने की, रोगियों, मुर्दा और जीवंत शरीरों को उत्पीड़ित करने की। यदि राजनीति बहुत भारी पड़ती है और वह अपने बारे में ज्यादा निश्चित नहीं होता है और न ही इतना बुद्धिमान होता है कि किसी अनुसंधान में लग जाए तब पर-पीड़क बन जाता है स्कूल-मास्टर; वह छोटे-छोटे बच्चों को सताने लगता है! लेकिन पर-पीड़क सदा ही सरकता रहता है, ज्ञात रूप से या अज्ञात रूप से उस परिस्थिति की ओर जहां कि वह पीड़ा दे सकता हो। देश के नाम पर, समाज, राष्ट्र, क्रांति के नाम पर, सत्य और खोज के नाम पर, सुधार-आंदोलन के, दूसरों को सुधारने के नाम पर, पर-पीड़क सदा किसी न किसी को उत्पीड़ित करने के अवसर की खोज में रहता है।

पर-पीड़क धर्म की ओर बहुत आकर्षित नहीं होते हैं। दूसरे प्रकार के लोग आकर्षित होते हैं धर्म की ओर, वे हैं स्व-पीड़क। वे स्वयं को पीड़ा दे सकते हैं। वे बन जाते हैं महात्मा, वे बन जाते हैं बड़े संत; और वे सम्मान पाते हैं समाज के द्वारा क्योंकि वे स्वयं को पीड़ा पहुंचाते हैं। एक पक्का स्व-पीड़क सदा ही सीधे तौर पर सरकता है धर्म की ओर, बिलकुल वैसे ही जैसे कि एक पक्का पर-पीड़क सरकता है राजनीति की ओर। राजनीति धर्म है पर-पीड़क की, धर्म राजनीति है स्व-पीड़क की। लेकिन यदि एक स्व-पीड़क बहुत निश्चित नहीं होता, तब वह ढूंढ़ लेता है दूसरे वैकल्पिक मार्ग। वह बन सकता है कलाकार, चित्रकार, कवि, और स्वयं को पीड़ा पहुंचाए जा सकता है—कविता, साहित्य, चित्रकला के नाम पर।

तुमने सुना होगा एक बड़े डच चित्रकार, विन्सेंट वानगॉग का नाम। वह पक्का स्व-पीड़क था। यदि वह भारत में पैदा हुआ होता, तो बन गया होता महात्मा गांधी; लेकिन वह बना चित्रकार। कुछ ज्यादा धन नहीं था उसके पास। उसका भाई उसे जीने मात्र जितना पैसा दिया करता था। सप्ताह के सात दिनों में से, वह केवल तीन दिन भोजन करता, और सप्ताह के बाकी चार दिन वह चित्र बनाने के खातिर उपवास रखता।

वह एक स्त्री के प्रेम में था, लेकिन स्त्री का पिता उससे मिलने की इजाजत न देता था उसको। अतः उसने जबरदस्ती जलती लौ पर रख दिया अपना हाथ और वह बोला, 'मैं जलती लौ पर ही रखे रखूंगा अपना हाथ, जब तक कि आप मुझे उससे मिलने न दोगे।' उसने जला डाला अपना हाथ।

एक वेश्या ने कहा उससे, 'तुम्हारे कान बहुत सुंदर हैं', क्योंकि प्रशंसा करने को और कुछ था ही नहीं उसके चेहरे में। वह सबसे अधिक असुंदर व्यक्तियों में से एक था, उसके नाक-नक्श असुंदर थे। वह वेश्या तो इस आदमी के साथ जरूर बड़ी मुश्किल में पड़ गयी होगी, इसलिए उसने कह दिया उससे कि उसके कान बहुत सुंदर हैं। वह घर वापस गया, अपना एक कान काट दिया छुरी से, उसे पैकेट में रखा; बहते खून सहित ही वापस गया उसके पास और कान स्त्री के सामने यह कहते हुए पेश कर दिया कि 'तुमने इसे इतना ज्यादा पसंद किया कि इसे मैं तुम्हें उपहार स्वरूप देना चाहूंगा।'

उसने चित्र बनाना जारी रखा फ्रांस के सबसे ज्यादा गरम भाग आर्लीज में, जब कि गरमियों में सूरज बहुत तप रहा था। हर एक ने कहा उससे, 'तुम बीमार पड़ जाओगे, सूरज बहुत आग बरसा रहा है', लेकिन सारा दिन, विशेष कर जब कि सूर्य सबसे ज्यादा तप्त रहता, पूरी भरी दुपहरी में, वह मैदानों में खड़ा रहता चित्र बनाते हुए। बीस दिनों के भीतर वह पागल हो गया। वह युवा था, तैंतीस या चौंतीस का ही था, जब उसने मार डाला खुद को, आत्महत्या कर ली।

परंतु चित्रकला, कला, सौंदर्य के नाम पर, तुम कर सकते हो स्वयं को पीड़ित। ईश्वर के नाम पर, प्रार्थना के नाम पर, साधना के नाम पर, तुम कर सकते हो स्वयं को पीड़ित। तुम इस ढंग को बहुत ही प्रबल पाओगे भारत मेंः कील, कांटों की शैय्या पर लेटे, महीनों-महीनों उपवास करने वालों को। तुम्हारी भेंट होगी ऐसे-ऐसे लोगों से जो दस वर्षों से सोए ही नहीं हैं! वे खड़े ही रहते; लड़ते रहते नींद से। वे ऐसे लोग हैं जो खड़े रहे हैं वर्षों तक, उन्होंने दूसरी कोई मुद्रा अपनाई ही नहीं; उनकी टांगें करीब-करीब मुरदा हो चुकी हैं। ऐसे लोग हैं जो कि आकाश की ओर एक हाथ उठाए-उठाए जी रहे हैं; पूरा हाथ मृत हो गया है, उसमें अब और खून संचरित नहीं होता; वह मात्र हड्डियों का ढांचा है। ये व्यक्ति बीमार हैं; उन्हें जरूरत है मानसिक इलाज की। लेकिन तो भी हजारों आकर्षित हो जाते हैं उनकी तरफ।

तुम्हारे सारे राजनेताओं को, एडोल्फ हिटलर या जोसेफ स्टालिन को या माओत्से तुंग को जरूरत है मानसिक इलाज करवाने की। और तुम्हारे सारे महात्माओं को भी जरूरत है इलाज की। क्योंकि वह व्यक्ति जो कि स्वयं को या दूसरों को पीड़ित करने में रुचि रखता है, बीमार होता है, गहन तौर पर बीमार होता है। पीड़ा में रुचि रखना, चाहे वह किसी दूसरे की हो या कि स्वयं की, पीड़न में रुचि रखना, बिलकुल ही निश्चित लक्षण है गहन रुग्णता का। जब तुम स्वास्थ्यपूर्ण होते हो तब तुम दूसरों को पीड़ित नहीं करना चाहते; तुम स्वयं को पीड़ित नहीं करना चाहते। जब तुम स्वस्थ होते हो, तब तुम आनंदित होना चाहते हो। जब तुम स्वस्थ होते हो, तब तुम इतना आनंदित अनुभव करते हो कि तुम चाहते हो हर किसी को आशीष देना, आनंदित करना। तब तुम चाहोगे कि तुम्हारी मंगलकामनाएं तुम्हारे प्राणों से प्रवाहित हो जाएं सभी के प्राणों में, संपूर्ण अस्तित्व में। तुम आनंद के अतिरेक से, उमड़ाव से भरे होते हो। स्वस्थता एक उत्सव है। अस्वस्थता है पीड़ित करना—दूसरों को करना या स्वयं को करना।

पतंजलि पर बोलना शुरू करने से पहले मैं ऐसा क्यों कह रहा हूं? मैं ऐसा कह रहा हूं क्योंकि अब तक पतंजलि की व्याख्या सदा होती रही है खुद को पीड़ा पहुंचाने वालों के द्वारा। लेकिन मैं जो कुछ भी

बोलने जा रहा हूं पतंजलि के बारे में वह समग्ररूपेण अलग होगा दूसरी टीका-टिप्पणियों से। मैं स्व-पीड़क नहीं हूं, मैं पर-पीड़क भी नहीं हूं। मैं स्वयं उत्सव मना रहा हूं और मैं चाहूंगा कि तुम सम्मिलित हो जाओ मेरे साथ। पतंजलि पर मेरी व्याख्या पिछली सारी व्याख्याओं से मूलभूत रूप से अलग होगी। मेरा भाष्य बिलकुल वैसा होगा जैसे कि पतंजलि स्वयं भाष्य करते रहे।

वे न तो पर-पीड़क थे और न ही स्व-पीड़क। वे किसी आंतरिक अस्वस्थता से रहित, मनोवैज्ञानिक समस्याओं से रहित, मानसिक ग्रस्तताओं से रहित, संपूर्णतया पूरे, एकजुट व्यक्ति थे। वे थे स्वस्थ, संपूर्ण, संघटित। जो कुछ कहा है उन्होंने उसे तीन ढंग से व्याख्यायित किया जा सकता है। कोई पर-पीड़क संयोगवश ही शायद इससे जुड़े, लेकिन वह विरल बात है, क्योंकि पर-पीड़क रुचि नहीं रखते हैं धर्म में। माओत्से तुंग, एडोल्फ हिटलर या कि जोसेफ स्टालिन की रुचि धर्म में, पतंजलि में होने की बात की तुम कल्पना नहीं कर सकते; नहीं। पर-पीड़क रुचि नहीं रखते, इसलिए उन्होंने व्याख्या नहीं की। स्व-पीड़क रुचि रखते हैं धर्म में और उन्होंने की है व्याख्या और अपना ही रंग चढ़ाया है पतंजलि पर। लाखों लोग हैं वैसे, और जो कुछ कहा है उन्होंने, उसने पूरी तरह विकृत कर दिया है पतंजलि के संदेश को, पूरी तरह विनष्ट कर दिया है उसको। अब हजारों साल बाद वे व्याख्याएं खड़ी हुई हैं तुम्हारे और पतंजलि के बीच; अभी भी वे बढ़ती चली जा रही हैं!

पतंजलि के योगसूत्र सबसे अधिक व्याख्यायित चीजों में से हैं; वे एकदम भरे हुए हैं महत्वपूर्ण अर्थ से; वे बहुत गहन रूप से अर्थपूर्ण हैं। लेकिन उन पर व्याख्या करने के लिए पतंजलि कहां मिलते हैं किसी को? कहां मिलता है कोई व्यक्ति जो किसी ढंग से अस्वस्थ न हो? क्योंकि अस्वस्थता रंग चढ़ा देगी; तुम इसमें कुछ नहीं कर सकते। जब तुम व्याख्या करते हो, तब तुम रहते हो तुम्हारी व्याख्या में; तुम्हें रहना ही होता है वहां; व्याख्या करने का कोई और ढंग नहीं है।

मैं वे बातें कहने जा रहा हूं जो कही नहीं गई हैं, और तुम मुझे निरंतर अलग जान सकते हो सारी व्याख्याओं से।

इस सत्य को ध्यान में रख लेना, क्योंकि मैं न तो स्व-पीड़क हूं और न ही पर-पीड़क। मैं धर्म में स्वयं को उत्पीड़ित करने के लिए नहीं उतरा हूं—बिलकुल विपरीत है बात। वस्तुतः मैं कभी नहीं उतरा धर्म में। मैं तो बस स्वयं आनंदित होता रहा हूं और धर्म घट गया—बिलकुल सहज। यह बात एक निष्पत्ति मात्र रही। मैंने कभी उस तरह से अभ्यास नहीं किए जैसे कि धार्मिक व्यक्ति अभ्यास करते हैं। मैं कभी उस ढंग की खोज में नहीं रहा। मैं तो बस जीया हूं—'जो कुछ है' उसकी गहरी स्वीकृति में। मैंने स्वीकार कर लिया अस्तित्व को और स्वयं को, और मैं कभी इस भावदशा में नहीं रहा कि स्वयं को परिवर्तित करूं। अकस्मात, जितना-जितना मैंने स्वीकार किया स्वयं को, उतना ही मैंने स्वीकार किया अस्तित्व को, और एक गहरा मौन, एक आनंद उतर आया मुझ पर। उस आनंद में धर्म घटित हुआ मुझको। तो साधारण शाब्दिक अर्थों में धार्मिक नहीं हूं मैं। यदि तुम कुछ समानांतर खोजना चाहते हो तो तुम्हें उसे धर्म के अतिरिक्त कहीं और ही खोजना होगा।

मुझे उस व्यक्ति के साथ एक गहन घनिष्ठता अनुभव होती है जो दो हजार वर्ष पहले उत्पन्न हुआ था यूनान में। उसका नाम था एपीकुरस। कोई उसे धार्मिक नहीं मानता। लोग सोचते हैं कि जो सर्वाधिक नास्तिक व्यक्ति हुए वह उनमें से एक था, जो सर्वाधिक भौतिक व्यक्ति हुए उनमें से एक, वह धार्मिक

व्यक्ति के एकदम विपरीत था। लेकिन वैसी समझ मेरी नहीं। एपीकुरस सहज रूप से धार्मिक था। इन शब्दों को जरा खयाल में ले लेना, 'सहज रूप से धार्मिक', धर्म घटा है उसको। इसीलिए लोगों ने उसे नजरअंदाज कर दिया, क्योंकि उसने कभी कोई कोशिश नहीं की। यह उक्तिः 'खाओ, पीओ और आनंद मनाओ', आयी है एपीकुरस से। और यही दृष्टिकोण बन गया है भौतिकवादी का।

वस्तुतः एपीकुरस ने एक बहुत ही आडंबररहित सरल जीवन जीया। जितना कभी कोई रह सकता है या रहा होगा, वह उतनी ही सादगी से रहा। महावीर और बुद्ध भी उतने सरल-सहज न थे जितना कि एपीकुरस क्योंकि उनकी सादगी परिष्कृत थी; उन्होंने कार्य किया था उस पर, उसका अभ्यास किया था। उन्होंने उस पर सोच-विचार किया था और उन्होंने वह सब कुछ गिरा दिया था जो कि अनावश्यक था। वे स्वयं को अनुशासित कर रहे थे—सीधे-सरल होने के लिए, और जब कभी अनुशासन मौजूद होता है, तो चली आती है जटिलता। पृष्ठभूमि में संघर्ष बना रहता है; और वह संघर्ष वहां बना रहेगा सदा, पृष्ठभूमि में ही। महावीर नग्न थे, खाली, उन्होंने त्याग दिया था सब कुछ, तो भी त्यागा तो था! वह बात सहज-स्वाभाविक तो न थी।

एपीकुरस एक छोटे से बगीचे में रहता था। वह बगीचा 'एपीकुरस का बगीचा' नाम से जाना जाता था। उसके पास अरस्तू की भांति कोई अकादमी न थी या कि प्लेटो की भांति कोई स्कूल न था; उसके पास एक बगीचा था। यह बात सहज और सुंदर जान पड़ती है। बगीचा ज्यादा स्वाभाविक जान पड़ता है एक अकादमी से। वह बगीचे में रहता था कुछ मित्रों के साथ। वह शायद पहला कम्यून था। वे बस वहां रह रहे थे—विशेष रूप से कुछ न करते हुए, बगीचे में काम करते हुए, मात्र जीने के लिए पर्याप्त था जिनके पास।

ऐसा कहा जाता है कि राजा वहां आया निरीक्षण करने को और वह सोच रहा था कि यह आदमी जरूर ऐश्वर्य में रहता होगा, क्योंकि इसका आदर्श वाक्य थाः 'खाओ, पीओ और आनंद मनाओ।' यदि यही है संदेश, राजा ने सोचा, तो मुझे मिलेंगे लोग ऐश्वर्य में जीते, भोगरत। लेकिन जब वह वहां पहुंचा तो उसने बगीचे में काम करते हुए, पौधों को पानी देते हुए बहुत सीधे-सादे लोगों को देखा। सारा दिन वे काम करते रहते थे। बहुत थोड़ा निजी सामान था उनका, जो जीने मात्र के लिए पर्याप्त था। शाम को, जब वे खाना खा रहे थे, तो मक्खन तक न था; केवल सूखी रोटी और था थोड़ा-सा दूध। लेकिन तो भी वे आनंदित थे इससे, जैसे कि यह कोई दावत हो। खाने के बाद वे नृत्य करने लगे। दिन समाप्त हो गया था और उन्होंने धन्यवाद दिया अस्तित्व को। और वह राजा रो पड़ा था, क्योंकि वह अपने मन में सदा सोचता रहा था, एपीकुरस की निंदा करने की बात ही। उसने पूछा, 'खाओ, पीओ और आनंद मनाओ—ऐसा कहने से क्या मतलब है आपका?' एपीकुरस बोला, 'तुमने देखा! हम यहां चौबीसों घंटे प्रसन्न रहते हैं। यदि तुम प्रसन्न होना चाहते हो तो तुम्हें सहज होना होगा, क्योंकि जितने जटिल होते हो तुम, उतने ही दुखी हो जाते हो तुम। जितना ज्यादा जटिल होता है तुम्हारा जीवन, उतना ज्यादा दुख निर्मित करता है वह। हम सहज स्वाभाविक हैं इसलिए नहीं कि हम परमात्मा को खोज रहे हैं, हम सहज हैं क्योंकि सहज होना ही सुखी, प्रसन्न होना है।' और राजा ने कहा, 'मैं कुछ उपहार तुम्हारे लिए भेजना चाहूंगा। बगीचे के लिए और तुम्हारे आश्रम-निवासियों के लिए क्या चाहोगे तुम?' एपीकुरस तो सोच न पाया। वह बहुत सोचता रहा और फिर बोला, 'हमें ऐसा नहीं लगता कि किसी चीज की जरूरत है।

नाराज मत होना; आप एक महान राजा हैं, हर चीज दे सकते हैं—लेकिन हमें जरूरत नहीं है। यदि आप जोर देते हैं, तो आप भेज सकते हैं थोड़ा-सा नमक और मक्खन।' वह एक सीधा-सादा आदमी था।

इस सरलता में धर्म घटता है स्वाभाविक रूप से। तुम ईश्वर के बारे में सोचते नहीं, ऐसी कोई जरूरत नहीं होती; जीवन ही ईश्वर होता है। आकाश की ओर हाथ जोड़ तुम प्रार्थना नहीं करते; वह मूढ़ता है। तुम्हारा सारा जीवन सुबह से लेकर सांझ तक एक प्रार्थना होता है। प्रार्थना एक भाव है: उसे तुम जीते हो, उसे तुम कोई क्रिया नहीं बनाते।

एपीकुरस समझ सकता था पतंजलि को। मैं समझ सकता हूं उन्हें। मैं अनुभव कर सकता हूं कि क्या मतलब है उनका। यह तुम्हारे लिए ही है जो मैं बोल रहा हूं यह सब, ताकि तुम भ्रम में न पड़ जाओ, क्योंकि दूसरी व्याख्याएं भी हैं जो ठीक इसके विपरीत ही पड़ती हैं।

क्रियायोग एक प्रायोगिक, प्राथमिक योग है और वह संघटित हुआ है—सहज-संयम (तप), स्वाध्याय और ईश्वर के प्रति समर्पण से।

पहला शब्द है—सहज-संयम। स्व-पीड़कों ने सहज-संयम को स्व-पीड़ा में बदल दिया। वे सोचते हैं कि जितनी ज्यादा पीड़ा तुम देह को पहुंचाते हो, उतने ज्यादा तुम आध्यात्मिक बनते हो। देह को उत्पीड़ित करना एक मार्ग है आध्यात्मिक होने का—यही समझ होती है एक स्व-पीड़क की।

देह को पीड़ा पहुंचाना कोई मार्ग नहीं। उत्पीड़न आक्रामक होता है। चाहे तुम दूसरों को पीड़ा पहुंचाओ या कि स्वयं को, यह बात ही आक्रामक होती है; और आक्रामकता कभी धार्मिक नहीं हो सकती है। दूसरों के शरीर को उत्पीड़ित करने और तुम्हारे अपने शरीर को उत्पीड़ित करने के बीच भेद क्या होता है? क्या भेद होता है? शरीर है 'दूसरा'। तुम्हारा अपना शरीर भी दूसरा है। तुम्हारा अपना शरीर थोड़ा निकट है और दूसरे का शरीर कुछ दूर है, बस इतनी ही है बात। क्योंकि तुम्हारा शरीर ज्यादा नजदीक है इसलिए उसके तुम्हारी हिंसा का शिकार बनने की ज्यादा संभावना है; तुम उत्पीड़ित कर सकते हो उसको। और हजारों सालों से लोग अपने शरीरों को पीड़ा पहुंचाते रहे हैं इस झूठी धारणा के साथ कि यही है ईश्वर की ओर ले जाने का मार्ग।

पहली बात: ईश्वर ने क्यों दिया तुम्हें शरीर? उसने तुम्हें कोई अंग शरीर को उत्पीड़ित करने के लिए नहीं दिया है। बल्कि इसके विपरीत, उसने तुम्हें दिया है संवेदनाओं को, संवेदनशीलता को, इंद्रियों को—उससे आनंदित होने के लिए—उत्पीड़ित होने के लिए नहीं। ईश्वर ने तुम्हें बहुत संवेदनशील बनाया है क्योंकि संवेदनशीलता के द्वारा जागरूकता विकसित होती है।

यदि तुम पीड़ा पहुंचाते हो तुम्हारे शरीर को तो तुम ज्यादा और ज्यादा संवेदनशून्य हो जाओगे। यदि तुम कांटों के बिस्तर पर लेट जाओ, तो धीरे-धीरे तुम संवेदनशून्य हो जाओगे। शरीर बन ही जाएगा संवेदनशून्य, अन्यथा कैसे तुम निरंतर सहन कर सकते हो कांटों को? शरीर तो एक तरह से मर ही जाएगा, वह खो देगा अपनी संवेदनशीलता। यदि तुम निरंतर खड़े रहते हो तपते सूर्य की गरमी में, शरीर स्वयं को बचाएगा असंवेदनशील होकर। यदि तुम हिमालय जाकर नग्न बैठ जाते हो जब कि बर्फ गिर रही होती है और सारी पर्वतमाला ढंकी होती है बर्फ से, तो धीरे-धीरे, शरीर अपनी संवेदनशीलता खो

देगा ठंड के कारण, वह बन जाएगा मुरदा शरीर।

और एक मुरदा शरीर के द्वारा कैसे तुम अनुभव कर सकते हो अस्तित्व के आशीष को? कैसे तुम अनुभव कर सकते हो अनुग्रह की निरंतर वर्षा को जो कि हर क्षण घट रही है? अस्तित्व लाखों-लाखों आशीष बरसाए चला जाता है; तुम उन्हें गिन तक नहीं सकते। वस्तुतः धार्मिक आदमी बनने के लिए तुम्हें कम की नहीं, ज्यादा संवेदनशीलता की जरूरत होती है, क्योंकि जितने अधिक संवेदनशील तुम होते हो, उतनी ही अधिक भगवत्ता तुम हर कहीं देख पाओगे। संवेदनशीलता बन जाती है एक आंख, एक खुलापन। जब तुम संपूर्णतया संवेदनशील हो जाते हो, तो हवा का कोई एक हलका झोंका भी तुम्हें छू लेता है और तुम्हें दे जाता है कोई संदेश। और हवा में थर्राता एक साधारण पत्ता भी इतनी जबरदस्त घटना बन जाता है तुम्हारी संवेदनशीलता के कारण ही। तुम देखते हो एक साधारण पत्थर को और वह बन जाता है कोहनूर। यह निर्भर करता है तुम्हारी संवेदनशीलता पर।

जीवन अधिक होता है यदि तुम अधिक संवेदनशील होते हो; जीवन कम होता है यदि तुम कम संवेदनशील होते हो। यदि तुम्हारे पास बिना किसी संवेदना का पूरा लकड़ी का ही शरीर हो, तो जीवन बिलकुल शून्य होता है, जीवन फिर वहां बचता ही नहीं; तुम पहले से ही पहुंचे होते हो तुम्हारी कब्र में। स्वयं को पीड़ा पहुंचाने वालों ने किया है ऐसा। साधना एक प्रयास बन जाती है शरीर और संवेदनशीलता को मारने का।

मेरे देखे, बिलकुल विपरीत होता है ढंग। तप का मतलब उत्पीड़न नहीं है; तप का मतलब है सहज जीवन, एक सरल जीवन। क्यों सरल जीवन? क्यों बहुत जटिल जीवन न हो? क्योंकि जीवन जितना अधिक जटिल होता है, उतने ही कम संवेदनशील होओगे तुम। एक धनी व्यक्ति कम संवेदनशील होता है निर्धन व्यक्ति की अपेक्षा, क्योंकि धन एकत्रित करने के उसके प्रयत्न ने ही उसे संवेदनशून्य बना दिया होता है। यदि तुम्हें धन एकत्रित करना हो तो तुम्हें होना ही होता है असंवेदनशील। तुम्हें पूरी तरह खूनी की तरह बनना होगा और परवाह नहीं करनी होगी कि दूसरों को क्या हो रहा है। तुम खजाने संचित किए चले जाते हो, और दूसरे मर रहे होते हैं। तुम अधिकाधिक धनवान होते चले जाते हो, और दूसरे अपना जीवन ही खो रहे होते हैं इसमें। एक धनी व्यक्ति होता ही है असंवेदनशील, अन्यथा वह धनवान हो नहीं सकता। कैसे करेगा वह शोषण? यह बात तो असंभव ही होगी।

मैंने सुना है एक बहुत बड़े धनवान के बारे में: मुल्ला नसरुद्दीन उससे मिलने के लिए गया। जो अनाथालय वह चला रहा था उसके लिए कुछ अनुदान चाहिए था उसे। वह धनपति कहने लगा, 'ठीक है नसरुद्दीन मैं तुम्हें कुछ दूंगा। लेकिन मेरी एक शर्त है और किसी ने उसे पूरा नहीं किया। मेरी आंखों में देखो; एक आंख नकली है और दूसरी आंख असली है। यदि तुम मुझे बिलकुल ठीक-ठीक बता सको कि कौन-सी आंख नकली है और कौन-सी असली है, तो मैं अनुदान दूंगा।' नसरुद्दीन ने देखा ध्यान से उसकी आंखों की ओर और बोला, 'बायीं आंख असली है और दायीं आंख नकली है।' हैरान होकर वह धनपति कहने लगा, 'लेकिन तुमने कैसे बता दिया?' वह बोला, 'क्योंकि मैं दायीं आंख में देख सकता हूं थोड़ी बहुत करुणा; तो जरूर वही होगी नकली।'

उसने देखी थी थोड़ी करुणा, एक हल्की-सी चमक, और वह नकली ही होनी थी। यदि संवेदनशील हो तो धनवान धनवान ही नहीं होता। धन इकट्ठा करते-करते वह मरता ही जाता है।

तुम्हारे शरीर को मारने के दो तरीके हैं: एक तरीका है स्व-पीड़क का जो कि पीड़ा पहुंचाता है। दूसरा तरीका है धनपति का जो कि धन और कूड़ा-करकट इकट्ठा करता रहता है। धीरे-धीरे वह सारा कूड़ा-करकट जिसे वह जमा कर लेता है, एक बाधा बन जाता है और वह कहीं बढ़ नहीं सकता, वह देख नहीं सकता, वह सुन नहीं सकता, वह स्वाद नहीं ले सकता, वह सूंघ नहीं सकता।

सरल जीवन का अर्थ होता है बिना उलझाव का जीवन। ध्यान रहे, यह कोई गरीबी का पोषण नहीं, क्योंकि यदि तुम गरीबी को पोषित करते हो प्रयास द्वारा, तो फिर वह पोषण ही तुम्हें मार देगा।

सहज जीवन एक गहरी समझ का जीवन होता है, जानबूझ कर बढ़ाने-सजाने का नहीं। वह गरीब होने का अभ्यास नहीं। तुम गरीब होने का अभ्यास कर सकते हो, लेकिन उस अभ्यास द्वारा तुम्हारी संवेदनाएं कठोर हो जाएंगी। किसी भी चीज का अभ्यास तुम्हें कठोर बना देता है; कोमलता खो जाती है, लचीलापन चला जाता है। फिर तुम बच्चे की तरह लचीले नहीं रहते। तब तुम जड़ बन जाते हो किसी वृद्ध की भांति। लाओत्सू कहता है, 'जड़ता मृत्यु है, लचीलापन जीवन है।' सहज-सरल जीवन, पोषित किया दरिद्र जीवन नहीं होता। गरीबी को अपना उद्देश्य मत बनाओ और उसे बढ़ाने की कोशिश मत करो। जरा-सा समझ भर लो कि जितना ज्यादा सहज, निर्भार तुम्हारा शरीर और मन होता है, उतने ज्यादा तुम प्रवेश कर सकते हो अस्तित्व में। निर्भार होकर तुम सत्य के सीधे संपर्क में आ सकते हो; भार सहित ऐसा नहीं हो सकता। धनपति के रास्ते में सदा उसका बैंक-खाता आ जमता है।

तुम देखते हो इंग्लैंड की महारानी को, एलिजाबेथ को? वह हाथ तक नहीं मिला सकती बिना दस्ताने के। मानव-स्पर्श भी कोई अशुद्ध चीज जान पड़ता है, कोई असुंदर चीज! रानी, राजा घेरे में बंद हुए जीते हैं; यह कोई हाथ की बात ही नहीं। वह तो एक प्रतीक मात्र है यह बताने का कि रानी का जीवन दफन हो गया है; वह जीवंत नहीं है।

मध्ययुग में योरोप में ऐसा विचार चलता था कि राजाओं और रानियों की दो टांगें नहीं होती हैं, क्योंकि किसी ने कभी उन्हें निरावरण देखा ही नहीं होता था। ऐसा सोचा जाता था कि उनके एक ही टांग होगी। वे मानव नहीं; वे दूरी पर रहे होते थे।

अहंकार सदा दूरी पर रहने की कोशिश करता है, और दूरी तुम्हें संवेदनशून्य बना देती है। तुम जाकर सड़क पर खेलते बच्चे को छू नहीं सकते। तुम किसी पेड़ के पास जाकर उससे लिपट नहीं सकते। तुम जीवन के ज्यादा निकट नहीं जा सकते; तुम दिखावा कर रहे होते हो कि तुम जीवन से ज्यादा ऊंचे हो, जीवन से ज्यादा महान हो, जीवन से ज्यादा बड़े हो। दूरी निर्मित करनी पड़ती है, और केवल तभी तुम जीवन से ज्यादा बड़े होने की बात का दिखावा कर सकते हो। लेकिन जीवन तो कुछ नहीं गंवा रहा, तुम्हारी इस मूढ़ता द्वारा तुम्हीं अधिकाधिक संवेदनशून्य बनते जा रहे हो। तुम तो पहले से ही मरे हुए हो। जीवन मांग करता है तुम्हारे ज्यादा जीवंत होने की।

जब पतंजलि कहते हैं 'तप', तो उनका मतलब है—सरल-सहज होओ, सहजता को गढ़ो मत। क्योंकि गढ़ी हुई सरलता, सरलता नहीं होती है। गढ़ी हुई सरलता कैसे हो सकती है सरल? वह तो बहुत जटिल होती है; तुम प्रयास कर रहे होते हो, गणना कर रहे होते हो, आरोपण कर रहे होते हो।

मैं जानता हूं एक व्यक्ति को; जहां वह रहता था उस गांव से मेरा गुजरना हुआ। मेरे ड्राइवर ने कहा, 'आपका मित्र तो यहीं रहता है, बस गांव के बाहर ही।' तो मैंने कहा, 'अच्छा है। कुछ देर के लिए

मैं जाऊंगा उससे मिलने, और देखूंगा कि वह अब क्या कर रहा है।' वह एक जैन मुनि था। जब मैं पहुंचा उसके घर के पास तो उसे भीतर नग्न चलते हुए देख सकता था खिड़की से। जैन मुनियों की पांच अवस्थाएं होती हैं; धीरे-धीरे वे अभ्यास करते हैं सरलता का। पांचवीं, आखिरी अवस्था पर वे नग्न हो जाते हैं। पहले वे पहनते हैं तीन वस्त्र, फिर दो, फिर एक, और फिर वह भी गिरा देना होता है। यह अवस्था सरलता का उच्चतम आदर्श होती है, जब कोई नितांत नग्न हो जाता है; धारण करने को कुछ न रहा—कोई बोझ नहीं, कोई कपड़े नहीं, कोई चीज नहीं। लेकिन मैं जानता था कि वह आदमी दूसरी अवस्था पर था, तो फिर क्यों हुआ वह नग्न?

मैंने द्वार खटखटाया। उसने खोला द्वार, लेकिन अब तो वह लुंगी पहने हुए था तो मैंने पूछा, 'बात क्या है? बिलकुल अभी तो मैंने तुम्हें खिड़की से देखा और तुम नग्न थे।' वह कहने लगा, 'हां, मैं अभ्यास कर रहा हूं। मैं पांचवीं, अंतिम अवस्था के लिए अभ्यास कर रहा हूं। पहले, मैं घर के भीतर अभ्यास करूंगा, फिर मित्रों के साथ; फिर धीरे-धीरे मैं गांव में जाया करूंगा और फिर दुनिया भर में। मुझे अभ्यास करना होगा। मुझे कम से कम थोड़े से वर्ष तो लगेंगे ही उस शर्म को गिराने में, संसार में नग्न घूमने के लिए पर्याप्त रूप से साहसी होने में।' मैंने कहा उससे, 'बेहतर था तुम सरकस में भरती हो गए होते। तुम हो जाओगे नग्न, लेकिन अभ्यास से आयी नग्नता सहज नहीं होती है; वह बहुत गणनात्मक होती है। तुम बहुत चालाक होते हो, और तुम चालाकी के साथ कदम-दर-कदम सरक रहे होते हो। वस्तुतः तुम कभी नग्न होओगे ही नहीं। अभ्यास से आई नग्नता फिर कपड़ों की भांति ही होगी, बहुत सूक्ष्म कपड़ों की भांति। तुम उन्हें अभ्यास द्वारा निर्मित कर रहे होते हो।'

'यदि तुम किसी निर्दोष बालक की भांति अनुभव करते हो, तो तुम गिरा ही दोगे कपड़ों को और उसी तरह चलोगे संसार में। भय क्या है? कि लोग हसेंगे? क्या गलत है उनकी हंसी में?—हंसने दो उनको। तुम भी भाग ले सकते हो, तुम भी हंस सकते हो उनके संग। वे तुम्हारा मजाक उड़ाएंगे? तो यह भी ठीक ही है, क्योंकि लोग तुम्हारा मजाक उड़ाएं, इससे ज्यादा अहंकार को कुछ और नहीं मारता है। यह अच्छा होता है, वे तुम्हारी मदद कर रहे होते हैं। लेकिन पांच वर्ष के अभ्यास द्वारा तो तुम सारी बात ही चूक जाओगे। नग्नता निर्दोष होनी चाहिए किसी बालक की भांति ही। नग्नता एक समझ होनी चाहिए, न कि कोई अभ्यास। अभ्यास द्वारा, तुम समझ के लिए एक विकल्प ढूंढ़ रहे होते हो। निर्दोषता मन की चीज नहीं, वह तुम्हारी गणना का, तुम्हारी बुद्धि का हिस्सा नहीं। निर्दोषता हृदय की एक समझ है।'

सहजता का, सादगी का अभ्यास नहीं किया जा सकता है। तुम्हें केवल ध्यान से देखना है जीवन को और समझ लेना है कि जितने ज्यादा तुम जटिल हो जाते हो उतने कम संवेदनशील होते जाते हो तुम। और जितने कम संवेदनशील होते हो तुम, उतने ही दूर होते हो तुम परमात्मा से। तुम जितने ज्यादा संवेदनशील होते हो, उतने तुम और-और निकट होते हो। एक दिन आता है जब तुम तुम्हारे अस्तित्व की मूल जड़ों के प्रति संवेदनशील हो जाते हो, अचानक तुम फिर बचते ही नहीं, तुम होते हो मात्र एक संवेदना, एक संवेदनशीलता। तुम अब नहीं रहते, तुम होते हो केवल एक जागरूकता। और तब हर चीज सुंदर होती है, हर चीज जीवंत होती है, कुछ भी मृत नहीं होता।

हर चीज चेतनापूर्ण है; कोई चीज मृत नहीं। हर चीज चेतन है; कुछ अचेतन नहीं। तुम्हारी संवेदन-शीलता के साथ ही, संसार बदल जाता है। अंतिम घड़ी में, जब संवेदनशीलता अपनी संपूर्णता तक

पहुंचती है, अपने परम शिखर पर, तो संसार खो जाता है; वहां होता है परमात्मा। वस्तुतः परमात्मा को नहीं पाना है, संवेदनशीलता को पा लेना है। इतनी समग्रता से संवेदनशील हो जाओ कि कुछ भी पीछे न छूटे, कोई जबरदस्ती का नियंत्रण नहीं, और अचानक परमात्मा वहां मौजूद होता है। परमात्मा सदा से ही है वहां, केवल तुम ही संवेदनशील न थे।

मेरे देखे, सहज-संयम है : सरल-सहज जीवन, समझ भरा एक जीवन। तुम्हें झोपड़ी में जाकर रहने की कोई जरूरत नहीं; तुम्हें नग्न हो जाने की कोई जरूरत नहीं। तुम जीवन में सरलता-सहजता से रह सकते हो, एक समझ के साथ। गरीबी मदद न देगी बल्कि समझ देगी मदद। तुम गरीबी लाद सकते हो तुम्हारे ऊपर, तुम मैले-कुचैले बन सकते हो, लेकिन उससे कोई मदद न मिलेगी।

पश्चिम में अब हिप्पियों के साथ और उसी तरह के और लोगों के साथ यही हो रहा है। वे वही गलती कर रहे हैं जो भारत एक लंबे समय से करता चला आ रहा है। अतीत में भारत परिचित रहा है हर प्रकार के हिप्पियों से। जितने गंदे से गंदे जीवन संभव हैं उन्हें जीया है उन्होंने। केवल तप के नाम पर, उन्होंने स्नान नहीं किए क्योंकि उन्होंने महसूस किया, 'क्यों फिक्र करनी और क्यों सजाना शरीर को?'

क्या तुम जानते हो कि जैन मुनि नहाते नहीं हैं? तुम बैठ नहीं सकते हो उनके पास; उनके पास से बदबू आती है। वे अपने दांत साफ नहीं करते। तुम उनसे बात नहीं कर सकते; दुर्गंध आती है, बदबू उठती है उनके मुंह से। और इसे तप-संयम माना जाता है, क्योंकि वे कहते हैं, 'नहाना या शरीर साफ रखना भी भौतिकवादी होना है। तब तुम बहुत ज्यादा जुड़ जाते हो शरीर से, तो क्यों चिंता करनी?' लेकिन इस तरह का दृष्टिकोण तो ऐसा हुआ कि दूसरी अति की ओर सरकना, एक मूढ़ता से दूसरी मूढ़ता तक बढ़ना।

ऐसे लोग हैं जो चौबीस घंटे शरीर के साथ ही व्यस्त रहते। तुम खोज सकते हो ऐसी स्त्रियों को जो कि दर्पण के सामने घंटों गंवाती रहती हैं। यह हुई एक तरह की मूढ़ता : बस निरंतर साफ किए चले जाना एक हिस्से को ही, कभी ध्यान न देना कि वह तो केवल एक हिस्सा ही है। यह अच्छा है, साफ करना उसे, लेकिन उसे सारा दिन लगातार ही साफ मत करते रहना, वरना वह बात एक रुग्ण ग्रस्तता हो जाती है। स्वच्छ देह अच्छी होती है, लेकिन उसे साफ करते रहने की एक निरंतर सनक—वह तो पागलपन है। ऐसे लोग हैं जो निरंतर अपने शरीरों को सजाए चले जा रहे हैं। दुनिया के लगभग आधे उद्योग जुटे हुए हैं देह की साज-सज्जा को लेकर ही; पाउडर हैं, साबुन हैं, इत्र हैं।

स्वच्छता अच्छी चीज है, पर उसकी कोई मनो-ग्रस्तता नहीं होनी चाहिए। वह आब्सेसन बन गई थी पश्चिम में, और अब है दूसरा छोर। जो लोग बहुत ज्यादा संबंधित होते हैं देह के साथ, कपड़ों के और सफाई के साथ और ऐसी कई बातों के साथ, वे व्यवस्थाबद्ध लोग होते हैं। लेकिन हिप्पी तो दूसरी अति तक बढ़ गए हैं—वे बिलकुल ही परवाह नहीं करते। वे गंदे होते हैं, और गंदगी ही बन गई है धर्म! जैसे कि गंदे होने भर से ही, वे पा जाएंगे कुछ। वे तो बस ज्यादा और ज्यादा असंवेदनशील होते जाते हैं जीवन की सुंदरताओं के प्रति।

तुम बहुत असंवेदनशील हो गए हो तभी तो नशे इतने महत्वपूर्ण हो गए हैं। अब लगता है कि रासायनिक नशों के बिना तो तुम संवेदनशील हो ही नहीं सकते। अन्यथा एक सहज-सादा व्यक्ति तो इतना संवेदनशील होता है कि उसे जरूरत ही नहीं होती नशों की। जो कुछ तुम अनुभव करते हो नशों के

द्वारा, वह अनुभव कर लेता है केवल अपनी संवेदनशीलता द्वारा ही। तुम नशा करते हो और एक साधारण वृक्ष बन जाता है एक अदभुत घटना—हर एक पत्ता स्वयं में एक अनुपम संसार होता है; एक वृक्ष में हजारों हरीतिमाएं होती हैं। और हर फूल प्रकट करता है प्रकाश, बन जाता है इंद्रधनुषी रंगावली। एक साधारण वृक्ष जिसके पास से तुम कई बार गुजरे होते हो और कभी भी देखा नहीं होता उसकी ओर, अचानक हो जाता है एक स्वप्न, एक भावोल्लास, एक रंगीन इंद्रधनुष। ऐसा ही है जो कि घटता है नशे का प्रयोग न करने वाले एक संवेदनशील व्यक्ति को। नशे का मतलब है कि तुम इतने कठोर और हतोत्साही और मुरदा हो गए हो कि अब रासायनिक आक्रामकता की आवश्कता होती है तुम्हारे शरीर पर। केवल तभी कुछ घड़ियों के लिए वातायन खुलेगा और तुम देखोगे जीवन की कविता को, और फिर बंद हो जाएगा वातायन; और अधिक से अधिक नशे की मात्रा की जरूरत होगी। एक घड़ी आएगी जबकि नशे भी मदद न देंगे। तब तुम सचमुच ही पत्थर हो जाओगे।

ज्यादा संवेदनशील होओ, ज्यादा सहज हो जाओ। और जब मैं कहता हूं 'हो जाओ', तो मेरा मतलब अभ्यास करने से नहीं होता, मेरा मतलब समझ लेने से होता है। समझने की कोशिश करना कि जब कभी तुम सहज-सरल होते हो, तो चीजें सुंदर होती जाती हैं। जब कभी तुम जटिल होते हो, तो चीजें होती जाती हैं समस्या से भरी हुई; तुम और पहेली बना लेते हो सुलझाने को और हर चीज उलझ जाती है, एक झंझट बन जाती है।

आवश्यकताओं की पूर्ति करने वाली सीधी-सादी जिंदगी जीयो, बिना पागल इच्छाओं वाली जिंदगी। तुम्हें आवश्यकता है भोजन की, तुम्हें आवश्यकता है कपड़ों की, तुम्हें आवश्यकता है एक छत की—खत्म हो गई बात। तुम्हें कोई चाहिए प्रेम करने को, तुम्हें कोई चाहिए जो तुम्हें प्रेम करे। प्रेम, भोजन, कमरा—सीधी-सहज बात; लेकिन तुम खड़ी कर लेते हो लाखों-लाखों इच्छाएं। यदि तुम्हें रॉल्स-रॉयस चाहिए तो कठिनाइयां उठ खड़ी होती हैं; यदि तुम्हें महल चाहिए या तुम संतुष्ट नहीं साधारण स्त्रियों से, तुम्हें चाहिए विश्व-सुंदरी—और तुम्हारी सारी विश्व-सुंदरियां करीब-करीब मुरदा होती हैं—तो तुम चाहते हो असंभव चीजें। तो तुम आगे और आगे की सोचते जाते हो। और तुम्हें स्थगित करते जाना होता हैः 'किसी दिन जब मेरे पास महल होगा तो मैं शांति से बैठूंगा।' लेकिन इस बीच तो जीवन बहा जा रहा है तुम्हारे हाथों से। यदि कभी ऐसा हो जाए कि तुम पा लो तुम्हारा महल तो तुम भूल चुके होगे शांतिपूर्वक बैठना। क्योंकि महल के पीछे दौड़ते-भागते, तुम बिलकुल भूल ही जाओगे कि कैसे बैठा जाता है।

ऐसा घटता है सभी महत्वाकांक्षी लोगों को। वे दौड़ते जाते हैं, तब दौड़ना उनके जीवन का ही एक ढंग बन जाता है। एक घड़ी आती है, जब वे पा लेते हैं, लेकिन अब फिर वे रुक नहीं सकते। तुम इसे बखूबी जानते हो कि यदि सारा दिन तुम सोचते ही जाओ, तो तुम रुक नहीं सकते।

एक दिन मुल्ला नसरुद्दीन घर लौटा कुछ करने और उसे न भूलने की बात सोच कर। उसने अपने कपड़ों में एक गांठ लगा दी जिससे कि उसे याद रहे। फिर जब वह घर आया, वह बड़ा बेचैन था क्योंकि वह भूल चुका था। 'गांठ वहां मौजूद है, लेकिन किसलिए?' उसने कोशिश की सोचने की। उसकी पत्नी ने बार-बार कहा, 'अब तुम सो जाओ और कल सुबह हम देख लेंगे।' फिर भी वह कहने लगा, 'नहीं, कोई बहुत ही जरूरी बात है। वह जरूरी थी और मैंने सोच लिया था कि उसे आज रात ही करना है।

किसी भी कीमत पर मैं उसकी उपेक्षा नहीं कर सकता, इसलिए तुम सो जाओ।' आधी रात जब घड़ी ने दो का घंटा बजाया, तो उसे याद आया। उसने तय किया था कि जल्दी सो जाना है। यही बात याद दिलाने के लिए थी वह गांठ।

यही कुछ घट रहा है सभी महत्वाकांक्षी लोगों को। वे इतनी ज्यादा इच्छाएं बना लेते हैं कि जब तक वे लक्ष्य प्राप्त करते हैं, तब तक वे बिलकुल भूल ही जाते हैं कि किस बात को पाना चाह रहे थे वे। पहली बात, वे इतनी सारी बातों की आकांक्षा कर ही किसलिए रहे थे? अब प्राप्ति हो गई है उन्हें और भूल गए हैं वे। यदि उन्हें यह भी याद रहा हो कि वे शांत हो जाना चाहते थे, विश्रांति पाना चाहते थे, तो उनके जीवन का सारा ढांचा-ढर्रा और सारी बद्धताएं उन्हें विश्रांति पाने न देंगे; उन्हें शांति से बैठने न देंगे और आनंदित होने न देंगे। जब तुम जीवन भर महत्वाकांक्षाओं सहित दौड़े होते हो, तो तुम आसानी से रुक नहीं सकते। दौड़ना तुम्हारा अस्तित्व ही बन जाता है। यदि तुम ठहरना चाहते हो, तो यही होती है घड़ी। इसके लिए कोई भविष्य नहीं, यही वर्तमान क्षण ही है।

आवश्यकताएं सीधी-सरल होती हैं। कोई आदमी बड़ा सरल, सादा जीवन जी सकता है और उससे आनंदित हो सकता है। खूब बढ़िया भोजन की जरूरत नहीं होती आनंदपूर्वक भोजन का स्वाद लेने के लिए, केवल एक बढ़िया जिह्वा की जरूरत होती है। जिस समय तुम बड़ा बढ़िया भोजन जुटा पाने के योग्य होओगे, तुम क्षमता ही खो चुके होओगे आनंदपूर्वक उसका स्वाद लेने की। आनंद मनाना उसका जब कि संवेदनशीलता का क्षण है। आनंद मनाना उसका जब कि तुम जीवित हो। उसे गंवाना मत और उसे स्थगित मत करना।

एक सीधा-सादा आदमी जीता है पल प्रतिपल; यह दिन अपने में पर्याप्त होता है, और आने वाला कल अपना खयाल अपने आप रख लेगा। जीसस फिर-फिर कहते हैं, 'जरा बाग में लिली के फूलों को देखना, कितने सुंदर हैं! वे आनेवाले कल की फिक्र नहीं करते। सोलोमन भी अपनी सर्वाधिक महिमा-मंडित घड़ियों में इतना सुंदर न था जितने कि ये बाग के साधारण लिली के फूल!'

जरा इन पक्षियों की ओर तो देखो, वे आनंद मनाते हैं। इसी क्षण में सारा अस्तित्व उत्सव मना रहा है—सिवाय तुम्हारे।

आदमी के साथ मुश्किल क्या है? मुश्किल यह है कि वह सोचता है कि आनंदित होने के लिए पहले किन्हीं खास अवस्थाओं की पूर्ति आवश्यक है; यही है अड़चन। जीवन का आनंद मनाने के लिए वस्तुतः किन्हीं शर्तों को पूरा नहीं करना होता; वह तो एक बेशर्त निमंत्रण है। लेकिन आदमी सोचता है कि पहले तो खास शर्तें पूरी करनी हैं, केवल तभी वह जीवन का आनंद मना सकता है। यही होता है एक जटिल मन। सरल मन अनुभव करता है कि जो कुछ भी उपलब्ध है उससे ही आनंदित होना है। आनंदित होओ उससे। किन्हीं शर्तों की पूर्ति नहीं करनी है। और जितना ज्यादा तुम इस क्षण का आनंद मनाते हो, उतने ही ज्यादा तुम अगले क्षण का आनंद मनाने योग्य होते हो। क्षमता बढ़ती है; और-और ज्यादा होती जाती है वह, ऊंचे से ऊंचे चलती जाती है वह—वह अपरिसीम होती है। और जब तुम पहुंचते हो आनंद की अपरिसीमितता तक, वही तो है परमात्मा। परमात्मा कोई व्यक्ति नहीं है जो बैठा हुआ है कहीं पर और प्रतीक्षा कर रहा है तुम्हारी। अब तक तो वह तुम्हारी प्रतीक्षा करते-करते ऊब चुका होगा। उसने तो आत्महत्या ही कर ली होगी यदि उसमें कुछ बुद्धि हो तो—तुम्हारी प्रतीक्षा करते हुए।

परमात्मा कोई व्यक्ति नहीं। वह कोई लक्ष्य नहीं, वह एक ढंग है यहीं और अभी जीवन का आनंद मनाने का। परमात्मा एक दृष्टि है अकारण ही आनंदमय होने की। तुम बिना किसी कारण ही दुखी होते हो; यह होता है जटिल मन।

मैंने देखा एक दिन मुल्ला नसरुद्दीन को एक धनी व्यक्ति के मरने पर उसके शव के पीछे जाते हुए। सारा शहर पीछे-पीछे आ रहा था और मुल्ला नसरुद्दीन चीख रहा था और रो रहा था बहुत बुरी तरह से। तो मैंने पूछा उससे, 'बात क्या है नसरुद्दीन? क्या तुम इस धनपति के कोई रिश्तेदार थे?' वह बोला, 'नहीं-नहीं।' 'तो फिर तुम रो क्यों रहे हो?' मैंने पूछा। वह बोला, 'क्योंकि मैं उसका रिश्तेदार नहीं था, इसीलिए तो रोता हूं।'

लोग रो रहे होते हैं क्योंकि वे संबंधित होते हैं। लोग रो रहे होते हैं क्योंकि वे संबंधित नहीं होते हैं। ऐसा जान पड़ता है कि तुम तो हर अवस्था में रोना ही चाहते हो। तुम अकारण ही दुखी हो। एक भी ऐसा आदमी मेरे देखने में नहीं आया है जिसके पास सचमुच ही दुखी होने का कोई कारण हो। तुम्हीं निर्मित कर लेते हो उसे, क्योंकि बिना किसी कारण दुखी होना तो पागलपन मालूम पड़ता है। तुम्हीं बना लेते हो कोई कारण। तुम विवेचन करते, तर्क बैठाते, तुम खोज लेते, तुम आविष्कार कर लेते; तुम बहुत बड़े आविष्कारक हो और जब तुमने खोज लिया होता है कारण या कि बना लिया होता है कारण, आविष्कार कर लिया होता है किसी कारण का, तब तुम निश्चिंत होते हो। अब कोई नहीं कह सकता कि तुम अकारण ही दुखी हो।

वस्तुतः स्थिति यह है : किसी दुख का कोई कारण नहीं और किसी आनंद का कोई कारण नहीं। वह तो केवल तुम्हारी दृष्टि पर निर्भर करता है। यदि तुम प्रसन्न होना चाहते हो, तो तुम हो सकते हो, स्थिति जो भी हो; स्थिति अप्रासंगिक होती है। प्रसन्न होना एक क्षमता है; किसी स्थिति के बावजूद तुम प्रसन्न हो सकते हो। लेकिन यदि तुमने तय ही कर ली हो दुखी होने की बात तो किसी भी स्थिति के बावजूद तुम दुखी हो सकते हो; स्थिति अप्रासंगिक होती है। यदि स्वर्ग में भी तुम्हें प्रवेश दिया जाए, तुम्हारा स्वागत किया जाए, तो तुम दुखी ही होओगे; तुम कोई न कोई कारण खोज ही लोगे।

एक बड़े रहस्यवादी, तिब्बती संत मारपा से पूछा गया, 'क्या आपको पूरा यकीन है कि जब आप मरेंगे, तो आप स्वर्ग को जाएंगे?' वह बोला, 'सुनिश्चित ही।' वह आदमी कहने लगा, 'लेकिन आप इतने निश्चित कैसे हो सकते हैं? आप मरे नहीं हैं और आप नहीं जानते कि परमात्मा के मन में क्या है।' मारपा कहने लगा, 'मुझे परमात्मा के मन की चिंता नहीं, वह उनकी अपनी बात है। मैं निश्चित हूं तो अपने ही मन के कारण। जहां कहीं मैं रहूं, मैं खुश रहूंगा और वही जगह स्वर्ग होगी। तो इससे कुछ फर्क नहीं पड़ता है कि चाहे मुझे नरक में फेंक दो या कि स्वर्ग में। वह बात अप्रासंगिक है।'

एडोल्फ हिटलर के बारे में मैंने एक बहुत सुंदर घटना सुनी है। उसे अपने मित्रों द्वारा पता चला कि एक यहूदी स्त्री है बड़ी ज्योतिषी और भविष्य के बारे में जो कुछ भी बताती रही है, वह हमेशा सच हुआ है। हिटलर कुछ हिचक रहा था क्योंकि वह स्त्री तो यहूदी थी। लेकिन फिर यह बात उसके मन को घेरे रही; कई दिनों तक वह सो न सका : 'यदि वह स्त्री सचमुच ही भविष्यवाणी कर सकती है, तब पूछने की बात सार्थक है, चाहे वह यहूदी ही हो।' स्त्री को गुप्त रूप से बुलाया गया। हिटलर ने पूछा, 'क्या तुम मुझे बता सकती हो कि कब मरूंगा मैं?' उस स्त्री ने अपनी आंखें बंद कर लीं, ध्यानपूर्वक विचार

किया और बोली, 'यहूदी छुट्टी का दिन।' हिटलर बोला, 'मतलब क्या है तुम्हारा, कौन-सा छुट्टी का दिन?' वह बोली, 'वह बात अप्रासंगिक है। जब कभी मरेंगे आप, वह यहूदियों का छुट्टी का दिन होगा।'

मारपा ने कहा था, 'यह बात अप्रासंगिक है कि परमात्मा के मन में क्या है। जहां कहीं मैं जाऊं, वहां स्वर्ग ही होगा—क्योंकि मैं जानता हूं, बिना किसी कारण मैं प्रसन्न हूं।'

एक सादगी से भरा व्यक्ति जान लेता है कि प्रसन्नता जीवन का स्वभाव है। प्रसन्न रहने के लिए किन्हीं कारणों की जरूरत नहीं होती है। बस, तुम प्रसन्न रह सकते हो केवल इसीलिए कि तुम जीवित हो! जीवन प्रसन्नता है, जीवन आनंद है; लेकिन ऐसा संभव होता है केवल एक सहज-सादे व्यक्ति के लिए ही। वह आदमी जो चीजें इकट्ठी करता रहता है, हमेशा सोचता है कि इन्हीं चीजों के कारण उसे प्रसन्नता मिलने वाली है...। आलीशान भवन, धन, सुख-साधन; वह सोचता है कि इन्हीं चीजों के कारण वह प्रसन्न होने वाला है। समस्या धन-दौलत की नहीं है, समस्या है आदमी की दृष्टि की जो धन खोजने का प्रयास करती है। दृष्टि यह होती है : जब तक मेरे पास ये तमाम चीजें नहीं हो जातीं, मैं प्रसन्न नहीं हो सकता। यह आदमी सदा दुखी रहेगा। एक सच्चा सादगीपसंद आदमी जान लेता है कि जीवन इतना सीधा-सरल है कि जो कुछ भी है उसके पास, उसी में वह खुश हो सकता है। इसे किसी दूसरी चीज के लिए स्थगित कर देने की उसे कोई जरूरत नहीं है।

तब सादगी का अर्थ होगा : तुम्हारी आवश्यकताओं तक आ जाओ; इच्छाएं पागल होती हैं, आवश्यकताएं स्वाभाविक होती हैं। भोजन, घर, प्रेम; तुम्हारी सारी जीवन-ऊर्जा को मात्र आवश्यकताओं के तल तक ले आओ, और तुम आनंदित होओगे। और एक आनंदित व्यक्ति धार्मिक होने के अतिरिक्त और कुछ नहीं हो सकता; और एक अप्रसन्न व्यक्ति अधार्मिक होने के अतिरिक्त और कुछ नहीं हो सकता। हो सकता है वह प्रार्थना करे, हो सकता है वह मंदिर जाए, मस्जिद जाए—उससे कुछ फर्क नहीं पड़ता। एक अप्रसन्न व्यक्ति कैसे प्रार्थना कर सकता है? उसकी प्रार्थना में गहरी शिकायत होगी, दुर्भाव होगा। वह एक नाराजगी होगी। प्रार्थना तो एक अनुग्रह का भाव है, शिकायत नहीं।

केवल एक प्रसन्न व्यक्ति ही अनुगृहीत हो सकता है; उसका पूरा हृदय पुकारता है एक समग्र अहोभाव में; उसकी आंखों में आंसू आ जाते हैं, क्योंकि परमात्मा ने उसे इतना ज्यादा दिया है बिना उसके मांगे ही। और परमात्मा ने इतना ज्यादा दिया है—तुम्हें जीवन मात्र देकर ही। एक प्रसन्न व्यक्ति प्रसन्न होता है केवल इसलिए कि वह सांस ले सकता है। वही बहुत ज्यादा है। पल भर के लिए श्वास लेना मात्र ही पर्याप्त होता है, पर्याप्त से कहीं ज्यादा। जीवन तो इतना आशीषपूर्ण है—लेकिन एक अप्रसन्न व्यक्ति इसे समझ नहीं सकता।

इसलिए ध्यान रहे, जितने ज्यादा तुम कब्जा जमाने की वृत्ति में जुड़ते हो, उतने ही कम प्रसन्न होओगे तुम। जितने कम प्रसन्न होते हो तुम, उतने ही दूर तुम हो जाओगे परमात्मा से, प्रार्थना से, अनुग्रह के भाव से। सीधे-सहज होओ। आवश्यक बातों सहित जीओ और भूल जाओ आकांक्षाओं के बारे में; वे मन की कल्पनाएं हैं, झील की तरंगें हैं। वे केवल अशांत ही करती हैं तुम्हें; वे किसी संतोष की ओर तुम्हें नहीं ले जा सकती हैं।

'...सहज-संयम, स्वाध्याय और ईश्वर के प्रति समर्पण...।'

ये सब अंतर्संबंधित हैं। यदि तुम सहज होते हो तो तुम स्वयं का निरीक्षण कर पाओगे। एक जटिल

आदमी स्वयं का निरीक्षण नहीं कर सकता है, क्योंकि वह इतना बंटा हुआ होता है। उसके पास चारों ओर बहुत सारी चीजें होती हैं; बहुत सारी इच्छाएं, बहुत सारे विचार और बहुत सारी समस्याएं उठ रही होती हैं इन इच्छाओं और विचारों में से। वह निरंतर एक भीड़ में रहता है। कठिन होता है स्वाध्याय को पाना। एक सहज रूप से संयमी आदमी केवल खाता है, सोता है, प्रेम करता है और बस इतना ही। उसके पास पर्याप्त समय रहता है और बची रहती है पर्याप्त ऊर्जा निरीक्षण करने को, होने मात्र को, मात्र बैठने को और देखने को, और वह प्रसन्न रहता है। उसने खूब ठीक से खाया होता है, भूख तृप्त हो जाती है। उसने खूब अच्छी तरह से प्रेम किया होता है, उसके अंतस की ज्यादा गहरी भूख तृप्त हो जाती है। अब क्या करना? वह बैठता है, देखता है अपनी ओर। बंद कर लेता है अपनी आंखें; अपनी अंतस-सत्ता को ध्यान से देखता है। कहीं कोई भीड़ नहीं, कुछ ज्यादा करने को नहीं। चीजें इतनी सीधी-सहज होती हैं कि वह आसानी से उन्हें कर सकता है। और सहज बातों की एक गुणवत्ता होती है कि उन्हें करते हुए भी तुम स्वयं का अध्ययन कर सकते हो। जटिल चीजें मन के लिए बहुत ज्यादा हो जाती हैं। मन बहुत ज्यादा उलझ जाता है और बंटा हुआ होता है। और स्वाध्याय असंभव हो जाता है।

पतंजलि जो अर्थ करते हैं स्वाध्याय का, वही अर्थ करते हैं गुरजिएफ स्व-स्मरण का, या जिसे बुद्ध कहते हैं सम्यक-बोध, या जिसे जीसस कहते हैं ज्यादा सजग हो जाना, या कि जो अर्थ कृष्णमूर्ति का होता है, वे जब कहे चले जाते हैं ज्यादा सजग होने की बात। जब तुम्हारे पास करने को कुछ नहीं होता, कुछ ज्यादा नहीं होता करने को, दिन भर की सहज बातें समाप्त हो गईं, तो कहां सरकेगी ऊर्जा? क्या होगा तुम्हारी ऊर्जा का?

बिलकुल अभी तो तुम उथले ही रहते हो सदा, तुम्हारी कमतर ऊर्जा में, क्योंकि ऊर्जा के लिए इतनी ज्यादा व्यस्तताएं बनी रहतीं हैं। ऊर्जा के लिए इतनी सारी जटिलताएं बनी रहती हैं। तुम्हारे पास पर्याप्त ऊर्जा का उमड़ाव कभी नहीं रहता और बिना किसी ऊर्जा के जागरूक होने की कोई संभावना नहीं होती, क्योंकि जागरूकता ऊर्जा का सूक्ष्मतम रूपांतरण है। वह तुम्हारी ऊर्जा का परम रूप है।

यदि तुम्हारे पास पर्याप्त परिपूर्ण ऊर्जा नहीं होती, तो तुम जागरूक नहीं हो सकते। सतही ऊर्जा के बिंदु पर, निम्न ऊर्जा-तल पर, तुम जागरूक नहीं हो सकते; परिपूर्ण ऊर्जा की आवश्यकता होती है। एक सहज आदमी के पास इतनी ज्यादा ऊर्जा बची रहती है कि क्या करेगा इस ऊर्जा का? जो कुछ किया जा सकता है वह सब किया जा चुका है; दिन की समाप्ति हुई। तुम शांत बैठे हुए होते हो; ऊर्जा सरकती है सूक्ष्मतम परतों तक—वह और-और ज्यादा ऊंचे जाती है, वह संचित होती है, वह एक शिखर बन जाती है, एक ऊर्जा-स्तंभ। अब तुम स्वयं का निरीक्षण करते हो। तुम्हारे विचारों, भावनाओं, अनुभूतियों के सब से अधिक सूक्ष्म तलों पर भी तुम ध्यान कर सकते हो।

'...स्वाध्याय और ईश्वर के प्रति समर्पण...।'

जब कभी तुम ध्यान करते हो, तब तुम वहां होते ही नहीं हो, तब सहज संयम ले जाता है स्वाध्याय की ओर, स्वाध्याय ले जाता निरहंकारिता की ओर, क्योंकि तुम वहां होते नहीं। जितना ज्यादा तुम जानते हो स्वयं को, उतने कम तुम होते हो। केवल अज्ञानी व्यक्ति भरे रहते हैं अपने से। प्रज्ञावान होते ही नहीं। वे होते हैं एक शून्यता की भांति, वे होते हैं विशाल आकाश की भांति। यदि तुम प्रवेश करते हो बुद्ध में तो तुम कहीं नहीं पाओगे उन्हें। तुम अपरिसीम स्थान तो पाओगे, लेकिन वहां किसी को नहीं पाओगे।

यदि तुम मुझमें प्रवेश करो तो तुम मुझे नहीं पाओगे—एक शून्यता, एक विशाल आकाश, समग्र स्वतंत्रता मौजूद होती है तुम्हारे लिए। तुम मुझसे न मिलोगे; मैं वहां नहीं होता हूं। जब तुम भीतर ज्यादा और ज्यादा होश पा लेते हो, तो तुम कम और कम बने रहते हो। ऐसा सदा एक ही अनुपात में होता है: जितने ज्यादा अजागरूक तुम होते हो, उतने ज्यादा तुम मौजूद होते हो। जितने ज्यादा तुम जागरूक होते हो, उतने ही कम तुम स्वयं बने रहते हो। जब तुम संपूर्णतया जागरूक हो जाते हो, तब तुम बचते ही नहीं। संपूर्ण ऊर्जा एक जागरूकता बन गयी होती है; अहंकार के लिए कुछ बचता ही नहीं। और फिर अहंकार छूटता है, जैसे कि सांप सरक जाता है केंचुली के बाहर। अब वह वहां पड़ी हुई एक मृत चमड़ी होती है। कोई भी उसे उठा सकता है। तब घटता है परमात्मा के प्रति समर्पण। तुम नहीं कर सकते परमात्मा के प्रति समर्पण, क्योंकि तुम्हीं होते हो अड़चन।

लोग मेरे पास आते हैं, और वे कहते हैं, 'मैं चाहता हूं समर्पण करना।' वैसा संभव नहीं। कैसे कर सकते हो तुम समर्पण? 'तुम' ही हो गैर-समर्पण। जब तुम नहीं होते, तब समर्पण होता है। जब तुम समाप्त होते हो—समर्पण घटता है। तो जरा ध्यान में रख लेना इसे: तुम नहीं कर सकते समर्पण। यह तुम्हारी ओर से किया गया कोई प्रयास नहीं हो सकता है—वह बात असंभव होती है।

तुम केवल एक बात कर सकते हो, जिसे पतंजलि कह रहे हैं: आडंबरहीन बनो; सहज-सरल हो जाओ। इतनी ज्यादा ऊर्जा बचती है तब, जो कि सहज ही, स्वयं ही एक जागरूकता बन जाती है और जागरूकता के मौजूद होते ही तुम मौजूद नहीं रहते। अचानक तुम पाते हो कि समर्पण घट गया। अचानक, तुम्हारे अपनी ओर से बिना कुछ किए ही...तुम ने नहीं किया होता है कुछ और समर्पण घटित हो जाता है। परमात्मा के प्रति समर्पण करना तुम्हारे भीतर की गैर-अहंकार की अवस्था है। यदि प्रयास होता है तो वह समर्पण नहीं होता है।

समर्पण एक बोध है। जब तुम जागरूक होते हो और बोध की ज्योति-शिखा ऊंची प्रज्वलित हो रही होती है, अचानक तुम जान लेते हो कि अंधकार वहां नहीं है। तुम समर्पित हो गए हो। वह एक उदघटित घटना होती है—एक बोध। अचानक तुम हैरान हो जाते हो! तुम अनुपस्थित हो और परमात्मा मौजूद है। तुम्हारी अनुपस्थिति में परमात्मा है, तुम्हारी उपस्थिति में केवल दुख मौजूद होता है। तुम्हारी उपस्थिति से कुछ संभव नहीं होता, तुम्हारी अनुपस्थिति में सारी अपरिसीमितता संभव हो जाती है। ये अंतर्संबंधित बातें होती हैं: सहज-संयम, स्वाध्याय और ईश्वर के प्रति समर्पण।

क्रियायोग का अभ्यास, क्लेश को घटा देता है और समाधि की ओर ले जाता है।

ये तीन चरण दुख घटाते हैं और तुम्हें समाधि की ओर ले जाते हैं, परम की ओर, जिसके बाद कोई चीज अस्तित्व नहीं रखती है। जब तुम परमात्मा के प्रति समर्पित होते हो, परमात्मा हो जाते हो; वही होती है समाधि।

दुख उत्पन्न होने के कारण हैं: जागरूकता की कमी, अहंकार, मोह, घृणा, जीवन से चिपके रहना और मृत्यु-भय।

वस्तुतः केवल अहंकार ही होता है कारण। बाकी सब बातें जो पीछे-पीछे आती हैं, वे तो मात्र परछाइयां होती हैं अहंकार की। आत्म-जागरूकता की कमी अहंकार है। तुम अनुभव करते हो कि तुम हो। क्योंकि तुम जानते नहीं। तुम अंधकार में होते हो। तुम स्वयं से कभी मिले ही नहीं; और तुम सोचते हो कि 'तुम हो।' यह बात सब प्रकार के दुख निर्मित करती है।

'...अहंकार, उन चीजों के प्रति आकर्षण है जो व्यर्थ होती हैं, द्वेष, घृणा—जो कि मोह का, आकर्षण का दूसरा छोर है—जीवन से चिपकना और मृत्यु-भय।'

तुम जीवन से चिपकते हो क्योंकि तुम जानते नहीं कि जीवन क्या है। यदि तुम जानते, तो कोई चिपकना होता ही नहीं; क्योंकि जीवन शाश्वत है—क्यों चिपकना? वह चलता जा रहा है और वह कभी ठहर सकता नहीं। तुम चिपकते जाकर अनावश्यक रूप से स्वयं को तकलीफ देते हो। यह ऐसे है जैसे कि एक नदी बह रही होती है और तुम नदी को धकेल रहे होते हो समुद्र की ओर—जब कि वह बह रही होती है अपने से ही। तुम्हें धकेलने की जरा भी जरूरत नहीं। तुम बेकार ही स्वयं के लिए दुख खड़ा कर लोगे। तुम सोचोगे कि तुम एक बहादुर शहीद हो क्योंकि तुम धकेल रहे हो नदी को और ले जा रहे हो उसे सागर की ओर!

नदी तो बह रही है, अपने से ही; गड़बड़ मत करो; तुम्हें ऐसा करने की कोई जरूरत नहीं। यदि तुम सागर तक पहुंचना चाहते हो, तो तुम बस एक हिस्सा बन जाओ नदी का और नदी तुम्हें ले चलेगी। लेकिन मदद मत करना नदी की; वही तो करते रहे हो तुम।

जीवन तो अपने से ही बह रहा है; किसी चीज की जरूरत नहीं। पैदा होने के लिए तुमने क्या किया? यहां होने के लिए तुमने क्या किया? जीवित रहने के लिए तुमने क्या किया? क्या ऐसी कोई चीज है जो तुमने की है? यदि नहीं तो फिर क्यों करनी फिक्र? जीवन तो अपने से ही चलता जाता है। मूढ़ लोग दुख निर्मित कर लेते हैं, अवस्था ऐसी ही है।

मैंने सुना है: एक बार एक समृद्ध व्यक्ति, एक बड़ा राजा कहीं जा रहा था अपने रथ में बैठकर। उसने देखा एक गरीब ग्रामीण, एक बूढ़ा आदमी सड़क के किनारे जा रहा था सिर पर एक बड़ा बोझ उठाए हुए, और बोझ बहुत ज्यादा था। राजा को दया आ गई। वह कहने लगा, 'तुम आओ, बूढ़े बाबा; रथ में मेरे साथ बैठो। जहां कहीं तुम चाहते हो मैं तुम्हें वहां छोड़ दूंगा।' बूढ़ा आदमी रथ में आ गया, लेकिन अपना बोझ अभी भी सिर पर लिए हुए था। राजा बोला, 'क्या तुम पागल हुए हो? तुम अपना बोझ नीचे क्यों नहीं रख देते?' वह आदमी बोला, 'मैं रथ में हूं और यही बहुत ज्यादा बोझ है रथ के लिए और घोड़ों के लिए। मेरा बोझ ही बहुत ज्यादा होगा। धन्यवाद महाराज, अब यह बोझ तो मुझे ही उठाने दो। यह तो बहुत ज्यादा होगा घोड़ों के लिए और रथ के लिए।'

चाहे तुम अपना बोझ अपने सिर पर उठाओ या कि तुम उसे रख दो रथ में, घोड़ों के लिए सब बराबर होता है; उन्हें सब कुछ लिए चलना होता है।

जीवन स्वयं ही चल रहा है, तुम अपने बोझ क्यों नहीं छोड़ देते जीवन पर? बल्कि तुम तो चिपके रहते हो। और जब तुम चिपके रहते हो जीवन से तो मृत्यु-भय उठ खड़ा होता है। वरना तो कोई मृत्यु नहीं और भय नहीं।

जीवन अनंत है। कोई मरता नहीं है कभी; कोई मर नहीं सकता है कभी। जो कुछ अस्तित्व में रहता

है वह अस्तित्व रखेगा, वह सदा रहा ही है अस्तित्व में, वह जा नहीं सकता है अस्तित्व के बाहर। कोई चीज जा नहीं सकती है अस्तित्व के बाहर; कुछ बाहर नहीं जा सकता, कुछ भीतर नहीं आ सकता। अस्तित्व समग्र होता है। हर चीज बनी रहती है—भाव-दशाएं बदलतीं, आकार बदलते, नाम बदलते।

यही है जिसे हिंदू कहते हैं—'नामरूप'। रूपाकार और नाम बदल जाते हैं, वरना तो हर कोई बना रहता है, हर चीज बनी रहती है। तुम यहां आए हो लाखों बार, तुम यहां होओगे लाखों बार, तुम यहां रहोगे सदा ही। जीवन है सदा के लिए। निस्संदेह तुम्हारा नाम यही नहीं होगा। तुम्हारा यही चेहरा फिर नहीं हो सकता। शायद फिर तुम्हारे पास पुरुष या स्त्री की देह न हो, लेकिन उससे कुछ लेना-देना नहीं है, वह बात अप्रासंगिक है। तुम यहां होओगे जैसे कि लहरें होतीं समुद्र में—वे आतीं और जातीं, वे जातीं और आतीं। रूप बदलते, लेकिन उसी सागर में लहरें उठती-उमड़ती रहतीं।

दुख उत्पन्न होने के कारण हैं: जागरूकता का अभाव, अहंकार, मोह, घृणा, जीवन से चिपके रहना और मृत्यु-भय।

चाहे वे प्रसुप्तता की, क्षीणता की, प्रत्यावर्तन की या फैलाव की अवस्थाओं में हों, दुख के दूसरे सभी कारण क्रियान्वित होते हैं जागरूकता के अभाव द्वारा ही।

दुख के कारणों के बहुत से रूप हो सकते हैं; वे बीजों के रूप में हो सकते हैं। तुम अपना दुख उठाए चल सकते हो बीज के रूप में। वह प्रसुप्त हो सकता है, तुम्हें इसका होश न हो, लेकिन किसी एक खास स्थिति में, यदि भूमि ठीक होती है और बीज पानी और धूप पा सकता है, तो वह प्रस्फुटित हो जाएगा। तो कई बार वर्षों तक तुम अनुभव करते कि तुम्हें कोई लालच नहीं और अचानक एक दिन जब ठीक अवसर आ बनता है, तो लालच मौजूद हो जाता है। तब बीज बहुत ही क्षीण रूप में होते हैं, जिनका कि तुम्हें कुछ पता ही नहीं होता, इतने क्षीण कि जब तक तुम स्वयं के भीतर गहराई से नहीं खोजते, तुम नहीं जान पाओगे कि वे वहां हैं। या वे होते होंगे प्रत्यावर्तित रूप में: कई बार तुम सुख अनुभव करते हो और कई बार तुम दुख अनुभव करते हो।

प्रेम में तुम सुख अनुभव करते हो, घृणा में तुम दुख अनुभव करते हो; लेकिन प्रेम और घृणा एक ही ऊर्जा की बारी-बारी से चली आने वाली दो घटनाएं हैं। कई बार वे होंगी उनके अपने संपूर्ण रूप में: जब तुम उदास-निराश होते हो, इतने ज्यादा निराश कि तुम आत्महत्या कर लेना चाहते हो; या कई बार तुम इतने खुश होते हो कि तुम खुशी के मारे पागल होने जैसा अनुभव करते हो। इन सारे रूपों पर ध्यान करना होता है—क्योंकि पतंजलि कहते हैं, 'ये सारे रूप अस्तित्व रखते हैं अजागरूक होने से; तुम जागरूक नहीं होते।'

पहले तो होश रखो सतही घटना का: लोभ, क्रोध, घृणा; फिर और गहरे जाओ, और तुम अनुभव कर पाओगे बार-बार दोहरायी जाने वाली घटना को। दोनों जुड़ी होती हैं। जरा और गहरे जाओ, ज्यादा सचेत होओ, और तुम अनुभव करोगे बहुत क्षीण घटना तुम्हारे भीतर है, छाया की भांति है, लेकिन तो भी किसी भी समय वह ठोस रूप पा सकती है। तो ऐसा घटता है एक धार्मिक आदमी के साथ—कि एक सुंदर स्त्री आती है और सारी पावनता तिरोहित हो जाती है; एक क्षण में ही। वह वहां थी क्षीण रूप

में। या वह मौजूद रह सकती है बीज के रूप में। बीज रूप को जान लेना सबसे ज्यादा मुश्किल बात है क्योंकि वह प्रस्फुटित नहीं हुआ होता। इसके लिए चाहिए पूरा होश।

और पतंजलि की तो संपूर्ण विधि ही है जागरूकता की: ज्यादा और ज्यादा जागरूक हो जाओ। तुम ज्यादा जागरूक हो जाओगे यदि तुम सहज-संयमी हो जाते हो, सहज-सरल हो जाते हो। तुम ज्यादा होश पा जाओगे और स्व-स्मरण संभव हो जाएगा। और स्व-स्मरण से अहं गिर जाता है और व्यक्ति समर्पित अनुभव करता है और समर्पित होना सम्यक मार्ग पर होना है।

प्रवचन 12

संवेदनशीलता, उत्सव और स्वीकार

प्रश्न-सार

1. अहंकार साथ है; कैसे समर्पण करूं?

2. आप चेतना के शिखर हैं, इसलिए आप उत्सव मना सकते हैं, लेकिन एक साधारण आदमी कैसे उत्सव मना पायेगा?

3. कई बार संवेदनशीलता के साथ नकारात्मक भाव क्यों उठते हैं?

4. संवेदनशीलता मुझे इंद्रिय-लोलुपता और भोगासक्ति में ले जाती है। मेरे लिए क्या रास्ता है?

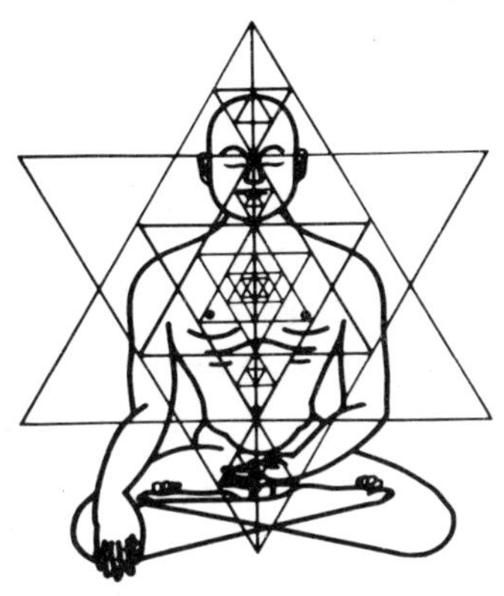

पहला प्रश्नः आपने कल कहा कि समर्पण घटता है, जब कहीं कोई अहंकार नहीं होता, लेकिन हम तो अहंकार के साथ ही जीते हैं। कैसे हम समर्पण में उतर सकते हैं?

अहंकार ही हो तुम। तुम समर्पण की ओर नहीं बढ़ सकते; तुम ही हो बाधा, इसलिए जो कुछ तुम करते हो वह गलत होगा। तुम इस विषय में कुछ नहीं कर सकते। तुम्हें तो बस, बिन कुछ किए ही, सजग रहना है। यह है भीतरी संरचनाः जो कुछ भी तुम करते हो वह अहंकार द्वारा ही किया जाता है; और जब कभी तुम कुछ नहीं करते और केवल साक्षी बने रहते हो, तब तुम्हारा अहंकारशून्य हिस्सा काम करने लगता है। तुम्हारे भीतर साक्षी है निरहंकारिता, और कर्ता है अहंकार। बिना कुछ किये अहंकार अस्तित्व नहीं रख सकता। यदि तुम समर्पण करने को भी कुछ करते हो, तो उससे अहंकार ही मजबूत होगा। और तुम्हारा समर्पण फिर एक बहुत सूक्ष्म अहंकारयुक्त दृष्टिकोण बन जाएगा। तुम कहोगे, 'मैंने समर्पण कर दिया।' तुम दावा करोगे समर्पण का; और यदि कोई कहे कि यह बात सच नहीं, तो तुम क्रोध अनुभव करोगे, आघात अनुभव करोगे। अहंकार अब भी वहां मौजूद रहता है, समर्पण करने की कोशिश करता हुआ। अहंकार कुछ भी कर सकता है; केवल एक चीज जो अहंकार नहीं कर सकता, वह है अक्रिया, साक्षीभाव।

तो जरा बैठना चुपचाप, देखना कर्ता को और किसी भी ढंग से जोड़-तोड़ करने की कोशिश मत करना। जिस क्षण तुम होशियारी से गणित बैठाना शुरू कर देते हो, अहंकार वापस आ चुका होता है। कुछ नहीं किया जा सकता है उसके लिए; व्यक्ति को बस साक्षी बने रहना होता है, उस दुख का, जिसे कि अहंकार निर्मित करता है—झूठे सुख-संतोष जिनके आश्वासन अहंकार देता है। इस संसार की क्रियाएं और उस संसार की, आध्यात्मिक संसार की क्रियाएं; ईश्वरीय हों या भौतिक, जो भी हों क्षेत्र, अहंकार ही कर्ता बना रहेगा।

तुम्हें कुछ करना नहीं है और यदि तुम कुछ करने लगते हो तो तुम सारी बात ही चूक जाओगे। केवल मौजूद रहना, देखना, समझना और कुछ मत करना। मत पूछना कि 'अहंकार को कैसे गिराएं?' कौन गिराएगा उसे? कौन कैसे गिराएगा? जब तुम कुछ नहीं करते, तो अचानक साक्षी वाला हिस्सा कर्ता से अलग हो जाता हैः एक अंतराल आ बनता है। कर्ता कार्य करता जाता है और देखने वाला देखता ही रहता है। अकस्मात, तुम एक नए प्रकाश से भर जाते हो, एक नयी मंगलमयता से। तुम नहीं

हो अहंकार। तुम कभी रहे नहीं अहंकार। कैसी मूढ़ता है कि तुमने कभी इसमें विश्वास भी किया!

ऐसे लोग हैं जो अहंकार पूरे करने की कोशिशों में लगे हुए हैं; गलत हैं वे। ऐसे लोग हैं जो अपने-अपने अहंकार गिरा देने की कोशिश कर रहे हैं; वे गलत हैं। क्योंकि जब साक्षी का जन्म होता है तो तुम सारे खेल को देखते भर हो। कुछ पूरा करने को नहीं है और कुछ गिराने को नहीं है। अहंकार किसी ठोस वस्तु से नहीं बना हुआ है। यह उसी चीज से बना हुआ है जिससे कि स्वप्न बनते हैं। यह एक विचार मात्र है, हवा का एक बुदबुदा है—मात्र गर्म हवा तुम्हारे भीतर की, और कुछ भी नहीं। तुम्हें उसे छोड़ने की जरूरत नहीं है, क्योंकि उसे छोड़ने में ही या कैसे छोड़ने की बात पूछने में ही, तुम उसमें विश्वास करते हो, तुम उससे अभी तक चिपके हुए होते हो।

ऐसा हुआ कि एक झेन गुरु एक सुबह उठा और वह अपने शिष्यों से बोला, 'मुझे रात एक स्वप्न आया। क्या कृपा करके तुम मेरे लिए उसकी व्याख्या कर दोगे?' वह शिष्य बोला, 'जरा ठहरिए आप, मैं थोड़ा ठंडा पानी ले आऊं जिससे कि आप अपना चेहरा धो सकें।' वह चला गया और पानी लेकर लौटा। गुरु ने अपना चेहरा धोया। उसी समय एक दूसरा शिष्य गुजरता था पास से और गुरु ने उसे बुलाया और कहा, 'सुनो, मुझे रात एक स्वप्न आया। क्या कृपा करके तुम मेरे लिए उसकी व्याख्या कर दोगे?' शिष्य ने देखा, और यह देखते हुए कि गुरु ने अपना चेहरा धो लिया था, वह बोला, 'ठहरिए, बेहतर यही है कि मैं आपके लिए चाय का एक प्याला ले आऊं।' वह ले आया चाय का प्याला। गुरु ने चाय पी, हंस पड़ा और आशीष दिया दोनों शिष्यों को। वह बोला, 'तुमने ठीक किया। यदि तुमने व्याख्या कर दी होती मेरे स्वप्नों की, तो मैंने तुम्हें बाहर फेंक दिया होता आश्रम से। क्योंकि जब स्वप्न समाप्त हो जाता है और आदमी जान लेता है कि स्वप्न था, तो व्याख्या का क्या अर्थ रहा?' उसे व्याख्यायित करना यही बताता है कि तुम अभी भी उसी में जीते हो। तुम अब भी सोचते हो कि वह वास्तविक है।

इसलिए पूरब में हमने कभी चिंता नहीं की स्वप्नों की व्याख्या करने की। ऐसा नहीं है कि हम उसकी सत्यता तक नहीं पहुंचे। फ्रायड से चार-पांच हजार वर्ष पहले, पूरब का सामना हुआ स्वप्नों की सत्यता से, इस घटना से। चेतना को तीन क्षेत्रों में बांटने वाले हम पहले थेः जागरण, स्वप्न और गहन निद्रा (सुषुप्ति)! लेकिन हमने व्याख्या करने की कभी चिंता नहीं की, क्योंकि स्वप्न तो स्वप्न है; वह वास्तविक नहीं होता है। केवल उसमें से जाग जाना होता है, बस इतना ही। और यदि तुम पहले से ही जागे हुए हो तो यह बेहतर है कि तुम चेहरा धो लो। सिग्मंड फ्रायड के सारे विश्लेषण से तो ठंडा पानी ज्यादा मदद देगा। यदि तुम जागे हुए हो, तो चाय का एक प्याला बेहतर है सारे जुंगों से। छूट जाओ पूरी बात से ही।

पहली तो बात, स्वप्न झूठा होता है। और फिर तुम व्याख्या करने लगते हो स्वप्न की। तुम्हारी व्याख्या द्वारा ही वह तुम्हारे लिए नया सत्य बनता जाता है; वह फिर वास्तविक हो जाता है। ऐसा केवल स्वप्न के साथ नहीं होता, तुम्हारे सारे जीवन के साथ ही ऐसा होता है। तुम्हारा सारा जीवन एक स्वप्न की भांति है; उसे किसी व्याख्या की जरूरत नहीं। इतना जानना ही पर्याप्त है कि वह एक स्वप्न है। तुम्हें उससे बाहर आना होता है।

कैसे तुम सुबह स्वप्न से बाहर आ जाते हो? क्या तुमने ध्यान से देखा है कभी? यदि तुमने ध्यान से

देखा है तो तुम जान लोगे अहंकार से बाहर आना कैसे होता है। सुबह कैसे तुम स्वप्न से या नींद से बाहर आ जाते हो? कैसे बाहर आते हो तुम? एक क्षण पहले तुम गहरी नींद सोए हुए थे, और फिर अचानक तुम सुनते हो पक्षियों की आवाजें, दूध वाला दरवाजा खटखटा रहा होता है, नौकरानी आ गयी है और उसने फर्श साफ करना शुरू कर दिया है—सुबह की सारी आवाजें हैं। क्या घट रहा है? तुम ज्यादा होशपूर्ण हो रहे हो। एक क्षण पहले तुम बिना किसी होश के गहरी नींद में थे; फिर अचानक पक्षी, दूधवाला, नौकर, बच्चों से बात करती पत्नी, इनकार करते हुए बच्चे जो उठने को तैयार नहीं है। धीरे-धीरे चीजें उभरने लगती हैं चेतना में। तुम होश पा रहे होते हो। तुम शायद अभी थोड़ा ऊंघो, शायद तुम करवटें बदलो, आंखें बंद कर लो, थोड़ा ऊंघ लो, लेकिन आधे नींद में, आधे जागरण में तुम चीजों को सुने चले जाते हो। तुम जागरूक हो जाते हो और नींद फिर नहीं रहती। जितने ज्यादा जागरूक तुम होते हो, उतने ज्यादा स्वप्न तिरोहित हो जाते हैं।

जब जागे हुए हो तो ऐसा ही किया जाना चाहिए; ज्यादा सुनो, ज्यादा अनुभव करो, जो कुछ भी तुम करो उसमें ज्यादा सजग रहो। यदि तुम नहा रहे हो तो तुम अपने ऊपर से बहते हुए पानी के स्पर्श को अनुभव करो; जितना कर सको उतना करो उसे। वही अनुभूति, वह जागरूकता, तुम्हें अहंकार से बाहर ले जाएगी; तुम साक्षी हो जाओगे। यदि तुम खा रहे होते हो, तो खाओ; तुम लेकिन ज्यादा स्वाद लेना, ज्यादा संवेदनशील हो जाना, ज्यादा उतर जाना तुम्हारे भोजन करने में और मन को इधर-उधर मत जाने देना। वहां बने रहो पूरी तरह सजग होकर, और धीरे-धीरे तुम देखोगे कि कुछ उठ रहा है नींद के समुद्र में से; तुम और-और ज्यादा सचेत हो रहे हो, सजग हो रहे हो।

तुम्हारी जागरूकता में कोई स्वप्न नहीं होता, कोई अहंकार नहीं होता। वही है एकमात्र ढंग। वह कुछ करने का हिस्सा नहीं है, वह हिस्सा है होश पाने काः और इस भेद को स्मरण रखना है। तुम जागरूकता को कर नहीं सकते, वह कोई क्रिया नहीं है। तुम होशपूर्ण हो सकते हो। वह तुम्हारे होने का भाग है। इसलिए ज्यादा अनुभव करो, ज्यादा सूंघो, ज्यादा सुनो, ज्यादा छूओ, और-और ज्यादा संवेदनशील होओ—और अचानक, कुछ उठता है निद्रा में से, और कोई अहंकार नहीं बना रहता; तुम समर्पित होते हो।

कोई कभी नहीं करता है समर्पण; किसी एक घड़ी में कोई अचानक पाता है कि वह समर्पित हो गया, ईश्वर के प्रति समर्पित, समग्र के प्रति समर्पित। जब तुम नहीं होते, तो तुम समर्पित होते हो। जब तुम होते हो, तो कैसे तुम समर्पित हो सकते हो? तुम नहीं कर सकते समर्पण—तुम ही हो अड़चन, तुम ही वह आधार हो जिससे अवरोध बनता है। इसलिए मुझसे मत पूछना, 'कैसे मैं समर्पण करूं?' यह होता है अहंकार का पूछना।

जब मैं बात करता हूं निरहंकार की या समर्पण की, तो तुम्हारा अहंकार उसके प्रति लोभ अनुभव करने लगता है। तुम सोचते हो, 'कैसे हुआ कि मैंने अभी तक यह अवस्था उपलब्ध नहीं की? मैं—और अब तक नहीं पा सका ऐसी अवस्था? मुझे पानी ही होगी। यह समर्पण मुझसे नहीं बच सकता। मुझे कहीं, किसी तरह से इसे ले आना होगा; इसे पाना ही है। इसे खरीदना ही है!' अहंकार को लोभ अनुभव हो रहा होता है इसके लिए और अब अहंकार पूछता है, 'कैसे करूं इसे?'

अहंकार सबसे बड़ा टेक्नीशियन है संसार में। अहंकार जीता है जानकारी पर। अहंकार सारी

टेक्नालॉजी का आधार ही है। पूरब में टेक्नालॉजी विकसित नहीं हो सकी, क्योंकि लोग अहंकार के प्रति ज्यादा और ज्यादा सचेत हो गए और असली जड़ ही कट गयी। वे जीए समर्पित जीवन।

कैसे तुम हो सकते हो टेक्नीशियन, टेक्नालॉजिस्ट, यदि तुम जीते हो समर्पित जीवन? तब तुम हर चीज छोड़ देते हो जीवन पर और तुम बहते हो। तब तुम इसकी चिंता नहीं करते कि क्या करना है और उसे कैसे करना है। पश्चिम बहुत ज्यादा कुशल हो गया है टेक्नालॉजी में। कारण यह है कि पश्चिम कोशिश करता रहा है अहंकार का संरक्षण करने की, अहंकार को पोषित करने की, और अहंकार ही आधार है भीतरः टेक्नालॉजी का सारा ढांचा आधारित है अहंकार पर। यदि अहंकार गिर जाता है, टेक्नालॉजी का सारा ढांचा गिर जाता है। संसार फिर से स्वाभाविक हो जाता है, मनुष्य-निर्मित नहीं रहता। तब यह ईश्वर की सृष्टि होती है। और ईश्वर ने अभी सृष्टि-सृजन समाप्त नहीं किया है, जैसा कि ईसाई सोचते हैं। वे सोचते हैं कि उसने उसे समाप्त कर दिया एक सप्ताह में ही, वास्तव में तो छः दिन में ही, और सातवें दिन उसने विश्राम किया!

ईश्वर ने सृजन समाप्त नहीं किया है। सृजन तो एक सातत्य है; वह निरंतर होता रहता है। वह कभी भी समाप्त नहीं होने वाला। हर क्षण ईश्वर सृजन कर रहा है। वस्तुतः यह कहना कि ईश्वर सृजन कर रहा है गलत है—ईश्वर सृजनात्मकता है। सृजनात्मकता और निरंतरता; एक अनंत सृजनात्मकता। लेकिन आदमी, अहंकार युक्त हुआ ईश्वर के विरुद्ध खड़ा हो जाता है। तब आदमी प्रकृति को विजय करने की कोशिश करने लगता है। सारी टेक्नालॉजी ही एक बलात्कार है। समर्पित होकर तुम प्रेम में होते हो; टेक्नालॉजी सहित तुम बलात्कार से जुड़ते हो। तुम कोशिश कर रहे होते हो सारी प्रकृति का बलात्कार करने की, और आधार अहंकार ही है।

मत पूछना 'कैसे?' केवल मुझे समझने की कोशिश करना; जरा कोशिश करना सार को समझने की। कुछ ज्यादा बुद्धि की जरूरत नहीं है। हर कोई इतना बुद्धिमान होता है कि सार को समझ ले। बस, समझ लेना सार-तत्व को और कोशिश करना उसी दृष्टि के साथ, उसी समझ के साथ, उसी बोध के साथ जीने की, बस इतना ही। जरा ध्यान से देखना, अहंकार के तरीकों को, और तुम बने रहना देखने वाले; कर्ता कभी मत बनना।

यदि तुम सजग नहीं रहते तो द्रष्टा और कर्ता के बीच की दूरी कोई बहुत ज्यादा नहीं है। बिलकुल तुम्हारे साथ ही होता है कर्ता। तुम द्रष्टा से कर्ता में सरक जाते हो, और तुम होते हो अहंकार। तुम कर्ता से बाहर सरक जाते हो और पहुंच जाते हो द्रष्टा में, और तुम समर्पित हो; अब तुम अहंकार न रहे।

दूसरा प्रश्नः आप चेतना के शिखर पर हैं, आप उत्सव मना सकते हैं, आप उत्सव मना रहे हैं। लेकिन एक साधारण आदमी कैसे आपके साथ हिस्सा ले सकता है उत्सव में?

कोई साधारण नहीं है। किसने कहा तुमसे कि तुम साधारण हो? कहां से पायी है तुमने यह अवधारणा कि तुम साधारण हो? हर कोई असाधारण है! ऐसा होना ही चाहिए। परमात्मा कभी भी साधारण आदमी निर्मित नहीं करता है। परमात्मा कैसे बना सकता है साधारण आदमी? हर कोई विशिष्ट

है, असाधारण है। लेकिन ध्यान रहे, इससे पोषित मत कर लेना तुम्हारे अहंकार को। यह तुम पर निर्भर नहीं करता कि तुम असाधारण हो, यह बात परमात्मा की ओर से है।

तुम आते हो समग्र में से, तुम समग्र में बद्धमूल रहते हो, तुम तिरोहित हो जाते हो समग्र में—और समग्र असाधारण है, अद्वितीय है। तुम भी अद्वितीय हो। लेकिन सभी धर्मों ने कोशिश की है कि तुम साधारण अनुभव करो। यह एक तरकीब है तुम्हारे अहंकार को उकसाने की। इसे समझने की कोशिश करना : जिस क्षण कोई कहता है कि तुम साधारण हो, वह तुम में आकांक्षा निर्मित करता है असाधारण होने की, क्योंकि तुम हीनता अनुभव करना शुरू कर देते हो।

अभी उस दिन एक आदमी यहां था और वह पूछने लगा कि 'जीवन का उद्देश्य क्या है? जब तक कि मेरे लिए कोई विशेष उद्देश्य नहीं होता, कैसे मैं जी सकता हूं? यदि कोई विशेष उद्देश्य है, तो जीवन महत्वपूर्ण है। यदि कोई विशेष उद्देश्य नहीं है, तो जीवन अर्थहीन है।' वह पूछ रहा था, 'कौन से खास उद्देश्य से परमात्मा ने मुझे बनाया है? संसार में मुझे क्या करने को भेजा गया है?' यह है अहंकार का प्रश्न। वह साधारण अनुभव करता है—कुछ विशिष्ट नहीं। 'तो कैसे कोई जी सकता है?'

तुम्हें अहंकारों का शिखर होना होता है, केवल तभी जीवन अर्थपूर्ण मालूम पड़ता है। जीवन अर्थपूर्ण है, और उसमें कोई उद्देश्य नहीं होता। वह तो उद्देश्यहीन अर्थ होता है, गीत की भांति, या नृत्य की भांति; फूल की भांति, एकदम बिना किसी उद्देश्य के वह खिल रहा होता है, किसी विशेष के लिए नहीं खिल रहा होता वह। यदि कोई सड़क पर से गुजरता भी न हो, फूल तो खिलेगा ही, सुगंध फैल जाएगी हवाओं में। यदि कोई कभी सूंघने भी न आए उसे, वह बात तो अप्रासंगिक होती है। वह खिलना ही अर्थपूर्ण है, कोई उद्देश्य नहीं।

लेकिन तुम्हें तो सिखाया गया है कि 'तुम साधारण हो। बड़े कवि बनो, बड़े चित्रकार बनो, जनता के बड़े नेता बनो, बड़े राजनेता बनो, बन जाओ बड़े संत।' जैसे तुम हो, सारे धर्म निंदा करते हैं तुम्हारी। 'तुम कुछ नहीं हो, जमीन पर चलते बड़े कीड़े हो! कुछ बनो। प्रमाणित करो कि परमात्मा के सामने तुम कुछ हो'—जैसे कि तुम्हारा विशिष्ट रूप प्रमाणित करना हो। लेकिन मैं कहता हूं तुमसे कि यह बिलकुल व्यर्थ है। ये धर्म बातें किए जा रहे हैं अधर्म की। तुम्हें जरूरत नहीं कुछ प्रमाणित करने की। यह घटना ही कि ईश्वर ने तुम्हें निर्मित किया, काफी है; तुम स्वीकृत हुए। ईश्वर ने ममता से तुम्हें सम्हाला, यह पर्याप्त है। और ज्यादा क्या प्रमाणित कर सकते हो तुम?

तुम्हें बड़ा चित्रकार बनने की जरूरत नहीं; तुम्हें बड़ा नेता बनने की जरूरत नहीं; तुम्हें बड़ा संत बनने की जरूरत नहीं। बड़ा बनने की कोई जरूरत ही नहीं, क्योंकि तुम बड़े हो ही। इस पर ही है मेरा जोर; तुम पहले से ही वह हो, जो कि तुम्हें होना चाहिए। शायद तुमने इसे जाना न हो, जिसे मैं जानता हूं। तुमने शायद अपनी सत्यता से साक्षात्कार न किया हो, जिसे कि मैं जानता हूं। तुमने शायद अपने भीतर झांककर देखा न हो और भीतर के उस सम्राट को न देखा हो, जिसे कि मैं जानता हूं। शायद तुम सोच रहे होओगे कि तुम भिखारी हो और सम्राट होने की कोशिश कर रहे हो। लेकिन जैसे कि मैं देखता हूं, तुम पहले से ही सम्राट हो।

उत्सव को स्थगित करने की जरा भी जरूरत नहीं है। तुरंत, ठीक इसी क्षण उत्सव मना सकते हो तुम। किसी और चीज की जरूरत नहीं। उत्सव मनाने को जीवन की जरूरत होती है, और जीवन तुम्हारे

पास है। उत्सव मनाने को स्व-सत्ता की जरूरत होती है और स्व-सत्ता तुम्हारे पास है। उत्सव मनाने के लिए वृक्षों और पक्षियों और सितारों की जरूरत होती है, और वे वहां हैं। और किस चीज की जरूरत है तुम्हें? यदि तुम्हें ताज पहना दिया जाए, और बंद कर दिया जाए सोने के महल में, तो क्या तुम उत्सव मनाओगे? वस्तुतः तब ऐसा ज्यादा असंभव हो जाएगा। क्या तुमने कभी किसी सम्राट को सड़क पर हंसते और नाचते और गाते देखा है? नहीं, वह तो पिंजरे में बंद है, कैद है: सभ्य व्यवहार हैं, शिष्टाचार हैं।

कहीं किसी जगह, बर्ट्रेंड रसल ने लिखा है कि जब पहली बार वह बीहड़ पर्वतों में बसने वाली आदिवासियों की एक आदिम जाति को देखने गया, तो उसे ईर्ष्या हुई, बहुत ज्यादा ईर्ष्या हुई। उसने अनुभव किया कि जिस ढंग से वे नृत्य कर रहे थे—वह ऐसा था जैसे कि हर कोई सम्राट हो! उनके पास ताज न थे, लेकिन उन्होंने ताज बनाए हुए थे पत्तों के और फूलों के। हर स्त्री सम्राज्ञी थी। उनके पास कोहनूर न थे, तो भी जो कुछ था उनके पास, बहुत था, पर्याप्त था। सारी रात वे नाचते रहे और फिर वे सो गए, वहीं नाच के फर्श पर। सुबह वे फिर काम पर आ गए थे। सारा दिन काम किया था उन्होंने, और फिर सांझ तक वे तैयार थे उत्सव मनाने के लिए, नृत्य करने के लिए। रसल कहता है, 'उस दिन मैंने सचमुच ईर्ष्या अनुभव की। मैं ऐसा नहीं कर सकता।'

कुछ गलत हो गया है। कोई चीज तुम्हें भीतर हताश करती है: तुम नाच नहीं सकते, तुम गा नहीं सकते, कोई चीज रोके रखती है। तुम एक अपंग जिंदगी जीते हो। अपंग होना तुम्हारा भवितव्य न था, तो भी तुम जीते हो अपंग जीवन, तुम जीते हो एक लकवा खाया हुआ जीवन। और तुम सोचते चले जाते हो कि 'साधारण होने से कैसे तुम उत्सव मना सकते हो? कुछ विशेष नहीं है तुम में।' लेकिन किसने कहा तुमसे कि उत्सव मनाने के लिए किसी विशेष चीज की जरूरत होती है? वस्तुतः जितने ज्यादा तुम विशेष के पीछे पड़ते हो, उतना ज्यादा और कठिन हो जाएगा तुम्हारे लिए नृत्य करना।

साधारण होओ। साधारणता के साथ कुछ गलत नहीं है, क्योंकि तुम्हारी साधारणता में तुम असाधारण होते हो। इसकी फिक्र मत लो कि स्थितियां निर्णय करेंगी कि कब तुम उत्सव मनाओगे। यदि तुम फिक्र करते हो किन्हीं खास स्थितियों को पूरा करने की, तो क्या तुम सोचते हो कि तब तुम उत्सव मनाओगे? तब तुम कभी उत्सव नहीं मनाओगे; तुम भिखारी की भांति ही मरोगे। एकदम अभी ही क्यों नहीं? किस चीज की कमी है तुम्हारे पास? मेरे देखे यदि तुम बिलकुल अभी शुरू कर सको, तो अचानक ऊर्जा बहने लगती है। और जितना ज्यादा तुम नृत्य करते, उतनी ज्यादा वह बह रही होती, उतने ज्यादा तुम सक्षम बनते। अहंकार की पूर्ति के लिए स्थितियों की जरूरत होती है, जीवन की नहीं।

पक्षी गा सकते हैं और नाच सकते हैं, साधारण पक्षी! क्या तुमने देखा कभी किन्हीं असाधारण पक्षियों को गाते और नाचते? क्या वे पूछते हैं कि उन्हें पहले रविशंकर होना है या कि यहूदी मेनुहिन? क्या वे पूछते हैं कि पहले उन्हें बड़ा गायक होना है और सीखने के लिए संगीत महाविद्यालय जाना है और तभी वे गाएंगे? वे तो बस सहज ही नाचते और गाते हैं; किसी प्रशिक्षण की जरूरत नहीं।

आदमी पैदा हुआ है उत्सव मनाने की क्षमता लिए हुए। पक्षी तक उत्सव मना सकते हैं, तो तुम क्यों न मना सकोगे? लेकिन तुम तो अनावश्यक बाधाएं बना लेते हो, तुम बना लेते हो एक बाधा-दौड़ की दशा! बाधाएं कहीं नहीं होतीं। तुम उन्हें वहां बना लेते और फिर तुम कहते, 'जब तक हम उन्हें लांघ नहीं लेते और उन पर से कूद नहीं जाते, कैसे हम नृत्य कर सकते हैं?' तुम अपने विरुद्ध खड़े हो जाते हो बंट

कर, तुम तब अपने शत्रु हो। संसार के सारे धर्मोपदेशक कहे जाते हैं कि तुम साधारण हो, तो कैसे तुम हिम्मत कर सकते हो उत्सव मनाने की? तुम्हें प्रतीक्षा करनी है। पहले बुद्ध होओ, पहले हो जाओ जीसस, मोहम्मद और फिर तुम उत्सव मना सकते हो!

लेकिन ठीक उल्टी है अवस्थाः यदि तुम नृत्य कर सको, तो तुम बुद्ध हो ही; यदि तुम उत्सव मना सको, तो तुम मोहम्मद ही हो; यदि तुम आनंदित हो सको, तो तुम जीसस हो। इसके विपरीत बात सच्ची नहीं; इसके विपरीत की बात एक झूठा तर्क है। वह कहता हैः पहले बुद्ध होओ, तब तुम उत्सव मना सकते हो। लेकिन उत्सव मनाए बिना कैसे तुम बुद्ध हो जाओगे?

मैं कहता हूं तुमसे, 'उत्सव मनाओ, भूल जाओ सारे बुद्धों के बारे में!' तुम्हारे उत्सव में ही तुम पाओगे कि तुम स्वयं बुद्ध हो गए हो। झेन फकीर सदा कहते हैं, 'बुद्ध एक बाधा हैं; भूल जाओ उनके बारे में।' बोधिधर्म कहा करते थे अपने शिष्यों से, 'जब कभी बुद्ध का नाम लो, तुरंत धो लेना अपना मुंह। वह गंदा है, वह शब्द ही गंदा है। और बोधिधर्म शिष्य थे बुद्ध के। वे ठीक कहते थे। क्योंकि वे जानते थे कि तुम प्रतिमाएं बना सकते हो, आदर्श बना सकते हो, इसी 'बुद्ध' शब्द में से ही। और फिर पहले तो बुद्ध हो जाने की प्रतीक्षा करोगे तुम जन्मों-जन्मों तक और फिर तुम उत्सव मनाओगे! वैसा कभी होने वाला नहीं।

एक झेन फकीर, लिंची, कहा करता था अपने शिष्यों से, 'जब तुम ध्यान में उतरो, तो सदा स्मरण रखना कि अगर बुद्ध मिल जाएं इस मार्ग में, तो तुरंत काट देना उन्हें दो में! एक क्षण को न आने देना उन्हें। वरना वे अधिकार बना लेंगे तुम पर और वे एक रुकावट बन जाएंगे।' शिष्य ने पूछा, 'लेकिन मैं जब ध्यान करता हूं, बुद्ध आ जाते हैं,'...और बुद्ध आते हैं बौद्धों के पास, जैसे कि जीसस आते हैं ईसाइयों के पास; असली बुद्ध नहीं, वह कहीं हैं नहीं जो कि मिलें...'तो कैसे मैं काटूं उनको? कहां से मैं पाऊं तलवार?' गुरु ने कहा, 'तुम्हें तुम्हारे बुद्ध कहां से मिले—कल्पना से ही न? तलवार भी ले आओ वहीं से, काट दो बुद्ध को दो भागों में और बढ़ जाओ आगे।'

यह स्मरण रहे कि बुद्धों के वचन, बुद्ध और उनके सभी वचन, एक सीधे-सरल वाक्य में, एक सूत्र में उतारे जा सकते हैं और वह वाक्य हैः 'तुम वही हो जो तुम हो सकते हो।' हो सकता है बहुत से जन्म लग जाएं तुम्हें यह जानने में; वह तुम्हारे निश्चय करने की बात है। लेकिन यदि तुम जाग जाते हो, तो एक पल भी नहीं गंवाया जाता।

'तुम वही हो', 'तत्त्वमसि श्वेतकेतु।' तुम पहले से ही वही हो, कुछ हो जाने की कोई जरूरत नहीं। होना, कुछ होने की कोशिश ही भ्रामक है। तुम हो; तुम्हें कुछ होना नहीं है। लेकिन धर्मोपदेशक तुमसे कहते हैं कि तुम साधारण हो और वे तुममें इच्छा जगा देते हैं असाधारण होने की। वे तुम्हें हीन कर देते और इच्छा जगा देते उच्चतर होने की। वे बना देते हैं हीन-भावना और तब तुम उनकी पकड़ में होते हो। तब वे तुम्हें सिखाते हैं कि कैसे उच्चतर होना है। पहले वे तुम्हारी निंदा करते हैं, तुम्हारे भीतर अपराध जगा देते हैं और फिर वे तुम्हें राह दिखाते हैं पुण्यात्मा होने की।

मेरे साथ तुम सचमुच ही कठिनाई में पड़ोगे। क्योंकि तुम्हारा मन तो ऐसा ही होना चाहेगा, क्योंकि यह बात तुम्हें समय देती है और मैं तुम्हें समय नहीं देता। मैं कहता हूं तुम वह हो ही। हर चीज तैयार है। उत्सव की शुरुआत करो, उसका उत्सव मनाओ। तुम्हारा मन कहता है, 'लेकिन मुझे तो तैयार होना है।

थोड़े समय की जरूरत है।' इसीलिए, इस स्थगन में उपदेशक आ जाते हैं, इस अंतराल में वे प्रवेश कर जाते हैं तुम्हारे अंतस में और तुम्हें नष्ट कर देते हैं। वे कहते, 'हां, समय की तो जरूरत है। कैसे तुम बिलकुल अभी उत्सव मना सकते हो? तैयारी करो, प्रशिक्षित करो स्वयं को। बहुत सारी चीजें बाहर हटा देनी हैं, बहुत सारी चीजों को सुधारना है। तुम्हें चाहिए एक लंबा प्रशिक्षण और अनुशासन। इसमें बहुत से जन्म लग सकते हैं—लंबे प्रशिक्षण और अनुशासन के। बहुत सारे जन्म लग सकते हैं और केवल तभी तुम उत्सव मना पाओगे। बिलकुल अभी कैसे उत्सव मना सकते हो तुम?' वे तुम्हें जंचते हैं, क्योंकि तब तुम आराम कर सकते हो। और तुम कह सकते हो कि ठीक है तब। अगर यह लंबे समय का ही प्रश्न है तो बिलकुल अभी तो कोई समस्या ही नहीं है। जो कुछ हम कर रहे हैं उसे हम किए चले जा सकते हैं। भविष्य में किसी दिन, एक सुनहरा कल, एक इंद्रधनुषी चीज...जब वह उपलब्ध हो जाएगी, तो तुम नृत्य करोगे।

इस बीच तुम दुखी हो सकते हो; इस बीच तुम स्वयं को दुखी कर सकते हो; इस बीच तुम सुख पा सकते हो स्वयं को पीड़ा पहुंचाने का! यह तुम पर निर्भर है। यदि तुम दुख के हक में निर्णय लेते हो, तो कोई जरूरत नहीं उसके आसपास ज्यादा दर्शनशास्त्र खड़ा कर लेने की। तुम सीधे-सीधे कह सकते हो, 'मुझे दुख में रस है!'

यह सचमुच ही आश्चर्यजनक बात है कि कोई कभी पूछता नहीं कि बिलकुल अभी मैं कैसे दुखी हो सकता हूं? अनुशासन चाहिए, प्रशिक्षण चाहिए। मुझे कई पतंजलियों के पास जाना होगा और पूछना होगा बड़े गुरुओं से और तभी मैं सीखूंगा कि कैसे दुखी होऊं।

ऐसा लगता है कि दुखी होने के लिए कोई प्रशिक्षण नहीं चाहिए; तुम दुखी होने के लिए ही पैदा हुए हो। तो फिर आनंद के लिए प्रशिक्षण क्यों चाहिए? दोनों एक ही सिक्के के दो पहलू हैं। यदि तुम बिना किसी प्रशिक्षण के दुखी हो सकते हो, तो तुम आनंदित भी हो सकते हो बिना प्रशिक्षण के ही। स्वाभाविक रहो, निर्मुक्त और बस अनुभव करो चीजों को। और प्रतीक्षा मत करो—आरंभ कर दो। यदि तुम्हें लगता भी हो कि तुम नाचने का सही ढंग नहीं जानते, तो भी शुरू कर दो नर्तन।

मैं नहीं कह रहा हूं कि नर्तन तुम्हारी कला होने वाली है। कला के लिए प्रशिक्षण की जरूरत पड़ सकती है। मैं इतना ही कह रहा हूं कि नर्तन केवल एक दृष्टिकोण है। सही ढंग न जानते हुए भी तुम नृत्य कर सकते हो। और यदि तुम नृत्य कर सको, तो कौन परवाह करता है। सही पदसंचालन की! नृत्य स्वयं में पर्याप्त होता है। वह तुम्हारी ऊर्जा का अतिरिक्त उमड़ाव होता है। यदि वह स्वयं ही कला बन जाता है तो ठीक बात है; यदि वह नहीं बनता, तो भी ठीक है। वह पर्याप्त होता है स्वयं में, पर्याप्त से ज्यादा। किसी और चीज की जरूरत नहीं है।

इसलिए मत कहना मुझसे, 'आप चेतना के शिखर पर हैं।' तुम कहां हो? तुम क्या सोचते हो कि कहां हो? तुम्हारी घाटी तुम्हारे स्वप्नों में है। तुम्हारा अंधकार है क्योंकि तुम्हारी आंखें बंद हैं; अन्यथा तुम वहीं हो जहां मैं हूं। ऐसा नहीं है कि तुम घाटी में हो और मैं शिखर पर हूं। मैं शिखर पर हूं और तुम भी शिखर पर हो लेकिन तुम घाटी का स्वप्न देखते हो। मैं पूना में रहता हूं, तुम भी पूना रहते हो। लेकिन जब तुम सो जाते हो, तो तुम स्वप्न देखने लगते लंदन के और न्यूयार्क के और कलकत्ता के, और तुम घूम आते हजारों जगह। मैं कहीं नहीं जाता; अपनी नींद में भी, मैं पूना में होता हूं। लेकिन तुम घूमते रहते हो।

तुम उसी शिखर पर हो जहां कि मैं हूं, बस बात यही है कि तुम्हारी आंखें बंद हैं। तुम कहते, 'बहुत अंधेरा है!' मैं बात करता प्रकाश की और तुम कहते, 'आप जरूर कहीं और होंगे, किसी ऊंचे शिखर पर। हम अंधकार में जीने वाले साधारण लोग हैं।' लेकिन मैं देख सकता हूं कि तुम उसी शिखर पर बैठे हो आंखें बंद किए हुए। तुम्हें तुम्हारी नींद में से बाहर ला पटकना है, झटका देकर। और तब तुम देखोगे कि घाटी का कभी अस्तित्व ही न था। अंधकार वहां नहीं था; केवल तुम्हारी ही आंखें बंद थीं। झेन गुरु ठीक करते हैं। वे कोई न कोई लट्ठनुमा चीज लिए रहते हैं और वे पीटते हैं अपने शिष्यों को। और ऐसा बहुत बार हुआ है कि जब वह लट्ठ पड़ रहा होता है शिष्य के सिर पर, तो अचानक वह अपनी आंखें खोल देता है और हंसने लगता है। वह कभी नहीं जान पाया था कि वह उसी शिखर पर है या जो कि वह देख रहा था एक स्वप्न था।

जाग जाओ। और यदि तुम जाग जाना चाहते हो, तो उत्सव बहुत ज्यादा मदद देगा। जब मैं कहता हूं, 'उत्सव मनाओ', तो उससे मेरा मतलब क्या होता है? मेरा मतलब है कि जो कुछ तुम करते हो, उसे कर्तव्य की भांति मत करना, उसे तुम्हारे प्रेम के कारण करना; उसे बोझ की भांति मत करना, उसे करना उत्सव की भांति। तुम ऐसे खाना खा सकते हो जैसे कि वह तुम्हारा कर्तव्य हो : उदास, बुझे हुए, मुरदा, असंवेदनशील। तुम भोजन तुम्हारे भीतर फेंक सकते हो बिना कभी चखे ही, बिना कभी उसे महसूस किए ही। यह जीवन है : उसे पूरा जीओ। उसके प्रति इतने असंवेदनशील मत होओ। भारत के लोगों ने कहा है, 'अन्नं ब्रह्म', अन्न ब्रह्म है। यह उत्सव है : तुम भोजन कर रहे हो ब्रह्म का, तुम ईश्वर को खा रहे हो भोजन के द्वारा, क्योंकि केवल ईश्वर अस्तित्व रखता है। जब तुम फव्वारे के नीचे स्नान कर रहे होते हो, तो वह ईश्वर ही बरस रहा होता है क्योंकि केवल ईश्वर का अस्तित्व है। जब तुम सुबह की सैर को जाते, तो वह ईश्वर ही होता है सैर के समय। और वह हवा का झोंका भी ईश्वर है, और वे पेड़ भी ईश्वर हैं। हर चीज इतनी दिव्य है, कैसे तुम हो सकते हो उदास, मुरदा और बुझे हुए; जीवन में ऐसे चल फिर रहे हो जैसे कि तुम कोई बोझा ढो रहे हो।

जब मैं कहता हूं, 'उत्सव मनाओ', तो मेरा मतलब होता है कि हर चीज के प्रति और ज्यादा संवेदनशील हो जाओ। जीवन में नृत्य एक अलग बात नहीं होनी चाहिए। सारा जीवन ही एक नृत्य हो जाना चाहिए; उसे होना ही चाहिए नृत्य। तुम जा सकते हो सैर पर और कर सकते हो नृत्य।

जीवन को तुममें प्रवेश करने दो; ज्यादा खुले हो जाओ और ज्यादा संवेदनशील। ज्यादा महसूस करो, ज्यादा अनुभूतिशील होओ। ऐसी अपूर्वताओं से भरी हुई छोटी-छोटी चीजें चारों ओर पड़ी हुई हैं। जरा देखना एक छोटे बच्चे को। छोड़ दो उसे बगीचे में और बस देखो। वही होना चाहिए तुम्हारा ढंग भी। इतना अदभुत, विस्मय से भरपूर : इधर तितली को पकड़ने को दौड़ रहा, तो उधर किसी फूल को लेने भाग रहा होता, कीचड़ से खेल रहा होता, रेत पर लोट-पोट रहा होता। हर तरफ से दिव्यता छू रही होती है बच्चे को।

यदि तुम विस्मय में जी सकते हो तो तुम उत्सव मनाने में सक्षम हो जाओगे। ज्ञान में मत जीओ; विस्मय-विमुग्धता में जीओ। तुम कुछ जानते नहीं। जीवन अनोखा है हर कहीं, यह एक निरंतर आश्चर्य-जनक घटना है। आश्चर्य की भांति जीओ इसे; अनुमान के बाहर की घटना : हर पल नया है। जरा कोशिश करो, आजमाओ इसे। तुम कुछ गंवाओगे नहीं यदि तुम थोड़ी कोशिश करो इसके लिए, और

तुम पा सकते हो हर चीज। लेकिन तुम तो दुख के प्रति आसक्त हो गए हो। तुम चिपके रहते हो अपने दुख से जैसे कि वह कोई बहुत कीमती चीज हो। जान लो अपनी आसक्ति को।

जैसा कि मैंने कहा तुमसे, दो प्रकार के व्यक्ति होते हैं: पर-पीड़क और स्व-पीड़क। पर-पीड़क दूसरों को यातना दिए जाते हैं, स्व-पीड़क अपने को ही यातना पहुंचाए जाते हैं।

एक प्रश्न पूछा है किसी ने, 'क्यों, लोग ऐसे हैं, या तो दूसरों को पीड़ा देते हैं या फिर वे स्वयं को ही पीड़ित करते रहते हैं? जीवन में इतनी ज्यादा आक्रामकता और हिंसा क्यों है?'

यह एक नकारात्मक अवस्था होती है। तुम पीड़ा देते हो, क्योंकि तुम आनंदित नहीं हो सकते। तुम पीड़ित करते, हिंसात्मक हो जाते, क्योंकि तुम प्रेम नहीं कर सकते हो। तुम क्रूर बन जांते हो, क्योंकि तुम नहीं जानते कि करुणामय कैसे हुआ जाता है। वह एक नकारात्मक अवस्था होती है। वही ऊर्जा जो कि क्रूरता होती है, करुणा बन जाएगी। सोए हुए मन के साथ ऊर्जा हिंसा बन जाती है। जागे हुए मन के साथ वही ऊर्जा करुणा बन जाती है। सोए होते हो तो वही ऊर्जा एक पीड़ा बन जाती है, या तो तुम्हारी या किसी और की: जब तुम जागे हुए होते हो, तो वही ऊर्जा प्रेम बन जाती है—तुम्हारे अपने लिए और दूसरों के लिए भी। जीवन तुम्हें अवसर देता है, लेकिन किसी चीज के गलत हो जाने के हजारों कारण होते हैं।

क्या कभी तुमने ध्यान दिया कि यदि कोई दुखी होता है, तो तुम सहानुभूति दिखाते हो, तुम बहुत प्रेम अनुभव करते हो? वह ठीक प्रकार का प्रेम नहीं होता है, तो भी तुम दिखाते हो सहानुभूति। यदि कोई प्रसन्न होता है, उत्सवमय, आनंदपूर्ण होता है तो तुम ईर्ष्या अनुभव करते हो, तुम्हें बुरा लगता है। बहुत कठिन होता है प्रसन्न व्यक्ति के साथ सहानुभूति अनुभव करना। बहुत कठिन होता है खुश आदमी के लिए भलाई अनुभव करना। तुम्हें भला लगता है, जब कोई अप्रसन्न होता है। कम से कम तुम सोच सकते हो कि तुम उतने अप्रसन्न नहीं और तुम कुछ ऊंचे हो; तुम सहानुभूति जताते हो।

एक बच्चा जन्मता है और वह बच्चा चीजें सीखने लगता है। देर-अबेर वह जान लेता है कि जब वह दुखी होता है, तो वह सारे परिवार का ध्यान आकर्षित कर लेता है। वह बन जाता है केंद्र और हर कोई उसके लिए सहानुभूति प्रकट करता है, हर कोई उससे प्रेम अनुभव करता है। जब कभी वह आनंदित होता है और स्वस्थ होता है और हर चीज ठीक होती है, तो कोई फिक्र नहीं करता उसकी—इसके विपरीत, हर कोई नाखुश जान पड़ता है। बच्चा कूद रहा हो और दौड़ रहा हो, और सारा परिवार नाखुश होता है। बच्चा बिस्तर में बीमार पड़ा हो, और सारा परिवार सहानुभूतिपूर्ण होता है। बच्चा जानना शुरू कर देता है कि किसी न किसी कारण बीमार होना, दुखी होना अच्छा ही होता है; खुश होना और नाचना और कूदना और जीवंत रहना बुरा है। वह सीख रहा होता है यह और इसी तरह ही तुमने सीखा है।

मेरे देखे, जब कोई बच्चा खुश होता है, कूद रहा होता है, तो सारे परिवार को खुश होना चाहिए और कूदना चाहिए बच्चे के साथ। और जब बच्चा बीमार होता है, तब बच्चे का ध्यान रखना चाहिए, लेकिन कोई सहानुभूति नहीं दिखानी चाहिए। ध्यान रखना ठीक है; सहानुभूति ठीक नहीं। अ-प्रेम,

तटस्थ—सतह पर तो बड़ा कठोर लगेगाः बच्चा बीमार है और तुम तटस्थ हो। ध्यान रखना, दवाई देना, लेकिन तटस्थ रहना, क्योंकि एक बड़ी सूक्ष्म घटना घट रही होती है। यदि तुम सहानुभूति और करुणा और प्रेम अनुभव करते हो और तुम इसे जता देते हो बच्चे को, तो तुम हमेशा के लिए नष्ट कर रहे होते हो बच्चे को। अब वह चिपकेगा दुख के साथ; दुख कीमती बन जाता है। और जब कभी वह कूदता है और नाचता है और खुशी में चीखता है चारों तरफ और घर में दौड़ता फिरता है, तो हर कोई चिढ़ा होता है। उस क्षण उत्सव मनाओ, डूबो उसके साथ, और सारा संसार अलग जान पड़ेगा।

लेकिन अभी तक समाज गलत ढांचों पर ही बना रहा है, और वे ढांचे स्थायित्व पा लेते हैं। इसलिए तुम दुख से चिपकते हो। तुम मुझसे पूछते हो, 'हमारे जैसे साधारण आदमी के लिए यह कैसे संभव है कि बिलकुल अभी उत्सव मनाएं—यहीं और अभी? नहीं, वैसा संभव नहीं है।' किसी ने कभी तुम्हें उत्सव मनाने नहीं दिया। तुम्हारे माता-पिता तुम्हारे मन में बैठे हैं। तुम्हारी मृत्यु के क्षण तक तुम्हारे माता-पिता तुम्हारा पीछा करते हैं। निरंतर वे तुम्हारे पीछे लगे रहते हैं, चाहे वे मर भी चुके हैं। मां-बाप बहुत ज्यादा विनाशकारी हो सकते हैं; अभी तक वे ऐसे ही रहे हैं। मैं नहीं कह रहा कि तुम्हारे माता-पिता जिम्मेदार हैं, क्योंकि सवाल उनका नहीं। उनके माता-पिता ने भी यही कुछ किया था उनके साथ। सारा ढांचा-ढर्रा ही गलत है, मनोवैज्ञानिक रूप से गलत है। ऐसी बातों के भी कारण होते हैं। इसलिए ऐसी गलत बात चलती ही चली जाती और उसे रोका नहीं जा सकता। वैसा करना असंभव जान पड़ता है।

निस्संदेह इसके कारण होते हैं। पिता के अपने कारण होते हैं: हो सकता है वह अखबार पढ़ रहा हो और बच्चा कूदता हो और चीखता हो और हंसता हो, लेकिन तो भी एक पिता को तो ज्यादा समझदार होना चाहिए। अखबार किसी मूल्य का नहीं। यदि तुम उसे चुपचाप पढ़ भी लो, तो क्या मिलने वाला है तुम्हें उससे? फेंक दो अखबार को! लेकिन पिता तो है राजनीति में, व्यापार में, और उसे जानना है इस बारे में कि क्या घट रहा है। वह महत्वाकांक्षी है और अखबार उसकी महत्वाकांक्षा का एक हिस्सा है। यदि किसी को कोई महत्वाकांक्षा पूरी करनी होती है, कोई लक्ष्य पाने होते हैं, तो उसे जानना पड़ता है संसार को। बच्चा गड़बड़ी पैदा करने वाला जान पड़ता है।

मां भोजन पका रही होती है और बच्चा प्रश्न पूछता जाता है और कूदता जाता है और वह चिड़चिड़ा जाती है। मैं जानता हूं कि कई समस्याएं हैं, मां को भोजन पकाना होता है। लेकिन बच्चा पहले स्थान पर होना चाहिए, क्योंकि बच्चा संसार बनने वाला है, बच्चा आनेवाला कल बनने वाला है, बच्चा होने वाला है आने वाली मानवता। उसे होना चाहिए पहला, प्राथमिकता उसकी होनी चाहिए। अखबार तो बाद में भी पढ़े जा सकते हैं, और यदि न भी पढ़े जाएं, तो तुम कुछ ज्यादा नहीं गंवाओगे। वही बकवास हर रोज चलतीः स्थान बदल जाते, नाम बदल जाते, लेकिन वही बकवास चलती चली जाती है। तुम्हारे अखबार तो बिलकुल विक्षिप्त हैं।

भोजन बनाने में थोड़ी देर की जा सकती है, लेकिन बच्चे की जिज्ञासा विलंबित नहीं की जानी चाहिए। क्योंकि बिलकुल अभी वह एक भावदशा में था और हो सकता है वह मौज, वह तरंग फिर न आए। बिलकुल अभी वह भाव की गरिमा से भरा है और कोई बात संभव है। लेकिन क्या तुमने ऐसी माताओं को देखा है जो बच्चों के साथ नाच रही होतीं, कूद रही होतीं, जमीन पर लोटती हुई खेल कर आनंदित हो रही होतीं?—नहीं। माताएं तो गंभीर होती हैं, पिता बहुत गंभीर होते हैं; वे संसार भर को

कंधों पर लिए फिरते हैं। और बच्चा तो बिलकुल अलग ही संसार में जीता है। तुम जबर्दस्ती करते हो कि वह तुम्हारे उदास संसार में, जीवन के प्रति दुखी दृष्टिकोण में प्रवेश करे। वह बच्चे की भांति विकसित हो सकता था; वह इस गुणधर्म को सम्हाल सकता था—आश्चर्य, विस्मय के गुणधर्म को और यहां अभी होने के, क्षण में जीने के गुणधर्म को।

इसे मैं कहता हूं सच्ची क्रांति। कोई और दूसरी क्रांति मनुष्य की मदद न करेगी—फ्रांसीसी, रूसी या चीनी, कोई क्रांति मनुष्य की मदद न करेगी; किसी ने मदद की नहीं। माता-पिता और बच्चे के बीच मूल रूप से वही ढांचा चलता आता है। और इसका कारण होता है। तुम निर्मित कर सकते हो एक कम्युनिस्ट संसार, लेकिन वह कोई ज्यादा अलग नहीं होगा पूंजीपतियों के संसार से। लेबल केवल सतह पर ही अलग होंगे। तुम बना सकते हो समाजवादी दुनिया, तुम बना सकते हो गांधीवादी दुनिया, लेकिन वह अलग नहीं होगी। क्योंकि आधारभूत क्रांति तो होती है—माता-पिता और बच्चे के बीच। अंतर्संबंध होता है कहीं माता-पिता और बच्चे के बीच; और यदि वह अंतर्संबंध नहीं बदलता, तो संसार उसी चक्र में घूमता जाएगा।

जब मैं यह कहता हूं तो मेरा यह मतलब नहीं कि मैं तुम्हें दुखी होने का एक बहाना दे रहा हूं। मैं तो तुम्हें केवल व्याख्या देता हूं ताकि तुम जाग सको। इसलिए अपने मन में यह कहने की कोशिश मत करना कि 'अब क्या किया जा सकता है? मैं चालीस या पचास या साठ का हो ही गया हूं; मेरे माता-पिता मर चुके हैं और यदि वे जीवित भी होते तो भी मैं अतीत से मुक्त कैसे हो सकता था? वह घट चुका है, इसलिए मुझे वैसे ही जीना है जैसा कि मैं हूं।' नहीं, यदि तुम समझ लो, तो तुम इसमें से एकदम बाहर आ सकते हो। उससे चिपकने की जरूरत नहीं है।

तुम फिर से बच्चे बन सकते हो। जीसस ठीक कहते हैं, 'जो छोटे बच्चों की भांति हैं, केवल वही मेरे प्रभु के राज्य में प्रवेश कर पाएंगे।' बिलकुल ठीक है बात। केवल वे ही जो छोटे बच्चों की भांति हैं. . . !

यही है क्रांतिः सबको छोटे बच्चे की भांति बना देना। शरीर विकसित हो सकता है लेकिन चेतना की गुणवता निर्दोष रहनी चाहिए, एकदम ताजा, बच्चे की भांति।

तुम वहां हो ही, जहां कि तुम्हें होना चाहिए। तुम उसी स्थान पर ही हो, जिसे तुम खोज रहे हो। दुख से बनी आसक्ति से जरा बाहर आने का थोड़ा-सा प्रयास कर लो। दुख से नाता मत बनाओ, उत्सव से जुड़ो। तुम जीवन के प्रति एक कदम बढ़ाते हो और जीवन तुम्हारे प्रति एक हजार कदम बढ़ाता है। जरा एक कदम बाहर आ जाना दुख से बनी आसक्ति में से। मन तुम्हें पीछे ही खींचता जाएगा। बस उदासीन बने रहना मन के प्रति और कह देना मन से, 'ठहर जाओ। मैं बहुत जी लिया तुम्हारे साथ, अब मुझे बिना मन के जीने दो।' ऐसा ही होता है एक बालकः मन के बिना जीता है या जीता है अ-मन के साथ।

तीसरा प्रश्नः कई बार, संवेदनशीलता के साथ एक नकारात्मक भाव-दशा मुझ में क्यों बनने लगती है?

नकारात्मक और विधायक दोनों ही भाव-दशाएं विकसित होंगी। यदि तुम बहुत ज्यादा प्रसन्न होना

चाहते हो, तो साथ-साथ बहुत ज्यादा अप्रसन्न होने की क्षमता भी विकसित होगी। यदि तुम चाहते हो कि नकारात्मक नहीं विकसित होनी चाहिए, तो तुम्हें विधायक को भी काट देना पड़ता है। ऐसा ही हुआ है। तुम्हें सिखाया जाता रहा है कि क्रोध मत करना, लेकिन यदि तुम क्रोधित होने में सक्षम नहीं होते, तो करुणा का अभाव रहेगा। तब तुम करुणामय नहीं हो पाओगे। तुम्हें सिखाया जाता रहा है कि घृणा मत करो, लेकिन फिर तो प्रेम का अभाव रहेगा; तुम प्रेम नहीं कर पाओगे—और यही है दुविधा।

प्रेम और घृणा एक साथ विकसित होते हैं। वस्तुतः वे दो चीजें नहीं हैं। भाषा तुम्हें गलत प्रभाव दे देती है। हमें प्रेम और घृणा—ये शब्द प्रयोग नहीं करने चाहिए, हमें प्रयोग करना चाहिए प्रेमघृणा : यह हुआ एक शब्द, वहां उनके बीच एक जुड़ाव-रेखा तक नहीं होनी चाहिए—प्रेमघृणा—एक हाइफन तक नहीं। क्योंकि वह भी दर्शाएगा कि वे दो हैं, लेकिन किसी तरह जुड़ गए हैं। वे एक हैं। प्रकाश-अंधकार, वे एक हैं; जीवन-मृत्यु, वे एक हैं। यही सारी समस्या रही है मानव-मन की। करोगे क्या? क्योंकि यदि प्रेम विकसित होता है तो घृणा करने की क्षमता भी विकसित होती है।

इसीलिए केवल दो संभावनाएं होती हैं, या तो घृणा को विकसित होने दो प्रेम के साथ, या प्रेम को मार दो घृणा के साथ। और आज तक दूसरा विकल्प चुना गया है। सभी धर्मों ने दूसरा विकल्प चुन लिया है—घृणा को काट देना है, क्रोध को काट देना है। इसीलिए वे बस प्रेम का उपदेश दिए चले जाते हैं और वे सब कहते रहते हैं, 'घृणा मत करना।' उनका प्रेम आडंबर बन जाता है; वह केवल वार्तालाप होता है। ईसाई बात किए जाते हैं प्रेम की—वह संसार की सबसे अधिक आरोपित बात होती है।

ऐसा ही है जीवन : विपरीतताएं वहां साथ-साथ हैं। जीवन एक ध्रुव के साथ अस्तित्व नहीं रख सकता, उसे चाहिए दो ध्रुवताएं साथ-साथ : नकारात्मक और विधायक विद्युत-ध्रुव, पुरुष और स्त्री। क्या तुम केवल पुरुष वाले संसार की कल्पना कर सकते हो? वह एक मृत संसार होगा। पुरुष और स्त्री, वे दो ध्रुव हैं, वे साथ-साथ अस्तित्व रखते हैं। वस्तुतः 'पुरुष और स्त्री' कहना ठीक नहीं : उनके बीच बिना कोई लकीर लाए कहना चाहिए 'पुरुषस्त्री', वे एक साथ अस्तित्व रखते हैं।

घृणा के साथ कुछ गलत नहीं यदि वह प्रेम का ही हिस्सा हो तो। यह मेरी देशना है। क्रोध कुछ गलत नहीं यदि वह करुणा का हिस्सा है—तो वह सुंदर है। क्या तुम पसंद नहीं करोगे कि बुद्ध तुम पर क्रोध करें? यह बात आशीष की भांति होगी, एक अनुग्रह; कि बुद्ध तुम पर क्रोध करें। करुणा के वृहत्तर संसार में क्रोध भी सुंदर हो जाता है; वह समा लिया जाता है।

प्रेम के प्रति विकसित होओ और घृणा को भी विकसित होने दो; उसे तुम्हारे प्रेम का ही हिस्सा होने दो। मैं तुमसे प्रेम को घृणा के विरुद्ध रखने को नहीं कहता हूं; नहीं। मैं तुमसे घृणा सहित प्रेम करने को कहता हूं, और ऊर्जा का एक महिमावान बदलाव, एक रूपांतरण घटेगा। तुम्हारी घृणा इतनी सुंदर होगी, उसकी गुणवत्ता प्रेम की भांति ही होगी। कई बार होना पड़ता है क्रोधित और यदि तुम सचमुच ही करुणा करते हो, तो तुम क्रोध का उपयोग तुम्हारी करुणा के लिए करते हो।

सदा याद रखना कि ध्रुवता मौजूद है—इसे सामंजस्यता कैसे देनी होती है? पुराना ढंग था उन्हें अलग काट देने का : घृणा को गिराने का और बिना घृणा के प्रेममय होने की कोशिश करने का। तब प्रेम एक ढोंग हो जाता है, क्योंकि ऊर्जा वहां नहीं रहती। और तुम इतने भयभीत होते हो प्रेम से, क्योंकि तुरंत घृणा विकसित होने लगेगी। घृणा विकसित होने के भय से, प्रेम का दमन हो जाता है। तब तुम प्रेम

के बारे में बोलते हो, लेकिन तुम सचमुच प्रेम नहीं करते। तब तुम्हारा प्रेम मात्र एक वार्तालाप बन जाता है, एक मौखिक बात—जीवंत और अस्तित्वगत नहीं।

मैं यह नहीं कह रहा हूं कि जाओ और घृणा करने लगो। मैं कह रहा हूंः प्रेम करो, प्रेम के साथ विकसित होओ। और निस्संदेह घृणा तो विकसित होगी उसके साथ। उसकी फिक्र मत करना। तुम प्रेम सहित विकसित होते जाना और घृणा सोख ली जाएगी प्रेम द्वारा। प्रेम इतना विशाल होता है कि वह घृणा को सोख सकता है। करुणा बड़ी होती है, इतनी विशाल कि क्रोध का अंश समाया जा सकता है उसके द्वारा। वह ठीक है। सच है, बिना क्रोध की करुणा बिना नमक के भोजन की भांति होगी। उसमें नमक न होगा, ऊर्जा न होगी। वह बेस्वाद होगी, बासी।

निस्संदेह, नकारात्मक सदा विकसित होगा विधायक के साथ। उदाहरण के लिए, यदि एक समाज अस्तित्व रखता है जो कहता है कि 'तुम्हारे शरीर का बायां हिस्सा गलत है, इसलिए उसे विकसित मत होने दो; शरीर का केवल दायां हिस्सा ही ठीक है, इसलिए शरीर के दाएं हिस्से को विकसित होने दो और शरीर के बाएं हिस्से का दमन होने दो, उसे पूरी तरह काट दो'—तो क्या घटेगा? या तो तुम पंगु हो जाओगे, क्योंकि यदि तुम बायें को विकसित न होने दो, तो दायां विकसित न होगा, वे साथ-साथ विकसित होते हैं, या तुम अर्धविकसित रह जाओगे, जैसे कि बहुत से मनुष्य अर्धविकसित रह गए हैं, या तुम पाखंडी बन जाओगे। तुम छिपाओगे तुम्हारा बायां हिस्सा और तुम कहोगे कि तुम्हारे पास केवल दायां हिस्सा है। और तुम कहीं न कहीं सदा छिपाए रहोगे बायां हिस्सा। तुम पाखंडी हो जाओगे—नकली, अप्रामाणिक, एक झूठ, एक जीवंत झूठ—जैसे कि धार्मिक लोग होते हैं।

सौ में से निन्यानबे तथाकथित धार्मिक लोग झूठे हैं, नितांत झूठे, क्योंकि जो वे कहते हैं कि वे घृणा नहीं करते हैं, यह असंभव है। यह अस्तित्व के गणित के ही विरुद्ध है। वे झूठे ही होंगे। उनकी निजी अवस्था में कोई खोज करने की कोई जरूरत नहीं; यह प्रकृति के विरुद्ध है, यह संभव नहीं। निन्यानबे प्रतिशत पाखंडी हैं और एक प्रतिशत सीधे-सादे लोग हैं। ये निन्यानबे प्रतिशत चालाक, होशियार लोग हैं। वे बायां भाग छिपा लेते हैं। दोनों हिस्से समान रूप से विकसित होते हैं, लेकिन एकदम छिपा लेते हैं बायां भाग और बात करते हैं दाएं भाग की। संसार को तो वे दिखाते हैं दायां भाग और बायां भाग उनका निजी संसार होता है। उनके घरों में पीछे के दरवाजे होते हैं। आगे के द्वार पर वे बात कर रहे होते हैं कुछ और। एक प्रतिशत जो निर्दोष लोग हैं, सीधे-सरल, बहुत जोड़-तोड़ बैठाने वाले या बौद्धिक नहीं, चालाक नहीं, वे बुद्धिहीन बने रहते हैं। वे सचमुच ही दमन करते हैं, और जब वे दमन करते हैं बाएं का, तब दाएं का दमन हो जाता है। वे बने रह जाते हैं बुद्धिहीन।

मेरा मिलना हुआ है दो प्रकार के धार्मिक लोगों सेः निन्यानबे प्रतिशत पाखंडी और एक प्रतिशत बुद्धिहीन! लेकिन सारी जमात ही व्यर्थ है। सारी जमात ही बोझ है; सारी बात ही है एक मूढ़ता। मैं नहीं चाहूंगा कि तुम वैसे हो जाओ, मैं नहीं चाहूंगा कि तुम पंगु और बौने रहो, हीनता में जीयो। तुम्हें विकसित होना है तुम्हारी पूरी ऊंचाई तक। लेकिन वैसा संभव है तभी यदि नकारात्मक और विधायक दोनों को स्वतंत्रता मिले। दोनों तुम्हारे पंख हैं। कैसे पक्षी उड़ सकता है एक पंख के साथ? कैसे तुम चल सकते हो एक पैर के साथ? यह बात अस्तित्व रखती है जीवन की प्रत्येक सतह परः दो की जरूरत होती है—विपरीतता में। वे तनाव देतीं और देतीं गति की संभावना। वे एक-दूसरे के विपरीत जान पड़ती हैं,

लेकिन वे होती हैं पूरक। वस्तुतः वे विपरीत नहीं होतीं; केवल ध्रुव विपरीत होते हैं। वे परस्पर मदद देते हैं विकसित होने में। मैं चाहूंगा कि तुम अपनी चरम ऊंचाई तक विकसित होओ, और मैं यह भी न चाहूंगा कि तुम पाखंडी बनो। तुम बनो सच्चे और स्वाभाविक।

तो तुम्हारे लिए मेरा संदेश क्या है? मेरा संदेश है : प्रेम बड़ा है, इतना बड़ा कि तुम्हें घृणा की चिंता करने की कोई जरूरत नहीं। घृणा को उसका हिस्सा बनने दो, उसे विकसित होने दो। वह तुम्हारे स्वाद में नमक मिलाएगी। करुणा विशाल होती है; एक छोटा-सा आकाश का टुकड़ा घृणा के नाम किया जा सकता है—उसमें कुछ बुरा नहीं। लेकिन क्रोध, करुणा का ही हिस्सा होना चाहिए। क्रोध अलग नहीं होना चाहिए, उसे करुणा का ही हिस्सा होना चाहिए। घृणा प्रेम का हिस्सा होनी चाहिए। और मृत्यु जीवन का हिस्सा होनी चाहिए। पीड़ा सुख का, दुख उत्सव का, मंगलमय आशीष का हिस्सा होना चाहिए; अंधकार को प्रकाश का हिस्सा होना चाहिए। और फिर कुछ गलत नहीं; कोई पाप नहीं। पाप को पुण्य का ही हिस्सा होना चाहिए।

विशाल बनो। उठो अपनी परम ऊंचाई तक। बौने मत बने रहो। यदि तुम बौने बने रहे तो तुम सदा शिकायत करते रहोगे परमात्मा के खिलाफ, क्योंकि कैसे तुम परितृप्त अनुभव कर सकते हो? अपनी ऊंचाई तक उठो और भयभीत मत होओ। नकारात्मक बढ़ेगा तुम्हारे साथ; वह सुंदर है। नकारात्मक एक भाग है, पूरक है। तो भी नकारात्मक एक हिस्सा ही होना चाहिए विधायक का। ऐसा ही होना चाहिए क्योंकि वह नकारात्मक है। नकारात्मक संपूर्णता नहीं बन सकता और विधायक एक हिस्सा नहीं बन सकता नकारात्मक का। इसे समझ लेना है।

जीवन कैसे एक भाग बन सकता है मृत्यु का, मृत्यु तो मात्र एक अभाव है। प्रकाश अंधकार का एक अंश कैसे हो सकता है? अंधकार और कुछ नहीं है सिवाय प्रकाश के अभाव के; लेकिन अंधकार समा सकता है प्रकाश में।

जरा बाहर देखो—सूर्य उदय हो चुका है। इतना ज्यादा प्रकाश बरस रहा है पेड़ों तले, छोटी-छोटी चीजों में, छाया के टुकड़ों में; कोई चीज गलत नहीं। एक थका हुआ यात्री आता है और बैठ जाता है वृक्ष तले और शरण पा लेता है। बाहर गर्मी है और वृक्ष के नीचे शीतल है। वृक्ष के नीचे की वह छाया, एक हिस्सा है। हर नकारात्मक चीज को विधायक का हिस्सा होने दो। और विपरीत बात संभव नहीं, क्योंकि विधायक अस्तित्व रखता है। नकारात्मक, मात्र एक अनुपस्थिति है।

ऐसा संभव है। मैं तुमसे कहता हूं, ऐसा संभव है क्योंकि ऐसा घटा है मुझको। इसलिए बहुत कठिन है मुझे समझना। तुम चाहते हो, मैं एक ध्रुव होऊं—और मैं हूं दोनों। लेकिन ऐसा घटा है मुझको; ऐसा घट सकता है तुमको। और ऐसा ही घटता रहा है उन सब लोगों को जो सही दिशा की ओर चले हैं और जिन्होंने समग्र को स्वीकार किया है।

मैंने किसी चीज को अस्वीकार नहीं किया, क्योंकि बिलकुल प्रारंभ से ही यह बात मेरे लिए गहनतम निरीक्षण हो गयी थी : कि यदि तुम किसी चीज को अस्वीकार करते हो, तो तुम कभी संपूर्ण नहीं हो पाओगे। कैसे तुम संपूर्ण हो पाओगे यदि तुम कोई चीज अस्वीकार करते हो तो? उस चीज का सदा अभाव बना रहेगा। यह बात मेरे लिए एक गहन निरीक्षण बन गई कि कोई चीज अस्वीकार नहीं करनी है और हर चीज अपने में समा लेनी है।

जीवन को एक ही स्वर नहीं बनना है, बल्कि बनना है एक समस्वरता। एक ही स्वर चाहे कितना ही सुंदर क्यों न हो, उबाऊ होता है। बहुत से स्वरों का समूह, बहुत ही भिन्न, एकदम विपरीत स्वर जब एक समस्वरता में मिलते हैं, तो सौंदर्य निर्मित करते हैं। सौंदर्य न तो विधायक में है और न ही नकारात्मक में है; सौंदर्य है समस्वरता भरे संगीत में। इसे फिर से दोहरा दूं मैंः सौंदर्य न तो सत्य में है और न असत्य में हैं; सौंदर्य न तो करुणा में है और न ही क्रोध में; सौंदर्य योग में है। जहां विपरीत मिलते हैं वहीं मौजूद होता है परमात्मा का मंदिर। जहां विरोधी तत्व मिलते हैं, वहीं है शिखर, जीवन का शिखर।

•

अंतिम प्रश्नः आपने कहा कि संवेदनशील होना धार्मिक होना है। लेकिन ऐसा जान पड़ता है कि संवेदनशीलता मुझे इंद्रिय-लोलुपता और भोगासक्ति में ले जाती है। मेरे लिए क्या रास्ता है?

तो भोगो! तो हो जाओ इंद्रिय-लोलुप। तुम इतने भयभीत क्यों हो जीवन से? क्यों तुम आत्महत्या करना चाहते हो? भोगासक्ति में क्या बुराई है और इंद्रिय-लोलुप होने में ही क्या बुरा है? तुम्हें यही सिखाया गया है। और मैं यह कह रहा हूं। तब तुम संवेदनशील होने में भयभीत हो जाते हो। क्योंकि यदि तुम संवेदनशील होते हो, तो हर चीज विकसित होगी संवेनदशीलता के साथ। सुखवादिता विकसित होगी—सुंदर होती है वह। सुखवादी होने में कुछ बुरा नहीं है। एक जीवंत आदमी सुखलोलुप होगा ही। एक मुरदा आदमी और एक जीवंत आदमी में अंतर क्या होता है? मुरदा आदमी संवेदनात्मक नहीं रहता; तुम छुओ और उसे कोई अनुभूति नहीं होती। तुम चूमो उसे और वह प्रत्युत्तर नहीं देता!

मैंने पिकासो के बारे में एक कथा सुनी है। एक स्त्री पिकासो के चित्रों की प्रशंसा कर रही थी और वह बोली, 'कल मैं गयी एक मित्र के घर और वहां मैंने तुम्हारा स्वयं का चित्र देखा। और मैंने उसे इतना ज्यादा प्यार किया, और मैं इतनी प्रभावित हुई, कि मैंने चूम लिया चित्र को।' पिकासो ने उस स्त्री की तरफ देखा और बोला, 'और क्या चित्र ने उत्तर दिया? क्या प्रत्युत्तर में चित्र ने तुम्हें चूमा?' वह स्त्री बोली, 'कैसी नासमझी की बात है! एक चित्र कैसे जवाब दे सकता है?' तब पिकासो कहने लगा, 'तो मैं नहीं था। एक मरी हुई चीज थी; वह मैं कैसे हो सकता था?'

यदि तुम जीवंत होते हो तो तुम्हारी इंद्रियां अपनी समग्र क्षमता से कार्य करेंगी। और तुम सुखभोगी बनोगे। तुम्हें चाहिए भोजन और तुम स्वाद लोगे; तुम स्नान करोगे और तुम अनुभव करोगे पानी की ठंडक। तुम चलोगे बाग में और तुम सूंघोगे सुगंधि को, तुम संवेदनात्मक होओगे। एक स्त्री गुजरेगी और शीतल बयार तुम्हारे भीतर चलेगी। ऐसा ही होगा—क्योंकि तुम जीवंत हो! एक सुंदर स्त्री पास से गुजरती हो और कुछ न हो तुम्हारे भीतर—तो तुम मुरदा हुए, तुमने मार लिया स्वयं को।

सुखवादिता संवेदनशील होने का एक भाग है। सुखवादिता के भय के कारण सारे धर्म भयभीत हैं संवेदनशीलता से, और संवेदनशीलता जागरूकता है। इसलिए वे जागरूक होने की बातें तो करते रहते हैं, लेकिन वे तुम्हें संवेदनशील होने नहीं देते, जिससे कि तुम जागरूक हो नहीं सकते। यह बात मात्र एक बातचीत बन जाती है। और वे सुख-भोग के लिए तुम्हें अनुमति देते नहीं। वस्तुतः उन्होंने 'विषयासक्ति' शब्द गढ़ लिया है। इसमें से निंदात्मक ध्वनि आती है। जिस क्षण तुम कहते 'विषयासक्ति',

तो तुमने निंदा कर ही दी होती है।

यही है विडंबना: धार्मिक लोग भोगने की निंदा करते, और वे निर्मित कर देते भोग को। वे निंदा करते विषय-सुख की और वे निर्मित करते विषयासक्ति को। कारण क्या है ऐसा करने का? जब तुम दमन करते जाते हो तुम्हारी संवेदनाओं का, तो वही दमन ही आसक्ति निर्मित कर देता है। वरना एक सच्चा जीवंत व्यक्ति कभी भोगासक्त नहीं होता है। वह आनंदित होता है, लेकिन वह कभी भी भोगासक्त नहीं होता है। वह आदमी जो रोज खूब अच्छी तरह भोजन करता हो, भोजन के रस में ही आसक्त नहीं रह सकता। लेकिन उपवास किए जाओ, तो आसक्ति पैदा हो जाती। जो आदमी उपवास करता रहता है वह सोचता जाता है—भोजन, भोजन, भोजन की ही बात। भोजन एक मोह बन जाता है। वह खाता है चौबीसों घंटे फिर जब वह उपवास तोड़ता है, तो वह एकदम दूसरी अति में डूब जाता है। एक अति पर तो वह उपवास करता है, दूसरी अति पर वह बहुत ज्यादा खा लेगा।

अभी दो दिन पहले एक संन्यासी आया इंग्लैंड से और कहने लगा कि वह उपवास करना बहुत पसंद करता है। वह बहुत कम खाता है और वह भी एक दिन छोड़कर। मैंने कहा उससे, 'उपवास एक खतरनाक चीज बन सकता है। कई बार इसका उपयोग किया जा सकता है, लेकिन दवाई की भांति, जीवन की एक शैली की भांति नहीं। उपवास जीवन का ढंग कभी नहीं बन सकता है।' और मैंने बात की उससे—उपवास के मोह से उसे बाहर लाने के लिए। तीन दिन तक तो वह बिलकुल दिखाई ही नहीं पड़ा। मैंने प्रतीक्षा की। 'कहां चला गया वह! क्या हुआ?' तीन दिन के बाद वह आया और वह बोला, 'मैं बीमार था। आप बात करते थे उपवास की और आपने कहा कि उपवास अच्छा नहीं; इसलिए मैं भोजन के रस में डूब गया। बहुत ज्यादा खा लिया मैंने।'

ऐसा सदा घटता है: उपवास से तुम सरकते हो एकदम दूसरी अति की ओर। ठीक कहीं मध्य में, सम्यकत्व है। बुद्ध ने फिर-फिर हर चीज के साथ प्रयोग किया है सम्यक शब्द का: सम्यक-भोजन, सम्यक-स्मृति, सम्यक-ज्ञान, सम्यक-प्रयास। जो कुछ भी कहा उन्होंने, सदा उसके साथ सम्यक शब्द जोड़ दिया उन्होंने। शिष्य पूछते, 'क्यों सदा आप सम्यक शब्द जोड़ देते हैं?' वे कहते, 'क्योंकि तुम लोग खतरनाक हो। या तो तुम इस अति पर होते हो या दूसरी अति पर।'

यदि तुम उपवास करते हो तो भोजन में अति रस लेने की बात आ बनेगी। यदि तुम प्रयास करते हो, तो सेक्स के प्रति लोलुपता निर्मित होगी। जो कुछ भी तुम जबर्दस्ती लाद लेते हो अपने पर अंततः वह जबर्दस्ती तुम्हें ले जाएगी भोगासक्ति की ओर।

एक सच्चा संवेदनशील व्यक्ति जीवन से इतना ज्यादा आनंदित होता है कि वह आनंद ही उसे शीतल और शांत कर देता है। उसमें कोई सम्मोहित आवेश नहीं होते। वह संवेदनात्मक होता है।

और यदि तुम मुझसे पूछते हो, तो बुद्ध ज्यादा संवेदनशील हैं किसी भी अन्य व्यक्ति से। वे होंगे ही, क्योंकि वे बहुत जीवंत हैं। जब बुद्ध देखते हैं वृक्ष की तरफ, तो जितना तुम देख सकते हो, वे जरूर उससे ज्यादा रंग देख रहे होंगे; उनकी आंखें ज्यादा संवेदनशील होती हैं; ज्यादा संवेदनात्मक होती हैं। जब बुद्ध भोजन करते हैं, तो जितने कि तुम हो सकते हो, वे जरूर तुमसे ज्यादा आनंदित हो रहे होंगे क्योंकि उनके भीतर की हर चीज एकदम ठीक कार्य कर रही होती है। यदि तुम गुजरो बुद्ध के पास से, तो तुम सुन सकते हो बिलकुल ठीक कार्य कर रही संरचना की गुनगुनाहट, जैसे कि बिलकुल ठीक

कार्य कर रही कार की मर्मर-ध्वनि हो। हर चीज बिलकुल ठीक हो रही होती है, जैसी कि होनी चाहिए। वे संवेदनशील होते हैं, वे सुख के प्रति संवेदनात्मक होते हैं, लेकिन कोई आसक्ति नहीं होती। कैसे हो सकती है?

भोगासक्ति एक रोग है; भोगासक्ति एक असंतुलन है। तो भी तुमसे मैं ऐसा नहीं कहता। मैं कहता हूंः पूरे डूबो भोगासक्ति में और खत्म करो बात। उसे अपने सिर पर मत उठाए रहो। वह बात ज्यादा बुरी है कुछ करने से।

डूबो! यदि तुम भोजन के रस में डूबना चाहते हो तो पूरी तरह डूबो। शायद रसविमग्नता के द्वारा तुम अपने ठीक होश तक पहुंच जाओ। शायद पूरे अनुभव द्वारा तुम परिपक्वता पा जाओ, उस प्रौढ़ता तक पहुंच जाओ जो कहती है कि यह बात मूढ़ता है।

मुझे याद है गुरजिएफ का कहना कि वह एक बेरीनुमा फल पसंद करता था। वह मिलता था काकेशस में, और वह सदा बुरा रहता उसके स्वास्थ्य के लिए। जब कभी वह खा लेता उसे, उसका पेट खराब हो जाताः दर्द होता और पीड़ा उठती और मितली—और हर तरह की चीजें! लेकिन उसे इतना ज्यादा पसंद था वह फल कि उसे न खाना असंभव होता। कुछ दिनों बाद वह खा लेता, फिर और फिर। वह कहता है, एक दिन मेरे पिता बाजार गए, मुझे अपने साथ ले गए और बहुत बड़ी मात्रा में वह फल खरीदा। मैं बहुत खुश था और हैरान था—कि क्यों खरीद रहे हैं वे इतना? वे सदा इसके विरुद्ध रहे थे। वे सदा कहते थे मुझसे कि उसे कभी न खाना। तो क्या हो गया! कैसे अच्छे पिता हैं! तब गुरजिएफ केवल नौ वर्ष का ही था, उसके पिता ने छड़ी पकड़ी हाथ में और वे बोले, 'तुम वह सारे का सारा खा जाओ। वरना मैं तुम्हें पीट-पीट कर मार ही डालूंगा।' और वह खतरनाक आदमी था।

आंसू बह रहे थे और गुरजिएफ खाए जा रहा था, और उसे खाना था उतना सारा। वमन कर दिया उसने, लेकिन उसका पिता बहुत ज्यादा कठोर व्यक्ति था। उसने वमन कर दिया और तीन सप्ताह तक वह बीमार पड़ा रहा पेचिश से, वमन से और बुखार से। फिर फल समाप्त हो गया। वह कहता है, 'अभी भी जब कि मैं साठ वर्ष का हूं, यदि मुझे कहीं दिखता है वह फल, तो मेरा सारा शरीर कंपने लगता है। मैं देख तक नहीं सकता उस फल की ओर!'

पूरी तरह भोग लेना गहरी समझ निर्मित कर देता है जो शरीर की जड़ों तक उतरती है। मैं कहता हूं तुमसेः 'जाओ और पूरी तरह डूबो भोग में।' कुछ बुरा नहीं इसमें। यदि तुम सचमुच किसी चीज को भोगते हो और अपने को रोकते नहीं, तो इसमें से बाहर निकलोगे ज्यादा प्रौढ़ होकर। अन्यथा, भोगने का वह भाव, वह विचार, सदा पकड़े रहेगा—वह तुम्हें घेरे रहेगा, वह एक प्रेत बन जाएगा। जो लोग ब्रह्मचर्य का व्रत लेते हैं, वे सदा आविष्ट रहते हैं—कामवासना के प्रेत द्वारा।

जो लोग किसी भी तरह का नियंत्रण करने की कोशिश करते हैं, वे सदा भोग के विचार से, सारे बंधन तोड़ने के विचार से, अनुशासनों और नियंत्रणों के विचार से घिरे रहते हैं, और फिर दनादन सिर के बल कूद पड़ते हैं इसमें।

जीवन को तुम्हें ले जाने दो जहां कहीं वह तुम्हें ले जाता है—और भयभीत मत होओ। भय एकमात्र ऐसी चीज है जिससे कि किसी को भयभीत होना चाहिए, और कोई ऐसी चीज नहीं। बढ़ो! हिम्मती बनो और निर्भीक बनो, और मैं कहता हूं तुमसे कि धीरे-धीरे भोगने का अनुभव ही, सुख के प्रति

संवेदनशील होना ही तुम्हें शांत कर देगा। तुम केंद्रस्थ हो जाओगे।

लेकिन मैं संवेदनशीलता के हक में हूं। यदि वह भोगने का भाव भी लाए, यदि वह सुखवादिता भी लाए तो भी ठीक है। मैं भोग के भाव से और सुखवादिता से भयभीत नहीं हूं। मैं भयभीत हूं केवल एक चीज से: कि रस में डूबने और सुखवादी होने का भय तुम्हारी संवेदनशीलता को मार न दे। यदि वह मर जाती है, तो तुमने कर ली होती है आत्महत्या। संवेदनशील होते हो, तो तुम जीवंत होते हो, होशपूर्ण होते हो; जितने ज्यादा संवेदनशील होते हो, उतने ज्यादा जीवंत और होशपूर्ण होते हो। और जब तुम्हारी संवेदनशीलता समग्र हो जाती है, तो तुम प्रवेश कर चुके होते हो भगवत्ता में।

प्रवचन 13

दुख का मूल: होश का अभाव और तादात्म्य

योगसूत्र
(साधनपाद)

अनित्याशुचिदुःखानात्मसु नित्यशुचिसुखात्मख्यातिः अविद्या।। ५।।

अविद्या है—अनित्य को नित्य समझना, अशुद्ध को शुद्ध जानना, पीड़ा को सुख और अनात्म को आत्म जानना।

दृग्दर्शनशक्त्योरेकात्मतेवास्मिता।। ६।।

अस्मिता है—द्रष्टा का दृश्य के साथ तादात्म्य।

सुखानुशयी रागः।। ७।।

आकर्षण और उसके द्वारा बनी आसक्ति होती है उस किसी चीज के प्रति जो सुख पहुंचाती है।

दुःखानुशयी द्वेषः।। ८।।

द्वेष उपजता है किसी उस चीज से जो दुख देती है।

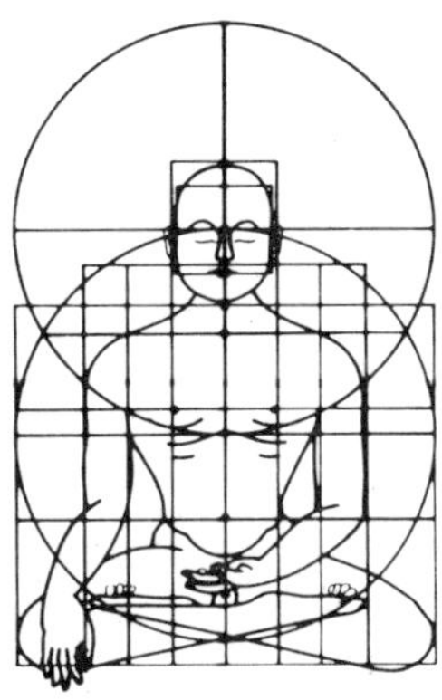

अविद्या क्या है? इस शब्द का अर्थ है अज्ञान, लेकिन अविद्या कोई साधारण अज्ञान नहीं। इसे बहुत गहरे समझना होगा। अज्ञान है ज्ञान की कमी। अविद्या ज्ञान की कमी नहीं, बल्कि जागरूकता की कमी है। अज्ञान बहुत आसानी से मिट सकता है; तुम ज्ञान उपार्जित कर सकते हो। यह केवल स्मृति के प्रशिक्षण की ही बात होती है। ज्ञान यांत्रिक होता है; किसी जागरूकता की जरूरत नहीं होती। वह उतना ही यांत्रिक होता है जितना कि साधारण अज्ञान। अविद्या है जागरूकता की कमी। व्यक्ति को ज्यादा और ज्यादा बढ़ना होता है चेतना की ओर, न कि ज्यादा ज्ञान की ओर। केवल तभी अविद्या मिट सकती है।

अविद्या ही है जिसे गुरजिएफ 'आध्यात्मिक निद्रा' कहा करता था। व्यक्ति घूमता-फिरता है, जीता है, मरता है, न जानते हुए कि वह जीता क्यों है, न जानते हुए कि वह आया कहां से और किसलिए, न जानते हुए कि वह कहां बढ़ता रहा और किसलिए। गुरजिएफ इसे कहते हैं 'निद्रा', पतंजलि इसे कहते हैं, 'अविद्या'। दोनों का एक ही अर्थ है। तुम नहीं जानते तुम हो क्यों! तुम यहां इस संसार में, इस देह में, इन अनुभवों में तुम्हारे होने का प्रयोजन जानते नहीं। तुम बहुत सारी चीजें करते हो बिना यह जानते हुए कि तुम उन्हें क्यों कर रहे हो, बिना जाने हुए कि तुम उन्हें कर रहे हो, बिना जाने हुए कि तुम कर्ता हो। हर चीज ऐसे चलती है जैसे गहरी निद्रा में पड़ी हो। अविद्या, यदि मुझे तुम्हारे लिए इसका अनुवाद करना पड़े, तो इसका अर्थ होगा सम्मोहन।

आदमी जीता है एक गहरे सम्मोहन में। मैं सम्मोहन पर काम करता हूं, क्योंकि सम्मोहन को समझना ही एकमात्र तरीका है व्यक्ति को सम्मोहन के बाहर लाने का। सारी जागरूकता एक तरह की सम्मोहननाशक है, इसलिए सम्मोहन की प्रक्रिया को बहुत-बहुत साफ ढंग से समझ लेना है, केवल तभी तुम उसके बाहर आ सकते हो। रोग को समझ लेना है, उसका निदान कर लेना है; केवल तभी उसका इलाज किया जा सकता है। सम्मोहन आदमी का रोग है, और सम्मोहन विहीनता होगी एक मार्ग।

एक बार मैं काम करता था एक आदमी पर और वह बहुत अच्छा माध्यम था सम्मोहन के लिए। संसार के एक तिहाई लोग, तैंतीस प्रतिशत, अच्छे माध्यम होते हैं, और वे लोग बुद्धि विहीन नहीं होते हैं। वे लोग होते हैं बहुत-बहुत बुद्धिमान, कल्पनाशील, सृजनात्मक। इसी तैंतीस प्रतिशत में होते हैं सभी बड़े वैज्ञानिक, सभी बड़े कलाकार, कवि, चित्रकार, संगीतकार। यदि कोई व्यक्ति सम्मोहित हो सकता है, तो यह बात यही बताती है कि वह बहुत संवेदनशील है। इसके ठीक विपरीत बात प्रचलित

हैः लोग सोचते हैं कि वह व्यक्ति जो थोड़ा मूर्ख होता है केवल वही सम्मोहित हो सकता है। यह बिलकुल गलत बात है। करीब-करीब असंभव ही होता है किसी मूढ़ को सम्मोहित करना, क्योंकि वह सुनेगा नहीं, वह समझेगा नहीं और वह कल्पना नहीं कर पाएगा। बड़ी तेज कल्पनाशक्ति की जरूरत होती है।

लोग सोचते कि केवल कमजोर व्यक्तित्व के लोग सम्मोहित किए जा सकते हैं। बिलकुल गलत है बात; केवल बड़े शक्तिशाली व्यक्ति सम्मोहित किए जा सकते हैं। कमजोर आदमी इतना असंगठित होता है कि उसमें कोई संगठित एकत्व नहीं होता, उसमें अपना कोई केंद्र नहीं होता। और जब तक तुम्हारे पास किसी तरह का कोई केंद्र नहीं होता, सम्मोहन कार्य नहीं करता। क्योंकि कहां से करेगा वह काम, कहां से व्याप्त होगा तुम्हारे अंतस में? और एक कमजोर आदमी इतना अनिश्चित होता है हर चीज के बारे में, इतना निश्चयहीन होता है अपने बारे में, कि उसे सम्मोहित नहीं किया जा सकता है। केवल वे ही लोग सम्मोहित किए जा सकते हैं जिनके व्यक्तित्व शक्तिशाली होते हैं।

मैंने बहुत लोगों पर काम किया है और मेरा ऐसा जानना है कि जिस व्यक्ति को सम्मोहित किया जा सकता है उसे ही सम्मोहनरहित किया जा सकता है, और वह व्यक्ति जिसे सम्मोहित नहीं किया जा सकता, वह बहुत कठिन पाता है आध्यात्मिक मार्ग पर बढ़ना, क्योंकि सीढ़ियां दोनों तरफ जाती हैं। यदि तुम आसानी से सम्मोहित किए जा सकते हो तो तुम आसानी से सम्मोहनरहित किए जा सकते हो। सीढ़ी वही होती है। चाहे तुम सम्मोहित हो या कि असम्मोहित, तुम एक ही सीढ़ी पर होते हो; केवल दिशाएं भेद रखती हैं।

मैं एक युवक पर बहुत वर्षों तक कार्य करता रहा था। एक दिन मैंने उसे सम्मोहित किया और जिसे सम्मोहनविद कहते हैंः पोस्ट-हिप्नोटिक सजेशन, सम्मोहनोत्तर सुझाव, एक दिन वही दिया उसे। मैंने कहा उससे, 'कल ठीक इसी समय—उस समय सुबह के नौ बजे थे—तुम मुझसे मिलने आओगे। तुम्हें आना ही होगा मुझसे मिलने। कोई स्पष्ट कारण नहीं है आने का, तो भी ठीक नौ बजे तुम्हें आना होगा।' वह होश में न था और मैंने कहा उससे, 'जब तुम आओगे नौ बजे, ठीक नौ बजे तुम कूद पड़ोगे मेरे बिस्तर में, चूम लोगे तकिए को, आलिंगन करोगे तकिए का जैसे कि तकिया तुम्हारी प्रेमिका हो।'

निस्संदेह, अगले दिन वह पहुंच गया पौने नौ बजे, लेकिन मैं अपने बेडरूम में नहीं बैठा था, मैं बरामदे में बैठा इंतजार कर रहा था उसका। वह आया। मैंने पूछा, 'क्यों आए हो तुम?' उसने कंधे उचका दिए। वह कहने लगा, 'बस इत्तफाक से मैं गुजर रहा था यहां से और एक विचार आ बनाः क्यों न आपके पास चलूं?' उसे होश नहीं था कि सम्मोहन वाला सुझाव काम कर रहा था; वह ढूंढ रहा था कोई व्याख्या। वह बोला, 'मैं बस यूं ही गुजर रहा था इस रास्ते से।' मैंने पूछा उससे, 'क्यों गुजर रहे थे तुम इस रास्ते से? तुम पहले कभी नहीं गुजरते, और यह रास्ता तुम्हारे रास्ते से अलग पड़ता है। जब तक कि तुम मेरे ही पास न आना चाहो, कोई तुक नहीं है शहर से बाहरी इलाके में जाने की।' वह बोला, 'बस सुबह की सैर के लिए ही...'—एक तर्कसंगत व्याख्या। वह नहीं सोच सकता था कि वह अकारण आया था, वरना तो वह बहुत ही तोड़-बिखेर देने वाला अनुभव हो जाता अहंकार के लिए। 'क्या पागल हुए हैं?' वह शायद ऐसा सोचे। लेकिन वह बेचैन था, असुविधा में था। वह देख रहा था चारों तरफ कारण न जानते हुए। वह खोज रहा था तकिए को और बिस्तर को और बिस्तर था नहीं वहां पर। और

जानबूझ कर मैं बैठा हुआ था बाहर जैसे-जैसे मिनट बीते वह ज्यादा और ज्यादा बेचैन हुआ। मैंने पूछा उससे, 'क्यों तुम इतने बेचैन हो? तुम तो ठीक से बैठ भी नहीं सकते। क्यों तुम जगह बदलते जाते हो?' वह बोला, 'पिछली रात मैं ठीक से सो नहीं सका'—फिर भी वही बुद्धिसंगत व्याख्या। आदमी को किसी न किसी तरह कारण खोज ही लेने होते हैं। वरना तो आदमी पागल जान पड़ेगा। तो नौ बजने के कोई पांच मिनट पहले वह बोला, 'बहुत गर्मी है यहां।' गरमी थी नहीं क्योंकि वह सुबह की सैर के लिए निकला था और सर्दी का मौसम था। 'बहुत गर्मी है यहां। क्या हम भीतर नहीं जा सकते?' फिर वही ठीक कारण खोजने का बहाना। मैंने टालना चाहा इस बात को और मैंने कहा, 'गरमी नहीं है।'

तब वह अचानक उठ खड़ा हुआ। नौ बजने में बस दो मिनट ही बाकी थे। उसने देखा अपनी घड़ी की ओर, खड़ा हो गया, और वह बोला, 'मैं बीमार अनुभव कर रहा हूं।' इससे पहले कि मैं रोक सकता, वह तो भागा कमरे की ओर। मैं उसके पीछे आया। वह कूद पड़ा बिस्तर पर, उसने तकिए को चूमा, आलिंगन किया तकिए का—और मैं खड़ा था वहां पर, जिससे उसने बहुत परेशानी, उलझन अनुभव की। मैंने पूछा, 'क्या कर रहे हो तुम?' उसने रोना शुरू कर दिया। वह बोला, 'मुझे नहीं मालूम, पर कल जब आपसे अलग हुआ तब से यह तकिया लगातार मेरे मन में बना रहा है!' वह नहीं जानता था कि सम्मोहन में मैंने ही वैसा करने को कहा था। और वह बोला, 'रात में भी मैं फिर-फिर स्वप्न देखता था; इसी तकिए को आलिंगन करता, चूमता और यह एक जरूरत बन गई, एक मोह हो गया। सारी रात मैं सो नहीं सका। अब मुझे चैन पड़ा है, पर मैं जानता नहीं क्यों?'

क्या तुम्हारा सारा जीवन इसी भांति नहीं है? हो सकता है तुम किसी तकिए को नहीं चूम रहे हो, तुम किसी स्त्री को चूम रहे होओगे, लेकिन क्या तुम्हें इसका कारण पता है? अचानक एक स्त्री या एक पुरुष तुम्हें आकर्षक लगते हैं, लेकिन तुम्हें कारण पता नहीं कि क्यों! यह किसी सम्मोहन की भांति ही है। निस्संदेह ऐसा प्राकृतिक है; किसी ने तुम्हें सम्मोहित नहीं किया है; प्रकृति ने ही तुम्हें सम्मोहित किया है। प्रकृति की सम्मोहित करने की शक्ति ही है जिसे कि हिंदू कहते हैं 'माया', भ्रम की शक्ति। तुम भ्रम में होते हो, गहरी भ्रामकता में होते हो। तुम जीते हो निद्राचारी की भांति; गहरी नींद में सोए हुए तुम बातें करते चले जाते हो न जानते हुए कि क्यों; और जो कुछ कारण तुम बताते हो, वे बुद्धि के हिसाब ही होते हैं, वे सच्चे कारण नहीं होते।

तुम एक स्त्री से मिलते, तुम प्रेम में पड़ जाते, और तुम कहते, 'मुझे प्रेम हो गया है।' लेकिन क्या तुम कारण बता सकते हो कि क्यों? क्यों हुआ है ऐसा? तुम खोज लोगे कुछ कारण। तुम कहोगे, 'उसकी आंखें इतनी सुंदर हैं। नाक इतनी सुघड़ है, और चेहरा है संगमरमर की प्रतिमा की भांति!' तुम खोज लोगे कारण, लेकिन ये तो बुद्धि के तर्क हैं। वस्तुतः तुम जानते नहीं, और तुम इतने साहसी नहीं कि कह सको कि तुम जानते नहीं। साहसी बनो। जब तुम नहीं जानते, तो तुम्हें बोध होना चाहिए कि तुम नहीं जानते। वह एक आघातकारी बात होगी। तुम इस सारे भ्रम से बाहर आ सकते हो जो तुम्हें घेरे रहता है। पतंजलि इसे कहते हैं अविद्या। अविद्या का अर्थ है, जागरूकता की कमी। ऐसा घट रहा है जागरूकता की कमी के कारण।

सम्मोहन में क्या होता है? क्या तुमने कभी किसी सम्मोहनविद को ध्यान से देखा है, क्या करता है वह? पहले तो वह कहता है, 'रिलैक्स।' 'शिथिल हो जाओ!' और वह दोहराता है इसे, वह कहता जाता

है, 'रिलैक्स, रिलैक्स'—'शिथिल हो जाओ, शिथिल हो जाओ।'

रिलैक्स की लगातार ध्वनि भी बन जाती है एक मंत्र, एक ट्रान्सेन्डेंटल मेडिटेशन, ऐसा ही होता है टी.एम. में। तुम लगातार एक मंत्र को दोहराते हो; वह नींद ले आता है। यदि तुम्हारे पास नींद न आने की समस्या हो, तो टी.एम. सबसे अच्छी बात है करने की। वह तुम्हें नींद देता है और इसलिए वह इतना महत्वपूर्ण हो गया है अमरीका में। अमरीका ही एक ऐसा देश है जो इतना ज्यादा पीड़ा भोग रहा है नींद न आने के रोग से। वहां महर्षि महेश योगी कोई सांयोगिक घटना नहीं हैं, वे एक आवश्यकता हैं। जब लोग अनिद्रा से पीड़ित होते हैं तो वे सो नहीं सकते। उन्हें चाहिए शामक दवाएं। और भावातीत ध्यान और कुछ नहीं सिवाय शामक दवा (ट्रैंक्विलाइजर) के; वह तुम्हें शांत करता है। तुम निरंतर दोहराते जाते हो एक निश्चित शब्दः 'राम, राम, राम।' कोई भी शब्द काम देगा; 'कोका-कोला, कोका-कोला' काम देगा वहां; उसका राम से कुछ लेना-देना नहीं है। 'कोका-कोला' उतना ही बढ़िया होगा जितना कि राम, या कि उससे भी ज्यादा प्रासंगिक होता है। तुम एक निश्चित शब्द निरंतर दोहराते हो। निरंतर दोहराव एक ऊब निर्मित कर देता है, और ऊब आधार है सारी नींद का। जब तुम ऊब अनुभव करते हो, तो तुम तैयार होते हो सो जाने के लिए।

एक सम्मोहनविद दोहराता जाता है, 'शिथिल हो जाओ।' वह शब्द ही व्याप्त हो जाता है तुम्हारे शरीर और अंतस में। वह दोहराए जाता है उसे और वह तुमसे सहयोग देने को कहता है, और तुम सहयोग देते हो। धीरे-धीरे तुम उनींदापन अनुभव करने लगते हो। फिर वह कहता है, 'तुम उतर रहे हो गहरी नींद में, उतर रहे हो, उतर रहे हो नींद के गहरे शून्य में—उतर रहे हो...।' वह दोहराता ही जाता है और मात्र दोहराने से तुम्हें नींद आने लगती है।

यह एक अलग प्रकार की नींद होती है। यह कोई साधारण नींद नहीं होती, क्योंकि यह पैदा की गयी होती है; किसी ने इसे बहला फुसला कर निर्मित कर दिया है तुम में। क्योंकि इसे किसी ने निर्मित किया होता है, इसकी एक अलग ही गुणवत्ता होती है। पहला और बहुत आधारभूत भेद यह है कि तुम सारे संसार के प्रति सोए हुए होओगे, लेकिन सम्मोहनविद के लिए नहीं। अब तुम किसी चीज को न सुनोगे; अब तुम किसी और चीज को न सुन पाओगे। यदि एक बम भी फट पड़ेगा तो वह तुम्हारी शांति भंग न करेगा। रेलगाड़ियां गुजर जाएंगी, हवाई जहाज ऊपर से गुजर जाएंगे, लेकिन कोई चीज तुम्हें अशांत नहीं करेगी। तुम कुछ नहीं सुन पाओगे। तुम सारे संसार के प्रति बंद होते हो, लेकिन सम्मोहनविद के प्रति खुले होते हो। यदि वह कुछ कहे तो तुम तुरंत सुन लोगे; तुम केवल उसे ही सुनोगे। केवल एक ग्राहकता बच रहती है—सम्मोहनविद, और सारा संसार बंद हो जाता है। जो कुछ वह कहता है उस पर तुम विश्वास कर लोगे क्योंकि तुम्हारी बुद्धि सोने चली गयी है। बुद्धिमत्ता कार्य नहीं करती। तुम एक छोटे बच्चे की भांति हो जाते हो—जिसके पास आस्था होती है। तो जो कुछ भी सम्मोहनविद कहता है, तुम्हें उसका विश्वास करना पड़ता है। तुम्हारा चेतन मन काम नहीं कर रहा है। केवल अचेतन मन कार्य करता है। अब किसी बेतुकी बात पर भी विश्वास आ जाएगा।

यदि सम्मोहनविद कहता है कि तुम घोड़े बन गए हो तो तुम नहीं कह सकते, 'नहीं', क्योंकि कौन 'नहीं' कहेगा? गहरी निद्रा में विश्वास संपूर्ण होता है; तुम घोड़े बन जाओगे, तुम घोड़े की भांति अनुभव करोगे। और यदि वह कहता है अब तुम हिनहिनाओ घोड़े की भांति, तो तुम हिनहिनाओगे। यदि वह

कहे, दौड़ो, कूदो—घोड़े की भांति, तो तुम कूदोगे और दौड़ने लगोगे।

सम्मोहन कोई साधारण निद्रा नहीं। साधारण निद्रा में तुम किसी से नहीं कह सकते कि तुम घोड़ा बन गए हो। पहली तो बात: यदि वह तुम्हें सुनता है तो वह सोया हुआ नहीं होता। दूसरी बात यह कि यदि वह तुम्हें सुनता है तो वह सोया हुआ नहीं होता और जो तुम कह रहे हो वह उस पर विश्वास नहीं करेगा। वह आंखें खोलेगा अपनी और हंसेगा और कहेगा, 'क्या तुम पागल हुए हो! क्या कह रहे हो तुम? मैं और एक घोड़ा?'

सम्मोहन एक उत्पन्न की हुई निद्रा होती है। निद्रा से ज्यादा तो वह किसी नशे की भांति है। तुम किसी नशे के प्रभाव में होते हो। नशीला द्रव्य साधारण रासायनिक द्रव्य नहीं होता, बल्कि वह देह में बहुत गहरे तक चला गया एक रसायन होता है। किसी एक निश्चित शब्द का दोहराव मात्र ही शरीर के रसायन को बदल देता है। इसलिए मनुष्य के सारे इतिहास में मंत्र इतने ज्यादा प्रभावकारी रहे हैं। निरंतर रूप से किसी खास शब्द का दोहराव शरीर के रसायन को बदल देता है क्योंकि एक शब्द मात्र एक शब्द ही नहीं होता; उसकी तरंगें होती हैं, वह एक विद्युत घटना है। एक शब्द निरंतर तरंगित होता है: राम, राम, राम; वह गुजरता है शरीर के सारे रसायन में से। वे तरंगें बहुत शीतलता से आती हैं; वे तुम्हारे भीतर एक मंद-मंद गुनगुनाहट बना देती हैं, उसी भांति जैसे कि मां लोरी गा रही होती है, जब बच्चा सो नहीं रहा होता। लोरी बहुत सीधी-सरल बात है। एक या दो पंक्तियां लगातार दोहरा दी जाती हैं। और यदि मां बच्चे को अपने हृदय के समीप ले जा सकती है, तब तो प्रभाव और जल्दी होगा क्योंकि हृदय की धड़कन एक और लोरी बन जाती है। हृदय की धड़कन और लोरी दोनों साथ-साथ हों, तो बच्चा गहरी नींद सो जाता है।

यही सारी तरकीब है जप की और मंत्रों की; वे तुम्हें एक बढ़िया प्रभावपूर्ण नींद में पहुंचा देते हैं। उसके बाद तुम ताजा अनुभव करते हो। लेकिन कोई आध्यात्मिक बात उसमें नहीं होती, क्योंकि आध्यात्मिक का संबंध होता है ज्यादा सजग होने से, न कि कम सजग होने से।

ध्यान से देखना किसी सम्मोहनविद को। क्या कर रहा होता है वह? प्रकृति ने वही किया है तुम्हारे साथ। प्रकृति सबसे बड़ी सम्मोहक है; उसने तुम्हें सम्मोहनकारी सुझाव दिए होते हैं। वे सुझाव पहुंचाए जाते हैं क्रोमोसोम्स द्वारा, तुम्हारे शरीर के कोशाणुओं द्वारा। अब वैज्ञानिक कहते हैं कि एक कोशाणु मात्र करीब-करीब एक करोड़ संदेश ले आता है तुम्हारे लिए। वे उसी में रचे होते हैं। जब एक बच्चा गर्भ में आता है, तो दो कोशाणु मिलते हैं, एक मां की ओर से और एक पिता की ओर से। दो क्रोमोसोम्स मिलते हैं। वे ले आते हैं लाखों-लाखों संदेश। वे नक्शे बन जाते हैं और बच्चा उन आधारभूत नक्शों-ढांचों से जन्मता है। वे दुगुने-चौगुने होते जाते हैं। इसी भांति शरीर बढ़ता जाता है।

तुम्हारा सारा शरीर छोटे-छोटे अदृश्य कोशाणुओं से बना होता है, करोड़ों कोशाणु होते हैं। और प्रत्येक कोशाणु संदेश लिए रहता है, जैसे कि प्रत्येक बीज संपूर्ण संदेश ले आता है संपूर्ण वृक्ष के लिए: कि किस प्रकार के पत्ते उसमें उगेंगे; किस प्रकार के फूल खिलेंगे इसमें; वे लाल होंगे या नीले होंगे, या कि पीले होंगे। एक छोटा-सा बीज सारा नक्शा लिए रहता है वृक्ष के संपूर्ण जीवन का। हो सकता है वृक्ष चार हजार साल तक जीए। चार हजार साल तक उसकी हर चीज वह छोटा-सा बीज लिए ही रहता। वृक्ष को इसका ध्यान रखने की या चिंता करने की कोई जरूरत नहीं; हर चीज कार्यान्वित होगी। तुम भी

बीज लिए रहते होः एक बीज पिता से, एक मां से। और वे आते हैं पिछले हजारों वर्षों से, क्योंकि तुम्हारे पिता का बीज उन्हें दिया गया था उनके पिता और मां द्वारा। इस भांति प्रकृति तुममें प्रविष्ट हुई है।

तुम्हारा शरीर आया है प्रकृति से; तुम आए हो कहीं और से। इस कहीं और का मतलब है, परमात्मा। तुम एक मिलन-बिंदु हो शरीर और चेतना के। लेकिन शरीर बहुत-बहुत शक्तिशाली है और जब तक तुम इस विषय में कुछ करो नहीं, तुम इसकी शक्ति के भीतर रहोगे, इसके अधिकार में रहोगे। योग एक ढंग है इससे बाहर आने का। योग ढंग है शरीर द्वारा आविष्ट न होने का और फिर से मालिक होने का। अन्यथा तुम तो गुलाम बने रहोगे।

अविद्या है गुलामी; सम्मोहन की वह गुलामी, जो प्रकृति ने तुम्हें दे दी है। योग इस गुलामी के पार हो जाना और मालिक हो जाना है। अब सूत्रों को समझने की कोशिश करें।

सूत्र का अर्थ हुआ बीज। इसे बहुत-बहुत ढंग से समझ लेना है, तभी यह तुममें समझ का वृक्ष बनेगा। सूत्र एक बहुत ही संक्षिप्त संदेश होता है। उन दिनों इसे ऐसा ही होना था, क्योंकि जब पतंजलि ने रचा योग-सूत्रों को तो कोई लिखाई न थी। उन्हें स्मरण रखना होता था। उन दिनों तुम बड़ी-बड़ी किताबें न लिख सकते थे, बस सूत्र ही लिखते। सूत्र होता है बीज जैसी चीज, जिसे आसानी से स्मरण रखा जा सके। और हजारों वर्षों तक सूत्रों को स्मरण रखा गया शिष्यों द्वारा, और फिर उनके शिष्यों द्वारा। जब इन्हें लिखा गया उसके हजारों साल बाद ही ग्रंथ रचना का अस्तित्व बना। सूत्र संकेतकारी होना चाहिए; तुम बहुत सारे शब्दों का प्रयोग नहीं कर सकते; तुम्हें अल्पतम का, कम से कम शब्दों का प्रयोग करना होता है। तो जब कभी तुम किसी सूत्र को समझना चाहो तो तुम्हें उसे बढ़ाना पड़ता है। तुम्हें उसकी व्याख्याओं में उतरने के लिए सूक्ष्मदर्शक यंत्र का प्रयोग करना होता है।

अविद्या है—अनित्य को नित्य समझना, अशुद्ध को शुद्ध जानना, पीड़ा को सुख और अनात्म को आत्म जानना।

पतंजलि कहते, अविद्या क्या है?—जागरूकता का अभाव। और जागरूकता का अभाव क्या है? तुम उसे जानोगे कैसे? लक्षण क्या होते हैं? लक्षण ये हैंः 'अनित्य को शाश्वत समझ लेना...।'

जरा देखो चारों तरफ—जीवन एक प्रवाह है, हर चीज गतिमय है। हर चीज निरंतर गतिमान हो रही है, निरंतर परिवर्तित हो रही है। चारों ओर सभी चीजों का स्वभाव है परिवर्तन। परिवर्तन एकमात्र स्थायी चीज-जान पड़ता है। स्वीकार करो परिवर्तन को और हर चीज बदल जाती है। यह सागर की लहरों की भांति ही होता है। वे जन्मतीं, थोड़ी देर को वे बनी रहतीं; और वे फिर घुल जातीं और मिट जातीं। ऐसा लहरों की भांति ही होता है।

तुम जाते हो सागर की ओर, तो क्या देखते हो तुम? तुम देखते हो लहरों को, मात्र सतह को। और फिर तुम वापस लौट आते हो और तुम कहते हो कि तुम देख आए समुद्र को और समुद्र सुंदर था। तुम्हारी खबर बिलकुल झूठ होती है। तुमने समुद्र को तो बिलकुल देखा ही नहीं; केवल सतह को, लहरदार सतह को देखा है। तुम तो केवल किनारे पर ही खड़े रहे। तुमने देखा समुद्र की ओर, लेकिन वह वस्तुतः समुद्र न था। वह केवल सर्वाधिक बाहर की परत थी, केवल एक सीमा जहां हवाएं लहरों से

मिल रही थीं।

जैसे कि तुम मुझसे मिलने आते और तुम देखते केवल मेरे कपड़ों को ही। फिर तुम वापस चले जाते हो और तुम कहते हो कि तुम मुझसे मिल लिए। यह ऐसा ही हुआ कि तुम मुझे देखने आए, और केवल घर भर में घूमे और बाहरी दीवारों को देखा, फिर वापस गए और कह दिया कि तुमने जान लिया है मुझे। लहरें होती हैं समुद्र में, समुद्र होता है लहरों में, लेकिन लहरें समुद्र नहीं हैं। वे तो सब से ज्यादा बाहर की हैं, समुद्र के केंद्र से, गहराई से सर्वाधिक दूरी की घटना।

जीवन एक प्रवाह है; हर चीज बह रही है, परिवर्तित हो रही है दूसरे में। पतंजलि कहते हैं कि विश्वास करना कि यही जीवन है यह अविद्या है, यह जागरूकता का अभाव होना है। तुम बहुत बहुत दूर हो जाते हो जीवन से, केंद्र से, उसकी गहराई से। सतह पर परिवर्तन होता है, परिधि पर गति होती है, लेकिन केंद्र पर कोई चीज नहीं सरकती। कोई हलन-चलन नहीं, कोई परिवर्तन नहीं।

यह तो ऐसे है, जैसे बैलगाड़ी का पहिया। पहिया चलता जाता और चलता ही जाता और चलता ही चला जाता, लेकिन केंद्र पर कोई चीज थिर बनी रहती। उस थिर ध्रुव पर पहिया घूमता रहता। पहिया तो शायद संसार भर में घूमता रहा होगा, लेकिन वह किसी ऐसी चीज पर घूम रहा था जो कि नहीं घूम रही थी। सारी गतिमयता निर्भर करती है शाश्वत पर, अगति पर।

यदि तुमने केवल जीवन की गति देखी है, तो पतंजलि कहते हैं, 'यह है अविद्या—जागरूकता का अभाव।' तब तुमने पर्याप्त नहीं देखा। यदि तुम सोचते हो कि कोई व्यक्ति बालक है, फिर वह युवा है, फिर वृद्ध, फिर मर गया—तो तुमने देखा केवल चक्र को ही। तुमने देखा गति को : बालक, युवा, वृद्ध, मृत, एक लाश। क्या उसको देखा तुमने जो कि थिर रहा इन सब गतियों के बीच? क्या उसे देखा तुमने जो बालक नहीं था, युवा नहीं था और वृद्ध नहीं था? क्या उसे देखा है, जिस पर ये तमाम अवस्थाएं निर्भर करती हैं? क्या उसे देखा है तुमने जो सभी को पकड़े रहता है और सदा बना रहता है वही, और वही, और वही? जो कि न तो जन्मता है और न ही मरता है? यदि तुमने उसे नहीं जाना, यदि तुमने उसका अनुभव नहीं किया, तो पतंजलि कहते हैं—तुम अविद्या में पड़े हो जागरूकता के अभाव में।

तुम पर्याप्त रूप से सजग नहीं हो, इसलिए तुम पर्याप्त रूप से जान नहीं सकते। तुम्हारे पास पर्याप्त आंखें नहीं हैं, इसलिए तुम पर्याप्त रूप से गहरे नहीं देख सकते। एक बार तुम्हें आंखें मिल जाएं, वह दृष्टि वह बोध, वह स्पष्टता और उसकी गहरे उतरने की शक्ति तो तुम तुरंत जान लोगे कि परिवर्तन मौजूद है, लेकिन वही सब कुछ नहीं। वस्तुतः यह तो केवल परिधि होती है—जो बदलती, जो कि सरकती। बहुत गहरी नींव में तो है वही शाश्वत, नित्य।

क्या तुमने जाना है शाश्वत को? यदि तुमने नहीं जाना, तो वह अविद्या है; तुम सम्मोहित हुए हो परिधि द्वारा। परिवर्तित होते दृश्यों ने तुम्हें सम्मोहित कर लिया है। तुम उसकी पकड़ में बहुत ज्यादा आ गए हो। तुम्हें जरूरत है अलगाव की, तुम्हें जरूरत है थोड़े से फासले की, तुम्हें जरूरत है थोड़े और निरीक्षण की। 'अस्थायी को स्थायी समझ लेना अविद्या है; अशुद्ध को शुद्ध समझ लेना अविद्या है।'

शुद्ध क्या है और अशुद्ध क्या? तुम्हारी साधारण नैतिकता से पतंजलि का कुछ लेना-देना नहीं है। साधारणतया नैतिकता में भेद होता है—कोई चीज भारत में पवित्र हो सकती है और चीन में अपवित्र हो सकती है। हो सकता है कोई चीज भारत में अशुद्ध हो और इंग्लैंड में शुद्ध हो। या, यहां पर भी, कोई

चीज हिंदुओं के लिए शुद्ध हो सकती है और जैनों के लिए अशुद्ध। नैतिकता अलग अलग होती है। वस्तुतः यदि तुम नैतिकता की परतों को बेंधने लगो, तो वे अलग-अलग होती हैं प्रत्येक व्यक्ति में। पतंजलि नैतिकता की बात नहीं कर रहे। नैतिकता तो केवल एक समझौता है; उसकी उपयोगिता है, लेकिन उसमें कोई सत्य नहीं। और जब पतंजलि जैसा आदमी बोलता है तो वह बात करता है शाश्वत चीजों की, सीमित चीजों की नहीं। हजारों नैतिकताएं संसार में अस्तित्व रखती हैं और वे बदलती रहती हैं हर रोज स्थितियां बदलती हैं, तो नैतिकता को बदलना पड़ता है। जब पतंजलि कहते हैं 'शुद्ध' और 'अशुद्ध' तो उनका अर्थ बिलकुल ही अलग होता है।

'शुद्धता' से उनका मतलब है स्वाभाविक; 'अशुद्धता' से उनका मतलब है अस्वाभाविक। और कोई चीज तुम्हारे लिए स्वाभाविक हो सकती है या कि तुम्हारे लिए अस्वाभाविक हो सकती है, इसलिए कोई कसौटी नहीं हो सकती। अशुद्ध को शुद्ध जानने का अर्थ हुआ कि अस्वाभाविक को स्वाभाविक जानना। यही है जो तुमने किया है, जो सारी मनुष्य-जाति ने किया है। और इसलिए तुम और-और अशुद्ध हो गये हो।

स्वभाव के प्रति सदा सच्चे रहना। जरा ध्यान दो कि क्या स्वाभाविक है; खोज लो उसे। क्योंकि अस्वाभाविक के साथ तुम सदा तनावपूर्ण, असहज, बेचैन रहोगे। किसी अस्वाभाविक स्थिति में, कोई भी आराम से नहीं रह सकता। और तुम तुम्हारे चारों ओर अस्वाभाविक चीजें खड़ी कर लेते हो। फिर वे बोझ बन जाती हैं और वे तुम्हें नष्ट कर देती हैं। जब मैं कहता हूं 'अस्वाभाविक' तो मेरा मतलब होता है—तुम्हारे स्वभाव के बाहर की कोई चीज।

इसे ऐसे समझो : एक दूध बेचने वाला आया। तुमने दूध लिया और तुम कहते हो कि वह दूषित है। क्यों तुम कहते हो कि वह दूषित है? तुम ऐसा कहते हो, क्योंकि उसने उसमें पानी मिलाया हुआ है। लेकिन यदि पानी शुद्ध था और दूध भी शुद्ध था, तो दो शुद्धताएं दुगुनी शुद्धता बना देंगी! कैसे हो सकता है कि दो शुद्धताएं मिलें और चीज अशुद्ध हो जाए? लेकिन वे अशुद्ध हो जाती हैं। शुद्ध पानी और शुद्ध दूध मिले, और दोनों हो जाएंगे अशुद्ध। पानी हो जाएगा अशुद्ध, दूध भी हो जाएगा अशुद्ध, क्योंकि कोई अलग चीज, बाहर की कोई चीज प्रवेश कर जाती हैं।

जब मैं विद्यार्थी था यूनिवर्सिटी में तो मेरे पास एक दूध बेचने वाला आता था। वह बहुत प्रसिद्ध था यूनिवर्सिटी होस्टल में। लोगों का विश्वास था कि वह बहुत साधु-स्वभाव का आदमी है और कभी भी पानी न मिलाता होगा दूध में—जैसा चलन भारत में आमतौर से है। करीब-करीब असंभव होता है शुद्ध दूध प्राप्त कर लेना, लगभग असंभव ही। वह आदमी सचमुच ही बहुत अच्छा आदमी था। वह एक वृद्ध व्यक्ति था, एक वृद्ध ग्रामीण; बिलकुल ही अनपढ़, पर बहुत भले दिल का। अपने साधु-स्वभाव के कारण सारी यूनिवर्सिटी में वह एक संत के रूप में जाना जाता था। एक दिन मैंने पूछा उससे, जब कि हम परस्पर परिचित हो चुके थे और हमारे बीच एक निश्चित मित्रता बन चुकी थी, 'संत, क्या वास्तव में यह सच ही है कि तुम पानी और दूध कभी नहीं मिलाते?' वह कहने लगा, 'बिलकुल सच है।' लेकिन फिर मैंने कहा, 'ऐसा तो असंभव है। तुम्हारे दाम तो उतने ही हैं जितने कि दूसरे ग्वालों के, तुम्हारा तो सारा धंधा घाटे में जा रहा होगा।' वह हंस पड़ा। वह कहने लगा, 'आप जानते नहीं। इसकी एक तरकीब है।' मैं बोला, 'बताओ मुझे वह तरकीब, क्योंकि मैंने सुना है कि तुम तो अपना हाथ भी रख देते हो

रामायण पर, हिंदू बाइबल पर, यह कहते हुए कि तुम दूध में पानी कभी नहीं मिलाते।' वह बोला हां, ऐसा भी किया है मैंने क्योंकि मैं हमेशा पानी में दूध मिलाता हूं।

कानूनी तौर पर वह बिलकुल ठीक है। तुम शपथ ले सकते हो, तुम सौगंध ले सकते हो; इसमें कुछ अड़चन नहीं होगी। लेकिन चाहे तुम दूध में पानी मिलाओ या पानी में दूध मिलाओ बात एक ही है, क्योंकि किसी चीज का मिश्रण उसे अशुद्ध बना देता है।

जब पतंजलि कहते हैं, 'अशुद्ध को शुद्ध जानना अविद्या है,' तो वे कह रहे हैं, 'अस्वाभाविक को स्वाभाविक जानना अविद्या है।' और तुम बहुत-सी अस्वाभाविक चीजों को स्वाभाविक मान लिए हो; तुम पूरी तरह भूल चुके हो कि स्वाभाविक क्या है। स्वाभाविक को पा लेने के लिए तुम्हें स्वयं में गहरे उतरना होगा। सारा समाज तुम्हें अस्वाभाविक बना देता है; वह तुम पर ऐसी चीजें लादता जाता है जो कि स्वाभाविक नहीं होतीं; वह तुम्हें एक ढांचे में ढालता जाता है। वह तुम्हें देता चला जाता है आदर्श, सिद्धांत, पूर्वाग्रह, और तरह-तरह की नासमझियां। तुम्हें उसे स्वयं खोज लेना है जो स्वाभाविक है।

अभी कुछ दिन पहले एक युवक आया मेरे पास। वह पूछने लगा, 'क्या मेरे लिए विवाह कर लेना ठीक है? क्योंकि मेरी आध्यात्मिक प्रवृत्ति है, मैं विवाह नहीं करना चाहता।' मैंने पूछा उससे, 'क्या तुमने विवेकानंद को पढ़ा है?' वह बोला, 'हां, विवेकानंद तो मेरे गुरु हैं।' तब मैंने पूछा उससे, 'दूसरी और कौन-सी किताबें तुम पढ़ते रहे हो!' वह बोला, 'शिवानंद, विवेकानंद और दूसरे कई शिक्षकों को।' मैंने पूछा उससे, 'विवाह न करने का विचार तुम्हारा है या विवेकानंद और शिवानंद आदि का है? यह यदि तुम्हारा है तो बिलकुल ठीक है यह।' वह बोला, 'नहीं, क्योंकि मेरा मन कामवासना के बारे में सोचता ही रहता है, पर विवेकानंद ही ठीक होंगे कि कामवासना से लड़ना ही चाहिए। वरना कैसे सुधरेगा कोई? व्यक्ति को आध्यात्मिकता उपलब्ध करनी है।'

यही है अड़चन। अब यह विवेकानंद दूध में मिले हुए पानी हैं। विवेकानंद के लिए ठीक रहा होगा ब्रह्मचारी रहना; यह है उनके अपने निर्णय की बात। लेकिन यदि वे प्रभावित थे बुद्ध से, रामकृष्ण से, तो वे भी अस्वाभाविक हुए, अशुद्ध हुए।

अपने अंतस का और स्वभाव का अनुसरण करना होता है, और रहना होता है बहुत सच्चा और प्रामाणिक। क्योंकि जाल बहुत बड़ा है और गड्ढे लाखों हैं। सड़क बंट जाती है बहुत सारे आयामों में और दिशाओं में। तुम खो सकते हो। तुम्हारा मन सोचता है कामवासना की; विवेकानंद का शिक्षण कहता है, 'नहीं।' तब तुम्हें निर्णय लेना होता है। तुम्हें चलना पड़ता है तुम्हारे मन के अनुसार। मैंने कहा उस युवक से, 'बेहतर है कि तुम विवाह कर लो।' तब मैंने एक कथा कही उससे।

जितने सर्वाधिक पीड़ित पति हुए उनमें से एक था सुकरात। उसकी पत्नी जेनथिपे बहुत खतरनाक स्त्रियों में से एक थी। स्त्रियां खतरनाक होती हैं लेकिन वह तो सबसे ज्यादा खतरनाक स्त्री थी। वह पीटती थी सुकरात को। एक बार तो उसने सारी चायदानी उंडेल दी उसके सिर पर। उसका आधा चेहरा जला हुआ ही रहा जीवन भर। ऐसे आदमी से पूछना कि क्या करें!...पूछा था एक युवक ने, 'मुझे विवाह करना चाहिए या नहीं?' निस्संदेह, वह आशा रखता था कि सुकरात कहेगा, 'नहीं'—उसने बहुत दुख पाया था इस कारण। लेकिन वह तो बोला, 'हां, तुम्हें कर लेना चाहिए विवाह।' युवक कहने लगा, 'लेकिन ऐसा कैसे कह सकते हैं आप? मैंने तो बहुत सारी अफवाहें सुनी हैं आपके बारे में और आपकी

पत्नी के बारे में।' वह बोला, 'हां, मैं तो कहता हूं तुमसे कि तुम्हें विवाह कर लेना चाहिए। यदि तुम्हें अच्छी पत्नी मिलती हैं तो तुम प्रसन्न रहोगे, और प्रसन्नता द्वारा बहुत सारी चीजें विकसित होती हैं, क्योंकि प्रसन्नता स्वाभाविक होती है। यदि तुम्हें बुरी पत्नी मिलती है, तब निरासक्ति, त्याग की भावना विकसित होगी। तुम मुझ जैसे महान दार्शनिक बन जाओगे। दोनों ही अवस्थाओं में तुम्हें लाभ होगा। जब तुम मेरे पास पूछने आए हो कि विवाह करूं या नहीं, तो विवाह का विचार तुममें है, वरना तुम मेरे पास आते ही क्यों?'

मैंने कहा इस युवक से, 'तुम मुझसे पूछने आए हो। यह आना ही बतलाता है कि विवेकानंद पर्याप्त नहीं रहे; अभी भी तुम्हारा स्वभाव डोलता रहता है। तुम्हें विवाह कर लेना चाहिए। दुखी होओ उससे, आनंदित होओ उससे; पीड़ा और सुख दोनों में से गुजरो और परिपक्व हो जाओ अनुभव द्वारा। एक बार तुम पक जाते हो, इसलिए नहीं कि विवेकानंद या कोई दूसरा ऐसा कहता है, बल्कि इसलिए कि तुम प्रौढ़ और परिपक्व हो ही चुके हो, कामवासना की मूढ़ता गिर जाती है। वह गिर जाती है, तब ब्रह्मचर्य उदित होता है, सच्चा ब्रह्मचर्य उदित होता है, शुद्ध ब्रह्मचर्य उदित होता है, लेकिन यही तो है भेद।'

सदा स्मरण रखना कि तुम तुम हो, न तो तुम विवेकानंद हो और न तुम बुद्ध हो और न ही मुझ जैसे हो। बहुत प्रभावित मत हो जाना; प्रभाव है अशुद्धता। सचेत रहो, सजग रहो, ध्यान से देखो, और जब तक कोई चीज तुम्हारे स्वाभाव के अनुरूप नहीं बैठती, मत ग्रहण करो उसे। वह तुम्हारे लिए नहीं होती या कि तुम उसके लिए तैयार ही नहीं होते। जो कुछ भी हो बात, इस क्षण तो वह चीज तुम्हारे लिए नहीं है। तुम्हें बढ़ना होता है तुम्हारे अपने अनुभव के द्वारा। एक परिपक्वता तक, प्रौढ़ता तक पहुंचने के लिए तुम्हें दुख की जरूरत होती है। तुम जल्दी में पड़कर कोई बात नहीं कर सकते।

जीवन अनंत है, उसमें कहीं कोई जल्दी नहीं। समय की कमी नहीं है। जीवन तो नितांत धैर्यवान है; वहां कोई अधैर्य नहीं। तुम बढ़ सकते हो, तुम्हारी अपनी गति से। शार्टकट्स की कोई जरूरत नहीं; कोई कभी सफल नहीं हुआ शार्टकट्स के द्वारा। यदि तुम जल्दबाजी का रास्ता पकड़ते हो, तो कौन तुम्हें अनुभव देगा लंबी यात्रा का? तुम उसे चूक जाओगे। और हर संभावना मौजूद है कि तुम वहीं लौट आओगे और सारी बात ही ऊर्जा और समय की क्षति बन जाएगी। शार्टकट्स सदा भ्रांतियां ही होते हैं। कभी मत चुनना शार्टकट; सदा स्वाभाविक को ही चुनना। हो सकता है इसमें ज्यादा समय लग जाए—तो लगने दो। इसी भांति तो जीवन विकसित होता है, उसे जबरदस्ती लाया नहीं जा सकता।

जब पतंजलि कहते हैं, 'शुद्ध को अशुद्ध समझ लेना अविद्या है, जागरूकता का अभाव है', तो शुद्धता का अर्थ होता है—तुम्हारी स्वाभाविकता, जैसे कि तुम हो—दूसरों के द्वारा प्रभावित नहीं, प्रदूषित नहीं। किसी को आदर्श मत बना लेना। बुद्ध की भांति होने की कोशिश मत करना; तुम केवल तुम्हारे जैसे हो सकते हो। यदि बुद्ध तुम जैसे होने की कोशिश करते, तो वैसा संभव न होता। कोई किसी दूसरे जैसा नहीं हो सकता। प्रत्येक का अपना होने का अनूठा ढंग होता है, और वही है शुद्धता। तुम्हारे अपने अस्तित्व का अनुसरण करना, तुम्हारा स्वयं जैसा हो जाना शुद्धता है। यह बहुत कठिन है, क्योंकि तुम प्रभावित हो जाते हो, क्योंकि तुम सम्मोहित हो जाते हो। ऐसा बहुत कठिन है, क्योंकि ऐसे तर्कसंगत व्यक्ति मौजूद हैं जो कि तुम्हें विश्वसनीय ढंग से प्रभावित कर देते हैं। यह बहुत कठिन है। बहुत सुंदर लोग हैं वे; उनकी सुंदरता प्रभावित करती है तुम्हें। चारों ओर बहुत बढ़िया लोग हैं; वे

चुंबकीय रूप से आकर्षक हैं, उनके पास बड़ा आकर्षण है। जब तुम उनके आसपास होते हो, तो तुम खींच ही लिए जाते हो; उनके पास गुरुत्वाकर्षण होता है।

तुम्हें सचेत रहना पड़ता है, महान व्यक्तियों के प्रति ज्यादा सचेत, उनके प्रति ज्यादा सचेत जिनके पास चुंबकीय आकर्षण है; उनके प्रति ज्यादा सचेत जो प्रभावित कर सकते हैं। वे प्रभावित कर सकते हैं, और तुम्हें बदल सकते हैं, क्योंकि वे तुम्हें दे सकते हैं अशुद्धता। ऐसा नहीं है कि वे तुम्हें देना ही चाहते हैं उसे; किसी बुद्ध पुरुष ने कभी नहीं चाहा है किसी को अपने जैसा बनाना। वे नहीं चाहते ऐसा, लेकिन तुम्हारा अपना मूढ़ मन ही अनुकरण करना चाहेगा, किसी दूसरे को आदर्श बना लेना चाहेगा और उसके जैसा होने का प्रयास करेगा। यही है सबसे बड़ी अशुद्धता जो कि घट सकती है किसी व्यक्ति को।

प्रेम करो बुद्ध से, जीसस से, रामकृष्ण से, उनके अनुभवों द्वारा समृद्ध बनो, पर प्रभावित मत हो जाना। ऐसा बहुत कठिन होता है, क्योंकि भेद बहुत सूक्ष्म है। प्रेम करो, सुनो, आत्मसात करो, पर अनुकरण मत करो। ग्रहण करो जो कुछ तुम ग्रहण कर सकते हो, लेकिन सदा ग्रहण करना तुम्हारे स्वभाव के अनुसार। यदि कोई चीज अनुरूप बैठती हो तुम्हारे स्वभाव के तो ले लेना उसे—मगर इसलिए नहीं कि बुद्ध कहते हैं वैसा करने को।

बुद्ध फिर-फिर याद दिलाते अपने शिष्यों को, 'कोई चीज मत मान लेना क्योंकि मैं कहता हूं। मानना तो केवल इसलिए यदि तुम्हें उसकी जरूरत हो तो, यदि तुम उस स्थान तक पहुंच गए जहां कि वह तुम्हारे लिए स्वाभाविक हो।' बुद्ध, बुद्ध बनते हैं लाखों-लाखों जन्मों द्वारा, शुभ और अशुभ के, पाप और पुण्य के, नैतिकता और अनैतिकता के, दुख और सुख के लाखों अनुभवों द्वारा। स्वयं बुद्ध को गुजरना पड़ता है लाखों जन्मों से और लाखों अनुभवों से। और क्या चाहते हो तुम? बुद्ध को सुनने मात्र से, उनके द्वारा प्रभावित हो जाने से, तुम तुरंत छलांग लगाते हो और उनका अनुकरण करने लगते हो! वैसा संभव नहीं है। तुम्हें तुम्हारे अपने मार्ग से ही चलना होगा। जो कुछ तुम ले सकते हो, ले लेना, लेकिन हमेशा बढ़ना तुम्हारे अपने मार्ग पर ही।

मुझे सदा याद आ जाती है फ्रेडरिक नीत्शे की किताब 'दस स्पेक जरथुस्त्र।' जब जरथुस्त्र अपने शिष्यों से विदा ले रहे थे। जो अंतिम बात उन्होंने कही, बड़ी सुंदर थी। वह अंतिम संदेश था; वे कह चुके थे हर बात। उन्होंने अपना संपूर्ण हृदय दे दिया था उन्हें और जो अंतिम बात कही, वह थी, 'अब सुनो मुझे और ऐसी गहराई से सुनो जैसा तुमने कभी न सुना हो। मेरा अंतिम संदेश है: जरथुस्त्र से सावधान रहना! मुझसे सावधान रहना।'

यही अंतिम संदेश है सारे बुद्ध पुरुषों का; क्योंकि वे बहुत आकर्षक होते हैं, तुम प्रभाव में पड़ सकते हो। और एक बार तुमसे बाहर की चीज तुम्हारे स्वभाव में प्रवेश कर जाती है, तो तुम गलत मार्ग पर होते हो।

पतंजलि कहते हैं, 'अशुद्ध को शुद्ध जानना, दुख को सुख ज्ञानना—जागरूकता का अभाव है, अविद्या है।'

तुम कहोगे, 'जो कुछ पतंजलि कहते हैं सच हो सकता है। लेकिन हम इतने मूढ़ नहीं कि दुख को सुख मान लें।' तुम मूढ़ हो। हर कोई मूढ़ है—जब तक कि कोई संपूर्णतया जागरूक नहीं हो जाता। तुमने बहुत सारी चीजें सुखकारी मान ली हैं जो कि दुखदायी हैं। तुम पीड़ा भोगते हो और तुम चीखते-

चिल्लाते और रोते हो, लेकिन फिर भी तुम नहीं समझते कि तुमने कुछ ऐसी चीज की है जो कि मौलिक रूप से दुखपूर्ण है और सुख में परिवर्तित नहीं की जा सकती।

रोज मेरे पास लोग आते हैं अपने यौन-संबंधी मामलों को लेकर। वे कहते हैं कि यह तो बहुत पीड़ा से भरा है। मैंने एक भी ऐसा जोड़ा नहीं देखा, जिसने कहा हो मुझसे कि उनका यौन-जीवन वैसा ही है जैसा कि उसे होना चाहिए—श्रेष्ठ, सुंदर। बात क्या है? शुरू में वे कहते हैं कि हर चीज सुंदर है। शुरू में वह सदा ही होती है। हर किसी के लिए यौन-संबंध सुंदर होता है शुरू में, लेकिन फिर क्यों वह दुखी और कड़ुआ हो जाता है? क्यों थोड़े समय बाद, हनीमून के खत्म होने के पहले ही, वह हताश और कड़ुआ होने लगता है?

जिनके पास भी मानव चेतना पर कुछ गहराई से कहने को सत्य वचन हैं, वे कहते हैं, 'शुरू-शुरू में जो सौंदर्य है वह एक प्राकृतिक तरकीब है तुम्हें धोखा देने की।' एक बार तुम धोखे में आ जाते हो, फिर वास्तविकता उभर आती है। यह ऐसे है जैसे कि जब तुम मछली पकड़ने जाते हो और तुम किसी कांटे का प्रयोग करते हो; शुरू में जब दो व्यक्ति मिलते हैं, तो वे सोचते हैं कि 'अब यह संसार का सबसे बड़ा चरम अनुभव होगा।' वे सोचते हैं कि 'यही स्त्री सबसे सुंदर स्त्री है।' और स्त्री सोचती है कि 'जो पुरुष हुए उन में से यह सब से महान पुरुष है।' वे एक भ्रांति का आरंभ करते हैं, वे प्रक्षेपित करते हैं। वे कोशिश करते हैं वह देखने की जो कुछ वे देखना चाहते हैं। वे नहीं देखते असली व्यक्ति को। वे नहीं देखते उसे जो वहां है, वे तो बस उनका अपना सपना प्रक्षेपित हुआ ही देखते हैं। दूसरा तो केवल एक परदा बन जाता है और तुम प्रक्षेपित करते हो। देर-अबेर वास्तविकता आ बनती है। और जब कामवासना की परिपूर्ति हो जाती है, जब प्रकृति के आधारभूत सम्मोहन की पूर्ति हो जाती है, तब हर चीज बेस्वाद हो जाती है।

तब तुम दूसरे को ऐसे देखने लगते हो जैसा कि वह होता है; बहुत सामान्य, कुछ विशिष्ट नहीं। शरीर में अब कोई सुगंध न रही—उससे तो पसीना बहता। चेहरा अब दिव्य न रहा—वह पशु जैसा हो गया। आंखों से अब ईश्वर नहीं देख रहा तुम्हारी ओर, बल्कि वहां एक उग्र जानवर, एक कामुक पशु है। भ्रम टूट गया, सपना बिखर गया। अब दुख प्रारंभ हुआ।

और तुमने तो वादा किया था कि तुम सदा इस स्त्री से प्रेम करते रहोगे; स्त्री ने वादा किया था कि अगले जन्मों में भी वह तुम्हारी छाया बनी रहेगी। अब तुम छले गए हो तुम्हारे अपने वादों द्वारा; जाल में उलझ गए हो। अब कैसे तुम पीछे हट सकते हो? अब तुम्हें उसे चलाए ही चलना होगा।

पाखंड, दिखावा, क्रोध प्रवेश कर जाते हैं। क्योंकि जब कभी भी तुम दिखावा करते हो, तो देर-अबेर तुम्हें गुस्सा आएगा ही; दिखावा बड़ा भारी बोझ होता है। अब तुम स्त्री का हाथ पकड़ते हो और उसे थामे रहते हो, लेकिन उससे तो बस पसीना ही छूटता है और घटता कुछ नहीं है; कोई कविता नहीं, केवल पसीना ही। तुम उसे छोड़ना चाहते हो, लेकिन स्त्री को तो इससे चोट पहुंचेगी। वह भी हाथ छोड़ देना चाहती है, लेकिन वह भी सोचती है कि तुम्हें चोट लगेगी। और प्रेमियों को तो हाथों को थामे ही रहना है! तुम चूमते हो स्त्री को, लेकिन वहां सिवाय मुंह की बदबू के कुछ नहीं होता। हर बात असुंदर हो जाती है और तब तुम प्रतिक्रिया करते; तब तुम बदला लेते; तब तुम दूसरे पर जिम्मेदारी डाल देते; तब तुम सिद्ध करना चाहते कि दूसरा अपराधी है। उसने कुछ गलत किया है या कि उसने तुम्हें

धोखा दिया है; वह ऐसा होने का दिखावा करती रही है जैसी कि वह नहीं थी! और फिर चली आती है विवाह की सारी असुंदरता।

ध्यान रहे, दुख को सुख जानना है जागरूकता का अभाव होना। आरंभ में यदि कोई चीज सुखदायी होती है और अंत में दुखदायी बन जाती है, तो ध्यान रहे कि यह बिलकुल शुरू से ही दुखपूर्ण थी; केवल जागरूकता के अभाव ने ही तुम्हें धोखा दिया है। किसी और ने धोखा नहीं दिया है तुम्हें, दिया है तो जागरूकता के अभाव ने ही। तुम्हें पर्याप्त होश न था चीजों को उस तरह देखने का जैसी कि वे थीं। अन्यथा, कैसे सुख बदल सकता था दुख में! यदि सचमुच ही सुख होता, तो जैसे-जैसे समय बीतता, तो वह और-और बड़ा सुख बन गया होता। होना तो उसे ऐसा ही चाहिए।

तुम बोते हो आम के पेड़ का बीज; ज्यों-ज्यों वह बढ़ता है, तो क्या वह नीम के पेड़ का फल बन जाएगा, कडुआ होगा? यदि पहले ही बीज आम का था, तो बनेगा आम का पेड़, आम का विशाल वृक्ष। हजारों आम आएंगे उस पर। लेकिन यदि तुम लगाते हो आम का वृक्ष और अंत में वह हो जाता है नीम का पेड़, कडुआ, एकदम कडुआ, तो क्या अर्थ होता है इसका? इसका अर्थ है कि पेड़ ने तुम्हें धोखा नहीं दिया, बल्कि तुमने ही नीम के पेड़ के बीज को भूल से आम के पेड़ का बीज जान लिया था।

वरना, सुख तो और सुखदायी हो जाता है, प्रसन्नता और-और प्रसन्नता होती जाती है; अंततः वह आनंद का उच्चतम शिखर हो जाती है। लेकिन व्यक्ति को सजग रहना होता है, जब कि वह बीज बो रहा होता है। एक बार तुम बीज बो देते हो, फिर तुम पकड़ लिए जाते हो, क्योंकि तब तुम बदल नहीं सकते। तब तुम्हें फल पाना ही होगा। और तुम फल पा रहे हो।

तुम सदा दुख की फसल पाते हो और तुम्हें कभी होश नहीं आता कि बीज के साथ ही कुछ गलत होगा। जब कभी तुम्हें दुख भोगना पड़ता है, तुम सोचने लगते हो कि कोई दूसरा तुम्हें धोखा देता रहा है—पत्नी, पति, मित्र, परिवार, पर है कोई दूसरा ही। शैतान या कोई और तुम्हारे साथ चालाकियां चल रहा है। यह है उस सच्चाई से बचना कि तुमने गलत बीज बोए हैं।

दुख को सुख जान लेना जागरूकता का अभाव होना है। और यही है कसौटी। पूछो पतंजलि से, शंकराचार्य से, बुद्ध से; यही है कसौटीः यदि अंततः कोई बात दुख बन जाती है, तो आरंभ से ही वह दुखदायी रही होगी। अंत कसौटी है; अंतिम फल ही है कसौटी। तुम्हें वृक्ष पहचानना है फल द्वारा; दूसरा और कोई उपाय नहीं पहचानने का। यदि तुम्हारा जीवन दुख का एक वृक्ष बन गया है, तो तुम्हें जानना चाहिए कि बीज ही गलत था; तुमने कुछ गलत किया; वापस लौटो।

लेकिन तुम कभी वैसा नहीं करते। तुम फिर वही गलती दुबारा करोगे। यदि तुम्हारी पत्नी मर जाए और तुमने बहुत बार सोचा था कि यदि वह मर जाए तो अच्छा ही होगा...ऐसा पति खोजना कठिन है, जिसने बहुत बार सोचा न हो कि यदि उसकी पत्नी मर जाए तो यह अच्छा होगा—'मैंने तोबा की और मुझे फिर किसी स्त्री की तरफ देखना ही नहीं है।'—लेकिन जिस क्षण पत्नी मरती है, तुरंत दूसरी पत्नी का विचार मन में आ जाता है। मन फिर सोचने लगता है, 'कौन जाने? यह स्त्री अच्छी न हो, लेकिन दूसरी स्त्री अच्छी हो सकती है। यह संबंध सुंदर अंत तक नहीं पहुंचा, लेकिन यह बात सारे द्वार ही तो बंद नहीं कर देती; दूसरे द्वार खुले हैं।' मन काम करने लगता है। तुम फिर से जाल में उलझ जाओगे और तुम फिर पीड़ा पाओगे। और तुम सदा ही सोचोगे, 'शायद यह स्त्री या कि वह स्त्री...।' यह स्त्री

या पुरुष का सवाल नहीं, यह जागरूक होने का सवाल है।

यदि तुम्हें होश होता है, तब जो कुछ तुम करते हो, तुम अंत की ओर देखते हुए ही करोगे। तुम्हें इसका पूरा होश रहेगा कि अंत में क्या होने वाला है। तो यदि दुखमय होना चाहते हो, यदि तुम पीड़ा और दुख में जीना ही चाहते हो, तो यह चुनना तुम पर है। लेकिन तब तुम किसी दूसरे को जिम्मेदार नहीं ठहरा सकते। तुम बिलकुल ठीक से जानते हो कि तुमने बीज बोया और अब तुम्हें उसके वृक्ष का फल पाना ही है। लेकिन कौन ऐसा मूढ़ है कि सजग, सचेत होकर वह कडुवे बीज बोएगा? किसलिए?

'और अनात्म को आत्म जानना...अविद्या हैं।'

यही चीजें हैं कसौटी।

तुमने अनात्म को आत्म जान लिया है। कई बार तुम सोचते हो कि तुम शरीर हो। कई बार तुम सोचते हो कि तुम मन हो। कई बार तुम सोचते हो कि तुम हृदय हो। ये हैं तीन उलझाव। शरीर सबसे ज्यादा बाहरी परत है। जब तुम्हें भूख लगती है, तब क्या तुमने सदा यही नहीं कहा है कि 'मैं भूखा हूं?' जागरूकता का अभाव है यह। तुम तो मात्र जानने वाले हो कि शरीर भूखा है; तुम भूखे नहीं होते हो। चेतना कैसे भूखी हो सकती है? भोजन कभी भी चेतना में प्रवेश नहीं करता है; चेतना कभी भूखी नहीं होती है। वस्तुतः जब तुम जान लेते हो चेतना को, तो तुम जान लोगे कि वह सदा परितृप्त होती है, कभी भूखी नहीं होती। वह सदा संपूर्ण होती है; उसमें किसी चीज का अभाव नहीं होता। वह है पहले से ही परमोत्कर्ष, परम शिखर, अंतिम विकास, वह भूखी नहीं होती। और चेतना कैसे भूखी हो सकती है भोजन के लिए?—उसकी आवश्यकता शरीर को है।

होशपूर्ण आदमी तो कहेगा, 'मेरा शरीर भूखा है।' या अगर होश ज्यादा ही गहरा चला जाता है, तो वह नहीं कहेगा 'मेरा शरीर', वह कहेगा, 'यह शरीर भूखा है; शरीर है भूखा।'

एक बड़े भारतीय रहस्यवादी संत अमरीका गए। उनका नाम था रामतीर्थ। वे सदा अन्य पुरुष में बात-चीत करते थे। वे कभी नहीं कहते थे, 'मैं।' ऐसा अजीब लगता कि वे क्या कह रहे हैं, क्योंकि लोग उन्हें नहीं जानते थे, नहीं समझते थे। एक दिन वे लौटे उस घर में जहां कि वे अमरीका में ठहरे हुए थे। वे हंसते गए, मजे से, उनका सारा शरीर एक भरपूर हंसी हंस रहा था। सारा शरीर हिल रहा था हंसी सहित। उस परिवार के लोगों ने पूछा, 'बात क्या है, हुआ क्या? क्यों आप इतने खुश हैं? क्यों हंस रहे हैं आप?' वे बोले, 'कुछ बात ही ऐसी घटी सड़क पर। कुछ शरारती लड़कों ने राम पर पत्थर फेंकने शुरू कर दिए'—राम तो उन्हीं का नाम था—'और मैंने कहा राम से, अब देख लो! और राम बहुत ज्यादा गुस्से में था। वह इसके लिए कुछ करना चाहता था, लेकिन मैंने सहयोग नहीं दिया, मैं खड़ा रहा एक ओर।' परिवार के लोग कहने लगे, 'हम नहीं समझ सके कि आपका मतलब क्या है! किसके बारे में बात कर रहे हैं आप?' रामतीर्थ बोले, 'मैं राम नहीं हूं; मैं चैतन्य हूं, ज्ञाता हूं। यह शरीर राम है और वे लड़के मुझ पर पत्थर नहीं फेंक सकते। कैसे पत्थर फेंका जा सकता है चेतना पर? क्या तुम पत्थर से आकाश को चोट पहुंचा सकते हो? क्या तुम पत्थर से आकाश को छू सकते हो?'

चेतना एक विशाल आकाश है, एक खुला आकाश; तुम उसे चोट नहीं पहुंचा सकते। केवल शरीर को चोट पहुंचायी जा सकती है पत्थर द्वारा, क्योंकि शरीर संबंधित है पदार्थ से; पदार्थ चोट पहुंचा सकता है उसे। शरीर पदार्थ का है, उसे भोजन की भूख लगती है। भोजन उसे तृप्त कर सकता है, भूख

तो उसे मार देगी। चेतना शरीर नहीं है।

जागरूकता का अभाव होता है जब तुम अपने शरीर को ही स्वयं मान लेते हो। तुम्हारे जीवन के निन्यानबे प्रतिशत दुख इसी कारण हैं; जागरूकता के अभाववश। तुम शरीर को ही 'मैं' मान लेते हो और तब तुम पीड़ा पाते हो। तुम स्वप्न में पीड़ा भोग रहे हो। शरीर तुम्हारा नहीं है। जल्दी ही यह तुम्हारा नहीं रहेगा। कहां थे तुम, जब तुम्हारा शरीर मौजूद न था? तुम्हारे जन्म से पहले कहां थे तुम, तब तुम्हारा चेहरा क्या था? और तुम्हारा चेहरा कैसा होगा? तुम पुरुष होओगे या स्त्री? चेतना इन दोनों में से कुछ नहीं है। यदि तुम सोचते हो कि मैं पुरुष हूं तो यह है जागरूकता का अभाव। चेतना? चेतना कैसे बांट दी जा सकती है स्त्री-पुरुष में? उसके कोई स्त्री-पुरुष के अंग नहीं होते हैं। यदि तुम सोचते कि तुम बच्चे हो या युवक या कि वृद्ध, तो फिर तुममें जागरूकता का अभाव होता है। कैसे तुम वृद्ध हो सकते हो? कैसे युवा हो सकते हो? चेतना इन दोनों में कुछ भी नहीं। वह तो शाश्वत है, वह एक ही है : वह जन्मती नहीं, वह मरती नहीं और बनी रहती है—वह स्वयं ही जीवन है।

या, मन को लो—वह है दूसरी, ज्यादा गहरी परत और वह ज्यादा सूक्ष्म होती है और चेतना के ज्यादा निकट होती है। तुम स्वयं को मन ही मान लेते हो। तुम कहे जाते हो, मैं, मैं, मैं। यदि कोई तुम्हारी धारणा का विरोध करता है तो तुम कहते हो, 'यह मेरी धारणा है', और तुम लड़ पड़ते हो उसके लिए। सत्य के लिए कोई विवाद नहीं करता है; लोग बहस करते और वाद-विवाद करते और लड़ते हैं उनके 'मैं' के लिए। 'मेरी धारणा का अर्थ है मैं। कैसे तुम्हें हिम्मत पड़ती है विरोध करने की? मैं सिद्ध कर दूंगा कि मैं सही हूं।'

सत्य की किसी को चिंता नहीं। कौन फिक्र करता है?—सवाल तो यह होता है कि सही कौन है, सवाल यह नहीं कि सही क्या है। लेकिन फिर लोग तादात्म्य बना लेते हैं, और केवल साधारण लोग ही नहीं, वे व्यक्ति भी जो कि धार्मिक होते हैं।

एक आदमी परिवार त्याग देता है, बच्चे, बाजार, संसार छोड़ देता है और चला जाता है हिमालय की ओर। तुम पूछते हो उससे, 'क्या तुम हिंदू हो?' और वह कहता है, 'हां'। यह हिंदुत्व है क्या? क्या चेतना हिंदू है, मुसलमान है, ईसाई है? यह है मन। जागरूकता का अभाव होता है यदि तुम अनात्म के साथ तादात्म्य बना लेते हो और सोचते हो कि वह आत्मा है।

और फिर है हृदय, चेतना के सर्वाधिक निकट, लेकिन फिर भी बहुत दूर। तीन तल हुए—शरीर, विचार और भाव। जब तुम्हें भाव की अनुभूति होती है, तो तुम्हें बहुत होश रखना होता है, यह अनुभव करने को कि वह तुम नहीं हो जिसे अनुभूति होती है। वह बात फिर यंत्र का ही हिस्सा है। निस्संदेह, वह चेतना के निकटतम है। हृदय चेतना के निकटतम है, सिर पड़ता है बीच में, और शरीर है सबसे दूर। लेकिन फिर भी, तुम हृदय नहीं हो। अनुभूति भी एक घटना है; वह आती है और चली जाती है वह एक तरंग है, वह उठती है और मर जाती है। वह एक भावदशा है। वह अस्तित्व रखती है और फिर अस्तित्व नहीं रखती है। तुम वह हो जिसका अस्तित्व सदा रहेगा—सदा-सदा, अनंतकाल तक।

'अनात्म को आत्मा जान लेना है जागरूकता का अभाव होना।'

तो फिर जागरूकता है क्या? जागरूकता है इस बात के प्रति होश रखना कि तुम शरीर नहीं हो। इसलिए नहीं कि उपनिषद ऐसा कहते हैं या पतंजलि ऐसा कहते हैं—क्योंकि तुम, अपने मन में ऐसा पूरी

तरह बैठा सकते हो कि तुम शरीर नहीं हो। तुम हर सुबह और शाम दोहरा सकते हो, 'मैं शरीर नहीं हूं'। उससे मदद न मिलेगी। यह दोहराने की बात ही नहीं है, यह एक गहन समझ की बात है। और यदि तुम समझते हो, तो दोहराने में सार क्या?

एक बार एक संन्यासी, एक जैन मुनि मेरे साथ ठहरे। हर सुबह वह बैठ जाते और संस्कृत के मंत्र का जप करतेः 'मैं शरीर नहीं हूं, मैं मन नहीं हूं, मैं शुद्धतम ब्रह्म हूं।' वे जप करते और जप, और जप करते सुबह डेढ़ घंटे तक। तीसरे दिन मैंने कहा उनसे, 'क्या आप जानते नहीं इसे? तो क्यों आप जप करते हैं? यदि आपने जान लिया है इसे, तो यह बात मूढ़ता की हुई। यदि आपने इसे नहीं जाना है, तो फिर मूढ़ता ही है क्योंकि मात्र दोहराते रहने से कैसे जान सकते हैं आप?'

यदि आदमी दोहराता चला जाता है, 'मैं बड़ा क्षमतापूर्ण, कामक्षमता से भरा हुआ पुरुष हूं', तो तुम निश्चित जान सकते हो कि वह नपुंसक है। क्यों दोहराना, 'मैं पुरुष हूं और बहुत सक्षम और शक्तिवान हूं?' और यदि एक आदमी हर सुबह यह बात दोहराता है डेढ़ घंटे तक तो इसका मतलब क्या हुआ? यह बात दर्शाती है कि ठीक कुछ विपरीत मन में है; कहीं भीतर वह जानता है कि वह नपुंसक है। अब वह कोशिश कर रहा है खुद को मूर्ख बनाने की इस बात से कि मैं बड़ा बलशाली पुरुष हूं। यदि तुम हो, तो तुम हो ही। उसे दोहराने की कोई जरूरत नहीं।

मैंने कहा उस जैन मुनि से, 'इससे पता चलता है कि आपने जाना ही नहीं। यह एक पूरा संकेत हुआ कि आप अब भी शरीर के साथ तादात्म्य बनाए हुए हो। और दोहराने से कैसे आप इसके बाहर जा सकते हो? समझो कि दोहराना समझ नहीं है।'

समझने के लिए, ध्यान दो। जब भूख लगती, तब ध्यान दो कि वह शरीर में है या कि तुममें है। जब रोग होता है, तो ध्यान देना कि वह कहां होता है, शरीर में या तुममें? एक विचार उठता है, ध्यान देना कि वह कहां होता है, मन में या तुममें? एक भाव उठता है, तो देखना ध्यानपूर्वक। अधिकाधिक ध्यानपूर्ण होने में तुम जागरूकता को उपलब्ध हो जाओगे। दोहराने से किसी ने कभी नहीं पाया।

अस्मिता है—द्रष्टा का दृश्य के साथ तादात्म्य।

तुम होते हो तुम्हारी आंखों के पीछे, बिलकुल ऐसे खड़े हुए जैसे कि कोई खड़ा हो खिड़की के पीछे और बाहर देख रहा हो। खिड़की से बाहर देख रहा व्यक्ति ठीक तुम जैसा ही है, आंखों में से झांक रहा है मेरी ओर। लेकिन तुम आंखों के साथ तादात्म्य बना सकते हो; तुम दृश्य के साथ तादात्म्य बना सकते हो। देखना एक क्षमता है, एक माध्यम। आंखें मात्र खिड़कियां हैं; वे तुम नहीं।

पतंजलि कहते हैंः पांच इंद्रियों द्वारा तुम्हारा माध्यम के साथ, शरीर के साथ तादात्म्य बन जाता है, और इन पांचों के कारण जन्म ले लेता है अहंकार।' अहंकार एक झूठा अस्तित्व है। अहंकार वह सब कुछ है जो तुम नहीं हो और तुम सोचते हो कि तुम हो।

खिड़की में खड़ा हुआ आदमी सोचने लगता है कि वह स्वयं खिड़की है। क्या कर रहे हो तुम आंखों के पीछे?—तुम तो देख रहे हो आंखों के द्वारा। आंखें खिड़कियां हैं, कान झरोखे हैं; तुम सुन रहे हो कानों के द्वारा। तुम फैला देते हो तुम्हारा हाथ मेरी ओर, और मैं छू लेता हूं तुम्हें; हाथ तो बस एक

माध्यम है। तुम नहीं हो हाथ और इस बात को तुम ध्यान से देख सकते हो, और इसका प्रयोग कर सकते हो।

बहुत बार ऐसा होता है कि कोई चीज घटती है ठीक तुम्हारी आंखों के सामने और तुम चूक जाते हो। कई बार तुमने पूरा पृष्ठ पढ़ लिया होता है, और अचानक तुम्हें ध्यान आता कि तुम पढ़ते रहे हो, तो भी तुमने एक शब्द तक नहीं पढ़ा। तुम्हें याद नहीं तुमने क्या पढ़ा और तुम्हें फिर से पीछे जाना पड़ता है। क्या घट गया? यदि तुम आंखें ही हो तो यह बात कैसे संभव हो सकती थी?

तुम नहीं हो आंखें। खिड़की खाली थी पृष्ठ की ओर से देखती हुई। खिड़की के पीछे चेतना मौजूद न थी, वह कहीं और व्यस्त थी। ध्यान वहां नहीं था। तुम शायद आंखें बंद किए खड़े हुए होगे खिड़की पर, या तुम्हारी पीठ थी खिड़की की तरफ, लेकिन तुम देख नहीं रहे थे खिड़की में से। ऐसा होता है हर रोज—अकस्मात तुम जानते हो कि कुछ घट गया है और तुमने देखा ही नहीं, तुमने पढ़ा ही नहीं। तुम मौजूद ही न थे, तुम कहीं और थे, किन्हीं और विचारों पर विचार कर रहे थे, किन्हीं और स्वप्नों का स्वप्न देख रहे थे, किन्हीं दूसरे संसारों में विचर रहे थे। खिड़की खाली थी वहां।

क्या तुम जानते हो खाली आंखों को? जाओ और जरा देखो पागल आदमी को; तुम देख सकते हो वहां खाली आंख। वह देखता है तुम्हारी तरफ और नहीं भी देखता। तुम जान सकते हो कि वह देखता है तुम्हारी तरफ और वह बिलकुल ही नहीं देख रहा होता तुम्हारी तरफ। उसकी आंख खाली होती है। या तुम जा सकते हो उस संत के पास जो उपलब्ध हो गया हो; फिर उसकी आंख भी खाली होती है। वह पागल की आंख की भांति नहीं होती, लेकिन कोई चीज समान होती है उसके साथ—वह तुम्हारे आर-पार देखता है। वह तुम पर ठहर नहीं जाता; वह जाता है तुमसे पार। वह नहीं देखता है तुम्हारे शरीर को, बल्कि देखता है तुमको। वह उसके पार चला जाता है। वह एक ओर हटा देता है तुम्हारा शरीर, तुम्हारा मन, तुम्हारा हृदय और वह लांघ जाता है तुम्हें। और तुम जानते नहीं कि तुम कौन हो।

इसीलिए एक संत की दृष्टि तुम्हारे पार जाती जान पड़ती है। वह तुम पर ठहर नहीं जाता, क्योंकि संत के लिए अहंकार नहीं हो तुम, जैसा कि तुम सोचते हो तुम वही हो। वह एक ओर छोड़ देता है अहंकार को; वह तो बस झांकता है तुममें। एक पागल आदमी खाली आंख से देखता है, क्योंकि उसकी चेतना वहां नहीं होती। एक संत भी खाली आंख से देखता जान पड़ता है, क्योंकि उसकी चेतना बिलकुल वहीं होती है। और वह बहुत गहराई से तुममें उतरता है, तुम्हारे अस्तित्व की अंतिम गहराइयों तक, जहां तुम अभी तक नहीं पहुंचे हो। इसलिए ऐसा जान पड़ता है जैसे कि वह तुम्हारी ओर नहीं देख रहा है, क्योंकि वह तुम, जिसके साथ कि तुम्हारा तादात्म्य बन गया है, उसके लिए सत्य नहीं है; बल्कि वह तुम, जिसके प्रति तुम सजग नहीं हो, सत्य है उसके लिए।

अहंकार हैः द्रष्टा का माध्यम के साथ, दृश्य के साथ तादात्म्य। यदि तुम माध्यम के साथ तादात्म्य गिरा देते हो, तो अहंकार गिर जाता है। और कोई दूसरा रास्ता नहीं है अहंकार गिराने का। नहीं बनाओ कोई तादात्म्य शरीर के साथः आंखों, कानों, मन, हृदय के साथ, और अचानक कोई अहंकार बच नहीं रहता। तुम होते हो तुम्हारे समग्र स्वभाव में, लेकिन कोई अहंकार वहां नहीं होता। तुम पहली बार समग्र मौजूदगी में होते हो, लेकिन कोई अहंकार नहीं बचता, मैं की कोई प्रक्रिया नहीं रहती, कोई नहीं कह रहा होता, मैं हूं।

आकर्षण और उसके द्वारा बनी आसक्ति होती है उस किसी चीज के प्रति जो सुख पहुंचाती है। द्वेष उपजता है किसी उस चीज से जो दुख देती है।

ये तुम्हारे इस संसार में होने के दो ढंग हैं: तुम किसी उस चीज के लिए आकर्षित होते हो जो कि तुम्हें लगता है कि सुख पहुंचाती है; तुम द्वेष अनुभव करते, घृणा करते हो उस चीज से जिससे कि तुम सोचते हो कि दुख होता है। लेकिन यदि तुम अधिकाधिक होश पा जाओ, तो तुम्हारे पास होगा समग्र रूपांतरण। तुम देख पाओगे कि जिससे सुख बनता है, उससे दुख भी बनता है—आरंभ में सुख, अंत में दुख। जो कुछ दुख देता है, वही सुख भी देता है—आरंभ में दुख, अंत में सुख। ये हैं दो ढंग संसार के।

एक ढंग है गृहस्थ का। उसे समझने की कोशिश करना—वह बात बहुत ज्यादा महत्वपूर्ण है। एक ढंग है गृहस्थ का। वह जीता है मोह द्वारा, आकर्षण द्वारा—जो कुछ, वह अनुभव करता है कि सुख पहुंचाता है, वह सरकता है उसकी ओर। वह चिपकता है उससे और अंततः वह पाता है दुख और कुछ भी नहीं; पीड़ा के अतिरिक्त और कुछ नहीं।

ठीक इसके विपरीत ढंग है संन्यासी का, वह जिसने कि संसार त्याग दिया। वह सुख के साथ चिपकता नहीं। बल्कि इसके विपरीत, वह चिपकने लगता है दुख के साथ, कठोर तपश्चर्या के साथ, पीड़ा के साथ। वह लेटता है कांटों की शय्या पर, उपवास किए जाता; वर्षों खड़ा ही रहता, महीनों तक सोता नहीं। वह ठीक विपरीत बात करता है क्योंकि वह जान गया है कि जब कभी प्रारंभ में सुख होता है, तो अंत में दुख ही होता है। उसने तर्क को उलटा बैठा दियाः अब वह खोजता है दुख को, पीड़ा को। और ठीक है वह—यदि तुम ढूंढते हो दुख तो अंत में होगा सुख।

लेकिन वह व्यक्ति जो कि अभ्यास करता है दुख, पीड़ा का, वह पीड़ा की अनुभूति पाने में असमर्थ हो जाता है। वह व्यक्ति जो सुख के लिए अभ्यास करता है, असमर्थ हो जाता है छोटी चीजों से सुख पाने में। तुम नहीं समझ सकते। वह आदमी जो उपवास कर रहा हो एक महीने से, उसके लिए साधारण रोटी, मक्खन और नमक बहुत बड़ी दावत बन जाती है। एक आदमी जो लेटा रहा है कांटों पर, यदि तुम उसे जमीन पर ही, केवल जमीन पर ही लेटने दो, तो कोई सम्राट भी इतने सुंदर ढंग से नहीं सो सकता होगा।

लेकिन दोनों बातें एक ही सिक्के के दो पहलू हैं, और दोनों गलत हैं। संन्यासी ने ठीक उलट दिया है प्रक्रिया कोः वह खड़ा हुआ है शीर्षासन में, सिर के बल। लेकिन आदमी वह वही है। दोनों आसक्ति में पड़े हैं। एक की आसक्ति है सुख के साथ, दूसरे की आसक्ति है दुख के साथ।

होशपूर्ण आदमी अनासक्त होता है। वह न तो गृहस्थ होता है और न ही मुनि होता है। वह किसी मठ की ओर नहीं सरक जाता और वह नहीं चला जाता पहाड़ों की ओर। वह रहता है वहीं जहां कि वह होता है—वह तो बस भीतर की ओर मुड़ जाता है। बाहर उसके लिए कोई चुनाव नहीं बनता। वह सुख से चिपकता नहीं और वह नहीं चिपकता दुख से। वह न तो सुखवादी होता है और न ही स्वयं को पीड़ा पहुंचाने वाला। वह तो बढ़ता है भीतर की ओर, खेल देखते हुए सुख और दुख का, प्रकाश और छाया का, दिन और रात का, जीवन और मृत्यु का। वह दोनों के पार सरक जाता है। द्वैत मौजूद है, वह बढ़ जाता है दोनों के पार; वह अतिक्रमण कर जाता है दोनों का। वह बस हो जाता है सजग और होशपूर्ण,

और उस होश में पहली बार कुछ घटता है जो कि न तो दुख है और न ही सुख, जो है आनंद। आनंद सुख नहीं; सुख तो सदा मिलाजुला रहता है दुख से। आनंद न तो दुख है और न ही सुख, आनंद दोनों से परे है।

और दोनों के पार तुम हो। जो है तुम्हारा स्वभाव, तुम्हारी शुद्धता, होने की तुम्हारी स्वच्छ पारदर्शी शुद्धता—एक इंद्रियातीत परम अवस्था। तुम रहते हो संसार में, लेकिन संसार गतिमान नहीं होता है तुममें। तुम अनछुए रहते हो, जहां कहीं भी तुम होते हो। तुम हो जाते हो एक कमल।

प्रवचन 14

मन का मिटना और स्वभाव की पहचान

प्रश्न-सार

1. पश्चिम में चल रहे मन और स्वप्नों के विश्लेषण-कार्य को आप ज्यादा महत्व क्यों नहीं देते?

2. आपने कहा कि सब आरोपित प्रभावों से मुक्त हो जाना है, तो धार्मिक होने के लिए क्या सभ्यता और संस्कृति से भी मुक्त होना होगा?

3. आपके व्यक्तित्व और शब्दों से प्रभावित हुए बिना कोई खोजी आपका शिष्य कैसे हो सकता है?

4. अहंकार के शिकार होने से बचकर कैसे अपने स्वभाव को पहचानें?

5. यदि शार्टकट की बात गलत है, तो फिर आप छलांग की बात क्यों करते हैं?

पहला प्रश्नः परसों आपका एक उत्तर सुन कर मुझे ऐसा लगा कि पश्चिम में, जागरण की एक विधि की तरह जो स्वप्नों का उपयोग किया जाता है, उसको आप अधिक मूल्य नहीं देते। मैं विशेषकर जुंग की विधि की सोच रहा हूं, उसके आत्म-साक्षात्कार के मनोविज्ञान के अंतर्गत।

हां मैं ज्यादा मूल्य नहीं देता फ्रायड को, जुंग को, एडलर या असागोली को। फ्रायड, जुंग, एडलर और ऐसे दूसरे लोग, समय की रेत पर खेलते हुए बच्चे ही हैं। उन्होंने सुंदर कंकड़-पत्थर इकट्ठे कर लिए हैं, सुंदर रंगीन पत्थर, लेकिन यदि तुम परम शिखर की ओर देखते हो, तो वे कंकड़ों और पत्थरों से खेलते हुए मात्र बच्चे हैं। वे पत्थर सच्चे हीरे नहीं होते हैं। और जो कुछ उन्होंने पाया है, वह बहुत ज्यादा अपरिष्कृत, आदिम है। इसे समझने को तुम्हें मेरे साथ बहुत धीरे-धीरे चलना होगा।

कोई आदमी शारीरिक रूप से बीमार हो सकता है, तब वैद्य की, डाक्टर की जरूरत होती है। व्यक्ति मनोवैज्ञानिक रूप से बीमार हो सकता है, तब फ्रायड और जुंग और कईयों द्वारा थोड़ी मदद की जा सकती है। लेकिन जब व्यक्ति अस्तित्वगत रूप से बीमार होता है, तो न तो डाक्टर और न ही मनोवैज्ञानिक कोई मदद दे सकता है। अस्तित्वगत रोग आध्यात्मिक होता है। वह न तो शरीर का होता है और न ही मन का होता है, वह समग्र का होता है—और समग्र सभी हिस्सों के पार का होता है। समग्र का कोई संघटन मात्र ही नहीं होता है; वह हिस्सों का संघटन नहीं है। वह हिस्सों के पार की कोई बात होती है। वह कुछ ऐसी बात है जो कि सारे हिस्सों को स्वयं में पकड़ रखती है। वह हर चीज के परे होती है।

और रोग अस्तित्वगत है। व्यक्ति आध्यात्मिक रोग से पीड़ित होता है। स्वप्न किसी काम के न होंगे। वस्तुतः स्वप्न कर क्या सकते हैं? ज्यादा से ज्यादा वे तुम्हारे अचेतन को थोड़ा और समझने में तुम्हारी मदद कर सकते हैं। स्वप्न अचेतन की भाषा हैं, प्रतीक हैं, लक्षण हैं, इशारे हैं और अचेतन के संकेत हैं; चेतन के प्रति अचेतन का संदेश हैं। स्वप्नों की व्याख्या करने में मनोविश्लेषक तुम्हारी मदद कर सकते हैं। वे माध्यम बन सकते हैं, वे तुम्हें बता सकते हैं कि तुम्हारे स्वप्नों का अर्थ क्या है। निस्संदेह, यदि तुम अपने स्वप्न का अर्थ समझ सको, तो तुम थोड़ा और निकट आ जाओगे तुम्हारे अचेतन के। यह बात तुम्हें मदद देगी तुम्हारे अचेतन के साथ और ज्यादा अनुकूलित होने में। तुम्हें थोड़ी मदद मिलेगी। तुम्हारे दोनों हिस्से, चेतन और अचेतन, बहुत ज्यादा दूर नहीं रहेंगे; वे थोड़े और निकट

होंगे। तुम पहले की तरह उतने विखंडित न रहोगे। थोड़ा एकत्व, एक प्रकार का एकत्व तुममें बना रहेगा। तुम ज्यादा सामान्य हो जाओगे, लेकिन सामान्य होने में कुछ नहीं है। सामान्य होना तो बात करने जैसी बात भी नहीं है। सामान्य होने का तो मतलब हुआ कि तुम वैसे हो जैसे कि तुम्हें साधारणतया होना चाहिए; कुछ और नहीं घटा है, पार का कुछ तुममें उतरा ही नहीं है। समाज में भी तुम ज्यादा अनुकूलित व्यक्ति बन जाओगे। निस्संदेह, तुम थोड़े बेहतर पति बन जाओगे, थोड़ी बेहतर मां, थोड़े बेहतर मित्र, लेकिन केवल थोड़े से ही।

लेकिन यह कोई आत्म-साक्षात्कार नहीं है। और जब जुंग बात करता है आत्म-साक्षात्कार की स्वप्न के विश्लेषण द्वारा, तो वह बहुत नासमझी भरी बात करता है। यह आत्म-साक्षात्कार नहीं है, क्योंकि आत्म-साक्षात्कार केवल तभी होता है जब मन नहीं बचता। व्याख्यायित स्वप्न, व्याख्यायित नहीं होते; वे मन से संबंधित होते हैं, वे मन का हिस्सा होते हैं। और पश्चिम का कोई मनोविज्ञान—सिवाय गुरजिएफ, इकहार्ट और जेकब बोहमे के—पश्चिम का कोई मनोविज्ञान मन के पार नहीं जाता। और ये थोड़े से लोग, जेकब बोहमे, इकहार्ट और गुरजिएफ, वस्तुतः पश्चिम से संबंधित ही नहीं हैं, वे संबंधित हैं पूरब से। उनका सारा दृष्टिकोण ही पूरब का है। वे पैदा हुए हैं पश्चिम में, लेकिन उनका दृष्टिकोण, उनके जीवन का ढंग, उनकी पूरी समझ पूरब की है। जब मैं कहता हूं, 'पूरब की' तो सदा याद रखना कि भौगोलिक रूप से मैं अर्थ नहीं करता।

मेरे देखे, पूरब एक दृष्टि है। पश्चिम भी एक दृष्टि है। भूगोल से मेरा कोई संबंध नहीं। पश्चिम तो चीजों को देखने का एक ढंग है, पूरब भी एक ढंग है चीजों को देखने का। जब पूरब देखता है चीजों को तो वह देखता है समग्र की ओर, और जब पश्चिम देखता है चीजों को, वह सदा देखता है एक हिस्से की ओर। पश्चिमी दृष्टि विश्लेषणात्मक है—वह विश्लेषण करती है। पूर्वीय दृष्टि संश्लेषणात्मक है—वह संश्लेषण करती है, वह अनेक में एक को खोजने का प्रयास करती है। पश्चिमी दृष्टि एक में अनेक को खोजने का प्रयास करती है।

पश्चिमी दृष्टि विश्लेषण करने में, चीर-फाड़ करने में, चीजों को अलग-अलग करने में बहुत होशियार हो गई है। असागोली की साइकोसिन्थसिस जैसी कार्यविधि भी सच्चा संश्लेषण नहीं है, क्योंकि असली दृष्टि का ही अभाव है। पहले फ्रायड और जुंग ने चीजों को अलग किया है, उन्होंने समग्र को तोड़ा है, और अब असागोली कोशिश कर रहा है किसी तरह उन हिस्सों को जोड़ने की।

तुम आदमी की चीर-फाड़ कई हिस्सों में कर सकते हो, जब वह जीवंत था; जब तुम उसकी चीर-फाड़ कर देते हो, तो फिर वह जीवंत नहीं रहता। अब तुम फिर से हिस्सों को वापस रख सकते हो, लेकिन जीवन नहीं लौटेगा। वहां मृत लाश होगी। और हिस्सों को भी फिर से मिलाकर रख दिया जाए तो वह समग्र नहीं बन जाएगा। फ्रायड और जुंग ने जो किया, असागोली उसके लिए पछता ही रहा है। वह हिस्सों को फिर से मिला रहा है, लेकिन वह होती है लाश। उसमें कोई संश्लेषण नहीं होता।

तुम्हें देखना होता है समग्र को, और समग्र एक बिलकुल ही अलग चीज है। अब तो जीव-शास्त्री भी जान गए हैं, चिकित्सा-शास्त्र भी हर रोज अधिकाधिक बोध पा रहा है इस बात का कि जब तुम आदमी का रक्त लेते हो परखने को, तो वह वही रक्त नहीं रहता जो कि आदमी में बह रहा था, क्योंकि अब वह मृत होता है। तुम किसी और ही चीज का परीक्षण कर रहे होते हो। जो रक्त घूम-फिर रहा होता

है आदमी में वह जीवंत होता है। वह संबंध रखता है समग्र से, एक सुव्यवस्थित क्रम से; वह बहता है उसमें से। वह उतना ही जीवंत होता है जितना कि शरीर का हाथ। तुम काट दो हाथ को, तो फिर वही हाथ नहीं रहता। जब कि तुम उसे शरीर में से निकाल लेते हो तो रक्त वैसा ही कैसे रह सकता है? लैब में ले जाओ उसे और परीक्षण करो उसका; फिर वह वही रक्त नहीं रहता।

जीवन समग्र इकाई की भांति अस्तित्व रखता है, और पश्चिमी दृष्टि है चीर-फाड़ करने की, हिस्सों में जाने की, हिस्से को समझने की और हिस्से के द्वारा समग्र को समझने, जोड़ने की कोशिश करने की। तुम सदा चूकोगे। यदि तुम असागोली की भांति जोड़-जाड़ भी कर सको, तो वह समाविष्ट करने का बोध लाश की भांति ही होगा : जो किसी तरह इकट्ठा तो किया हुआ होता है, लेकिन कोई जीवंत एकत्व उसमें नहीं होता।

फ्रायड और जुंग स्वप्नों पर काम करते थे। पश्चिम में वह एक आविष्कार था, एक तरह से बहुत बड़ा आविष्कार, क्योंकि पश्चिमी मन बिलकुल भूल ही चुका था नींद के बारे में, स्वप्नों के बारे में। पश्चिम का आदमी कम से कम तीन हजार वर्ष जीया स्वप्नों और नींद के बारे में बिना कुछ विचार किए। पश्चिम का आदमी सोचता रहा जैसे कि केवल जागने का समय ही जीवन है, लेकिन जागने के घंटे तो केवल दो तिहाई भाग में ही होते हैं। यदि तुम साठ वर्ष तक जीते हो, तो तुम सोए रहोगे बीस वर्ष तक। एक तिहाई जीवन होगा स्वप्नों में और निद्रा में। यह एक बड़ी घटना है; यह तुम्हारे जीवन का एक तिहाई भाग ले लेती है। इसे यूं ही अलग नहीं निकाल दिया जाएगा; कोई चीज घट रही है वहां। वह तुम्हारा हिस्सा है, और कोई छोटा हिस्सा नहीं बल्कि एक बड़ा हिस्सा। फ्रायड और जुंग यह अवधारणा लौटा लाए कि आदमी को समझना होगा उसके स्वप्नों और उसकी निद्रा सहित, और बहुत कुछ कार्य किया गया है इसी विषय पर। लेकिन जब जुंग सोचने लगता है कि यह कोई आत्म-साक्षात्कार जैसी चीज है, तो बहुत दूर की सोच बैठता है।

यह अच्छा है। मनोवैज्ञानिक स्वास्थ्य के लिए यह बात सहायक हो सकती है, लेकिन मनोवैज्ञानिक स्वास्थ्य अस्तित्वगत स्वास्थ्य नहीं होता है।

शारीरिक रूप से तुम स्वस्थ हो सकते हो, तुम मनोवैज्ञानिक रूप से स्वस्थ हो सकते हो, तो भी तुम शायद अस्तित्वगत रूप से बिलकुल स्वस्थ न होओ। बल्कि इसके विपरीत, जब तुम मनोवैज्ञानिक रूप से और शारीरिक रूप से स्वस्थ होते हो तो पहली बार तुम अस्तित्वगत जिज्ञासा के विषय में सचेत होते हो, भीतर की व्यथा का बोध होता है। इससे पहले तो तुम शरीर, मन और रोग के साथ ही इतने जुड़े हुए थे कि आंतरिक सत्ता की ओर देख ही न सकते थे। जब हर चीज ठीक बैठ जाती है, शरीर ठीक कार्य करता है, मन किसी अड़चन में नहीं रहता, अकस्मात तुम संसार की सबसे बड़ी जिज्ञासा के प्रति सजग हो जाते हो—जो अस्तित्वगत है, आध्यात्मिक है। अचानक तुम पूछने लगते हो—इस सबका मतलब क्या है? मैं यहां क्यों हूं? किसलिए हूं? इस बात का खयाल किसी बीमार व्यक्ति को कभी नहीं आता, क्योंकि वह बीमारी से बहुत घिरा हुआ होता है। पहले तो उसे ध्यान रखना पड़ता है शरीर का, फिर वह कुछ और सोचेगा। फिर उसे ध्यान रखना पड़ता है मन का, फिर वह कुछ और सोचेगा। शरीर और मन यदि स्वस्थ हों, तो पहली बार वे तुम्हें वास्तविक तकलीफ में उतरने देंगे। और वह तकलीफ होगी आध्यात्मिक।

जब जुंग आत्म-साक्षात्कार तक पहुंचने की विधि की तरह अपने विश्लेषणपरक मनोविज्ञान की बात करता है, तो उसे पता नहीं कि वह क्या कह रहा है। वह स्वयं आत्म-साक्षात्कार को उपलब्ध व्यक्ति नहीं है। जुंग के जीवन में, फ्रायड के जीवन में गहरे उतरो, और तुम उन्हें साधारण मनुष्यों की भांति ही पाओगे। फ्रायड उनकी भांति ही क्रोध करता था, साधारण मनुष्यों से भी ज्यादा ही क्रोध करता था। वह उन्हीं की भांति घृणा करता था। वह ईर्ष्या करता था, इतनी ज्यादा कि जब उसे ईर्ष्या का दौरा पड़ता तो वह जमीन पर गिर पड़ता और बेहोश हो जाता। ऐसा बहुत बार हुआ फ्रायड के जीवन में। जब कभी ईर्ष्या उस पर चढ़ बैठती, वह इतना बेचैन हो जाता कि उसे गश आ जाता, मूर्च्छा आ जाती। यह आदमी और आत्म-साक्षात्कार को उपलब्ध? तो फिर बुद्ध का क्या होगा? तब तुम बुद्ध को कहां रखोगे?

फ्रायड जीया साधारण मानवीय आकांक्षा सहित; एक राजनैतिक मन। वह कोशिश कर रहा था मनोविश्लेषण को साम्यवाद की ही भांति एक आंदोलन बना देने की, और उसने कोशिश की उस पर नियंत्रण करने की। उसने किसी लेनिन और स्टालिन की भांति ही उस पर नियंत्रण करने की कोशिश की, कुछ ज्यादा ही सत्तापूर्ण। उसने तो जुंग को अपना उत्तराधिकारी भी घोषित कर दिया था। और जरा जुंग के चित्रों को देखो। जब कभी जुंग का चित्र मेरे सामने पड़ता है, मैं सदा बहुत ध्यान से देखता हूं; वह बहुत असाधारण चीज है। हमेशा गौर से देखना जुंग के चित्रों को, तुम हर बात चेहरे पर लिखी पाओगेः एक अहंकार! उसकी नाक को देखना, आंखों को; चालाकी है, क्रोध है; हर बीमारी चेहरे पर लिखी है। वह जीता है साधारण, भयग्रस्त आदमी की भांति ही। वह बहुत भयभीत था प्रेतों से, और बहुत ईर्ष्यालु था, प्रतिस्पर्धा से भरा था। विवादी, झगड़ालु था।

वस्तुतः पश्चिम जानता नहीं कि आत्म-साक्षात्कार क्या है, इसलिए कोई भी चीज आत्म-साक्षात्कार बन जाती है। पश्चिम जानता नहीं कि आत्म-साक्षात्कार का क्या अर्थ होता है। उसका अर्थ हैः इतनी परम शांति जो किसी चीज से बिगाड़ी न जा सके। ऐसा परम अन-अस्तित्व। मालकियत, महत्वाकांक्षा, ईर्ष्या कैसे बनी रह सकती है उसमें? अ-मन के साथ कैसे तुम अधिकार जमा सकते हो, कैसे तुम शासन जमाने की कोशिश कर सकते हो? आत्म-साक्षात्कार का अर्थ है—अहंकार का संपूर्ण तिरोहित हो जाना। और अहंकार के साथ, हर चीज तिरोहित हो जाती है।

ध्यान रहे, अहंकार स्वप्नों की व्याख्या द्वारा तिरोहित नहीं हो सकता है। इसके विपरीत, अहंकार ज्यादा मजबूत हो सकता है, क्योंकि चेतन और अचेतन के बीच का अंतराल कम होगा। तुम्हारा अहंकार मजबूत हो जाएगा। जितनी कम तकलीफ होती है मन में, उतना ज्यादा मजबूत हो जाएगा मन। अहंकार के लिए तुम्हारे पास नई भूमि होगी, तो मनोविश्लेषण तुम्हारे लिए ऐसा कर सकता है कि तुम्हारा अहंकार ज्यादा जड़ पकड़ ले, ज्यादा केंद्र में आ जाए; तुम्हारा अहंकार ज्यादा मजबूत हो जाए; तुम ज्यादा निश्चयपूर्ण हो जाओ। निस्संदेह पहले की अपेक्षा तुम संसार में बेहतर ढंग से जी पाओगे, क्योंकि संसार अहंकार में विश्वास रखता है। जीवित रहने के संघर्ष में लड़ने के लिए तुम ज्यादा सक्षम हो जाओगे। तुम्हारे स्वयं के बारे में तुम ज्यादा आश्वस्त हो जाओगे, कम घबड़ाओगे।

यदि तुम भीतर तकलीफ में हो और अचेतन भीतर निरंतर एक संघर्ष में हो, तो उस स्थिति की अपेक्षा अब तुम कुछ महत्वाकांक्षाओं को ज्यादा आसानी से पूरा कर पाओगे। लेकिन यह आत्म-साक्षात्कार नहीं है। इसके विपरीत यह तो अहंकार-साक्षात्कार है।

पश्चिम का अब तक का सारा मनोविज्ञान निर-अहंकार के तत्व तक नहीं पहुंचा है। वह अब भी अहंकार की भाषा में ही सोचता रहा है; कि अहंकार को और ज्यादा मजबूत कैसे बनाया जाए; केंद्र में कैसे लाया जाए; अहंकार को कैसे ज्यादा पोषित, स्वाभाविक, समायोजित किया जाए। पूरब तो स्वयं अहंकार को ही एक रोग की भांति समझता है; सारा मन ही एक रोग है; उस के लिए कुछ चुनाव नहीं—चेतन और अचेतन दोनों को जाने देना होता है। उन्हें चले ही जाना चाहिए और इसीलिए पूरब ने व्याख्या करने की कोशिश नहीं की है। क्योंकि यदि किसी चीज को जाना ही है तो क्यों उसकी व्याख्या की चिंता करनी; क्यों समय गंवाना; उसे हटाया जा सकता है। जरा भेद की ओर ध्यान देना; पश्चिम किसी न किसी भांति चेतन और अचेतन का समायोजन करने की और अहंकार को मजबूत करने की कोशिश कर रहा है, ताकि तुम समाज के ज्यादा अनुकूलित सदस्य बन जाओ, और भीतर भी ज्यादा अनुकूलित व्यक्ति बन जाओ। दरार जुड़ जाने से तुम्हें मन का चैन मिल जाएगा। पूरब कोशिश करता है मन को हटा देने की, उसके पार जाने की। यह समाज के साथ अनुकूलित होने का प्रश्न नहीं है, यह स्वयं अस्तित्व के ही साथ समायोजित होने का प्रश्न है। यह चेतन और अचेतन के बीच के समायोजन का प्रश्न नहीं है; यह प्रश्न है उन सारे हिस्सों के समायोजन का जो तुम्हारी सारी सत्ता को बनाते हैं।

स्वप्न महत्वपूर्ण होते हैं। यदि आदमी बीमार होता है, तो स्वप्न महत्वपूर्ण होते हैं—वे बीमारी के लक्षणों को दिखा देते हैं। लेकिन तुम उस व्यक्ति के बारे में नहीं जानते जिसके पास स्वप्न नहीं। स्वप्न अपने में एक रोगशास्त्र हैं; स्वप्न स्वयं एक रोग है। बुद्ध ने कभी स्वप्न नहीं देखे। फ्रायड ने क्या किया होता? यदि फ्रायड उस समय होता, तो उसने क्या किया होता बुद्ध के साथ? उनके विषय में उसने कौन सी व्याख्या की होती? व्याख्या करने को कुछ था ही नहीं। यदि फ्रायड बुद्ध के भीतर गया होता, तो उसने कोई चीज न पाई होती व्याख्या करने को। उसका सारा मनोविज्ञान बिलकुल ही व्यर्थ हो चुका होता।

ऐसा हुआ कि अमरीका में एक व्यक्ति था जो कि बहुत ज्यादा कुशल था दूसरे व्यक्तियों के विचारों को पढ़ने में—मन को पढ़ लेता था। वह सदा सौ प्रतिशत सच ही कहता था। वह बैठ जाता तुम्हारे सामने; तुम आंखें बंद कर लेते और सोचने लगते, और वह आदमी अपनी आंखें बंद कर लेता और सोचने लगता कि तुम क्या सोच रहे हो। उस पल जो कुछ तुम सोचो वह विचार संप्रेषित हो जाता और वह उसे ग्रहण कर लेता। यह एक कला होती है। बहुत लोग जानते हैं इसे। यह सीखी जा सकती है, तुम पा सकते हो इसे, क्योंकि विचार एक सूक्ष्म तरंग है। यदि तुम ग्राहक होते हो तो दूसरा मस्तिष्क प्रसारण-केंद्र बन जाता है, तुम ग्रहणकर्ता बन जाते हो। विचार एक प्रसारण है, क्योंकि व्यक्ति के चारों ओर की विद्युत में तरंगें उठती हैं, यदि तुम पर्याप्त रूप से शांत होते हो, ग्राहक होते हो, तुम उन्हें पकड़ लोगे।

जब मेहर बाबा अमरीका में थे, तो कोई ले आया उसी आदमी को मेहर बाबा के पास जो बहुत वर्षों तक रहे थे मौन में। वह आदमी बैठ गया मेहर बाबा के सामने, अपनी आंखें मूंद लीं और ध्यान ही ध्यान करता गया। फिर-फिर वह आंखें खोल लेता अपनी, और देख लेता मेहर बाबा को। इसमें बहुत देर होती गई; लोग चिंतित हो उठे। वे बोले, 'तुमने इतना समय तो कभी नहीं लिया।' वह आदमी बोला, 'हां, तो क्या करूं? यह आदमी तो बिलकुल सोच ही नहीं रहा है। कोई विचार मौजूद नहीं।'

यदि फ्रायड या जुंग बुद्ध के पास होते, या यदि वे मेरे पास आ गए होते तो उन्होंने कुछ भी न पाया होता व्याख्यायित करने को, उन्होंने कोई विचार न पाया होता पकड़ने को।

पूरब कहता है, 'स्वप्न स्वयं एक रोग है।' वह एक प्रकार की बीमारी है; वह एक अव्यवस्था है। जब तुम सचमुच ही मौन होते हो तो दिन का सोचना तिरोहित हो जाता है और रात के स्वप्न तिरोहित हो जाते हैं। विचार और स्वप्न एक ही चीज के दो पहलू हैंः दिन में जब कि तुम जागे हुए होते हो, तब विचार चलते रहते हैं, और रात को जब कि तुम सोए हुए होते हो, तो स्वप्न होते हैं। स्वप्न सोचने का एक आदिम ढंग है; चित्रों के रूप में सोचना, जैसा कि बच्चे सोचते हैं। इसलिए बच्चों की किताबों में हमें बहुत से रंगीन चित्र बनाने पड़ते हैं, बच्चे शब्दों के साथ बहुत ज्यादा नहीं बढ़ सकते। धीरे-धीरे ही वे बढ़ेंगे। तुम्हें एक बड़ा-सा आम चित्रित करना पड़ता है, और लिखना पड़ता है छोटे-छोटे अक्षरों में 'आम'। पहले वे देखेंगे चित्र को, और फिर वे जुड़ जाएंगे शब्द के साथ। धीरे-धीरे, चित्र छोटा और छोटा होता जाएगा और तिरोहित हो जाएगा। तब आम शब्द ही काम देगा।

एक अपरिष्कृत मन चित्रों की भाषा में सोचता है जैसा कि बच्चे करते हैं। जब तुम सोए हुए होते हो, तुम आदिम होते हो। सारी सभ्यता तिरोहित हो जाती है, संस्कृति तिरोहित हो जाती है, समाज तिरोहित हो जाता है। अब तुम समकालीन संसार के हिस्से नहीं रहते, तुम आदिम मनुष्य जैसे होते हो एक गुफा में। क्योंकि अचेतन मन अपरिष्कृत रहता है, तुम चित्रों की भाषा में सोचना शुरू कर देते हो।

स्वप्न और विचार दोनों एक ही होते हैं। जब स्वप्न थम जाते हैं, तो विचार थम जाते हैं; जब विचार थम जाते हैं, तो स्वप्न थम जाते हैं। पूरब का सारा प्रयास यही रहा है। सारी बात ही किसी तरह गिरा दें। हम इसकी चिंता नहीं करते कि कैसे उसे अनुकूलित करें या कि कैसे उसकी व्याख्या करें, बल्कि यह कि कैसे उसे गिरा दें। और यदि यह गिरायी जा सकती है, तो क्यों चिंता करनी किसी व्याख्या की? क्यों व्यर्थ करना समय?

देर-अबेर पश्चिम इसे जान ही लेगा, क्योंकि अब ध्यान की विधियां पश्चिम में फैल रही हैं। ध्यान ढंग है स्वप्नों को, सोचने को, मन की सारी जटिलता को गिरा देने का। और एक बार वे गिर जाती हैं तो तुम मन की स्वस्थता को ही उपलब्ध नहीं होते, तुम किसी ऐसी चीज को उपलब्ध कर लेते हो, बिलकुल अभी तो जिसकी तुम्हारे मन में कोई कल्पना भी नहीं। तुम उसकी कल्पना भी नहीं कर सकतेः वह किस तरह की अवस्था होगी जब तुम कुछ सोचते ही नहीं, जब तुम स्वप्न नहीं देखते, जब तुम्हारा होना मात्र ही होगा।

मनोविश्लेषण या दूसरी प्रचलित प्रणालियां बहुत लंबा समय लेती हैंः पांच वर्ष, तीन वर्ष, बस स्वप्नों की व्याख्या करते हैं। सारी बात इतनी उबाऊ जान पड़ती है, और केवल बहुत थोड़े लोग इसे अपना सकते हैं। और वे भी जो कि इसे क्रियान्वित कर सकते हैं, क्या पाते हैं इससे?

बहुत लोग आए हैं मेरे पास जो मनोविश्लेषण से गुजरे हैं; कोई आत्म-ज्ञान घटित नहीं हुआ है। बहुत वर्ष वे मनोविश्लेषण में जीए। न ही केवल उनका मनोविश्लेषण हुआ, उन्होंने बहुत से दूसरे लोगों का भी मनोविश्लेषण किया और कुछ घटित नहीं हुआ; वे वैसे ही हैं, अहंकार वही है। इसके विपरीत, वे कुछ ज्यादा दृढ़ हुए हैं, मजबूत हुए हैं। और अस्तित्वगत चिंताएं बनी रहती हैं।

हां, मैं कोई बहुत ज्यादा मूल्य नहीं मानता फ्रायड और जुंग का, क्योंकि मेरा दृष्टिकोण हैः मन को कैसे गिराना? वह गिराया जा सकता है और उसे गिराने में कम समय लगता है, उसे गिराना कहीं ज्यादा आसान है। वस्तुतः उसे गिराया जा सकता है बिना किसी की मदद के भी।

पूरब ने इस सत्य को पा लिया था कोई पांच हजार वर्ष पहले। उन्होंने व्याख्या की होगी, क्योंकि पूरब की पुरानी पुस्तकों में स्वप्नों की व्याख्या है। अब तक मेरे सामने एक भी ऐसी नई खोज नहीं आई जो पहले से ही कहीं अतीत में पूरब द्वारा न खोज ली गई हो। फ्रायड और जुंग तक भी कोई नए नहीं। यह तो फिर से पुराने क्षेत्र को पुनराविष्कृत करने के जैसा ही है। पूरब में उन्होंने जरूर इसका आविष्कार कर लिया होगा, लेकिन साथ ही उन्होंने खोजा था कि तुम मन की व्याख्या किए चले जा सकते हो और उसका कोई अंत नहीं। वह स्वप्न देखता ही जाता है, वह फिर-फिर नए स्वप्न निर्मित करता चला जाता है।

वस्तुतः कोई मनोविश्लेषण कभी संपूर्ण नहीं होता है। पांच वर्षों के बाद भी वह पूरा नहीं होता। कोई मनोविश्लेषण कभी पूरा हो नहीं सकता, क्योंकि मन नए स्वप्न बुनता चलता है। तुम व्याख्या किए जाते हो, वह नए स्वप्न बुनता जाता है। उसके पास असीम क्षमता होती है, वह बहुत सृजनात्मक होता है, बहुत कल्पनाशील। वह केवल जीवन के साथ ही समाप्त होता है या ध्यान के साथ ही तुम छलांग लगा लेते हो और तुम अपने से मर जाते हो तब वह खत्म होता है।

मन को मिटने की आवश्यकता है, मनोविश्लेषण की नहीं। और यदि मृत्यु संभव है तो विश्लेषण में क्या सार? ये दो नितांत अलग-अलग चीजें हैं और तुम्हें जागरूक रहना होता है। जुंग और फ्रायड भटक गए; प्रतिभाशाली हैं, बड़े बौद्धिक, लेकिन अपना समय खराब कर रहे हैं। और समस्या यह है कि उन्होंने मन के विषय में इतनी सारी चीजें खोजी हैं, लेकिन तो भी स्वयं उसका प्रयोग नहीं कर सकते—और यही होनी चाहिए कसौटी।

यदि मैं खोजता हूं ध्यान की कोई विधि और मैं स्वयं ध्यान नहीं कर सकता, तो मेरी खोज क्या अर्थ रख सकती है? लेकिन पूरब और पश्चिम में वह बात भी गलत है। पश्चिम में वे कहते हैं, 'डाक्टर शायद स्वयं को ठीक नहीं कर सकता, लेकिन वह तुम्हें ठीक कर सकता है।' पूरब में हम सदा कह रहे हैं, 'अरे वैद्य, पहले स्वयं को स्वस्थ करो।' वही बात कसौटी बनेगी कि तुम वैसा दूसरों के प्रति कर सकते हो या नहीं। पश्चिम में वे पूछते नहीं, वे वैसी बात पूछते नहीं। पश्चिम में विज्ञान अपने से चलता है। निजी प्रश्न नहीं पूछे जाते हैं, क्योंकि विज्ञान को एक वस्तुगत अध्ययन माना जाता है, आत्मपरकता से उसका कोई संबंध नहीं होता। ऐसा हो सकता है विज्ञान के साथ, लेकिन मनोविज्ञान एकदम वस्तुगत नहीं हो सकता है। उसे आत्मगत (सब्जेक्टिव) भी होना पड़ता है, क्योंकि मन आत्मपरक होता है।

पहली बात जो जुंग के विषय में पूछनी चाहिए वह है, क्या आपने अपने को जान लिया है? लेकिन वह सचमुच ही बहुत अहंकारी था। वह सोच रहा था, उसने जान लिया। वह भारत में आने से हिचकता था। केवल एक बार आया वह, और वह हिचकता था किसी संन्यासी के पास जाकर उससे मिलने से। यहां तक कि रमण महर्षि जैसे संत पुरुष से मिलने में भी हिचकता था। उसकी मर्जी न थी, वह नहीं गया। उसके लिए वहां सीखने को क्या था? उसके पास पहले से ही सब मौजूद था। और वह कुछ नहीं जानता था, कुछ स्वप्नों के कुछ टुकड़े मात्र थे जिनकी व्याख्या उसने की—और उसने सोचा कि उसने जीवन की व्याख्या कर दी।

तुम स्वप्नों की व्याख्या किए चले जाते हो, और तुम सोचते हो कि स्वप्न वास्तविकता हैं। पूरब में हमारा दृष्टिकोण एकदम विपरीत है। हम जीवन में झांकते रहे हैं और हमने पाया कि जीवन स्वयं एक सपना है। तुम सोचते हो कि स्वप्नों की व्याख्या करके तुम सत्य की व्याख्या कर देते हो। ठीक इसके

विपरीत, हमने झांका है जीवन में और पाया है कि वह स्वप्न के अतिरिक्त और कुछ नहीं।

और यह हिचकिचाहट क्यों? जुंग के लिए पूरब एक भय था। वह भयभीत था पूरब से और कारण था इसका कुछ। वह था भयभीत पूरब से क्योंकि पूरब उदघाटित कर देता उसकी अपनी समझ की सच्चाई को—कि वह झूठ था। यदि वह गया होता रमण के पास, यदि वह गया होता पूरब के किसी और संत के पास, तो वह तुरंत जान गया होता कि जो कुछ उपलब्ध किया है उसने, वह कुछ नहीं था। वह तो मात्र मंदिर की सीढ़ियों पर था। अभी वह प्रविष्ट नहीं हुआ था मंदिर में। लेकिन पश्चिम में कोई भी चीज चल जाती है। बिना उसके जाने कि आत्म-ज्ञान क्या है, वे उसे आत्म-ज्ञान कह देते हैं। तुम उसे कुछ भी कह सकते हो; वह तुम पर निर्भर करता है।

आत्म-ज्ञान है अनात्म तक चले आना, भीतर के नितांत शून्य तक आ पहुंचना, उस बिंदु तक आ पहुंचना जहां तुम नहीं होते। बूंद समुद्र में खो जाती है और केवल समुद्र का अस्तित्व होता है। तो कौन देखता है स्वप्न? तो कौन बचता है वहां स्वप्न देखने को? घर खाली होता है, वहां कोई नहीं बचता।

दूसरा प्रश्नः आपने कहा कि किसी प्रकार की नकल, बुद्ध की भी नकल, शुद्ध चेतना के लिए प्रतिकूल होती है। लेकिन हम देखते कि हमारा सांस्कृतिक जीवन नकल के अतिरिक्त और कुछ नहीं। उस अवस्था में, क्या स्वयं संस्कृति ही प्रतिकूल है धर्म के लिए?

हां, संस्कृति, समाज, सभ्यता, सभी कुछ प्रतिकूल है धर्म के लिए। धर्म एक क्रांति है, तुम्हारी सांस्कृतिक संस्कार-बद्धताओं के लिए एक क्रांति; तुम्हारी सामाजिक अनुकूलन की क्रांति; वे सारे जीवन-क्षेत्र जिन्हें तुमने जीया और तुम जी रहे हो उनमें आयी एक क्रांति।

हर समाज धर्म के विरुद्ध होता है। मैं तुम्हारे मंदिरों और मसजिदों और चर्चों की बात नहीं कर रहा हूं जिन्हें कि समाज ने निर्मित किया होता है। वे तो चालाकियां हैं। वे तुम्हें मूर्ख बनाने की बातें हैं। वे धर्म के झूठे परिपूरक हैं, वे धर्म नहीं। वे तुम्हें दिग्भ्रमित करने के लिए हैं। तुम्हें चाहिए धर्म, वे कहते हैं, 'हां, आओ मंदिर में, चर्च में, गुरुद्वारे में—यहां है धर्म। तुम आओ और प्रार्थना करो और उपदेशक है वहां जो कि सिखाएगा तुम्हें धर्म।' यह एक चालाकी होती है। समाज ने झूठे धर्म बना दिए हैंः वे धर्म हैं—ईसाइयत, हिंदुत्व, जैन। लेकिन कोई बुद्ध, कोई महावीर या जीसस या मोहम्मद, सदा समाज के बाहर अस्तित्व रखते हैं। और समाज सदा उनसे झगड़ता है। जब वे नहीं रहते, तब समाज उन्हें पूजने लगता है, तब समाज मंदिर निर्मित करता है। और तब कुछ नहीं बचता; सत्य जा चुका होता है; ज्योति विलीन हो चुकी होती है। बुद्ध अब नहीं रहे बुद्ध की मूर्ति में। मंदिरों में तुम पाओगे समाज को, संस्कृति को, पर धर्म को नहीं पाओगे। तो फिर धर्म है क्या?

पहली बात, धर्म एक निजी घटना है। वह कोई सामाजिक घटना नहीं है। तुम अकेले उतरते हो उसमें, तुम समूह के साथ नहीं उतर सकते उसमें। कैसे तुम किसी दूसरे को साथ लेकर समाधि में उतर सकते हो? तुम्हारे एकदम निकट का भी, तुम्हारा बिलकुल समीपतम भी तुम्हारे साथ न होगा। जब तुम भीतर की ओर बढ़ते हो, तो हर चीज छूट जाएगीः समाज, संस्कृति, सभ्यता; शत्रु, प्रेमी, प्रेमिकाएं,

बच्चे, पत्नी, पति—हर चीज छूट जाती है धीरे-धीरे। और एक घड़ी आती है जब तुम भी छूट जाओगे। केवल तभी होती है परम खिलावट, तभी होता है रूपांतरण। क्योंकि तुम भी समाज का एक हिस्सा हो, समाज के सदस्य हो : हिंदू हो, कि मुसलमान हो, कि ईसाई हो; भारतीय हो, चीनी हो, जापानी हो। पहले, दूसरे छूट जाएंगे; फिर धीरे-धीरे, अपने लोग छूट जाएंगे, ज्यादा निकट के छूट जाएंगे। अंततः तुम स्वयं तक आ पहुंचोगे। वह भी समाज का एक हिस्सा है। समाज द्वारा प्रशिक्षित हुआ, समाज द्वारा संस्कारित हुआ : तुम्हारा मस्तिष्क, तुम्हारा मन, तुम्हारा अहंकार—समाज द्वारा दिया हुआ। उसे भी मंदिर के बाहर छोड़ देना है। तब तुम अपने परम एकांत में प्रवेश करते हो। कोई नहीं होता वहां, तुम भी नहीं।

धर्म आत्मगत होता है। और धर्म क्रांतिमय होता है। धर्म एकमात्र क्रांति है संसार की। दूसरी सारी क्रांतियां झूठी होती हैं, नकली होती हैं, खेल; वे क्रांतियां नहीं होतीं। वस्तुतः उन्हीं क्रांतियों के कारण, सच्ची क्रांति सदा स्थगित हो जाती है। वे प्रति-क्रांतियां होती हैं।

एक साम्यवादी आता है और वह कहता है, 'कैसे तुम स्वयं को बदल सकते हो, जब तक कि सारा समाज ही न बदल जाए?' और तुम अनुभव करते हो कि 'ठीक है, कैसे मैं स्वयं को बदल सकता हूं? कैसे मैं अस्वतंत्र समाज में एक स्वतंत्र जीवन जी सकता हूं?' तर्क तो संगत जान पड़ता है। एक दुखी समाज में तुम सुखी कैसे हो सकते हो? कैसे तुम आनंद पा सकते हो जब कि हर कोई पीड़ित है? साम्यवादी चोट करता है, वह आकर्षित करता है। 'हां', तुम कहते, 'जब तक कि सारा समाज सुखी न हो जाए, मैं कैसे सुखी हो सकता हूं?' फिर एक साम्यवादी कहता है, 'आओ पहले तो हम क्रांति लाएं समाज में।' फिर तुम कूच करना शुरू करते : मोर्चा, घेराव, सभी प्रकार की नासमझियां। तुम पकड़ लिए गए एक जाल में। अब तुम बदलने ही वाले हो सारे संसार को!

लेकिन क्या तुम भूल गए कि कितने दिन जीने वाले हो तुम? और जब सारा संसार बदल जाता है, तो उस समय तक तुम नहीं रहोगे यहां। तुम खो चुके होओगे तुम्हारा जीवन। बहुत से मूर्ख लोग अपना सारा जीवन गंवा रहे हैं, इस या उस बात के विरुद्ध अभियान चला कर। इसकी या उसकी खातिर; सारे संसार को रूपांतरित करने की कोशिश कर रहे हैं और उस एकमात्र रूपांतरण को स्थगित कर रहे हैं जो कि संभव है, और जो है आत्म-रूपांतरण।

और मैं कहता हूं तुमसे, तुम अस्वतंत्र समाज में स्वतंत्र हो सकते हो, तुम सुखी हो सकते हो दुखी संसार में। दूसरों की ओर से कोई बाधा नहीं है, तुम रूपांतरित हो सकते हो। कोई तुम्हें नहीं रोक रहा, सिवाय तुम्हारे स्वयं के। कोई व्यक्ति कोई बाधा नहीं बना रहा है। समाज की और संसार की फिक्र मत करो। क्योंकि संसार तो चलता रहेगा। और वह ऐसा ही बना हुआ है हमेशा-हमेशा से। बहुत-सी क्रांतियां आती हैं और चली जाती हैं और संसार वैसा ही बना रहता है।

यदि सारे क्रांतिकारी अपनी कब्रों में से फिर जीवित किए जा सकते—लेनिन और मार्क्स—वे विश्वास न कर पाते कि संसार वैसा ही बना हुआ है और क्रांति घट चुकी है। रूस में या कि अमरीका में कोई अंतर नहीं, बस एक औपचारिक-सा अंतर है। रूप भेद रखते हैं; आधारभूत सत्य वैसा ही बना रहता है, मनुष्य की मौलिक पीड़ा वैसी ही बनी रहती है। समाज कभी नहीं पहुंचेगा किसी आदर्श तक। वह शब्द 'यूटोपिया' बहुत सुंदर है। इस शब्द का अर्थ ही है : कि जो कभी नहीं आता। शब्द यूटोपिया का अर्थ होता है : कि जो कभी न आए। वह सदा आ रहा होता है, लेकिन वह आता कभी नहीं; वचन

सदा होता है लेकिन चीजें कभी पहुंचाई नहीं जातीं। और यह ऐसा ही रहेगा। ऐसा ही रहा है। केवल एक संभावना हैः तुम परिवर्तित हो सकते हो।

राजनीति सामाजिक है, धर्म व्यक्तिगत होता है। और जब कभी धर्म सामाजिक बनता है, वह राजनीति का हिस्सा होता है; वह धर्म नहीं रह जाता। इसलाम और हिंदू और जैन धर्म, वे राजनीतियां हैं। वे अब धर्म नहीं रहे; वे समाज हो गए हैं।

यह एक व्यक्तिगत समझ होती है।

तुम तुम्हारे गहनतम अंतर में जानते हो कि परिवर्तन की आवश्यकता है; जैसे तुम हो, तुम गलत हो; जैसे तुम हो, तुम नरक बना रहे हो तुम्हारे चारों ओर; जैसे तुम हो, तुम बीज ही हो दुख का। तुम इसे जानते हो तुम्हारी सत्ता के गहनतम गर्भ में, और वह जानना ही एक परिवर्तन बन जाता है। तुम गिरा देते हो बीज को; तुम बढ़ते हो एक अलग दिशा में। यह बात व्यक्तिगत होती है, यह कोई सांस्कृतिक बात नहीं होती।

और इसीलिए तुम्हारे लिए बहुत कठिन होता है धार्मिक होना। तुम चाहोगे समाज तुम्हें सिखाए। यदि धर्म सिखाया जा सकता है, तो तुम सभी धार्मिक हो गए होते। लेकिन धर्म सिखाया नहीं जा सकता है। वह कोई शिक्षा नहीं, वह छलांग है अज्ञात में। उसके लिए साहस की आवश्यकता है, सीखने की नहीं। और कौन सिखा सकता है तुम्हें साहस? और साहस सिखाया कैसे जा सकता है? या तो वह तुम्हारे पास होता है या वह तुम्हारे पास नहीं होता। इसलिए पता लगा लेना कि साहस तुम्हारे पास है भी? और तुम पता लगाने की कोशिश करो तो हर कोई पाएगा कि उसमें कहीं न कहीं बड़ी विशाल संभावना छिपी रहती है साहस की। क्योंकि साहस के बगैर जीवन संभव नहीं।

प्रतिपल जीवन एक जोखम होता है। बिना साहस के तुम कैसे रह सकते हो? बिना साहस के तुम सांस कैसे ले सकते हो? साहस होता है मौजूद, लेकिन तुम्हें पता नहीं होता। साहस को खोज लो, व्यक्तिगत प्रतिबद्धता की जिम्मेदारी जानो। संसार को और आदर्श मान्यताओं को भूल जाओ, और स्वयं को बदलो। और यही है सौंदर्यः यदि तुम बदलते हो स्वयं को तो तुमने संसार को बदलना शुरू ही कर दिया होता है। क्योंकि तुम्हारे बदलाव के साथ संसार का एक हिस्सा बदल चुका होता है। तुम संसार के अंग हो। यदि एक भी हिस्सा बदलता है, तो वह संपूर्ण को प्रभावित करेगा क्योंकि संपूर्ण एक है; हर चीज संबंधित है।

यदि मैं बदलता हूं; तो मैं एक ढंग से सारे संसार को बदलता हूं। संसार फिर कभी वैसा ही न होगा। क्योंकि एक हिस्सा—करोड़वां भाग, पर फिर भी एक हिस्सा—बदल ही चुका है, बिलकुल अलग बन गया है; अब वह इस संसार का नहीं रहा। एक दूसरा संसार मेरे द्वारा व्याप्त हो चुका है। शाश्वतता समय में प्रवेश कर चुकी है। परमात्मा उतरा है, मानव शरीर में बसने को; कुछ भी वैसा ही नहीं रह सकता, हर चीज बदल जाएगी मेरे द्वारा।

इसे याद रखना और यह भी याद रखना कि धर्म कोई नकल नहीं है। तुम धार्मिक व्यक्ति की नकल नहीं कर सकते। यदि तुम नकल करते हो तो यह छद्म-धर्म होगा—नकली, झूठा। तुम कैसे मेरी नकल कर सकते हो? और यदि तुम नकल करते हो तो कैसे तुम स्वयं के प्रति सच्चे रह सकते हो? तुम स्वयं के प्रति झूठे हो जाओगे। तुम यहां मेरे जैसे होने को नहीं हुए हो। तुम यहां हो बिलकुल तुम्हारे जैसे होने

को। मेरे जैसे होने को तुम यहां नहीं हो; तुम यहां हो बिलकुल अपने जैसे होने के लिए—अपने ही जैसे।

मैंने सुना है एक यहूदी फकीर जोसिया के बारे में। वह मर रहा था और किसी ने कहा, 'जोसिया मोजेज की प्रार्थना करो और मांगो उनसे कि तुम्हारी मदद करें।' जोसिया ने कहा, 'भूल जाओ मोजेज के बारे में। क्योंकि जब मैं मर जाऊंगा, तो परमात्मा मुझसे यह न पूछेगा कि मैं मोजेज जैसा क्यों न हुआ। वह पूछेगा, मैं जोसिया जैसा क्यों नहीं हुआ। वह नहीं पूछेगा मुझसे कि तुम मोजेज जैसे क्यों नहीं? वह मेरी जिम्मेदारी नहीं, मोजेज जैसा होना। यदि परमात्मा मेरा होना मोजेज जैसा चाहता, तो उसने मुझे मोजेज बना दिया होता। वह पूछेगा मुझसे, जोसिया तुम जोसिया जैसे क्यों नहीं? और यही है मेरी मुसीबतः सारी जिंदगी मैं किसी दूसरे की भांति होने का प्रयास करता रहा। लेकिन कम से कम अब अंतिम घड़ी मुझे अकेला छोड़ दो; मुझे मुझ जैसा ही रहने दो, क्योंकि वही चेहरा मुझे परमात्मा को दिखाना चाहिए। और केवल वही चेहरा है जिसके लिए परमात्मा प्रतीक्षा कर रहा होगा।'

प्रामाणिक रूप से स्वयं जैसे हो जाओ। तुम नकल नहीं कर सकते। धर्म प्रत्येक को अद्वितीय बना देता है। कोई भी गुरु जो कि सच्चा गुरु है इस पर जोर नहीं देगा कि तुम उसकी नकल करो। वह तुम्हें स्वयं जैसा होने में तुम्हारी मदद करेगा, वह उसी के जैसा होने के लिए तुम्हारी मदद नहीं करेगा।

और सारी सभ्यता एक नकल है। सारा समाज नकल करने वाला है। इसीलिए सारा समाज सत्य की अपेक्षा एक नाटक की भांति है। हिंदू इसे कहते हैं, 'माया'—एक खेल, एक खेल-तमाशा, पर सत्य नहीं। माता-पिता बच्चों को उन्हीं के जैसा होने की सीख दे रहे हैं। हर कोई हर दूसरे को अपने जैसा करने के लिए धकेल रहा है और खींच रहा है—चारों ओर पूरी अराजकता बनी है।

मैं ठहरा हुआ था एक परिवार के साथ, और मैं बैठा था लॉन पर। घर का एक छोटा बच्चा आया, और मैं पूछने लगा, 'तुम अपने जीवन में क्या बनने की सोचते हो?' वह बोला, 'कहना मुश्किल है, क्योंकि मेरे पिता मुझे डाक्टर बनाना चाहते हैं। मेरी मां चाहती हैं कि मैं इंजीनियर बनूं; मेरे चाचा, वे चाहते हैं मैं एडवोकेट बनूं, क्योंकि वे एक एडवोकेट हैं। और मैं उलझन में हूं। मैं नहीं जानता कि मैं क्या बनूंगा।' मैंने पूछा उससे, 'तुम क्या बनना चाहते हो?' वह बोला, 'पर यही तो मुझसे किसी ने पूछा ही नहीं।' मैंने कहा उससे, 'तुम सोचो इस बारे में। कल तुम मुझे बताना।' अगले दिन वह आया और वह बोला, 'मैं एक नृत्यकार होना चाहूंगा, लेकिन मेरी मां ऐसा न होने देगी, मेरे पिता ऐसा न होने देंगे।' वह कहने लगा मुझसे, 'मेरी मदद कीजिए, वे आपकी सुनेंगे।'

हर बच्चा धकेला जा रहा है और खींचा जा रहा है कुछ और ही बनाये जाने के लिए। इसीलिए इतनी ज्यादा असुंदरता है चारों ओर। कोई स्वयं जैसा नहीं। यदि तुम संसार के सबसे बड़े इंजीनियर भी बन जाओ, तो वह बात भी कोई परितृप्ति न देगी, यदि वह तुम्हारी अपने मन की बात न रही हो। और मैं कहता हूं तुमसे, तुम शायद संसार के सबसे बड़े बेकार नृत्यकार होओगे, उससे कुछ अंतर नहीं पड़ता। यदि वह तुम्हारी अपनी अंतःप्रेरणा थी, तो तुम प्रसन्न और परितृप्त रहोगे।

मैंने सुना है एक बड़े वैज्ञानिक के बारे में जिसे कि नोबल पुरस्कार मिला था। वह संसार के जाने-माने बड़े-बड़े शल्यचिकित्सकों में से एक था। और जिस दिन उसे नोबल पुरस्कार मिला, किसी ने कहा, 'आपको तो खुश होना चाहिए। आप इतने उदास क्यों लग रहे हैं? यह सबसे बड़ा पुरस्कार है; सबसे बड़ा इनाम जिसे कि संसार तुम्हें दे सकता है; सबसे बड़ा सम्मान। आप खुश क्यों नहीं हो? और

आप तो संसार के सबसे बड़े शल्यचिकित्सकों में से हैं।' वह बोला, 'सवाल यह नहीं है, जब नोबल पुरस्कार मुझे दिया गया था, तो मैं अपने बचपन की बात सोच रहा था। मैं कभी भी सर्जन नहीं बनना चाहता था। जबरदस्ती यह बात मुझ पर लादी गई। मेरी सारी जिंदगी एक व्यर्थ बात रही है। क्या करूंगा मैं इस नोबल पुरस्कार को लेकर? मैंने चाहा था नृत्यकार बनना। चाहे सबसे बेकार नृत्यकार ही सही, उससे काम चल गया होता; मैं परितृप्त हो गया होता। वह मेरी अंतर की पुकार थी।'

याद रखना इसे; क्यों तुम इतना असंतुष्ट अनुभव करते हो; तुम क्यों सदा बिलकुल ही किसी कारण के बिना इतना असंतोष अनुभव करते हो?—यदि सारी बात ठीक भी चल रही हो। कुछ चूक रहा होता है। क्या चूक रहा होता है?—तुमने अपनी अंतस सत्ता को कभी नहीं सुना। किसी दूसरे ने तुम्हें होशियारी से संचालित किया है, तुम्हें प्रभावित किया है, किसी दूसरे ने तुम्हें शासित किया होता है, किसी दूसरे ने तुम्हें जिंदगी के ऐसे ढांचे में बैठा दिया है जो कि तुम्हारा कभी न था, जिसे तुमने कभी न चाहा था। मैं कहता हूं तुमसे, यदि ऐसा घट भी जाए कि तुम भिखारी बन जाओ, तो फिक्र मत करना यदि वह भी हो तुम्हारी अंतःप्रेरणा। अंतस की पुकार का पता लगा लेना और उसी का अनुसरण करना, क्योंकि ईश्वर नहीं पूछेगा, 'तुम महावीर क्यों नहीं हो, तुम मोहम्मद क्यों नहीं हो, या कि तुम जरथुस्त्र क्यों नहीं हो?' वह पूछेगा, 'जोसिया, तुम जोसिया क्यों नहीं हो?'

तुम्हें कुछ होना है, और सारा समाज एक बड़ी नकल है, एक झूठा दिखावा। इसीलिए इतनी ज्यादा असंतुष्टि है हर चेहरे पर। मैं देखता हूं तुम्हारी आंखों में और मैं पाता हूं—असंतोष, अतृप्ति। हवा का एक झोंका भी तुम तक नहीं आता जो कि तुम्हें प्रसन्नता दे जाए, आनंद दे जाए, ऐसा संभव नहीं। और आनंद संभव होता है। वह एक सरल घटना हैः स्वाभाविक हो जाओ और निर्मुक्त हो जाओ और तुम्हारी अपनी अंतःरुचि का अनुसरण करो।

मैं यहां हूं, तुम्हारे स्वयं जैसा हो जाने में तुम्हारी मदद करने को। जब तुम शिष्य हो जाते हो, जब मैं तुम्हें दीक्षा देता हूं, तो मैं तुम्हें अनुकरणकर्ता होने की दीक्षा नहीं दे रहा होता हूं। मैं तो तुम्हारी मदद कर रहा होता हूं तुम्हारे स्वयं के अस्तित्व का पता लगाने में, तुम्हारे अपने प्रामाणिक अस्तित्व का पता लगाने में—क्योंकि तुम इतने ज्यादा भ्रमित हो, तुम्हारे इतने ज्यादा चेहरे हैं कि तुम भूल ही गए हो कि कौन-सा चेहरा मौलिक है। तुम नहीं जानते तुम्हारी असली अंतःप्रेरणा क्या है।

समाज ने तुम्हें बिलकुल उलझा दिया है, तुम्हें दिग्भ्रमित कर दिया है। अब तुम्हें इसका कुछ पक्का पता नहीं कि तुम कौन हो। जब मैं तुम्हें दीक्षा देता हूं तो जो एकमात्र बात मैं करना चाहता हूं, वह यह कि तुम्हारे अपने घर तक आ जाने में तुम्हारी मदद करूं। एक बार जब तुम अपनी अंतस सत्ता में केंद्रित हो जाते हो, तो मेरा कार्य समाप्त हो जाता है। तब तुम आरंभ कर सकते हो। वस्तुतः एक गुरु को उसे अनकिया करना पड़ता है जो कि समाज ने किया होता है। गुरु को वह अनकिया करना पड़ता है जिसे संस्कृति ने क्रियान्वित किया होता है। उसे तुम्हें फिर से एक कोरा कागज बना देना होता है।

यही है गुरु द्वारा तुम्हें पुनर्जीवन दिए जाने का अर्थः फिर से तुम बच्चे बन गए; तुम्हारा अतीत साफ हो गया; तुम्हारी स्लेट धुल गई। कैसे तुम उस पहली जगह पहुंच सकते हो, जहां से तुम इस संसार में प्रविष्ट हुए थे, चालीस, पचास वर्ष पहले? और समाज ने तुम्हें पकड़ लिया, तुम्हें फांस लिया, तुम्हें भटकाया गया। पचास वर्ष तक तुम भटके—और अब अचानक तुम मेरे पास आ गए हो। मुझे केवल

एक ही बात करनी है : उसे धोकर साफ कर देना है जो कुछ तुम्हारे साथ हुआ है; तुम्हें अपने बचपन तक ले आना है, उस आरंभिक अवस्था तक, जहां से तुमने यात्रा शुरू की थी, और यात्रा को फिर से शुरू होने देने में तुम्हारी मदद करनी है।

तीसरा प्रश्न : आपने कहा कि किसी के द्वारा प्रभावित हो जाना अशुद्ध और अस्वाभाविक हो जाना है। लेकिन आपके व्यक्तित्व और शब्दों द्वारा प्रभावित हुए बिना कोई खोजी आपका शिष्य कैसे हो सकता है?

यदि तुम शब्दों द्वारा और व्यक्तित्व द्वारा प्रभावित होते हो तो तुम कभी भी शिष्य नहीं हो सकते; तुम नकल करने वाले बन जाओगे। और एक शिष्य नकल करने वाला नहीं होता है। लेकिन मैं समझता हूं तुम्हारी तकलीफ—तुम जुड़ने का केवल एक ही ढंग जानते हो, और वह है—प्रभावित हो जाना। यही कुछ किया है समाज ने तुम्हारे साथ। यदि तुम प्रभावित होते हो, तो तुम सोचते हो कि तुम जुड़े हुए हो। तो तुम नहीं जानते कि शिष्य कैसे हुआ जाए। तुम केवल यही जानते हो कि विद्यार्थी कैसे बना जाए—एक छाया घटना।

जब तुम सुनते हो मुझे, तो भूल जाना प्रभावित होने के बारे में। जब तुम सुनते हो मुझे, तो बस केवल सुनो। मेरे साथ रहो, खुले हुए; किसी भी ढंग से निर्णय देने की कोशिश मत करना। जो कुछ कह रहा हूं मैं, तुम तो बस खुले रहो और सुनो, उसे आने दो, मुझे तुममें व्यापने दो, लेकिन निर्णय मत दो। मत कहना कि 'हां, यह ठीक है।' क्योंकि तब तुम प्रभावित हुए। यदि तुम कहते हो, 'नहीं, यह ठीक नहीं है', तब तुम प्रभावित न होने की कोशिश कर रहे होते हो। एक तो विधायक प्रभाव है, दूसरा नकारात्मक प्रभाव, और दोनों प्रकार गलत होंगे। मुझे 'हां' मत कहना, मुझे 'ना' मत कहना। बिना हां या ना कहे, तुम बस यहां मौजूद क्यों नहीं हो सकते? सुनो, देखो, चीजों को घटने दो। यदि तुम कहते हो, 'हां', उस 'हां' का अर्थ होता है : अब तुम अनुकरण करने को तैयार हो। यदि तुम 'ना' कहते हो तो इसका अर्थ होता है : नहीं, तुम मेरा अनुकरण नहीं करोगे, तुम कहीं जा रहे हो किसी दूसरे का अनुकरण करने को। तुम्हारा कोई और गुरु है; कोई और ही है गुरु जिसका अनुकरण तुम करोगे। यह व्यक्ति तुम्हारे लिए नहीं। तुम किसी उसको खोज रहे हो जो कि तुम्हारे लिए एक आदर्श बन सके, और तुम बन सको एक छाया। और तुम बहुतों को पा सकते हो—बहुत से हैं जो आदर्श बनकर आनंदित होते हैं, क्योंकि अहंकार बहुत ज्यादा अच्छा महसूस करता है। जब बहुत से लोग एक व्यक्ति का अनुकरण करते हैं, तो अहंकार को यह बात बड़ी सुखद मालूम पड़ती है—'मैं आदर्श हूं इतने सारे लोगों का! मैं बिलकुल ठीक होऊंगा, वरना क्यों इतने सारे लोग मेरा अनुसरण कर रहे हैं?' जितनी ज्यादा भीड़ आदमी के पीछे होती है, अहंकार उतना ज्यादा मजबूत होता है।

तो ऐसे लोग हैं, जो चाहेंगे कि तुम अनुकरण करो, लेकिन मैं उनमें से नहीं हूं; मैं ठीक विपरीत हूं। मैं तुम्हारे अनुकरण करने से खुश नहीं होता। जब कभी तुम ऐसा करने लगते हो, मुझे तुम पर बहुत अफसोस होने लगता है। मैं हर ढंग से इसे अनुत्साहित करने की कोशिश करता हूं। मेरा अनुकरण मत

करो। केवल देखो, सुनो, अनुभव करो। इसे सुनने में, देखने में, अनुभव करने में, यहां मेरे साथ मात्र जागरूक होने से ही, धीरे-धीरे तुम्हारी ऊर्जा तुम्हारे अपने केंद्र पर उतरने लगेगी। क्योंकि मुझे सुनने से मन ठहर जाता है; देखने से मन ठहर जाता है। मन के उस ठहरने में ही, घटना घट रही होती है—तुम अपने अस्तित्व के स्रोत तक लौट रहे होते हो, तुम अपने केंद्र में उतर रहे होते हो। मन की अव्यवस्था वहां नहीं रहती; अचानक तुम एक संतुलन पा लेते हो, तुम केंद्रित हो जाते हो।

और यही मैं चाहूंगा। तुम्हारे अपने स्रोत और केंद्र में उतरने से तुम्हारा जीवन उदित होगा। लेकिन यह मेरे प्रभाव के कारण न होगा; मैं कोई प्रभाव छोड़ना नहीं चाहता। और यदि वे छूट जाते हैं, तो मैं जिम्मेदार नहीं। तुमने स्वयं ही कुछ किया होगा। तुम चिपकते रहे होओगे उन शब्दों से, प्रभावों से। यह सूक्ष्म होता है बिना निर्णय दिए ही रहना, केवल सुनते रहना, देखते रहना, मौजूद रहना, मेरे साथ बैठे रहना।

मेरा बोलना और कुछ नहीं है सिवाय मेरे साथ बैठने में तुम्हारी मदद करने के, यहां मेरे साथ होने में तुम्हारी मदद करने के। मैं जानता हूं, क्योंकि मैं तो मौन में बैठ सकता हूं, लेकिन तब तुम्हारा मन बातचीत करेगा। तुम मौन नहीं रहोगे। इसलिए मुझे बोलना पड़ता है, ताकि तुम्हारे मन को न बोलने दिया जाए। तुम सुनने में तल्लीन हो जाते हो, संलग्न हो जाते हो; मन ठहर जाता है। उस अंतराल में तुम अपने स्रोत तक पहुंच जाते हो।

मैं हूं तुम्हारे केंद्र को खोजने में तुम्हारी मदद करने को, और यही है सच्चा शिष्यत्व। यह बात सचमुच ही नितांत अलग है उससे जिसे कि लोग शिष्यत्व समझते हैं। यह अनुसरण नहीं, यह गुरु को आदर्श बना लेने की बात नहीं। यह उस तरह की बात ही नहीं। यह है तुम्हारे अपने केंद्र तक उतरने में गुरु को तुम्हारी मदद करने देना।

चौथा प्रश्न: आप कहते हैं, वही करो जो तुम्हारे अपने स्वभाव के अनुकूल पड़ता हो। लेकिन मेरे लिए यह जानना कठिन है कि जो मैं करता हूं वह मेरे स्वभाव के अनुकूल है या मेरे अहंकार के। कैसे कोई अहंकार के बहुत-से स्वरों के बीच अपने स्वभाव के स्वर को पहचान लेता है?

जब कभी तुम अहंकार की आवाज को सुनते हो, तो देर-अबेर मुसीबत तो होगी। तुम दुख के जाल में जा पड़ोगे। इस पर तुम्हें ध्यान देना है: अहंकार सदा दुख में ले जाता है, सदा ही, बिना शर्त; सदा ही सुनिश्चित रूप से, बिलकुल ही। और जब कभी तुम स्वभाव की सुनते हो, यह बात तुम्हें स्वास्थ्य की ओर ले जाती है—संतोष की ओर, मौन की ओर, आनंद की ओर। तो यही होनी चाहिए कसौटी। तुम्हें बहुत-सी गलतियां करनी होंगी; और दूसरा कोई उपाय नहीं। तुम्हें ध्यान देना होगा तुम्हारे अपने चुनाव पर, कि कहां से आ रही है आवाज, और फिर तुम्हें देखना होगा कि क्या घटता है—क्योंकि फल ही कसौटी है।

जब तुम कुछ करते हो तो ध्यान देना, सजग रहना, और यदि वह बात दुख की ओर ले जाती हो, तब तुम भलीभांति जानते कि वह तो अहंकार था। तब अगली बार सजग रहना, उस आवाज को सुनना ही

मत। यदि वह स्वाभाविक हो, तो वह तुम्हें मन की आनंदमयी अवस्था तक ले जाएगी। स्वभाव सदा सुंदर होता है, अहंकार सदा असुंदर होता है। दूसरा कोई और उपाय नहीं सिवाय परीक्षण के और गलती के।

मैं तुम्हें कोई कसौटी नहीं दे सकता जिससे कि तुम हर चीज पर निर्णय दे सको, नहीं। जीवन सूक्ष्म है और जटिल है और सारी कसौटियां छोटी पड़ती हैं। निर्णय देने को तुम्हें अपने से ही प्रयास करने होंगे। तो जब कभी तुम कुछ करो, भीतर की आवाज को सुन लेना। उस पर ध्यान देना कि वह कहां ले जाती है। यदि वह पीड़ा की ओर ले जाती है, तो निश्चित ही अहंकार से आयी थी।

यदि तुम्हारा प्रेम पीड़ा में ले जाता है, तो वह अहंकार द्वारा आया था। यदि तुम्हारा प्रेम सुंदर मंगलमयता की ओर ले जाता है, एक धन्यता की ओर ले जाता है, तो वह स्वभावगत था। यदि तुम्हारी मित्रता, यहां तक कि तुम्हारा ध्यान भी, तुम्हें पीड़ा में ले जाता है तो वह तुम्हारा अहंकार ही था। यदि बात स्वभावगत होती है तो हर चीज अनुकूल बैठेगी, हर चीज समस्वरता से भरी होगी। स्वभाव बहुत अच्छा होता है, स्वभाव सुंदर होता है, लेकिन तुम्हें उसे समझना होगा।

सदा इस पर ध्यान देना कि तुम क्या कर रहे हो और वह बात तुम्हें कहां ले जाती है। धीरे-धीरे तुम जान जाओगे कि अहंकार क्या चीज है, और स्वभाव क्या चीज है; कौन-सी चीज असली है और कौन-सी चीज नकली है। इसमें समय लगेगा और सजगता की, ध्यान देने की जरूरत पड़ेगी। और स्वयं को धोखा मत देना—क्योंकि पीड़ा की ओर अहंकार ही ले जाता है, और कोई चीज नहीं। किसी दूसरे पर जिम्मेदारी मत फेंक देना; दूसरा तो अप्रासंगिक होता है। तुम्हारा अहंकार पीड़ा में ले जाता है, कोई और दूसरा तुम्हें पीड़ा में नहीं ले जाता है। अहंकार नरक का द्वार है, और स्वाभाविक, प्रामाणिक, सच्ची बात जो तुम्हारे केंद्र से आती है, स्वर्ग का द्वार है। तुम्हें उसे खोजना होगा और उसे कार्यान्वित करना होगा।

यदि तुम उसे बहुत ध्यानपूर्वक समझते हो, तो जल्दी ही तुम्हें बिलकुल निश्चित हो जाएगा कि स्वभावगत क्या है, और अहंकार से क्या आया है। तब अहंकार के पीछे मत चल देना।

वस्तुतः तब तुम स्वयं ही अहंकार का अनुसरण नहीं कर रहे होओगे। प्रयास करने की कोई आवश्यकता ही न रहेगी; तुम तो बस स्वाभाविक चीज के पीछे ही चल रहे होओगे। स्वाभाविक बात दिव्य होती है। और स्वभाव में परम स्वभाव छिपा होता है। यदि तुम स्वभाव का अनुसरण करते हो तो बाद में, धीरे-धीरे, बिना कोई शोर किए ही अचानक एक दिन स्वभाव तिरोहित हो जाएगा और परम स्वभाव प्रकट हो जाएगा। स्वभाव ले जाता है परमात्मा की ओर, क्योंकि परमात्मा छिपा है स्वभाव में।

पहले तो स्वाभाविक हो जाओ। तब तुम स्वभाव की नदी में बह रहे होओगे। और एक दिन नदी उतर जाएगी परम स्वभाव के सागर में।

पांचवां प्रश्नः आपने कहा शार्टकट लेने की कोई जरूरत नहीं होती। क्या आपके ध्यान शार्टकट नहीं हैं? क्योंकि इधर पहले आपने कहा कि आपके ध्यान तुरंत छलांग लगा देने वाले हैं।

तुरंत छलांग लगाना सबसे लंबा मार्ग है। क्योंकि तुरंत छलांग के लिए तैयार होने में बहुत वर्ष लगेंगे; यहां तक कि बहुत से जीवन लग जाएंगे इसके लिए तैयार होने में। तो जब मैं कहता हूं, 'तुरंत

छलांग', तो क्या तुम तुरंत लगाते हो उसे? मेरे कहने मात्र से ही तुमने ऐसा किया नहीं होता। मैं कहता हूं, तुरंत, लेकिन तुम्हारी दृष्टि से तुरंत में बहुत सारे जन्म लग सकते हैं।

छलांग कभी भी शार्टकट नहीं होती, क्योंकि छलांग मार्ग नहीं है। लंबे मार्ग हैं और छोटे मार्ग हैं। छलांग बिलकुल नहीं है मार्ग; वह एक अचानक हुई घटना है। छलांग के लिए तैयार होने का अर्थ है—मरने के लिए तैयार होना। छलांग लगाने को तैयार होने का अर्थ है—अज्ञात में, असुरक्षा में अपरिचित में छलांग लगाने को तैयार होना। इस तैयारी में बहुत से वर्ष लगेंगे।

मत सोचना कि तुरंत छलांग कोई शार्टकट है—ऐसा नहीं है। शार्टकट्स होते हैं जब कोई तुमसे कहता है, 'मंत्र ले लो, मंत्र का जप सुबह पंद्रह मिनट करो और शाम को पंद्रह मिनट करो, और फिर तुम्हें कोई और चीज करने की जरूरत नहीं। पंद्रह दिन के भीतर तुम ध्यानी हो जाओगे।'

पश्चिम में लोग समय के प्रति इतने सचेत होते हैं कि वे सदा इस बात के शिकार होते हैं। कोई आता है और कहता है, 'यही है शार्टकट। मेरा रास्ता बैलगाड़ी का रास्ता नहीं बल्कि जेट का रास्ता है।' जैसा कि महर्षि महेश योगी कहते हैं। वे कहते हैं, 'मैं तुम्हें शार्टकट देता हूं। बस एक मंत्र जिसका जप तुम प्रातः पंद्रह मिनट करो और शाम को पंद्रह मिनट करो। और दो सप्ताह के भीतर तुम संबोधि पा ही लेते हो!'

पश्चिम में लोगों को इतनी जल्दी है: वे चाहते हैं इंस्टैंट काफी; वे चाहते हैं इंस्टैंट सेक्स; वे चाहते हैं इंस्टैंट परमात्मा; शार्टकट, सजे पैकेट में रखा हुआ, कि हर चीज पहले से ही गढ़ी हुई हो। पश्चिमी दिमाग पर समय बहुत ज्यादा सवार है, बहुत ज्यादा, और वे भीतर बहुत सारे तनाव बनाए जा रहे हैं। कोई भी आ सकता है और कह सकता है, 'यही है रामबाण और हर चीज सुलझायी जा सकती है पंद्रह मिनट के भीतर ही।' और तुम क्या करते हो?—तुम बैठ जाते हो और जप किए ही जाते हो मंत्र का।

पूरब लाखों वर्षों से मंत्रों का जप करता रहा है और कुछ घटित नहीं हुआ। और टी.एम. शिक्षण के दो सप्ताहों में, तुम प्रज्ञावान हो जाते हो? इस तरह की मूढ़ताएं चलती जाती हैं, क्योंकि तुम जल्दी में हो। कोई न कोई तुम्हारा शोषण करेगा।

अभी एक रात मैं एक किताब पढ़ रहा था, रिचर्ड चर्च के लघु निबंधों का एक संग्रह। पुस्तक का नाम है—'ए स्ट्रोल बिफोर दि डार्क।' उस पुस्तक में वह एक घटना याद करता है जो कि उसके एक मित्र के साथ घटी।

एक मित्र जिस पर कि समय का भूत सवार था रेलगाड़ी से यात्रा कर रहा था। अचानक उसे ध्यान आया कि वह अपनी हाथघड़ी तो भूल ही आया, तो बहुत चिंतित हो गया वह। रेलगाड़ी एक छोटे से स्टेशन पर ठहरी। मित्र ने खिड़की से झांका तो कुली गुजर रहा था वहां से। उसने कुली से समय के विषय में पूछा। कुली ने कहा, 'मुझे नहीं पता।' वह मित्र बोला, 'क्या! तुम एक रेलवे के आदमी और तुम नहीं जानते कि समय कितना हुआ? क्या तुम्हारे यहां स्टेशन पर घड़ी नहीं है?' कुली बोला, 'हां, घड़ी तो है। लेकिन मैं क्यों परेशान होऊं समय को लेकर? क्यों मैं परेशान होऊं समय को लेकर, घड़ी है, उससे मुझे क्या लेना-देना!'

यह बात अदभुत है, कुली का यह कहना, 'क्यों मैं परेशान होऊं समय के संबंध में?' लोग समय के लिए कष्ट पाते हैं और पश्चिम में तो बहुत ज्यादा कष्ट पाते हैं—समय और समय और समय। वे

कहते कि समय धन है, और समय बह रहा है, लगातार हाथ से निकला जा रहा है, इसलिए शार्टकट की जरूरत है। कोई तुरंत मांग की पूर्ति कर देता है।

समय कम नहीं पड़ रहा है। समय शाश्वत है; कहीं कोई जल्दी नहीं। अस्तित्व बहुत आराम-पसंद ढंग से चलता है। अस्तित्व बहुत धीमे चलता है। जैसे कि गंगा बहती मैदान में—धीमी, जैसे कि बिलकुल बह ही न रही हो। फिर भी पहुंचती है सागर तक।

समय थोड़ा नहीं है, भगदड़ में मत पड़ो। समय पर्याप्त है। तुम आराम से रहो। यदि तुम शांत रहते हो, तो सबसे लंबा मार्ग भी सबसे छोटा हो जाएगा। यदि तुम बदहवास हो, जल्दबाजी में होते हो, तो छोटा मार्ग भी बहुत लंबा हो जाएगा—क्योंकि जल्दबाजी में ध्यान असंभव हो जाता है। जब तुम भाग-दौड़ मचाते हो, जल्दी में होते हो तो वह जल्दी ही बाधा हो जाती है। जब मैं कहता हूं, 'छलांग लगा दो'—और तुम तुरंत लगा सकते हो छलांग—तो मैं शार्टकट या लांगकट की बात नहीं कर रहा। मैं मार्ग की तो बिलकुल बात ही नहीं कर रहा, क्योंकि छलांग कोई मार्ग नहीं। छलांग की घड़ी एक साहसिक घड़ी होती है—वह एक अचानक घटना है।

लेकिन मेरा यह मतलब नहीं कि तुम बिलकुल अभी ऐसा कर सकते हो। मैं जोर देता रहूंगा, 'तुरंत छलांग लगा दो, जितनी जल्दी संभव हो।' यह जोर इसके लिए तैयार होने में तुम्हारी मदद देने को ही है। किसी दिन शायद तुम तैयार हो जाओ। कोई बिलकुल अभी तैयार हो सकता है—क्योंकि तुम नए नहीं हो; बहुत जन्मों से तुम कार्य कर ही रहे हो। जब मैं कहता हूं, 'तुरंत लगा दो छलांग', तो हो सकता है कोई ऐसा हो जो बहुत जन्मों से कार्य कर रहा हो, और बस किनारे पर ही खड़ा हुआ हो, विशाल शून्य के किनारे, और भयभीत हो। वह साहस कर सकता है और लगा सकता है छलांग। कोई जो बहुत दूर होता है, सोचता है कि तुरंत छलांग संभव है, वह आशा से भर जाएगा और चलने लगेगा।

जब मैं कुछ कहता हूं, तो वह एक उपाय होता है—कई प्रकार की स्थितियों में पड़े कई प्रकार के लोगों के लिए। लेकिन तो भी मेरा मार्ग शार्टकट नहीं है। क्योंकि कोई मार्ग हो नहीं सकता है शार्टकट। यह शब्द ही धोखा-धड़ी का है। जीवन किसी शार्टकट्स से परिचित नहीं होता क्योंकि जीवन का कोई आरंभ नहीं। परमात्मा किन्हीं शार्टकट्स को नहीं जानता। परमात्मा को कोई जल्दी नहीं—शाश्वतता का अस्तित्व है।

तुम धीरे-धीरे इस पर काम कर सकते हो। और जितने ज्यादा धैर्य से, जितने धीरे से, जितने ज्यादा अशीघ्र-रूप से तुम काम करते हो, उतने ज्यादा जल्दी तुम पहुंचोगे। यदि तुम इतने धैर्यवान हो सकते हो, इतने असीम रूप से धैर्यवान कि तुम्हें बिलकुल चिंता ही नहीं पहुंचने की, तो तुम बिलकुल अभी पहुंच सकते हो।

प्रवचन 15

प्रतिप्रसव : पुरातन प्राइमल थैरेपी

योगसूत्र
(साधनपाद)

स्वरसवाही विदुषोऽपि तथारूढोऽभिनिवेशः।। ९।।

जीवन में से गुजरते हुए मृत्यु-भय है, जीवन से चिपकाव है।
यह बात सभी में प्रबल है—विद्वानों में भी।

ते प्रतिप्रसवहेयाः सूक्ष्माः।। १०।।

पांचों क्लेशों के मूल कारण मिटाये जा सकते हैं,
उन्हें पीछे की ओर उनके उद्‌गम तक विसर्जित कर देने से।

ध्यानहेयास्तद्वृत्तयः।। ११।।

पांचों दुखों की बाह्य अभिव्यक्तियां तिरोहित हो जाती हैं—ध्यान के द्वारा।

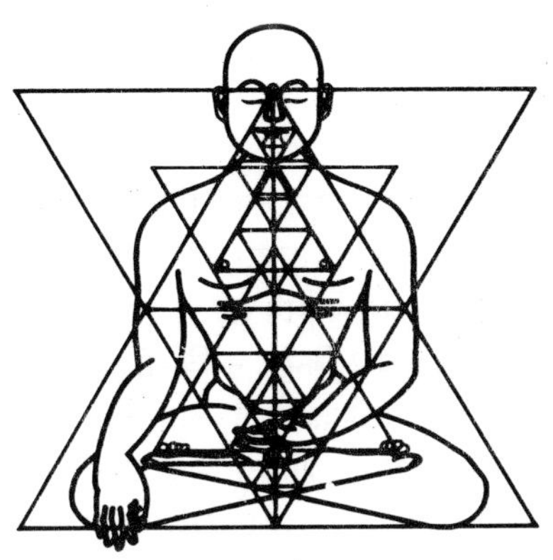

दुखों की एक अंतहीन शृंखला जान पड़ता है यह जीवन। जन्म से लेकर मृत्यु तक व्यक्ति पीड़ा और पीड़ा ही भोगता है; फिर भी व्यक्ति जीना चाहता है। वह निरंतर जीवन से चिपका रहता है। आल्बेयर कामू ने कहीं कहा है, और बहुत ठीक ही कहा है, 'आत्महत्या एकमात्र आध्यात्मिक समस्या है।' तुम आत्महत्या क्यों नहीं करते? यदि जीवन इतना दुखदायी है, इतनी निराशाजनक अवस्था है, तो क्यों नहीं तुम कर लेते आत्महत्या? जीते ही क्यों हो? क्यों 'नहीं' नहीं हो जाते? गहरे तल पर, यही है वास्तविक आध्यात्मिक समस्या। लेकिन मरना कोई नहीं चाहता। वे लोग भी जो कि आत्महत्या करते हैं, इसी आशा में आत्महत्या करते कि वे एक बेहतर जीवन पा लेंगे, लेकिन जीवन से आसक्ति बनी रहती है। मृत्यु के साथ भी, वे आशा कर रहे हैं।

मैंने सुना है एक यूनानी दार्शनिक के बारे में जिसने अपने शिष्यों को मृत्यु के अतिरिक्त और कुछ नहीं सिखाया। निस्संदेह, किसी ने उसका अनुसरण तो कभी नहीं किया। लोग सुनते थे; वह बहुत ढंग से बोलने वाला आदमी था। आत्महत्या तक के बारे में उससे सुनना सुंदर लगता था, सुनने लायक लगता था—अनुसरण नहीं किया किसी ने उसका। वह स्वयं जीया नब्बे वर्ष की संपूर्ण अवस्था तक। उसने स्वयं नहीं की आत्महत्या। जब वह मृत्यु-शय्या पर था, किसी ने उससे पूछा, 'आपने निरंतर आत्महत्या की बात सिखायी। आपने स्वयं क्यों न कर ली आत्महत्या?' उस वृद्ध, मरणासन्न दार्शनिक ने अपनी आंखें खोलीं और बोला, 'मुझे यहां बने रहना था लोगों को शिक्षा देने के लिए ही।'

जीवन से आसक्ति बहुत गहरी बात है। पतंजलि इसे कहते हैं, 'अभिनिवेश', जीवन के लिए ललक। यह क्यों होती है यदि इतनी ज्यादा पीड़ा मौजूद है तो? लोग मेरे पास आते हैं, और बहुत गहरी व्यथा लिए वे अपनी पीड़ाओं की बात करते हैं, लेकिन वे जीवन छोड़ने को तैयार नहीं दिखते। जीवन की तमाम पीड़ाओं के साथ भी, जीवन जीने लायक जान पड़ता है। कहां से चली आती है यह आशा? यह एक विरोधाभास है। और इसे समझना है।

वस्तुतः तुम जीवन से ज्यादा चिपकते हो यदि तुम दुखी होते हो तो। जितने ज्यादा तुम दुखी होते हो, उतने ज्यादा तुम चिपकते हो। वह व्यक्ति जो कि प्रसन्न होता है जीवन से चिपकता नहीं है। ऊपर सतह पर तो यह बात विरोधाभासी मालूम पड़ेगी, लेकिन यदि तुम गहराई में उतरो, तो समझोगे कि बात क्या होती है। लोग जो पीड़ित हो रहे होते हैं, वे सदा आशावान होते हैं, आशावादी । वे सदा आशा करते हैं कि कल कुछ न कुछ घटने वाला है। लोग जो गहरे दुख में और नरक में जीए उन्होंने स्वर्ग का, स्वर्ग की

धारणा का निर्माण कर लिया। वह सदा आने वाले कल में ही होता है; वह आता कभी नहीं। वह सदा कहीं भविष्य में रहता है, एक प्रलोभन की भांति, तुम्हारे सामने झलकता रहता।

यह मन की एक चालाकी होती है। स्वर्ग—मन की सबसे बड़ी चालाकी है। मन कह रहा होता है, 'आज की चिंता मत करो, कल स्वर्ग है। बस किसी न किसी तरह आज से गुजर जाओ। उस प्रसन्नता की तुलना में जो कि कल के लिए तुम्हारी प्रतीक्षा में है, यह कुछ भी नहीं।' और वह कल इतना करीब जान पड़ता है। निस्संदेह वह कभी नहीं आता, वह आ नहीं सकता। कल एक अनस्तित्वमयी बात है। जो कुछ भी आता है वह सदा आज ही होता है, और आज नरक है। लेकिन मन सांत्वना देता है; उसे सांत्वना देनी ही पड़ती है, अन्यथा करीब-करीब असंभव ही होगा सहना—पीड़ा असहनीय होती है। उसे सहना पड़ता है।

कैसे बरदाश्त कर सकते हो तुम? एकमात्र तरीका है आशा, सभी आशाओं के विपरीत भी आशा, स्वप्नों से भरी हुई आशा। स्वप्न ही एक सांत्वना बन जाता है। स्वप्न तुम्हारे दुखों को आज धुंधला कर देता है। स्वप्न तो शायद पूरा न हो, बात इसकी नहीं, लेकिन कम से कम आज तुम स्वप्न तो देख सकते हो और उस मौजूद पीड़ा को सह सकते हो। तुम स्थगित कर सकते हो। तुम्हारी इच्छाएं अपूर्ण बनी भविष्य में झूलती ही जा सकती हैं। लेकिन यह आशा ही कि कल आ रहा होगा और,हर चीज ठीक हो जाएगी, तुम्हारे जीने में, बने रहने में तुम्हारी मदद करती है।

जितना ज्यादा दुखी होता है आदमी, उतना ज्यादा आशावान होता है; जितना ज्यादा प्रसन्न होता है आदमी उतना ज्यादा निराश होता है। इसीलिए भिखारी कभी नहीं त्यागते संसार को। कैसे त्याग सकते हैं वे? केवल बुद्ध, महावीर—महलों में पैदा हुए राजकुमार—संसार त्याग देते हैं। वे निराश होते हैं; आशा करने को उनके पास कुछ है नहीं; हर चीज मौजूद है और फिर भी दुख है। एक भिखारी आशा कर सकता है क्योंकि उसके पास कुछ है नहीं। 'जब हर चीज होती है तो स्वर्ग ही स्वर्ग होगा और हर चीज प्रसन्नता बन जाएगी।' उसे प्रतीक्षा करनी पड़ती है और कल के घटित होने के लिए आयोजन करने पड़ते हैं। बुद्ध के लिए तो कुछ बचा ही नहीं। हर चीज उपलब्ध है; वह सब जो संभव है पहले से मौजूद ही है। तो आशा कैसे करें? किसके लिए आशा करें?

इसीलिए मैं फिर-फिर जोर देता हूं कि केवल एक समृद्ध समाज में ही धर्म की संभावना होती है। एक दरिद्र समाज धार्मिक नहीं हो सकता है। दरिद्र समाज तो साम्यवादी बनेगा ही, क्योंकि साम्यवाद, कम्युनिज्म कल की ही, स्वर्ग की ही आशा हैः 'कल हर चीज समान रूप से बंटने वाली है। कल तो ऐसा होगा ही कि कोई अमीर न होगा और कोई गरीब न होगा, कल होगी क्रांति। सूर्य उदय होगा और चीज सुंदर हो जाएगी। अंधेरा तो केवल आज ही है। तुम्हें इसे सहना है और कल के लिए लड़ना है।'' दरिद्र समाज कम्युनिस्ट होगा ही।

केवल एक धनी समाज ही निराशा अनुभव करने लगता है। और जब तुम जीवन के प्रति निराशा अनुभव करने लगते हो, तो सच्ची आशा की संभावना बनती है। जब तुम जीवन के प्रति इतने हताश हो जाते हो कि तुम आत्महत्या करने के किनारे पर ही होते हो। तुम तैयार होते हो इस सारे दुख को छोड़ने के लिए। संकट की उस घड़ी में ही रूपांतरण संभव होता है।

आत्मघात और साधना दो विकल्प हैं। जब तुम आत्मघात तक करने को तैयार होते हो, तभी तुम

रूपांतरित होने को तैयार होते हो—उससे पहले बिलकुल नहीं। जब तुम सारे जीवन को और उसकी सारी पीड़ाओं को छोड़ने के लिए राजी होते हो, केवल तभी होती है इसकी संभावना कि तुम स्वयं को रूपांतरित करने के लिए तैयार हो सकते हो। रूपांतरण सच्चा आत्मघात है। यदि तुम अपने शरीर को मारते हो, तो वह सच्चा आत्मघात नहीं। तुम फिर एक और शरीर पा लोगे, क्योंकि मन तो पुराना ही बना रहता है। मन को मारना ही सच्ची आत्महत्या है, और योग इसी की तो बात करता है : मन को मारना, परम आत्महत्या को उपलब्ध करना है। वहां से फिर लौटना नहीं होता।

लेकिन आदमी तो चिपका रहता है जीवन से क्योंकि आदमी दुखी है। तुमने दूसरी ही बात सोची होगी, कि किसी दुखी आदमी को जीवन से नहीं चिपकना चाहिए। ऐसा है ही क्या जो जीवन ने दिया है उसे? क्यों चिपकेगा वह? बहुत बार ऐसा विचार आया होगा तुम्हें, किसी भिखारी को सड़क पर देख, गंदे नाले में पड़ा हुआ, अंधा, कोढ़ से पीड़ित, अपंग, यह देख तुम्हारे मन में जरूर ऐसा विचार आया होगा, यह आदमी क्यों जीवन से चिपका जा रहा है? अब वहां बचा ही क्या है? यह आत्महत्या क्यों नहीं कर सकता और खत्म ही क्यों नहीं हो जाता?'

मुझे याद है मेरे बचपन में एक भिखारी आया करता था, जिसकी टांगें नहीं थीं। वह एक छोटे से ठेले, एक हाथगाड़ी में पड़ा रहता जिसे उसकी पत्नी चलाती थी। वह अंधा था, सारा शरीर ही एक बदबू भरी लाश था। तुम उसके पास न आ सकते थे। वह असाध्य कोढ़ से पीड़ित था—लगभग मृत, निन्यानबे प्रतिशत मरा ही हुआ था, केवल एक प्रतिशत जीवित था, फिर भी किसी तरह सांस ले रहा था। मैं उसे कुछ-न-कुछ दिया करता। एक दिन मैंने पूछा उससे, मात्र जिज्ञासावश ही, 'क्यों जी रहे हो तुम? किसलिए? तुम आत्महत्या क्यों नहीं कर लेते, और इतने दुखी जीवन से छुटकारा ही क्यों नहीं पा लेते?' निस्संदेह वह तो क्रोध में आ गया। वह बोला, 'क्या कह रहे हैं?' क्रोध में था वह। वह मुझे मारना चाहता था अपने हाथ में आयी किसी भी चीज से।

ऐसा लग सकता है तुम्हें कि एक दुखी आदमी को आत्महत्या कर लेनी चाहिए, या कम-से-कम सोचना तो चाहिए ही जीवन समाप्त करने के बारे में। लेकिन कभी नहीं—दुखी आदमी कभी नहीं सोचता इस बारे में। वह सोच ही नहीं सकता। दुख अपनी क्षतिपूर्ति कर लेता है, दुख अपना प्रतिकारक बना लेता है। स्वर्ग है प्रतिकारक—'कल हर चीज बिलकुल ठीक हो जाने वाली है। यह तो केवल थोड़े से और धैर्य की बात ही है।'

भिखारी सदा भविष्य में ही रहता। और तुम भिखारी हो यदि तुम भविष्य में रहते हो तो। यही है निर्णय करने की कसौटी कि कोई आदमी सम्राट है या भिखारी : यदि तुम भविष्य में रहते हो तो तुम भिखारी हुए; यदि तुम रहते हो बिलकुल यहीं, अभी तो तुम एक सम्राट हुए।

वह आदमी जो आनंदित होता है, यहीं और अभी जीता है। वह भविष्य की फिक्र नहीं करता। भविष्य का तो अर्थ होता है ना-कुछ; भविष्य का उसके लिए कोई अर्थ नहीं। यही क्षण है एकमात्र अस्तित्व। लेकिन यह संभव है केवल आनंदपूर्ण व्यक्ति के लिए। दुखी व्यक्ति के लिए यही क्षण एकमात्र अस्तित्व कैसे हो सकता है? तब तो यह बहुत दूभर होगा—असहनीय, असंभव। उसे निर्मित करना पड़ता है भविष्य। उसे कहीं-न-कहीं, किसी तरह स्वप्न निर्मित करना पड़ता है, दुख का प्रतिकार करने के लिए।

जितना ज्यादा गहरा होता है दुख, उतनी ज्यादा होती है आशा। आशा एक क्षतिपूर्ति है। एक दुखी व्यक्ति कभी नहीं करता आत्महत्या, और एक दुखी आदमी कभी नहीं आता धर्म के पास। दुखी आदमी चिपकता है जीवन से। जितने ज्यादा प्रसन्न तुम होते हो, उतने ज्यादा तुम तैयार रहोगे किसी भी क्षण जीवन छोड़ने को—किसी भी क्षण बिना किसी जुड़ाव-चिपकाव के तुम उतार सकते हो अपने जीवन को पुराने पड़ गए कपड़ों की भांति ही; उससे कुछ फर्क नहीं पड़ता।

केवल इतना ही नहीं, यदि तुम सचमुच ही प्रसन्नता से भरे होते हो और मृत्यु द्वार खटखटाती है, तो तुम उसका स्वागत करोगे। तुम आलिंगन में लोगे मृत्यु को, और उसी बात से तुम पार हो जाओगे मृत्यु के। मुझे फिर से कहने दोः मृत्यु आती है और खटखटाती है तुम्हारा द्वार और यदि तुम भयभीत होते हो और तुम किन्हीं कोनों में जा छुपते हो, अलमारियों में, और तुम रोते-चिल्लाते हो और तुम थोड़ा और जीना चाहते हो, तो तुम शिकार हुए। तुम्हें बहुत बार मरना पड़ेगा। एक भयभीत आदमी हजारों बार मरता है। लेकिन यदि तुम द्वार खोल सको, मृत्यु का स्वागत करो मित्र की भांति, मृत्यु का आलिंगन करो, उसी में तुम पार हो गए मृत्यु के। अब तुम मृत्यु विहीन हुए। पहली बार अब तुम उस जीवन को उपलब्ध करते हो जिसमें दुख नहीं, वह जीवन जिसकी बात जीसस करते हैंः समृद्ध जीवन; वह जीवन जिसकी बात बुद्ध कहते हैंः आनंदमय जीवन, निर्वाणमय जीवन; वह जीवन जिसकी बात पतंजलि कह रहे हैंः शाश्वत, समय और स्थान के पार का, कालातीत।

दुख अपना प्रतिकारक निर्मित करता है। एक बार तुम जाल में पकड़ लिए जाते हो, तो और ज्यादा तुम चिपकोगे जीवन से, और ज्यादा ही दुखी हो जाओगे तुम। क्योंकि चिपके रहना स्वयं ही दुख निर्मित करता है, चिपके रहना ज्यादा हताशाएं निर्मित करता है।

जब तुम किसी चीज से नहीं चिपकते, तब यदि वह खो जाती है तो तुम दुखी नहीं होते हो। जब तुम चिपकते हो किसी चीज से और वह खो जाए, तो तुम पागल हो जाते हो। जितना ज्यादा तुम चिपकते हो जीवन से और-और तुम पाओगे हर दिन कि तुम दुखी हो रहे हो। पीड़ा और जुड़ती जा रही है तुम्हारे अस्तित्व से। एक घड़ी आती जब तुम और कुछ नहीं होते सिवाय पीड़ा के, एक चीखती हुई पीड़ा। और जब ऐसा घटता है, तो तुम ज्यादा चिपकते हो। यह एक दुश्चक्र होता है।

जरा सारी घटना पर ध्यान देना। क्यों चिपक रहे होते हो तुम? तुम चिपक रहे होते हो क्योंकि तुम अभी तक जी नहीं पाए हो। जीवन के साथ चिपकना ही दर्शाता है कि तुम अभी जीए ही नहीं, तुमने एक मुरदा जीवन जीया है, अभी तक तुम जीवन के वरदान का आनंद मनाने योग्य नहीं हुए; तुम असंवेदनशील रहे हो, तुमने एक बंद जीवन जीया है। तुम छू नहीं पाए फूलों को, आकाश को, पक्षियों को। तुम जीवन की नदिया के संग बह नहीं पाए, तुम रुके हो। क्योंकि तुम जम गए और तुम जी नहीं सकते, तो तुम दुखी हो। तुम्हारे दुखी होने के कारण तुम मृत्यु से भयभीत हो क्योंकि यदि मृत्यु बिलकुल अभी आ जाए तो—और तुमने अभी तक जीवन जीया ही न हो, तो तुम मारे गए।

एक पुरानी कथा है। उपनिषदों के काल में एक बड़ा राजा हुआ, ययाति। उसका मृत्यु-काल आ गया। वह सौ वर्ष का था। जब मौत आ गई तो वह रोने-चीखने लगा। मृत्यु ने कहा, 'यह बात तुम्हें शोभा नहीं देती, एक बड़े सम्राट हो, बहादुर आदमी हो। क्या कर रहे हो तुम? क्यों तुम एक बच्चे की भांति रो रहे हो, चीख रहे हो? क्यों तेज अंधड़ में कंपते पत्ते जैसे कंप रहे हो? क्या हुआ है तुम्हें?'

ययाति ने कहा, 'तुम आ गई हो और मैं तो अभी तक जी नहीं पाया। कृपया मुझे थोड़ा समय और दो ताकि मैं जी सकूं। मैंने बहुत चीजें कीं, मैं बहुत से युद्धों में लड़ा। मैंने बहुत धन इकट्ठा किया, मैंने बड़ा राज्य बना लिया। मैंने अपने पिता की संपत्ति ज्यादा बढ़ा दी, लेकिन मैं तो जीया नहीं। वास्तव में, जीने के लिए समय ही न रहा था, और तुम आ गईं। नहीं, यह तो अन्याय हुआ। तुम मुझे थोड़ा और समय दो।' मृत्यु ने कहा, 'लेकिन मुझे किसी न किसी को तो ले जाना ही है। ठीक है कोई इंतजाम कर दो। यदि तुम्हारे बेटों में से कोई तुम्हारे लिए मरने को राजी है, तो मैं ले जाऊंगी उसे।'

ययाति के सौ बेटे थे, हजारों पत्नियां थीं। उसने बुला भेजा अपने बेटों को। बड़े बेटों ने तो बात ही नहीं सुनी। वे स्वयं ही चालाक हो गए थे और वे उसी फंदे में पड़े थे। एक, जो सबसे बड़ा था, सत्तर वर्ष का था। वह कहने लगा, 'लेकिन मैं भी तो नहीं जीया। मेरा क्या होगा? आप कम से कम सौ साल तो जीए, मैं तो केवल सत्तर वर्ष जीया। मुझे थोड़ा और अवसर मिलना चाहिए।' सब से छोटा, जो अभी सोलह या सत्रह साल का ही था, वह आया, उसने अपने पिता के पांव छुए और वह बोला, 'मैं तैयार हूं।' मृत्यु तक को करुणा आयी इस लड़के पर। मृत्यु जानती थी कि वह निर्दोष था, संसार के रंग-ढंग की होशियारी नहीं, नहीं जानता कि वह क्या कर रहा था। मृत्यु लड़के के कान में फुसफुसा कर कहने लगी, 'क्या कर रहे हो तुम? अरे मूढ़, अपने पिता की ओर देख। सौ साल की आयु में मरने को तैयार नहीं है वह और तुम तो केवल सत्रह वर्ष के हो! तुमने तो अभी जीवन का स्पर्श तक नहीं किया।' लड़का कहने लगा, 'जीवन समाप्त हो गया! क्योंकि मेरे पिता सौ वर्ष की अवस्था में अनुभव करते हैं कि अभी भी वे जी नहीं पाए हैं, तो सार ही क्या? यदि मैं भी सौ वर्ष जी लूं, तो बात वही होने वाली है। बेहतर है कि मैं उन्हें मेरा जीवन जीने दूं। यदि वे सौ वर्षों में नहीं जी सके, तब तो सारी बात ही व्यर्थ हुई।'

बेटा मर गया और पिता सौ वर्ष और जीया। फिर मौत ने द्वार खटखटाया और उसने रोना-चिल्लाना शुरू कर दिया। वह कहने लगा, 'मैं तो बिलकुल भूल ही गया था। मैं तो फिर धन-दौलत बढ़ा रहा था, राज्य बढ़ा रहा था, और सौ साल बीत गए जैसे स्वप्न में ही। तुम फिर से यहां आ गई हो और मैं जीया ही नहीं।' और यह बात चलती चली गई।

मौत फिर-फिर आती और वह एक न एक बेटे को ले जाती। ययाति एक हजार वर्ष और जीया।

सुंदर है कहानी, लेकिन वह बात फिर घटी। हजार वर्ष बीत गए और मृत्यु आ गई। ययाति कांप रहा था और रो रहा था और चीख रहा था। मृत्यु बोली, 'लेकिन अब तो बहुत हुआ। तुम हजार वर्ष जी लिए और तुम फिर कहते हो कि तुम जी ही नहीं पाए!' ययाति ने कहा, 'कोई कैसे अभी और यहीं जी सकता है? मैं सदा स्थगित करता हूं: कल और कल। और कल?—अकस्मात तुम मौजूद हो जाती हो।'

जीवन को स्थगित करना एकमात्र पाप है जिसे कि मैं पाप कह सकता हूं। स्थगित मत करो। यदि तुम जीना चाहते हो, तो अभी और यहीं जीयो। भूल जाओ अतीत को; भूल जाओ भविष्य को; यह एकमात्र क्षण है, यही है एकमात्र अस्तित्वमय क्षण—जीयो इसे। एक बार खोया तो यह दुबारा नहीं पाया जा सकता, तुम फिर इसे नहीं मांग सकते।

यदि तुम वर्तमान में जीने लगो, तो तुम भविष्य की नहीं सोचोगे और तुम जीवन से नहीं चिपकोगे। जब तुम जीते हो तो तुमने जान लिया होता है जीवन को, तुम संतुष्ट होते, परितृप्त होते। तुम्हारी पूरी अंतस सत्ता धन्यभागी अनुभव करती है। किसी और पूर्ति की कोई जरूरत नहीं रहती। मृत्यु को सौ वर्ष

बाद आने की जरूरत नहीं रहती। और तुम्हें कंपते हुए और रोते हुए और चीखते हुए देखने की कोई जरूरत नहीं रहती। यदि मृत्यु बिलकुल अभी भी आ जाए तो तुम तैयार होओगे: तुम जी लिए, तुम आनंदित हुए, तुमने उत्सव मना लिया। सचमुच जीवंत होने का एक क्षण पर्याप्त है, और झूठी जिंदगी के एक हजार साल पर्याप्त नहीं हैं। जो न जीयी गई हो उसके हजार या लाख वर्ष किसी काम के नहीं होते हैं; और मैं कहता हूं तुमसे, जीए हुए अनुभव का एक क्षण स्वयं शाश्वतता है। वह समय के पार होता है; तुम जीवन की आत्मा को ही छू लेते हो और फिर कहीं कोई मृत्यु नहीं होती, कोई चिंता नहीं, कोई चिपकाव नहीं। तुम किसी क्षण जीवन त्याग सकते हो और तुम जानते हो कि कुछ बचा नहीं है। तुम इससे संपूर्णतया अंतिम कोर तक आनंदित हुए। तुम इससे लबालब भरे हो, तुम तैयार हुए।

जो आदमी गहरी उत्सवमयी भावदशा में मरने को तैयार हो, वह वही आदमी होता है जो कि सचमुच ही जीया होता है। जीवन से चिपकना दर्शाता है कि तुम जी नहीं पाए हो। मृत्यु का आलिंगन जीवन के ही एक अंश की तरह करना दर्शाता है कि तुम ठीक से जीए हो। तुम संतुष्ट हो। अब पतंजलि के सूत्र को सुनो। यह सर्वाधिक गहन और बहुत ज्यादा अर्थवान है तुम्हारे लिए।

जीवन में से गुजरते हुए मृत्यु-भय है, जीवन से चिपकाव है, और यह बात सभी में प्रबल है—विद्वानों में भी।

वह जीवन के भीतर ही गतिमान हो रहा है। यदि तुम अपने मन पर ध्यान दो, यदि तुम स्वयं का निरीक्षण करो, तो तुम पाओगे कि चाहे सजग हो या नहीं, मृत्यु का भय निरंतर वहां मौजूद रहता है। जो कुछ भी करो तुम, मृत्यु-भय वहां होता है। कैसा भी आनंद मनाओ, बस कहीं कोने में ही मृत्यु की छाया सदा होती है। वहां डटी रहती है। वह तुम्हारा पीछा करती है। जहां कहीं, तुम उसके साथ ही जाते हो। वह तुम्हारे भीतर की ही कोई चीज है। तुम उसे बाहर नहीं छोड़ सकते, तुम उससे बच नहीं सकते; मृत्यु-भय तुम्हीं हो।

मृत्यु का यह भय आता कहां से है? क्या तुमने पहले कभी जाना है मृत्यु को? यदि तुमने पहले नहीं जाना है मृत्यु को, तो तुम उससे भयभीत क्यों हो, किसी उस चीज से भयभीत हो जिसे तुम जानते नहीं। यदि तुम पूछो मनोविश्लेषकों से तो वे कहेंगे, 'भय प्रासंगिक है, यदि तुम जानते हो कि मृत्यु क्या है। यदि तुम पहले मर चुके हो, तो भय प्रासंगिक जान पड़ता है।' लेकिन तुम तो जानते नहीं मृत्यु को। तुम नहीं जानते कि वह दर्दनाक होगी या वह आनंदपूर्ण होगी। तो फिर भयभीत क्यों हो तुम?

नहीं, मृत्यु-भय वास्तव में मृत्यु का भय नहीं है, क्योंकि कैसे तुम किसी उस चीज से भयभीत हो सकते हो जो कि अज्ञात है, जो कि बिलकुल ही ज्ञात नहीं? कैसे तुम किसी उस चीज से भयभीत हो सकते हो जो कि तुम्हारे लिए बिलकुल अज्ञात है? मृत्यु-भय वास्तव में मृत्यु का भय नहीं है। मृत्यु-भय वास्तव में जीवन से चिपकना ही है।

जीवन मौजूद है और तुम खूब जानते हो कि तुम उसे जी नहीं रहे हो, वह तुम्हारे बाहर-बाहर चलता चला जा रहा है। नदी तुम्हारे पास से गुजरती जा रही है, तुम किनारे पर खड़े हुए हो, और वह निरंतर तुम्हारे हाथों से निकली जा रही है। मृत्यु का भय, मौलिक रूप से यह भय है कि तुममें जीने की सामर्थ्य

नहीं और जीवन बीता जा रहा है। जल्दी ही, कोई समय बचा न रहेगा, और तुम प्रतीक्षा करते रहे हो और तुम सदा तैयारी करते रहे हो। तुम तैयारियों से घिरे रहे हो।

मैंने सुना है एक जर्मन विद्वान के बारे में जिसने दुनिया की सबसे बड़ी लाइब्रेरियों में से एक का संग्रह किया, सारे देशों से, सारी भाषाओं से। वह कभी एक किताब तक न पढ़ पाया, क्योंकि वह सदा संचय ही करता रहा : चीन चला जाता, मानव त्वचा पर लिखी कोई असाधारण पुस्तक पाने के लिए; फिर दौड़ता बर्मा की ओर; फिर आ जाता भारत में; फिर लंका, फिर अफगानिस्तान की ओर—जिंदगी भर यही कुछ। जब वह सत्तर वर्ष का हुआ, उसने पुस्तकों का, विरल पुस्तकों का एक बड़ा संग्रह संचित कर लिया था। वह सदा स्थगित करता रहा यह सोच कर कि वह उन्हें पढ़ लेगा जब लाइब्रेरी पूरी हो जाएगी। और मृत्यु आ पहुंची। जब वह मर रहा था, तो आंसू बहने लगे उसकी आंखों से। उसने पूछा एक मित्र से, 'अब क्या करूं? कोई समय बचा नहीं। लाइब्रेरी तैयार है, लेकिन मेरा जीवन बीत चुका है। कुछ करो, कोई भी किताब उठाओ लाइब्रेरी से, उसमें से कुछ पढ़ो जिससे कि मैं कुछ समझ सकूं। कम से कम मैं थोड़ा संतुष्ट तो हो सकूं।' मित्र गया लाइब्रेरी में, एक किताब लेकर लौट आया—लेकिन विद्वान तो मर गया था।

ऐसा सभी के साथ घटता है, करीब-करीब सभी के साथ; तुम जिंदगी की तैयारी किए चले जाते हो। तुम सोचते हो कि पहले लाखों तैयारियां कर लेनी हैं और फिर तुम आनंद मनाओगे, और फिर तुम जीयोगे, लेकिन उस समय तक जीवन जा चुका होता है। तैयारियां हो जाती हैं, लेकिन कोई मौजूद नहीं रहता उनसे आनंदित होने को। यही होता है डर, तुम इसे तुम्हारे अंतस्तल में गहरे रूप से जानते हो, तुम इसे अनुभव करते हो : कि जीवन बहा जा रहा है, हर क्षण तुम मरते हो, हर क्षण तुम मर ही रहे हो।

यह भय मृत्यु का नहीं जो कहीं भविष्य में आने वाली है और तुम्हें नष्ट करने वाली है। यह तो हर क्षण घट रहा है। जीवन सरकता जा रहा है और तुम बिलकुल ही अक्षम हो और बंद हो। तुम पहले ही मर रहे हो। जिस दिन तुम पैदा हुए, तुमने मरना शुरू कर दिया। जीवन की प्रत्येक घड़ी मृत्यु की भी घड़ी है। भय किसी अज्ञात मृत्यु का नहीं है, जो कहीं भविष्य में प्रतीक्षा कर रही है, भय तो बिलकुल अभी ही है। जीवन हाथ से निकला जा रहा है और तुम असमर्थ जान पड़ते हो; तुम कुछ नहीं कर सकते। मृत्यु का भय मौलिक रूप से भय है जीवन का जो कि तुम्हारे हाथों से निकला जा रहा है।

तब भयभीत होकर तुम जीवन से चिपकते हो, लेकिन चिपकना कभी उत्सव नहीं बन सकता है। चिपकना आक्रामक है। जितना ज्यादा तुम जीवन से चिपकते हो, उतने ज्यादा तुम असमर्थ हो जाओगे।

उदाहरण के लिए : तुम किसी स्त्री से प्रेम करते हो, तुम चिपक जाते हो उससे। जितने ज्यादा तुम चिपकते हो, उतना ज्यादा तुम बाध्य करोगे स्त्री को तुमसे दूर हो जाने में, क्योंकि तुम्हारा पीछे-पीछे लगे रहना उस पर एक बोझ हो जाएगा। जितना ज्यादा तुम उस पर कब्जा करने की कोशिश करोगे, उतना ज्यादा वह सोचेगी कि कैसे मुक्त हो, कैसे तुमसे दूर हो। मैं कहता हूं तुमसे जिंदगी एक स्त्री है। उससे चिपकना मत। वह उनके पीछे आती है, जो उससे चिपकते नहीं। वह बहुत ज्यादा मिलती है उन्हें जो उससे चिपकते नहीं। यदि तुम चिपकते हो, तो वह चिपकाव ही जीवन को स्थगित कर देता है। तुम्हारा भिखमंगापन ही जीवन पर रोक लगा देता है। सम्राट होओ, मालिक होओ। जीवन जीयो, लेकिन उससे चिपको मत। किसी चीज से मत चिपको। चिपकाव तुम्हें असुंदर और आक्रामक बना देता है। चिपकाव

तुम्हें एक भिखारी बना देता है और जीवन उनके लिए है जो सम्राट हैं, उनके लिए नहीं जो कि भिखारी हैं। यदि तुम भीख मांगते हो, तो तुम कुछ नहीं पाओगे। जीवन उन्हें बहुत ज्यादा देता है जो कभी मांगते नहीं हैं। जीवन उनके लिए एक आशीष बन जाता है जो उससे चिपकते नहीं। जीयो उसे, आनंदित होओ उससे, उत्सव मनाओ उसका; लेकिन कंजूसी कभी मत करना, उससे चिपकना मत। जीवन के प्रति यह चिपकाव ही तुम्हें मृत्यु का भय देता है, क्योंकि जितने ज्यादा तुम चिपकते हो उतने ज्यादा तुम समझ जाते हो कि जीवन वहां नहीं है—वह जा रहा है, वह चला जा रहा है। तब मृत्यु का भय आ खड़ा होता है।

जीवन में से गुजरते हुए मृत्यु-भय है, जीवन से चिपकाव है, और यह बात सभी में प्रबल है—विद्वानों में भी।

क्योंकि तुम्हारे विद्वान बिलकुल तुम्हारे जैसे ही मूढ़ हैं। पंडितों ने कुछ नहीं जाना। वस्तुतः उन्होंने चीजें स्मरण कर ली हैं। बड़े विद्वान हैं, पंडित हैं, वे जीवन के बारे में बहुत कुछ जानते हैं, लेकिन वे जीवन को नहीं जानते। वे सदा किसी चीज के आस-पास को, घेरे को ही जानते हैं। वे आसपास ही चक्कर काटते रहते हैं—केंद्र में कभी नहीं उतरते। वे उतने ही भयभीत होते हैं—शायद तुमसे भी ज्यादा—क्योंकि उन्होंने अपने जीवन शब्दों में व्यर्थ गंवाए हैं। शब्द तो बुदबुदे मात्र हैं। उन्होंने बहुत ज्ञान इकट्ठा कर लिया है, लेकिन जीवन के मुकाबले ज्ञान की क्या हस्ती?

तुम प्रेम के विषय में बहुत-सी बातें जान सकते हो बिना प्रेम को जाने हुए। वस्तुतः यदि तुम प्रेम को जानते हो, तो प्रेम के विषय में जानने की क्या जरूरत है? तुम परमात्मा के विषय में बहुत-सी बातें जान सकते हो बिना परमात्मा को जाने हुए। वास्तव में, यदि तुम परमात्मा को जानते हो, तो परमात्मा के विषय में जानने की क्या जरूरत है?—वह मूढ़ता होगी, नासमझी। सदा याद रखना कि किसी विषय में जानना कोई जानना नहीं होता। किसी विषय के बारे में जानना, केंद्र को कभी भी न छूते हुए, मात्र चक्कर में ही घूमते जाना है।

पतंजलि कहते हैं: विद्वान भी, जो शास्त्र-निपुण हैं, तत्वज्ञान के ज्ञाता हैं, बहस कर सकते हैं, उनके सारे जीवन भर वाद-विवाद कर सकते हैं, वे बातें ही बातें किए जा सकते हैं, और लाखों चीजों के बारे में तर्क कर सकते हैं, लेकिन इस बीच जीवन बहा जा रहा है। जीवन की प्याली का तो स्वाद ही नहीं लिया उन्होंने। वे नहीं जानते जीवन क्या है। वे शब्दों में जीए हैं, भाषागत खेलों में। वे भी भयभीत होंगे।

तो ध्यान रहे, वेद और बाइबिल मदद न देंगे। जहां तक जीवन का संबंध है, ज्ञान किसी काम का नहीं। तुम चाहे बड़े वैज्ञानिक हो जाओ या बड़े दार्शनिक या कि बड़े गणितज्ञ, लेकिन उसका यह अर्थ नहीं कि तुम जीवन को जानते हो। जीवन को जानना एक संपूर्णतया अलग आयाम है।

जीवन को जानने का अर्थ है: उसे जीना, निर्भय हो कर असुरक्षाओं में जीना क्योंकि जीवन एक असुरक्षित घटना है; अज्ञात में सरकना क्योंकि जीवन हर क्षण अज्ञात है, वह सदा बदल रहा है, और नया हो रहा है; अज्ञात के यात्री हो जाओ और जीवन के साथ बढ़ना जहां कहीं वह ले जाए; एक घुमक्कड़ हो जाना।

मेरे देखे संन्यास का यही अर्थ है: ज्ञात को और ज्ञात की सुविधाओं को छोड़ने के लिए सदा तैयार

रहना और अज्ञात में बढ़ते जाना। निस्संदेह, अज्ञात के साथ असुरक्षाएं लगी हैं, तकलीफें हैं, असुविधाएं हैं। अज्ञात में सरकने का अर्थ है खतरे में सरकना। जीवन एक खतरा है। वह खतरों और बाधाओं से भरा हुआ है। इसी कारण, लोग स्वयं को बंद करने लगते हैं। वे कैदों में, कोठरियों में जीते—अंधेरे में, लेकिन फिर भी सुविधापूर्ण। इससे पहले कि मृत्यु आए, वे मर ही गए होते हैं।

स्मरण रखना, यदि तुम सुविधा को चुनते हो, यदि तुम सुरक्षा को चुनते हो, यदि परिचित को चुनते हो, तो तुम जीवन को न चुनोगे। जीवन एक अज्ञात घटना है। तुम जी सकते हो उसे, लेकिन तुम उसे मुट्ठियों में नहीं कस सकते, तुम उससे चिपक नहीं सकते। जहां कहीं वह ले जाए, तुम सरक सकते हो उसके साथ। तुम्हें शुद्ध बादल की भांति हो जाना होता है, जहां कहीं उसे हवा ले जाए उसके साथ चलना होता है न जानते हुए कि वह कहां जा रहा है।

जीवन का कोई उद्देश्य नहीं होता। यदि तुम किसी एक निश्चित उद्देश्य की खोज में हो तो तुम जी नहीं पाओगे। जीवन उद्देश्यविहीन है। इसीलिए वह असीम है, इसीलिए यात्रा अंतहीन है। अन्यथा उद्देश्य पर पहुंच जाओगे, और फिर क्या करोगे तुम जब उद्देश्य मिल चुका होगा?

जीवन का कोई उद्देश्य नहीं। तुम एक उद्देश्य पा लेते हो और हजारों उद्देश्य आगे होते हैं। तुम एक शिखर पर पहुंच जाते और तुम सोच रहे होते कि 'यह अंतिम है, मैं आराम करूंगा।' लेकिन जब तुम पहुंचते हो शिखर पर तो बहुत से और शिखर उदघाटित हो जाते हैं; ज्यादा ऊंचे शिखर अभी भी वहां जाने को हैं। यह सदा ऐसा ही होता है; तुम अंत तक कभी नहीं पहुंचते। यही अर्थ है परमात्मा के असीम होने का, जीवन के अंतहीन होने का : कोई आरंभ नहीं और कोई अंत नहीं। भयभीत, स्वयं में बंद हुए, तुम चिपकोगे, और फिर तुम पीड़ित होओगे।

जीवन में से गुजरते हुए मृत्यु-भय है, जीवन से चिपकाव है, और यह बात सभी में प्रबल है—विद्वानों में भी।

मृत्यु को जाने बिना ही तुम भयभीत होते हो। कोई बात वहां भीतर गहरे में जरूर है, और बात यही है : तुम्हारा अहंकार एक झूठी घटना है। वह कुछ निश्चित चीजों का एक संयोजन है; उसमें कोई तत्व नहीं, कोई केंद्र नहीं। अहंकार मृत्यु से भयभीत है। यह तो वैसा ही है जैसे जब कोई छोटा बच्चा ताश के पत्तों का घर बना लेता है और बच्चा डरा हुआ होता है, भीतर आ रही हवा से डरा होता है। बच्चा भयभीत होता है कि शायद दूसरा बच्चा घर के पास आ जाएगा। वह स्वयं से भयभीत होता है, क्योंकि यदि वह कुछ करता है, तो घर तुरंत गिर सकता है।

तुम रेत में घर बनाते हो; तुम सदा भयभीत रहोगे, ठोस चट्टान वहां है नहीं उसकी नींव में। तूफान आते हैं और तुम कंपते हो क्योंकि तुम्हारा सारा घर कंपता है; किसी क्षण वह गिर सकता है। अहंकार ताश के पत्तों का घर है, और तुम डरे हुए हो। यदि तुम सचमुच ही जानते हो कि तुम कौन हो, तो भय तिरोहित हो जाता है, क्योंकि अब तुम असीम की, मृत्युहीनता की चट्टान पर होते हो।

अहंकार मरने ही वाला है क्योंकि वह पहले ही मरा हुआ है। उसका अपना कोई जीवन नहीं; वह केवल तुम्हारे जीवन को प्रतिबिंबित करता है। वह होता है दर्पण की भांति। तुम्हारा अस्तित्व शाश्वत है।

पंडित-विद्वान तक भी, सत्य से इसलिए भयभीत हैं, क्योंकि पांडित्य द्वारा तुम नहीं जान सकते अपनी अंतस सत्ता को, वह जाना जाता है अनसीखे द्वारा, सीखे हुए द्वारा नहीं। तुम्हें अपना मन पूरी तरह खाली करना पड़ता है। तुम्हारी 'मैं' की अनुभूति से भी पूरी तरह रिक्त, शून्य होकर, अकस्मात उस शून्यता में तुम अंतस सत्ता को पहली बार अनुभव करते हो, वह शाश्वत है। उसकी कोई मृत्यु नहीं हो सकती। केवल वह सत्ता ही आलिंगन कर सकती है मृत्यु का, और उसी में जानती है कि तुम मृत्यु विहीन हो। अहंकार तो भयभीत रहता है।

पतंजलि कहते हैं:

पांचों क्लेशों के मूल कारण मिटाए जा सकते हैं, उन्हें पीछे की ओर उनके उदगम तक विसर्जित कर देने से।

प्रति-प्रसवः यह एक बहुत-बहुत महत्वपूर्ण प्रक्रिया है—प्रति-प्रसव की प्रक्रिया। यह प्रक्रिया है कारण में फिर से समावेश होना, कार्य को कारण तक लौटा लाना; प्रत्यावर्तन की प्रक्रिया। तुमने सुना होगा जैनोव का नाम, वह आदमी जिसने प्राइमल थैरेपी का फिर से आविष्कार किया है। प्राइमल चिकित्सा प्रति-प्रसव का ही एक हिस्सा है। यह पतंजलि की प्राचीनतम विधियों में से एक है। प्राइमल चिकित्सा में, जैनोव लोगों को सिखाता है उनके बचपन तक आना। यदि कोई बात होती है मुश्किल, तो फिर तुम लौट आना उसके मूल स्रोत तक जहां से कि वह आरंभ हुई। क्योंकि तुम समस्या को सुलझाने की कोशिश किए जा सकते हो, लेकिन जब तक कि तुम जड़ तक ही न उतरो, वह सुलझायी नहीं जा सकती है। परिणाम सुलझाए नहीं जा सकते हैं; उन्हें कारण तक लौटाया जा सकता है। यह ऐसा होता जैसे कि एक वृक्ष है और तुम नहीं चाहते उसका होना, लेकिन तुम टहनियां काटते जाते हो, पत्तों को काटते जाते हो, और फिर और टहनियां फूट पड़ती हैं। तुम एक पत्ता काटते हो, तो तीन पत्ते आ जाते हैं। तुम्हें जाना पड़ता है जड़ों तक।

उदाहरण के लिए, एक आदमी है जो स्त्री से भयभीत है। बहुत से लोग आते हैं मेरे पास। वे कहते हैं कि उन्हें भय आता है स्त्री से, बहुत भय। उसी भय के कारण, वे कोई सार्थक संबंध नहीं बना सकते, वे संबंधित नहीं हो सकते; भय सदा ही रहता है। जब तुम भयभीत होते हो, तो संबंध दूषित हो जाएंगे भय द्वारा। तुम समग्ररूप से बढ़ न पाओगे। तुम आधे-आधे मन से जुड़ोगे, सदा भयभीत होकर; अस्वीकृत होने का भय, यह भय कि शायद स्त्री न ही कह दे। और दूसरे भय होते हैं। यदि यह आदमी एमिल कूए के ढंग की विधियों को आजमाता है। यदि वह दोहराए जाता है, 'मैं स्त्रियों से भयभीत नहीं, और हर रोज मैं बेहतर हो रहा हूं', यदि वह ऐसी बातें आजमाता है तो वह अस्थायी रूप से भय का दमन कर सकता है, लेकिन भय बना रहेगा। और फिर-फिर आता रहेगा।

प्राइमल-थैरेपी में, उसे पीछे फेंक देना पड़ता है। वह व्यक्ति जो भयभीत है स्त्रियों से, दर्शाता है कि उसका मां के साथ कोई ऐसा अनुभव रहा होगा जिसके कारण भय बना, क्योंकि मां होती है पहली स्त्री। तुम्हारी सारी जिंदगी में तुम्हारा शायद बहुत-सी स्त्रियों के साथ संबंध जुड़े—पत्नी के रूप में, प्रेमिका के रूप में, पुत्री के रूप में, मित्र के रूप में, लेकिन मां की छवि बनी रहेगी। वह तुम्हारा पहला अनुभव है

स्त्रियों के साथ संबंध का। तुम्हारा सारा ढांचा उसी नींव पर आधारित होगा, और वह नींव है तुम्हारी मां के साथ तुम्हारा संबंध। इसलिए यदि कोई व्यक्ति भयभीत होता है स्त्रियों से, तो उसे पीछे ले जाना होता है, उसे पीछे कदम रखना पड़ता है स्मृति में। उसे पीछे लौटना पड़ता है और पता लगाना होता है उस मूल स्रोत का जहां से कि भय प्रारंभ हुआ। वह शायद कोई साधारण घटना रही हो, बहुत छोटी। वह शायद बिलकुल भूल चुका हो उसे। यदि वह पीछे जाता है तो वह कहीं न कहीं घाव ढूंढ लेगा।

तुम चाहते थे मां तुम्हें प्रेम करे, जैसा कि हर बच्चा चाहता है। लेकिन मां को कोई दिलचस्पी न थी। वह एक व्यस्त स्त्री थी। उसे भाग लेना था बहुत संस्थानों में, क्लबों में, इसमें और उसमें। वह तुम्हें दूध पिलाने को राजी न थी क्योंकि वह चाहती थी बहुत अनुपातमय शरीर। वह अपने स्तन जवान बनाए रखना चाहती थी। और तुम्हारे द्वारा नष्ट नहीं होने देना चाहती थी। इसलिए तुम्हें स्तन का दूध देने से इनकार करती थी; या उसके दिमाग में और दूसरी समस्याएं रही होंगी। तुम स्वीकृत बच्चे न थे; बोझ की भांति तुम आए। पहली बात तो यह कि तुम्हारी कभी आवश्यकता ही न थी। लेकिन गोली ने काम किया नहीं और तुम पैदा हो गए। या वह घृणा करती थी पति से और तुम्हारा चेहरा पति जैसा था—एक गहरी घृणा, या थी कोई न कोई और बात लेकिन तुम्हें पीछे जाना पड़ता है और तुम्हें फिर से बच्चा बनना पड़ता है।

ध्यान रहे, जीवन की कोई अवस्था कभी गुम नहीं होती। तुम्हारा वह बच्चे का रूप अभी भी भीतर है। ऐसा नहीं है कि बच्चा युवा हो जाता है, नहीं। बच्चा भीतर बना रहता है, युवा उस पर आरोपित हो गया होता है, फिर वृद्ध ऊपर से और आरोपित हो जाता है युवा व्यक्ति पर, पर्त-दर-पर्त। बच्चा कभी नहीं बनता युवा व्यक्ति। बच्चा मौजूद रहता है; युवा व्यक्ति की पर्त उसके ऊपर आ जाती है। युवा व्यक्ति कभी नहीं होता बूढ़ा; एक और पर्त वृद्धावस्था की, उसके ऊपर आ जाती है। तुम प्याज की भांति बन जाते—बहुत सारी पर्तें—और यदि तुम उसमें उतरो, तो सारी पर्तें अभी भी वहां मौजूद होती हैं, संपूर्ण रूप से।

प्राइमल-थैरेपी में जैनोव लोगों की मदद करता है पीछे लौटने में और फिर से बच्चे बन जाने में। वे हाथ-पैर मारते, वे चिल्लाते, वे रोते, वे चीखते, और वह चीख अब वर्तमान की नहीं होती। बिलकुल अभी वह व्यक्ति से संबंधित नहीं होती; वह संबंध रखती है उस बच्चे से जो पीछे छिपा हुआ है। जब वह चीख, वह आदिम चीख आती है तो बहुत सारी चीजें तुरंत रूपांतरित हो जाती हैं।

यह प्रति-प्रसव की विधि का एक हिस्सा है। जैनोव को शायद ध्यान न हो कि पतंजलि ने करीब पांच हजार वर्ष पहले, एक ढंग सिखाया जिसमें कि प्रत्येक कार्य को ले जाना ही होता था कारण तक। केवल कारण को तोड़ा जा सकता है। तुम काट सकते हो जड़ों को और फिर वृक्ष मर जाएगा। लेकिन तुम शाखाओं को काट कर तो आशा नहीं रख सकते कि वृक्ष मर जाएगा; वृक्ष तो ज्यादा फले-फूलेगा।

प्रति-प्रसव एक सुंदर शब्द है; प्रसव का अर्थ हुआ जन्म। जब बच्चा जन्मता है तो होता है प्रसव। प्रति-प्रसव का अर्थ है : तुम फिर स्मृति में उत्पन्न हुए, तुम जन्म तक लौट गए, उस प्रघात तक जब कि तुम उत्पन्न हुए थे, और तुम उसे फिर से जीते हो। याद रहे तुम उसे याद ही नहीं करते, तुम उसे जीते हो, तुम उसे फिर से जीते हो।

स्मृति अलग बात होती है। तुम स्मरण कर सकते हो, तुम मौन बैठ सकते हो, लेकिन तुम वही

आदमी रहते जो तुम हो। तुम याद करते कि तुम बच्चे थे और तुम्हारी मां ने तुम्हें जोर से मारा। वह घाव मौजूद होता है, लेकिन फिर भी यह स्मरण करना ही हुआ। तुम एक घटना को याद कर रहे हो, जैसे कि वह किसी दूसरे के साथ घटी हो। उसे फिर से जीना प्रति-प्रसव है। उसे फिर से जीने का अर्थ हुआ कि तुम फिर से बच्चे बन जाते हो। ऐसा नहीं कि तुम याद करते हो; तुम बच्चे बन जाते हो। फिर से तुम उस बात को जीते हो। मां तुम्हारी स्मृति में चोट नहीं पहुंचा रही होती, मां बिलकुल अभी फिर से चोट देती है तुम्हें। वह घाव, वह क्रोध, वह प्रतिरोध, तुम्हारी अनिच्छा, अस्वीकार और तुम्हारी प्रतिक्रिया, जैसी कि सारी बात ही फिर घट रही होती है। यह है प्रतिक्रिया और यह केवल प्राइमल-थैरेपी के ही रूप में नहीं है बल्कि एक व्यवस्थित विधि है हर खोजी के लिए जो समृद्ध जीवन की, सत्य की खोज में लगा है।

ये पांच क्लेश हैंः अविद्या—जागरूकता का अभाव; अस्मिता—अहंकार की अनुभूति; राग—आसक्ति; द्वेष—घृणा; और अभिनिवेश—जीवन की लालसा। ये पांच दुख हैं।

पांचों क्लेशों के मूल कारण मिटाए जा सकते हैं, उन्हें पीछे की ओर उनके उदगम तक विसर्जित कर देने से।

अंतिम है अभिनिवेश; जीवन की लालसा; प्रथम है अविद्या—जागरूकता का अभाव। अंतिम को विसर्जित होना है प्रथम तक, अंतिम को ले आना है प्रथम तक। अब पीछे की ओर चलोः तुममें लालसा है जीवन की; तुम चिपकते हो जीवन से। क्यों? पतंजलि कहते हैं, 'पीछे की ओर जाओ।' क्यों चिपकते हो तुम जीवन से?—क्योंकि तुम दुखी होते हो। और दुख निर्मित होता है द्वेष से, घृणा से। दुख निर्मित होता है द्वेष से—हिंसा, ईर्ष्या, क्रोध से—घृणा से। कैसे तुम जी सकते हो यदि इतनी नकारात्मक चीजें तुम्हारे आसपास होती हैं? इन्हीं नकारात्मकताओं द्वारा, जहां कहीं भी तुम देखते हो, जीवन जीने जैसा नहीं लगता है। जहां कहीं तुम देखते हो नकारात्मक द्वारा, हर चीज अंधेरी, निराश, नर्क जान पड़ती है। जीवन की लालसा का पीछे की ओर ले जाकर समाधान करना पड़ता है, तो तुम पाओगे द्वेष। यदि तुम नीचे उतरो, पीछे की ओर जीवन के प्रति चिपकाव सहित, उसके पीछे तुम पाओगे घृणा की पर्त। इसीलिए तुम जी नहीं पाए हो। सारे समाज, सभ्यताएं, वे बहुत घृणा लाद देती हैं तुम पर।

यदि तुम पढ़ो हिंदू शास्त्र या कि जैन शास्त्र, तो वे घृणा सिखाते हैं। वे कहते हैं कि यदि तुम किसी स्त्री के प्रेम में हो, तो पहले देख-समझ लेना स्त्री क्या है। क्या होती है स्त्री?—मात्र एक ढांचा हड्डियों का, मांस, रक्त, श्लेष्मा, असुंदर चीजों का। स्त्री के भीतर झांक लेना; सौंदर्य तो ऊपर होता है। और त्वचा के पीछे हर चीज असुंदर होती है, अरुचिकर होती है।

यदि तुम ऐसे लोगों द्वारा सिखाए-पढ़ाए जाते हो, तो जब कभी तुम प्रेम में पड़ते हो, तो तुम प्रेम न कर पाओगे स्त्री को क्योंकि घृणा आ पहुंचेगी। तुम अनुभव करोगे, अरुचि उठ रही है। और प्रेम कैसे संभव हो सकता है घृणा के साथ? और यदि तुम शिक्षित किए गये हो इन बाहरी तत्वों द्वारा जो जीवन के स्रोतों को ही विषमय बना देते हैं, तो तुम दुखी हो जाओगे। बिना प्रेम के कैसे तुम प्रसन्न रह सकते हो? तुम दुखी होओगे। जब तुम दुखी होते हो तो तुम चिपकते हो जीवन से।

इसलिए पतंजिल कहते हैं, 'जीवन से चिपकना सबसे ऊपरी पर्त है। गहरे जाओ; उसके पीछे, तुम

पाओगे, घृणा की, द्वेष की पर्त।'

लेकिन क्यों करते हो तुम घृणा? ज्यादा गहरे उतरो और तुम पाओगे आसक्ति। तुम आकर्षित होते हो किसी चीज की ओर। और यदि तुम आकर्षित होते हो, केवल तभी तुम घृणा कर सकते हो। यदि तुम आकर्षित नहीं हो सकते तो घृणा नहीं कर सकते। आकर्षण निर्मित कर सकता है अनाकर्षण को, अनाकर्षण दूसरा छोर है आकर्षण का। ज्यादा गहरे जाओ—दूसरी पर्त तुम पाओगे अस्मिता की, अहंकार की, अनुभूति कि मैं हूं। और यह 'मैं' अस्तित्व रखता है आसक्ति और द्वेष के द्वारा। यदि राग और द्वेष, आकर्षण और अनाकर्षण दोनों गिर जाएं तो 'मैं' वहां खड़ा नहीं रह सकता। 'मैं' गिर जाएगा उसके साथ ही।

तुम और तुम्हारा अहंकार अस्तित्व रखता है अच्छे और बुरे की तुम्हारी धारणाओं के द्वारा, प्रेम और घृणा की धारणाएं, क्या सुंदर है और क्या असुंदर, इसकी धारणाएं। द्वैत अहंकार को निर्मित करता है। तो राग और द्वेष के द्वैत के पीछे तुम पाओगे अहंकार को। क्यों बना रहता है अहंकार? पतंजलि कहते हैं, 'और भी ज्यादा गहरे में जाओ और तुम पाओगे—जागरूकता का अभाव। जीवन के सारे दुख का मूलभूत कारण है जागरूकता का अभाव। यही है कारण, सारी बात का मुख्य कारण। तुम नहीं पा सकते इस कारण को अभिनिवेश में, जीवन की लालसा में; वह तो फूल है; फल है; अंतिम घटना है। वस्तुतः वह कारण नहीं है। पीछे जाओ।'

पांचों क्लेशों के मूल कारण मिटाए जा सकते हैं, उन्हें पीछे की ओर उनके उदगम विसर्जित कर देने से।

एक बार तुम जान लेते हो कारण को, फिर हर चीज का समाधान हो जाता है। और कारण है जागरूकता का अभाव। करोगे क्या? मत लड़ना अपनी पकड़ से, मत लड़ना अपनी आसक्ति से और तुम्हारी अपनी घृणा से, अहंकार से भी मत लड़ना। बस ज्यादा और ज्यादा जागरूक हो जाना। केवल ज्यादा और ज्यादा सचेत हो जाना, ध्यानी, बोधपूर्ण हो जाना। ज्यादा-ज्यादा स्मरण रखना और सजग रहना। वही सजगता ही हर चीज तिरोहित कर देगी। एक बार कारण विलीन हो जाता है, तो कार्य तिरोहित हो जाते हैं।

साधारण नैतिकता तुम्हें सतह पर के परिवर्तन सिखाती है। तथाकथित धर्म तुम्हें सिखाते हैं कि कैसे परिणामों से लड़ना होता है। पतंजलि तुम्हें दे रहे हैं धर्म का सच्चा विज्ञानः मूल कारण ही विलीन हो सकता है। तुम्हें ज्यादा सजग होना होता है। जीवन को जीयो सजगता के साथः वही है कुल संदेश। सोए हुए मनुष्य की भांति मत जीयो, या कि सम्मोहन में जी रहे शराबी की भांति मत जीयो। जो कुछ तुम कर रहे हो उसके प्रति होश रखो। करो उसे, लेकिन करना उसे पूरे होश सहित। अकस्मात तुम पाओगेः बहुत सारी चीजें तिरोहित हो जाती हैं।

एक चोर आया एक बौद्ध रहस्यदर्शी नागार्जुन के पास। चोर कहने लगा, 'देखिए, मैं बहुत सारे शिक्षकों और गुरुओं के यहां हो आया। वे सब मुझे जानते हैं, क्योंकि मैं एक प्रसिद्ध चोर हूं, इसलिए मैं सब जगह जाना जाता हूं। जिस क्षण पहुंचता हूं उनके पास वे कहते हैं, पहले तो तुम्हें चोरी छोड़ देनी है,

लोगों को लूटना छोड़ना है। पहले तुम्हारे जीवन का ढंग गिरा दो और फिर कुछ घट सकता है। इसीलिए बात जहां की तहां समाप्त हो जाती है। अब मैं आया हूं आपके पास। आप क्या कहते हैं?'

नागार्जुन ने कहा, 'तब तुम जरूर चोरों के पास गए होओगे, गुरुओं के पास नहीं। तुम्हारे चोरी करने या न करने की फिक्र गुरु को क्यों करनी? मेरा कुछ लेना-देना नहीं। तुम एक काम करो: 'तुम चोरी किए जाओ, लोगों को लूटते जाओ, लेकिन सजगता सहित ही लूटना उन्हें।' उस चोर ने कहा, 'ऐसा मैं कर सकता हूं।' और वह पकड़ाई में आ गया, फंस गया।

दो सप्ताह गुजरने के बाद, वह लौट कर आया नागार्जुन के पास और बोला, 'आप धोखेबाज हो, आपने चालाकी की मेरे साथ। कल रात मैं पहली बार राजा के महल में जा घुसा, लेकिन आपकी वजह से मैंने सजग रहने की कोशिश की। मैंने खजाना खोला। हजारों बहुमूल्य हीरे वहां पड़े थे, लेकिन आपके कारण मुझे खाली हाथ ही महल से बाहर आना पड़ा।' नागार्जुन ने कहा, 'मुझे बताओ कि हुआ क्या?' चोर ने कहा, 'जब भी मैं सजग हुआ और मैंने उन हीरों को उठाने की कोशिश की, तो हाथ हिलता ही नहीं था। यदि हाथ हिलता, तो फिर मैं सजग न रहता था। दो-तीन घंटे मैंने संघर्ष किया। मैंने कोशिश की सजग होने की और उन हीरों को उठाने की, लेकिन फिर मैं सजग न रहता था। इसीलिए मुझे उन्हें वापस वहीं रखना पड़ता था। जब भी सजग हुआ, तो हाथ न हिलता था।' नागार्जुन ने कहा, 'यही होती है सारी बात। तुमने सार को समझ लिया है।'

बिना सजगता के तुम क्रोधित, आक्रामक, सत्तात्मक, ईर्ष्यालु हो सकते हो। ये पत्ते और शाखाएं हैं, न कि जड़ें। सजगता के साथ तुम क्रोधित नहीं हो सकते, तुम आक्रामक, हिंसात्मक, लोभी नहीं हो सकते। साधारण नैतिकता तुम्हें सिखाती है: लोभी न बनो, क्रोधी न होओ। वह साधारण नैतिकता होती है। वह कुछ ज्यादा मदद नहीं देती। ज्यादा से ज्यादा एक क्षुद्र दमित व्यक्तित्व निर्मित हो जाता है। लोभ बना रहता है, क्रोध बना रहता है, केवल तुम थोड़ी सामाजिक नैतिकता तो पा सकते हो। यह बात समाज में एक होशियार भागीदार के रूप में तो मदद कर सकती है, लेकिन कुछ ज्यादा नहीं घटता है।

पतंजलि साधारण नैतिकता नहीं सिखा रहे हैं। पतंजलि बता रहे हैं सभी धर्मों के सच्चे मूल को ही, धर्म का असली विज्ञान। वे कहते हैं, 'प्रत्येक कार्य को कारण तक ले आओ। और कारण सदा होता है असचेतनता, अजागरूकता, अविद्या। सजग हो जाओ, और हर चीज तिरोहित हो जाती है।

पांचों दुखों की बाह्य अभिव्यक्तियां तिरोहित हो जाती हैं ध्यान के द्वारा।

तुम्हें उनकी चिंता करने की कोई जरूरत नहीं, बस तुम ध्यान ज्यादा करो, ज्यादा सजग हो जाओ। पहले तो बाहरी अभिव्यक्तियां: क्रोध, ईर्ष्या, घृणा, आकर्षण मिट जाते हैं। पहले बाहरी अभिव्यक्तियां मिट जाती हैं, तो भी बीज बने रहते हैं तुममें। तब व्यक्ति को बहुत ज्यादा गहरे में जाना होता है, क्योंकि तुम सोचते हो कि तुम क्रोधित होते हो केवल जब तुम्हें क्रोध आता है। यह बात सच नहीं है, क्रोध की एक अंतर्धारा चलती रहती है, तब भी जब कि तुम क्रोधित नहीं होते। अन्यथा, यथा समय कहां से पाओगे तुम क्रोध? कोई तुम्हारा अपमान कर देता है और अचानक तुम्हें क्रोध आ जाता है। क्षण भर पहले तुम प्रसन्न थे, मुस्कुरा रहे थे और फिर चेहरा बदल जाता है; तुम खूनी बन जाते हो। कहां से पाया

तुमने इसे? यह जरूर मौजूद रहा होगा, एक अंतर्धारा तुममें सदा मौजूद रहती है। जब कभी आवश्यकता आ बनती है, अवसर बन जाते हैं, तो अचानक क्रोध भभक उठता है।

पहले, ध्यान तुम्हारी मदद करेगा। बाहरी अभिव्यक्ति तिरोहित हो जाएगी। लेकिन उसी से संतुष्ट मत हो जाना, क्योंकि मूलरूप से यदि अंतर्धारा बनी रहती है, तो किसी समय उसके लिए संभावना होती है; उपद्रव भभक सकता है। किसी निश्चित स्थिति में अभिव्यक्ति फिर से चली आ सकती है। कभी भी संतुष्ट मत हो जाना उस बाहरी अभिव्यक्ति के तिरोहित हो जाने से; बीज को जलना ही होता है। ध्यान का पहला भाग तुम्हारी मदद करता है बाहरी अभिव्यक्ति को मूलाधार तक लाने में। बाहरी तल पर तुम शांत हो जाते हो, लेकिन भीतर चीजें चलती रहती हैं। तब ध्यान को और भी ज्यादा गहरे में उतरना होता है।

यह है पतंजलि का फर्क समाधि और ध्यान के बीच। ध्यान प्रथम अवस्था है। ध्यान वह पहली अवस्था है जिसके साथ बाह्य अभिव्यक्तियां तिरोहित हो जाती हैं; और समाधि अंतिम अवस्था है, वह परम ध्यान जहां बीज जल जाते हैं। तुम जीवन और अंतससत्ता के आत्यंतिक स्रोत तक पहुंच चुके होते हो। तब तुम किसी चीज से चिपकते नहीं। तब तुम्हें मृत्यु का भय नहीं रहता। तब वस्तुतः तुम होते ही नहीं; तब तुम बचते ही नहीं। तब परमात्मा तुममें आ बसता है। और तुम कह सकते हो, 'अहं ब्रह्मस्मि'; मैं ही हूं परमात्मा; आत्यंतिक आधार अस्तित्व का।

प्रवचन 16

पश्चिम को जरूरत है बुद्धों की

प्रश्न-सार

1. जीवन की लिप्सा, जीवेषणा का कारण क्या है? और यह जीवन का आनंद मनाने में बाधा क्यों है?

2. पश्चिम के अस्तित्ववादी विचारकों ने जीवन की अर्थहीनता जान ली है, लेकिन वे आनंद की खोज क्यों नहीं करते?

3. बुद्धपुरुषों में शारीरिक आवश्यकता, कामवासना क्यों कर तिरोहित हो जाती है?

4. फ्रायड, जुंग और जेनोव आदि लोग स्वयं पर प्रयोग क्यों नहीं करते?

पहला प्रश्न : पतंजलि कहते हैं, 'जीवन से चिपको मत', और यह बात आसान है समझने के लिए और अनुसरण करने के लिए। लेकिन वे यह भी कहते हैं कि 'जीवन के प्रति लालायित मत होओ।' क्या हमें वर्तमान में आनंदित नहीं होना है उस सबसे जो प्रकृति के पास है हमें देने को : भोजन, प्रेम, सौंदर्य, कामवासना आदि? और यदि यह ऐसा है, तो क्या यह जीवन का लोभ नहीं है?

पतंजलि कहते हैं कि जीवन का लोभ एक बाधा है, जीवन का आनंद मनाने में एक बाधा है, सचमुच जीवंत रहने में एक बाधा है, क्योंकि लोभ सदा भविष्य के लिए होता है; वह वर्तमान के लिए कभी नहीं होता। वे आनंद मनाने के विरोध में नहीं हैं। जब तुम किसी चीज से आनंदित हुए क्षण मात्र में उपस्थित होते हो, तो उसमें कोई लोभ नहीं होता। लोभ है भविष्य के लिए ललकना, और इस बात को समझ लेना है।

वे लोग जो अपने जीवन से वर्तमान में आनंदित नहीं होते, उन्हें कहीं भविष्य में जीवन के लिए लालसा होती है। जीवन के लिए लालसा सदा भविष्य में ही होती है। यह बात एक स्थगन है। वे कह रहे होते हैं कि 'हम आज आनंद नहीं मना सकते, इसलिए हम आनंद मनाएंगे कल।' वे कह रहे होते हैं, 'बिलकुल इसी क्षण हम उत्सव नहीं मना सकते, इसलिए कल को आने दो ताकि हम उत्सव मना सकें।'

भविष्य उदित होता है तुम्हारे दुख में से, तुम्हारे उत्सव में से नहीं। एक सच्चे उत्सवमय व्यक्ति के पास कोई भविष्य नहीं होता है; वह इसी क्षण में जीता है, वह इसे समग्र रूप से जीता है। उस समग्र रूप से जीए जाने में से ही उदित होता है अगला क्षण, लेकिन ऐसा किसी लालसा के कारण नहीं होता है। निस्संदेह, जब उत्सव में से अगला क्षण जन्मता है, तो उसमें ज्यादा क्षमता होती है तुम्हें आशीष देने की। जब उत्सव में से भविष्य जन्मता है, तो वह और-और ज्यादा समृद्ध होता जाता है। एक घड़ी आती है जब क्षण इतना समग्र हो जाता है, इतना संपूर्ण कि समय पूरी तरह तिरोहित हो जाता है।

समय दुखी मन की जरूरत है। समय सर्जना है दुख की। यदि तुम प्रसन्न होते हो तो कहीं कोई समय नहीं बचता—समय तिरोहित हो जाता है।

इसे दूसरे आयाम से देखना : क्या तुमने ध्यान दिया कि जब कभी तुम दुखी होते हो, समय बहुत धीमी गति से सरकता है। कोई मर रहा होता है, कोई जिसे तुम प्रेम करते हो, कोई जिसके लिए तुम चाहोगे वह जीए, और तुम पास में बैठे हुए होते हो। सारी रात तुम बिस्तर के किनारे बैठे रहते और रात

ऐसी जान पड़ती जैसे कि वह कोई अनंतकाल हो। उसका बिलकुल कोई अंत दिखाई ही नहीं पड़ता; वह बढ़ती जाती, और आगे, और आगे। दीवार पर लगी घड़ी बहुत ज्यादा धीमी चल रही जान पड़ती है, दुख में समय धीमे चलता है। जब तुम प्रसन्न होते हो—तुम्हारी प्रेमिका के साथ होते हो, तुम्हारे मित्र के साथ, तो तुम उस क्षण को संजो रहे होते हो—समय तेज चलता है। सारी रात गुजर जाती है और ऐसा जान पड़ता है कि कुछ मिनट या कुछ पल ही बीते हैं। ऐसा क्यों होता है?—क्योंकि दीवार पर लगी घड़ी इसकी चिंता नहीं करती कि तुम सुखी हो या दुखी; वह अपने से चलती रहती है। वह तुम्हारी भावदशाओं के साथ कभी तेज नहीं चलती। वह सदा एक ही गति से चल रही होती है, लेकिन तुम्हारी व्याख्याएं भेद रखती हैं। दुख में समय ज्यादा बड़ा हो जाता है, सुख में समय ज्यादा छोटा हो जाता है। जब कभी कोई आनंदपूर्ण मनोदशा में होता है तो समय बिलकुल तिरोहित ही हो जाता है।

ईसाइयत कहती है कि जब तुम नरक में फेंक दिए जाते हो, तो नरक अनंत हो जाता है, अंतहीन। बर्ट्रेंड रसल ने एक किताब लिखी है 'व्हाई आई एम नाट ए क्रिश्चियन'—'मैं ईसाई क्यों नहीं हूं।' वह बहुत सारे कारण बताता है। उनमें से एक यह है: 'जो पाप मैंने किए हैं, उससे ऐसा सोचना असंभव है कि अनंत सजा न्यायपूर्ण हो सकती है। मैंने शायद बहुत से पाप किए होंगे। तुम मुझे नरक में फेंक देते हो पचास वर्ष, सौ वर्ष के लिए, पचास जन्म, सौ जन्म, हजार जन्म तक, लेकिन अनंत सजा न्यायपूर्ण नहीं हो सकती है।' शाश्वत सजा तो अन्यायपूर्ण ही जान पड़ती है, और ईसाइयत केवल एक जन्म में ही विश्वास रखती है। इतने सारे पाप कोई व्यक्ति एक जन्म में कैसे कर सकता है, मात्र साठ या सत्तर वर्ष के जीवन में, जिससे कि वह अनंतकाल तक सजा पाने लायक हो जाए! यह बात तो एकदम बेतुकी जान पड़ती है। रसल कहते हैं, 'जो कोई पाप मैंने किए हैं और जिन्हें मैं करने की सोच रहा हूं, लेकिन जिन्हें अभी तक किया नहीं है—यदि मैं अपने सारे पापों को—किए-अनकिए, कल्पित, स्वप्नगत पापों को स्वीकार कर लूं, फिर भी कठोर से कठोर न्यायाधीश भी मुझे पांच वर्षों से ज्यादा सजा नहीं दे सकता है।'

और ठीक कहता है वह, लेकिन सार की बात चूक जाता है वह। ईसाई धर्मशास्त्री उत्तर नहीं दे पाए हैं। नरक शाश्वत है इस कारण नहीं कि वह शाश्वत है, बल्कि इस कारण ऐसा है क्योंकि वह सबसे बड़ा दुख है—समय सरकता ही नहीं है। ऐसा जान पड़ता है कि वह अंतहीन है। यदि आनंद में समय तिरोहित हो जाता है, तो गहनतम दुख में, जो कि नरक है, समय इतना धीमे चलता है जैसे कि बिलकुल चल ही न रहा हो। नरक का एक क्षण भी अनंत होता है। तुम्हें ऐसा जान पड़ेगा कि वह समाप्त नहीं हो रहा, समाप्त ही नहीं हो रहा, समाप्त हो ही नहीं रहा।

अंतहीन नरक का सिद्धांत सुंदर है, बहुत मनोवैज्ञानिक है। यह इतना ही दिखाता कि समय मन पर निर्भर करता है; समय एक मनोगत घटना है। तुम दुखी होते हो, तो समय का अस्तित्व होता है; तुम सुखी होते हो, तो कोई समय नहीं बचता। जीवन की लिप्सा है ज्यादा समय की लिप्सा। वह दिखाती है कि जो कुछ तुमने पाया है, पर्याप्त नहीं है; तुम अभी तक परितृप्त नहीं हुए। 'मुझे और ज्यादा समय दो, ताकि मैं परितृप्त हो सकूं। मुझे और जीवन दो, और भविष्य, बढ़ने को और जगह, क्योंकि मेरी सारी आकांक्षाएं अभी अपूर्ण हैं।' वह व्यक्ति जो जीवन की लिप्सा लिए रहता है यही प्रार्थना किए जाता है: हे ईश्वर, मुझे और समय दे दो, क्योंकि मेरी सारी इच्छाएं अभी भी मौजूद हैं। कोई चीज तृप्तिकारक नहीं रही; मैं संतुष्ट नहीं, मैं परितृप्त नहीं हूं और समय तो तेजी से बहा जा रहा है। मुझे और समय दे दो।

यही है जीवन के प्रति लिप्सा का अर्थ : ज्यादा समय के लिए लिप्सा।

जीवन से तुम्हारा क्या अर्थ है? जीवन का अर्थ है : भविष्य से जुड़ा ज्यादा समय। मृत्यु से तुम्हारा क्या अर्थ होता है? मृत्यु का अर्थ होता, कहीं कोई भविष्य नहीं। यदि मृत्यु बिलकुल अभी आ जाए, तो भविष्य समाप्त हो जाता है, समय समाप्त हो जाता है। इसलिए तुम भयभीत हो मृत्यु से, क्योंकि वह तुम्हें समय न देगी और सारी तुम्हारी इच्छाएं अपूर्ण हैं।

जीवन के विरोध में नहीं हैं पतंजलि। वस्तुतः वे जीवन के विरोध में नहीं हैं, इसीलिए वे जीवन के प्रति लिप्सा के विरोध में हैं। यदि तुम जीवन को जीते हो उसकी समग्रता सहित, उसका आनंद मनाते हो उसकी गहनतम संभावना तक, उसे घटित होने देते हो—तब जीवन के प्रति कहीं कोई लिप्सा न बचेगी।

ज्यादा संवेदनशील हो जाओ, जीवंत, सजग हो जाओ, और तब तुम समय के प्रति लालायित न होओगे। वस्तुतः वह व्यक्ति जो जीवन से परितृप्त होता है, उसे मृत्यु विश्राम की भांति दिखाई पड़ती है, एक बड़ी विश्रांति की भांति, जीवन की समाप्ति नहीं। वह उससे भयभीत नहीं रहता, वह उसका स्वागत करता है; एक पूरा समृद्ध जीवन जीया हो, तो मृत्यु होती है रात्रि, रात्रि की भांति आती। दिन भर तुमने काम किया, अब तुम शय्या सजाते और विश्राम करने लगते हो।

ऐसे लोग हैं जो रात्रि से भयभीत होते हैं। मैं कलकत्ता में ठहरा करता था बहुत संपन्न व्यक्ति के पास जो रात्रि से ऐसे भयभीत रहता जैसे कि लोग मृत्यु से भयभीत रहते हैं। वह सो न सकता था क्योंकि वह सारा दिन विश्राम कर रहा होता था। तो कैसे वह आशा कर सकता था निद्रा की? वह धनी व्यक्ति था, उसके पास हर चीज थी, इसलिए कुछ नहीं करता था वह। केवल निर्धन लोग पैदल चलते हैं, केवल निर्धन लोग काम करते हैं!

कहीं किसी जगह कामू लिखता है कि एक समय आएगा भविष्य में जब सचमुच लोग इतने धनवान हो जाएंगे कि वे प्रेम भी न करेंगे। वे अपने नौकर को भेज देंगे ऐसा करने के लिए! वस्तुतः एक धनी व्यक्ति को प्रेम करना ही नहीं चाहिए। सारे प्रयास की चिंता ही क्यों करनी?—तुम भेज सकते हो नौकर को। यही तो कर रहे हैं धनी व्यक्ति : नौकरों को भेजना पड़ता है जीवन जीने को, और वे विश्राम करते हैं।

जब तुम सारा दिन विश्राम करते हो तो तुम कैसे सो सकते हो रात में? आवश्यकता निर्मित नहीं होती। एक व्यक्ति सारा दिन कार्य करता है, जीता है, और रात होने तक वह तैयार हो जाता है विस्मृति में, अंधकार में उतरने को। ऐसा ही घटता है यदि तुमने एक सच्चा जीवन जीया होता है। यदि तुमने उसे सचमुच ही जीया होता है, तो मृत्यु विश्राम ही है। शाम आती, रात उतर आती, और तुम तैयार होते; तुम लेट जाते और तुम प्रतीक्षा करते। जब तुम ठीक प्रकार से जीते हो तो तुम और अधिक जीवन की मांग नहीं करते, क्योंकि अधिकता पहले से ही है; जितना तुम मांग सकते हो, उससे ज्यादा पहले से ही मौजूद है; जितने की तुम कल्पना कर सको, उससे ज्यादा तुम्हें दिया ही जा चुका है। यदि तुम प्रत्येक क्षण को उसकी संपूर्ण प्रगाढ़ता तक जीते हो, तो तुम सदा ही तैयार होते हो मरने के लिए।

यदि बिलकुल अभी मृत्यु आ जाती है मेरे पास तो मैं तैयार हूं, क्योंकि कोई चीज अधूरी नहीं है। भविष्य के लिए मैंने कुछ भी स्थगित नहीं किया है। मैंने सुबह स्नान किया और उसका पूरा आनंद लिया। भविष्य की खातिर मैंने किसी चीज को स्थगित नहीं किया, इसलिए यदि मौत आ जाती है तो कहीं कोई समस्या नहीं। मृत्यु आ सकती है और बिलकुल अभी ले जा सकती है मुझे। भविष्य की एक

हल्की-सी धारणा तक भी न होगी क्योंकि कुछ भी अधूरा नहीं है।

और तुम्हारे लिए?—हर चीज अधूरी है। सुबह का स्नान तक तुम ठीक से नहीं कर सके, क्योंकि तुम्हें सुनने आना था मुझे; तुम उसे चूक गए। तुम बढ़ते हो भविष्य के अनुसार और फिर तुम चूकते चले जाते हो। यदि यह चूकने की बात एक आदत बन जाती है, और वह बन जाती है, तो तुम मेरे प्रवचन को भी चूक जाओगे। क्योंकि तुम वही आदमी हो जो चूक गया सुबह का स्नान, जो चूक गया सुबह की चाय, जिसने किसी तरह उसे समाप्त तो किया लेकिन अधूरा बना रहा। वह बात तुम्हारे सिर के चारों ओर मंडराती रहती है। वह सब जिसे कि तुमने अधूरा छोड़ दिया अभी भी तुम्हारे चारों ओर मक्खी-सा भिनभिना रहा है। अब इसकी आदत हो जाती है। तुम सुनोगे मुझे लेकिन तैयार तो तुम हो रहे होते हो, आफिस जाने के लिए, या दुकान पर जाने के लिए, या कि बाजार जाने के लिए; तुम सरक ही चुके होते हो। तुम केवल शारीरिक रूप से यहां बैठे हुए होते हो। तुम्हारा मन भविष्य में सरक चुका होता है। तुम कहीं न हो पाओगे। जहां कहीं भी तुम होते हो, तुम कहीं किसी और जगह सरक ही रहे होते हो। यह अधूरा जीवन निर्मित कर देता है जीवन के प्रति लोभ। तुम्हें बहुत सारी चीजों को पूरा करना होता है।

कैसे तुम बिलकुल इसी क्षण मरना सह सकते हो? मैं इसे सह सकता हूं, मैं आनंदित हो सकता हूं—हर चीज पूरी है। इसे जरा खयाल में ले लेना, पतंजलि, बुद्ध, जीसस—कोई भी जीवन के विरोध में नहीं हैं। वे जीवन के हक में हैं, पूरी तरह जीवन के हक में, लेकिन वे जीवन के लोभ के विरुद्ध हैं क्योंकि जीवन का लोभ उस आदमी का लक्षण है जो कि जीवन चूक रहा है।

दूसरा प्रश्नः पश्चिम के बहुत से अस्तित्ववादी विचारक—सार्त्र, कामू आदि—हताशा, निराशा और जीवन की अर्थहीनता को जान गए हैं, लेकिन उन्होंने पतंजलि की आनंदमयता को नहीं जाना है। क्यों? कौन-सी बात चूक रही है? इस बात पर पतंजलि क्या कहते पश्चिम से?

हां, पश्चिम में कुछ चीजों का अभाव रहा है जिनका भारत में बुद्ध के लिए अभाव नहीं रहा था। बुद्ध भी उसी स्थल तक पहुंचे जहां कि सार्त्र हैः अस्तित्ववादी निराशा, व्यथा, यह अनुभूति कि सब व्यर्थ है, कि जीवन अर्थहीन है, तो एक नया प्रारंभ मौजूद था भारत में; सड़क का अंत नहीं थी वह बात। वस्तुतः वह मात्र अंत थी एक सड़क का लेकिन दूसरी तो तुरंत खुल गई थी; एक द्वार का बंद होना लेकिन दूसरे का खुल जाना। यही है भेद आध्यात्मिक संस्कृति और भौतिक संस्कृति के बीच।

एक भौतिकवादी कहता है, 'यही है सब कुछ; जीवन में और कुछ नहीं है।' एक भौतिकवादी कहता है कि वह सब जो तुम देखते हो वही है सारी सच्चाई। यदि वह अर्थहीन बन जाती है, तो कहीं कोई द्वार खुला नहीं है। एक अध्यात्मवादी कहता है, 'यही सब नहीं है, दृश्य ही सब कुछ नहीं, स्थूल ही सब कुछ नहीं। जब यह समाप्त हो जाता है, तो अचानक एक नया द्वार खुलता है और यह भी अंत नहीं है। जब यह समाप्त हो जाता है, तो दूसरे आयाम की ओर एक प्रारंभ है यह बात।

जीवन की भौतिकवादी अवधारणा और जीवन की आध्यात्मिक अवधारणा के बीच यही एकमात्र अंतर होता है—विश्वदृष्टियों का अंतर। बुद्ध उत्पन्न हुए थे आध्यात्मिक विश्वदृष्टिकोण के बीच। वह

सब कुछ जो हम करते हैं उसकी अर्थहीनता उन्होंने भी जान ली थी, क्योंकि मौत आती है और मौत खत्म कर देती हर चीज, तो सार क्या है कुछ करने में या न करने में? चाहे तुम करते हो या नहीं करते, मौत आती है और हर चीज को समाप्त कर देती है। चाहे तुम प्रेम करो या नहीं, वृद्धावस्था आती और तुम जर्जर हो जाते, हड्डियों का पिंजर बन जाते। चाहे तो निर्धनता का जीवन जीयो या कि समृद्धि का, मृत्यु दोनों को मिटा देती है; वह इसकी परवाह नहीं करती कि तुम कौन हो? तुम एक संत हो सकते हो, तुम एक पापी हो सकते हो—मृत्यु को इससे कुछ अंतर नहीं पड़ता। मृत्यु एकदम कम्युनिस्ट है; वह हर किसी से बराबर का व्यवहार करती है। संत और पापी दोनों मिट्टी में मिल जाते हैं—मिट्टी मिट्टी में मिल जाती है। बुद्ध इस बात को जान गए थे, लेकिन आध्यात्मिक विश्वदृष्टि मौजूद थी, वातावरण अलग था।

मैंने कही न तुमसे बुद्ध की वह कथा! वे देखते हैं एक बूढ़े आदमी को, तो वे जान लेते हैं कि युवावस्था एक अस्थायी, एक क्षणिक घटना है: उठती और गिरती एक तरंग सागर की; स्थायित्व की कोई बात उसमें नहीं होती; शाश्वत का कुछ उसमें नहीं होता; वह स्वप्न की भांति होती है—एक बुदबुदा, किसी भी क्षण फटने को तैयार। फिर वे देखते हैं कि एक मृत व्यक्ति को ले जाया जा रहा है। पश्चिम में तो कथा यहीं समाप्त हो गयी होती: बूढ़ा आदमी, मरा हुआ आदमी। लेकिन भारतीय कथा में, मृत व्यक्ति के बाद वे देखते हैं एक संन्यासी को—वही है द्वार। और तब वे अपने रथवाहक से पूछते हैं, 'कौन है यह आदमी, और क्यों यह गैरिक वस्त्रों में है? क्या हुआ है इसे? किस तरह का आदमी है यह?' रथवाहक कहता है, 'इस आदमी ने भी जान लिया है कि जीवन मृत्यु की ओर ले जाता है और वह उस जीवन की तलाश में है जो मृत्युविहीन है।'

यही था वातावरण: जीवन मृत्यु के साथ ही समाप्त नहीं हो जाता है। बुद्ध की कहानी दर्शाती है कि मृत्यु को देखने के बाद, जब जीवन अर्थहीन अनुभव होता है, तो अचानक एक नया आयाम उदित होता है, एक नयी दृष्टि—संन्यास; जीवन के अधिक गहरे रहस्य में उतरने का प्रयास; दृश्य में ज्यादा गहरे उतरना अदृश्य तक पहुंचने के लिए; पदार्थ में इतने ज्यादा गहरे उतरना कि पदार्थ तिरोहित हो जाता है और तुम मौलिक सत्य तक आ पहुंचते हो; आध्यात्मिक ऊर्जा का सत्य, वह ब्रह्म। सार्त्र, कामू और हाइडेगर के साथ तो कथा समाप्त हो जाती है मृत व्यक्ति पर ही। संन्यासी नहीं मिलता; वही है एक लुप्त कड़ी।

यदि तुम मुझे समझ सको, वही तो कर रहा हूं मैं: इतने सारे संन्यासियों का सृजन कर रहा हूं, उन्हें भेज रहा हूं सारे संसार में, ताकि जब कभी ऐसा व्यक्ति हो जो कि सार्त्र की भांति इस समझ तक पहुंच जाए कि जीवन अर्थहीन है, तो कोई संन्यासी जरूर होना चाहिए वहां अनुसरण किये जाने के लिए, एक नयी दृष्टि देने के लिए कि जीवन मृत्यु के साथ ही समाप्त नहीं हो जाता है। एक स्थिति समाप्त होती है, लेकिन स्वयं जीवन ही समाप्त नहीं हो जाता है।

वस्तुतः, जीवन केवल तभी आरंभ होता है, जब मृत्यु आ जाती है। क्योंकि मृत्यु तो केवल तुम्हारा शरीर ही समाप्त करती है, तुम्हारे अंतस्तल की सत्ता नहीं। शरीर का जीवन केवल एक भाग है, एक बड़ा सतही भाग, बाहरी भाग।

पश्चिम में, भौतिकवाद एक व्यापक दृष्टि ही बन गया है। पश्चिम के तथाकथित धार्मिक व्यक्ति भी पूरे भौतिकवादी हैं। वे जाते होंगे चर्च, वे विश्वास रखते होंगे ईसाइयत में, लेकिन वह हल्का-सा सतही विश्वास भी नहीं है। वह एक सामाजिक औपचारिकता है। उनको जाना पड़ता है रविवार को चर्च

में, वह एक करने जैसी बात होती है—दूसरों की दृष्टि में 'ठीक व्यक्ति' बने रहने के लिए कुछ करने की ठीक बात। तुम ठीक बातें करने वाले ठीक व्यक्ति होते हो—एक सामाजिक औपचारिकता। लेकिन भीतर हर कोई भौतिकवादी हो गया है।

भौतिकवादी विश्वदृष्टि कहती है कि मृत्यु के साथ ही हर चीज समाप्त हो जाती है। यदि यह बात सच है तब तो रूपांतरण की कोई संभावना ही न रही। और यदि हर चीज समाप्त हो जाती है मृत्यु के साथ तो फिर जीने में कोई सार नहीं। तब तो आत्महत्या ही है एक सही उत्तर।

यह एक मजे की बात है, सार्त्र का जीए चला जाना। उसे तो बहुत-बहुत पहले आत्महत्या कर लेनी चाहिए थी, क्योंकि उसने सचमुच ही जान लिया था कि जीवन अर्थहीन है, तो फिर बात ही क्या बची? या तो उसने ऐसा जान लिया या वह अब भी आशा रख रहा है इसके विरुद्ध और इसे नहीं जान पाया। सारी बात को हर रोज फिर-फिर किए चले जाने में, रोज बिस्तर से उठने में सार क्या है? यदि तुमने सचमुच ही अनुभव कर लिया है कि जीवन अर्थहीन है, तो कैसे तुम बिस्तर से उठ सकते हो अगली सुबह, किसलिए? उसी पुरानी नासमझी को फिर से दोहराने के लिए?—अर्थहीन बात, तुम्हें सांस ही क्यों लेनी चाहिए?

यह मेरी समझ हैः यदि तुमने सचमुच ही जान लिया हो कि जीवन अर्थहीन है, तो सांस तुरंत ठहर जाएगी। सार क्या है? तुम दिलचस्पी खो दोगे सांस लेने में, तुम कोई प्रयास न करोगे। लेकिन सार्त्र तो जीए ही चला जाता है और लाखों चीजें करता रहता है! अर्थहीनता सचमुच बहुत गहरे में नहीं उतरी है। वह एक फिलासफी है; जीवन अभी भी नहीं है, भीतर की एक आंतरिक घटना अभी भी नहीं है, मात्र एक फिलासफी ही है। वरना, पूरब तो खुला है; सार्त्र क्यों न आए? पूरब कहता है, 'हां, जीवन अर्थहीन है, लेकिन तब द्वार खुलता है।' तो उसे आने दो पूरब में और द्वार का पता लगाने की कोशिश करने दो।

और यही नहीं कि किसी ने केवल ऐसा कहा ही है; करीब दस हजार वर्षों से बहुतों ने इस बात का साक्षात्कार किया है, और तुम इस बारे में स्वयं को बहका नहीं सकते। बुद्ध एक भी दुखी क्षण के बिना आनंदमग्न जीए चालीस वर्ष। कैसे तुम दिखावा कर सकते हो? कैसे तुम चालीस वर्ष जिंदगी जी सकते हो ऐसा अभिनय करते हुए जैसे कि तुम आनंदमग्न हो? और अभिनय करने में सार क्या है? और केवल बुद्ध एक नहीं—हजारों बुद्ध उत्पन्न हुए हैं पूरब में, और उन्होंने सर्वाधिक आनंदमय जीवन जीए, जहां दुख की एक लहर न उठी।

जो पतंजलि कह रहे हैं, वह कोई दर्शन शास्त्र नहीं, वह एक जाना हुआ सत्य है, वह एक अनुभव है। सार्त्र पर्याप्त रूप से साहसी नहीं, अन्यथा तो दो विकल्प होतेः या तो आत्महत्या कर लो; अपने दर्शन के प्रति सच्चे बनो, या मार्ग खोजो जीवन का, नए जीवन का; दोनों ढंग से तुम पुराने को छोड़ देते हो। इसीलिए मैं जोर देता हूं कि जब कभी कोई आदमी आत्महत्या की स्थिति तक पहुंचता है, केवल तभी द्वार खुलता है। तब दो ही विकल्प होते हैं; आत्मघात या आत्मरूपांतरण।

सार्त्र साहसी नहीं। वह बात करता है साहस की, प्रामाणिकता की, लेकिन इनमें से बात है कुछ नहीं। यदि तुम प्रामाणिक हो, तो फिर या तो आत्महत्या कर लो या कोई रास्ता खोजो दुख में से निकलने का। यदि तुम्हारा दुख अंतिम और समग्र होता है, तो फिर क्यों तुम जीते रहते हो? तब तो तुम्हारे दर्शन के प्रति सच्चे बने रहना। ऐसा जान पड़ता है कि यह निराशा, व्यथा, अर्थहीनता भी शाब्दिक है, तार्किक

है, लेकिन अस्तित्वगत नहीं।

मेरा यह जानना है कि पश्चिम का अस्तित्ववाद वास्तव में अस्तित्ववादी नहीं है; वह फिर एक विचार ही है। अस्तित्ववादी होने का अर्थ होता है कि अनुभूति होनी चाहिए, विचार नहीं। सार्त्र एक बड़ा विचारक हो सकता है—वह है, लेकिन उसने बात को अनुभव नहीं किया, उसने जीया नहीं है उसे। यदि तुम जीते हो निराशा को, तो तुम एक ऐसे स्थल तक पहुंचोगे ही जहां कुछ करना पड़ता है, आमूल रूप से ही कुछ करना पड़ता है। रूपांतरण अत्यंत जरूरी बात बन जाता है, तुम्हारी एकमात्र दिलचस्पी बन जाता है।

तुमने यह भी पूछा है, 'क्या चूक रहा है?' वही दृष्टिकोण, आध्यात्मिक दृष्टि का अभाव है पश्चिम में। अन्यथा बहुत सारे बुद्ध उत्पन्न हो सकते थे। समय तो तैयार है—निराशा, अर्थहीनता अनुभव की गयी है; वह फिजां में घुली है। समाज ने उपलब्ध किया है समृद्धि को और पाया है उसे अभावयुक्त। धन होता, शक्ति होती और गहरे तल पर मनुष्य समग्र रूप से असमर्थ अनुभव करता है। स्थिति पक गयी है, लेकिन दृष्टि का अभाव रहा है।

पश्चिम में जाओ और संदेश दो। खबर पहुंचा दो आध्यात्मिक दृष्टिकोण की, ताकि जो इस जीवन में अपनी यात्राओं के अंत तक पहुंच गये हैं उन्हें अनुभव नहीं होना चाहिए कि यही है अंत—एक नया द्वार खुल जाता है। जीवन अनंत है। बहुत बार तुम अनुभव करते कि हर चीज समाप्त हो गयी और अचानक कोई चीज फिर शुरू हो जाती है। आध्यात्मिकता की व्यापक विश्वदृष्टि का अभाव है। एक बार वह दृष्टि आ बनती है, तो बहुत से बढ़ने लगेंगे उस पर।

तकलीफ यह है कि बहुत से तथाकथित पूरब के शिक्षक पश्चिम में जा रहे हैं, और वे तुमसे ज्यादा भौतिकवादी हैं। वे केवल धन के कारण ही जाते हैं वहां। वे तुम्हें आध्यात्मिकता की विश्व-दृष्टि नहीं दे सकते। वे बेचने का धंधा करते हैं। उन्होंने खोज लिया है बाजार, क्योंकि समय परिपक्व हो चुका है।

लोग किसी चीज के लिए ललक रहे हैं, न जानते हुए कि किसके लिए। इस तथाकथित जीवन से लोग ऊब चुके हैं; हताश हैं, किसी अज्ञात, अभी तक न जीयी गयी चीज में छलांग लगाने को तैयार हैं। बाजार तैयार है लोगों का शोषण करने को, और पूरब के बहुत व्यापारी मौजूद हैं। वे महर्षि कहला सकते हैं, उससे कुछ अंतर नहीं पड़ता, बहुत से व्यापारी, विक्रेता जा रहे हैं पश्चिम की ओर। वे वहां जाते हैं बस धन के लिए।

सच्चे सद्‌गुरु के साथ तो ऐसा है कि तुम्हें आना होता है उस तक, तुम्हें करने पड़ते हैं प्रयास। एक सच्चा सद्‌गुरु नहीं जा सकता है पश्चिम, क्योंकि जाने से सारी बात ही खो जाएगी; पश्चिम को ही आना है उसके पास। और पश्चिमी लोगों के लिए ज्यादा सरल होगा आंतरिक अनुशासन को, जागरण को सीखने के लिए पूरब तक आना, और फिर पश्चिम में चले जाना और नयी हवा को फैला देना। पश्चिमी लोगों के लिए ज्यादा सरल होगा पूरब में सीखना, यहां आध्यात्मिक गुरु के सन्निधिपूर्ण वातावरण में होना और फिर वापस ले जाना संदेश को—क्योंकि तुम भौतिकवादी नहीं होओगे यदि तुम जाते हो और फैला देते हो इस खबर को पश्चिम में। तुम नहीं होओगे भौतिकवादी क्योंकि तुमने पर्याप्त जीया है, तुम्हारे लिए खत्म हो गयी बात।

जब पूरब के निर्धन व्यक्ति पश्चिम में जाते हैं तो निस्संदेह वे धन इकट्ठा करना शुरू कर देते हैं।

यह बात सीधी-साफ है। पूरब दरिद्र है और अब पूरब आध्यात्मिकता के लिए ललक नहीं रहा है। वह ज्यादा धन के लिए, ज्यादा भौतिक उपकरणों के लिए, ज्यादा इंजीनियरिंग तथा अणु-विज्ञान के लिए ललक रहा है। यदि बुद्ध भी उत्पन्न हो जाएं तो उनकी बात कोई नहीं करेगा पूरब में। लेकिन एक छोटा खिलौना, स्पुतनिक भारत द्वारा छोड़ दिया जाता है और सारा देश पगला जाता है और खुशियां मनाता है। कितनी मूढ़ता है। एक छोटा-सा आणविक विस्फोट और भारत बहुत प्रसन्नता और गर्व अनुभव करता है, क्योंकि वह पांचवीं आणविक शक्ति बन जाता है।

पूरब दरिद्र है और पूरब अब भौतिकता की भाषा में सोच रहा है। एक दरिद्र मन सदा सोचता है भौतिकता के बारे में और भौतिकता जो सब दे सकती है उसके बारे में। पूरब आध्यात्मिकता की खोज में नहीं है। पश्चिम धनवान है और अब पश्चिम तैयार है खोजने के लिए।

लेकिन जब कभी सद्गुरु मौजूद हो तो व्यक्ति को खोजना पड़ता है उसे। इसी खोजने के द्वारा ही बहुत-सी बातें घटती हैं। यदि मैं आता हूं तुम्हारे पास, तो तुम नहीं समझ पाओगे मुझे। यदि मैं आता हूं और खटखटाता हूं तुम्हारा द्वार, तो तुम सोचोगे मैं तुमसे कोई चीज मांगने आया हूं; वह बात हो जाएगी तुम्हारा हृदय बंद कर देने की। नहीं, मैं तुम्हारे घर नहीं आऊंगा और नहीं खटखटाऊंगा। मैं तुम्हारे आने की और दस्तक देने की प्रतीक्षा करूंगा। और केवल दस्तक ही नहीं, मैं तुम्हें बाध्य भी करूंगा प्रतीक्षा करने को—क्योंकि वही है एकमात्र तरीका जिससे कि तुम्हारा हृदय खोला जा सकता है।

मैं नहीं जानता कि पतंजलि ने क्या कहा होता पश्चिम से। कैसे जान सकता हूं मैं? पतंजलि पतंजलि हैं; मैं नहीं हूं पतंजलि। लेकिन मैं यही कहना चाहूंगा : पश्चिम उस जगह आ पहुंचा है जहां या तो आत्मघात या फिर आध्यात्मिक क्रांति घटेगी। यही दो विकल्प हैं। मैं ऐसा किन्हीं विशेष लोगों, विशिष्ट व्यक्तियों के लिए नहीं कह रहा हूं। ऐसा सारे पश्चिम के साथ ही है। या तो पश्चिम आत्मघात कर लेगा आणविक युद्ध द्वारा जिसके लिए कि वह तैयार हो रहा है, या फिर आध्यात्मिक जागरण घटेगा। और कोई बहुत ज्यादा समय बचा नहीं है। इसी शताब्दी में, मात्र पच्चीस वर्ष ही हैं और, पश्चिम या तो आत्मघात कर लेगा या फिर पश्चिम जानेगा उस सब से बड़े आध्यात्मिक जागरण को जो कि कभी न घटा होगा मानव-इतिहास में। बहुत कुछ लगा है दांव पर।

लोग आते हैं मेरे पास और वे कहते हैं कि 'आप संन्यास दिए चले जाते हैं बिना इस बात पर ध्यान दिए कि व्यक्ति उसके योग्य है या नहीं।' मैं कहता हूं उनसे कि समय कम है, और मैं चिंता भी नहीं करता इस बारे में। यदि मैं संन्यास देता हूं पचास हजार लोगों को और केवल पचास सच्चे प्रमाणित होते हैं, तो उतने पर्याप्त होंगे।

पश्चिम को जरूरत है संन्यासियों की। वहां कथा उस जगह तक पहुंच गयी है, जहां मृत व्यक्ति ढोया जा रहा है। अब संन्यासी को प्रकट होना है पश्चिम में। और संन्यासी को होना चाहिए पश्चिम का, पूरब का नहीं, क्योंकि पूरब का संन्यासी तो देर-अबेर शिकार हो जाएगा, उस सब का जो-जो तुम दे सकते हो। वह बेचने लगेगा, वह विक्रेता बन जाएगा क्योंकि वह आया होता है भूखे मर रहे दरिद्र पूरब से। धन है उसका परमात्मा।

संन्यासी को पश्चिम का होना चाहिए; वह जो आया हो पश्चिम की भूमि से, जो जानता हो जीवन की अर्थहीनता; जो भौतिकवाद के सारे प्रयास की हताशा को जानता हो; जो मार्क्सवाद की, साम्यवाद

की और सारे भौतिकवादी दर्शनों की व्यर्थता को जानता हो। अब यह हताशा पश्चिम के आदमी के खून में है। एकदम हड्डियों में धंसी है।

इसलिए मेरी सारी रुचि है जितना संभव हो उतना पश्चिमी लोगों को संन्यासी बनाने में और उन्हें वापस घर भेज देने में। बहुत से सार्त्र प्रतीक्षा कर रहे हैं वहां। उन्होंने देखा है मृत्यु को। वे प्रतीक्षा कर रहे हैं गैरिक वस्त्रों को देखने की, और गैरिक वस्त्रों सहित उस आनंदमयता की जो कि पीछे-पीछे ही चली आती है।

तीसरा प्रश्न : बुद्ध जीते हैं सबसे ऊंची संवेदनशीलता सहित और इससे वे पूरी अनुभूति पाते हैं अपनी सारी शारीरिक आवश्यकताओं की। क्या कामवासना भी एक शारीरिक आवश्यकता नहीं है? तो फिर क्यों वह तिरोहित हो जाती हैं बुद्ध में?

बहुत सारी चीजें समझ लेनी होंगी।

पहली : कामवासना भोजन की भांति कोई सामान्य जरूरत नहीं है। वह बहुत असामान्य होती है। यदि भोजन तुम्हें नहीं दिया जाता है तो तुम मर जाओगे, लेकिन बिना कामवासना के तुम जी सकते हो। यदि पानी तुम्हें नहीं दिया जाता है तो शरीर मर जाएगा, लेकिन बिना कामवासना के तुम जी सकते हो। यदि वायु तुम्हें नहीं मिलती है तो तुम मर जाओगे कुछ पलों के भीतर ही, लेकिन बिना कामवासना के तुम जी सकते हो तुम्हारी जिंदगी भर।

यह पहला भेद है, और क्यों है ऐसा? क्योंकि कामवासना बुनियादी तौर से व्यक्ति की जरूरत नहीं है, यदि कामवासना पर रोक लगा दी जाए तो जाति मर जाएगी, लेकिन तुम तो नहीं मरोगे। मानव मर जाएगा, वह व्यक्तिगत नहीं, बल्कि सामूहिक है। कामवासना जाति की आवश्यकता है, किसी व्यक्ति की नहीं। यदि हर कोई ब्रह्मचारी बन जाए, तो मनुष्यता तिरोहित हो जाएगी, लेकिन तुम जीयोगे। तुम सत्तर वर्ष या और भी ज्यादा जीयोगे, क्योंकि तुम ज्यादा ऊर्जा बचा लोगे। वह व्यक्ति जिसे सत्तर वर्ष जीना था शायद सौ वर्ष जी सके बिना कामवासना के, क्योंकि उसकी ऊर्जा सुरक्षित रखी रह जाएगी। लेकिन कामवासना के बिना जाति मर जाएगी।

यह पहला भेद है : भोजन की आवश्यकता होती है तुम्हारे लिए, कामवासना की आवश्यकता होती है दूसरों के लिए। कामवासना की जरूरत है भविष्य में आने वाली पीढ़ियों के लिए। तुम तो आ ही चुके हो, इसलिए कोई समस्या नहीं। तुम्हारे आने के लिए तुम्हारे माता-पिता को जरूरत थी कामवासना की। यदि वे ब्रह्मचारी रहे होते, तो तुम यहां नहीं होते, लेकिन वे तो जी लिए होते हैं, उनके लिए यह कोई समस्या नहीं रही होती। वे तो ज्यादा बेहतर ढंग से ही जी लिए होते, क्योंकि तुमने बना दी उनके लिए बहुत सारी तकलीफ।

इसलिए प्रकृति ने तुम्हें कामवासना के लिए इतना गहरा सम्मोहन दिया है, वरना मनुष्यता तो तिरोहित हो जाएगी। प्रकृति ने तुम्हें कामवासना के प्रति पूरी तरह सम्मोहित कर दिया है—वह तुम्हें धक्के देती है। तुम जाल से बच निकलने की कोशिश करते हो, और तुम जाल में फंसा हुआ अनुभव

करते हो। जो कुछ तुम करते, जहां कहीं भी तुम जाते, कामवासना तुम्हारा पीछा करती है। प्रकृति तुम्हें निकलने नहीं दे सकती। वरना कामवासना स्वयं में इतनी असुंदर क्रिया है कि यदि तुम्हें स्वतंत्रता दे दी जाए, तब मैं नहीं समझता कि कोई चुनेगा उसे। वह जबरदस्ती लादी हुई होती है।

क्या तुमने कभी स्वयं के संभोग करने के बारे में सोचा है?—कितनी असुंदर लगती है यह बात! इसीलिए लोग स्वयं को छिपा लेते हैं, जब वे संभोग करते हैं। वे एकांत चाहते हैं, ताकि कोई देखे नहीं उनकी तरफ। लेकिन जरा सोचो, स्वयं की कल्पना करो संभोग करते हुए। सारी बात बेतुकी, मूढ़ता भरी मालूम पड़ती है। क्या कर रहे होते हो तुम? यदि तुम्हारे भीतर उसे करने का कोई सम्मोहन नहीं होता तो कोई न करता वैसा। लेकिन तुम्हें प्रकृति ऐसा नहीं करने दे सकती, इसलिए प्रकृति ने इसके लिए तुम्हें एक गहन सम्मोहन दे दिया है। यह रासायनिक होता है, यह हार्मोनल होता है। खून की धारा में खास हार्मोन्स बह रहे हैं, जो तुम्हें मजबूर कर देते हैं।

अब जीवशास्त्री कहते हैं कि यदि वे हार्मोन्स तुममें से निकाले जा सकें, तो कामवासना तिरोहित हो जाएगी। तुम्हें उन हार्मोन्स के इंजेक्शन दिए जा सकते हैं और काम-आकांक्षा बहुत शक्तिशाली हो जाती है। सत्तर या अस्सी वर्ष के वृद्ध व्यक्ति में भी, जिसका कि शरीर अब कामवासना में उतरने के योग्य भी नहीं रहा होता, हार्मोन्स के इंजेक्शन दिए जा सकते हैं और वह किसी मूढ़ युवा व्यक्ति की भांति व्यवहार करना शुरू कर देगा। वह पीछे पड़ जाएगा स्त्रियों के। वह शायद होगा व्हीलचेयर में, लेकिन तो भी वह पीछे जाएगा स्त्रियों के। ऐसा नहीं है कि व्यक्ति पीछा कर रहा होता है। वह तो शरीर के हार्मोन्स का रासायनिक-तंत्र ही वैसा कर रहा होता है।

एक बच्चा उत्पन्न होता है, हार्मोन्स तैयार नहीं होते; वे समय लेंगे तैयार होने में। करीब चौदहवें वर्ष में वह कामवासना का आवेग पाने में सक्षम हो जाएगा। उस समय तक कोई समस्या नहीं। सेक्स-हार्मोन्स परिपक्व हो रहे होते हैं; ग्रंथियां तैयार हो रही होती हैं। अकस्मात चौदहवें वर्ष में फूट पड़ती हैं और बच्चा पगला जाता है। वह नहीं समझ सकता कि क्या हो रहा है!

चौदहवें और अठारहवें के बीच की आयु सबसे ज्यादा नाजुक होती है। बच्चा समझ नहीं सकता कि क्या हो रहा है? किसी चीज ने उस पर कब्जा कर लिया होता है। वह एक आधिपत्य होता है। प्रकृति ने अधिकार जमा लिया होता है। अब तुम तैयार होते हो; अब शरीर तैयार होता है, अब प्रकृति तुम्हें बाध्य करती है प्रजनन करने को। कल्पनाओं की लहरें उठ खड़ी होतीं, स्वप्न होते; तुम बच नहीं सकते। जहां कहीं तुम देखते, यदि तुम पुरुष हो तो तुम केवल स्त्री को देख सकते हो; यदि तुम स्त्री होते हो, तो केवल पुरुष को देख सकते हो। यह एक तरह का पागलपन होता है। निस्संदेह, प्रकृति को निर्मित करना पड़ता है इसे, वरना कोई प्रजनन ही न होगा।

तुम्हारा व्यक्तिगत जीवन दांव पर नहीं लगता है यदि तुम ब्रह्मचारी हो जाते हो। नहीं, कोई चीज दांव पर नहीं लगती। इसके विपरीत, तुम ज्यादा गहन रूप से जीयोगे, ज्यादा आसानी से। क्योंकि ऊर्जा संरक्षित होगी।

इसलिए पूरब के लोगों ने इसकी खोज कीः उन्होंने खोज लिया कि कामवासना मृत्यु ज्यादा जल्दी ले आती है। इसलिए वे लोग जो ज्यादा दिन जीना चाहते थे, उनके अपने कारणों से, उन्होंने कामवासना को बिलकुल ही गिरा दिया। उदाहरण के लिए, हठयोगी जो ज्यादा जीना चाहते हैं, क्योंकि उनके पास

बड़ी धीमी गति से चलने वाली विधियां होती हैं, बैलगाड़ी की रफ्तार की विधियां। उन्हें पूरा करने के लिए उनको बहुत लंबा समय चाहिए, उन्हें लंबा समय चाहिए उनके योग को पूरा करने के लिए। उन्होंने कामवासना को गिरा दिया पूरी तरह से। और कैसे उन्होंने गिरा दिया उसे? उन्होंने निर्मित की विशेष मुद्राएं जो शरीर के हार्मोन्स के प्रवाह को बदल देती हैं। उन्होंने निर्मित किए विशेष शारीरिक व्यायाम जिसमें वीर्य फिर से रक्त में मिल जाता है। उन्होंने बड़ी अदभुत बातें की शरीर के विषय में; विमुक्त हुआ वीर्य भी फिर से समाविष्ट किया जा सकता था शरीर में।

उन्होंने बहुत सारी विधियां निर्मित कीं काम-ऊर्जा को आत्मसात करने की, क्योंकि काम-ऊर्जा जीवन-ऊर्जा होती है; बच्चा जन्मता है इसके कारण। यदि तुम ऊर्जा को वापस अपने शरीर में समाविष्ट कर सकते हो, तो तुम बहुत ज्यादा सक्षम हो जाओगे। तुम ज्यादा देर जी सकते हो। वस्तुतः वृद्धावस्था एकदम गिरायी ही जा सकती है। तुम बिलकुल अंतिम समय तक युवा रह सकते हो।

भेद अस्तित्व रखते हैं। भोजन एक व्यक्तिगत आवश्यकता है। यदि तुम इसे बंद करोगे तो तुम मरोगे। कामवासना कोई व्यक्तिगत जरूरत नहीं है, यह एक आधिपत्य है। यदि तुम रोक दो तो तुम इस कारण बहुत कुछ पाओगे। लेकिन रोकना तीन प्रकार का हो सकता है: तुम दमन कर सकते हो इच्छा का; उससे मदद न मिलेगी—तुम्हारी काम-ऊर्जा विकृत हो जाएगी। इसलिए मैं कहता हूं कि विकृत हो जाने से स्वाभाविक होना बेहतर है। जैन मुनि, बौद्ध भिक्षु, ईसाई, कैथेलिक साधु, जो सब जीए होते हैं मात्र-पुरुष-समाजों में, पुरुष-समूहों में, सौ में से नब्बे प्रतिशत या तो हस्तमैथुन करने वाले होते हैं या फिर होमोसेक्सुअल, समलैंगिक। ऐसा होगा ही, क्योंकि कहां जाएगी ऊर्जा? और वे केवल दमन करते रहे हैं, उन्होंने हार्मोन्स के तंत्र को, शरीर के रसायन को रूपांतरित नहीं किया। वे नहीं जानते क्या करना है इसलिए वे केवल दमन ही करते हैं। दमन बन जाता है एक विकृति। मैं पहले प्रकार की विधियों के विरोध में हूं, स्वाभाविक होना बेहतर है विकृत हो जाने से, क्योंकि विकार-ग्रसित व्यक्ति गिर रहा होता है स्वाभाविक से नीचे, वह पार नहीं जा रहा होता।

फिर एक दूसरा प्रकार है जिसने शरीर के हार्मोन्स के तरीके को बदलने का प्रयत्न किया है: हठयोग, योग आसन। और शरीर के रसायन को बदलने के बहुत ढंग होते हैं। दूसरी विधियां बेहतर हैं पहले से, लेकिन फिर भी मैं उनके पक्ष में नहीं हूं। क्यों? क्योंकि यदि तुम बदलते हो अपने शरीर को, तो तुम नहीं बदलते हो। एक नपुंसक व्यक्ति ब्रह्मचारी होता है। लेकिन यह बात व्यर्थ है। हठयोग की विधियों द्वारा तुम नपुंसक हो जाओगे; हार्मोन्स वहां कार्य न कर रहे होंगे, या ग्रंथियां बिगड़ जाएंगी और वे क्रियान्वित न हो सकेंगी, लेकिन यह कोई आध्यात्मिक विकास नहीं। तुमने एक ढांचे को, तंत्र को नष्ट कर दिया होता है, तुम उसके पार नहीं गए होते हो।

और यह बात भी जीवन की दूसरे प्रकार की समस्याओं की ओर ले जा सकती है। तुम स्त्री से भयभीत होओगे, क्योंकि जिस क्षण वह निकट आती है तुम्हारा बदला हुआ रसायन फिर से धारण कर लेगा पुराना ढांचा, एक प्रवाह। स्त्री की खास ऊर्जा होती है, स्त्री-ऊर्जा चुंबकीय होती है, और बदल देती है तुम्हारे शरीर की ऊर्जा को। इसलिए हठयोगी तो भयभीत हो गए स्त्रियों से। वे भाग गए हिमालय की तरफ और गुफाओं की तरफ। भय अच्छी चीज नहीं है। और यदि तुम भयभीत होते हो, तो तुम उसमें जा पड़ते हो। यह ऐसा है जैसे एक आदमी अंधा हो जाता है ताकि वह देख नहीं सके स्त्री को, लेकिन

कोई ज्यादा मदद न मिलेगी उस बात से।

तीसरे प्रकार की विधि है: ज्यादा सजग हो जाना। शरीर को मत बदलना—जैसा कि वह है, अच्छा है वह। उसे स्वाभाविक बना रहने दो; तुम ज्यादा सजग हो जाओ। जो कुछ घटता है मन में और शरीर में तुम सजग होओ। स्थूल और सूक्ष्म पर्तों पर ज्यादा से ज्यादा होशपूर्ण हो जाओ। बस होशपूर्ण होने से, साक्षी होने से, तुम और ऊंचे और ऊंचे और ऊंचे उठते जाते हो—और एक क्षण आता है, जब मात्र तुम्हारी ऊंचाई के कारण, मात्र तुम्हारी शिखर चेतना के कारण, घाटी बनी रहती है वहां, लेकिन तुम अब नहीं रहते घाटी के हिस्से; तुम उसका अतिक्रमण कर जाते हो। शरीर कामवासनामय बना रहता है, लेकिन तुम वहां नहीं रहते उसका सहयोग देने को। शरीर तो बिलकुल स्वाभाविक बना रहता है, लेकिन तुम उसके पार जा चुके होते हो। वह कार्य नहीं कर सकता है बिना तुम्हारे सहयोग के। ऐसा घटा बुद्ध को।

इस शब्द 'बुद्ध' का अर्थ है—वह व्यक्ति जो कि जागा हुआ है। यह केवल गौतम बुद्ध से संबंध नहीं रखता है। बुद्ध कोई व्यक्तिगत नाम नहीं है, वह चेतना की गुणवत्ता है। क्राइस्ट बुद्ध हैं, कृष्ण बुद्ध हैं, और हजारों बुद्धों का अस्तित्व रहा है। यह चेतना की एक गुणवत्ता है—और यह गुणवत्ता क्या है?—जागरूकता। ज्यादा ऊंची, और ज्यादा ऊंची जाती है जागरूकता की लौ और एक क्षण आ जाता है जब शरीर मौजूद होता है—पूरी तरह क्रियान्वित और स्वाभाविक, संवेदनशील, संवेगवान, जीवंत, लेकिन तुम्हारा सहयोग वहां नहीं होता। तुम अब साक्षी होते हो, कर्ता नहीं—कामवासना तिरोहित हो जाती है।

भोजन तिरोहित नहीं हो जाएगा; बुद्ध को भी आवश्यकता होगी भोजन की, क्योंकि यह एक निजी आवश्यकता होती है, कोई सामाजिक आवश्यकता, कोई जातिगत आवश्यकता नहीं। निद्रा तिरोहित नहीं होगी, वह एक व्यक्तिगत आवश्यकता है। वह सब जो व्यक्तिगत है, मौजूद रहेगा; वह सब जो जातिगत है, तिरोहित हो जाएगा—और इस तिरोभाव का एक अपना ही सौंदर्य होता है।

यदि तुम देखो किसी हठयोगी की ओर तो तुम देखोगे एक अपंग प्राणी को। उसके चेहरे से आ रही किसी आभा को नहीं देख सकते हो तुम। उसने नष्ट कर दिया है अपना रसायन, वह सुंदर नहीं है। यदि तुम देखते हो दमन से भरे मुनि को, वह तो और भी असुंदर होता है क्योंकि उसकी आंखों से और चेहरे से तुम देखोगे सब प्रकार की कामुकता चारों ओर गिरते हुए। उसके आस-पास कामवासनामय वातावरण होगा—असुंदर और गंदा। स्वाभाविक आदमी बेहतर होता है; कम से कम वह स्वाभाविक तो होता है। लेकिन विकृत आदमी बीमार होता है और वह बीमारी लिए रहता है अपने चारों ओर।

मैं तीसरे के पक्ष में हूं, लेकिन इस बीच तुम स्वाभाविक बने रहो। दमन करने की कोई जरूरत नहीं, शरीर को अपंग करने वाली किन्हीं विधियों को आजमाने की जरूरत नहीं—कोई जरूरत नहीं। स्वाभाविक हो जाओ और अपने बुद्धत्व के लिए साधना जारी रखो। स्वाभाविक हो जाओ और ज्यादा से ज्यादा सचेत और सजग हो जाओ। एक क्षण आ जाएगा जब कामवासना बिलकुल तिरोहित हो जाती है। जब वह अपने से तिरोहित हो जाती है, वह अपने पीछे बड़ी आभा, बड़ा प्रसाद, बड़ा सौंदर्य छोड़ जाती है। तिरोहित होने के लिए उसे विवश मत करना, वरना वह पीछे सारे घाव छोड़ जाएगी और तुम सदा उन्हीं घावों के साथ रहते रहोगे। उसे स्वयं ही जाने दो। केवल द्रष्टा बने रहो और जल्दी मत करो। स्वाभाविक बात अच्छी होती है: तुम स्वाभाविक बने रहो। जब तक कि तुम स्वभाव के पार नहीं चले

जाते, लड़ना मत प्रकृति के साथ। उच्चतर को आते रहने देना।

और यही है मेरा दृष्टिकोण हर चीज के प्रति : निम्नतर के साथ संघर्ष मत करो, उच्चतर के लिए प्रार्थना करो। उच्चतर के लिए कार्य करो और निम्नतर को अनछुआ ही छोड़ दो। यदि तुम निम्न के साथ लड़ना शुरू कर देते हो तो तुम्हें वहीं रहना होगा निम्न के साथ; तुम वहां से सरक नहीं सकते। स्वाभाविक हो जाओ ताकि प्रकृति तुम्हें अड़चन न दे और तुम अलग छोड़ दिए जाओ ज्यादा ऊंचे उठने को। उच्चतर के लिए प्रार्थना करना, उच्चतर के लिए ध्यान करना, उच्चतर के लिए प्रयत्न करना और प्रकृति को उसी तरह छोड़ देना जैसी कि वह होती है। जल्दी ही पराप्रकृति उदित होगी। प्रकृति में से आती पराप्रकृति, और फिर वहां होता है प्रसाद, फिर वहां होता है सौंदर्य, तब वहां होती है अपार धन्यता।

तुम्हारे लिए अच्छा होगा एक और दूसरे आयाम से इसे समझना : कामवासना संबंध रखती है शरीर से, प्रेम संबंधित होता है सूक्ष्म शरीर से, प्रार्थना संबंध रखती है केंद्र से, एकदम तुम्हारी सत्ता के मूल से ही। कामवासना का संबंध होता है परिधि से, प्रार्थना जुड़ी होती है केंद्र से, और केंद्र तथा परिधि के बीच है प्रेम। बुद्ध प्रार्थनामयी करुणा हैं; वे पहुंच चुके केंद्र तक। इससे पहले कि तुम केंद्र तक पहुंचो, जब तुम परिधि और केंद्र के बीच गति कर रहे हो, तब तुम प्रेमपूर्ण हो—बहुत ज्यादा गहरे रूप से प्रेममय। परिधि पर तुम कामपूर्ण रहोगे, तुम कामवासनायुक्त रहोगे। और यह वही ऊर्जा होती है। परिधि पर कामवासना एक जरूरत होती है; परिधि और केंद्र के बीच प्रेम होता है एक जरूरत। ऊर्जा वही होती है लेकिन तुम बदल चुके होते हो, अतः आवश्यकता बदलती है। केंद्र पर प्रार्थना, करुणा है आवश्यकता, ऊर्जा वही होती है। तो बुद्ध को भूख नहीं कामवासना की; वही ऊर्जा करुणा बन चुकी है। प्रेम से भरा व्यक्ति कामवासना का भूखा नहीं होता है, वही ऊर्जा प्रेम बन चुकी होती है। इसलिए आवश्यकताओं के विषय को समझ लेना है।

आवश्यकता अस्तित्व रखती है शरीर में, लेकिन यदि तुम सरकते हो शरीर से ज्यादा गहरे में, तो आवश्यकता बदल जाती है। आवश्यकता तुम्हारा ही पीछा करती है। यदि तुम बहुत ज्यादा भरे हुए होते हो कामयुक्त प्रतिछवियों से, कल्पनाओं से, तो यह बात केवल यही दर्शाती है कि तुम जीते हो परिधि पर। सरको वहां से। तुम परिधि पर ही कार्य किए जाते हो! लाखों जन्मों से तुम वही कार्य कर रहे हो और आवश्यकता पूरी नहीं हुई है। वह पूरी हो नहीं सकती है। कोई जरूरत नहीं हो सकती है—इस बात को याद रखना। तुम खाते हो; आठ घंटे, छः घंटे बाद तुम्हें फिर भूख लगती है। कोई जरूरत पूरी नहीं हो सकती है। वह तो एक अस्थायी परिपूर्ति होती है। तुम संभोग करते हो, कुछ घंटों बाद तुम फिर तैयार हो जाते हो। आवश्यकताएं पूरी हो नहीं सकतीं, क्योंकि वे एक चक्र में घूमती हैं।

तुम्हारी आवश्यकताओं से ज्यादा ऊंचे सरको। मैं नहीं कह रहा कि आवश्यकताओं से लड़ो; आने दो उन्हें; आनंदित होओ उनसे जब कि तुम वहां हो। लड़ना क्यों?—आनंद मनाओ उसका जब तुम उसमें हो। यदि तुम प्रेम करते हो, तुम कामवासना में उतरते हो, तो आनंद मनाना उसका। अपराधी मत अनुभव करना, और पापी मत अनुभव करना। ठीक से पाप कर लेना। यदि तुम पाप कर ही रहे हो तो कम से कम कुशल तो होओ।

मुझे याद आ गई लूथर की। पेक्का फॉर्टीलर नामक एक शिष्य ने पूछा लूथर से, 'क्या करूं? मैं पाप करना बंद नहीं कर सकता।' लूथर ने कहा, 'ज्यादा शक्तिशाली पाप करो।' बिलकुल ठीक ही है

बात। मैंने लूथर के विचारों के साथ कभी कोई बहुत ज्यादा सहानुभूति अनुभव नहीं की, लेकिन इस बारे में बिलकुल उसके साथ हूं: अधिक सशक्त, अधिक समर्थ पाप करो। यदि तुम रुक नहीं सकते तो फिर क्यों करनी चिंता? अधिक सशक्त पाप करो, क्योंकि चरम पर रूपांतरण संभव होता है। कुनकुने लोग कभी रूपांतरित नहीं होते।

कुनकुने मत होना। मूढ़ता केवल यही है जिसे तुम किए चले जा सकते हो। क्योंकि जब तुम सौ प्रतिशत उबल रहे होते हो केवल तभी वाष्पीकरण घटता है। कुनकुने होते हो, तो तुम बने रह सकते हो कुनकुने बहुत-बहुत जन्मों तक और कुछ नहीं घटेगा। चरम की ओर बढ़ जाना। यदि तुम कामवासना में उतरते हो तो उसमें सरक जाना समग्र रूप से। कोई संघर्ष मत बना लेना, कोई चीज रोक मत लेना और इसी बीच कार्य किए जाना। कामवासना को वहां अपने से मौजूद रहने दो। तुम काम करते जाओ जागरूकता पर। और ज्यादा-ज्यादा ध्यान करो और धीरे-धीरे तुम जानोगे कि वही ऊर्जा बदल रही है, रूपांतरित हो रही है।

जब तुम बदलते हो, तो ऊर्जा बदलती है, क्योंकि ऊर्जा का संबंध तुमसे है। जब तुम्हारा दृष्टिकोण बदलता है, तो ऊर्जा को बदलना पड़ता है उसका तल। जब तुम्हारी अंतस-सत्ता का धरातल बदलता है, तब ऊर्जा को तुम्हारा अनुसरण करना पड़ता है। वह तुम्हारी ऊर्जा है।

जब तुम केंद्र की ओर बढ़ते हो, धीरे-धीरे तुम अचानक जान लोगे कि कामवासना तिरोहित हो रही है और प्रेम शक्ति पा रहा है। तुम और ज्यादा प्रेममय हो रहे हो। अब प्रेम कोई कामुकता नहीं। प्रेम अग्नि की भांति नहीं होता, वह बहुत शीतल प्रकाश होता है। कामवासना ज्वलंत होती है, वह आग होती है। वह तपे हुए सूर्य की भांति होती है। प्रेम शीतल चंद्रमा की भांति होता है; वह तुम्हें प्रकाश देता है, लेकिन बहुत शीतल, शांत। एक शांति घेर लेती है प्रेम को। फिर धीरे-धीरे कामवासना हो जाएगी दूर, और दूर, और दूर और वही ऊर्जा सरक रही होगी प्रेम में। तुम भूखा अनुभव नहीं करोगे। बल्कि, इसके विपरीत तुम ज्यादा परितृप्त अनुभव करोगे, क्योंकि प्रेम ज्यादा परितृप्त करता है। वह कामवासना का उच्चतर रूप है, और हर बार जब तुम ज्यादा ऊंचे जाते हो, तुम ज्यादा परितृप्त अनुभव करते हो क्योंकि उच्चतर रूप ज्यादा सूक्ष्म ऊर्जाएं हैं। वे स्थूल नहीं होतीं, वे ज्यादा सूक्ष्म होती हैं। वे परिपूर्ति करती हैं; वे तुम्हें और ज्यादा देती हैं। तो उठते जाना जागरूकता में। एक दिन आता है, जब अचानक तुम केंद्र में बद्धमूल होते हो—केंद्रस्थ। अब प्रेम भी नए आयाम धारण कर लेता है; वह बन जाता है करुणा।

भेद क्या होता है? कामवासना में तुम संबंधित होते हो स्वयं के साथ, दूसरे से बिलकुल ही संबंधित नहीं होते। तुम तो बस उपयोग करते हो दूसरे का। इसीलिए कामवासना से जुड़े साथी निरंतर लड़ते हैं, क्योंकि एक अंतःअनुभूति वहां होती है कि दूसरा मेरा इस्तेमाल कर रहा है। कामवासनायुक्त साथी आंतरिक समस्वरता के बिंदु तक नहीं आ सकते। उन्हें फिर-फिर लड़ना होगा, क्योंकि स्त्री सोचती है कि पुरुष उसका उपयोग कर रहा है—और ठीक सोचती है वह। इसमें कुछ गलत नहीं। और पुरुष सोचता है कि स्त्री उसका उपयोग कर रही है।

और जब कभी कोई तुम्हारा उपयोग करता है साधन की भांति, तो तुम्हें चोट लगती है। यह बात शोषण जैसी मालूम पड़ती है। पुरुष संबंध रखता है उसकी अपनी कामवासना से, स्त्री संबंध रखती है

उसकी अपनी कामवासना से—दोनों में से कोई गतिमान नहीं हो रहा होता दूसरे की तरफ! गति वहां होती ही नहीं। वे दो स्वार्थी व्यक्ति होते हैं, स्वकेंद्रित, एक-दूसरे का शोषण करनेवाले। यदि वे बात करते हैं प्रेम के बारे में और उसके गीत गाते हैं और काव्यात्मक होते हैं, तो वह बात होती है मात्र एक विमोह, विश्वास पैदा करने की कोशिश, एक प्रलोभन—लेकिन उन्हें दूसरे से कुछ लेना-देना नहीं होता है। एक बार जब पुरुष ने उपयोग कर लिया होता है स्त्री का, वह करवट बदल लेता है और सो जाता है; खत्म हो जाती है बात—चीज इस्तेमाल कर ली गई और फेंक दी गई।

अमरीका में उन्होंने बनायी हैं प्लास्टिक की स्त्रियां और प्लास्टिक के पुरुष। वे खूब संपूर्णता से काम करते हैं। प्लास्टिक की स्त्री, यदि तुम छुओ उसके स्तनों को, तो स्तन जीवंत हो जाते हैं, वे उत्तप्त हो जाते हैं। तुम प्रेम कर सकते हो प्लास्टिक की स्त्री से और वह वैसा ही तृप्तिदायी होता है, जैसा किसी स्त्री का—कुछ ज्यादा ही, क्योंकि कोई लड़ाई नहीं, कोई संघर्ष नहीं। समाप्ति पर तुम फेंक सकते हो स्त्री को और सो सकते हो। यही कुछ है जो लोग कर रहे हैं। चाहे स्त्री प्लास्टिक की होती है या वास्तविक होती है इससे कुछ अंतर नहीं पड़ता है। और स्त्री उपयोग किए चली जाती है पुरुष का!

जब कभी तुम दूसरे का उपयोग करते हो साधन की भांति तो वह बात अनैतिक होती है। दूसरा स्वयं में साध्य होता है। लेकिन दूसरा स्वयं में साध्य बनता है तुम्हारे अस्तित्व की दूसरी अवस्था में ही—जब तुम प्रेम करते हो। तब तुम प्रेम करते दूसरे के लिए। तब तुम उपयोग नहीं कर रहे होते। तब दूसरा महत्वपूर्ण होता है, अर्थवान। स्त्री हो कि पुरुष, दूसरा स्वयं में साध्य होता है। तुम अनुगृहीत होते हो। प्रेम में कोई शोषण संभव नहीं होता है; तुम मदद करते हो दूसरे की। वह कोई सौदा नहीं होता है। तुम आनंद मना रहे होते हो मदद देने में; तुम बांटने से आनंदित होते हो और तुम अनुगृहीत होते हो कि दूसरा तुम्हें बांटने का अवसर देता है।

प्रेम सूक्ष्म होता है। कामवासना वाला स्थूल क्षेत्र छूट जाता है। दूसरा साध्य बन जाता है। लेकिन फिर भी अभी आवश्यकता मौजूद होती है, एक सूक्ष्म आवश्यकता। क्योंकि जब तुम प्रेम करते हो किसी व्यक्ति को तो एक सूक्ष्म अपेक्षा, चाहे अचेतन तौर पर हो, छिपी रहती है कहीं न कहीं कि दूसरा भी तुम्हें प्रेम करे। यह बात छाया की भांति पीछे चलती है कि दूसरा भी तुम्हें प्रेम करे। अभी भी प्रेम पाने की आवश्यकता मौजूद होती है। यह कामवासना से बेहतर होती है, लेकिन फिर भी एक अपेक्षा तो होती है। और वही अपेक्षा एक कर्कश सुर होगा प्रेम में। वह अभी परिशुद्ध न हुआ।

करुणा प्रेम की उच्चतम गुणवत्ता होती है, उच्चतम शुद्धता। अब अपेक्षा भी नहीं रहती वहां। दूसरा साधन नहीं होता, दूसरा साध्य होता है। और अब तुम किसी चीज की अपेक्षा नहीं करते। तुम तो बस दे देते जो कुछ तुम दे सकते हो। अपेक्षा पूरी तरह जा चुकी होती है। बुद्ध संपूर्ण दाता हैं। वे दिए चले जाते हैं, वे आनंदित होते हैं देने से। वह सहज बांटना हुआ। अब वह बन चुकी है करुणा—वही ऊर्जा और वही आवश्यकता—अंतस सत्ता के विभिन्न धरातलों पर। इसलिए कामवासना तिरोहित हो जाती है बुद्ध में, क्योंकि वह पुनः प्रकट होती है करुणा के रूप में।

चौथा प्रश्नः आप जुंग और फ्रायड के जीवन के बारे में बोले, और मैंने सुना है कि जैनोव ने

उसकी अपनी विधियों को नहीं आजमाया है। और वह जान पड़ता है बहुत ज्यादा महत्वाकांक्षी। क्या आप उसकी विधियों पर चर्चा कर सकते हैं और यह कि उसने स्वयं को स्वस्थ किया भी है या नहीं?

यही है समस्या पश्चिम के सभी विचारकों की—उन्होंने अपनी विधियों को नहीं आजमाया है। वस्तुतः, वे उन विधियों से अपनी आध्यात्मिक खोज के किसी अंश के रूप में नहीं टकराए हैं। अपने रोगियों पर कार्य करते हुए वे जा मिले उन विधियों से।

फ्रायड जा टकराया मनोविश्लेषण से, और मैं कहता हूं जा टकराया, क्योंकि वह बात सांयोगिक थी। वह तो बस टटोल रहा था अंधकार में। वह कार्य कर रहा था रोगियों पर—वह एक डाक्टर था, मदद करने की कोशिश करता था। धीरे-धीरे वह जान गया कि ऐसी बहुत-सी बीमारियां हैं जो शारीरिक नहीं होतीं, तो शारीरिक रूप से तुम उनकी कितनी ही चिकित्सा किए जाओ और कुछ होता नहीं। फिर वह रुचि लेने लगा सम्मोहन में, क्योंकि कुछ किया जा सकता था सम्मोहन के द्वारा। सम्मोहन के द्वारा उसने काम करना शुरू कर दिया। अपने शिक्षक के साथ काम करते हुए और लोगों की मदद करते हुए वह सम्मोहनविद बना रहा बहुत वर्षों तक। फिर, धीरे-धीरे वह सजग हो गया इस बारे में कि वस्तुतः सम्मोहन ने मदद नहीं की। कोई जरूरत न थी कि व्यक्ति को सम्मोहित किया जाए। यदि कोई व्यक्ति पूरी तरह होश में भी हो, उसे बतलाने लगे जो कुछ भी आता हो उसके मन में, जो कुछ भी बहता हो अचेतन से चेतन तक, यदि वह उसे बताता ही चला जाए तो यह बात एक मुक्ति देगी। वह कोशिश करने लगा इस बात के लिए। इस तरह पैदा हुआ मनोविश्लेषणः विचारों का मुक्त साहचर्य। उसने स्वयं के विषय में किसी बात के लिए कभी कोई कोशिश न की थी। वह वही आदमी बना रहा, उसने कोई परिपक्वता नहीं पायी।

ऐसा ही घटा दूसरों के साथ, और जैनोव के साथ भी। वह काम करता रहा था रोगियों पर और जा टकराया इस तथ्य से कि यदि रोगी जा सके पीछे की ओर जन्म के आघात तक ही, जब कि बच्चा पैदा होता है और वह चीख कर रो पड़ता है पहली बार—वह होती है आदिम चीख—यदि कोई व्यक्ति जा सके पीछे की ओर बिलकुल उसी बिंदु तक जब कि वह बाहर आता है गर्भ से और पहली सांस लेता है, तो बहुत सारी चीजों का बिलकुल निराकरण हो जाता है, बहुत सारी समस्याएं तिरोहित हो जाती हैं। मात्र उन्हें फिर से जीने द्वारा, वे तिरोहित हो जाती हैं। उसने वह बात आजमायी नहीं स्वयं पर। वह स्वास्थ्य को उपलब्ध व्यक्ति नहीं है।

फ्रायड बहुत महत्वाकांक्षी था। उसने स्वयं को एक पैगंबर जाना जो कि प्रारंभ कर रहा था दुनिया के एक बड़े आंदोलन का। और वह ईर्ष्यालु था, जैसे कि राजनेता ईर्ष्यालु होते हैं सदा, षड्यंत्रकारी। वह जासूसी करता अपने शिष्यों की और सहयोगियों की, निरंतर भयभीत होता कि कोई उसके आंदोलन को नष्ट करने ही वाला है, आंदोलन पर कब्जा करने ही वाला है, नेता होने वाला है; फ्रायड सदा भयभीत रहता था।

और यही बात जुड़ी थी जुंग के साथ। यदि तुम झांकते हो जुंग की आंखों में—जुंग की एक तस्वीर ले आओ, वह अध्ययन करने योग्य है। उसके चश्मे के पीछे बहुत चालाक आंखें हैं, वह चेहरा ही अहंकारी है।

जैनोव बहुत महत्वाकांक्षी है और उसकी नयी किताबें साफ दिखा देती हैं उसकी महत्वाकांक्षा को। संयोग है कि वह जा टकराया है एक विधि से जो कोई पूरी चीज नहीं है, मात्र एक अंश है, तो भी अब वह सोचता है कि उसने एक पूरा सत्य खोज लिया है। अब वह सोचता है : यह प्राइमल-थैरेपी ही है वह सब कुछ जिसकी जरूरत है, कि यह प्रत्येक को ले जाएगी उस परम निर्वाण तक। यह मूढ़ता है। यह है महत्वाकांक्षा।

वे सारे पश्चिमी विचारक जो वहां प्रभावशाली बने हैं, उनके बारे में याद रखने की दूसरी बात यह है कि वे काम करते रहे हैं बीमार व्यक्तियों के साथ, रोगियों के साथ। उन्हें स्वस्थ लोग कहीं नहीं मिले। तो जो भी हैं उनकी खोजें, वे आधारित हैं रोग-अध्ययन पर। एक स्वस्थ व्यक्ति नितांत अलग होता है अस्वस्थ व्यक्ति से। फ्रायड का कभी सामना नहीं हुआ किसी स्वस्थ व्यक्ति से। इसका प्रश्न ही नहीं उठता, क्योंकि एक स्वस्थ व्यक्ति कभी नहीं जाता वैद्य के पास या डाक्टर के पास। क्यों जाएगा कोई? यदि तुम मानसिक रूप से बीमार नहीं हो, तो क्यों जाओगे तुम किसी मनोचिकित्सक के यहां? इसकी कोई जरूरत नहीं होती। तुम जाते हो केवल इसलिए क्योंकि तुम बीमार होते हो। तो केवल बीमार मनुष्य जाते हैं इन लोगों के पास—फ्रायड, जुंग, कि एडलर, कि जैनोव। उन बीमार लोगों पर वे आधारित करते हैं अपने दर्शन-सिद्धांत को।

यह बात होगी ही असंतुलित, और केवल असंतुलित ही नहीं, बल्कि एक खास ढंग से बहुत खतरनाक भी, क्योंकि वे बीमार प्राणी मानव-जाति के वास्तविक प्रतिनिधि नहीं हैं। वे बीमार हैं। यह तो ऐसा ही है जैसे तुम्हें केवल अंधे आदमी मिलते हैं क्योंकि तुम आंखों के डाक्टर हो, इसलिए केवल अंधे लोग आते हैं तुम्हारे पास और फिर तुम आदमी का विचार करते अंधे के रूप में ही। मानसिक रूप से बीमार व्यक्ति आते हैं तुम्हारे पास। तब तुम मनुष्य का विचार करते मानसिक रोगी के रूप में। यह बात गलत होती है क्योंकि जब तक स्वस्थ व्यक्ति अस्तित्व नहीं रखते, रोग की संभावना होती है।

सारे पश्चिमी मनोविज्ञान आधारित हैं रोग-विज्ञान पर, और वास्तविक मनोविज्ञान की जरूरत है जो कि आधारित होता है स्वस्थ व्यक्ति पर। संपूर्ण मनोवज्ञिान को आधारित होना चाहिए बुद्ध जैसे व्यक्तियों पर, मात्र सामान्य स्वस्थ व्यक्तियों पर नहीं।

तो तीन प्रकार के मनोविज्ञान होते हैं। एक, रोगात्मक; सारे पश्चिमी मनोविज्ञान रोगात्मक होते हैं। केवल अभी-अभी इधर कुछ समग्रतावादी धारणाएं मजबूती पा रही हैं जो कि स्वस्थ व्यक्ति के बारे में सोचती हैं, लेकिन वे एकदम प्रारंभ पर ही हैं। पहले कदम भी नहीं उठाए गए हैं। दूसरे प्रकार के मनोविज्ञान हैं, जो सोचते हैं स्वस्थ व्यक्ति के विषय में, जो आधारित हैं स्वस्थ मन पर—वे हैं पूरब के मनोविज्ञान। बौद्ध धर्म बहुत ज्यादा गहरे उतरने वाला मनोविज्ञान है; पतंजलि का अपना मनोविज्ञान है। वे आधारित हैं स्वस्थ व्यक्तियों पर; स्वस्थ व्यक्ति को स्वस्थ होने में मदद देने के लिए हैं; स्वस्थ व्यक्ति को ज्यादा स्वास्थ्य पाने में मदद देने के लिए हैं। रोगात्मक मनोविज्ञान बीमार व्यक्तियों की मदद करते हैं स्वस्थ होने में।

फिर है एक तीसरा प्रकार। जिसे गुरजिएफ परम मनोविज्ञान कहा करता था, वह अभी भी अविकसित है। उस प्रकार को निर्भर करना पड़ता है बुद्धों पर। वह अभी विकसित नहीं हुआ है, क्योंकि कहां ज़ाओगे बुद्ध का अध्ययन करने को, और कैसे करोगे बुद्ध का अध्ययन? और केवल एक बुद्ध से क्या होगा?

तुम्हें बहुतों का अध्ययन करना होगा। केवल तभी निष्कर्षों तक पहुंच सकते हो। लेकिन किसी दिन वह मनोविज्ञान घटेगा; उसे घटना होगा; उसे होना ही होगा क्योंकि वही तुम्हें दे सकता है मानवीय चेतना का समग्र बोध।

फ्रायड, जुंग, जैनोव—वे सभी बीमार बने रहते हैं। उन्होंने अपनी बात खुद अपने पर कभी न आजमायी। अंधकार में ठोकर खाते हुए, अंधकार में टटोलते हुए, वे कुछ टुकड़ों तक पहुंच जाते हैं और फिर वे सोचते हैं कि वे टुकड़े संपूर्ण पद्धति हैं। जब कभी अंश का दावा किया जाता है संपूर्ण के रूप में, तो वह झूठ बन जाता है। अंश तो अंश ही होता है।

पूरब के मनोविज्ञान स्वस्थ व्यक्तियों के लिए हैं, तुम्हें ज्यादा संपूर्ण होने में मदद देने के लिए हैं। और मेरा प्रयास होगा तीसरे प्रकार के मनोविज्ञान पर कार्य करने का, बुद्धों का मनोविज्ञान, क्योंकि वह तुम्हें संपूर्ण मानवीय चेतना में एक परिपूर्ण प्रवेश दिलाएगा।

रोग-अध्ययनों पर आधारित मनोविज्ञान अच्छे होते हैं, वे मदद करते हैं बीमार लोगों की। लेकिन वह बात ध्येय कभी नहीं बन सकती। वह अच्छी होती है, मगर मात्र स्वस्थ हो जाना, 'सामान्य' हो जाना कोई ज्यादा बड़ी बात नहीं। मात्र सामान्य होना कोई बड़ी बात नहीं क्योंकि हर कोई सामान्य है। बीमार होना बुरा है क्योंकि तुम पीड़ित होते हो। लेकिन सामान्य होना भी कोई ज्यादा अच्छा नहीं क्योंकि सामान्य व्यक्ति लाखों ढंग से पीड़ा भोग रहे हैं। वस्तुतः सामान्य होने का केवल इतना ही अर्थ है कि समाज के साथ अनुकूलित हो जाना। समाज स्वयं तो शायद अस्वाभाविक ही होगा, सारा समाज शायद स्वयं ही बीमार होगा। उसके साथ अनुकूलित होने का केवल यही अर्थ होता है कि तुम स्वाभाविक रूप से अस्वाभाविक हो, बस इतना ही।

उससे कुछ ज्यादा लाभ नहीं होता। तुम्हें सामाजिक सामान्यता के पार जाना पड़ता है। तुम्हें पार चले जाना होता है सामाजिक पागलपन के। केवल तभी, पहली बार तुम स्वस्थ होते हो।

पूरब के मनोविज्ञानः योग, झेन, सूफीवाद, सभी स्वस्थ व्यक्तियों की मदद करते हैं—ज्यादा स्वस्थ और विशुद्ध होने में। तीसरे प्रकार के मनोविज्ञान की जरूरत है, बहुत जल्दी जरूरत है, क्योंकि बिना उसके तुम्हारे पास कोई ध्येय, निश्चित अंत का कोई बोध नहीं है। उस पर कार्य करना होगा। गुरजिएफ ने अपनी ओर से पूरी कोशिश की, लेकिन सफल न हो सका। समय परिपक्व न था। मैं फिर उसी के लिए कोशिश कर रहा हूं। कठिन है उसमें सफल होना, लेकिन संभावना है, उसकी ओर प्रयत्न करते रहना है। यदि थोड़ा-सा और प्रकाश भी मानव के उस संपूर्ण, उस अंतिम, परम मनोविज्ञान पर डाला जाए, तो वह अच्छा है, बहुत सहायक है।

प्रवचन 17

जागरण की अग्नि से अतीत भस्मसात

योगसूत्र

(साधनपाद)

क्लेशमूलः कर्माशयो दृष्टादृष्टजन्मवेदनीयः।। १२।।

चाहे वर्तमान में पूरे हों या कि भविष्य में,
कर्मगत अनुभवों की जड़ें होती हैं पांच क्लेशों में।

सति मूले तद्विपाको जात्यायुर्भोगाः।। १३।।

जब तक जड़ें बनी रहती हैं, पुनर्जन्म से कर्म की पूर्ति होती है—
गुणवत्ता, जीवन का विस्तार और अनुभवों के ढंग द्वारा।

ते ह्लादपरितापफलाः पुण्यापुण्यहेतुत्वात्।। १४।।

पुण्य लाता है सुख; अपुण्य लाता है दुख।

मनुष्य वर्तमान में रहता दिखाई पड़ता है, लेकिन वह बात केवल एक प्रतीति ही है। मनुष्य जीता है अतीत में। वर्तमान में से वह गुजरता है, लेकिन वह बद्धमूल रहता है अतीत में। वर्तमान वास्तविक समय नहीं है सामान्य चेतना के लिए। सामान्य चेतना के लिए तो अतीत है वास्तविक समय, वर्तमान तो केवल एक रास्ता है अतीत से भविष्य तक जाने तक का, मात्र एक क्षणिक मार्ग। अतीत वास्तविक हो जाता है और भविष्य भी, लेकिन वर्तमान अवास्तविक होता है सामान्य चेतना के लिए। भविष्य और कुछ नहीं है सिवाय अतीत के फैलाव के। भविष्य कुछ नहीं है सिवाय अतीत के फिर-फिर प्रक्षेपित होने के।

वर्तमान का अस्तित्व नहीं जान पड़ता है: यदि तुम सोचते हो वर्तमान के बारे में, तो तुम उसे पाओगे ही नहीं बिलकुल। क्योंकि जिस क्षण तुम पाते हो उसे, वह पहले से ही गुजर गया होता है। जब तुमने पाया नहीं था उसे, तो जरा उससे एक क्षण पहले ही, वह चला गया भविष्य में। बुद्ध की चेतना के लिए, जागे हुए व्यक्ति के लिए वर्तमान का अस्तित्व होता है। सामान्य चेतना के लिए, न जागे हुए, निद्राचारी जैसे सोए हुए के लिए अतीत और भविष्य सत्य होते हैं, वर्तमान असत्य होता है। जब कोई जाग जाता है तो वर्तमान ही सत्य होता है; अतीत और भविष्य दोनों असत्य बन जाते हैं।

ऐसा क्यों होता है? तुम क्यों जीते हो अतीत में?—क्योंकि मन और कुछ नहीं है सिवाय अतीत के संग्रह के। मन स्मृति है: वह सब जो तुमने किया है, वह सब जिसका स्वप्न तुमने देखा है, वह सब जो तुम करना चाहते थे और कर न सके, वह सब जिसकी तुमने कल्पना की अतीत में—वह सब तुम्हारा मन है। मन एक मृत तत्व है। यदि तुम देखते हो मन के द्वारा, तो तुम कभी न पाओगे वर्तमान को, क्योंकि वर्तमान है जीवन, और जीवन तक कभी नहीं पहुंचा जा सकता है मृत माध्यम के द्वारा। जीवन तक कभी नहीं पहुंचा जा सकता है मरे हुए साधनों द्वारा। जीवन को नहीं छुआ जा सकता है मृत्यु द्वारा।

मन मरी हुई चीज है। मन है दर्पण पर एकत्रित हुई धूल की भांति ही। जितनी ज्यादा धूल इकट्ठी होती है, उतना ही दर्पण दर्पण जैसा कम होता है। और यदि धूल की पर्त बहुत मोटी होती है जैसी कि वह तुम पर जमी है, तब दर्पण में प्रतिबिंब बिलकुल ही नहीं पड़ता।

हर कोई इकट्ठी कर लेता है धूल। न केवल तुम उसे इकट्ठा करते, तुम चिपकते भी हो उससे; तुम सोचते हो कि वह कोई खजाना है। अतीत जा चुका होता है; तो क्यों तुम चिपकते हो उससे? तुम कुछ नहीं कर सकते उस बारे में। तुम पीछे नहीं लौट सकते। तुम उसे अनकिया नहीं कर सकते। क्यों

चिपकते हो तुम उससे? वह कोई खजाना नहीं है। और यदि तुम चिपकते हो अतीत से और तुम सोचते हो कि वह खजाना है, तो निस्संदेह तुम्हारा मन उसे फिर-फिर जीना चाहेगा भविष्य में। भविष्य और कुछ नहीं हो सकता है सिवाय तुम्हारे परिवर्तित अतीत के—जो थोड़ा परिष्कृत होता है, थोड़ा ज्यादा सजा-संवरा हुआ होता है। लेकिन वह वही होगा क्योंकि मन अज्ञात के बारे में सोच ही नहीं सकता; मन प्रक्षेपित कर सकता है केवल ज्ञात को ही, उसे जिसे तुम जानते हो।

तुम प्रेम में पड़ जाते किसी स्त्री के और वह स्त्री मर जाती है, अब तुम्हें कैसे मिलेगी कोई दूसरी स्त्री? वह दूसरी स्त्री तुम्हारी मृत पत्नी का ही एक परिवर्तित रूप होगी; वही एकमात्र ढंग है जिसे कि तुम जानते हो। भविष्य में जो कुछ भी तुम करो और कुछ नहीं होगा सिवाय अतीत की पुनरावृत्ति के। तुम थोड़ा बदल सकते हो—एक टुकड़ा यहां, एक टुकड़ा वहां, लेकिन मुख्य बात वही रहेगी, एकदम वही।

जब मुल्ला नसरुद्दीन पड़ा था अपनी मृत्यु शय्या पर, किसी ने पूछा उससे, 'यदि तुम्हें फिर से जीवन दे दिया जाए तो कैसे तुम जीयोगे उसे, नसरुद्दीन? क्या तुम कोई परिवर्तन करोगे?' नसरुद्दीन ने सोच-विचार किया, आंखें बंद करके सोचता रहा, ध्यान किया, फिर खोलीं अपनी आंखें और बोला, 'हां, यदि मुझे फिर जीवन दिया जाए, तो मैं अपने बालों के बीच में से निकालूंगा मांग। सदा वही रही है मेरी इच्छा, लेकिन मेरे पिता सदा जोर देते रहे कि मैं ऐसा न करूं। और जब मेरे पिता मरे, तो बाल एक ही दिशा में इतने जम गए थे कि उनके बीच से मांग निकाली न जा सकती थी।'

हंसो मत। यदि तुम से पूछा जाए कि तुम फिर से क्या करोगे तुम्हारे जीवन में तो तुम थोड़े-बहुत परिवर्तन कर लोगे बिलकुल इसी तरह के: पति होगा तो जरा-सी अलग नाक वाला; पत्नी होगी तो थोड़े से अलग रूप-रंग की; थोड़ा बड़ा या थोड़ा छोटा घर होगा; लेकिन वे तुम्हारे बालों की मांग बीच में से निकालने से ज्यादा बड़ी बातें नहीं हैं—क्षुद्र, हल्की, महत्वपूर्ण नहीं। तुम्हारा मौलिक जीवन वैसा ही बना रहेगा।

मैं झांकता हूं तुम्हारी आंखों में और मैं देखता हूं यही। तुमने ऐसा किया है बहुत-बहुत बार; तुम्हारा मूलभूत जीवन वैसा ही बना रहा है। बहुत बार तुम्हें मिले हैं जीवन, तुम जीए हो बहुत बार; तुम बहुत ज्यादा प्राचीन हो। तुम नए नहीं इस पृथ्वी पर; तुम पृथ्वी से ज्यादा पुराने हो, क्योंकि तुम दूसरी पृथ्वियों पर भी, दूसरे ग्रहों पर भी जीए हो। तुम उतने ही पुराने हो जितना अस्तित्व। ऐसी ही है यह बात; क्योंकि तुम उसके हिस्से हो। तुम बहुत पुराने हो, लेकिन फिर-फिर वही ढांचा दोहराए जा रहे हो।

इसलिए हिंदू इसे कहते—चक्र, जीवन और मृत्यु का; 'चक्र' क्योंकि यह स्वयं को दोहराए चला जाता है। यह एक दोहराव है: चक्र के वही आरे ऊपर आते और नीचे जाते, नीचे जाते और ऊपर आते। मन स्वयं का प्रक्षेपण करता है। मन अतीत है, इसलिए तुम्हारा भविष्य, अतीत के अतिरिक्त और कुछ नहीं होने वाला।

और अतीत क्या है? क्या किया है तुमने अतीत में? जो कुछ भी तुमने किया है—अच्छा, बुरा, ऐसा, वैसा—जो तुम करते हो वह अपनी पुनरावृत्ति बना लेता है, यही है कर्म का सिद्धांत। यदि तुम कल से एक दिन पहले क्रोधित हुए थे, तो तुमने एक निश्चित क्षमता क्रोध के लिए निर्मित कर ली—कल फिर से क्रोधित होने की। तो तुमने दोहरा दिया उसे, तुम ज्यादा ऊर्जा दे देते हो क्रोध को, क्रोध की भावदशा को; तुमने उसे और बद्धमूल कर दिया, तुमने उसे सींच दिया। अब आज तुम फिर

दोहराओगे उसे ज्यादा शक्ति के साथ। तब कल तुम फिर शिकार हो जाओगे आज के।

प्रत्येक कार्य जिसे तुम करते हो या जिसके बारे में सोचते भी हो, उसके अपने ढंग होते हैं, फिर-फिर आ बनने के, क्योंकि वह एक मार्ग निर्मित कर देता है तुम्हारे अंतस में। वह तुमसे ऊर्जा को सोखने लगता है। तुम क्रोधित हो जाते हो, फिर वह भावदशा चली जाती है और तुम सोचते हो कि तुम अब क्रोधित नहीं रहे; तब तुम सार को चूक जाते हो। जब भावदशा जा चुकी होती है तो कुछ नहीं घटा होता; केवल चक्र घूम गया होता है और चक्र का जो आरा ऊपर था, नीचे चला गया होता है। कुछ क्षण पहले क्रोध मौजूद था सतह पर, क्रोध अब नीचे चला गया अचेतन में, तुम्हारी अंतस सत्ता की गहराई में। वह उसका समय फिर से आने की प्रतीक्षा करेगा। यदि तुम उसके अनुसार चलते हो, तो तुम उसे सहारा दे मजबूत कर देते हो, तब तुमने फिर उसके जीवन के लिए नाम और समय लिख दिया होता है। तुम उसे फिर शक्ति दे देते हो, ऊर्जा दे देते हो। वह स्पंदित हो रहा है, मिट्टी के नीचे पड़े बीज की भांति प्रतीक्षा कर रहा है सही अवसर और मौसम की, जब वह प्रस्फुटित होगा।

हर कार्य स्व-सातत्य पाने वाला होता है, हर विचार स्व-सातत्यवान है। यदि एक बार तुम उसे सहयोग देते हो, तो तुम उसे ऊर्जा दे रहे होते हो। देर-अबेर वह बात एक आदत का रूप ले लेगी। तुम करोगे उसे और तुम कर्ता न रहोगे; तुम करोगे उसे केवल आदत के जोर के कारण ही। लोग कहते हैं कि आदत द्वितीय स्वभाव होती है। यह कोई अतिशयोक्ति नहीं। इसके विपरीत यह एक न्यूनोक्ति है। वस्तुतः आदत अंत में बन जाती है पहला स्वभाव, और स्वभाव हो जाता है दूसरे नंबर की बात। स्वभाव बन जाता है किताब के परिशिष्ट की भांति या किसी किताब की टिप्पणियों की भांति, और आदत बन जाती है मुख्य भाग, किताब का मुख्य अंग।

तुम जीते हो आदत के द्वारा; उसका अर्थ होता है कि आदत मूल रूप से तुम्हारे द्वारा जीती है। आदत स्वयं बनी रहती है, उसकी अपनी ही ऊर्जा होती है। निस्संदेह वह ऊर्जा लेती है तुमसे, लेकिन तुमने सहयोग दिया होता है अतीत में, तुम सहयोग दे रहे होते हो वर्तमान में। धीरे-धीरे आदत मालिक बन जाती है और तुम केवल एक नौकर बने रहोगे, एक छाया। आदत देगी निश्चित आदेश, आज्ञा देगी, और तुम रहोगे मात्र एक आज्ञाकारी नौकर। तुम्हें अनुसरण करना होगा उसका।

ऐसा हुआ कि एक हिंदू रहस्यवादी संत, एकनाथ जा रहे थे तीर्थयात्रा को। तीर्थयात्रा चलने वाली थी कम से कम एक वर्ष तक, क्योंकि उन्हें दर्शन करना था देश के सारे पवित्र स्थलों का। निस्संदेह, एकनाथ के संग होना एक सौभाग्य था, तो बहुत सारे लोग, हजारों लोग, यात्रा कर रहे थे उनके साथ। शहर का चोर भी आया और बोला, 'मैं जानता हूं कि मैं एक चोर हूं और आपके धार्मिक दल का सदस्य होने के योग्य नहीं हूं, लेकिन मुझे भी अवसर दें। मैं चलना चाहूंगा तीर्थयात्रा के लिए।' एकनाथ ने कहा, 'यह बात कठिन होगी, क्योंकि एक वर्ष कुछ लंबा समय है और हो सकता है तुम लोगों की चीजें चुराने लगो। तुम मुसीबत खड़ी कर सकते हो। तो कृपया छोड़ दो ऐसा खयाल।' लेकिन उस चोर ने तो बहुत आग्रह किया। वह बोला, 'एक साल के लिए मैं छोड़ दूंगा चोरी, लेकिन मुझे चलना तो जरूर है। और मैं वादा करता हूं आपसे कि एक साल तक मैं किसी की एक भी चीज नहीं चुराऊंगा।' एकनाथ ने मान ली बात।

लेकिन एक हफ्ते के भीतर ही तकलीफ शुरू हो गई और तकलीफ यह थी : लोगों की चीजें गायब

होने लगीं। और ज्यादा ही रहस्यमयी बात थी—क्योंकि कोई चुरा नहीं रहा था उन्हें—चीजें गायब हो जातीं किसी के झोले से और कुछ दिनों बाद वे मिल जातीं किसी और के झोले में। जिस आदमी के झोले में वे मिलतीं वह कहता, 'मैंने कुछ नहीं किया है। मैं सचमुच ही नहीं जानता कि ये चीजें कैसे आ गई हैं मेरे झोले में!' एकनाथ को शक हुआ, इसलिए एक रात उन्होंने दिखावा किया कि वे सोए हुए हैं लेकिन वे जागे हुए थे, वे निगरानी करते थे। चोर आया करीब आधी रात को, मध्यरात्रि में, और वह एक व्यक्ति की पेटी से दूसरे व्यक्ति की पेटी में चीजें रखने लगा। एकनाथ ने उसे रंगे हाथों पकड़ लिया और बोले, 'क्या कर रहे हो तुम? और तुमने तो वादा किया था।' वह चोर बोला, 'मैं अपने वादे के अनुसार चल रहा हूं। मैंने एक भी चीज नहीं चुराई है लेकिन यह मेरी पुरानी आदत है। आधी रात को यदि मैं कोई खुराफात नहीं करता, तो असंभव होता है मेरे लिए सोना। और एक साल तक न सोऊं? आप तो करुणामय हैं। आपको तो मुझ पर करुणा होनी चाहिए। और मैं चुरा नहीं रहा हूं; चीजें तो फिर से मिल जाती हैं। वे कहीं जाती तो नहीं, केवल एक व्यक्ति से दूसरे व्यक्ति तक पहुंच जाती हैं। और इसके अलावा यह भी कि एक साल बाद मुझे चोरी करनी होगी तो यह एक अच्छा खासा अभ्यास भी रहेगा।'

आदत तुम्हें कुछ चीजें करने को मजबूर कर देती हैः तुम उसके शिकार हो जाते हो। हिंदू इसे कहते हैं—कर्म का सिद्धांतः हर वह कार्य जिसे तुम दोहराते हो, या कि हर एक विचार—क्योंकि विचार भी मन का एक सूक्ष्म कर्म होता है—और ज्यादा मजबूत हो जाता है। तब तुम उसकी पकड़ में होते हो। तब तुम कैद हो जाते हो आदत में। तब तुम एक कैदी का, एक गुलाम का जीवन जीते हो। और कारा बड़ी सूक्ष्म होती है, वह तुम्हारी आदतों की और संस्कारबद्धताओं की और कर्मों की होती है जिन्हें कि तुम करते हो। वह तुम्हारे शरीर के चारों ओर बनी रहती है। और तुम उसमें उलझे रहते हो। लेकिन तुम सोचते जाते हो और स्वयं को धोखा देते जाते हो कि तुम कर रहे हो ऐसा।

जब तुम क्रोधित होते तो तुम सोचते हो कि तुम कर रहे हो यह बात। तुम उसका तर्क बैठाते और तुम कहते कि स्थिति की मांग ही ऐसी थीः मुझे क्रोध करना ही था, वरना तो बच्चा भटक जाएगा; यदि मैं क्रोध नहीं करता तो चीजें गलत हो जातीं, तो आफिस अस्त-व्यस्त हो जाता, तो फिर नौकर सुनते ही नहीं। मुझे क्रोध करना ही था चीजों को संभालने के लिए, बच्चे को अनुशासित करने के लिए। पत्नी को ठीक स्थिति में लाने को मुझे क्रोध करना ही था। ये बुद्धि के हिसाब हैं। इसी तरह तुम्हारा अहंकार सोचता चला जाता है कि तुम फिर भी मालिक ही हो, लेकिन तुम होते नहीं। क्रोध आता है पुराने ढांचों के कारण, अतीत से। और जब क्रोध आता है तो तुम उसके लिए कोई बहाना ढूंढने की कोशिश करते हो।

मनोवैज्ञानिक प्रयोग करते रहे हैं और वे उन्हीं तथ्यों तक पहुंचे हैं जिन तक पूरब का गुह्य मनोविज्ञान पहुंचा हैः आदमी अधीन है, मालिक नहीं। मनोवैज्ञानिकों ने लोगों को पूरे एकांत में रख दिया हर संभव सुविधा के साथ। जिस चीज की जरूरत थी उन्हें दे दी गई, लेकिन उनका दूसरे मनुष्यों के साथ कोई संपर्क नहीं रहा। वे बिलकुल अलग-थलग जीए वातानुकूलित कोठरी में—कोई काम नहीं, कोई अड़चन नहीं, कोई समस्या नहीं, लेकिन वही आदतें चलती चली गयीं। एक सुबह, अब कोई कारण न था—क्योंकि सुविधा पूरी हो गई थी, कोई चिंता न थी, क्रोधित होने का कोई बहाना नहीं—और आदमी अचानक पाता कि क्रोध उठ रहा है।

वह तुम्हारे भीतर होता है। कई बार अचानक बिना किसी प्रत्यक्ष कारण के ही उदासी चली आती है।

और कई बार व्यक्ति प्रसन्नता अनुभव करता है; कई बार वह अनुभव करता है सुखी, आनंदित। सारे सामाजिक संबंधों से छूटा हुआ आदमी, पूरी सुविधाओं में अलग पड़ा हुआ, हर जरूरत पूरी होने के साथ सारी भावदशाओं के बीच से गुज़रता जिनसे कि तुम संबंधों में गुजरते हो। इसका अर्थ हुआ कि कोई चीज भीतर से आती है और तुम उसे टांग देते हो किसी दूसरे व्यक्ति पर। यह तो मात्र एक बुद्धि की व्याख्या होती है। तुम अच्छा अनुभव करते, तुम बुरा अनुभव करते, और ये अनुभूतियां तुम्हारे अचेतन से फूट पड़ रही होतीं, तुम्हारे अपने अतीत से। तुम्हारे सिवाय कोई और जिम्मेदार नहीं। कोई तुम्हें क्रोधी नहीं बना सकता। और कोई तुम्हें प्रसन्न नहीं बना सकता। तुम प्रसन्न होते हो अपने से ही। तुम क्रोधित होते हो अपने से, और तुम उदास होते हो अपने से ही। यदि तुम इस बात को नहीं जान लेते, तो तुम सदा गुलाम बने रहोगे।

स्वयं पर मालकियत तब मिलती है, जब कोई जान लेता है कि मैं पूरी तरह जिम्मेदार हूं जो भी मुझे घटित हुआ है, बेशर्त तौर पर। मैं जिम्मेदार हूं पूरी तरह। शुरू में यह बात तुम्हें बहुत ज्यादा उदास और दुखी कर देगी। क्योंकि यदि तुम जिम्मेदारी दूसरे पर फेंक सकते हो, तो तब तुम ठीक अनुभव करते हो कि तुम गलत नहीं। क्या कर सकते हो तुम जब पत्नी इतने गंदे ढंग से व्यवहार कर रही हो? तुम्हें क्रोध करना ही पड़ता है। लेकिन याद रखना ठीक से, पत्नी गंदे ढंग का व्यवहार कर रही होती है उसकी अपनी संरचना के कारण। वह तुम्हारे प्रति अप्रिय व्यवहार नहीं करती है। यदि तुम न होओगे मौजूद तो वह अप्रिय व्यवहार करेगी बच्चे के साथ। यदि बच्चा वहां नहीं होगा तो वह बरस पड़ेगी प्लेटों पर, वह फेंक ही देगी उन्हें जमीन पर। उसने तोड़ दिया होगा रेडियो। उसे करना ही था कुछ न कुछ; उपद्रव उठ रहा था। यह मात्र एक संयोग था कि तुम अखबार पढ़ते पकड़ लिए गए और वह बिगड़ गई तुम पर। यह मात्र एक संयोग था कि तुम मौजूद थे गलत क्षण में।

तुम इस कारण क्रोधित नहीं होते कि पत्नी दुष्ट है; हो सकता है उसने कोई स्थिति बना दी हो, बस इतना ही। उसने शायद तुम्हें कोई संभावना दे दी हो; लेकिन क्रोध कुलबुला रहा था। यदि पत्नी वहां न होती तो भी तुम उतने ही क्रोधित होते—किसी और चीज के प्रति, किसी विचार के प्रति, लेकिन क्रोध तो आना ही था। वह कुछ ऐसी बात थी जो तुम्हारे अपने अचेतन से आ रही थी।

हर कोई जिम्मेदार है, पूरी तरह जिम्मेदार होता है उसके अपने लिए और अपने व्यवहार के लिए। शुरू में यह बात तुम्हें बहुत उदास भावदशा देगी कि तुम जिम्मेदार हो, क्योंकि तुमने सदा सोचा कि तुम सुखी होना चाहते हो, तो तुम कैसे जिम्मेदार हो सकते हो तुम्हारे दुख के लिए? तुम सदा आकांक्षा करते हो आनंदपूर्णता की, तो कैसे तुम क्रोध कर सकते हो अपने से ही? और इस कारण तुम जिम्मेदारी फेंकते जाते हो दूसरे पर ही। यदि तुम दूसरे पर ही जिम्मेदारी डालते जाते हो, तो याद रखना कि तुम सदा गुलाम बने रहोगे। क्योंकि कोई भी दूसरे को नहीं बदल सकता है। कैसे तुम बदल सकते हो दूसरे को? क्या कभी किसी ने दूसरे को बदला? दुनिया की सबसे अधूरी इच्छाओं में से एक इच्छा है दूसरे को बदलने की। किसी ने ऐसा कभी किया नहीं। यह बात असंभव होती है। क्योंकि दूसरा अस्तित्व रखता है उसके अपने ठीक ढंग से—तुम बदल नहीं सकते उसे। तुम जिम्मेदारी डालते जाते हो दूसरे पर, लेकिन तुम दूसरे को बदल नहीं सकते। और क्योंकि तुम दूसरे पर जिम्मेदारी डाल देते हो, तो तुम कभी न जान पाओगे कि बुनियादी जिम्मेदारी तुम्हारी होती है। बुनियादी परिवर्तन की जरूरत होती है तुम्हारे भीतर।

इसी तरह तो तुम फंसते होः यदि तुम सोचने लगो कि तुम जिम्मेदार हो तुम्हारे सारे कार्यों के लिए, तुम्हारे सभी भावों के लिए तो शुरू में एक उदासी छा जाएगी। लेकिन यदि तुम गुजर सको उस उदासी में से, तो जल्दी ही तुम हल्का अनुभव करोगे, क्योंकि अब तुम मुक्त हो जाते हो दूसरों से, अब तुम काम कर सकते हो अपने से। तुम मुक्त हो सकते हो। चाहे सारा संसार दुखी हो और अमुक्त हो उससे कुछ अंतर नहीं पड़ता। अन्यथा किसी बुद्ध की संभावना कैसे बनती? और कैसे कोई पतंजलि संभव होते? कैसे मैं संभव होता? सारा संसार वैसा ही है। वह एकदम वैसा ही है जैसा तुम्हारे लिए है, लेकिन कृष्ण तो नृत्य करते हैं और गीत गाते हैं; वे मुक्त हैं। और पहली मुक्ति है दूसरे पर जिम्मेदारी डालने की बात समाप्त करना। पहली मुक्ति है यह जानना कि तुम जिम्मेदार हो। तो बहुत सारी चीजें तुरंत संभव हो जाती हैं।

कर्म का पूरा सिद्धांत यही है कि तुम जिम्मेदार हो; जो कुछ भी तुमने बोया, तुम वही काट रहे हो। शायद तुम कार्य-कारण के संबंध को न समझ पाओ, लेकिन यदि कार्य है मौजूद, तो कारण जरूर कहीं होगा ही।

यही है प्रति-प्रसव की सारी विधिः कैसे परिणाम से कारण की ओर सरकें; कैसे पीछे की ओर जाएं और कारण को ढूंढ लें, जहां से कि वह आया होता है। जो कुछ भी घटता है तुमको—तुम उदास अनुभव करते हो, तो बस मूंद लेना आंखें और देखते रहना तुम्हारी उदासी को। जहां वह ले जाए उसके पीछे जाना, उसमें और गहरे जाना। जल्दी ही तुम कारण तक पहुंच जाओगे। शायद तुम्हें लंबी यात्रा करनी पड़ेगी, क्योंकि यह सारा जीवन जुड़ा होता है; और न ही केवल यह जीवन, लेकिन और दूसरे जीवन अंतर्ग्रस्त होते हैं। तुम बहुत से घाव पाओगे तुममें जो पीड़ा देते हैं, और उन्हीं घावों के कारण तुम उदास अनुभव करते हो; वे उदास होते हैं। वे घाव अभी भी सूखे नहीं; वे जीवंत हैं। प्रति-प्रसव की विधि, स्रोत तक लौटने की विधि, कार्य से कारण तक लौटने की विधि उन्हें भर देगी, ठीक कर देगी। कैसे ठीक करती है वह? कौन-सी घटना है जो उसमें समायी होती है।

जब कभी तुम पीछे की ओर जाते हो, पहले तो तुम दूसरों पर जिम्मेदारी डालन की बात गिरा देते हो, क्योंकि यदि तुम दूसरों पर जिम्मेदारी डालते हो तो तुम बाहर की ओर जाते हो। तब सारी प्रक्रिया गलत हो जाती है। तुम कारण को दूसरे में ढूंढने की कोशिश करते होः 'पत्नी गलत क्यों है?' तब यह 'क्यों' पत्नी के व्यवहार में उतरता जाता है। तुम चूक गए पहला चरण और तब सारी प्रक्रिया ही गलत हो जाएगी। क्यों मैं दुखी हूं? क्यों मैं क्रोध में हूं?—आंखें बंद कर लो और इसे एक गहन ध्यान बनने दो। जमीन पर लेट जाओ, आंखें बंद कर लो, शरीर को शिथिल करो और अनुभव करो कि तुम क्यों क्रोधित हो। पत्नी को तो बिलकुल भूल ही जाओ; वह तो एक बहाना है—क, ख, ग, जो भी हो, भूल जाओ उस बहाने को। जरा और गहरे उतरना अपने में, क्रोध में उतरते जाना। स्वयं क्रोध का ही प्रयोग करना नदी की भांति। क्रोध में तुम बहते हो और क्रोध तुम्हें ले जाएगा भीतर। तुम सूक्ष्म घाव पाओगे तुममें।

पत्नी गलत जान पड़ती है, क्योंकि उसने छू दिया था तुम्हारा कोई सूक्ष्म घाव, कोई ऐसी चीज जो चोट करती है। तुमने सदा सोचा कि तुम सुंदर नहीं, तुम्हारा चेहरा कुरूप है, और भीतर घाव है। जब पत्नी नाराज होती है, तो वह तुम्हें सचेत कर देगी तुम्हारे चेहरे के प्रति। वह कहेगी, 'जाओ और देखो दर्पण में!' चोट पड़ती है। तुमने विश्वासघात किया होता है पत्नी के साथ और जब वह तंग करना चाहती

है, तब यह बात फिर उठाएगी वह कि 'तुम उस स्त्री के साथ हंस-हंस कर क्यों बोल रहे थे? क्यों तुम इतनी खुशी से बैठे हुए थे उस स्त्री के साथ?' एक घाव छू दिया गया। तुम विश्वासघाती रहे हो, तुम अपराधी अनुभव करते हो। घाव जीवंत होता है। तुम बंद कर लो आंखें, अनुभव करो क्रोध को, उसे अपनी समग्रता में उठने दो ताकि तुम उसे पूरी तरह देख सको, कि वह क्या है। तब उस ऊर्जा को तुम्हारी मदद करने देना अतीत की ओर सरकने में, क्योंकि क्रोध आ रहा होता है अतीत से। निस्संदेह वह भविष्य से तो आ नहीं सकता है। भविष्य का तो अभी अस्तित्व ही नहीं बना है। वह नहीं आ रहा है वर्तमान से।

यही है सारा दृष्टिकोण कर्म का; यह भविष्य से नहीं आ सकता क्योंकि भविष्य अभी आया ही नहीं है। और यह वर्तमान से नहीं आ सकता, क्योंकि तुम बिलकुल जानते ही नहीं कि वह क्या है। वर्तमान तो जाना जा सकता है केवल जागे हुओं द्वारा। तुम जीते हो केवल अतीत में, तो यह जरूर कहीं न कहीं अतीत से ही आ रहा होगा। घाव रहा होगा कहीं तुम्हारी स्मृतियों में। वापस लौटो। कोई एक घाव नहीं होगा, बहुत सारे होंगे; छोटे, बड़े। ज्यादा गहरे जाना और ढूंढ लेना पहला घाव, सारे क्रोध का मूल स्त्रोत। तुम खोज पाओगे उसे यदि तुम कोशिश करो तो, क्योंकि वह पहले से ही वहां होता है। वह वहां मौजूद है; तुम्हारा सारा अतीत अभी भी है वहां। वह फिल्म की भांति है रोल किया हुआ, लपेट कर बंद किया हुआ और प्रतीक्षा कर रहा है भीतर। तुम खोल दो उसे, तुम देखने लगो फिल्म को। यही प्रक्रिया है प्रति-प्रसव की। इसका अर्थ है पीछे की ओर एकदम मूल कारण तक लौटना। और यही सौंदर्य है प्रक्रिया का: यदि तुम चेतन रूप से पीछे की ओर जा सको, यदि तुम चेतन रूप से घाव को अनुभव कर सको, तो घाव तुरंत भर जाता है।

क्यों भर जाता है वह?—क्योंकि घाव निर्मित होता है अचेतन द्वारा, असजगता द्वारा। घाव हिस्सा है अज्ञान का, निद्रा का। जब तुम होशपूर्वक पीछे की ओर जाते हो और देखते हो घाव को, तो वही होश स्वास्थ्यदायी शक्ति होता है। अतीत में, जब घाव बना था, वह बना था अचेतन में। तुम क्रोधित थे, क्रोध ने तुम पर अधिकार जमा लिया था। तुमने कुछ किया था; तुमने मार डाला था एक आदमी को और तुम दुनिया से यह सच्चाई छुपाते रहे। तुम इसे छुपा सकते हो पुलिस से, तुम इसे छुपा सकते हो न्यायालय और कानून से, लेकिन इसे तुम स्वयं से ही कैसे छुपा सकते हो? तुम जानते हो यह बात चोट करती है। जब कभी कोई तुम्हें अवसर देता है क्रोधित होने का तो तुम भयभीत हो जाते हो, क्योंकि वह बात फिर घट सकती है, तुम मार सकते हो पत्नी को। वापस लौटो, क्योंकि उस क्षण जब तुमने खून किया किसी व्यक्ति का या कि तुमने व्यवहार किया बहुत क्रोधपूर्ण और पागल ढंग से, तो तुम होश में न थे। अचेतन में वे घाव बचे ही रहे हैं। अब होशपूर्वक चलना।

प्रति-प्रसव, पीछे लौटना, इसका अर्थ है उन चीजों तक होशपूर्वक जाना जिन्हें तुमने होश के बिना किया है। पीछे जाओ—केवल होश का, चेतना का प्रकाश ही स्वस्थ करता है। वह एक स्वास्थ्यदायक शक्ति होती है। जिस किसी चीज को भी तुम होशपूर्वक बना सको वह भली-चंगी हो जायेगी। और फिर वह और पीड़ा न देगी।

वह आदमी जो पीछे की ओर आता है, अतीत को निर्मुक्त कर देता है। फिर अतीत क्रियान्वित नहीं हो रहा होता, तब अतीत की उस पर कोई पकड़ नहीं रहती और अतीत समाप्त हो जाता है। अतीत का

उसकी अंतस-सत्ता में कोई स्थान नहीं होता। और जब अतीत का तुम्हारी अंतस-सत्ता में कोई स्थान नहीं रहता तभी तुम वर्तमान के प्रति उपलब्ध होते हो—उससे पहले कभी नहीं। तुम्हें थोड़ी खाली जगह की जरूरत है; अतीत इतना ज्यादा होता है भीतर—एक कबाड़खाना, मरी हुई चीजों का। वर्तमान के प्रवेश होने को कोई स्थान नहीं। वह कूड़ा-करकट भविष्य के बारे में ही स्वप्न देखता जाता है। तो आधी जगह तो उसी से भरी होती है जो अब है ही नहीं, और आधी जगह उससे भरी होती है जो अभी आया ही नहीं। और वर्तमान?—वह केवल प्रतीक्षा करता है द्वार के बाहर। इसीलिए वर्तमान और कुछ नहीं सिवाय एक रास्ते के, अतीत से भविष्य तक का रास्ता, मात्र एक क्षणिक रास्ता।

खत्म करो अतीत की बात! यदि तुम अतीत से नहीं टूटते, तो तुम एक प्रेतात्मा का जीवन जी रहे होते हो। तुम्हारा जीवन सच्चा नहीं होता, वह अस्तित्वगत नहीं होता। अतीत जीता है तुम्हारे द्वारा; मृत तुम पर मंडराता रहता है। पीछे की ओर जाओ—जब कभी तुम्हारे पास अवसर हो, जब कभी तुम को कुछ घटित हो प्रसन्नता, अप्रसन्नता, उदासी, क्रोध, ईर्ष्या तो आंखें बंद कर लेना और पीछे की ओर वापस जाना। जल्दी ही तुम पीछे की ओर यात्रा करने में कुशल हो जाओगे। जल्दी ही तुम पीछे समय में लौटने योग्य हो जाओगे और तब बहुत सारे घाव खुलेंगे। जब वे घाव खुलते हैं तुम्हारे भीतर, तो कुछ करने मत लग जाना। करने की कोई जरूरत नहीं। तुम केवल देखो ध्यान से; घाव वहां मौजूद होता है। तुम केवल ध्यान देना, तुम्हारी ध्यान-ऊर्जा ले जाना घाव की ओर, उसकी ओर देखना। उसकी ओर देखना बिना कोई निर्णय दिए। क्योंकि यदि तुम निर्णय देते हो, यदि तुम कहते हो, 'यह बुरा है, यह ऐसा नहीं होना चाहिए,' तो घाव फिर से बंद हो जाएगा। तब उसे छिप जाना पड़ेगा। जब भी तुम निंदा करते हो तो मन चीजों को छिपाने की कोशिश करता है। इसी भांति निर्मित होते हैं चेतन और अचेतन। अन्यथा, मन तो एक है; किसी विभाजन की कोई जरूरत नहीं। लेकिन तुम तो निंदा करते। तब मन को बांट देना पड़ता है और चीजों को अंधकार में रखना पड़ता है, तलघर में, ताकि तुम देख न सको उन्हें—और तब कोई जरूरत नहीं रहती निंदा करने की।

निंदा मत करना, प्रशंसा मत करना। तुम केवल साक्षी बने रहो, एक अनासक्त द्रष्टा। अस्वीकृत मत करना। मत कहना, 'यह अच्छा नहीं है', क्योंकि वह बात एक अस्वीकृति होती है और तुमने दमन शुरू कर दिया होता है। निर्लिप्त हो जाओ। केवल ध्यान दो उस पर और देखो। करुणापूर्ण देखो और स्वस्थता घटित हो जाएगी।

मत पूछना मुझसे कि ऐसा क्यों घटता है, क्योंकि यह एक स्वाभाविक घटना है। यह ऐसी ही है जैसे सौ डिग्री पर पानी का वाष्पीकरण हो जाता है। तुम कभी नहीं पूछते, 'निन्यानबे डिग्री पर क्यों नहीं होता?' कोई नहीं उत्तर दे सकता है इसका। ऐसा होता ही है कि सौ डिग्री पर पानी वाष्प बन जाता है। इस पर कोई प्रश्न नहीं, और प्रश्न होता है अप्रासंगिक। यदि यह वाष्पीकरण होता निन्यानबे डिग्री पर, तो तुम पूछते, क्यों? यदि यह वाष्पीकरण अट्ठानबे डिग्री पर होता तो तुम पूछते, क्यों। यह एकदम स्वाभाविक है कि सौ डिग्री पर पानी का वाष्पीकरण हो जाता है।

यही बात आंतरिक स्वभाव के विषय में सत्य है। जब कोई अनासक्त, करुणामयी चेतना घाव तक चली जाती है, घाव तिरोहित हो जाता है, वाष्प बन जाता है। उस पर क्यों का कोई प्रश्न-चिह्न नहीं होता है। यह तो बस स्वाभाविक है, ऐसा ही होता है, यह इसी तरह घटता है। जब मैं ऐसा कहता हूं तो

अनुभव से कहता हूं। आजमाना इसे और अनुभव तुम्हारे लिए संभव है, यही है मार्ग।

प्रति-प्रसव द्वारा व्यक्ति कर्मों से मुक्त हो जाता है। कर्म भविष्य पर जोर देने की कोशिश करते हैं। वे तुम्हें अतीत में नहीं जाने देते। वे कहते हैं, 'भविष्य में सरको। अतीत में तुम क्या करोगे? कहां जा रहे हो तुम? क्यों व्यर्थ करते हो समय? कुछ करो भविष्य के लिए!' कर्म सदा जोर देते हैं कि 'भविष्य में जाओ ताकि अतीत अचेतन में छिपा रहे।' उलटी प्रक्रिया शुरू करो—प्रति-प्रसव। मन की बात मत सुनना जो कि भविष्य में जाने को कहता है। जरा ध्यान देना—मन सदा भविष्य के बारे में कुछ कह रहा होता है। वह तुम्हें कभी यहीं नहीं होने देता। वह सदा तुम्हें भविष्य में सरकने को मजबूर कर रहा होता है।

पीछे अतीत में जाओ। और जब मैं पीछे अतीत में जाने को कहता हूं, तो मैं यह नहीं कह रहा कि तुम्हें अतीत का स्मरण करना चाहिए। स्मरण करना मदद न देगा; स्मरण करना एक नपुंसक प्रक्रिया है। यह भेद याद रखना है: स्मरण से कोई मदद नहीं मिलती। वह शायद हानिकारक ही होगा—लेकिन यह पुनः जीना, वह समग्रतया विभिन्न है। भेद बहुत सूक्ष्म है। और उसे समझ लेना है।

तुम कोई चीज याद करते हो: तुम याद करते हो तुम्हारा बचपन। जब तुम बचपन याद करते तो तुम रहते हो यहीं और अभी। तुम बच्चे नहीं बन जाते। तुम याद कर सकते हो, तुम बंद कर सकते हो तुम्हारी आंखें और तुम याद कर सकते हो जब कि तुम सात वर्ष के थे और दौड़ रहे थे बगीचे में—तुम देखते हो उसे। तुम यहीं होते हो और अतीत दिखता है फिल्म की भांति; तुम दौड़ रहे हो, बच्चा दौड़ रहा है तितलियों को पकड़ने की कोशिश कर रहा है। तुम द्रष्टा हो और बच्चा दृश्य है। नहीं, यह बात ठीक नहीं; यह स्मरण करना हुआ। यह बात नपुंसक है, यह मदद न देगी।

घाव ज्यादा गहरे हैं। वे प्रकट नहीं किए जा सकते याद करने से, और स्मरण चेतन मन का ही एक हिस्सा बना रहता है। वह सब जो कि बहुत ज्यादा महत्वपूर्ण है छिपा रहा है अचेतन में, तो तुम याद करते हो केवल फिजूल बातें, या तुम याद करते हो केवल वे बातें जिन्हें तुम्हारा मन स्वीकार करता है।

इसलिए हर व्यक्ति कहता है कि उसका बचपन एक स्वर्ग था। किसी का भी बचपन स्वर्ग न था। क्यों सब कहते हैं कि बचपन एक स्वर्ग था? तुम फिर से बच्चा बनना चाहोगे, लेकिन पूछो जरा बच्चों से। कोई बच्चा नहीं होना चाहता फिर से बच्चा। हर बच्चा बड़ा होने की कोशिश कर रहा है और सोच रहा है कि कितनी जल्दी वह ऐसा कर सकता है। कोई बच्चा बचपन से प्रसन्न नहीं, क्योंकि वह कहता है, 'बड़े शक्तिशाली हैं।' हर बच्चा असहाय अनुभव करता है और असहायपन कोई अच्छी अनुभूति नहीं हो सकती है। हर बच्चा यहां-वहां से खींचा और धकियाया जा रहा अनुभव करता है, जैसे कि उसकी कोई स्वतंत्रता ही नहीं। बचपन एक गुलामी जान पड़ता है। हर एक चीज के लिए उसे दूसरों पर निर्भर होना पड़ता है। यदि उसे आइसक्रीम चाहिए तो उसे कहना पड़ता और मांगना पड़ता है। और यह शिक्षा देने को हर कोई मौजूद है कि आइसक्रीम बुरी चीज है। बच्चा सोचता है, 'तो फिर ईश्वर बनाता ही क्यों है आइसक्रीम?' वे सारी चीजें जिन्हें खाने के लिए मां-बाप उसे मजबूर करते हैं, बुरी होती हैं, वह उन्हें पसंद नहीं करता है। और जिन सारी चीजों को वह खाना चाहता है, मां-बाप को बुरी लगती हैं। वे कहते हैं, 'यह तो बहुत गड़बड़ हो जाएगी, तुम्हारा पेट खराब हो जाएगा, और यह हो जाएगा।' बच्चे को ऐसा जान पड़ता है कि सारे अच्छे-अच्छे विटामिन गंदी चीजों में डाल दिए गए हैं, और गंदी चीजें अच्छी चीजों में डाल दी गयी हैं। बच्चा बिलकुल खुश नहीं है। वह इस सारी व्यर्थ की मुसीबत को

समाप्त कर देना चाहता है, वह बड़ा हो जाना चाहता है और एक स्वतंत्र व्यक्ति बनना चाहता है। लेकिन आगे चल कर ये ही बच्चे कहेंगे कि 'बचपन स्वर्ग था!' क्या घटित हुआ?

जो कुछ बुरा है, असुंदर है, फेंक दिया गया है अचेतन में क्योंकि अहंकार उसकी ओर देखना ही नहीं चाहता है। सारे दुख भुला दिए गए हैं और सारी खुशी याद रखी गयी है। तुम खुशी को संजोए रहते हो और भूलते जाते हो दुखों को। यह चुनाव होता है। इसलिए बाद में हर कोई कहता है कि बचपन स्वर्ग था, क्योंकि तुमने वह सब भुलाने की कोशिश की है जो बुरा था। तुम्हारा बचपन जैसा कि तुम्हें याद है वह सत्य नहीं, वह मनगढ़ंत होता है। वह अहंकार द्वारा निर्मित कल्पित कथा है।

इसलिए यदि तुम याद करते हो तो तुम याद करोगे खुशी देने वाली चीजों को, दुख देने वाली चीजों को नहीं। यदि तुम फिर जीते हो, तो तुम जीयोगे समग्र को—सुख, दुख—सब कुछ है।

और पुनः जीना होता क्या है? फिर से जीना है, फिर से बच्चा बन जाना; बच्चे को बगीचे में दौड़ते हुए नहीं देखना, बल्कि दौड़ता हुआ बच्चा ही बन जाना। द्रष्टा मत बनो—वही हो जाओ। ऐसा संभव है क्योंकि बच्चा अभी भी अस्तित्व रखता है तुममें, वह हिस्सा होता है तुम्हारा। परत-दर-परत, वह सब जिसे तुमने जीया है अस्तित्व रखे रहता है तुममें। तुम बच्चे थे, वह मौजूद है। फिर तुम युवा हुए, वह मौजूद है। फिर तुम वृद्ध हो गए, वह मौजूद है। हर चीज वहां है, पर्त के ऊपर पर्त। तुम काट दो पेड़ के तने को और पर्त होती है वहां। गहराई में एकदम केंद्र में तुम पाओगे पहली पर्त, जब वृक्ष बहुत छोटा-सा पौधा था। पहली पर्त होती है वहां, दूसरी पर्त होती है वहां। तुम गिन सकते हो वर्ष, क्योंकि हर वर्ष है एक पर्त और वृक्ष संचय करता है। तुम गिन सकते हो वृक्ष की आयु के वर्ष कि कितना पुराना है। केवल वृक्ष की ही नहीं, बल्कि पत्थरों, चट्टानों की भी पर्तें होती हैं।

हर चीज एक संचित घटना होती है। तुम पहले बीज थे जो घटित हुआ तुम्हारी मां की गर्भ में। अभी भी वह मौजूद है वहां। और फिर इसके बाद हर रोज लाखों पर्तें जुड़ती गयीं, हजार बातें घटती रहीं। वे सभी वहां हैं, संचित। तुम फिर वही हो सकते हो, क्योंकि तुम वह थे। तुम्हें बस कदम पीछे लौटाने हैं। तो आजमाओ फिर से जीने को।

प्रति-प्रसव है अतीत को फिर से जीना। तुम बंद कर लेना अपनी आंखें, लेट जाना और पीछे की तरफ लौट चलना। तुम इसे आजमा सकते हो सीधे-सरल रूप से। यह बात तुम्हें उसके सारे ढंग का पता देगी। हर रात तुम सो सकते हो बिस्तर पर और पीछे सुबह की ओर लौट सकते हो। बिस्तर पर लौटना अंतिम बात है—उसे पहली बात बना लेना; और अब पीछे की ओर लौट चलना। लेटने से पहले तुमने क्या किया था? तुमने एक प्याला दूध पीया था, उसे फिर से पीयो, फिर से जीयो। उसके पहले पत्नी के साथ झगड़ा किया था, उसे फिर से घटने दो भीतर। मूल्यांकन मत करना क्योंकि अब मूल्यांकन करने की कोई जरूरत नहीं है। वह घट चुका है। मत कहना अच्छा या बुरा, मूल्यांकन को मत लाना बीच में। तुम तो बस फिर से जीयो, वह घट चुका है। तुम पीछे की ओर जाओः एकदम सुबह, जब एलार्म घड़ी ने तुम्हें जगाया, फिर से सुनो उसे। इसी तरह करते चलो और कोशिश करो दिन की हर घड़ी को जीने की, समय की घड़ी को खोलते हुए। तुम बहुत ज्यादा ताजा अनुभव करोगे और तुम्हें सुंदर नींद आएगी, क्योंकि दिन का और तुम्हारा लेन-देन समाप्त हुआ। अब दिन तुम्हारे सिर पर सवार नहीं है। तुमने उसे होशपूर्वक जी लिया है फिर से।

दिन में यह कठिन था होशपूर्ण बने रहना; तुम बहुत सारी चीजों से जुड़े थे। और तुम्हारे पास ऐसी चेतना नहीं है जिसे कि अभी तुम बाजार में साथ रख सको। शायद मंदिर में, कुछ पलों के लिए घटती है वह, शायद ध्यान में, कुछ पलों को तुम सजग हो जाओगे। तुम्हारे पास कोई इतनी ज्यादा चेतना नहीं है कि तुम बाजार में, दुकान में, सांसारिक झंझटों में साथ रख सको, जहां कि तुम होशपूर्ण नहीं रहते हो। फिर तुम निद्राचारिता की उसी पुरानी आदत में जा पड़ते हो। लेकिन बिस्तर पर लेटे हुए, तुम होशपूर्ण रह सकते हो। जरा ध्यान दो, फिर से जीओ, हर चीज को घटने दो फिर से। वस्तुतः ऐसा ही घटता है बुद्ध को।

तुम रात होशपूर्वक फिर से जीते हो : पत्नी ने कहा था कुछ, फिर तुमने कुछ कहा था, फिर उसने प्रतिक्रिया की; फिर उसी तरह सारी बात आ खड़ी हुई। कैसे तुम क्रोधित हुए थे और उसे मारा था, और कैसे उसने रोना शुरू कर दिया था।

और फिर तुम्हें उससे संभोग करना पड़ा। पल-पल ब्यौरे में जाओ, उतरो हर चीज में। ध्यानपूर्ण बने रहो, यह कहीं ज्यादा आसान होता है क्योंकि किसी चीज से कुछ खास लेना-देना नहीं होता। वह संसार अब मौजूद नहीं। तुम उसे देख सकते हो और फिर से जी सकते हो, जिस घड़ी तुम पहुंच रहे होते हो सुबह तक तो तुम बड़ी शांति अनुभव करोगे और निद्रा की विस्मरण भरी शांति तुम पर उतर रही होगी, किसी बेहोशी की भांति नहीं, बल्कि मखमल जैसे सुंदर अंधेरे की भांति—तुम उसे छू सकते हो, तुम उसे महसूस कर सकते हो। वह स्नेहार्द्रता एक मां की भांति तुम्हारे चारों ओर छा जाती है और फिर तुम उतर जाते हो रात्रि में।

तुम कम स्वप्न देखोगे क्योंकि स्वप्न निर्मित होते हैं अनजीए दिन के द्वारा। लाखों चीजें घट रही होती हैं। तुम उन सभी को नहीं जी सकते और तुम उन्हें किसी सजगता सहित नहीं जी सकते। वे झूलती रहती हैं। सारे अनजीए दिन की या कि बेहोशी में जीए दिन की मंडराती रह गयी प्रक्रिया होती है स्वप्न; बात एक ही है। आधे मन से जीया दिन, किसी तरह घिसटते हुए जीया गया दिन, जैसे कि तुमने शराब पी हुई हो, इसी तरह निर्मित होते हैं स्वप्न। जो प्रक्रिया अधूरी पड़ी रही दिन में उसे ही पूरा करने को स्वप्न होते हैं।

मन पूर्णतावादी है : वह कोई चीज अधूरी नहीं रहने देना चाहता। वह उसे पूरा करना चाहता है और इसीलिए सारी रात तुम स्वप्न देखते हो। लेकिन यदि तुम दिन को फिर से जी सको तो स्वप्न गिर जाएंगे, और एक दिन आ जाता है जब अचानक वहां स्वप्न नहीं बनते। जब स्वप्न नहीं होते, तो पहली बार तुम स्वाद लेते हो कि निद्रा कैसी होती है।

पतंजलि कहते हैं कि समाधि निद्रा की भांति ही होती है, परम आनंद निद्रा की ही भांति होता है, केवल एक अंतर है : निद्रा अचेतन है और समाधि चेतन है। निद्रा सर्वाधिक सुंदर घटनाओं में से है, लेकिन तुम कभी सोए नहीं क्योंकि तुम निरंतर इतने निर्विरोध रूप से स्वप्न देख रहे हो।

सारी रात में लगभग आठ आवर्तन होते हैं स्वप्न के और प्रत्येक आवर्तन बना रहता करीब-करीब चालीस मिनट तक। यदि तुम सोते हो आठ घंटे तो आठ आवर्तन तो स्वप्न के ही होते हैं और हर एक स्वप्न-आवर्तन बना रहता है चालीस मिनट तक। दो स्वप्नों के बीच तुम्हारे पास केवल बीस मिनट होते हैं, और वे भी कोई बहुत गहरे नहीं होते क्योंकि कोई दूसरा स्वप्न तैयार हो रहा होता है। एक स्वप्न समाप्त होता है, अभिनेता जा चुके होते हैं, पर्दे के पीछे, लेकिन वहां बहुत ज्यादा सरगरमी होती है

क्योंकि वे तैयार हो रहे होते हैं, अपने चेहरे पोत रहे होते हैं और अपने कपड़े बदल रहे होते हैं। वे तैयार हो रहे होते हैं और जल्दी ही परदा उठ जाएगा; उन्हें आना होगा।

तो जब दो स्वप्नों के बीच बीस मिनट का अंतराल तुम्हें दिया जाता है तो वह भी कोई बहुत ज्यादा शांतिपूर्ण नहीं होता है। पीछे तलघर छिपा हैः तैयारी चल रही होती है। यह बात तो दो युद्धों के बीच की शांति जैसी ही होती हैः पहला विश्वयुद्ध, दूसरा विश्वयुद्ध, और दोनों के बीच की शांति। लोगों ने उन्हें समझा शांतिपूर्ण दिनों की भांति—वे थे नहीं। वे हो नहीं सकते थे। वरना कैसे तुम तैयार हो सके दूसरे विश्वयुद्ध के लिए? वे शांतिपूर्ण दिन नहीं थे। अब उन्होंने ढूंढ लिया है एक सही शब्द; वे इसे कहते हैं, 'शीत-युद्ध'। उग्र गर्म युद्ध होता है, और दो युद्धों के बीच होता है शीत-युद्ध; यही है पर्दे के पीछे की तैयारी।

दो स्वप्न-चक्रों के बीच होता है बीस मिनट का अंतराल; वह किसी मध्यांतर की भांति होता है। हर चीज तैयार हो रही होती है और तुम भी तैयार हो रहे होते हो। यह कोई गैर-सक्रियता नहीं होती, यह होती है बेचैन सक्रियता।

जब तुम दोबारा जीते हो सारे दिन को, तो स्वप्न ठहर जाते हैं। तब तुम बहुत ही अतल गहराई में जा पड़ते हो। तुम गिरते जाते और गिरते जाते और गिरते जाते हो जैसे कि कोई पंख किसी अतल शून्य में गिर रहा हो—ऐसा ही होता है। इसका बड़ा सौंदर्य होता है, लेकिन यह तभी होता है जब तुम पीछे दिन में उतरते हो। यह उसके पूरे ढर्रे-ढांचे को जानने मात्र के लिए है; फिर तुम ऐसा कर सकते हो तुम्हारे पूरे जीवन भर तक।

ठीक उस घड़ी तक लौट जाओ जब तुम चीखे थे और तुम पैदा हुए थे। ध्यान रहे, उसे फिर से जीना होता है, स्मरण नहीं करना होता है—क्योंकि कैसे तुम स्मरण कर सकते हो? और फिर से चीख सकते हो वह पहली चीख—जिसे जैनोव कहता है आदिम चीख, प्राइमल स्क्रीम। तुम फिर से चीख सकते हो जैसे कि तुम फिर से जन्मे हो। जैसे कि तुम फिर से मां के गर्भ-मार्ग से निकलते हुए बच्चे बन गए। वह मार्ग बड़ा कठिन, दुरूह होता है। तुम बाहर आने के लिए संघर्ष करते हो और यह बात तकलीफ भरी होती है, क्योंकि नौ महीने तुम रहते रहे गर्भ जैसे स्वर्ग में।

हमारा सारा विज्ञान अभी तक गर्भाशय से ज्यादा सुविधापूर्ण चीज निर्मित नहीं कर पाया है। वह परिपूर्ण है। बच्चा बिलकुल जिम्मेदारी के बिना जीता है, बिना किसी चिंता के, रोजी-रोटी की कोई फिक्र नहीं, संसार की या कि संबंध की—कोई चिंता ही नहीं। क्योंकि कोई और दूसरा है ही नहीं, किसी संबंध का कोई प्रश्न ही नहीं। वह मां द्वारा पोषित होता है; किसी चीज को पचाने तक की भी फिक्र नहीं होती। मां पचा लिया करती है और बच्चा केवल पाता है पचाया हुआ भोजन। सांस लेने तक की चिंता नहीं होती। मां सांस लेती है, बच्चा आक्सीजन पाता है और वह तैरता है पानी में।

हिंदुओं के पास एक वर्णनात्मक चित्र है विष्णु का। वे कहते हैं कि विष्णु सागर पर तिरते हैं। तुमने देखा ही होगा चित्रः नाग-शय्या पर वे विश्राम करते हैं; सर्प रखवाली करता है और विष्णु सोते हैं। वह चित्र वस्तुतः प्रतीक-रूप है गर्भ का। हर बालक विष्णु है, भगवान की मूरत है—कम से कम गर्भ में तो। हर चीज पूरी है, कुछ भी कमी नहीं। वह पानी जिसमें कि वह तैरता है बिलकुल सागर-जल की भांति होता है, वही रसायन होते हैं, वही नमक। इसीलिए गर्भवती स्त्री ज्यादा नमक और नमकीन चीजें

खाने लगती है, नमकीन चीजों के लिए लालायित रहती है: गर्भाशय को जरूरत रहती है ज्यादा नमक की। वह ठीक वैसी ही रासायनिक स्थिति होती है जैसी कि सागर की होती है और बच्चा तैरता है सागर में, एकदम आराम से। तापमान बिलकुल वही बना रहता है। बाहर चाहे ठंड हो या गरमी, उससे कुछ अंतर नहीं पड़ता, मां का गर्भ बच्चे के लिए बिलकुल उतना ही तापमान बनाए रखता है। वह पूरे ऐश्वर्य में जीता है। उस ऐश्वर्य से बाहर निकल अंधेरे, संकरे, पीड़ा भरे मार्ग में आकर बच्चा चीख उठता है।

यदि तुम पीछे जा सको तुम्हारे जन्म की चोट तक तो तुम चीख पड़ोगे, और तुम चीखोगे ही यदि तुम फिर से जीयो तो। एक घड़ी आएगी जब तुम अनुभव करोगे कि तुम बच्चे ही हो, वह नहीं जो कि स्मरण कर रहा है।

तुम बाहर आ रहे होते हो जन्म-मार्ग से; एक चीख चली आती है। यह चीख तुम्हारे सारे अस्तित्व को आंदोलित कर देती है, यह बिलकुल तुम्हारे मूल अस्तित्व से ही आती है, तुम्हारे अस्तित्व की मूल जड़ों से। वह चीख तुम्हें बहुत सारी चीजों से मुक्त करा देगी। तुम फिर से बच्चे बन जाओगे, निर्दोष! यह होता है पुनर्जन्म।

यह भी पर्याप्त नहीं होता, क्योंकि यह केवल एक जन्म का होता है। यदि तुम ऐसा एक जन्म के साथ कर सकते हो, तो तुम दूसरे जन्मों में प्रवेश कर सकते हो। तुम चले जाते हो बिलकुल ही पहले दिन तक, सृष्टि के दिन के दिन तक। या, अगर तुम ईसाई हो तब आदम की परिभाषा अच्छी रहेगी: तुम जाते हो पीछे की ओर, फिर तुम होते हो ईदन के बगीचे में। तुम बन गए होते हो आदम और हव्वा। तब तुम्हारे पिछले सारे कर्म, आदत, संस्कार तिरोहित हो जाते हैं, विलीन हो जाते हैं। तुम फिर से प्रवेश कर गए स्वर्ग में। यही है प्रक्रिया प्रति-प्रसव की। अब इन सूत्रों में प्रवेश करें।

चाहे वर्तमान में पूरे हों या भविष्य में, कर्मगत अनुभवों की जड़ें होती हैं पांच क्लेशों में।

हमने बात की पांच क्लेशों की, पांच दुखों की, पांच कारणों की जो कि दुख निर्मित करते हैं। सारे कर्म, चाहे वे वर्तमान में पूरे हों कि भविष्य में, कर्मगत अनुभवों की जड़ें होती हैं पांच दुखों में। पहला क्लेश है अविद्या, जागरूकता का अभाव और बाकी चार तो उसी से आए परिणाम हैं। अंतिम है 'अभिनिवेश' जीवन की लालसा। वे सारे कर्म जिन्हें तुम करते हो, मूलतः उत्पन्न होते हैं जागरूकता के अभाव से।

इसका अर्थ क्या होता है, और उसे क्या कहा जाएगा जब बुद्ध चलते, खाते, सोते? क्या वे बातें कर्म नहीं? नहीं, वे नहीं हैं। वे कर्म नहीं हैं क्योंकि वे उत्पन्न होते जागरूकता से। वे भविष्य के लिए कोई बीज साथ नहीं लिए रहते। यदि बुद्ध चलते हैं, तो वह चलना वर्तमान का होता है। उसका अतीत में चलने से कोई संबंध नहीं होता। यह बात अतीत से नहीं जुड़ी होती, कि जिसके कारण वे चल रहे होते हैं। वह एक वर्तमान की जरूरत होती है, बिलकुल अभी की, यहीं और अभी की। वह सहज-स्वाभाविक होती है। यदि बुद्ध भूख अनुभव करते हैं, तो वे भोजन करते हैं। लेकिन यह बात स्वतःप्रवाहित होती है, यहीं और अभी। अंतर को समझ लेना है।

पूरब के अध्यात्म विज्ञान की समस्याओं में से एक रही है यह समस्या: बुद्ध चालीस वर्षों तक

जीवित रहे उनके बुद्धत्व को उपलब्ध होने के बाद; उन कर्मों का क्या होगा जिन्हें उन्होंने किया उन चालीस वर्षों के दौरान? यदि वे बीज बन गए होते तो उन्हें फिर से जन्म लेना पड़ता या कि कुछ और अंतर होता है?

वे नहीं बनते बीज, वे नहीं बनते...तुम रोज भोजन करते हो दिन के एक बजे। वह दो ढंग से किया जा सकता है। तुम देखते हो घड़ी की तरफ और अचानक तुम अनुभव करते हो कि पेट में भूख कराह रही है। यह भूख जुड़ी है अतीत से। यह स्वतःस्फूर्त नहीं है क्योंकि हर रोज तुम भोजन करते रहे हो एक बजे। एक बजे का समय तुम्हें याद दिलाता है, यह शरीर को एकदम उकसा देता है और सारे शरीर को भूख लगने लगती है। तुम कहोगे कि मात्र याद दिलाने से किसी को भूख नहीं लग सकती—ठीक। लेकिन शरीर तुम्हारे मन के पीछे चलता है। तुरंत शरीर को याद आ जाता है कि एक बजा है, मुझे भूख लगनी ही चाहिए। शरीर इसका अनुसरण करता है: पेट में तुम भूख का मंथन अनुभव करते हो, यह होती है अतीत के कारण निर्मित हुई एक झूठी भूख। यदि घड़ी कहती है कि केवल बारह ही बजे हैं, यदि किसी ने घड़ी को एक घंटा पीछे कर दिया हो, तो तुम उसको देखोगे और कहोगे कि अभी भी एक घंटा बाकी है—मैं किए चला जा सकता हूं अपना काम—भूख नहीं लगी है।

तुम जीते हो अतीत के कारण और आदत के कारण। तुम्हारी भूख एक आदत है, तुम्हारा प्रेम एक आदत है, तुम्हारी प्यास एक आदत है, तुम्हारी प्रसन्नता एक आदत है, तुम्हारा क्रोध एक आदत है। तुम जीते हो अतीत के कारण। इसीलिए तुम्हारा जीवन इतना अर्थहीन होता है, कोई अर्थ नहीं, उसमें कोई चमक नहीं। कोई महिमा नहीं। यह एक बिना मरूद्यान वाले रेगिस्तान जैसी घटना है।

बुद्ध जीते हैं क्षण की सहज स्फुरणा में। यदि उन्हें भूख लगती है तो उन्हें अतीत के कारण भूख नहीं लगती, ठीक अभी भूख लगी होती है। उनकी भूख वास्तविक होती है, सच्ची होती है। ठीक अभी वे प्यास अनुभव करते हैं। प्यास मौजूद होती है; वह मन के द्वारा प्रेरित नहीं हुई होती। तुम जीते हो मन के द्वारा। बुद्ध के पास कोई मन नहीं; मन धुल कर साफ हो गया है। वे जीते हैं अपनी अंतस सत्ता के द्वारा, जो कुछ घटता है उसके द्वारा, जो कुछ जैसा वे अनुभव करते हैं उसके द्वारा।

इसीलिए बुद्ध जैसे लोग कह सकते हैं अब मैं मरूंगा। तुम नहीं कह सकते ऐसा। कैसे कह सकते हो तुम यह? तुमने कभी अनुभव नहीं की स्वतःस्फूर्तता। तुम्हें भूख अनुभव होती है—क्योंकि समय आ पहुंचा; तुम्हें प्रेम अनुभव होता है, क्योंकि पुरानी आदतों का ढांचा दोहराया जाता है। तुमने मृत्यु को नहीं जाना अतीत में, तो कैसे तुम पहचानोगे मृत्यु को जब मृत्यु आ जाएगी? तुम नहीं पहचान पाओगे उसे; मृत्यु आ जाएगी। बुद्ध पहचानते हैं मृत्यु को।

जब मृत्यु आयी, बुद्ध ने कहा अपने शिष्यों से, यदि तुम्हें कुछ पूछना है तो तुम पूछ सकते हो, क्योंकि मैं मरने वाला हूं। वह आदमी जो सहजता में जीया है; भूख अनुभव करेगा जब शरीर को भूख लगी होती है; प्यास अनुभव करेगा जब शरीर को प्यास लगती है, मृत्यु का आना अनुभव करेगा जब शरीर मर रहा होता है। यह एक अजीब-सी बात है कि लोग मरते हैं और वे नहीं जान सकते कि शरीर मर रहा है, वे अनुभव नहीं कर सकते। वे इतने अनुभूतिविहीन हो चुके होते हैं—इतने यंत्रवत, मशीनी आदमी जैसे।

मृत्यु एक बड़ी घटना है। जब तुम्हें भूख अनुभव हो सकती है, तो तुम मृत्यु को क्यों नहीं अनुभव

कर सकते? जब तुम अनुभव कर सकते हो कि शरीर सो रहा है, तो तुम क्यों नहीं अनुभव कर सकते कि शरीर उतरता जा रहा है मृत्यु में? नहीं, तुम नहीं कर सकते अनुभव। तुम अनुभव कर सकते हो केवल अतीत से आयी चीजों को, और अतीत में कहीं कोई मृत्यु नहीं रही, इसलिए तुम्हारे पास कोई अनुभव नहीं। मन में इसकी कोई स्मृति है नहीं, इसलिए जब मृत्यु आती है, तो वह आती है लेकिन मन होशपूर्ण नहीं होता। बुद्ध कहते हैं, 'अब तुम पूछ सकते हो यदि तुम्हें कुछ पूछना हो तो, क्योंकि मैं मरने ही वाला हूं।' और फिर वे लेट जाते हैं वृक्ष के नीचे और होशपूर्वक मरते हैं।

पहले तो वे अपने को हटा लेते हैं शरीर से, फिर होती हैं सूक्ष्म पर्तें, सूक्ष्म शरीर, फिर वे उतरते चले जाते हैं भीतर। चौथे चरण में वे विलीन हो जाते हैं; वे चार चरण चल लेते हैं भीतर की ओर। चौथे चरण पर वे विलीन हो जाते हैं। वे चार चरण चलते हैं भीतर की ओर। बुद्ध मृत्यु के कारण नहीं मरते हैं, वे मरते हैं स्वयं। और जब तुम मरते हो स्वयं ही तो उसका अपना सौंदर्य होता है, उसमें एक गरिमा होती है। तब कोई संघर्ष नहीं रहता है।

जब आदमी को होश होता है, तो वह जीता है इसी क्षण में, अतीत के कारण नहीं। यही है भेद: यदि तुम जीते हो अतीत में तब भविष्य निर्मित होता है, कर्म का चक्र बढ़ता चलता है; यदि तुम जीते हो वर्तमान को तो फिर कर्म का चक्र नहीं बना रहता। तुम उसके बाहर होते हो, तुम उससे बाहर आ जाते हो। कोई भविष्य निर्मित नहीं होता।

'वर्तमान कभी निर्मित नहीं करता भविष्य को, केवल अतीत निर्मित करता है भविष्य को। तब जीवन बन जाता है अतीत की किसी अविच्छिन्न धारा से रहित पल-प्रतिपल की घटना। तुम जीते हो इसी क्षण को। जब यह क्षण चला जाता है तो एक दूसरा क्षण मौजूद हो जाता है। तुम जीते हो दूसरे क्षण को अतीत के माध्यम से नहीं, बल्कि तुम्हारे जागरण, सजगता, तुम्हारी अनुभूति, तुम्हारी अंतस-सत्ता से। तब कोई चिंता नहीं रहती; कोई स्वप्न नहीं, अतीत का कोई प्रभाव नहीं। तुम बिलकुल निर्भार होते हो, तुम उड़ सकते हो। गुरुत्वाकर्षण अपने अर्थ खो देता है। तुम अपने पंख खोल सकते हो। तुम आकाश में विचरते पक्षी हो सकते हो, और तुम आगे और आगे और आगे चले चल सकते हो। पीछे लौटने की कोई जरूरत नहीं रहती। वापस आ जाने को कोई जगह न रही; वह स्थल आ पहुंचा है, जहां से कोई वापसी नहीं।

क्या करना होगा? पिछले संचित कर्मों के साथ तुम्हें अपनानी होगी प्रति-प्रसव की विधि। तुम्हें लौटना होता है पीछे की ओर उसे जीते हुए, फिर से जीते हुए ताकि घाव भर जाएं। अतीत की बात खत्म हो गयी तुम्हारे लिए—घाव बंद हो जाता है।

दूसरी बात यह होती है कि जब पिछला खाता बंद हो जाता है, तो तुम्हारे लिए खत्म हो जाती वह बात: सारा संचित जल गया, बीज जल गए, जैसे कि तुम्हारा कभी अस्तित्व ही न था, जैसे कि तुम बिलकुल इसी क्षण उत्पन्न हुए हो; ताजे, सुबह की ओस की बूंदों से ताजे। तब जीना जागरूकता सहित। जो कुछ भी तुमने किया तुम्हारी पिछली स्मृतियों के साथ, अब वही कुछ करना वर्तमान घटना के साथ। तुम फिर से जीए चैतन्य सहित, अब हर क्षण जीयो चैतन्य सहित। यदि तुम हर क्षण को जी सकते हो चैतन्य सहित तो तुम कर्मों को संचित नहीं करते, बिलकुल ही संचित नहीं करते। तुम जीते हो एक निर्भार जीवन।

यही अर्थ है संन्यास का: निर्भार होकर जीना। हर क्षण दर्पण साफ कर देना ताकि कोई धूल इकट्ठी

न हो, और जैसा जीवन हो, दर्पण सदा उसे ही प्रतिबिंबित करे। एक निर्भार जीवन जीना, बिना किसी गुरुत्वाकर्षण के जीना, पंखों सहित जीना, खुले आकाश-सा जीवन जीना ही संन्यासी होना है। पुरानी किताबों में यह कहा गया है कि संन्यासी आकाश-पक्षी है—वह है। जैसे कि आकाश के पक्षी कोई पदचिह्न नहीं छोड़ते, वह कोई पदचिह्न नहीं छोड़ता है। यदि तुम जमीन पर चलते हो तो तुम्हारे पदचिह्न छूट जाते हैं।

वह आदमी जो जागा नहीं है, चलता है धरती पर—न ही केवल धरती पर बल्कि गीली धरती पर चलता है, छोड़ता चलता है पदचिह्न—अतीत। जागरण पाने वाला व्यक्ति उड़ता है पक्षी की भांति; वह कोई पदचिह्न नहीं छोड़ता आकाश में, कुछ नहीं छोड़ता वह। यदि तुम देखो पीछे की ओर तो वहां आकाश होता है, यदि तुम देखो आगे तो वहां आकाश होता है—कोई पदचिह्न नहीं, कोई स्मृतियां नहीं।

जब मैं ऐसा कहता हूं तो मेरा यह अर्थ नहीं होता कि यदि बुद्ध तुम्हें जानते हों तो वे तुम्हें याद न रखेंगे। उनके पास होती हैं स्मृतियां, लेकिन मनोवैज्ञानिक स्मृतियां नहीं होतीं। मन कार्य करता है, लेकिन वह कार्य करता है यंत्रवत अलग-थलग। उनका कोई तादात्म्य नहीं मन के साथ। यदि तुम जाओ बुद्ध के पास और तुम कहो, 'मैं यहां पहले आता रहा हूं। क्या आपको मेरी याद है?' उन्हें याद आ जाएगी तुम्हारी। वे तुम्हें याद कर पाएंगे किसी दूसरे से ज्यादा बेहतर ढंग से, क्योंकि उन पर कोई बोझ नहीं होता। उनके पास साफ, दर्पण जैसा मन होता है।

तुम्हें इस भेद को समझ लेना है, क्योंकि कई बार लोग सोचते हैं कि जब कोई आदमी संपूर्णतया सजग और होशपूर्ण हो जाता है और मन मिट जाता है, तो वह सब कुछ भूल जाता होगा। नहीं, वह कोई चीज साथ नहीं रखता, वह याद रखता है। उसकी क्रियाशीलता बेहतर होती है; मन ज्यादा साफ होता है, दर्पण समान होता है। उसके पास अस्तित्वगत स्मृतियां होती हैं, लेकिन उनके पास मनोवैज्ञानिक स्मृतियां नहीं होती हैं। भेद बहुत सूक्ष्म है।

उदाहरण के लिएः तुम कल मेरे पास आए और तुम्हें क्रोध आया था मुझ पर। तुम आज फिर आ गए और मैं तुम्हें याद रखूंगा क्योंकि तुम कल आए थे। मुझे याद रहेगा तुम्हारा चेहरा, मैं पहचान लूंगा तुम्हें, लेकिन मैं तुम्हारे क्रोध का घाव साथ नहीं लिए रहता। वह तुम्हारे किए की बात है। मैं यह घाव साथ नहीं लिए रहता कि तुम क्रोधित थे। पहली बात तो यह है कि मैंने घाव को कभी मौजूद होने ही नहीं दिया। जब तुम क्रोधित थे, तब वह कुछ ऐसी बात थी जिसे तुम स्वयं के साथ कर रहे थे, मेरे साथ नहीं। यह मात्र एक संयोग था कि मैं वहां मौजूद था। मैं घाव साथ नहीं लिए रहता। मैं ऐसा व्यवहार नहीं करूंगा जैसे कि तुम वही आदमी हो जो कि कल क्रोधित था। क्रोध मेरे और तुम्हारे बीच नहीं होगा। क्रोध वर्तमान संबंध को नहीं रंगेगा। यदि क्रोध रंग देता है वर्तमान संबंध को, तो यह एक मनोवैज्ञानिक स्मृति होती है; घाव साथ ही बना रहता है।

और मनोवैज्ञानिक स्मृति एक बहुत झुठलाने वाली प्रक्रिया होती है। तुम शायद आए हो माफी मांगने और यदि मैं घाव लिए रहूं, तो मैं नहीं देख सकता तुम्हारा आज का चेहरा जो माफी मांगने आया होता है, जो कि पछताने आया होता है। यदि मैं देखता हूं बीते कल का पुराना चेहरा तो मैं अभी भी आंखों में क्रोध ही देखूंगा, मैं अभी भी तुममें शत्रु को ही देखूंगा; और तुम फिर शत्रु तो नहीं रहते यदि तुममें पछतावा होता है तो। सारी रात तुम सो न सके, और तुम आए हो माफी मांगने। मैं उस ढंग

से व्यवहार करूंगा क्योंकि मैं बीते कल को प्रक्षेपित कर दूंगा तुम्हारे चेहरे पर। वह बीता कल नयी बात के उत्पन्न होने की सारी संभावना को ही नष्ट कर देगा। मैं स्वीकार नहीं करूंगा तुम्हारे पछतावे को, मैं नहीं स्वीकारूंगा कि तुम्हें अफसोस हो रहा है। मैं सोचूंगा कि तुम कोई चालाकी कर रहे हो। मैं सोचूंगा कि इसके पीछे जरूर कोई और बात होगी। क्योंकि क्रोध, क्रोधी आदमी का चेहरा अभी भी मौजूद है मेरे और तुम्हारे बीच। मैं उसे इतना ज्यादा प्रक्षेपित कर सकता हूं कि तुम्हारे लिए असंभव हो जाएगा पछताना। या, मैं उसे इतने गहन रूप से प्रक्षेपित कर सकता हूं कि तुम पूरी तरह भूल ही जाओगे कि तुम माफी मांगने आए थे। मेरा व्यवहार फिर एक स्थिति बन सकता है जिसमें कि तुम क्रोधित हो जाओ। और यदि तुम क्रोधित होते हो, तो मेरा प्रक्षेपण पूरा हो जाता है, मजबूत हो जाता है।

अस्तित्वगत स्मृति तो ठीक होती है, उसे तो मौजूद रहना ही होता है। बुद्ध को याद रखना ही है अपने शिष्यों को। आनंद आनंद है और सारिपुत्र है सारिपुत्र। वह इस विषय को लेकर कभी उलझन में नहीं पड़े कि कौन आनंद है और कौन सारिपुत्र है। वे स्मृति बनाए रहते हैं, लेकिन वह तो बस हिस्सा होती है मस्तिष्क के ढांचे का, अलग-थलग कार्य करती हुई, जैसे कि तुम्हारी जेब में कंप्यूटर हो और कंप्यूटर स्मृति को साथ रखता हो। बुद्ध का मस्तिष्क जेब में पड़ा कंप्यूटर बन गया है, एक अलग घटना। वह उनके संबंधों में नहीं आता, वे उसे सदा साथ लिए नहीं रहते। जब उसकी जरूरत होती है तो वे देख लेते हैं उसमें, लेकिन वे कभी तादात्म्य नहीं बनाते उसके साथ।

जब कोई व्यक्ति पूरी जागरूकता सहित जीता है वर्तमान में—और पूरी जागरूकता के साथ तुम किसी और जगह नहीं जी सकते क्योंकि जब तुम जागरूक होते हो तो केवल वर्तमान ही बचता है वहां; अतीत न रहा, भविष्य न रहा अब। सारा जीवन बन जाता है वर्तमान की घटना—तब कोई कर्म, कर्म के कोई बीज, संचित नहीं होते। तुम मुक्त होते हो तुम्हारे अपने संबंध से। तुम्हारे अपने से ही निर्मित हुआ था बंधन।

और तुम मुक्त हो सकते हो। तुम्हें पहले सारी दुनिया के मुक्त हो जाने की प्रतीक्षा करने की जरूरत नहीं। तुम आनंदित हो सकते हो। सारी दुनिया दुखों से मुक्त हो जाए तुम्हें इसके लिए प्रतीक्षा करने की जरूरत नहीं। यदि तुम प्रतीक्षा करते हो, तो तुम प्रतीक्षा करोगे व्यर्थ ही—यह बात घटित न होगी।

यह एक आंतरिक घटना है: बंधन से मुक्त होना। तुम संपूर्णतया मुक्त होकर जी सकते हो संपूर्णतया अमुक्त संसार में। तुम समग्ररूपेण मुक्त होकर जी सकते हो; कैद में भी हो तो इससे कुछ अंतर नहीं पड़ता, क्योंकि यह एक आंतरिक दृष्टिकोण होता है। यदि तुम्हारे अंतरबीज टूट जाते हैं, तुम मुक्त होते हो। तुम बुद्ध को कैदी नहीं बना सकते। डाल दो उन्हें जेल में लेकिन तो भी तुम नहीं बना सकते उन्हें कैदी। वे जीएंगे वहां, वे जीएंगे वहां जागरूकता सहित। यदि तुम होते हो संपूर्ण जागरण में तो तुम सदा ही होते हो मोक्ष में, सदा ही जीते हो स्वतंत्रता में। जागरूकता है स्वतंत्रता, अजागरूकता है बंधन।

जब तक जड़ें बनी रहती हैं, पुनर्जन्म से कर्म की पूर्ति होती है—गुणवत्ता, जीवन के विस्तार और अनुभवों के ढंग द्वारा।

यदि तुम बनाए रहते हो कर्म के बीजों को तो उन बीजों की पूर्ति होगी फिर-फिर लाखों तरीकों से।

तुम फिर पा लोगे स्थितियों को और अवसरों को जहां कि तुम्हारे कर्मों की परिपूर्ति हो सकती है।

उदाहरण के लिए, तुम्हारे पास शायद बड़ी धन-संपत्ति हो, शायद तुम धनी व्यक्ति होओ। तुम धनवान हो सकते हो लेकिन तुम कंजूस हो और तुम जीते हो दरिद्र व्यक्ति का जीवन—यह है कर्म। पिछले जन्मों में तुम जीए हो दरिद्र व्यक्ति की भांति। अब तुम्हारे पास धन-दौलत है लेकिन तुम जी नहीं सकते उस दौलत को। तुम ढूंढ़ लोगे तर्कपूर्ण उत्तर। तुम सोचोगे कि सारा संसार दरिद्र है इसलिए तुम्हें जीना ही है एक दरिद्र जीवन। लेकिन तुम गरीब को नहीं दे दोगे तुम्हारी दौलत, तुम जीयोगे गरीब का जीवन, और धन पड़ा रहेगा बैंक में। या, तुम सोच सकते कि गरीबी की जिंदगी ही होती है धार्मिक जिंदगी, इसलिए तुम्हें जीनी ही है गरीबी की जिंदगी। यह कर्म होता है; दरिद्रता का एक बीज। तुम्हारे पास शायद धन-दौलत हो, लेकिन तो भी तुम उसे जी न सको; बीज बना रहेगा।

तुम शायद भिखारी हो और तुम जी सकते हो समृद्ध जीवन। तुम भिखारी हो सकते हो, और कई बार भिखारी ज्यादा समृद्ध होते हैं धनवान लोगों से। वे स्वतंत्रतापूर्वक जीते हैं। वे इसकी चिंता नहीं करते कि क्या घटने को है। खोने को उनके पास कुछ होता नहीं, इसलिए जो कुछ भी उनके पास होता है, वे आनंदित होते हैं उससे। जितना है उससे कम तो नहीं हो सकता, इसलिए वे आनंद मनाते हैं। एक गरीब आदमी समृद्ध जीवन जीता है यदि वह समृद्ध जीवन के बीज साथ लिए रहता हो, और वे बीज सदा ढूंढ लेंगे संभावनाओं को, पूरा करने वाले अवसरों को। जहां कहीं तुम हो, उससे कुछ अंतर न पड़ेगा। तुम्हें जीना होगा तुम्हारे अतीत द्वारा।

पुण्य लाता है सुख; अपुण्य लाता है दुख।

यदि तुमने पुण्य कर्म किए होते हैं, अच्छे कार्य किए होते हैं, तो तुम्हारे आसपास ज्यादा सुख होगा। तुम्हारे आसपास कुछ भी न हो, जीवन के प्रति एक सुखद दृष्टिकोण तो होगा, एक प्रीतिकर संभावना। तुम देख पाओगे अंधेरे बादलों में छिपी रजत-रेखा। तुम आनंदित हो जाओगे साधारण चीजों से; छोटी-छोटी चीजें, लेकिन तुम इतने ज्यादा आनंदित होओगे उनसे कि वे समृद्ध हो जाएंगी, समृद्ध चीजों से ज्यादा समृद्ध। भिखारी का चोला पहने तुम चल सकते हो किसी सम्राट की भांति। यदि तुमने पुण्य-कर्म किए होते हैं, तो सुख पीछे चला आता है। यदि तुमने पाप किया, बुरे कर्म—हिंसात्मक, आक्रामक, दूसरों को नुकसान पहुंचाने वाला काम, तो पीड़ा चली आती है। ध्यान रहे, यह तो उसका फल है—एक स्वाभाविक परिणाम।

ईसाई, यहूदी, मुसलमान सोचते हैं कि ईश्वर तुम्हें सजा देता है क्योंकि तुम बुरा करते हो। तुम अच्छा करते हो और ईश्वर तुम्हारी प्रशंसा करता है, तुम्हें उपहार देता है—खुशनुमा चीजों का उपहार। हिंदू ज्यादा कुशल हैं, वे ईश्वर को नहीं लाते बीच में। वे तो बस कहते हैं, 'यह नियम है,'—जैसे कि गुरुत्वाकर्षण का नियम है, यदि तुम संतुलित होकर चलते हो, तो तुम गिरते नहीं, तुम आनंदित होते चलने से; यदि तुम किसी शराबी की भांति असंतुलित होकर चलते हो, तो तुम गिर पड़ते हो और हड्डी टूट जाती है। ऐसा नहीं है कि ईश्वर तुम्हें सजा दे रहा होता है क्योंकि तुमने कुछ गलत किया; यह तो एक सीधा-साफ नियम होता है गुरुत्वाकर्षण का। तुम अच्छा भोजन करते, अच्छी चीजें खाते, स्वास्थ्य

बनता; तुम गलत ढंग से खाते, गलत चीजें, तो बीमारी चली आती। ऐसा नहीं कि कोई तुम्हें सजा दे रहा होता है। कोई नहीं है वहां तुम्हें सजा देने को, बस नियम है, केवल प्रकृति—ताओ, ऋत्।

कर्म का नियम सीधा-साफ है। यदि तुम ईश्वर की बात करने लगते हो, तो चीजें जटिल हो जाती हैं, बहुत जटिल। कई बार हम देखते हैं कि बुरा आदमी जीवन में आनंदित हो रहा है, और कई बार हम अच्छे आदमी को पीड़ा भोगते देखते हैं तो प्रश्न उठता है इस बारे में कि ईश्वर कर क्या रहा है? वह अन्यायी जान पड़ता है। यदि वह न्यायी है, तब तो बुरे व्यक्ति को पीड़ा भोगनी चाहिए और अच्छे को जीवन का ज्यादा आनंद मनाना चाहिए।

जटिलता यह है: यदि परमात्मा बिलकुल न्यायपूर्ण है तब तुम उसे करुणापूर्ण नहीं जान सकते, क्योंकि तब करुणा कैसे न्याययुक्त बनेगी? यदि परमात्मा न्यायपूर्ण है तो वह करुणापूर्ण नहीं हो सकता, क्योंकि करुणा का अर्थ होता है कि यदि किसी ने कुछ गलत किया, पर फिर भी प्रार्थना किए जाता है, तो तुम उसे माफ कर देते हो। इसलिए प्रार्थना बहुत अर्थपूर्ण बन जाती है ईसाइयों, यहूदियों और मुसलमानों की दुनिया में—'प्रार्थना करो, क्योंकि यदि तुम प्रार्थना करते हो तो परमात्मा तुम्हें माफ कर देगा। वह स्वयं करुणा है।' इसका अर्थ हुआ कि वह अन्यायी होगा। यदि किसी व्यक्ति ने प्रार्थना नहीं की और वह पापी रहा है, उसे सजा मिलेगी और नर्क में फेंक दिया जाएगा। और वह आदमी जिसने कि प्रार्थना की है और ज्यादा बड़ा पापी रहा है, स्वर्ग में प्रवेश पाएगा। यह बात अन्यायपूर्ण मालूम पड़ती है। मात्र प्रार्थना करने से? और प्रार्थना चीज क्या है? क्या यह किसी प्रकार की खुशामद है? तुम प्रार्थना में करते क्या हो?—तुम खुशामद करते हो परमात्मा की।

हिंदू कहते हैं, 'नहीं, परमात्मा को बीच में मत लाओ क्योंकि उलझनें आ बनेंगी। या तो वह न्यायपूर्ण होगा—तब तो करुणा के लिए कोई स्थान ही न रहेगा, या उसमें करुणा होगी—तो वह न्यायपूर्ण नहीं हो सकता।' इस कारण लोग सोचेंगे कि अच्छे और बुरे काम—इनका वस्तुतः कोई सवाल नहीं; केवल प्रार्थना, पवित्र स्थानों की तीर्थयात्रा ठीक है। हिंदू कहते हैं: यह तो एक सीधा-साफ प्राकृतिक नियम है; प्रार्थना कोई मदद न देगी। यदि तुमने कुछ बुरा किया है तो तुम्हें दुख भोगना होगा। कोई प्रार्थना मदद नहीं कर सकती। तो मत प्रतीक्षा करना प्रार्थना के लिए, और मत गंवाना तुम्हारा समय प्रार्थना में। यदि तुमने कुछ बुरा किया है तो तुम्हें पीड़ा भोगनी ही होगी; यदि तुमने अच्छा काम किया है तो तुम आनंद मनाओगे।

लेकिन कोई उन चीजों को बांट नहीं रहा होता तुम्हारे लिए, संसार में कहीं कोई व्यक्ति नहीं—यह एक नियम है, अव्यक्तिगत। यह बात ज्यादा वैज्ञानिक है। यह जटिलताएं कम निर्मित करती है और समस्याओं को सुलझाती ज्यादा है। प्रकृति के नियम के विषय में हिंदुओं की जो अवधारणा है, ऋत्, वह संसार के प्रति बने वैज्ञानिक दृष्टिकोण के साथ हर ढंग से अनुकूल बैठती है। तो क्या कर सकते हो तुम? तुमने बुरा किया, तुमने अच्छा किया; दुख और सुख पीछे-पीछे चले आएंगे छाया की भांति। कैसे होता है यह? क्या करना होगा?

दो दृष्टिकोण हैं पूरब में: एक तो पतंजलि का और दूसरा है महावीर का। महावीर कहते हैं, 'यदि तुमने कुछ गलत किया है तो तुम्हें कुछ सही करना होगा संतुलन लाने को, अन्यथा तो तुम पीड़ा भोगोगे।' यह बात तो जरा ज्यादा बड़ी लगती है, क्योंकि बहुत जन्मों से तुम लाखों चीजें करते रहे हो।

यदि हर चीज का हिसाब-किताब चुकाना हो, तो इसमें लाखों जन्म लगेंगे। और फिर भी खाता बंद न होगा क्योंकि तुम्हें जीने पड़ेंगे ये लाखों जन्म, और तुम निरंतर रूप से वे चीजें करते रहोगे जो ज्यादा भविष्य निर्मित कर देंगी। हर चीज ले जाती किसी दूसरी चीज तक; एक चीज से दूसरी चीज तक, हर चीज परस्पर जुड़ी होती है। तब तो स्वतंत्रता की कोई संभावना ही नहीं जान पड़ती।

पतंजलि का दृष्टिकोण एक दूसरा दृष्टिकोण है। वह ज्यादा गहरे उतरता है। सवाल अच्छाई द्वारा संतुलन बनाने का नहीं; अतीत अनकिया नहीं किया जा सकता है। तुमने अतीत में एक व्यक्ति को मार दिया—महावीर का दृष्टिकोण ऐसा है, अब तुम संसार में अच्छी-अच्छी बातें करो। लेकिन तुम अच्छी बातें करते भी हो, तो वह आदमी फिर से जी नहीं उठता है। वह आदमी मर गया, सदा के लिए मर गया। वह हत्या सदा के लिए तुम्हारे भीतर एक जख्म की भांति बनी रहेगी। शायद तुम स्वयं को तसल्ली दे सकते हो कि तुमने इतने सारे मंदिर और धर्मशालाएं बनाई हैं, और तुमने लाखों रुपये दान दे दिए हैं लोगों को। शायद यह बात एक सांत्वना होगी, लेकिन अपराध तो मौजूद रहेगा ही। कैसे तुम हत्या का हिसाब बराबर कर सकते हो? उसे निष्प्रभाव नहीं किया जा सकता। तुम अतीत को अनकिया नहीं कर सकते।

पतंजलि कहते हैं, 'अतीत स्मृति के अतिरिक्त और कुछ नहीं है; वह एक स्वप्निल घटना है, वह अब मौजूद नहीं। तुम उसे अनकिया कर सकते हो मात्र प्रति-प्रसव में जाने से ही। तुम जाते हो पीछे की ओर, उसे फिर से जीते होः तुम्हारी स्मृति में तुम फिर से उस व्यक्ति की हत्या कर देते हो। उस घाव को अनुभव करो फिर से। जब तुमने उस आदमी की हत्या की तो उस क्षण की पीड़ा को अनुभव करना। सारी पीड़ा को फिर से जीना और इसी तरह भर जाएगा घाव और अतीत धुल जाएगा।'

पतंजलि के साथ मुक्ति संभव जान पड़ती है; महावीर के साथ वह असंभव मालूम पड़ती है। इसीलिए जैन धर्म ज्यादा नहीं फैल पाया। मोक्ष करीब-करीब असंभव ही जान पड़ता है, अविश्वसनीय। पतंजलि पूरब की गूढ़ रहस्यवादिता के आधारों में से एक बन गए हैं।

महावीर रहे किनारे पर, सीमा पर ही। वे कभी न बन सके केंद्रीय शक्ति। वे बहुत ज्यादा जुड़े हैं क्रिया के साथ, और वे कर्मों की वास्तविकता में बहुत ज्यादा विश्वास रखते हैं। पतंजलि कहते हैं, 'कर्म होते हैं एकदम स्वप्नों की भांति। सारा संसार और कुछ नहीं सिवाय एक बड़े रंगमंच के, और सारा जीवन और कुछ नहीं सिवाय एक नाटक के। तुम उसे खेलते रहे क्योंकि तुम्हें होश नहीं था। यदि तुम सजग रहे होते, तो कोई समस्या न होती।'

अब होश में आओ और होशपूर्ण ऊर्जा को तुम्हारे अतीत तक ले आओ। वह सारे अतीत को जला देगीः दुख और सुख दोनों तिरोहित हो जाएंगे; अच्छी-बुरी दोनों चीजें तिरोहित हो जाएंगी। और जब दोनों मिट जाती हैं, जब तुम अच्छे-बुरे के द्वैत के पार हो जाते हो, तुम मुक्त हो जाते हो। तब न तो सुख होता है और न दुख। तब एक शांति उतरती है, गहरी शांति। इस शांति में एक नयी घटना घटती है—सच्चिदानंद की। उस गहन शांति में सत्य घटित होता है तुममें; होश घटता है तुममें; आनंद घटित होता है तुममें। मैं पूरी तरह राजी हूं पतंजलि से।

इसीलिए महावीर का सारा दृष्टिकोण अधिकाधिक नैतिक हो गया। जैन धर्म तो बिलकुल ही भूल गया है योग को। तुम जैन मुनियों को योग करते हुए नहीं पाओगे—कभी नहीं। वे तो बस अपने कर्म

का संतुलन बैठा रहे होते हैं! वे निरंतर सोच रहे हैं कि क्या करें और क्या न करें। कैसे घटित हो अंतस-सत्ता यह वे बिलकुल भूल ही चुके हैं। क्या करना है और क्या नहीं करना है, कर्तव्य और अकर्तव्य—उनका सारा दृष्टिकोण कर्मों से जुड़ा होता है—अंधेरे में मत चलो, क्योंकि कहीं कोई कीट-पतंगा मर जाएगा तो और फिर वही कर्म; रात में मत खाओ, क्योंकि अंधेरे में शायद कोई कीड़ा गिर जाए, कोई मक्खी गिर जाए भोजन में और शायद तुम उन्हें खा लो, और हिंसा हो जाए। इसे मत खाओ, उसे मत करो। बारिश में भी मत चलो क्योंकि जब जमीन गीली होती है, बहुत सारे कीड़े-पतंगे जमीन पर चलते रहते हैं, बहुत से कीड़े पैदा होते हैं वर्षा में। वे निरंतर चिंतित रहते हैं कार्यों के विषय में; क्या करना और क्या नहीं करना। उनका सारा दृष्टिकोण जुड़ा होता है केवल घटना के साथ। वे बिलकुल ही भूल गए हैं कि कैसे होना है, केंद्र में कैसे अवस्थित होना है। वे योग नहीं करते, वे ध्यान नहीं करते। वे कर्म से जुड़े हैं; पतंजलि जुड़े हैं चेतना से।

ज्यादा लोग निर्वाण को उपलब्ध होते हैं पतंजलि के द्वारा। महावीर के द्वारा, विरले ही, बहुत थोड़े से; सारा दृष्टिकोण असंभव जान पड़ता है। इसलिए पतंजलि की सुनना ठीक से। न ही केवल सुनना, बल्कि कोशिश करना सार तत्व को आत्मसात करने की। बहुत कुछ संभव है उनके द्वारा। वे इस पृथ्वी पर हुए अंतर्यात्रा के महानतम वैज्ञानिकों में से एक हैं।

प्रवचन 18

बुद्धों के मनोविज्ञान का निर्माण

प्रश्न-सार

1. बुद्धों का मनोविज्ञान बनाने के लिए बुद्धों का अध्ययन करना होगा। तो बुद्ध मिलेंगे कहां?

2. बुद्धों का मनोविज्ञान क्या है? वह अब तक निर्मित क्यों नहीं हो सका?

3. आपके पास आ कर मैं खुश और शांत हो गया हूं। क्या मेरे लिए ध्यान जरूरी है?

4. गर्भकालीन दशा और फिर गर्भ से बाहर आने का अनुभव सुखद है या दुखद?

5. साधक-समूह या सद्गुरु की क्यों जरूरत है? क्या अकेले ध्यान करना पर्याप्त नहीं है?

6. प्रतिप्रसव और अनसीखा करना क्या एक ही विधि है?

7. अच्छा-बुरा—सब स्वप्नवत है, तो कर्म का सिद्धांत कैसे अस्तित्व रख सकता है?

पहला प्रश्न : आपने कहा कि आप तीसरे प्रकार का मनोविज्ञान विकसित करने का प्रयत्न कर रहे हैं, बुद्धों का मनोविज्ञान; लेकिन अध्ययन करने के लिए आपको बुद्ध मिलेंगे कहां ?

शुरुआत करने को, एक तो यहां मौजूद ही है, देर-अबेर वह तुममें से बहुतों को बुद्ध बना देगा। यदि एक बुद्ध होता है, तो बहुत से तुरंत ही संभव हो जाते हैं। क्योंकि वह एक बुद्ध कार्य कर सकता है कैटेलिटिक एजेंट, प्रेरक-शक्ति के रूप में। ऐसा नहीं कि वह कुछ करेगा, लेकिन क्योंकि वह मौजूद होता है, इसी कारण चीजें अपने से होने लगती हैं। यही अर्थ है कैटेलिटिक एजेंट, प्रेरक-शक्ति का। देर-अबेर, तुममें से बहुत सारे लोग बुद्ध हो जाएंगे, क्योंकि हर कोई मौलिक रूप से बुद्ध ही होता है। इसे पहचानने में कितनी देर लगा सकते हो तुम ? कितनी देर तक स्थगित कर सकते हो इसे ? कठिन बात है—तुम अपनी पूरी कोशिश करोगे स्थगित करने की, देर करने की, लाखों कठिनाइयां खड़ी करने की, लेकिन कितनी देर तक ऐसा कर सकते हो तुम ?

मैं यहां हूं तुम्हें किसी तरह अतल शून्य में धकेल देने को, जहां तुम मरते हो और बुद्ध उत्पन्न होते हैं। उस एक बुद्ध को पा लेने की ही तो सदा समस्या होती है। एक बार वह एक बुद्ध मौजूद हो जाता है तो मौलिक संपूर्ति, मौलिक जरूरत पूरी हो जाती है। तब बहुत सारे बुद्ध तुरंत संभव हो जाते हैं। और यदि बहुत होते हैं, तो हजारों संभव हो जाते हैं। जो पहला है वह कार्य करता है एक चिंगारी की भांति, और एक छोटी-सी चिंगारी काफी होती है सारी पृथ्वी को जला देने के लिए। इसी तरह ही घटा है अतीत में। एक बार गौतम हो गए बुद्ध, तो धीरे-धीरे हजारों को होना पड़ा। क्योंकि यह सवाल होने का नहीं; तुम वह हो ही। किसी को तुम्हें याद दिलाना पड़ता है, बस यही होती है बात।

अभी एक दिन मैं रामकृष्ण की एक कथा पढ़ रहा था। मुझे प्यारी लगती है वह। मैं फिर-फिर पढ़ता हूं उसे जब कभी मेरे सामने आ जाती है वह। वह सारी कथा गुरु के कैटेलिटिक उत्प्रेरक होने की ही है।

कथा है : एक बच्चे को जन्म देते हुए एक शेरनी मर गई, और बच्चे को पाला-पोसा बकरियों ने। निस्संदेह, बाघ स्वयं को इस तरह बकरी ही समझता था। यह बात सहज थी, स्वाभाविक थी; बकरियों द्वारा पाले जाने से, बकरियों के साथ रहने से, वह समझने लगा कि वह बकरी था। वह शाकाहारी बना रहा, घास ही खाता-चबाता रहा। उसके पास कोई धारणा न थी। अपने स्वप्नों तक में भी वह स्वप्न न देख सकता था कि वह बाघ था, और वह था तो बाघ।

फिर एक दिन ऐसा हुआ कि एक बूढ़े बाघ ने बकरियों के इस झुंड को देखा और वह बूढ़ा बाघ विश्वास न कर सका अपनी दृष्टि पर। एक युवा बाघ चल रहा था बकरियों के बीच। न तो बकरियां भयभीत थीं उस बाघ से और न उन्हें पता था कि बाघ उनके बीच चल रहा था; बाघ भी बकरी की भांति ही चल रहा था।

वृद्ध बाघ ने बस किसी तरह जा पकड़ा युवा बाघ को, क्योंकि कठिन था उसे पकड़ पाना। वह तो भागा—ऐसी कोशिश की उसने, वह रोया, चीखा-चिल्लाया। वह भयभीत था, वह कंप रहा था भय से। सारी बकरियां भाग निकलीं और वह भी उनके साथ भाग जाने की कोशिश में था, लेकिन बूढ़े बाघ ने उसे पकड़ लिया और उसे खींचता हुआ ले चला झील की ओर। वह जाता न था। उसने उसी ढंग से बाधा डाली जैसे कि तुम मेरे साथ कर रहे हो! उसने अपनी ओर से पूरी कोशिश की न जाने की। वह मरने की हालत तक डरा हुआ था, चीख रहा था और रो रहा था, लेकिन वह बूढ़ा बाघ तो उसे जाने न देगा। बूढ़ा बाघ अभी भी खींचता था उसे और वह उसे ले गया झील की तरफ।

झील शांत, निस्तरंग थी किसी दर्पण की भांति। उसने युवा बाघ को बाध्य किया पानी में झांकने के लिए। उसने देखा, आंसू भरी आंखों से—दृष्टि साफ न थी लेकिन दृष्टि थी तो—कि वह लगता था एकदम वृद्ध बाघ की भांति ही। आंसू मिट गए और होने का एक नया बोध उदित हुआ; बकरी मिटने लगी मन से। अब कोई बकरी न थी, लेकिन तो भी वह विश्वास न कर सका उसके अपने ज्ञान के जागरण पर। अभी भी शरीर कुछ कांप रहा था, वह भयभीत था। वह सोच रहा था, 'शायद मैं कल्पना ही कर रहा हूं। एक बकरी ऐसे अचानक ही बाघ कैसे बन सकती है? यह संभव नहीं, ऐसा कभी हुआ नहीं। ऐसा इस तरह से कभी नहीं हुआ।' वह विश्वास न कर सका अपनी आंखों पर, लेकिन अब वह पहली चिंगारी, प्रकाश की पहली किरण उसकी अंतस-सत्ता में प्रवेश कर गई थी। सचमुच ही अब वह वही न रहा था। वह कभी फिर से वही न हो सकता था।

वह वृद्ध बाघ उसे ले गया अपनी गुफा में। अब वह उतना प्रतिरोधी नहीं था, उतना अनिच्छुक न था, उतना भयभीत न था। धीरे-धीरे वह निर्भीक हो रहा था, साहस एकत्र कर रहा था। जैसे ही वह गया गुफा की ओर, वह चलने लगा बाघ की भांति। बूढ़े बाघ ने उसे कुछ मांस खाने को दिया। यह बात कठिन है शाकाहारी के लिए, करीब-करीब असंभव, उबकाई लाने वाली, लेकिन बूढ़ा बाघ तो कुछ सुनता ही न था। उसने उसे मजबूर किया खाने के लिए। जब युवा बाघ की नाक मांस के निकट आई तो कुछ हो गयाः उस गंध से उसके प्राणों की कोई गहरी बात जो कि सोई पड़ी थी जाग गयी। वह खिंच गया, आकर्षित हो उठा मांस की ओर, और वह खाने लग गया। एक बार उसने स्वाद चख लिया मांस का, एक गर्जन फूट पड़ी उसके प्राणों से। बकरी विलीन हो गई उस गर्जन में, और बाघ वहां मौजूद था अपने सौंदर्य और भव्यता सहित।

यही है सारी प्रक्रिया। और एक बूढ़े बाघ की जरूरत होती है। यही है तकलीफः बूढ़ा बाघ है यहां, और चाहे कैसे ही कोशिश करो बच निकलने की, इस ढंग से और उस ढंग से, वैसा संभव नहीं। तुम अनिच्छुक होते हो; झील तक तुम्हें ले चलना कठिन है, लेकिन मैं तुम्हें ले चलूंगा। तुम घास खाते रहे जीवन भर। तुम बिलकुल भूल ही चुके हो मांस की गंध, लेकिन मैं तुम्हें बाध्य कर दूंगा उसे खाने के लिए। एक बार स्वाद मिल जाए तो गर्जना फूट पड़ेगी। उस विस्फोट में बकरी तिरोहित हो जाएगी और

बुद्ध उत्पन्न होंगे। तो तुम्हें इसमें चिंता करने की जरूरत नहीं कि मुझे अध्ययन करने के लिए इतने सारे बुद्ध कहां मिलेंगे! मैं निर्मित करूंगा उन्हें।

दूसरा प्रश्नः बुद्धों के मनोविज्ञान से आपका क्या अर्थ है? पूरब में हजारों बुद्ध हुए हैं। क्या उन्होंने बुद्धों का मनोविज्ञान निर्मित नहीं किया? क्या कपिल, कणाद, बादरायण, पतंजलि इत्यादि जैसे संतों ने तीसरे मनोविज्ञान को प्रतिष्ठित नहीं किया?

नहीं; अभी तक तो नहीं। बहुत-सी समस्याएं हैं। तीसरे मनोविज्ञान की स्थापना करने के लिए पहले दो जरूरतें पूरी करनी पड़ती हैं। यदि तुम तिमंजला मकान बनाते हो तो पहले दो मंजिलें पूरी बनानी होती हैं, और केवल तभी तीसरी बनाई जा सकती है।

अतीत में, रुग्ण आदमी के लिए मनोविज्ञान का कभी अस्तित्व नहीं रहा, पहले प्रकार के मनोविज्ञान का कभी अस्तित्व न था। किसी ने परवाह नहीं की मानसिक रोग के क्षेत्र में प्रवेश करने की; विशेष कर पूरब में तो ऐसा नहीं हुआ। किसी ने परवाह नहीं की। क्योंकि रोग से छुटकारा मिल सकता था उसमें जाए बिना। उसका विश्लेषण करने की कोई जरूरत न थी। रुग्ण मन में यात्रा करने की कोई जरूरत न थी, इस बारे में कुछ भी करने की जरूरत न थी। कुछ विशेष विधियां अस्तित्व रखती थीं, अभी भी वे विधियां अस्तित्व रखती हैं। तुम उसे एकदम अलग कर सकते थे।

उदाहरण के लिए, जापान में जब कोई आदमी पागल होता है, कोई न्यूरोटिक होता है, वे उसे ले जाते हैं झेन मठ में, वे उसे ले जाते हैं नगर के धार्मिक व्यक्तियों के पास। यह सर्वाधिक प्राचीन तरीकों में से एक तरीका हैः उसे ले जाते हैं धार्मिक पुरुष के पास। और क्या किया जाता है मठ में? कुछ नहीं। वस्तुतः कुछ नहीं किया जाता है। जब कोई पागल आदमी लाया जाता है मठ में, तो वे विश्लेषण करने की, निदान करने की फिक्र नहीं लेते। वे इस बारे में सोचने की चिंता नहीं करते कि यह किस प्रकार का रोग है। इसकी कोई जरूरत नहीं होती, क्योंकि रोग हटाया जा सकता है। वे पागल आदमी को मठ से दूर किसी अलग कमरे में रख छोड़ते हैं एक कोने में, कहीं पीछे। उसकी आवश्यकताएं पूरी की जाती हैंः भोजन दिया जाता है और जो कुछ उसे चाहिए, वह दिया जाता है, लेकिन कोई उसके विषय में बात नहीं करता, कोई उसके पागलपन पर ध्यान नहीं देता। पूरब जानता है कि जितना ज़्यादा तुम उस पर ध्यान देते हो, उतना ज्यादा तुम पोषित करते हो पागलपन को। सारा मठ बना रहता है, उदासीन, तटस्थ—जैसे कि कोई अंदर आया ही न हो।

उदासीनता एक विधि है, क्योंकि एक पागल आदमी को सचमुच ही चाहिए होता है ज्यादा ध्यान। शायद ऐसा हो कि वह मात्र अपनी ओर ध्यान आकर्षित करने को ही पागल हो गया हो। इसलिए मनोविश्लेषण कोई ज्यादा मदद नहीं दे सकता। क्योंकि मनोविश्लेषक इतना ज्यादा ध्यान देते हैं पागल पर, न्यूरोटिक पर, साइकोटिक पर, कि वह उस ध्यान पर पोषित होने लगता हैः कई वर्षों से बराबर कोई ध्यान दे रहा होता है तुम पर।

तुमने ध्यान दिया होगा कि न्यूरोटिक लोग सदा दूसरों को बाध्य करते हैं अपनी ओर ध्यान देने के

लिए। यदि वे ध्यान पा सकते हों तो वे कुछ भी करेंगे। झेन मठ में वे कोई ध्यान नहीं देते, वे उदासीन बने रहते हैं। कोई परवाह नहीं करता, कोई नहीं सोचता कि वह पागल है, क्योंकि यदि सारा समूह सोचे कि वह पागल है तो वह सोचना ऐसी तरंगें निर्मित कर देता है जो कि पागल को पागल बने रहने देने में मदद करती हैं। तीन सप्ताह, चार सप्ताह के लिए पागल आदमी को उसके अपने साथ रहने दिया जाता है। आवश्यकताएं पूरी की जाती हैं, लेकिन कोई ध्यान नहीं दिया जाता; कोई विशिष्ट ध्यान नहीं; अलगाव कायम किया जाता है। कोई नहीं सोचता कि वह पागल है। और तीन या चार सप्ताह के भीतर ही, वह पागल, अपने साथ रहते हुए ही, धीरे-धीरे बेहतर होता चला जाता है। पागलपन घटता जाता है।

अभी भी झेन मठों में वे यही कुछ करते हैं। पश्चिम के मनोवैज्ञानिक इस तथ्य के प्रति सचेत हो गए हैं। बहुत से लोग गए हैं जापान यह अध्ययन करने के लिए कि होता क्या है। और वे बिलकुल हैरान हो गए। वे वर्षों तक कार्य किए हैं और कुछ घटित नहीं होता है; और झेन मठ में बिना कुछ किए ही पागल आदमी को उसके स्वयं के पास छोड़ देने से चीजें ठीक होने लगती हैं। पागल आदमी को चाहिए पृथकता। उन्हें चाहिए विश्राम, उन्हें चाहिए अलगाव, उपेक्षा, और वे लहरें, वे तनाव जो उनके मन में उठ रहे थे, वे एकदम विलीन हो जाते हैं। चौथे सप्ताह बाद वह आदमी तैयार हो जाता है मठ छोड़ देने के लिए। वह धन्यवाद देता है वहां के लोगों को, मठ के अधिकारियों को और दूसरों को, और चला जाता है। वह पूरी तरह ठीक होता है।

पूरब में इस कारण, इन विधियों के कारण, पहली प्रकार का मनोविज्ञान कभी विकसित नहीं हुआ था। और जब तक पहली प्रकार का मनोविज्ञान मौजूद न हो, दूसरी प्रकार का असंभव हो जाता है। रुग्ण मन को समझ लेना है उसके विस्तार में। पागल आदमी को ठीक होने में मदद देना एक बात है, पागलपन का मनोविज्ञान निर्मित करना दूसरी बात है। वैज्ञानिक पहुंच की आवश्यकता है, ब्यौरे भरे विश्लेषण चाहिए। पश्चिम में उन्होंने किया है ऐसा; पहले प्रकार का मनोविज्ञान वहां है। फ्रायड, जुंग, एडलर और दूसरे कइयों ने रुग्ण आदमियों के लिए मनोविज्ञान निर्मित किया है। शायद वे उन लोगों की जो कि मुसीबत में होते हैं, बहुत ज्यादा मदद नहीं कर सकते, लेकिन उन्होंने एक और जरूरत पूरी की है। वह जरूरत वैज्ञानिक हैः उन्होंने निर्मित किया है पहले प्रकार का मनोविज्ञान। तुरंत ही दूसरे प्रकार का संभव हो जाता है। दूसरा है स्वस्थ आदमी का मनोविज्ञान।

दूसरे मनोविज्ञान के अंश पूरब में सदा अस्तित्व रखते रहे, लेकिन अंश ही, टुकड़े ही बने रहे, कभी संबद्ध संपूर्णता नहीं बने। टुकड़े ही क्यों?—क्योंकि धार्मिक लोगों को इसमें रुचि थी कि साधारण, स्वस्थ व्यक्ति को इंद्रियों के अनुभव के पार कैसे बढ़ाएं। थोड़ी खोज की है उन्होंने, गहरे विस्तार में नहीं, एकदम अंत तक नहीं, क्योंकि उन्हें किसी मनोविज्ञान को निर्मित करने में कोई रुचि न थी। उन्हें रस था मात्र किसी आधार को खोज लेने में, ठोस मन का कोई ऐसा आधार तल जहां से कि ध्यान में छलांग लगाई जा सके। उनकी रुचि अलग थी। उन्होंने सारे क्षेत्र की कोई परवाह नहीं की।

जब कोई आदमी बस छलांग लगा लेना चाहता है नदी में—तो वह सारे किनारे की खोज नहीं करता। वह ढूंढ लेता है स्थान, कोई छोटी चट्टान और वहां से वह छलांग लगा देता है। सारे क्षेत्र को खोजने की कोई जरूरत नहीं। दूसरे मनोविज्ञान के अंश अस्तित्व रखते थे पूरब में। वे मौजूद हैं पतंजलि में, बुद्ध में, महावीर में और कई दूसरों में—बस थोड़े से ही टुकड़े, पूरे क्षेत्र का एक हिस्सा ही। सारी

पहुंच वैज्ञानिक न थी, पहुंच धार्मिक थी। ज्यादा की जरूरत न थी। तो इसकी फिक्र क्यों लेते वे? मात्र छोटी-सी भूमि को साफ कर लेने से ही, वहां से वे उड़ान भर सकते थे अपरिसीम में। सारे जंगल को साफ करने की कोशिश ही क्यों करनी?—और यहां एक विशाल जंगल है।

मानव-मन एक विशाल घटना है। रुग्ण मन स्वयं में ही एक बड़ी घटना है। स्वस्थ तो और भी ज्यादा बड़ा होता है रुग्ण मन से, क्योंकि रुग्ण मन तो मात्र एक हिस्सा होता है स्वस्थ मन का, वह संपूर्ण बात नहीं। कोई कभी पूरी तरह पागल नहीं होता है; कोई हो नहीं सकता। केवल एक हिस्सा ही पगला जाता है, केवल एक हिस्सा ही बीमार हो जाता है, लेकिन कोई भी पूरी तरह बीमार नहीं होता है। यह एकदम शरीर-विज्ञान की भांति ही है; किसी का शरीर संपूर्णतया बीमार नहीं हो सकता है। क्या कभी तुमने देखा है किसी के शरीर को पूरी तरह बीमार होते हुए? उसका तो अर्थ होगा कि जितनी सारी बीमारी मानवता के लिए संभव है, एक ही आदमी के शरीर में घट गई है। वैसा असंभव है, कोई उतनी हद तक नहीं पहुंचता। किसी के सिर में पीड़ा होती है, किसी का पेट दुखता है, किसी को बुखार होता है, कुछ न कुछ चलता रहता है—किसी हिस्से में ही। और शरीर एक विशाल घटना है, एक पूरा ब्रह्मांड है।

यही बात सच है मन के लिए : मन है पूरी सृष्टि। सारा मन कभी पागल नहीं होता और इसलिए पागल आदमियों को वापस होश में लाया जा सकता है। यदि सारा मन पागल हो जाता है, तो तुम उसे होश में न ला सकते थे, कोई संभावना न थी। यदि सारा मन पागल हो जाता है तो कैसे उसे वापस होश में लाओगे? मात्र एक हिस्सा, एक हिस्सा ही भटक जाता है। तुम ला सकते हो उसे वापस, उसे फिर से समस्त के अनुकूल बैठा सकते हो।

पश्चिम में अब दूसरे प्रकार का मनोविज्ञान प्रसव-पीड़ा में से गुजर रहा है, अब्राहम मैसलो, एरिक फ्राम, जैनोव और दूसरों के साथ। यह एक समग्र पहुंच है : रोग की भाषा में नहीं सोचा जा रहा है बल्कि स्वास्थ्य की भाषा में सोच रहे हैं; मौलिक रूप से रोग-विज्ञान पर एकाग्र नहीं हो रहे हैं; बल्कि मौलिक रूप से एकाग्र हो रहे हैं स्वस्थ मानवता पर। दूसरा मनोविज्ञान उत्पन्न हो रहा है, लेकिन अभी वह पूरा नहीं हुआ है। इसीलिए मैं कहता हूं कि वह तो केवल प्रसव-पीड़ा में ही है, वह आ रहा है संसार में। देर-अबेर वह तेजी से विकसित होने लगेगा। केवल तभी तीसरे प्रकार का मनोविज्ञान संभव होता है। इसलिए मैं कहता हूं कि उसका कभी अस्तित्व ही न था।

बुद्ध हुए हैं, लाखों हुए, लेकिन बुद्धों का मनोविज्ञान नहीं हुआ, क्योंकि कभी किसी ने जागरूक मन को विशेष रूप से खोज कर उसके द्वारा कोई वैज्ञानिक अनुशासन निर्मित करने की कोशिश ही नहीं की। बुद्ध हुए हैं, लेकिन किसी ने कोशिश नहीं की है बुद्धत्व की घटना को वैज्ञानिक तरीकों से समझने की।

गुरजिएफ पहला आदमी था मनुष्यता के पूरे इतिहास में जिसने कोशिश की। इस अर्थ में गुरजिएफ विरला ही था, क्योंकि वह एक प्रवर्तक था तीसरी संभावना का। जैसा कि सदा होता है पहल करने वालों के साथ, कि यह कठिन था, बहुत कठिन था किसी ऐसी चीज में उतर जाना जो कि सदा अज्ञात बनी रही हो, लेकिन उसने कोशिश की। वह कुछ टुकड़े अंधेरे से बाहर ले आया है, लेकिन वह बात और-और कठिन हो गयी क्योंकि उसके सब से बड़े शिष्य पी.डी. ऑस्पेंस्की ने उसे धोखा दिया। एक कठिनाई थी।

गुरजिएफ स्वयं एक रहस्यवादी था, विज्ञान की दुनिया से परिचित न था; वह वैज्ञानिक मन का नहीं था। वह एक रहस्यवादी था, वह बुद्ध था। सारा प्रयास निर्भर करता था पी. डी. ऑस्पेंस्की पर, क्योंकि

वह एक वैज्ञानिक आदमी थाः सब से बड़े गणितज्ञों में से एक, और इस शताब्दी के कुशलतम विचारकों में से एक। सारी बात निर्भर करती थी ऑस्पेंस्की पर। गुरजिएफ को बीज बोने थे और ऑस्पेंस्की को उस पर काम करना था, उसे परिभाषित करना था, उसे एक दर्शन के रूप में सामने लाना था, उसमें से वैज्ञानिक सिद्धांत बनाने थे। वह एक सतत सहयोग था गुरु और शिष्य के बीच का। गुरजिएफ बीज बो सकता था, लेकिन वह उसकी वैज्ञानिक परिभाषा न कर सकता था और वह न ही उसे इस ढंग से रख सकता था कि वह कोई अनुशासन बन सकता। वह जानता था कि बात क्या है, लेकिन भाषा की कमी पड़ रही थी।

ऑस्पेंस्की के पास भाषा मौजूद थी। बिलकुल परिपूर्ण थी। मैं और कोई तुलना नहीं खोज पाता, ऑस्पेंस्की इतनी पूरी और सही बात कहता था कि अल्बर्ट आइंस्टीन तक को ईर्ष्या होती। उसके पास वस्तुतः एक बहुत ही प्रशिक्षित तर्कसंगत मन था। तुम पढ़ो उसकी एक किताब 'टर्सियम ऑरगानम' वह एक विरल घटना है। ऑस्पेंस्की कहता है उस किताब में, बिलकुल शुरू में हीः संसार में केवल तीन किताबें हैंः एक है अरस्तू की 'ऑरगानम—विचार का पहला सिद्धांत', दूसरी है बेकन की 'नोवम ऑरगानम—विचार का दूसरा सिद्धांत'; और तीसरी है 'टर्सियम ऑरगानम—विचार का तीसरा सिद्धांत।' ऑस्पेंस्की कहता है—जब वह कहता है तो वह गर्वित होकर या अहंकारी होकर या इसी तरह का कुछ होकर नहीं कहता—'दोनों के अस्तित्व में आने से पहले भी तीसरे का अस्तित्व था।' वह कहता है टर्सियम ऑरगानम में, 'मैं सारे ज्ञान के वास्तविक मूल को ही इसमें ला रहा हूं।' और यह कोई अहंकार युक्त बात नहीं; वह किताब सचमुच ही असाधारण है।

गुरजिएफ का प्रयास ही निर्भर करता था ऑस्पेंस्की और उसके बीच के गहरे सहयोग पर। उसे राह दिखा देनी थी और ऑस्पेंस्की को उसे सूत्रों में पिरोना था, सूत्रबद्ध करना था, उसे एक ढांचा देना था। आत्मा आनी थी गुरजिएफ से और शरीर देना था ऑस्पेंस्की को, और ऑस्पेंसकी ने उसे बीच में ही धोखा दे दिया। वह एकदम छोड़ ही गया गुरजिएफ को। वैसी संभावना सदा से थी, क्योंकि वह इतना बौद्धिक था और गुरजिएफ बिलकुल ही प्रति-बौद्धिक था। यह लगभग असंभव बात थी कि वे अपना सहयोग बनाए रखते।

गुरजिएफ ने मांग की बेशर्त समर्पण की—जैसी मांग गुरुओं ने सदा की है; और ऐसी बात कठिन थी ऑस्पेंस्की के लिए—जैसी यह सदा कठिन होती है प्रत्येक शिष्य के लिए। और यह ज्यादा कठिन होती है, जब शिष्य बहुत बौद्धिक होता है। धीरे-धीरे ऑस्पेंस्की सोचने लगा कि वह सब कुछ जानता था। यह एक धोखा होता है जिसे बुद्धिजीवी आसानी से निर्मित कर लेता है। वह इतना बौद्धिक व्यक्ति था कि उसने हर चीज सूत्रबद्ध की और वह अनुभव करने लगा कि वह जानता था। फिर धीरे-धीरे दरार पड़ने लगी।

गुरजिएफ सदा मांग करता था असंगत बातों की। उदाहरण के लिए, ऑस्पेंस्की हजारों मील दूर था और गुरजिएफ ने उसे तार भेज दियाः 'फौरन चले आओ, हर चीज छोड़ कर।' ऑस्पेंस्की आर्थिक, पारिवारिक झंझट में, और भी कई चीजों में फंसा हुआ था, और यह बात उसके लिए करीब-करीब असंभव थी कि सब छोड़-छाड़ तुरंत चल देता, लेकिन वह छोड़ आया। उसने बेच दी हर चीज, वह हट आया परिवार से और वह फौरन भाग आया। जब वह पहुंचा, तो जो पहली बात गुरजिएफ ने कही, वह

थी, 'अब तुम जा सकते हो वापस।' यही वह बात थी जिसने कि दरार खिंचने की शुरुआत की। ऑस्पेंस्की चला आया और फिर कभी वापस न आया—लेकिन वह चूक गया। वह तो मात्र एक जांच थी समग्र समर्पण की।

जब तुम समग्ररूपेण समर्पित होते हो, तो तुम पूछते नहीं, क्यों? गुरु कहता है, 'आओ', तुम आ जाते हो। गुरु कहता, 'जाओ', तुम चले जाते हो। यदि ऑस्पेंस्की उस दिन उसी सरलता से चला गया होता जैसे कि आया था, तो उसके भीतर की कोई गहरी बात जो उसके सारे विकास को अवरुद्ध कर रही थी, गिर गयी होती। लेकिन ऑस्पेंस्की जैसे आदमी के लिए यह बात जरा ज्यादा बेमानी हो गयी कि गुरजिएफ ने अचानक कहा, और वह चला आया। वह जरूर बहुत-सी अपेक्षाएं लिए आया होगा, क्योंकि वह सोच रहा था कि उसने तो इतना कुछ त्याग दियाः परिवार, समस्याएं, आर्थिक व्यवस्था, नौकरी—वह छोड़ आया था हर चीज। वह सोच रहा होगा कि वह कोई आत्मबलिदानी था। वह आ गया था और बिना उसे अभिवादन तक किए, पहली बात गुरजिएफ ने कही उसे देखते हुए, वह यह थी, 'अब तुम जा सकते हो वापस।' यह तो बहुत ज्यादा हुआ; वह अलग हो गया।

ऑस्पेंस्की के अलग हो जाने से, तीसरे आयाम के मनोविज्ञान को निर्मित करने का सारा प्रयास ही रुक गया। गुरजिएफ ने बहुत कोशिशें कीं; उसने कोशिश की किसी और को खोज लेने की। बहुत सारे लोगों के साथ उसने कार्य किया, लेकिन ऑस्पेंस्की की योग्यता का वह कोई एक भी न ढूंढ सका। ऑस्पेंस्की का विकास रुक गया और तीसरे मनोविज्ञान के लिए किया जा रहा गुरजिएफ का कार्य रुक गया। एक साथ वे अदभुत थे; अलग हो कर दोनों ही पंगु हो गए। ऑस्पेंस्की बौद्धिक बना रहा, गुरजिएफ रहस्यवादी रहा। यही थी अड़चन। इसीलिए तो वह बात घट न सकी।

मैं फिर से कोशिश कर रहा हूं तीसरे आयाम पर कार्य करने की, और मैंने यह जोखिम नहीं उठाया है जो गुरजिएफ ने उठाया। मैं किसी पर निर्भर नहीं; मैं गुरजिएफ और ऑस्पेंस्की का जोड़ हूं। दो विभिन्न आयामों में जीना एक कठिन कार्य है, बहुत ही कठिन है यह। लेकिन चाहे जैसे भी है, यह अच्छा है, क्योंकि कोई मुझे धोखा नहीं दे सकता और मेरा कार्य रोक नहीं सकता, कोई नहीं कर सकता ऐसा। मैं निरंतर गतिमान हो रहा हूं अ-मन के संसार में, और शब्दों के और किताबों के और विश्लेषण के संसार में। गुरजिएफ के लिए श्रम का विभाजन थाः ऑस्पेंस्की कार्य कर रहा था लाइब्रेरी में और वह कार्य कर रहा था स्वयं के आसपास। मुझे दोनों करने हैं—ताकि वही बात फिर से न दोहरायी जाए। मैं दोनों स्तरों पर निरंतर कार्य करता रहा हूं और हर संभावना है कि प्रयास सफल हो सकता है। मैं तुम्हारा अध्ययन कर रहा हूं और तुम धीरे-धीरे विकसित हो रहे हो।

बुद्ध हो जाना स्वयं में एक बात है। वह बात बहुत अचानक घटतीः एक क्षण पहले तुम बुद्ध न थे, और एक क्षण बाद तुम बुद्ध होते हो। यह बात इतनी अचानक घटती है कि जब यह तुम्हारे स्वयं में घटती है, तो कोई अंतराल नहीं रहता जिसमें कि इसका अध्ययन किया जाए। तुम्हारे साथ मैं बहुत धीमे-धीमे अध्ययन कर सकता हूं। जितना ज्यादा तुम छल करते और प्रतिरोध करते, उतने ही बेहतर ढंग से मैं तुम्हारा अध्ययन कर सकता हूं; कि क्या घट रहा है यह। मुझे अध्ययन करना है बहुत-से लोगों का, केवल तभी वह बात घट सकती है। मनोविज्ञान एक व्यक्ति पर निर्भर नहीं कर सकता है क्योंकि व्यक्ति इतने अलग होते, इतने बेजोड़। मैं हो गया होऊंगा बुद्ध, लेकिन मैं एक बेजोड़ व्यक्ति हूं। तुम हो

सकते हो बुद्ध, लेकिन तुम एक बेजोड़ व्यक्ति हो। कम से कम सात प्रकार के लोग हैं जो कि इस संसार में अस्तित्व रखते हैं। तो कम से कम सात बुद्धों का अध्ययन बहुत ज्यादा गहराई से करना है, एक संबंध रखता हो एक-एक प्रकार से। केवल तभी संभव होगा मनोविज्ञान।

ऑस्पेंस्की बात करता है सात प्रकार के आदमियों की। वे सारे सातों प्रकार और उनके विकास समझ लेने हैं : किस प्रकार की बाधाएं बना देते हैं वे, किस प्रकार के बचावों के लिए वे प्रयत्न करते और कैसे उनके बचाव और उनके प्रतिरोध तोड़े जा सकते हैं। हर प्रकार के साथ बात कुछ अलग ही होगी। जब तक सारे सातों प्रकार जाने नहीं जाते, चरण-चरण पर्त-दर-पर्त एकदम शुरू से ही, शुरू से लेकर आखिर तक ही अध्ययन नहीं किए जाते, तब तक मनोविज्ञान प्रतिपादित नहीं किया जा सकता है। वह पहले कभी अस्तित्व न रखता था, लेकिन वह अस्तित्व रख सकता है भविष्य में।

तीसरा प्रश्न : जैसा कि आपने कहा, मेरा जीवन एक दुख है—लेकिन आपके पास आने के बाद से दुख चला गया है। हालांकि मुझे मालूम है कि मेरा जीवन अभी भी आनंदमय नहीं है, एक संतुष्टि चली आई है हर उस चीज के प्रति जो कि मुझे घटित होती है। इस बात ने ध्यान करने की, खोज करने की ही आकांक्षा में कमी कर दी है। मैं साथ बहे जाने में खुश हूं, बस। क्या मैं एकदम सुस्त हूं?

यह घड़ी आती है प्रत्येक खोजी को, जब नकारात्मक अब नहीं बच रहा होता है, लेकिन विधायक भी नहीं आया होता; जब पीड़ा जा चुकी होती है, लेकिन आनंद घटित नहीं हुआ होता, जब रात बाकी नहीं रही, लेकिन सूर्योदय तो नहीं हुआ। यह एक अच्छा लक्षण है कि तुम विकसित हो रहे हो। और फिर, तुरंत ही, व्यक्ति विश्रांति अनुभव करने लगता है, बहने लगता है, और हर चीज जैसे घटती है वह बहुत सुंदर होती है। मन कहता है, क्यों फिक्र करनी? जरा भी ध्यान क्यों करना? यदि तुम सुनते हो मन की, तो जल्दी ही रात वापस लौट आएगी, दुख का प्रवेश हो जाएगा। मत सुनो मन की। तुम निरंतर ध्यान करना लेकिन अब जरा अलग दृष्टिकोण सहित : ऐसे ध्यान करो जैसे कि तुम उसमें बह रहे हो। बहुत ज्यादा प्रयास मत करना इस बात के लिए। इसी की तो जरूरत होती है। ध्यान करो प्रयास-विहीनता से, पर ध्यान करो। सुस्त मत पड़ना। सुस्ती के साथ पुरानी बात फिर से वापस चली आयेगी, क्योंकि आनंद अभी भी घटित नहीं हुआ है। एक बार आनंद घट जाता है—जब तुम संपूर्णतया परितृप्त अनुभव करते हो; जब तुम उस स्थल तक आ पहुंचते हो, जहां तुम संतुष्टि के बारे में भी भूल जाते हो, वह इतनी संपूर्ण होती है—केवल तभी ध्यान गिराया जा सकता है। वह गिर जाता है अपने से ही।

दो स्थलों पर गिराने का विचार आ बनता है। पहला स्थल यह होता है, जिसके लिए प्रश्न करने वाले ने पूछा है : जब अंधकार मिट जाता है, दुख नहीं बचता, और तुम बहुत अच्छा-अच्छा अनुभव करते हो। यह बात तो दुख का अभाव मात्र होती है। यदि मन जो कि दुख में पड़ा रहा, वह गैर-दुखी हो जाता है, तो यह बात करीब-करीब सुख जैसी जान पड़ती है, यह करीब-करीब आनंदपूर्णता जैसी दिखती है। आभास से धोखा मत खा जाना। अभी भी बहुत कुछ करना है—लेकिन अब, इसे जरा अलग ढंग से करना है। बस, बात इतनी ही है। अब ध्यान बहुत शांति से, चैन से करना; तनाव मत

लाना, बहना—लेकिन करना जारी रखना, क्योंकि अभी और बहुत कुछ घटने को है। यात्रा की समाप्ति नहीं हुई है। शायद तुम उस जगह आ गए हो जहां तुम आराम कर सकते हो वृक्ष के नीचे और छांव शीतल है, लेकिन भूलना मत कि यह बात केवल एक रात भर का पड़ाव हो सकती है। सुबह तुम्हें फिर से चल देना है। जब तक कि तुम पूरी तरह मिट नहीं जाते, यात्रा को जारी रखना होता है। लेकिन अब बदल देना गुणवत्ता को, बहते रहना। प्रयासरहित होकर बढ़ना ध्यान में।

तो तुम जानते हो न अंतर? कोई तैरता है नदी में, प्रयास मौजूद होता; लेकिन फिर वह मात्र बहता है, अपनी पीठ के बल लेट जाता, नदी में रहता, लेकिन अब और तैरना नहीं बच रहा। बहती हुई नदी उसे धारा के संग लिए चलती है और वह बहता जाता है सागर की ओर। आरंभ में व्यक्ति का ध्यान तैरना होता है, क्योंकि मन के द्वारा निर्मित हुई बहुत सारी रुकावटें होती हैं; तुम्हें उनसे जूझना पड़ता है।

दूसरे चरण में तुम्हें बहना होता है नदी के साथ। तीसरे चरण में तुम्हें बन ही जाना होता है नदी—तब कोई प्रश्न बचा नहीं रहता। तब तुम ध्यान करना गिरा सकते हो, लेकिन गिरा देने का सवाल नहीं बचता; वह गिर जाता है अपने आप ही। ध्यान जब पूरा होता है तो अपने से ही गिर जाता है। तुम्हें उसके लिए चिंता करने की जरूरत नहीं। जब वह संपूर्ण होता है तो वह गिर जाता है, बिलकुल ऐसे जैसे कि कोई पका फल गिर जाता है धरती पर।

लेकिन सुस्त मत बनना। मन तुम्हारे साथ चालाकियां चल सकता है और जो कुछ तुमने पाया है यह उसे नष्ट कर सकता है। बहुत ज्यादा प्रयास से थोड़ा-सा तुम पाते हो, और मन तुम्हें धोखा दे सकता है और कह सकता है कि अब कोई जरूरत नहीं। तुम इतना सुख अनुभव कर रहे हो—अनुभव करो सुख—लेकिन तुम इतना सुख अनुभव कर रहे होते ध्यान के कारण। यदि तुम ध्यान को गिरा देते हो तो तुरंत ही वह सुख तिरोहित हो जाएगा जिसे कि तुम अनुभव कर रहे होते हो। और तब तुम फिर से दुख में जा पड़ोगे।

चौथा प्रश्नः लैंग के अनुसार, गर्भधारण के बाद के पहले नौ महीने आवश्यक रूप से ही आनंदपूर्ण नहीं होते, और जैनोव की खोजें फ्रायड के जन्म-वेदना के सिद्धांत की पुष्टि नहीं करतीं। कृपया क्या आप इसके बारे में थोड़ा और कुछ बताएंगे?

मेरे देखे, फ्रायड अभी भी ठीक बना हुआ है। केवल फ्रायड ही नहीं, बल्कि बुद्ध, महावीर और पतंजलि, सभी कहते हैं कि जन्म पीड़ा से भरा होता है, क्योंकि वह एक चोट होता है। लेकिन अंतिम निष्कर्ष तक पहुंचना कठिन है। एक बच्चा जन्मता है और कोई नहीं जानता कि बच्चा कैसा अनुभव करता है। गर्भ में बच्चा आनंदपूर्ण अनुभव करता है या नहीं; या, जब कि पैदा हो रहा होता है, गर्भाशय से बाहर गुजर रहा होता है और ज्यादा खुले संसार में आ रहा होता है, तो क्या वह दर्द अनुभव करता है? जब वह चीखता है तो पीड़ा होती या कि नहीं होती? कौन करेगा निर्णय?

निर्णय करने के दो तरीके हैंः एक तो है वस्तुगत निरीक्षण। ऐसा ही तो किया है फ्रायड ने, जो लैंग, जैनोव और दूसरे कई कर रहे हैं। जो कुछ घट रहा होता है, तुम उसका निरीक्षण कर सकते हो, लेकिन

निरीक्षण बाहर-बाहर बना रहता है। तुम वस्तुतः जानते नहीं कि क्या घट रहा होता है। दोनों व्याख्याएं संभव हैं: तुम कह सकते कि बच्चा गर्भ में आनंदमय होता है, क्योंकि कोई चिंता नहीं होती, बच्चे को करने को कुछ नहीं होता; हर चीज भेज दी जाती है। बच्चा तो बस आराम करता है; या क्योंकि बच्चा सीमाबद्ध होता है, कैद में होता है तो वह सब जो मां पर असर करता है बच्चे पर असर करता है। यदि मां बीमार होती है तो बच्चा बीमार हो जाता है। यदि मां गिर जाती है और उसकी हड्डियां टूट जातीं, तो बच्चे को चोट लगती है। वह लिए रहेगा वह घाव जीवन भर। यदि मां को सिरदर्द होता है, तो उसका प्रभाव पड़ेगा ही बच्चे पर क्योंकि बच्चा जुड़ा होता है, वह अलग नहीं होता है। यदि मां दुखी होती है, पीड़ित होती है, तो बच्चे पर जरूर पड़ेगा असर। बच्चा बहुत कोमल होता है; उसके नाजुक संवेदन तंत्र पर लगातार चोट पड़ेगी—अनुभूति द्वारा, भावदशाओं द्वारा और मां में घटने वाली घटनाओं द्वारा। बच्चा भीतर कैसे सुखी और आनंदमय हो सकता है? यदि मां संभोग करती है, जब कि बच्चा भीतर गर्भ में होता है, तो बच्चा दुख पाता है। क्यों? जब मां संभोग करती है, तो उसे ज्यादा आक्सीजन की जरूरत रहती है अपने लिए और बच्चे को दी जाने वाली आक्सीजन घट सकती है। श्वास में कमी आ जाती है और बच्चे का दम घुटता हुआ महसूस होता है।

इसी कारण, एक वैज्ञानिक प्रमाणित करने का प्रयत्न करता रहा है—निस्संदेह एक यहूदी वैज्ञानिक, क्योंकि यहूदियों का विश्वास है कि गर्भवती स्त्री से संभोग नहीं करना होता है; उस वैज्ञानिक ने उस खोज से बहुत जाना है—कि नौ महीनों तक मां गर्भवती होती है, उससे संभोग नहीं करना चाहिए क्योंकि बच्चा पीड़ा पाएगा। इसके पीछे एक खास कारण है, क्योंकि मां को आक्सीजन की जरूरत होगी उसके शरीर द्वारा। इसीलिए संभोग करते समय, स्त्री और पुरुष तेज और गहरी सांस लेना शुरू कर देते हैं। शरीर को ज्यादा आक्सीजन की जरूरत होती है और मां उत्तेजित हो जाती है। शरीर का तापमान ऊंचा चला जाता है और बच्चा घुटन अनुभव करता है। ये बाहर की खोजें हैं।

यदि फ्रायड और लैंग के बीच निर्णय लेना हो, तो निर्णय कभी पूरा नहीं हो सकता, क्योंकि दोनों बाहरी हैं। लेकिन मेरे पास भीतर की दृष्टि है, और इसीलिए मैं कहता हूं कि फ्रायड ठीक है और लैंग ठीक नहीं है। बुद्ध के पास अंतर्दृष्टि है। जब बुद्ध जैसा आदमी पैदा होता है तो वह संपूर्णतया जागरूक रूप में पैदा होता है। जब बुद्ध जैसा आदमी गर्भ में होता है, तो वह जागरूक होता है।

ऐसा कैसे होता है, इसे समझ लेना है। जब कोई आदमी संपूर्ण जागरूकता में मरता है, तो उसका अगला जन्म संपूर्णतया सजग होगा। यदि तुम इस जीवन में पूरी सजगता से मर सकते हो, बेहोश नहीं होते, जब कि तुम मरते हो, तो तुम रहते हो पूरे होश में, तुम देखते हो मृत्यु की प्रत्येक अवस्था; तुम सुनते हो हर पगध्वनि और तुम पूरी तरह सजग रहते हो कि शरीर मर रहा है; मन तिरोहित हो रहा होता है और तुम पूरी तरह सजग रहते हो—तब अचानक तुम देखते हो कि तुम शरीर में नहीं हो और चैतन्य ने शरीर छोड़ दिया है। तुम देख सकते हो मृत शरीर को वहां पड़े हुए और तुम मंडरा रहे होते हो शरीर के चारों ओर।

यदि तुम सजग हो सकते हो जब तुम मर रहे होते हो, तो यह बात जन्म का एक हिस्सा होती है, एक पहलू। यदि इस एक पहलू में तुम सजग होते हो, तो तुम सजग होओगे जब कि तुम गर्भ में उतरोगे। संभोगरत दंपत्ति के चारों ओर तुम बहोगे और तुम संपूर्णतया जागरूक होओगे। तुम गर्भ में प्रवेश करोगे

पूरी तरह जागरूक होकर। बच्चा गर्भ में आ पहुंचता है, और उस छोटे-से बीज में, पहले बीज में, तुम इसके प्रति पूरी तरह जागरूक रहोगे कि क्या घट रहा है। नौ महीने तक मां के गर्भ में तुम सजग रहोगे। न ही केवल तुम सजग रहोगे, बल्कि जब बुद्ध जैसा बालक मां के गर्भ में होता है, तो मां की गुणवत्ता बदल जाती है। वह ज्यादा सजग हो जाती है, एक प्रकाश भीतर प्रज्वलित रहता है। घर में कैसे अंधेरा रह सकता है? मां तुरंत अनुभव करती है चेतना का परिवर्तन।

बुद्ध की मां बनना एक दुर्लभ अवसर है। वह घटना ही रूपांतरित कर देती है मां को। इसके ठीक विपरीत बात सच है सामान्य बालक के लिए—वह बंधा होता है मां के शरीर, मन, चेतना द्वारा। वह एक कैद होती है। जब बुद्ध का जन्म होता है, जब बुद्ध की मां गर्भवती होती है तो ठीक विपरीत बात घटती है; मां हिस्सा होती बुद्ध की विशालतर चेतना का। बुद्ध उसे घेरे रहते हैं किसी आभा की भांति। वह स्वप्न देखती है बुद्ध के।

भारत में हमने इन माताओं के स्वप्नों का हिसाब रखा है: बुद्ध की मां के, महावीर की मां के, और दूसरे तीर्थंकरों की माताओं के स्वप्न। हमने सचमुच कभी कोई चिंता नहीं की किन्हीं दूसरे स्वप्नों की; हमने केवल विश्लेषण किया है बुद्धों की माताओं के स्वप्नों का। यही है एकमात्र स्वप्न-विश्लेषण जो कि हमने किया। यह बात तीसरे प्रकार के मनोविज्ञान का हिस्सा होगी।

जब किसी बुद्ध को उत्पन्न होना होता है, तो मां प्रभावित रहती है किन्हीं विशेष स्वप्नों द्वारा। क्योंकि हजारों बार यही स्वप्न फिर-फिर दोहराए जाते हैं। इसका अर्थ होता है कि मां के भीतर की बुद्ध-चेतना एक निश्चित घटना निर्मित करती है उसके मन में और वह स्वप्न देखने लगती है एक विशेष आयाम के। उदाहरण के लिए बौद्ध कहते हैं कि जब कोई बुद्ध मां के भीतर होता है, तो मां स्वप्न देखती है सफेद हाथी का। यह एक प्रतीक है, किसी बहुत दुर्लभ चीज का प्रतीक—क्योंकि सफेद हाथी भारत की दुर्लभतम चीजों में से एक चीज है, करीब-करीब असंभव है उसे ढूंढ निकालना। एक दुर्लभ प्राणी होता है गर्भ में और सफेद हाथी का प्रतीक मात्र एक संकेत है। और स्वप्नों की एक शृंखला पीछे-पीछे चली आती है।

जब बुद्ध कहते हैं कि जन्म एक पीड़ा है, तो वह एक अंतस अनुभूति की दृष्टि है। महावीर कहते हैं कि जन्म दुख है, वह एक पीड़ा है, वह एक चोट है। महावीर और बुद्ध दोनों कहते हैं कि उत्पन्न होना और मरना, यह दो सब से बड़े दुख हैं। लैंग और फ्रायड की बातों से इनकी बात में ज्यादा बल है। लेकिन फ्रायड की दृष्टि इसके साथ मेल खाती है, और यही मेरा अपना अनुभव भी है।

मां के गर्भ में नौ महीने सब से ज्यादा आरामदेह होते हैं। निस्संदेह, कुछ दूसरे प्रसंग आते हैं, लेकिन अपवाद ही होते हैं वे। अन्यथा, वे नौ महीने तो बिना किसी खबर के होते हैं, क्योंकि खबर तो सदा बुरी खबर ही होती है। लगभग कुछ नहीं घटता है। तुम केवल बहा करते हो अदभुत आनंद-उल्लास में। लेकिन जन्म तो एक पीड़ा है, वह बहुत दर्द भरा होता है। वह बिलकुल ऐसे होता है जैसे कि तुम किसी वृक्ष को धरती में से खींचो—तो कैसा अनुभव करता है वृक्ष?

अब हमारे पास उपकरण हैं जांच करने के कि वृक्ष कैसा अनुभव करता है जब उखाड़ा जाता है। एक बच्चा इसी तरह अनुभव करता है, जब वह मां से बाहर आता है। मां धरती होती है और बच्चे की जड़ें मां में थीं अभी तक तो, अब वह उखड़ गया। पीड़ा बहुत बड़ी है। यदि तुम विश्वास कर सको मुझ

पर, मैं कहता हूं कि यह पीड़ा ज्यादा बड़ी है मृत्यु से। मृत्यु दो नंबर पर आती है, जन्म का नंबर पहला है। और ऐसा ही होना चाहिए क्योंकि जन्म संभव बनाता है मृत्यु को। वस्तुतः वह दुख जो शुरू होता है जन्म के साथ, अंत पाता है मृत्यु पर। जन्म प्रारंभ है दुख का, मृत्यु अंत है। जन्म को होना पड़ता है ज्यादा दर्द भरा—वह है ही। और नौ महीनों की संपूर्ण विश्रांति के बाद—कोई चिंता नहीं, कुछ करने को नहीं, उन नौ महीनों के बाद वह एक इतना अचानक झटका होता है बाहर फेंके जाने का, कि फिर कभी इतना अचानक झटका न लगेगा स्नायुतंत्र को, कभी भी नहीं! हर दूसरा झटका छोटा ही है।

यदि तुम दिवालिए हो जाते हो तो तुम्हें धक्का लगेगा, लेकिन इसका कोई मुकाबला नहीं जन्म की चोट के साथ। तुम्हारी पत्नी मर जाती है : तुम दुखी होते, तुम चीखते, तुम रोते। लेकिन केवल समय की जरूरत होती है। घाव भर जाता है और तुम किसी दूसरी स्त्री के पीछे पड़े होते हो! तुम्हारा बच्चा मर जाता है, तुम गहरी चोट अनुभव करते हो; उस चोट का कुछ न कुछ सदा मौजूद रहेगा तुम्हारे प्राणों में। लेकिन जन्म की चोट की तुलना में तो वह कुछ भी नहीं है, जब कि तुम उखड़ गए होते हो जमीन से। तुम इस उखड़ाव में जागरूक रह सकते हो, और केवल तभी वह अर्थपूर्ण होगा जिसकी मैं बात कर रहा हूं।

इस बात का खंडन किया जा सकता है बाहरी खोजों द्वारा। मेरे देखे यह बात अप्रासंगिक है, क्योंकि जो कुछ मैं कह रहा हूं, मैं कह रहा हूं मेरे अपने जन्म के बारे में। और यदि तुम सचमुच ही जानना चाहते हो, तो स्वयं को तैयार कर लो और-और ज्यादा जागरूक होने के लिए ताकि जब तुम इस बार मरो, तो तुम मरो पूरी जागरूकता सहित। तब तुम अपने आप ही पूरी जागरूकता लिए पैदा होओगे। यदि तुम बेहोशी में मरते हो तो तुम बेहोश हुए ही पैदा होते हो। जो कुछ घटता है मृत्यु में वही घटता है जन्म में, क्योंकि मृत्यु और कुछ नहीं सिवाय इस ओर की मृत्यु के—उस ओर तो वह जन्म है। यह वही द्वार है। यदि तुम द्वार में प्रवेश करते हो होशपूर्वक, तो तुम होशपूर्वक ही द्वार से बाहर आओगे, मृत्यु द्वार के इस ओर का भाग है, जन्म द्वार के उस ओर का भाग है।

पांचवां प्रश्न : अभी-अभी पश्चिम ने बहुत-सी विधियां खोज निकाली हैं स्रोत तक लौटने की। इन विधियों में एक बात समान जान पड़ती है, वे स्वीकार करते हैं कि कोई व्यक्ति स्वयं ही इन संघातक अनुभवों तक नहीं लौट सकता है। मन बहुत ही घनचक्करी होता है, अहंकार बहुत जटिल है इसलिए विश्लेषण खोज लिए गए हैं : जिनमें से कुछ नाम हैं—प्राइमल-थैरेपी, फिशर-हाफमैन और आरिका के कर्मों को साफ कर देने वाले उपकरण। आधारभूत मुख्य बात यह जान पड़ती है कि आदमी अकेला ही इस यात्रा पर नहीं चलेगा; दूसरे की जरूरत है—समूह की सक्रिय ऊर्जा, या कोई तटस्थ मार्गदर्शक। क्या अतीत के बारे में इतना आत्मसजग हो जाना जरूरी होता है? क्या यह स्वयं घटित नहीं हो जाता जैसे-जैसे आदमी ध्यान में ज्यादा गहरे उतरता है?

पहली बात; अतीत में जाने की बिलकुल कोई जरूरत नहीं है। यदि तुम सचमुच ही ध्यान करते हो, तो हर चीज अपने आप ही घटित हो जाती है। लेकिन यदि तुम्हारा ध्यान ठीक से नहीं चल रहा होता, तब अतीत में उतर जाना एक बड़ी मदद बन सकता है। इसलिए अतीत में चले जाना कोई परम

आवश्यकता नहीं है। यदि तुम्हारा ध्यान ठीक जम रहा है, तो भूल जाना इस बारे में। यदि तुम्हारा ध्यान ठीक नहीं चल रहा है केवल तभी यह बात महत्वपूर्ण हो जाती है। तब यह एक बड़ी मदद दे सकती है। तब यह सुलझा देगी ध्यान की कठिनाइयों को, लेकिन यह एक दोयम, एक पूरक घटना होती है।

प्रति-प्रसव, अतीत में जाना एक परिपूरक विधि है ध्यान की। पहले तो करना ध्यान; यदि वह काम कर जाए, तो भूल जाना अतीत को, अतीत में जाने की कोई जरूरत नहीं। यदि तुम अनुभव करते हो कि ध्यान कार्य नहीं कर रहा है, कोई चीज फिर-फिर आ बनती है बंद कली की भांति, गतिरोध घटता है, कोई बड़ा पत्थर आ जमता है, और तुम बढ़ नहीं सकते, इसका अर्थ होता है कि तुम्हारा अतीत बहुत बोझिल है—तुम्हें जरूरत पड़ेगी प्रति-प्रसव की। तुम्हें जरूरत होगी अतीत में जाने की और साथ ही साथ ध्यान करते रहने की।

यदि ध्यान ठीक काम करता है, तो उसका अर्थ होता है कि तुम्हारा अतीत बहुत बोझिल नहीं; तुम्हारे पास अतीत की बाधाएं नहीं। केवल ध्यान ही काम कर जाएगा। लेकिन यदि पत्थर जमे ही होते हैं और ध्यान काम नहीं कर रहा होता है, तब, मदद के रूप में, प्रति-प्रसव अदभुत है—अतीत में जाना बहुत जबरदस्त मदद करता है।

यह तुम पर निर्भर है। पहले तो कड़ा परिश्रम करना ध्यान पर, हर प्रयास कर लेना इसे जानने का कि यह घट सकता है या नहीं। यदि तुम अनुभव करते हो कि यह संभव नहीं, कुछ नहीं घट रहा है, केवल तभी विचार करना प्रति-प्रसव का। यह एक अच्छी विधि है, लेकिन दोयम है। यह बहुत प्राथमिक चीज नहीं है।

दूसरी बात यह है कि यह बिलकुल सच है कि अकेले तो तुम नहीं जा सकते, अकेले तुम विकसित नहीं हो सकते। अकेले इसमें लाखों जन्म लग जाएंगे किसी खास निष्कर्ष तक पहुंचने में, किसी खास अस्तित्व तक आने में, और वह भी कोई निश्चित नहीं। बहुत सारे कारणों से यह बात संभव नहीं, क्योंकि जो कुछ भी तुम हो वह एक बंद व्यवस्था है और व्यवस्था स्वायत्ततापूर्ण है, अपने में पर्याप्त है। वह अपने से काम करती है और उसकी बहुत गहरी जड़ें होती हैं अतीत में। व्यवस्था एकदम पर्याप्त और सक्षम है। व्यवस्था से बाहर आना करीब-करीब असंभव है जब तक कि कोई तुम्हारी मदद न करे। किसी बाहरी तत्व की जरूरत होती है तुम्हारे पूरे ढंग को तोड़ देने के लिए, तुम्हें झटका देने के लिए, तुम्हें नींद से जगा देने के लिए।

यह तो बिलकुल ऐसा है जैसे कि तुम सोए होते—और तुम सोए रहे हो बहुत-बहुत जन्मों से। कैसे तुम स्वयं को जगा सकते हो? शुरुआत करने के लिए भी तुम्हें कम से कम थोड़ा बहुत तो जागे हुए रहना होगा और वह थोड़ा-सा भी जागरण वहां है नहीं। तुम पूरी तरह सोए हो; तुम बेहोशी में हो। कौन शुरू करेगा कार्य? कैसे जगाओगे तुम स्वयं को? किसी की जरूरत होती है, कोई जो तुम्हें झटका दे सके बेहोशी से बाहर लाने को, जो बाहर आने में तुम्हारी मदद कर सके। एक अलार्म घड़ी भी मददगार होगी।

साधक-समूह की जरूरत होती है। क्योंकि एक बार तुम जगने लगते हो, तो सारा अतीत तुम्हें बेहोश अवस्था तक लाने की कोशिश करेगा, क्योंकि मन कम से कम प्रतिरोध के मार्ग का अनुसरण करता है। तुम बार-बार सो जाओगे। या तो किसी सद्‌गुरु की जरूरत होती है, जो तुम्हें मदद दे सके इससे बाहर आने में, या फिर खोजियों के समूह की, यदि कोई सद्‌गुरु उपलब्ध न हो तो, ताकि समूह के

लोग एक-दूसरे की मदद कर सकें।

गुरजिएफ कहा करता था, 'यह ऐसा है जैसे कि तुम जंगल में हो जंगली जानवरों से डरे हुए, लेकिन तुम्हारे साथ कोई समूह है। दस लोग मौजूद हैं, तो तुम एक चीज कर सकते : जब नौ सोए होते हैं, एक जागता रहता है। यदि जंगली जानवरों से, चोरों या डाकुओं से कोई खतरा होता है, तो वह जगा देता है दूसरों को। यदि वह अनुभव करता है कि वह सो रहा है, तो वह जगा देता है दूसरों को। लेकिन एक का होश कायम रहता है—वही बात बन जाती है बचाव। यदि कोई सद्‌गुरु उपलब्ध होता है, यदि बुद्ध उपलब्ध होते हैं तब तो समूह में कार्य करने की कोई जरूरत ही नहीं होती। क्योंकि वह जागता रहता है चौबीसों घंटे। यदि वह मौजूद न हो, तो दूसरी संभावना है—समूह में कार्य करने की। कई बार कोई आ पहुंचता है हल्की-सी जागरूकता तक; वह मदद कर सकता है। जिस समय वह सोने लगता है, तो कोई दूसरा आ पहुंचा होता है कुछ जागरण तक, वह मदद करता है, और समूह मदद करता है।

यह ऐसा होता है जैसे कि तुम कैद में हो, तो अकेले तुम्हारे लिए कठिन होगा बाहर आना क्योंकि भारी पहरा लगा हुआ होता है। लेकिन यदि सारे कैदी इकट्ठे हो जाते हैं और बाहर आने का इकट्ठा प्रयास करते हैं, तो पहरेदार शायद पर्याप्त न हो पाएं। लेकिन यदि तुम किसी उस व्यक्ति को जानते हो जो बाहर है, कैद से बाहर है और कोई मदद कर सकता है, तो सामूहिक प्रयास की कोई जरूरत नहीं है। वह कोई जो बाहर है, स्थितियां निर्मित कर सकता है : वह फेंक सकता है सीढ़ी; वह पहरेदार को रिश्वत दे सकता है; वह पहरेदार को बेहोश कर सकता है; वह बाहर रह कर कुछ कर सकता है, क्योंकि वह मुक्त होता है। वह तरीके ढूंढ सकता है जिससे कि तुम बाहर आ सको।

एक सद्‌गुरु उस व्यक्ति की भांति होता है जो कैद से बाहर है, उसके पास कुछ करने के लिए ज्यादा स्वतंत्रता होती है। बहुत सारी संभावनाएं हैं और उसके लिए सभी खुली हैं क्योंकि वह मुक्त है। यदि तुम्हारा उस गुरु के साथ कोई संपर्क नहीं जो कि मुक्त है, कैद के बाहर है, तब कैदियों के लिए एकमात्र संभावना यही होती है—समूह निर्मित करने की।

इसीलिए पश्चिम में बहुत प्रकार के समूह कार्य कर रहे हैं : आरिका के, गुरजिएफ के, और कइयों के समूह। सामूहिक चेतना पश्चिम में और ज्यादा महत्वपूर्ण होती जा रही है। यह अच्छा है, यह बेहतर है महर्षि महेश योगी से, यह बेहतर है बालयोगेश्वर से, क्योंकि ये गुरु नहीं हैं। समूह में कार्य करना बेहतर है, क्योंकि जो आदमी कहता है कि वह बाहर हो चुका, वह बाहर नहीं होता है; वह भी भीतर होता है। जो आदमी कहता है कि उसके संपर्क बाहर हैं, उसके कोई संपर्क नहीं होते हैं बाहर। वह तो बस तुम्हें धोखा दे रहा होता है। पश्चिम में केवल एक ही व्यक्ति है पूरब का, और वह है कृष्णमूर्ति । यदि तुम कृष्णमूर्ति के साथ हो सकते हो तो यह बात मदद दे सकती है, लेकिन कठिन है उनके साथ होना। वे लोगों की मदद करने की कोशिश ऐसे अप्रत्यक्ष रूप से करते रहे हैं कि जिन लोगों को मदद मिली है वे भी कभी न जान पाएंगे कि वे मदद करते रहे हैं। इस बात ने तो मुसीबत खड़ी कर दी है। अन्यथा, पश्चिम के सारे तथाकथित गुरु तो मात्र विक्रेता हैं; उनकी कोई योग्यता नहीं है।

यदि तुम सद्‌गुरु खोज सको, तो वह सबसे अच्छा है, क्योंकि समूह में भी तुम कैदी ही रहोगे, गहरी नींद में पड़े हुए। तुम कर सकते हो कोशिश, लेकिन इसमें लंबा समय लगेगा। या यह बात बिलकुल ही सफल न होगी, क्योंकि तुम सभी की वही क्षमता होगी, उसी धरातल की चेतना होगी।

उदाहरण के लिए 'आरिका' के लोग एक साथ काम करते हुए उसी चेतना-तल के लोग हैं, अंधेरे में टटोल रहे हैं। शायद कुछ हो जाए, शायद कुछ न हो। एक बात तो निश्चित है, और वह है कि कुछ भी निश्चित नहीं। मात्र संभावना होती है।

गुरजिएफ मौजूद नहीं और गुरजिएफ के सारे समूह गुरजिएफ से ज्यादा तो ऑस्पेंस्की की किताबों द्वारा प्रभावित हैं। वस्तुतः सारे समूह ऑस्पेंस्की के समूह हैं; वे ठीक गुरजिएफ के समूह की तरह नहीं हैं। कुछ ज्यादा की संभावना नहीं है। तुम बात कर सकते हो सिद्धांतों की, तुम एक-दूसरे को समझा सकते हो। लेकिन यदि तुम चेतना के उसी धरातल से संबंधित होते हो, तो ज्यादा बातचीत, ज्यादा बहस, ज्यादा ज्ञान घटेगा लेकिन बोध नहीं, जागरण नहीं। जब गुरजिएफ मौजूद था तो बिलकुल ही अलग थी बात—सद्‌गुरु मौजूद था। वह तुम्हें कैद से बाहर ला सकता था।

पहली बात है गुरु को खोज लेना जो कि तुम्हारी मदद कर सकता हो। यदि गुरु को खोजना असंभव है, तो समूह का निर्माण कर लेना और सामूहिक प्रयास करना। अकेले की तो अल्पतम संभावना है। ये तीन ढंग हैं: तुम काम करते हो अकेले, तुम काम करते हो समूह के साथ या तुम काम करते हो गुरु के साथ। श्रेष्ठ तो है गुरु के साथ काम करना, इससे कम श्रेष्ठ बात है समूह के साथ काम करना, तीसरी है अकेले की बात। वे लोग भी जिन्होंने अकेले पाया है परम सत्य को, बहुत जन्मों से कार्य करते रहे हैं गुरुओं के साथ और समूह के साथ। इसलिए मत धोखा खाना ऊपरी ढंग से।

कृष्णमूर्ति भी कहे चले जाते हैं कि अकेले तुम पा सकते हो। ऐसा इसलिए क्योंकि उनकी विधि एक अप्रत्यक्ष विधि है। वे तुम्हें न जानने देंगे कि वे मदद कर रहे हैं, और वे तुमसे नहीं कहेंगे, 'मुझे समर्पण कर दो।' पश्चिम में इतना ज्यादा अहंकार है, और वे सारे समय कार्य करते रहे हैं पश्चिम में। अहंकार इतना ज्यादा है कि वे नहीं कह सकते, 'मुझे समर्पण कर दो', जैसा कि कृष्ण ने कहा अर्जुन से—'हर चीज को छोड़ मेरी शरण आओ और मुझे समर्पण कर दो।' अर्जुन एक अलग संसार का था, पूरब का, जो जानता है कि समर्पण कैसे होता है, जो जानता है अहंकार की असुंदरता को और समर्पण की सुंदरता को। कृष्ण कह सकते थे ऐसा बिना उनके किसी अहंकार के। ऐसा कथन बहुत अहंकारयुक्त जान पड़ता है: 'आओ और मुझे समर्पण कर दो।' लेकिन कृष्ण इसे सहज रूप से कह सके, और अर्जुन ने कभी प्रश्न नहीं उठाया कि 'आप क्यों कहते ऐसा? क्यों करूं मैं आपको समर्पण? कौन होते हो आप?' पूरब में समर्पण स्वीकृत था जाने हुए मार्ग के रूप में। हर कोई जानता था, इसी समझ के साथ बड़ा हुआ था कि अंततः व्यक्ति को गुरु के पास समर्पण करना ही होता है। यह बात सीधी-साफ थी, यह अनुकूल बैठती थी।

कृष्णमूर्ति ने काम किया पश्चिम में। वे स्वयं विकसित हुए गुरुओं के द्वारा। बहुत-बहुत गहन ढंग से उन्हें मदद मिली गुरुओं से। गुरु जो देह में थे और गुरु जो देह में न थे, सभी ने मदद की उनकी, उन्होंने विकसित होने में उनकी मदद की। लेकिन फिर उन्होंने कार्य किया पश्चिम में और वे जान गए, जैसे कि कोई भी जान ही लेगा, कि पश्चिम समर्पण करने को तैयार नहीं। इसलिए वे कृष्ण की भांति नहीं कह सकते, 'आओ और मुझे समर्पण कर दो।' पश्चिमी अहंकार के लिए सब से अच्छा मार्ग है यह कहना कि तुम अपने से पा सकते हो। यही है उपाय; गुरु के पास समर्पण करने की कोई जरूरत नहीं। यही है आधार तुम्हें आकर्षित करने का: समर्पण करने की कोई जरूरत नहीं, तुम्हारा अहंकार गिराने की

कोई जरूरत नहीं, तुम बस तुम रहो। यह है युक्ति और लोग फंसे इस युक्ति में। उन्होंने सोचा कि समर्पण करने की कोई जरूरत नहीं, कि वे स्वयं जैसे बने रह सकते हैं, कि दूसरे से सीखने की कोई जरूरत नहीं, केवल अपना प्रयास ही चाहिए। निरंतर कई वर्षों से वे जा रहे हैं कृष्णमूर्ति के पास। किसलिए? सीखने को? यदि तुम अकेले हो सकते हो तो क्यों जाते हो कृष्णमूर्ति के पास? एक बार तुमने सुन लिया कि वे कहते हैं, 'अकेले तुम पा सकते हो'—तो उनकी बात अंतिम बन समाप्त हो जानी चाहिए तुम्हारे लिए। लेकिन तुम्हारे लिए तो उनकी बात अंतिम बनी ही नहीं। वस्तुतः अनजाने में ही तुम बन चुके होते हो एक अनुयायी। बिना तुम्हारे जाने ही तुम फंस चुके हो। कहीं गहरे में, समर्पण घट गया है। वह तुम्हारा बाहरी अहंकार बचा रहे हैं तुम्हें गहरे में मार देने को। उनका ढंग अप्रत्यक्ष है।

लेकिन कोई नहीं पाता अकेले। किसी ने कभी नहीं पाया अकेले, क्योंकि बहुत से जन्मों तक इस पर कार्य करना होता है—मैंने काम किया गुरुओं के साथ; मैंने काम किया साधक-समूहों के साथ; मैंने काम किया अकेले; लेकिन मैं कहता हूं तुमसे कि अंतिम घटना संचित परिणाम है। अकेले काम करना, साधक-समूह के साथ काम करना, गुरुओं के साथ काम करना; यह एक संचित परिणाम लाता है। अकेले होने पर जोर मत देना, क्योंकि वह जोर देना ही एक बाधा बन जाएगा। समूहों को खोजो। और यदि तुम गुरु खोज सको, तो तुम धन्यभागी हो। वह अवसर चूकना मत।

छठवां प्रश्न: क्या प्रति-प्रसव, पीछे जाने की प्रक्रिया फिर से जीने की बजाय अनसीखा करने की हो सकती है?

वे दोनों एक ही हैं: जब तुम फिर से जीते हो, तो तुम अनसीखा कर देते हो। फिर से जीना एक प्रक्रिया है भुला देने की। जो कुछ तुम फिर से जीते, तुम्हारे पास से गायब हो जाता है, वह भुलाया जा चुका होता है; वह कोई निशान नहीं छोड़ता, स्लेट साफ हो जाती है। तुम इसे अनसीखा करने की प्रक्रिया कह सकते हो। यह एक ही बात है।

सातवां प्रश्न: पतंजलि के अनुसार यदि अच्छा और बुरा स्वप्नवत होता है, तो कर्म का सिद्धांत कैसे अस्तित्व रख सकता है?

क्योंकि तुम स्वप्नों में विश्वास रखते हो, तुम विश्वास करते हो कि वे सच हैं। कर्मों का अस्तित्व होता है तुम्हारे विश्वास के कारण। उदाहरण के लिए, रात में तुम्हें स्वप्न आया: कोई बैठा हुआ था तुम्हारे शरीर पर अपने हाथ में छुरा लिए हुए और तुम्हें लग रहा था कि तुम्हें मार दिया गया, और तुमने कितनी-कितनी कोशिश की इस स्थिति से बच निकलने की, लेकिन ऐसा कठिन था। फिर भय के कारण ही तुम जाग गए। तुम जानते हो अब कि यह स्वप्न था, लेकिन शरीर अभी भी थोड़ा कंपता रहता है; पसीना छूट रहा होता है। तुम अभी भी भयभीत होते हो और तुम जानते हो कि यह तो केवल स्वप्न था,

लेकिन तुम्हारा सांस लेना अभी भी सरल और स्वाभाविक नहीं है। उसमें कुछ मिनट लगेंगे। क्या घट जाता है? दुखस्वप्न में तुमने मान लिया था कि वह सच है। जब तुम मान लेते हो कि वह सच है, तो वह तुम्हें प्रभावित करता है वास्तविकता की भांति।

कर्म स्वप्न-सदृश होते हैं। तुमने किसी का खून कर दिया तुम्हारे पिछले जन्म में; वह बात एक स्वप्न है, क्योंकि पूरब में सारा जीवन ही माना जाता है स्वप्न की भांति—अच्छे, बुरे, सभी स्वप्न। लेकिन तुम तो मानते हो कि वह सच था, इसलिए तुम पाओगे पीड़ा। यदि तुम बिलकुल अभी समझ सकते हो कि जो कुछ घटित हुआ वह सब सपना था, जो घट रहा है सब सपना है, और जो सब घटने वाला है वह सपना है; केवल तुम्हारी चेतना सत्य है, हर चीज जो घटती है वह सपना है; देखना सपना है, केवल द्रष्टा ही सच है; तब अचानक सारे कर्म धुल जाते हैं। तब कोई जरूरत नहीं रहती प्रति-प्रसव की प्रक्रिया में उतरने की। वे बिलकुल धुल ही जाते हैं। अचानक तुम उनसे बाहर आ जाते हो। यही है वेदांत की विधि, जिसमें शंकराचार्य जोर देते हैं कि सारा जीवन ही एक स्वप्न है। आग्रह इसलिए नहीं है कि वे एक दार्शनिक हैं—वे नहीं हैं दार्शनिक। जब वे कहते हैं कि संसार माया है तो यह बात कोई दर्शन का सिद्धांत नहीं होती, यह कोई आध्यात्मिक बात नहीं होती। यह एक विधि है। यह एक समझ है। यदि तुम किसी चीज में विश्वास करते हो तो वह वास्तविक बात की भांति तुम्हें प्रभावित करती है; तुम्हारा विश्वास उसे बना देता है वास्तविक। यदि तुम मानते हो कि वह सच नहीं है, तो वह तुम्हें प्रभावित नहीं कर सकती।

उदाहरण के लिए तुम बैठे होते हो अंधेरे कमरे में और अचानक तुम कोई चीज देखते हो कमरे में। तुम्हें लगता है वह सांप है—भय होता है, आतंक होता है। तुम बिजली जला देते हो, लेकिन वहां तो कुछ भी नहीं, मात्र एक टुकड़ा है अखबार का, जो कि हिला था हवा से। और तुम्हें लगा कि कोई सांप चल रहा था। तुम्हें लगा कि वह सच था, और तुम्हारे मानने ने उसे सच बना दिया—उतना ही वास्तविक जितना कोई वास्तविक सांप होता है, और तुम उसके द्वारा प्रभावित हो गए। इसके ठीक विपरीत अवस्था को सोचो; अगली रात वहां सचमुच का सांप है और तुम अंधेरे में बैठे हुए हो। तुम देखते हो किसी चीज को चलते हुए और तुम सोचते हो कि फिर जरूर वैसा ही अखबार का पन्ना होगा, और तुम भयभीत नहीं होते, तुम पर असर नहीं होता। तुम बैठे ही रहते जैसे कि इसमें तो कुछ है ही नहीं।

वास्तविकता तुम्हें प्रभावित नहीं करती। सवाल 'वास्तविकता' का नहीं है। विश्वास उसे बना देता है वास्तविक; विश्वास तुम्हें प्रभावित करता है। जितने ज्यादा तुम सजग होते हो, उतना ज्यादा जान पड़ेगा जीवन स्वप्न की भांति, जब कोई चीज तुम्हें प्रभावित नहीं करती।

इसलिए कृष्ण अर्जुन से कहते हैं गीता में, 'तुम चिंता मत करो, तुम मारो। यह तो सब स्वप्न है।' अर्जुन भयभीत था, क्योंकि उसने सोचा कि ये लोग जो सामने खड़े हैं शत्रु हैं, वे वास्तविक हैं। उन्हें मारना पाप होगा और लाखों को मारना—कितना ज्यादा पाप चढ़ेगा उस पर! और कैसे वह इसका संतुलन ठीक कर पाएगा अच्छाई कर-कर के? यह तो असंभव होगा। उसने कहा कृष्ण से, 'मैं भाग जाना चाहता हूं जंगलों में। यह लड़ाई मेरे लिए नहीं है। यह युद्ध पाप से बहुत ज्यादा भरा लगता है।' कृष्ण जोर देते ही गए, 'तुम चिंता मत करो, कोई मरता नहीं है क्योंकि आत्मा अनश्वर है। केवल शरीर मरता है लेकिन शरीर तो पहले से मरा होता है, इसलिए बहुत ज्यादा अशांत मत होओ। यह सब स्वप्न

जैसा है; और यदि तुम इन लोगों को न भी मारो, फिर भी वे मर ही जाएंगे। वस्तुतः उनकी मृत्यु की घड़ी आ पहुंची है और तुम्हें तो बस मदद ही करनी है इसमें। तुम नहीं मार रहे हो उन्हें। तुम इसे मानो स्वप्न की भांति। तुम इसे सच नहीं मानो।'

यही है वेदांत का सारा दृष्टिकोण। वेदांत एक विधि है जिसमें धीरे-धीरे तुम सजग होते हो जीवन की स्वप्न जैसी गुणवत्ता के प्रति। एक बार उस अनुभूति के साथ तुम्हारा तालमेल बैठ जाता है तो सारे कर्म समाप्त हो जाते हैं। जो कुछ तुमने किया, वह कोई अर्थ नहीं बनाता। यदि रात में तुम चोर थे या खूनी, रात तुम मुनि थे, संत थे, तो सुबह क्या इससे कुछ अंतर पड़ेगा? या स्वप्न यह था कि तुम पापी थे; और स्वप्न यह था कि तुम पुण्यात्मा संत थे—क्या इससे कुछ अंतर पड़ेगा? स्वप्न तो सभी स्वप्न होते हैं। संत या पापी दोनों स्वप्न हैं। सुबह दोनों ही तिरोहित होते हैं, कहीं खो गए होते हैं। तुम अच्छे स्वप्न और बुरे स्वप्न के बीच कोई भेद नहीं कर सकते, क्योंकि अच्छी होने या बुरी होने के लिए चीज के वास्तविक होने की आवश्यकता होती है। भेद की कोई आवश्यकता भी नहीं यदि तुम जिंदगी को देख सकते हो, उस पर ध्यान दे सकते हो, उसे समझ सकते हो, और जान सकते हो कि यह बड़ा सपना है जो चलता चला जा रहा है। केवल द्रष्टा ही सत्य होता है, और वह सब जो दिखाई देता है वह स्वप्न है।

अचानक तुम सजग हो जाते हो और सारा संसार खो जाता है ऐसा नहीं है कि तुम तिरोहित हो जाओगे या कि मैं तिरोहित हो जाऊंगा, लेकिन वह संसार जिसे तुम जानते थे, तिरोहित हो जाता है। एक बिलकुल ही अलग सत्य उदघटित होता है। वह सत्य है ब्रह्म।

प्रवचन 19

दुख मुक्ति—द्रष्टा दृश्य वियोग से

योगसूत्र

(साधनपाद)

परिणामतापसंस्कारदुःखैर्गुणवृत्तिविरोधाच्च
दुःखमेव सर्वं विवेकिनः।। १५।।

विवेकपूर्ण व्यक्ति जानता है कि हर चीज दुख की ओर ले जाती है—
परिवर्तन के कारण, चिंता के कारण, पिछले अनुभवों के कारण और उन द्वंद्वों के कारण
जो तीन गुणों और मन की पांच वृत्तियों के बीच आ बनते हैं।

हेयं दुःखमनागतम्।। १६।।

भविष्य के दुख को विनष्ट करना है।

द्रष्टृदृश्ययोः संयोगो हेयहेतुः।। १७।।

द्रष्टा और दृश्य के बीच का संबंध, जो कि दुख बनाता है, उसे तोड़ देना है।

जीवन एक रहस्य है, और जीवन के बारे में पहली रहस्यभरी बात यह है कि तुम जीवित हो और हो सकता है तुम्हारे पास जीवन बिलकुल ही न हो। केवल जन्म लेना ही पर्याप्त नहीं होता है जीवन पाने के लिए। जन्म लेना तो मात्र एक अवसर होता है। तुम इसका उपयोग कर सकते हो जीवन पाने में, और तुम इसे चूक भी सकते हो। तब तुम एक मुरदा जीवन जीओगे। केवल बाहरी तौर से वह जीवन जैसा जान पड़ेगा, लेकिन गहरे तल पर तुममें कोई जीवंत तरंग न होगी।

जीवन अर्जित करना पड़ता है, व्यक्ति को कार्य करना होता है उसके लिए। वह तुममें पड़े बीज की भांति होता है: उसे जरूरत है ज्यादा प्रयास की, जमीन की, ठीक मिट्टी की, ध्यान देने की, प्रेम की, जागरूकता की। केवल तभी बीज प्रस्फुटित होता है। केवल तभी संभावना होती है कि किसी दिन वृक्ष में फल लगेंगे, किसी दिन उसमें फूल खिलेंगे। जब तक कि तुम पूरे खिलने की अवस्था तक नहीं पहुंच जाते, तब तक तो तुम कहने भर को ही जीवित होते, लेकिन तुमने खो दिया होता है अवसर। जब तक कि जीवन एक उत्सव नहीं बन जाता, वह जीवन होता ही नहीं।

आनंद, निर्वाण, संबोधि जो कुछ भी तुम इसे कहना चाहो—वही है परम विकास। यदि तुम दुखी रहते हो तो तुम जीवित नहीं होते। वह दुख ही दिखाता है कि तुम चूक गए हो किसी चरण को। वह दुख ही एक संकेत है कि जीवन भीतर संघर्ष कर रहा है विस्फोटित होने के लिए, लेकिन खोल बहुत कठोर है। बीज का आवरण उसे बाहर नहीं आने दे रहा होता; अहंकार बहुत ज्यादा होता है और द्वार बंद होते हैं। दुख और कुछ नहीं है सिवाय इस संघर्ष के कि जीवन फूट पड़े लाखों रंगों में, लाखों इंद्रधनुषों में, लाखों फूलों में, लाखों-लाखों गीतों में।

दुख एक नकारात्मक अवस्था है। वस्तुतः दुख और कुछ नहीं सिवाय आनंद के अभाव के। इसे बहुत गहरे में समझ लेना है, अन्यथा तुम तो लड़ने लगोगे दुख के साथ और कोई लड़ नहीं सकता किसी अभाव के साथ; वह होता है बिलकुल अंधकार की भांति। तुम नहीं लड़ सकते अंधकार के साथ। यदि तुम लड़ते हो, तो एकदम मूढ़ ही होते हो। तुम जला सकते हो दीया और अंधकार तिरोहित हो जाता है, लेकिन तुम लड़ नहीं सकते अंधेरे से। किसके साथ लड़ोगे तुम? अंधकार अस्तित्वगत नहीं होता, वह होता ही नहीं। वह कोई ऐसी चीज नहीं कि जिसे तुम बाहर फेंक सको, मार सको, या उसे पराजित कर सको। तुम अंधकार के विषय में कुछ नहीं कर सकते। यदि तुम करते हो कुछ, तो तुम्हारी अपनी ऊर्जाएं ही नष्ट होंगी और अंधकार वहां बना रहेगा ठीक उसी तरह, ज्यों का त्यों। यदि तुम अंधकार के

विषय में कुछ करना चाहते हो, तो तुम्हें कुछ करना होता है प्रकाश के विषय में, अंधकार के विषय में तो बिलकुल कुछ भी नहीं। तुम्हें जलाना पड़ता है दीया, और अचानक कहीं कोई अंधकार नहीं होता।

दुख है अंधकार की भांति; वह कोई अस्तित्वगत बात नहीं। और यदि तुम दुख से लड़ना शुरू कर देते हो, तो तुम लड़ते रह सकते हो दुख से, लेकिन और ज्यादा दुख निर्मित होगा। यह तो मात्र एक सूचना होती है, एक स्वाभाविक सूचना तुम्हारी अंतस-सत्ता के विषय में कि जीवन अभी भी संघर्ष कर रहा है पैदा होने के लिए। दीया अभी प्रकाशित नहीं हुआ, इसलिए है दुख।

आनंद का अभाव है दुख, और कुछ किया जा सकता है आनंद के विषय में, लेकिन दुख के लिए तो कुछ भी नहीं किया जा सकता। तुम दुखी होते हो और तुम कोशिश किए चले जाते हो उसे सुलझाने की। यहां, इस बिंदु पर, धार्मिक और अधार्मिक आदमी का मार्ग अलग हो जाता है, वे अलग हो जाते हैं। अधार्मिक आदमी लड़ने लगता है दुख के साथ, ऐसी स्थितियां बनाने की कोशिश करता है जिनमें वह दुखी नहीं होगा; दुख को अपनी नजरों से, दृष्टि से कहीं दूर धकेलने लगता है। धार्मिक व्यक्ति खोजने लगता है आनंद, खोजना शुरू कर देता है परमानंद को, सच्चिदानंद को खोजने लगता है—तुम कह सकते हो इसे परमात्मा। अधार्मिक आदमी अभाव के साथ लड़ता है, धार्मिक आदमी लाने की कोशिश करता है अस्तित्वगत को—प्रकाश को, आनंद की मौजूदगी को।

ये मार्ग बिलकुल ही विपरीत हैं, वे कहीं नहीं मिलते। एक साथ मीलों तक समानांतर चल सकते हैं वे, लेकिन वे मिलते कहीं नहीं। अधार्मिक आदमी को उस जगह तक वापस आना पड़ता है जहां ये दो मार्ग विभक्त होते हैं और अलग होते हैं। उसे आना होता है उस समझ तक कि अंधकार से लड़ना, दुख से लड़ना एक पागलपन है। भूल जाओ इस बारे में और इसके विपरीत प्रकार के लिए कोशिश करो। एक बार प्रकाश पहुंचता है, तो तुम्हें कुछ और करने की जरूरत नहीं होती; दुख तिरोहित हो जाता है।

जीवन होता है केवल एक संभावना के रूप में। तुम्हें उस पर कार्य करना पड़ता है, तुम्हें उसे ले आना होता है सच्ची अस्तित्वगत अवस्था तक। कोई जीवंत उत्पन्न नहीं होता, केवल जीवंत होने की संभावना लिए रहता है। कोई उत्पन्न नहीं होता दृष्टि सहित, केवल देखने की संभावना लिए रहता है। जीसस अपने शिष्यों से कहते रहे, 'यदि तुम्हारे पास कान हैं तो सुनो! यदि तुम्हारे पास आंख है तो देखो।' वे शिष्य तुम जैसे ही थेः उनके पास आंखें थीं, उनके पास कान थे। वे अंधे या बहरे नहीं थे। क्यों जीसस कहते रहे कि यदि उनकी आंखें होतीं तो वे देखते; वह क्राइस्ट को देखने की क्षमता के विषय में कह रहे थे; वह क्राइस्ट को सुनने की सक्षमता की बात कह रहे थे। कैसे तुम सुन सकते हो क्राइस्ट को यदि तुमने नहीं सुनी होती है तुम्हारी अपनी आंतरिक आवाज?—असंभव। क्योंकि क्राइस्ट और कुछ नहीं सिवाय तुम्हारी आंतरिक आवाज के। कैसे तुम देख सकते हो क्राइस्ट को, यदि तुम स्वयं को नहीं देख पाते हो? क्राइस्ट तुम्हारी आत्मा के अपनी परम महिमा में खिलने के, अपना परम विकास पाने के सिवाय कुछ नहीं।

तुम जीते हो एक बीज की भांति। कुछ कारण होते हैं जिनकी वजह से व्यक्ति बीज की भांति जीए चला जाता है। और निन्यानबे प्रतिशत लोग जीते हैं बीज की भांति। जरूर कोई बात होगी इसमें। बीज की भांति जीना आरामदेह लगता है। जीवन खतरनाक जान पड़ता है। बीज की भांति बने रहने से, आदमी ज्यादा सुरक्षित अनुभव करता है। उसके चारों ओर सुरक्षा होती है। बीज असुरक्षित नहीं होता है।

एक बार प्रस्फुटित होता है वह, तो वह बन जाता है असुरक्षित। उस पर आक्रमण किया जा सकता है, वह मारा जा सकता है—जानवर हैं, बच्चे हैं, इतने लोग मौजूद हैं। एक बार बीज पौधे के रूप में खिल जाता है, तो वह हो जाता है कवचहीन, असंरक्षित; खतरे शुरू हो जाते हैं।

जीवन एक बड़ा साहस है। बीज में रह कर, बीज में छिपे रह कर तुम सुरक्षित होते हो, बचाव में होते हो, कोई तुम्हें नहीं मारेगा। कैसे तुम्हें मारा जा सकता है यदि तुम जीवित ही न हो तो?—असंभव। केवल जब तुम जीवित होते हो, तभी तुम मारे जा सकते हो। जितने ज्यादा तुम जीवंत होते, उतने ज्यादा तुम असुरक्षित होते। जितने ज्यादा तुम जीवंत होते, उतने ज्यादा खतरे होते तुम्हारे आसपास। एक संपूर्णतया जीवंत व्यक्ति बड़े से बड़े खतरों में जीता है। इसीलिए लोग बीज की भांति जीना चाहते हैं—संरक्षित, सुरक्षित।

ध्यान रखना, जीवन का असली स्वभाव ही है असुरक्षा। तुम सुरक्षित जीवन नहीं पा सकते, तुम पा सकते केवल सुरक्षित मृत्यु। सारे बीमे होते हैं मृत्यु के लिए। जीवन का कोई बीमा नहीं हो सकता। सारी सुनिश्चितता है बचाव के लिए, सुरक्षा के लिए, बंद रहने के लिए। जीवन खतरनाक होता है, लाखों खतरे होते हैं आसपास। इसलिए निन्यानबे प्रतिशत लोग बीज बने रहने के पक्ष में ही निर्णय लेते हैं। लेकिन क्या बचा रहे होते हो तुम?—बचाने को कुछ है नहीं। क्या सुरक्षित रख रहे हो तुम?—सुरक्षित रखने को अंततः कुछ भी नहीं। बीज तो उतना ही मृत है जितने कि रास्ते के कंकड़-पत्थर। और यदि वह बीज की भांति ही बना रहता है तो दुख आएगा ही। दुख आएगा क्योंकि इस तरह का होने में उसकी अर्थपूर्णता न थी। उसकी नियति बीज होने की न थी, बल्कि उससे बाहर आ जाने की थी। पक्षी को छोड़ना पड़ता है अंडे के खोल को अपरिसीम के लिए, खतरनाक आकाश के लिए जहां कि हर चीज संभव होती है।

और उन तमाम संभावनाओं सहित, मृत्यु भी होती है वहां। जीवन जोखम उठाता है मृत्यु का। मृत्यु जीवन के विपरीत नहीं है, मृत्यु ही वह पृष्ठभूमि है जिसमें जीवन खिलता है। मृत्यु जीवन के विपरीत नहीं। वह तो है ब्लैकबोर्ड की भांति ही जिस पर तुम लिखते हो सफेद खड़िया से। तुम लिख सकते हो सफेद दीवार पर, लेकिन तब शब्द दिखायी न पड़ेंगे। ब्लैकबोर्ड पर, जो कुछ भी तुम सफेद से लिखते हो, वह दिखायी पड़ता है। मृत्यु है ब्लैकबोर्ड की भांतिः जीवन की सफेद रेखाएं दिखायी पड़ती हैं उस पर; वह विपरीत नहीं; वही तो है पृष्ठभूमि।

वे लोग जो कि जीवित रहना चाहते हैं उन्हें एक चीज का निर्णय लेना हैः उन्हें मृत्यु को स्वीकार करने की बात का निर्णय लेना है। उन्हें न ही केवल स्वीकार करना होगा मृत्यु को, उन्हें तो उसका स्वागत करना है। हर क्षण उन्हें तैयार रहना होगा उसके लिए। यदि तुम नहीं स्वीकार करते मृत्यु को, तो तुम बिलकुल शुरू से ही मुरदा बने रहोगे। वही है बचाव का एकमात्र रास्ता—तुम बने रहोगे बीज। पक्षी मर जाएगा अंडे की खोल में—बहुत-से पक्षी मर जाते हैं अंडे की खोल में।

तुम हो यहां पर। यदि तुम मुझसे कोई मदद चाहते हो, तो मुझे तोड़ने दो तुम्हारा कवच, तुम्हारी सुरक्षाएं, तुम्हारे बैंक-खाते, तुम्हारे जीवन बीमे, मुझे बनाने दो तुम्हें खुले हुए, असुरक्षित। सुरक्षित तो तुम रहोगे कवच में, और जल्दी ही तुम एक सड़ी हुई चीज बन जाओगे। बाहर आ जाओ उससे। कवच है तुम्हारे बचाव के लिए, तुम्हें मारने के लिए नहीं। उसका उद्देश्य यह नहीं है कि तुम्हें सदा खोल में ही

रहना चाहिए। अच्छी होती है यह बात—शुरू में यह बचाव भी करती है, जब तुम बहुत सुकोमल होते हो बाहर आने की दृष्टि से। लेकिन जब तुम तैयार होते हो तब तोड़ना ही होता है खोल को। चाहे कितनी ही सुविधा में और कितने ही सुरक्षित हो तुम, खोल में एक पल भी और बिताया और तुमने खो दी संभावना, तुम खो दोगे अवसर—जीवित होने का और आकाश में उड़ने का। निस्संदेह खतरे हैं, लेकिन खतरे सुंदर हैं। बिना खतरों का संसार असुंदर होगा, और बिना खतरों के जिंदगी कोई बहुत जीवंत नहीं हो सकती है।

इसीलिए गहरे तल पर हर पुरुष और हर स्त्री में खतरों के बीच जीने की एक अंतःप्रेरणा होती है। वह अंतःप्रेरणा है जीवन के लिए। इसीलिए तुम पर्वतों पर चले जाते, इसीलिए तुम निकल पड़ते अज्ञात यात्रा पर, इसीलिए आदमी कोशिश करता चांद तक पहुंचने की, इसीलिए कोई कोशिश करता एवरेस्ट तक पहुंचने की, और कोई चल पड़ता समुद्री यात्रा पर किसी छोटी-सी हाथ की बनी नाव में। खतरे के लिए एक गहरी अंतःप्रेरणा होती है; वह आंतरिक प्रेरणा होती है जीवन के प्रति। मत मारना उस आंतरिक प्रेरणा को, अन्यथा तुम यहां होओगे और जीवित न होओगे।

यदि तुम मुझे ठीक से समझो, तो जब मैं तुम्हें संन्यासी बनाता हूं, जब मैं संन्यास में दीक्षित करता हूं तुम्हें, तो मैं दीक्षित करता हूं असुरक्षा के, बिना खोल के जीवन में। संन्यास है खोल से बाहर होने की एक छलांग, और खोल है अहंकार। अहंकार एक सुरक्षा है; तुम्हारे चारों ओर की एक सूक्ष्म दीवार की भांति है। इसलिए अहंकार इतना ज्यादा कंपित होता है। कोई कहता है कुछ या कि कोई केवल हंस पड़ता तुम पर और वह यूं ही किसी कारण से हंस देता है और तुम्हें चोट लगती है। तुम स्वयं का बचाव शुरू कर देते हो; तुम लड़ने को तैयार हो जाते हो। जो कुछ भी खतरनाक जान पड़ता है उसके साथ लड़ने की तत्परता है अहंकार। अहंकार एक निरंतर संघर्ष है जीवन के विरुद्ध, क्योंकि जीवन खतरनाक होता है। जहां कहीं जीवन प्रयत्न करता है तुम्हारे पास पहुंचने का, अहंकार वहां एक चट्टान की भांति मौजूद रहता है तुम्हारा बचाव करने को। इस चट्टान को पार कर जाओ, अहंकार के इस कवच को तोड़ डालो, इसके बाहर आ जाओ।

आकाश खतरों से भरा है। मैं नहीं कहता कि वहां कोई खतरा नहीं है। मैं ऐसा कह नहीं सकता; खतरा तो है। खतरे ही खतरे हैं। लेकिन जीवन पल्लवित होता है खतरों में, खतरा ही है भोजन। खतरा जीवन के विरुद्ध नहीं; खतरा तो असली भोजन है, असली रक्त है, सही आक्सीजन जीवन के बने रहने के लिए।

खतरे में जीयोः यही है संन्यास का अर्थ। अतीत तुम्हारा बचाव करता है, वह ज्ञात होता, परिचित। तुम अतीत के साथ एक आराम अनुभव करते हो। भविष्य होता है अपरिचित। अज्ञात भविष्य के साथ तुम पराया, अजनबी अनुभव करते हो। भविष्य सदा ही द्वार पर दस्तक देता हुआ अजनबी होता है। तुम सदा द्वार खोल देना भविष्य के लिए। वस्तुतः तुम चाहते हो कि तुम्हारा भविष्य बिलकुल तुम्हारे अतीत की भांति ही हो, एक दोहराव। यह है भय। और ध्यान रखना, तुम सदा सोचते हो कि तुम भयभीत हो मृत्यु से, लेकिन मैं कहता हूं तुमसे, तुम भयभीत नहीं हो मृत्यु से, तुम भयभीत हो जीवन से।

मृत्यु का भय मूल रूप से जीवन का भय है, क्योंकि केवल जीवन ही मर सकता है। यदि तुम भयभीत हो मृत्यु से, तो तुम भयभीत होओगे जीवन से। यदि तुम्हें भय होता है नीचे गिरने का, तो तुम्हें

भय होगा ऊपर चढ़ने का। क्योंकि केवल वही लहर जो चढ़ती है, गिरती है। यदि तुम्हें अस्वीकृत होने का भय होता है तो तुम भयभीत रहोगे कि दूसरे के पास कैसे जाएं। यदि तुम्हें भय होता है अस्वीकृत होने का, तो तुम प्रेम करने में अक्षम हो जाओगे। मृत्यु से भयभीत होकर, तुम जीवन के प्रति अक्षम हो जाते हो। तब तुम बस जिंदा रहने भर को जिंदा रहते हो; और केवल दुख, अंधकार और काली रात तुम्हें घेरे रहती है।

मात्र जन्म लेना ही पर्याप्त नहीं होता, आवश्यक नहीं होता। तुम्हें दो बार जन्म लेना है। हिंदुओं के पास इसके लिए प्यारा शब्द है: वे इसे कहते हैं द्विज, दो बार जन्म लेने वाला। पहला जन्म, तुम्हारे माता-पिता द्वारा दिया गया जन्म, मात्र एक संभावना है। एक संभावित घटना है, अभी वास्तविक नहीं है वह। दूसरे जन्म की आवश्यकता है। यही है जिसे जीसस कहते हैं पुनर्जीवन, दूसरा जन्म, जिसमें तुम सारे ढांचे तोड़ देते, सारे कवच तोड़ देते, सारे अहंकार, सारे अतीत को, परिचित को, ज्ञात को तोड़ देते और तुम सरकते अज्ञात में, अपरिचित में, खतरों से भरे हुए अस्तित्व में। हर क्षण संभावना रहती है मृत्यु की। और मृत्यु की संभावना के साथ ही हर क्षण तुम बन जाते हो और ज्यादा जीवंत।

वस्तुतः जीवन कभी मरता नहीं है, लेकिन यह अनुभव होता है उस व्यक्ति को जो जानता है कि जीवन क्या है। तुमने कभी भी पर्याप्त साहस एकत्र नहीं किया है खोल से बाहर आने का। कैसे जान सकते हो तुम कि जीवन क्या है? और कैसे जान सकते हो तुम कि जीवन मृत्यु-विहीन होता है? तुम मर जाओगे; जीवन कभी नहीं मरता। तुम जीओगे दुख में क्योंकि तुम नकार देते हो जीवन को—अहंकार है जीवन का नकार। अहंकार को नकार दो और जीवन घटेगा तुममें। इसलिए सारे प्रज्ञावानों का जोर रहा है—जीसस, बुद्ध, मोहम्मद, महावीर, जरथुस्त्र, लाओत्सू—वे सभी जोर देते हैं केवल एक बात पर: अहंकार को हटा दो और जीवन तुममें घटित होगा बहुत बड़े रूप में। लेकिन तुम तो चिपके रहते हो अहंकार से। अहंकार से चिपकने का अर्थ है अंधेरे से, दुख से चिपक जाना।

ये सूत्र सुंदर हैं; इन्हें समझने की कोशिश करना।

विवेकपूर्ण व्यक्ति जानता है कि हर चीज दुख की ओर ले जाती है—परिवर्तन के कारण, चिंता के कारण, पिछले अनुभवों के कारण और उन द्वंद्वों के कारण जो तीन गुणों और मन की पांच वृत्तियों के बीच आ बनते हैं।

जीवन दुख है जैसा कि तुम इसे जानते हो; जीवन आनंदमय है जैसा कि मैं इसे जानता हूं। तब तो हम जरूर अलग-अलग चीजों की बात कर रहे होंगे, क्योंकि जीवन तुम्हारे लिए दुख और मेरे लिए सुख कैसे हो सकता है? तो हम बात नहीं कर रहे हैं किसी एक ही चीज की। जब तुम बात करते हो जीवन की, तो तुम उस जीवन की बात करते हो जो बीज मात्र है—जीवन जिसकी केवल आशा ही है; स्वप्नों और कल्पनाओं का जीवन; वास्तविक, प्रामाणिक जीवन नहीं; तुम बात कर रहे होते हो उस जीवन की जो केवल आकांक्षा करता है लेकिन जानता कुछ नहीं, जो केवल ललकता है लेकिन पहुंचता कभी नहीं; वह जीवन जो निरंतर घुटन अनुभव कर रहा होता है, लेकिन सोचता है कि घुटन सुविधा है; वह जीवन जो एक यातना भरा नरक है, लेकिन सदा सोचता है कि इसी नरक में से कुछ घटने वाला है—स्वर्ग पैदा

होने वाला है इस नरक में से।

कैसे स्वर्ग उत्पन्न हो सकता है नरक में से? कैसे आनंद उपज सकता है तुम्हारी पीड़ाओं से? नहीं, तुम्हारे पीड़ित जीवन से और-और पीड़ाएं ही पैदा होंगी। एक बच्चा उतना दुखी नहीं होता, जितना कि कोई वृद्ध व्यक्ति होता है। होना तो ठीक उलटा चाहिए, क्योंकि वृद्ध ने तो जीवन इतना ज्यादा जी लिया होता है। वह पहुंच ही रहा होता है शिखर के निकट, अनुभवों का शिखर, खिले हुए फूल। लेकिन वह कहीं से भी निकट नहीं होता इसके। एकदम इसके विपरीत, जीवन चढ़ती हुई लहर नहीं रहा होता, वह नहीं पहुंचा है किसी स्वर्ग तक। बल्कि वह उतर गया है कहीं अधिक गहरे और गहरे नरक में। वृद्ध से तो ज्यादा स्वर्गीय जान पड़ता है कोई बालक। वृद्ध को तो बनना चाहिए एक पुराना वृक्ष, एक विशाल वृक्ष; लेकिन वह नहीं बनता। वह पहुंच चुका होता है नरक के ज्यादा अंधेरे क्षेत्रों में। यह ऐसे होता है जैसे कि जीवन एक गिरती हुई घटना हो न कि चढ़ती हुई; जैसे कि तुम गिर रहे हो और-और अंधेरे क्षेत्रों में, नहीं उठ रहे सूर्य की ओर।

क्या घटता है वृद्ध को? एक बच्चा दुखी होता है, एक वृद्ध भी दुखी होता है। वे दोनों एक ही मार्ग पर होते हैं। बच्चे ने तो बस शुरू ही की है यात्रा और वृद्ध ने संचित कर लिया है सारी यात्रा के सारे दुखों को।

नरक में से स्वर्ग नहीं जन्मता। यदि तुम आज दुखी हो, तो तुम कैसे सोचते हो कि कल सुखी और आनंदपूर्ण हो सकता है? कल तुमसे ही आएगा। और कहां से आ सकता है वह? कल किसी आकाश में से नहीं आता; तुम्हारा कल आता है तुमसे ही। तुम्हारे सारे बीते हुए कल एक साथ मिल कर, आज को मिला कर, होने वाला है तुम्हारा आने वाला कल। यह तो सीधा-साफ गणित हैः आज तुम दुखी और पीड़ित हो; तो कैसे, यह कैसे संभव है कि कल सुख और आनंदपूर्णता की होगी?—असंभव बात है। जब तक तुम मर नहीं जाते, ऐसा असंभव है। क्योंकि तुम्हारी मृत्यु के साथ सारे बीते कल मर जाते हैं। तब यह बात तुम्हारे दुखों से न आयी होगी; तब यह एक ताजी घटना होगी, कोई ऐसी बात जो कि पहली बार घटती है। तब यह तुम्हारे मन से नहीं आएगी, यह आएगी तुम्हारी अंतस-सत्ता से। तुम बन जाते हो द्विज, दो बार जन्मते हो।

दुख की घटना को समझने की कोशिश करना। क्यों हो तुम इतने दुखी? कौन-सी चीज निर्मित करती है इतना ज्यादा दुख? मैं ध्यान से देखता हूं तुम्हें, मैं झांकता हूं तुम्हारे भीतर; दुख के ऊपर दुख है, पर्त-दर-पर्त। यह तो सचमुच एक चमत्कार है कि कैसे तुम जीए जा रहे हो। जरूर यही बात रही होगी कि आशा अनुभव से ज्यादा मजबूत है; स्वप्न ज्यादा शक्तिशाली है वास्तविकता से। अन्यथा, कैसे जीए जा सकते थे तुम? तुम्हारे पास जीने को कुछ नहीं सिवाय इस आशा के कि कल किसी न किसी तरह कोई चीज घटित होगी जो हर चीज बदल देगी। आने वाला कल एक चमत्कार है—और यही बात तुम सोच रहे हो बहुत-बहुत जन्मों से। लाखों कल आए, जो आज बन गए, लेकिन आशा बची रहती है। फिर आशा जीए जाती है। तुम इसलिए नहीं जीते कि तुम्हारे पास जीवन है, बल्कि इसलिए कि तुम्हारे पास आशा है।

उमर खय्याम कहीं कहता है कि उसने बड़े विद्वानों, धर्मज्ञों, पंडित-पुरोहितों, दार्शनिकों से पूछा, 'क्यों आदमी जीए ही चला जाता है?' कोई नहीं दे सका जवाब। सब ने कंधे उचका दिए, टाल गए बात। कहता

है उमर खय्याम कि मैं बहुतों के पास गया जो अपने ज्ञान के लिए विख्यात थे, लेकिन मुझे द्वार से वापस ही लौट आना पड़ा था। तब निराश होकर, न जानते हुए कि किससे पूछना है, मैं एक रात आकाश को देख-देख खूब रोया। मैंने पूछा आकाश से, मैंने कहा आकाश से कि 'तुम तो यहां मौजूद रहे हो! तुमने देखी हैं वे सारी पीड़ाएं जिनका कि अस्तित्व रहा है अतीत में; लाखों लाखों पीड़ित रहे हैं यहां। तुम जरूर जानते होओगे कि क्यों लोग जीए ही चले जाते हैं!' वाणी उतरी आकाश से, 'आशा के कारण।'

आशा है तुम्हारा एकमात्र जीवन। आशा के धागे सहित तुम सह सकते हो सारे दुखों को। स्वर्ग के एक सपने सहित ही तुम भूल जाते हो तुम्हारे चारों ओर के नरक को। तुम जीते हो स्वप्नों में; स्वप्न जीवित रखते हैं तुमको। यथार्थ असुंदर होता है। क्यों घटता है इतना ज्यादा दुख और तुम क्यों नहीं जान सकते कि क्यों घट रहा होता है वह? तुम क्यों नहीं ढूंढ़ सकते उसका कारण?

दुख का कारण ढूंढ़ने के लिए, तुम्हें उससे बचना छोड़ना होता है। कोई चीज तुम कैसे जान सकते हो यदि तुम उससे बचते रहते हो तो? कैसे जान सकते हो तुम कोई चीज यदि तुम बच कर निकल भागते हो? यदि तुम जानना चाहते हो कोई चीज, तो तुम्हें एकदम सामने हो साक्षात्कार करना होता है उससे। जब कभी तुम दुखी होते हो, तुम आशा करने लगते हो; आने वाला कल तुरंत ज्यादा महत्वपूर्ण बन जाता है आज से। यह होता है बच निकलना। तुम भागे हो बच कर और अब आशा काम कर रही है नशे की भांति। तुम दुखी हो, तो तुम नशा करते हो और तुम भूल जाते हो। अब तुम नशे में मदमस्त होते हो, आशा के नशे में। आशा जैसा कोई नशा नहीं है। किसी मारिजुआना, किसी एल एस डी की कोई तुलना ही नहीं इसके साथ। आशा एक परम एल एस डी है। आशा के कारण ही तुम सह सकते हो हर चीज, हर एक चीज। हजारों नरक भी कुछ नहीं।

आशा का यह रचना-तंत्र कैसे काम करता है? जब कभी तुम दुखी होते हो, उदास, निराश होते हो, तो तुम तुरंत बचना चाहते हो इससे, तुम इसे भुलाने की कोशिश करते हो। इसी तरह चलती चली जाती है यह बात। अगली बार जब तुम दुखी होओ—और तुम्हें ज्यादा प्रतीक्षा नहीं करनी पड़ेगी, जैसे ही मेरा प्रवचन समाप्त होगा तुम हो जाओगे वैसे ही—तब भागने की कोशिश मत करना। मेरा प्रवचन भी शायद एक बचाव की भांति ही कार्य कर रहा हो—तुम सुनते हो मुझे, तुम भूल जाते हो स्वयं को। तुम सुनते हो मुझे, तुम्हें ध्यान देना पड़ता है मेरी ओर, लेकिन तुम्हारे स्वयं की ओर पीठ मोड़ लेते हो तुम। तुम भूल जाते हो, तुम भूल जाते हो कि तुम्हारी वास्तविक स्थिति क्या है। मैं बात करता हूं आनंद की, आनंदविभोरता की। वह बात सत्य होती है मेरे लिए, लेकिन तुम्हारे लिए वह बन जाती है एक स्वप्न। फिर एक आशा बन जाती है कि यदि तुम ध्यान करो, यदि तुम इस पर काम करो, तो ऐसा तुम्हें भी घटेगा। मत उपयोग करना इसका नशे की भांति। तुम गुरु का उपयोग कर सकते हो नशे की भांति, और तुम पर असर हो सकता है।

मेरा सारा प्रयास है तुम्हें ज्यादा जागरूक बना देने का, ताकि जब कभी तुम दुख में पड़ो तो भागने की कोशिश मत करो। आशा शत्रु है। आशा मत करो, और यथार्थ से विपरीत स्वप्न मत देखो। यदि तुम उदास हो, तो उदासी ही होती है वास्तविकता। उसी के साथ रहो; उसी के साथ रह कर, आगे न बढ़, उसी पर एकाग्र हो जाओ। सामना करो उसका, होने दो उसे। उसके विपरीत मत जाना। शुरू में यह एक बहुत कडुआ अनुभव होगा, क्योंकि जब तुम सामना करते हो उदासी का, तो वह तुम्हें घेर लेती है हर

तरफ से। तुम बन जाते हो छोटे-से द्वीप की भांति और उदासी होती है चारों ओर का समुद्र—और इतनी बड़ी लहरें होती हैं उदासी की! भय लगने लगता है, एक कंपन महसूस होता है एकदम अंतस तक ही। कांपो, भयभीत होओ। एक बात मत करना—भागना मत। ऐसा होने दो। इसमें गहरे रूप से उतरो। देखो, ध्यान दो, मूल्यांकन मत करो। तुम वैसा करते रहे लाखों जन्मों से। केवल देखो, उतरो उसमें। जल्दी ही, कडुआ अनुभव उतना कडुआ न रहेगा। जल्दी ही, कडुवे साक्षात्कार से उदित हो जाता है सत्य। जल्दी ही तुम गतिमान हो रहे होओगे, ज्यादा गहरे और गहरे में उतरते हुए—और तुम ढूंढ लोगे कारण, कि दुख का कारण क्या है, क्यों तुम इतने दुखी हो।

कारण कहीं बाहर नहीं, वह तुम्हारे भीतर होता है, तुम्हारे दुख में छिपा होता है। दुख होता है बिलकुल धुएं की भांति। कहीं तुम्हारे भीतर मौजूद होती है आग। धुएं में गहरे उतरना ताकि तुम ढूंढ सको आग को। कोई नहीं ला सकता अकेले धुएं को बाहर क्योंकि वह तो साथ जन्मता है। लेकिन यदि तुम बाहर ले आते हो आग तो धुआं अपने से ही अदृश्य होता है। कारण ढूंढ लेना, परिणाम तिरोहित हो जाता है; क्योंकि तब कुछ किया जा सकता है।

ध्यान रहे, केवल कारण के साथ ही कुछ किया जा सकता है, परिणाम के साथ नहीं। यदि तुम परिणाम के साथ लड़ते चले जाते हो, तो वह सारा संघर्ष व्यर्थ होता है। यही है अर्थ पतंजलि की प्रति-प्रसव विधि काः कारण तक लौट जाओ; परिणाम में उतरो और कारण तक पहुंच जाओ। कारण वहीं कहीं होगा जरूर। परिणाम होता है ठीक तुम्हें घेरने वाले धुएं की भांति ही; लेकिन एक बार धुआं घेर लेता है तुम्हें, तो तुम भाग कर चले जाते हो आशा में। तुम स्वप्न देखते हो उन दिनों का जब कोई धुआं न रहेगा। यह बिलकुल मूढ़ता है। न ही केवल मूढ़ता है, बल्कि आत्मघाती बात है, क्योंकि इसी तरह तो तुम चूक रहे हो कारण को।

पतंजलि कहते हैं, 'विवेकपूर्ण व्यक्ति...।' संस्कृत में शब्द है विवेक—इसका अर्थ होता है जागरूकता, इसका अर्थ होता है होशपूर्णता, इसका अर्थ होता है विवेकपूर्ण शक्ति। क्योंकि जागरूकता के द्वारा तुम भेद कर सकते हो कि कौन चीज क्या हैः क्या सत्य है, क्या असत्य; क्या परिणाम है, क्या कारण।

प्रज्ञावान व्यक्ति, विवेकशील व्यक्ति, जागरूक व्यक्ति जान लेता है कि हर चीज ले जाती है दुख की ओर।

जैसे कि तुम हो, हर चीज ले जाती है दुख की ओर। और यदि तुम बने रहते हो जैसे तुम हो, तो हर चीज ले जाती ही रहेगी दुख की ओर। यह कोई स्थितियों को ही बदलने की बात नहीं है, यह तुम्हारे भीतर बहुत गहराई तक उतरी चीज की बात है। तुम्हारे भीतर की कोई बात आनंद की संभावना को ही कुंठित कर देती है। तुम्हारे भीतर की कोई चीज तुम्हारी आनंदमय अवस्था तक खिलने के विरुद्ध होती है। जागा हुआ आदमी जान लेता है कि हर चीज दुख की ओर ले जाती है, हर चीज।

तुमने कर ली होती है हर बात, लेकिन क्या तुमने कभी ध्यान दिया है कि हर बात दुख की ओर ले जाती है? यदि तुम घृणा करते हो, तो वह बात ले जाती दुख तक; यदि तुम प्रेम करते हो, तो वह बात ले जाती दुख तक। जीवन में कोई तर्कयुक्त ढंग दिखायी नहीं पड़ता है। व्यक्ति घृणा करता है, तो यह बात ले जाती है दुख की ओर। सीधा तर्क तो कहेगा कि यदि घृणा ले जाती है दुख तक, तब प्रेम को तो जरूर

ले जाना चाहिए सुख तक। फिर तुम प्रेम करते हो, और प्रेम भी ले जाता है दुख की ओर ही। क्या है यह सब? क्या जीवन बिलकुल ही अतर्क्य और बेतुका है? क्या कहीं कुछ तर्कयुक्त नहीं है? क्या यह एक अराजकता है? तुम कर लेते हो जो कुछ भी करना चाहते हो, और अंत में चला आता है दुख ही। ऐसा मालूम पड़ता है कि दुख एक राजमार्ग है और हर मार्ग उस तक ही आ पहुंचता है। जहां कहीं से भी तुम प्रारंभ करना चाहो, तुम कर सकते प्रारंभः दाएं, बाएं, या मध्य से; हिंदू, मुसलमान, ईसाई, जैन, पुरुष-स्त्री, ज्ञान-अज्ञान, प्रेम-घृणा—हर चीज पहुंचा देती दुख तक। यदि क्रोध में होते हो, तो वह तुम्हें ले जाता है दुख की ओर। यदि तुम क्रोधित नहीं होते, वह बात भी ले जाती है दुख की ओर। ऐसा जान पड़ता है कि दुख मौजूद होता है और जो कुछ तुम करते हो वह अप्रासंगिक होता है। अंततः तुम आ पहुंचते हो उसी तक।

मैंने सुनी है एक कथा, और मुझे सदा ही प्यारी रही है यह।

एक मनोविश्लेषक एक पागलखाना देखने गया था। उसने एक पागल के बारे में पूछा सुपरिन्टेंडेंट से जो कि चीख रहा था और रो रहा था और पटक रहा था अपना सिर दीवार पर। उसके हाथ में किसी सुंदर स्त्री की तस्वीर थी। पूछा उस मनोविश्लेषक ने, 'क्या हुआ है इस आदमी को?' सुपरिन्टेंडेंट ने कहा, 'यह आदमी इस स्त्री को बहुत प्रेम कर रहा था। यह पागल हुआ क्योंकि वह स्त्री इससे विवाह करने को राजी नहीं हुई। इसलिए ही यह पागल हो गया है।' तर्कयुक्त, सीधी-साफ बात। लेकिन उससे अगले कमरे में एक और पागल था और वह भी चीख रहा था और रो रहा था और पीट रहा था अपना सिर। उसके हाथ में उसी स्त्री की तस्वीर थी, और वह थूक रहा था तस्वीर पर और बोले जा रहा था अश्लील शब्द। पूछा मनोविश्लेषक ने, 'क्या हुआ इस आदमी को? इसके पास वही तस्वीर है। बात क्या है?' सुपरिन्टेंडेंट बोला, 'यह आदमी भी इस स्त्री के प्रेम में पागल था, और वह मान गई और विवाह कर लिया इससे। इसलिए यह हुआ है पागल।'

स्त्री अस्वीकार करती है कि स्वीकार, इससे कुछ अंतर नहीं पड़ता है; तुम विवाह करो या कि तुम विवाह न करो, इससे कुछ अंतर नहीं पड़ता। मैंने गरीब लोगों को दुखी होते देखा है, मैंने अमीर लोगों को दुखी होते देखा है। मैंने असफल लोगों को दुखी पाया है, जो सफल हुए मैंने उन्हें दुखी पाया है। जो कुछ भी तुम करते हो, अंततः तुम आ पहुंचते हो लक्ष्य तक! और वह है दुख। क्या हर रास्ता नरक तक ले जाता है? बात क्या होती है? तब तो कहीं कोई विकल्प नहीं जान पड़ता।

हां, हर चीज ले जाती है दुख में—यदि तुम वैसे ही बने रहो तो। मैं तुमसे कहूंगा दूसरी बातः यदि तुम बदल जाते हो तो हर चीज ले जाती है स्वर्ग में। यदि तुम वैसे के वैसे ही बने रहते हो, तो तुम्हीं रहते हो आधार, न कि जो तुम करते हो। जो तुम करते हो वह तो अप्रासंगिक होता है। गहराई में तुम्हीं होते हो। चाहे तुम घृणा करो—तुम्हीं करोगे घृणा; या कि तुम प्रेम करो—तुम्हीं करोगे प्रेम—वह तुम्हीं होते जो अंततः दुख या सुख की, पीड़ा या आनंद की घटना निर्मित करते हो—जब तक कि तुम्हीं नहीं बदल जाते...। मात्र घृणा से प्रेम तक जाना, इस स्त्री से उस स्त्री तक, इस घर से उस घर तक जाना—यह बात मदद न देगी। तुम समय और ऊर्जा बरबाद कर रहे होते हो। तुम्हें बदलना होता है स्वयं को। क्यों हर चीज ले जाती है दुख में?

पतंजलि कहते हैंः 'विवेकपूर्ण व्यक्ति जानता है कि हर चीज दुख की ओर ले जाती है—परिवर्तन

के कारण, चिंता के कारण, पिछले अनुभवों के कारण...।'

ये वचन समझ लेने जैसे हैं। जीवन में हर चीज परिवर्तित हो रही है। जीवन के ऐसे गतिमय प्रवाह में तुम किसी चीज की अपेक्षा नहीं कर सकते। यदि तुम अपेक्षा करते हो तो तुम दुखी होओगे, क्योंकि अपेक्षाएं संभव होती हैं एक निश्चित और चिरस्थाई संसार में। बदलते हुए, गतिमय प्रवाह जैसे संसार में, किन्हीं अपेक्षाओं की संभावना नहीं होती है।

तुम प्रेम करते हो किसी स्त्री से; वह बहुत ज्यादा प्रसन्न जान पड़ती है, लेकिन अगली सुबह वह नहीं रहती वैसी। तुमने उसे प्रेम किया था उसकी प्रसन्नता के कारण, तुमने उसे प्रेम किया क्योंकि उसकी गुणवत्ता थी प्रसन्नचित्त रहने की। लेकिन अगली सुबह वह प्रसन्नता मिट चुकी होती है! वह गुणवत्ता मौजूद न रही और वह स्वयं अपने से एकदम विपरीत हो चुकी है। वह दुखी होती, क्रोधित, उदास, झगड़ालु, काट खाने को आतुर होती है—करोगे क्या? तुम कोई आशा नहीं रख सकते। हर चीज बदलती है, हर चीज बदलती है हर पल। तुम्हारी सारी अपेक्षाएं तुम्हें ले जाएंगी दुख में। तुम विवाह करते हो एक सुंदर स्त्री से, लेकिन वह बीमार पड़ सकती है और उसका सौंदर्य मिट सकता है। चेचक का प्रकोप हो सकता है और चेहरा बिगड़ सकता है। तो क्या करोगे तुम?

मुल्ला नसरुद्दीन की पत्नी ने एक बार कहा उससे, 'लगता है कि अब तुम मुझे प्रेम नहीं करते। क्या तुम्हें याद है, या क्या तुम भूल चुके हो कि मौलवी के सामने तुमने वायदा किया था कि तुम हमेशा मुझे प्यार करोगे, तुम हमेशा मेरा साथ दोगे सुख में और दुख में?' मुल्ला नसरुद्दीन कहने लगा, 'हां, मैंने वायदा किया था। मैंने बिलकुल किया था वायदा और वह खूब याद है मुझे: चाहे वह सुख की घड़ी हो या दुख की घड़ी हो, मैं साथ रहूंगा तुम्हारे। लेकिन मैंने कभी नहीं कहा था मौलवी से कि मैं तुम्हें प्रेम करूंगा वृद्धावस्था में। यह बात कभी नहीं थी उस वायदे का हिस्सा।'

लेकिन वृद्धावस्था आ जाती है; चीजें बदलती हैं। एक सुंदर चेहरा असुंदर हो जाता है। एक सुखी आदमी दुखी हो जाता है। एक बहुत कोमल व्यक्ति बहुत कठोर हो जाता है। गुनगुनाहट तिरोहित हो जाती है और झगड़ालु वृत्ति प्रकट होती है। जीवन प्रवाह है और हर चीज बदलती है। कैसे तुम अपेक्षा कर सकते हो? तुम अपेक्षा करते हो, तो दुख आ बनता है।

पतंजलि कहते हैं, 'परिवर्तन के कारण...दुख घटित होता है।' यदि जीवन पूरी तरह जड़ होता और कहीं कोई परिवर्तन नहीं होता, तुम प्रेम करते किसी लड़की से और वह लड़की हमेशा ही रहे सोलह साल की, हमेशा गुनगुनाती रहे, हमेशा खुश रहे और आनंदित रहे और तुम भी वैसे ही रहो, जड़ अस्तित्व—निस्संदेह तब तुम व्यक्ति न रहोगे, जीवन जीवन नहीं होगा। वह जड़ पत्थर होगा, पर कम से कम आशाएं-अपेक्षाएं पूरी हो जाएंगी। लेकिन एक कठिनाई होती है: इससे एक ऊब आ बनेगी, और वह निर्मित कर देगी दुख को। परिवर्तन नहीं होगा, लेकिन तब ऊब आ बनेगी।

यदि चीजें नहीं बदलती हैं, तो तुम ऊब जाते हो। यदि पत्नी मुस्कुराती रहे और मुस्कुराती रहे रोज-रोज तो कुछ दिनों बाद ही तुम थोड़े चिंतित हो जाओगे—क्या हुआ है इस स्त्री को? क्या इसकी मुस्कान असली है या कि यह केवल अभिनय ही कर रही है?

अभिनय में तुम मुस्कुराते रह सकते हो। तुम मुख पर ऐसा नियंत्रण रख सकते हो। मैंने देखा है लोगों को जो नींद में भी मुस्कुरा रहे होते हैं; राजनीतिज्ञ और इसी तरह के कई लोग जिन्हें निरंतर ही

मुस्कुराना पड़ता है। तब उनके होंठ एक स्थायी आकार धारण कर लेते हैं। यदि तुम कहो उनसे कि मुस्कुराएं नहीं, तो वे कुछ नहीं कर सकते। उन्हें मुस्कुराना ही पड़ेगा, वह बात एक ढंग बन चुकी होती है। लेकिन तब ऊब आ बनती है, और वह ऊब तुम्हें ले जाएगी दुख की ओर।

स्वर्ग में हर चीज स्थायी होती, कोई चीज नहीं बदलती; हर चीज वैसी बनी रहती है जैसी कि होती है—हर चीज सुंदर। बर्ट्रेंड रसल ने अपनी आत्मकथा में लिखा है, 'मैं नहीं जाना चाहूंगा किसी जन्नत में कि किसी स्वर्ग में, क्योंकि वह बात बहुत ज्यादा उबाऊ होगी।' हां, वह बात बहुत उबाऊ होगी। जरा सोचो तो उस जगह की जहां कि सारे पंडित-पुरोहित, पैगंबर, तीर्थंकर और बुद्ध-पुरुष एकत्रित हो गए हों, और कुछ न बदलता हो, हर चीज निश्चल बनी रहती हो—कोई गति न हो। यह तो रंगों से सजायी तस्वीर मालूम पड़ेगी, जो कि वास्तव में जिंदा न हो। कितनी देर तक तुम जी सकते हो उसमें? रसल ठीक कहता है, 'यदि यही स्वर्ग है, तब तो नरक बेहतर है। कम से कम कुछ परिवर्तन तो होगा वहां।'

नरक में हर चीज बदल रही होती है, लेकिन तब किन्हीं अपेक्षाओं की पूर्ति नहीं की जा सकती है। यही है अड़चन मन के साथ। यदि जीवन निरंतर गतिमय होता है, तो अपेक्षाओं की पूर्ति नहीं हो सकती। यदि जीवन होता है एक निर्धारित घटना, तो अपेक्षाएं पूरी हो सकती थीं, इतनी ज्यादा कि तुम ऊब महसूस करने लगते। तब कहीं कोई रस नहीं रहता। हर चीज धुंधली पड़ गयी होती, कुनकुनी—कोई संवेदना नहीं, कोई उन्मेष नहीं, कोई नई चीज नहीं घटती। इस जीवन में जिसमें कि तुम जी रहे हो, परिवर्तन बना देता है दुख, चिंता। सदा चिंता मौजूद होती है, तुम्हारे भीतर, मैं कहता हूं सदा ही। यदि तुम गरीब हो, तो चिंता होती है धन कैसे पा लें? यदि तुम धनवान बन जाते, तो चिंता होती है कि कैसे उसे बनाए ही रहें जिसे कि प्राप्त किया है? सदा भय रहता है चोरों का, डाकुओं का और सरकार का—जो कि एक संगठित डकैती होती है! करों का भय है और कम्युनिस्ट सदा आने-आने को ही हैं। यदि तुम गरीब होते हो तो तुम्हें चिंता होती है: कैसे पा लें धन? यदि तुम पा लेते हो तो तुम्हें चिंता होती है: कैसे उसे पास बनाए रखें जिसे कि तुमने पाया है? लेकिन चिंता तो बनी ही रहती है।

अभी उस दिन एक जोड़ा आया मेरे पास और पुरुष कहने लगा, 'यदि मैं स्त्री के साथ होता हूं तो बेचैनी होती है, क्योंकि यह बात तो निरंतर संघर्ष की होती है। यदि मैं स्त्री के साथ न रहूं, तो यह एक निरंतर बेचैनी बनी रहती है; मैं अकेला हो जाता हूं।' स्त्री पास न हो तो अकेलापन बन जाता है एक फिक्र। स्त्री पास में हो तो दूसरे के साथ चली ही आती हैं उसकी अपनी समस्याएं। और समस्याएं दुगुनी नहीं होतीं जब दो व्यक्ति मिलते हैं, वे तो कई गुना बढ़ जाती हैं। पुरुष अकेला नहीं रह सकता क्योंकि वह अकेलापन बना देता है चिंता। पुरुष स्त्री के साथ नहीं रह सकता क्योंकि तब स्त्री बना देती है चिंता। यही बात सत्य है स्त्री के लिए भी। चिंता तुम्हारे जीवन का एक ढंग ही बन जाती है; जो कुछ भी घटता है, चिंता तो बनी रहती है।

पिछले अनुभव, संस्कार दुख निर्मित करते हैं। क्योंकि जब कभी तुम जीते पिछले अनुभव द्वारा, यह बात तुममें एक लकीर खींच देती है। यदि कोई अनुभव बहुत-बहुत बार दोहराया जाता है, तो लकीर ज्यादा और ज्यादा गहरी हो जाती है। तब यदि जीवन विभिन्न अनुभवों, तरीकों से गतिमान हो और ऊर्जा तुम्हारे पिछले अनुभवों की उस लीक में न बह रही हो तो तुम अधूरापन अनुभव करते हो। लेकिन यदि जीवन उसी तरह बना रहता है, और ऊर्जा उसी लीक में से बहती रहती है, तब तुम ऊब अनुभव करते

हो, तब तुम्हें चाहिए होती है उत्तेजना। यदि उत्तेजना न हो, तो तुम अनुभव करते हो कि प्रयोजन ही क्या है जीए चले जाने का?

तुम रोज-रोज वही भोजन नहीं खा सकते। मैं खा सकता हूं वही भोजन; मेरी बात छोड़ दो। तुम नहीं खा सकते एक ही प्रकार का भोजन हर रोज। यदि तुम एक ही प्रकार की चीजें खाते हो तो तुम हताश अनुभव करते हो, क्योंकि हर रोज एक ही तरह के भोजन से स्वाद, नवीनता खो जाती है। यदि तुम हर रोज बदलते हो खाने की चीजें, यह बात भी चिंता और मुसीबत खड़ी कर देगी, क्योंकि शरीर भोजन के साथ अनुकूलित हो जाता है। और यदि हर रोज बदलते हो उसे, तो शरीर का रसायन बदल जाता है और शरीर असुविधा अनुभव करता है। शरीर सुविधा अनुभव करता है यदि तुम एक ही तरह का भोजन खाते रहो, लेकिन तब मन नहीं अनुभव करता सुविधापूर्ण।

यदि तुम जीते हो तुम्हारी पिछली आदतों के द्वारा तो शरीर सदा अनुभव करेगा सुविधापूर्ण, क्योंकि शरीर एक यंत्र है, वह नए के लिए उत्सुक नहीं। वह तो बस वही बातें चाहता है। शरीर को चाहिए एक ही दिनचर्या। मन सदा चाहता है परिवर्तन, क्योंकि मन स्वयं ही एक गतिमय घटना है। पल भर के लिए भी मन वही नहीं रहता, वह बदलता ही जाता है।

मैंने सुना है लार्ड बायरन के बारे में कि उसका साथ कई सौ स्त्रियों से रहा। कम से कम साठ स्त्रियों की जानकारी तो पक्की है; प्रमाण मौजूद हैं कि उसने प्रेम किया साठ स्त्रियों से। वह बहुत समय तक नहीं जीया, तो वह जरूर हर तीसरे दिन बदलता रहा होगा स्त्रियां। लेकिन एक स्त्री की पकड़ में वह आ ही गया और उस स्त्री ने उसे मजबूर कर दिया था अपने से विवाह करने को। वह समर्पित नहीं हुई जब तक कि उसने विवाह न कर लिया उससे। उसने अपने शरीर को छूने नहीं दिया जब तक कि उसने विवाह नहीं कर लिया उससे। वह जानती थी कि उसका प्रेम-संबंध रहा है बहुत-सी स्त्रियों से। और एक बार वह प्रेम कर लेता है किसी स्त्री से, तो बस बिलकुल भूल ही जाता उस स्त्री को—खत्म हो जाती बात। वह मन था एक कल्पनाशील भावुक कवि का, और कवि भी विश्वसनीय नहीं होते। वे हो नहीं सकतेः वे जीते हैं मन के साथ। उनका मन प्रवाह भरा होता है, उनकी कविता की भांति। वह एक तरंगायित घटना है। उस स्त्री ने जोर दिया, वह जिद्दी थी, तो बायरन को झुकना ही पड़ा; उसे विवाह करना पड़ा उससे। वह बहुत आकर्षक हो गयी उसके लिए क्योंकि उसने समर्पण नहीं किया। यह बात तो उसके अहंकार का प्रश्न बन गयी।

जैसे ही वे बाहर आ रहे थे चर्च से, तो चर्च के घंटे अभी भी बज रहे थे, और मेहमान विदा ले रहे थे। वे चर्च की सीढ़ियों पर ही थे और बायरन ने थामा हुआ था उस स्त्री का हाथ, नवविवाहिता स्त्री का। अभी तो उससे संभोग भी न किया था उसने और अचानक उसे दिख गई सड़क पर जाती दूसरी स्त्री। जिस स्त्री का हाथ थामे हुए था उस स्त्री को तो बिलकुल भूल ही गया वह, और उसने कहा स्त्री से, 'यह बात अदभुत है, लेकिन पल भर को जब मैंने उस स्त्री को जाते हुए देखा, मैं तो बिलकुल ही भूल गया तुम्हें, मेरा विवाह और हर चीज। तुम्हारा हाथ नहीं रहा मेरे हाथ में; मुझे कुछ पता नहीं था।' स्त्री ने भी देखा था यह सब; तुम नहीं धोखा दे सकते स्त्री को। इससे पहले कि तुम देखो भी किसी दूसरी स्त्री की ओर, वे जान लेती हैं। तुम्हारे मन में एक विचार की फड़फड़ाहट ही उठती और वे पता लगा लेती हैं उसका। वे बड़ी पहचान करने वाली होती हैं, झूठ को खोज लेने वाली। उस स्त्री ने भी बात

जान ली थी, और वह बोली, 'मुझे पता था।'

यह होता है मन। उसका रस अब समाप्त हो गया उस स्त्री में। विवाह हुआ और बात खत्म हो गयी; प्राप्ति और समाप्ति। अब कोई आवेश न रहा। अब उस पर अधिकार हो गया, वह संपत्ति हुई। अब कोई चुनौती न रही।

चुनौती बना देती है उत्सुकता, क्योंकि तुम्हें संघर्ष करना पड़ता है तुम्हारे प्रयोजन के लिए। फिर जब तुम पा लेते हो, अधिकार जमा लेते हो, तो वह बात बना देती है एक दूसरी ही चिंता: यह चिंता कि तुम्हारे लिए समाप्ति हुई। सारी बात ही अब वह न रही। वह पहले से ही ऊब देने वाली है, पहले से ही मरी हुई है। बेचैनी सदा बनी रहती है क्योंकि जिस ढंग से तुम जीते हो, वह बना ही देता है बेचैनी। तुम संतुष्ट नहीं हो सकते। पिछले अनुभवों द्वारा, संस्कारों द्वारा तुम्हारा ताल-मेल बैठ जाता है किसी भी विशेष घटना के साथ और तब मन कहता कि उत्तेजना चाहिए, परिवर्तन चाहिए। तब सारा शरीर अशांत हो जाता। तो यह बात भी बेचैनी बनाती है।

'...और वे द्वंद्व जो तीन गुणों और मन की पांच वृत्तियों के बीच आ बनते हैं।

तो एक निरंतर संघर्ष मौजूद रहता है मन की वृत्तियों और तीन गुणों के बीच जिनके लिए हिंदू कहते कि वे तुम्हारे अस्तित्व को बनाते हैं। वे कहते हैं कि सत्व, रजस और तमस ये तीन घटक हैं मानव के व्यक्तित्व के। सत्व शुद्धतम है, शुभता का वास्तविक मूल, शुद्धता का, संपूर्ण सत्व का, तुममें रहने वाला पवित्रतम तत्व। फिर है रजस—ऊर्जा, बल, शक्ति, सत्ता का तत्व; और तमस है आलस्य, अकर्मण्यता और कर्महीनता का तत्व। ये तीनों संघटित करते हैं तुम्हारी सत्ता को। और ऐसा मालूम पड़ता है कि हिंदुओं की यह बात बड़ी अंतर्दृष्टि की है, क्योंकि यही तीन चीजें हैं जिन्हें भौतिक वैज्ञानिक कहते हैं पदार्थ की आणविक ऊर्जा के घटक। चाहे वे इसे कहते हों इलेक्ट्रान, प्रोट्रान और न्यूट्रान, लेकिन ये तो केवल नाम के भेद हैं। हिंदू इसे कहते हैं—सत्व, रजस और तमस।

वैज्ञानिक राजी हैं कि पदार्थ के बने रहने के लिए या किसी भी चीज के बने रहने के लिए तीन प्रकार के गुण चाहिए। हिंदू कहते हैं कि ये तीन गुण चाहिए व्यक्तित्व के बने रहने के लिए; न केवल व्यक्तित्व के लिए, बल्कि संपूर्ण अस्तित्व के बने रहने के लिए।

पतंजलि कहते हैं कि ये तीनों एक दूसरे के विपरीत होते हैं और ये उपद्रव की जड़ हैं। और तीनों ही मौजूद होते हैं तुममें। आलस्य का अस्तित्व होता है, वरना तो तुम सो ही न पाओ। जो लोग अनिद्रा से पीड़ित हैं वे पीड़ित हैं क्योंकि तमस गुण उनमें पर्याप्त मात्रा में नहीं होता। इसलिए तो ट्रैंक्विलाइजर मदद करते हैं, क्योंकि ट्रैंक्विलाइजर तमस निर्मित करने वाला रसायन होता है। वह निर्मित कर देता है तुममें तमस, आलस्य। यदि लोग बहुत ज्यादा राजसी होते हैं, ओज और ऊर्जा से बहुत भरे होते हैं, तो वे नहीं सो सकते। इसलिए पश्चिम में अनिद्रा अब एक समस्या बन चुकी है। पश्चिम में रजस ऊर्जा बहुत ज्यादा है। इसीलिए पश्चिम ने राज्य किया सारे संसार पर। इंग्लैंड जैसा छोटा देश राज्य करता रहा आधे संसार पर। वे जरूर बहुत राजसी रहे। साठ करोड़ लोगों का भारत जैसा देश अब दरिद्र बना हुआ है; इतने सारे लोग हैं जो कुछ नहीं कर रहे हैं। वे और-और ज्यादा बोझ बन जाते हैं। वे कोई मूल्यवान नहीं, वे देश के लिए बोझ हैं। बहुत ज्यादा है तमस, आलस्य, अकर्मण्यता। और फिर है सत्व जो कि विपरीत है दोनों के।

ये तीन तत्व तुम्हें संघटित करते हैं। और वे सभी तीन विभिन्न आयामों में सरक रहे हैं। उनकी

जरूरत है, उन सभी की जरूरत है उनकी विपरीतता में ही क्योंकि उनके तनाव द्वारा तुम जीते हो। यदि उनका तनाव खो जाए, यदि वे हो जाएं सुसंगत, तो मृत्यु आ जाए। हिंदू कहते हैं, जब ये तीन तत्व तनाव में होते हैं, तो अस्तित्व का अस्तित्व रहता है, सृजन होता है; जब ये तीन तत्व एक स्वर में होते हैं, अस्तित्व विघटित हो जाता है, प्रलय आ जाती, सृष्टि का नाश हो जाता है। तुम्हारी मृत्यु और कुछ नहीं सिवाय इन तीनों तत्वों के तुम्हारे शरीर में समस्वरता में आने के—तब तुम मर जाते हो। यदि वह तनाव ही न रहे, तो कैसे जी सकते हो तुम?

यही है अड़चन: बिना इन तीन तनावों के तुम जी नहीं सकते—तुम मर जाओगे! और तुम जी नहीं सकते उनके साथ क्योंकि वे विपरीत हैं और वे तुम्हें खींचते हैं विभिन्न दिशाओं में। तुमने बहुत बार अनुभव किया होगा तुम अलग-अलग दिशाओं में खींचे जा रहे हो। तुम्हारा एक हिस्सा कहता है, 'महत्वाकांक्षी बनो'; दूसरा हिस्सा कहता है, 'महत्वाकांक्षा चिंता बना देगी। इसके विपरीत, ध्यान करो, प्रार्थना करो, संन्यासी हो जाओ।' एक हिस्सा कहता है कि पाप सुंदर होता है, पाप का आकर्षण है, उसमें एक चुंबकीय शक्ति होती है: 'मौज मनाओ, क्योंकि देर-अबेर मृत्यु तो सब ले लेगी। मिट्टी मिट्टी में मिल जाती है, और कुछ बचता नहीं। मौज कर लो इससे पहले कि मृत्यु सब छीन ले। चूको मत।' तुम्हारा एक हिस्सा कहता है यह बात, और दूसरा हिस्सा कहता है, 'मौत आ रही है, हर चीज व्यर्थ है। सुख भोगने में सार क्या है?' ये तुम्हारे एक ही हिस्से नहीं बोल रहे होते। तुममें तीन हिस्से होते हैं। वस्तुतः तीन अहंकार होते हैं, तीन व्यक्ति होते हैं तुम में।

पतंजलि कहते हैं जैसे महावीर कहते हैं—कि मनुष्य बहु-चित्तवान है। तुम्हारा एक मन नहीं, तीन मन होते हैं; और तीन मन परिवर्तनों द्वारा, सम्मिश्रण द्वारा तीन हजार बन सकते हैं। तुम्हारे पास बहुत मन हैं; तुम हो बहुचित्तवान। हर मन तुम्हें खींच रहा है कहीं और ही। तुम एक भीड़ हो। निस्संदेह, कैसे तुम आनंदित हो सकते हो? तुम हो उस बैलगाड़ी की भांति जिसे खींचा जा रहा है विभिन्न दिशाओं में बहुत से बैलों द्वारा, एक जुता है उत्तर में, एक लगा हुआ है पश्चिम में और एक साथ-साथ ही लगा हुआ है दक्षिण में। वह बैलगाड़ी कहीं नहीं जा सकती। वह बहुत शोर पैदा करेगी, और अंततः ढह जाएगी, लेकिन वह पहुंच नहीं सकती कहीं। इसीलिए तुम्हारा जीवन बना रहता है खाली जीवन। ये तीनों तत्व द्वंद्व में रहते हैं, और फिर मन की वृत्तियां हैं वे द्वंद्व में रहती हैं गुणों के साथ।

उदाहरण के लिए, मैं जानता हूं एक आदमी को जो कि बहुत सुस्त है। और वह कहता था मुझसे, 'यदि मेरी कोई पत्नी न होती, तो मैं विश्राम करता। पर्याप्त धन था मेरे पास, लेकिन पत्नी तो मुझे मजबूर ही करती रही काम करने के लिए। उसके लिए वह कभी पर्याप्त न हुआ।' फिर पत्नी मर गई। तो मैंने कहा उस आदमी से, 'तुम्हें तो खुश होना चाहिए। तुम रो क्यों रहे हो? तुम खुश होओ। पत्नी की बात खत्म हुई तुम्हारे लिए, अब तुम कर सकते हो विश्राम।' लेकिन वह रो रहा था बच्चे की भांति। वह कहने लगा, 'अब मैं अकेला महसूस करता हूं। और वह आदत बन चुकी है।' पत्नियां और पति आदत बन जाते हैं। वह कहने लगा, 'अब तो वह आदत बन चुकी है। अब मैं सो नहीं सकता बगैर स्त्री के।' मैंने कहा उससे, 'अब मूढ़ मत बनो! फिर से विवाह करने की कोशिश मत करना क्योंकि जीवन भर तुमने तकलीफ पायी, और दूसरी स्त्री फिर एक स्त्री ही होगी—वह जबरदस्ती बातें मनवाएगी तुमसे। फिर तुम्हारा धन पर्याप्त न होगा।'

मैंने सुना है एक बहुत धनी व्यक्ति रॉथस्चाइल्ड के बारे में। किसी ने पूछा उससे, 'कैसे कमायी आपने इतनी ज्यादा दौलत? कैसे कमा सके? क्या इच्छा रही थी? कैसे बने आप इतने महत्वाकांक्षी?' वह गरीब आदमी के रूप में उत्पन्न हुआ था और फिर वह संसार का सब से धनवान व्यक्ति बन गया। उसने बताया, 'मेरी पत्नी के कारण। मैं कोशिश करता रहा कि जितना संभव हो उतना धन कमाऊं क्योंकि मैं जानना चाहता था कि मेरी पत्नी संतुष्ट हो सकती थी या नहीं। मैं असफल हुआ—वह सदा और ज्यादा की ही मांग करती रही। हमारे बीच प्रतिस्पर्धा चलती थी। मैं कोशिश करता रहा ज्यादा से ज्यादा कमाने की, और मैं देखना चाहता था वह दिन जब वह कहेगी कि यह तो बहुत है। उसने कभी नहीं कहा ऐसा—उस प्रतिस्पर्धा के कारण मैं लगातार कमाता रहा, पागलों की भांति कमाता रहा लगातार। अब मैंने कमा लिया है इतना ज्यादा धन कि मैं नहीं जानता कि क्या करूं इसका, लेकिन मेरी पत्नी अभी भी संतुष्ट नहीं है। यदि एक दिन मैं चाहूं विश्राम करना और सुबह जल्दी न उठूं, तो वह आती है और कहती है कि बात क्या है? क्या आप आफिस नहीं जा रहे हैं!'

मैंने कहा इस आदमी से, 'फिर से जाल में मत फंसो। जिंदगी भर तो तुमने आराम करना चाहा, और अभी भी हालत वही है?

आलसी आदमी आराम करना चाहता है, लेकिन जब वह रहता है पत्नी के साथ, तो एक वृत्ति आ जमती है मन में। अब वह स्त्री उसकी सत्ता का अनिवार्य हिस्सा हो जाती है। वह जी नहीं सकता उसके साथ क्योंकि वह रोज झगड़ा कर सकती है, लेकिन वह बात भी आदत का एक हिस्सा बन जाती है। यदि कोई ऐसा नहीं होता झगड़ने के लिए जब कि वह घर आता है, तो वह अनुभव नहीं करेगा घरेलू ढंग का सुख, चैन।

मैंने सुना है कि मुल्ला नसरुद्दीन गया एक रेस्तरां में। सेविका ने कहा, 'क्या चाहिए आपको? मैं तैयार हूं पूरा करने को।'

उस दिन का वह पहला ग्राहक था, और वह बात भारत की थी। पहले ग्राहक का सम्मान करना होता है और उसका स्वागत करना पड़ता है अतिथि की भांति, क्योंकि उससे शुरुआत होती है दिन की।

मुल्ला नसरुद्दीन ने कहा, 'मेरे साथ घरेलू ढंग से व्यवहार करो। ले आओ चीजें।'

सेविका वे चीजें ले आयी जिनका आर्डर उसने दिया था: कॉफी और भी कई चीजें। फिर वह पूछने लगी, 'कुछ और?'

मुल्ला नसरुद्दीन ने कहा, 'अब बैठो मेरे सामने और जरा लड़ो-झगड़ो। मुझे घर की याद नहीं आ रही है!'

यदि पत्नी हर रोज लड़ती भी हो, तो वह आदत बन जाती है। तुम उसे खोने की बात बरदाश्त नहीं कर सकते, तुम उसका अभाव महसूस करते हो। मैंने कहा उस आदमी से, 'अब फिर चिंता मत लो। यह तो केवल वृत्ति है मन की, एक आदत। तुम सुस्त आदमी हो।'

आलसी आदमी के लिए ब्रह्मचर्य सब से उत्तम है। उन्हें ब्रह्मचारी ही रहना चाहिए। वे कर सकते हैं आराम, कर सकते हैं विश्राम, और अपने को ले कर जो कुछ करना चाहते हैं कर सकते हैं। वे अपने मन की कर सकते हैं और परेशान करने को कोई मौजूद नहीं होता।

उसने सुनी मेरी बात। ऐसा कठिन था, लेकिन उसने मेरी बात सुनी। दो वर्ष के बाद, वह निवृत्त हो

गया नौकरी से, तो मैंने कहा, 'अब तुम्हें पूरी तरह चैन है, अब तुम आराम करो। अपने जीवन भर तुम इसी की तो सोचते रहे हो।' वह कहने लगा, 'वह तो ठीक है। लेकिन अब चालीस वर्ष काम करने के बाद यह बात तो एक आदत बन गयी है, और मैं बिना कुछ किए नहीं रह सकता।'

अवकाश-प्राप्त लोग उससे कुछ ज्यादा जल्दी ही मर जाते हैं, जब जिस समय कि उन्हें वास्तव में मरना होता—करीब दस वर्ष ज्यादा जल्दी मर जाते हैं। यदि किसी आदमी को मरना था अस्सी वर्ष की आयु में तो नौकरी से रिहा कर दो उसे साठवें वर्ष पर और वह मर जाएगा सत्तर वर्ष की आयु में। खाली बैठे-बैठे करोगे क्या? तुम धीरे-धीरे मर जाते हो।

आदतें बन जाती हैं और मन धारण कर लेता है वृत्तियां। तुम सुस्त होते हो लेकिन तुम्हें काम करना पड़े तो मन की आदत है काम करने की। अब तुम विश्राम नहीं कर सकते। यदि तुम निवृत्त भी हो जाओ, तो तुम बैठ नहीं सकते, तुम ध्यान नहीं कर सकते, तुम आराम नहीं कर सकते, तुम सो नहीं सकते। मैं देखता हूं कि साधारण दिनों की अपेक्षा लोग छुट्टियों में ज्यादा बेचैन होते हैं। इतवार एक कठिन दिन है; उन्हें पता नहीं होता कि क्या करना है। काम के छह दिन वे प्रतीक्षा कर रहे होते हैं इतवार की। छह दिन तक वे आशा बनाते हैं कि इतवार आने वाला है: 'बस और एक दिन, और इतवार आ ही रहा है, और तब हम आराम ही करेंगे।' और इतवार को सुबह से वे समझ नहीं पा रहे होते कि करेंगे क्या।

पश्चिम में, लोग चले जाते हैं अपनी रविवार या वीकएण्ड की यात्राओं पर: वे जाते हैं समुद्र-तट की ओर या पर्वतों की ओर। सारे देश में एक पागल हड़बड़ाहट होती; हर कोई भागा जा रहा होता है कहीं न कहीं। कोई नहीं सोचता कि हर कोई जा रहा है समुद्र-तट पर, तो वे कहां जा रहे हैं?—सारा शहर वहीं होगा। बेहतर होता यदि वे घर पर ही रुक गए होते। वह बात ज्यादा समुद्र-तट जैसी होती। तुम अकेले होते और सारा शहर जा चुका होता। हर कोई चला गया होता है समुद्र के किनारे। और ज्यादा दुर्घटनाएं घटती हैं छुट्टियों में, लोग ज्यादा थके हुए होते हैं। वे सौ मील जाते हैं और सौ मील लगते हैं लौटने में और वे थक जाते हैं।

मैंने सुना है, कहा जाता है कि रविवार के दिन लोग इतना थक जाते हैं कि सोमवार, मंगलवार और बुधवार—इन तीनों दिनों में वे आराम करते हैं और उत्साह को फिर से प्राणवान बनाते हैं, और तीन दिनों तक वे प्रतीक्षा करते हैं और फिर आशा करते हैं रविवार की। तो जब रविवार आता है वे फिर से थक जाते हैं!

लोग आराम नहीं कर सकते, क्योंकि आराम करने के लिए चाहिए एक अलग दृष्टिकोण। यदि तुम आलसी हो, और तुम काम करते हो, तो मन बना लेगा कुछ न कुछ। यदि तुम आलसी नहीं, तब भी मन निर्मित कर लेगा कोई न कोई बात। मन और तुम्हारे गुण सदा द्वंद्व में रहेंगे। पतंजलि कहते हैं कि ये ही हैं कारण कि लोग दुख में पड़े हैं। तो करना क्या होगा? कैसे बदल सकते हो तुम इन कारणों को? वे तो होते ही हैं, उन्हें बदला नहीं जा सकता। केवल तुम्हें बदला जा सकता है।

भविष्य के दुख को विनष्ट करना है।

मत सोचना अतीत के बारे में। अतीत तो खत्म हुआ और तुम उसे अनकिया नहीं कर सकते।

लेकिन भविष्य के दुख से बचा जा सकता है, उससे बचना ही होता है। कैसे बचना होगा उससे?

द्रष्टा और दृश्य के बीच का संबंध जो कि दुख बनाता है, उसे तोड़ देना है।

तुम्हें साक्षी होना होगा तुम्हारे गुणों का, स्वाभाविक गुणों का, मन की वृत्तियों का, मन की होशियारियों का, चालबाजियों का, मन के फंदों का, आदतों का, संस्कारों का, अतीत का, बदलती स्थितियों का, अपेक्षाओं का : तुम्हें सजग रहना होगा इन सभी चीजों के प्रति। तुम्हें याद रखनी है केवल एक बात : द्रष्टा दृश्य नहीं है। जो कुछ तुम देख सकते हो, वह तुम नहीं हो। यदि तुम देख सकते हो तुम्हारे आलस्य की आदत, तो तुम वह नहीं होते। यदि तुम देख सकते हो निरंतर कुछ न कुछ किए जाने की तुम्हारी आदत, तो तुम वह नहीं होते। यदि तुम देख सकते हो तुम्हारी पिछली संस्कारबद्धताएं तो तुम वे बद्धताएं नहीं होते। द्रष्टा नहीं होता दृश्य। तुम जागरूकता हो। और जागरूकता उस सब से परे होती है, जिसे कि वह देख सकती है। द्रष्टा पार होता है दृश्य के।

तुम इंद्रियातीत चेतना हो। यह होता है विवेक, यह होती है जागरूकता। यही तो है जिसे बुद्ध उपलब्ध करते हैं और निरंतर इसी में रहते हैं। इसे निरंतर उपलब्ध करना तुम्हारे लिए संभव न होगा, लेकिन यदि कुछ पलों के लिए भी तुम द्रष्टा तक उठ सको और दृश्य के पार हो सको, तो अचानक ही दुख तिरोहित हो जाएगा। अचानक बादल न रहेंगे आकाश में और तुम पा सकते हो थोड़ी-सी झलक नीले आकाश की।—वह मुक्ति पा सकते हो जिसे वह देता है और पा सकते हो वह आनंद जो कि उसके द्वारा आता है। शुरू में, केवल कुछ क्षणों के लिए यह संभव होगा। लेकिन धीरे-धीरे, जैसे-जैसे तुम इसमें विकसित होते हो, तुम इसे अनुभव करने लगते हो, तुम इसकी आत्मा को ही आत्मसात करते हो, यह बात और और ज्यादा मौजूद होगी। एक दिन आएगा जब अचानक और कोई बादल नहीं बचा रहता; द्रष्टा जा चुका होता है कहीं पार। इसी तरह ही बचा जा सकता है भविष्य के दुख से।

अतीत में तुमने दुख भोगा; भविष्य में कोई आवश्यकता नहीं दुख भोगने की। यदि तुम दुख भोगते हो, तो तुम होओगे जिम्मेदार। और यही है कुंजी, कुंजियों की कुंजी : सदा याद रखना कि तुम सब से परे हो। यदि तुम देख सकते हो तुम्हारा शरीर, तो तुम शरीर नहीं होते। यदि तुम आंखें बंद करो और तुम देख सको तुम्हारे विचार तो तुम विचार नहीं रहते—क्योंकि द्रष्टा कैसे हो सकता है दृश्य? द्रष्टा तो सदा परे होता है, पार होता है। द्रष्टा है सर्वथा परे, संपूर्णतया एक अतिक्रमणर्ा।

प्रवचन 20

उत्सव की कीमिया: विरोधाभासों का संगीत

प्रश्न-सार

1. मुझे अपने अहंकार के झूठेपन का बोध हो रहा है, इससे मेरे सारे बंधे-बंधाए उत्तर और सुनिश्चित व्यवस्थाएं और ढांचे बिखर रहे हैं।
मैं मार्गविहीन, दिशाविहीन अनुभव करता हूं।
क्या करूं?

2. पश्चिम में जहां बहुत-सी धार्मिक दुकानें हैं,
वहां आपकी बात कहते समय व्यावसायिकता का बोध ग्लानि लाता है।
इसके लिए क्या किया जाए?

3. उत्सव क्या है? क्या दुख का उत्सव मनाना संभव होता है?

4. आप अत्यंत विरोधाभासी हैं और सतत स्वयं का खंडन करते हैं!
इससे क्या समझा-सीखा जाए?

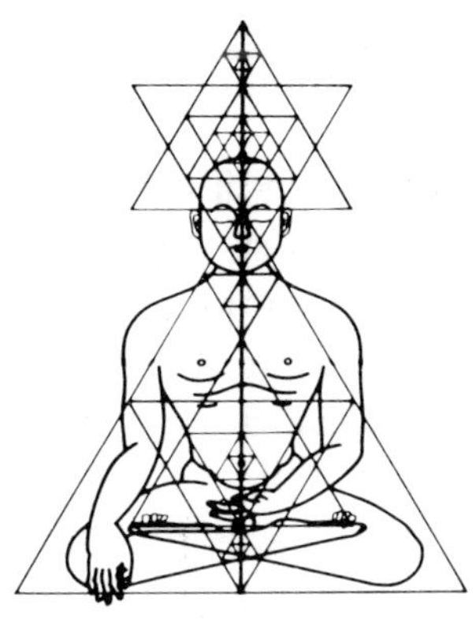

पहला प्रश्नः जितना ज्यादा मैं देखता हूं स्वयं को, उतना ज्यादा मैं अनुभव करता हूं अपने अहंकार के झूठेपन को। मैं स्वयं को ही अजनबी लगने लगा हूं, अब नहीं ज़ानता कि क्या झूठ है। यह बात मुझे एक बेचैन अनुभूति के बीच छोड़ देती है कि जीवन-मार्ग की कोई रूपरेखाएं नहीं हैं, जो कि मुझे लगता था पहले मेरे पास थीं।

ऐसा होता है, ऐसा होगा ही। और ध्यान रहे कि तुम्हें खुश होना चाहिए कि ऐसा हुआ है। यह अच्छा लक्षण है। जब कोई चलना शुरू करता है अंतर्यात्रा पर तो हर चीज जान पड़ती है सीधी-साफ, बद्धमूल; क्योंकि अहंकार नियंत्रण में होता है और अहंकार के पास सारी रूपरेखाएं होती हैं, अहंकार के पास सारे नक्शे होते हैं, अहंकार मालिक होता है।

जब तुम कुछ और आगे बढ़ते हो इस यात्रा में, तो अहंकार वाष्पित होने लगता है; और-और झूठा जान पड़ने लगता है; और अधिक धोखा मालूम पड़ने लगता है, एक भ्रम। तुम जागने लगते हो स्वप्न में से, तब सारे नक्शे-ढांचे खो जाते हैं। अब वह पुराना मालिक कोई मालिक नहीं रहता, और नया मालिक अभी तक आया नहीं होता। एक उलझन होती है, एक अराजकता। यह एक अच्छा लक्षण होता है।

आधी यात्रा पूरी हुई, लेकिन एक बेचैन अनुभूति तो आ बनेगी, एक घबड़ाहट, क्योंकि तुम खोया हुआ अनुभव करते हो, स्वयं के प्रति अजनबी, न जानते हुए कि तुम कौन हो। इससे पहले, तुम जानते थे कि तुम कौन होः तुम्हारा नाम, तुम्हारा रूप, तुम्हारा पता, तुम्हारा बैंक-खाता—हर चीज निश्चित थी, इस तरह तुम थे। तुम्हारा तादात्म्य था अहंकार के साथ। अब अहंकार विलीन हो रहा है, पुराना घर गिर रहा है और तुम नहीं जानतेः तुम कौन हो, तुम कहां हो। हर चीज अंधेरे में घिरी होती है, धुंधली होती है और वह पुरानी सुनिश्चितता खो जाती है।

यह अच्छा है क्योंकि पुरानी निश्चितता एक झूठी निश्चितता थी। वस्तुतः वह निश्चितता थी ही नहीं। इसके पीछे गहरे में अनिश्चितता ही थी। इसीलिए, जब अहंकार विलीन होता है, तुम अनिश्चित अनुभव करते हो। अब तुम्हारे अस्तित्व की ज्यादा गहरी परतें उदघाटित हो जाती हैं तुम्हारे सामने—तुम अजनबी अनुभव करते हो। तुम सदा अजनबी थे। केवल अहंकार ही इस अनुभूति के धोखे में ले गया कि तुम जानते थे तुम कौन हो। स्वप्न बहुत ज्यादा था, वह एकदम सत्य जान पड़ता था।

सुबह जब तुम स्वप्न से जाग रहे होते हो, अचानक, तो तुम नहीं जानते कि तुम कौन हो और कहां

हो। क्या तुमने इस अनुभूति को अनुभव किया किसी सुबह?—जब अचानक, तुम स्वप्न से जागते हो और कुछ पलों तक तुम नहीं जानते कि तुम कहां हो, तुम कौन हो और क्या हो रहा है? ऐसा ही होता है जब कोई अहंकार के स्वप्न से बाहर आता है। असुविधा, बेचैनी, उखड़ाव महसूस होगा, लेकिन इससे तो प्रफुल्लित होना चाहिए। यदि तुम इससे दुखी हो जाते हो, तो तुम उन्हीं पुराने ढर्रों में जा पड़ोगे जहां कि चीजें निश्चित थीं, जहां हर चीज का नक्शा बना था, खाका खिंचा था, जहां कि पहचानते थे हर चीज, जहां जीवन-मार्ग की रूपरेखाएं स्पष्ट थीं।

बेचैनी गिरा दो। यदि वह हो भी तो उससे ज्यादा प्रभावित मत हो जाना। रहने दो उसे, ध्यानपूर्वक देखो और वह भी चली जाएगी। बेचैनी जल्दी ही तिरोहित हो जाएगी। वह वहां होती है निश्चितता की पुरानी आदत होने से ही। तुम नहीं जानते कि अनिश्चित जगत में कैसे जीया जाता है। तुम नहीं जानते कि असुरक्षा में कैसे जीया जाता है। बेचैनी होती है पुरानी सुरक्षा के कारण। वह होती है केवल पुरानी आदत, पुराने प्रभाव के कारण। वह चली जाएगी। तुम्हें बस प्रतीक्षा करनी है, देखना है, आराम करना है, और प्रसन्नता अनुभव करनी है कि कुछ घटित हुआ है। और मैं कहता हूं तुमसे—यह अच्छा लक्षण है।

बहुत लौट गए इस स्थल से, केवल फिर से सुविधापूर्ण होने को—आराम में, सुख-चैन में होने को ही। चूक गए हैं वे। बिलकुल करीब आ ही रहे थे मंजिल के, और उन्होंने पीठ फेर ली। वैसा मत करना—आगे बढ़ना। अनिश्चितता अच्छी होती है, उसमें कुछ बुरा नहीं है। तुम्हारा तो केवल ताल-मेल बैठना है, बस इतना ही।

तुम्हारा ताल-मेल बैठ जाता है अहंकार के निश्चित संसार के साथ, अहंकार की सुरक्षित दुनिया के साथ। कितना ही झूठ क्यों न हो सतह पर, हर चीज बिलकुल ठीक जान पड़ती है जैसा कि उसे होना चाहिए। जरूरत है कि अनिश्चित अस्तित्व के साथ तुम्हारा तालमेल थोड़ा बैठ जाए।

अस्तित्व अनिश्चित है, असुरक्षित है, खतरनाक है। वह एक प्रवाह है—चीजें सरक रही हैं, बदल रही हैं। यह एक अपरिचित संसार है; परिचय पा लो उसका। थोड़ा साहस रखो और पीछे मत देखो, आगे देखो; और जल्दी ही अनिश्चितता स्वयं सौंदर्य बन जाएगी, असुरक्षा सुंदर हो उठेगी।

वस्तुतः केवल असुरक्षा ही सुंदर होती है, क्योंकि असुरक्षा ही जीवन है। सुरक्षा असुंदर है, वह एक हिस्सा है मृत्यु का—इसीलिए वह सुरक्षित होती है। बिना किन्हीं तैयार नक्शों के जीना ही एकमात्र ढंग है जीने का। जब तुम तैयार निर्देशों के साथ जीते हो, तो तुम जीते हो एक झूठी जिंदगी। आदर्श, मार्ग-निर्देश, अनुशासन—तुम लाद देते हो कोई चीज अपने जीवन पर; तुम सांचे में ढाल लेते हो अपना जीवन। तुम उसे उस जैसा होने नहीं देते, तुम कोशिश करते हो उसमें से कुछ बना लेने की। मार्ग निर्देशन की तैयार रूपरेखाएं आक्रामक होती हैं, और सारे आदर्श असुंदर होते हैं। उनसे तो तुम चूक जाओगे स्वयं को। तुम कभी उपलब्ध न होओगे अपने स्वरूप को।

कुछ हो जाना वास्तविक सत्ता नहीं है। होने के सारे ढंग, और कुछ होने के सारे प्रयास, कोई चीज लाद देंगे तुम पर। यह एक आक्रामक प्रयास होता है। तुम हो सकते हो संत, लेकिन तुम्हारे संतत्व में असौंदर्य होगा। मैं कहता हूं तुमसे और मैं जोर देता हूं इस बात पर: बिना किन्हीं निर्देशों के जीवन जीना एक मात्र संभव संतत्व है। फिर तुम शायद पापी हो जाओ; पर तुम्हारे पापी होने में एक पवित्रता होगी, एक संतत्व होगा।

जीवन पवित्र है : तुम्हें कोई चीज उस पर जबरदस्ती लादने की कोई जरूरत नहीं, तुम्हें उसे गढ़ने की कोई जरूरत नहीं; कोई जरूरत नहीं कि तुम उसे कोई ढांचा दो, कोई अनुशासन दो और कोई व्यवस्था दो। जीवन की अपनी व्यवस्था है, उसका अपना अनुशासन है। तुम बस उसके साथ चलो, तुम बहो उसके साथ, तुम नदी को धकेलने की कोशिश मत करना। नदी तो बह रही है—तुम उसके साथ एक हो जाओ और नदी ले जाती है तुम्हें सागर तक।

यही होता है एक संन्यासी का जीवन : सहज होने देने का जीवन—करने का नहीं। तब तुम्हारी अंतस-सत्ता पहुंच जाती है, धीरे-धीरे, बादलों से ऊपर, बादलों और अंतर्विरोधों के पार। अचानक तुम मुक्त होते हो। जीवन की अव्यवस्था में, तुम पा लेते हो एक नयी व्यवस्था। लेकिन व्यवस्था की गुणवत्ता अब संपूर्णतया अलग होती है। यह कोई तुम्हारे द्वारा आरोपित चीज नहीं होती, यह स्वयं जीवन के साथ ही आत्मीयता से गुंथी होती है।

वृक्षों में भी एक व्यवस्था होती है, नदियों में भी, पर्वतों में भी, लेकिन ये व्यवस्थाएं वे नहीं जो नैतिकतावादियों द्वारा, प्यूरिटन्स द्वारा, पुरोहितों द्वारा आरोपित होती हैं। वे नहीं जातीं किसी के पास मार्गनिर्देशन के लिए। व्यवस्था अंतर्निहित होती है; वह स्वयं जीवन में ही होती है। एक बार अहंकार वहां नहीं रहता योजनाएं बनाने को, यहां-वहां खींचने-धकेलने को—कि यह करो और वह करो...।

जब तुम पूरी तरह अहंकार से मुक्त होते हो, तो एक अनुशासन तुममें आ जाता है—एक आंतरिक अनुशासन। यह अकारण होता है, अहेतुक होता है। यह किसी चीज की तलाश नहीं है, यह तो बस घटता है : जैसे कि तुम सांस लेते हो, जैसे कि जब तुम्हें भूख अनुभव होती है और तुम कुछ खा लेते हो, जैसे कि जब तुम्हें नींद आने लगती है और तुम बिस्तर पर चले जाते हो। यह आंतरिक सुव्यवस्था होती है, एक अंतर्निहित सुव्यवस्था। वह आ बनेगी जब तुम्हारा तालमेल बैठ जाता है असुरक्षा के साथ, जब तुम्हारी सुसंगति बन जाती है अपने भीतर के अजनबी के साथ, जब तुम अपने भीतर की अज्ञात सत्ता के साथ लयबद्ध हो जाते हो।

झेन में उनके पास एक कथन है, सुंदरतम कथनों में से एक : जब कोई व्यक्ति रहता है संसार में, तो पर्वत पर्वत होते हैं, नदियां नदियां होती हैं। जब कोई व्यक्ति ध्यान में उतरता है, तब पर्वत फिर पर्वत नहीं रहते, नदियां नदियां नहीं रहतीं। हर चीज एक भ्रम और एक अव्यवस्था होती है। लेकिन जब कोई व्यक्ति उपलब्ध कर लेता है सतोरी को, समाधि को, फिर नदियां नदियां होती हैं और पर्वत होते हैं पर्वत।

तीन अवस्थाएं होती हैं : पहली में तुम अहंकार के प्रति सुनिश्चित होते हो; तीसरी में तुम निरहंकार अवस्था में परिपूर्ण निश्चित होते हो। और इन दोनों के बीच अराजकता की अवस्था है, जब अहंकार की निश्चितता तिरोहित हो गयी है और जीवन की सुनिश्चितता अभी आयी नहीं। यह एक बहुत ज्यादा संभावनापूर्ण घड़ी होती है, बहुत गर्भित घड़ी है। यदि तुम डर जाते हो और वापस मुड़ जाते हो, तो तुम चूक जाओगे संभावना को।

आगे है सच्ची निश्चितता। वह सच्ची निश्चितता अनिश्चितता के विपरीत नहीं है। आगे है सच्ची सुरक्षा, लेकिन वह सुरक्षा असुरक्षा के विपरीत नहीं है। वह सुरक्षा इतनी विशाल होती है कि वह असुरक्षा को समाए रहती है स्वयं के भीतर ही। वह इतनी विशाल होती है कि वह भयभीत नहीं होती असुरक्षा से। वह असुरक्षा को सोख लेती है स्वयं में ही, वह सारी विपरीत बातों को समाए रहती है।

इसलिए कोई उसे कह सकता है असुरक्षा और कोई उसे कह सकता है—सुरक्षा। वस्तुतः वह इनमें से कुछ भी नहीं, या फिर दोनों ही है।

यदि तुम अनुभव करते हो कि तुम स्वयं के लिए अजनबी बन गए हो, तो उत्सव मनाओ इसका, अनुगृहीत अनुभव करो। बहुत विरल, अनूठी होती है यह घड़ी; आनंदित होओ इससे। जितना ज्यादा तुम आनंदित होते हो, उतना ज्यादा तुम पाओगे कि निश्चितता तुम्हारे ज्यादा निकट चली आ रही है, और-और तेजी से चली आ रही है तुम्हारी ओर। यदि तुम उत्सव मना सको तुम्हारे अजनबीपन का, तुम्हारे उखड़ाव का, तुम्हारी गृहविहीनता का, तो अचानक तुम पहुंच जाते हो घर—तीसरी अवस्था आ गयी होती है।

दूसरा प्रश्नः आध्यात्मिक विषयों में भी पश्चिम बहुत अतिरेक से पीड़ित जान पड़ रहा है। बहुत से विभिन्न मार्ग हैं; यह तो ऐसा हुआ जैसे कि सामने चुनने को सौ खाद्य पदार्थ पड़े हों और निर्णय के लिए कोशिश की जाए कि उनमें से कौन-सा प्रकार सर्वश्रेष्ठ है। हम आपके बारे में पश्चिम को कैसे बता सकते हैं बिना ऐसा प्रतीत हुए कि जैसे आप भी बाजार में उपलब्ध एक और कॉर्नफ्लेक्स का पैकेट हैं?

यह संसार एक बाजार है, और इसके बाजार होने में जरा भी बुराई नहीं है। तुम बाज़ार के इतना विरोध में क्यों हो? बाजार तो सुंदर होता है। तुम निकल सकते हो पर्वतों की ओर विश्राम के लिए, लेकिन अंततः तुम्हें लौटकर आना ही पड़ता है बाजार में। बाजार एक वास्तविकता है। पर्वत हो सकते हैं छुट्टियों के लिए, लेकिन छुट्टियां उतनी वास्तविक नहीं होतीं जितनी कि बाजार की वास्तविकता।

तुमने देखे होंगे झेन के दस बैल वाले चित्र। सुंदर हैं वे। पहले चित्र में, बैल कहीं खो गया है। बैल है आत्मा का प्रतीक, और बैल का मालिक खोज में है। वह जाता है जंगल में; वह नहीं जान सकता कि कहां भाग गया बैल, कहां छिपा बैठा है बैल, लेकिन वह खोजता जाता है। अगले चित्रों में वह खोज लेता है बैल के पदचिह्न। तीसरे चित्र में वह देखता है, कहीं बहुत दूर, केवल बैल की पीठ ही; वह देख सकता है उसकी पूंछ। चौथे चित्र में वह देख सकता है सारे बैल को और वह पकड़ लेता है पूंछ को। पांचवें चित्र में उसने साध लिया है बैल को, छठवें में वह बैल पर सवार हो चल देता है घर की ओर। इसी तरह चलती चली जाती है कथा। सातवें में बैल कहीं पार चला गया है, नहीं है, और आठवें में बैल और बैल का मालिक दोनों ही खो गए हैं। नौवें चित्र में संसार फिर से प्रकट हो रहा होता हैः वृक्ष, पर्वत, फूल, लेकिन तुम नहीं देख सकते बैल को या बैल के मालिक को। दसवें चित्र में बैल का मालिक फिर आ गया है और वह खड़ा है बाजार में। न ही केवल खड़ा है बाजार में, बल्कि वह पकड़े हुए है मदिरा की बोतल।

पुराने दिनों में केवल आठ चित्रों का अस्तित्व था। आठवां चित्र खाली है; कुछ भी नहीं है वहां। वह ध्यान का उच्चतम शिखर है, जहां हर चीज खो जाती है—खोजने वाला और खोज, हर चीज खो जाती है; होती है केवल शून्यता। लेकिन फिर एक बड़े झेन गुरु को लगा कि यह बात तो अधूरी है।

वर्तुल पूरा नहीं हुआ : आना ही होगा वापस संसार में। पर्वत अच्छे होते हैं, लेकिन वर्तुल अपूर्ण रहता है यदि तुम पर्वतों में ही रह गए होते हो। तुम्हें आना ही होगा बाजार में। उसने दो चित्र और जोड़ दिए, और मुझे लगता है कि उसने बहुत ठीक किया। अब वर्तुल पूरा हुआ। तुम शुरू करते हो बाजार से और तुम लौट आते हो बाजार में। बाजार वही है, लेकिन तुम वही न रहे। लौट कर आना ही होता है यहां तक।

ऐसा ही हुआ है सदा ही। महावीर छोड़ गए—बारह वर्षों तक वे पर्वतों में, जंगलों में रह कर मौन में रहे। फिर अचानक एक दिन वे लौट आए बाजार में। बुद्ध चले गए थे—छः वर्षों तक वे रहे एकांत में। फिर एक दिन अचानक वे खड़े थे बाजार में और लोगों को इकट्ठा कर रहे थे, यह समझाने को कि उन्हें क्या हुआ है। जीसस पर्वतों में रहे चालीस दिन तक। लेकिन कैसे तुम सदा के लिए ही रह सकते हो पर्वतों में?—वर्तुल तो अपूर्ण रहेगा। जो कुछ भी तुम उपलब्ध करते हो पर्वतों में, वह वापस देना होता है बाजार में।

पहली बात है : बाजार के प्रति विरोध मत बना लेना। सारा संसार एक बाजार है। विद्वेष, विरोध अच्छा नहीं होता। और कॉर्नफ्लेक्स का डिब्बा होने में बुराई क्या है? कॉर्नफ्लेक्स बहुत अच्छे होते हैं। उनमें उतनी ही संभावना होती है बुद्धत्व की जितनी कि तुममें।

मैं कहूंगा तुमसे कुछ दिलचस्प कथाएं।

एक झेन गुरु, लिंची तौल रहा था फ्लैक्स (अलसी)। जब वह तौल रहा था फ्लैक्स तो एक साधक आ पहुंचा और पूछने लगा, 'मैं जल्दी में हूं और मैं प्रतीक्षा नहीं कर सकता, लेकिन एक बात पूछनी है मुझे। बुद्धत्व क्या होता है?' गुरु ने तो उस साधक की ओर देखा तक भी नहीं; उसने तौलना जारी रखा और बोला, 'एक पाउंड फ्लैक्स।' यह बात एक संकेत-सूत्र ही बन गयी है झेन में—एक पाउंड फ्लैक्स। तो एक पाउंड कॉर्नफ्लेक्स क्यों नहीं?

फ्लैक्स की भी संभावना है—बुद्धत्व की संभावना। हर चीज पवित्र और दिव्य है। जब तुम निंदा करते हो किसी चीज की, तो तुममें ही कुछ गलत होता है।

एक बार लिंची बैठा हुआ था एक पेड़ के नीचे और एक व्यक्ति आकर पूछने लगा, 'क्या किसी कुत्ते के लिए संभावना होती है बुद्ध होने की? क्या कोई कुत्ता बुद्ध हो सकता है? क्या कोई कुत्ता संभावना लिए होता है बुद्धत्व की भी?' लिंची ने क्या किया?—वह कूद पड़ा चार पांव के बल पर और भौंकने लगा, 'वूफ-वूफ!' वह कुत्ता बन गया और वह बोला, 'हां कुछ गलत नहीं, एकदम कुछ भी गलत नहीं है कुत्ता होने में।'

यही होता है सच्चे धार्मिक व्यक्ति का दृष्टिकोण कि सारा जीवन दिव्य है, बिना किसी शर्त के। बाजार में रखा कॉर्नफ्लेक्स का पैकेट होने में कुछ गलत नहीं है। इसलिए लोगों को मेरे बारे में बताने से भयभीत मत होना। और भयभीत मत हो जाना बाजार से। बाजार सदा से मौजूद रहा है और सदा रहेगा। और बाजार में कुछ भी चलता रहता है। गलत चीजें भी बेची जाएंगी; कोई उसे रोक नहीं सकता। लेकिन गलत चीजों की वजह से, जिनके पास बाजार में बेचने को कोई ठीक चीज होती है, वे लोग भयभीत हो जाते हैं। वे सदा डर जाते हैं और वे सोचते हैं, 'कैसे ऐसी चीज को बाजार में ले आएं जहां कि हर चीज गलत चल रही है?' लेकिन यह बात किसी ढंग से मदद नहीं बनती, बल्कि इसके विपरीत, तुम गलत चीज के बिकने में मदद करते हो।

अर्थशास्त्र में एक नियम है जो कहता है कि खोटे सिक्के असली सिक्कों को बाजार से बाहर होने पर मजबूर कर देते हैं। यदि तुम्हारे पास एक खोटा सिक्का होता है और एक असली सिक्का होता है तो मानव मन की प्रवृत्ति होती है—पहले खोटे सिक्के को चलाने की कोशिश करने की। तुम उससे छुटकारा पाना चाहते हो; असली सिक्के को तो रख लेते हो तुम्हारी जेब में और खोटे सिक्के को चला देते हो बाजार में। इसीलिए इतने सारे खोटे सिक्के चलते रहते हैं। किसी को लाना ही पड़ता है असली सिक्के को बाजार में। और एक बार तुम असली सिक्के को बाजार में ले आते हो, तो वह असलीपन ही काम कर जाता है।

जरा सोचो तो—यदि खोटी चीजें चलती हैं, तो फिर सच्ची क्यों नहीं? लेकिन जिन लोगों के पास सच्ची चीज होती है वे सदा भयभीत होते हैं अनावश्यक समस्याओं से। बहुत से लोगों को मैं जानता हूं जो कि मेरे बारे में लोगों से कहते हुए भी डरते हैं। वे सोचते हैं, 'जब ठीक घड़ी आएगी—तब।' कौन जाने कब आएगी वह घड़ी? वे सोचते हैं, 'कैसे कह सकता हूं मैं? अभी तो मेरा अनुभव भी कुछ ज्यादा नहीं!' फिर वे सोचते हैं कि 'यदि मेरे बारे में कुछ कहते हैं तो बात किसी प्रचार जैसी हो जाती है।' यदि तुम टी वी या रेडियो द्वारा कुछ कहते हो, या कि तुम लेख लिखते हो अखबारों में, तो ऐसा लगता है कि तुम कुछ बेच रहे हो। यह बात सस्ती मालूम पड़ती है। लेकिन लोग जो बेच रहे हैं बुरी और झूठी चीजें, वे भयभीत नहीं हैं; इस बात से उन्हें कुछ फिक्र नहीं। उन्हें तो इसकी भी फिक्र नहीं कि पैकेट के भीतर कॉर्नफ्लेक्स हैं भी या नहीं। वे तो बस बेच रहे हैं सुंदर पैकेट, डिब्बे, लेकिन खाली। उन्हें डर नहीं है!

इसी तरह गलत लोग ठीक लोगों को चलन से बाहर कर देते हैं। उन्हें कुछ फिक्र नहीं होती कि कोई चीज सस्ती है; वे तो बस जोर से चिल्लाते रहते हैं। और निस्संदेह जब कोई जोर से चिल्लाता है, तो लोग सुनते हैं। जब कोई बहुत जोर से और इतने आत्मविश्वास से चिल्लाता है, तो लोग आ जाते हैं उसकी पकड़ में।

भयभीत मत होओ। केवल तुम्हारे भयभीत होने से ही तुम गलत चीजों को बाजार से बाहर नहीं ला सकते। उन्हें बाहर करने का एकमात्र तरीका है—ठीक चीज को ले आना। और यदि तुम्हारे पास ठीक चीज है, तो पुकारो छतों पर चढ़ कर। फिक्र मत करो; जितनी जोर से तुम चिल्ला सकते हो—चिल्लाओ। वही है एकमात्र ढंग जिससे चीजें चलती हैं संसार में।

जीसस ने कहा है अपने शिष्यों से, 'दुनिया के दूरतम कोनों तक जाओ। रूपांतरण करो लोगों का। और घर की छतों पर चढ़कर चिल्लाओ, ताकि हर कोई सुन सके। तब हर कोई जान सकता है कि सत्य क्या है।' बुद्ध ने कहा है अपने शिष्यों से, 'जाओ, और एक ही स्थान पर लंबे समय के लिए मत ठहर जाना, क्योंकि यह दुनिया बड़ी है।' बुद्ध के वचन हैं, 'चरैवेति, चरैवेति'—बढ़ते जाना, बढ़ते जाना! बहुत से अभी तक बचे हैं सत्य को सुनने को। ठहर मत जाना, आराम में मत पड़ जाना—'चरैवेति! चरैवेति!' आगे बढ़ते जाना, निरंतर आगे ही, क्योंकि पूरी पृथ्वी संदेश की प्रतीक्षा में है।

भयभीत मत होओ। यदि तुम अनुभव करते हो कि तुम्हारे पास ठीक कॉर्नफ्लेक्स हैं लोगों के लिए तो चले जाना बाजार में। हिचकना मत, साहस जुटाना, क्योंकि केवल डिब्बे ही बेचे जा रहे हैं, जब कि तुम्हारे पास तो कॉर्नफ्लेक्स हैं डिब्बे में, जो कि एकमात्र तरीका है जिससे कि खाली डिब्बे चलने से बाहर किए जा सकते हैं। और कोई तरीका नहीं। इसमें कुछ बुरा नहीं है। बाजार एक स्वतंत्र होड़ है हर

चीज के लिए। तुम्हारे पास उतना ही अवसर है जीतने का जितना कि किसी और के पास।

ये समस्यायें सदा परेशान करती हैं उन लोगों को जिनके पास कुछ होता है; वे सदा हिचकते हैं। वे हिचकते हैं, क्योंकि यदि वे कुछ कहें, तो हो सकता है लोग अस्वीकृत कर देंगे उन्हें। कौन जाने? और अच्छे लोग सदा हिचकते हैं; बुरे लोग सदा ही हठधर्मी होते हैं, अड़ियल होते हैं। इसीलिए संसार को बुरे लोगों ने जीता है—और अच्छे लोग सदा खड़े रहे हैं बाजार के बाहर, यह सोचते हुए कि 'क्या करें और क्या न करें?' जब तक कि वे निर्णय करते हैं, सारा बाजार भर गया होता है झूठी चीजों से।

विशेष कर पश्चिम में ऐसा ही है, क्योंकि अब पश्चिम में मनुष्य से व्यक्तिगत रूप से संपर्क बनाना असंभव हो गया है। तुम्हें सभी संप्रेषणीय प्रचार साधनों का उपयोग करना पड़ता है। बुद्ध के समय में बात बिलकुल ही दूसरी थी—बुद्ध घूमते रहते और लोगों से मिलते प्रत्यक्ष रूप से ही। अखबार नहीं थे, न ही रेडियो, न टेलीविजन। लेकिन अब लोगों से व्यक्तिगत रूप से मिलना मुश्किल हो गया है, विशेष कर पश्चिम में, जब तक कि तुम मास मीडिया का प्रयोग न करो। और जब तुम मास मीडिया का प्रयोग करते हो तो निस्संदेह, ऐसा मालूम पड़ता है कि ध्यान भी एक बिकाऊ पदार्थ है। तुम्हें उन्हीं शब्दावलियों का प्रयोग करना पड़ता है, तुम्हें उसी भाषा का उपयोग करना पड़ता है, तुम्हें उसी ढंग से लोगों को मनवाना पड़ता है जैसे कि दूसरे लोग दूसरी चीजों के लिए जोर दे कर राजी करवा रहे हैं। यदि तुम कहते हो कि यह ध्यान ही सब से ऊंचा ध्यान है, तो यह व्यावसायिक मालूम पड़ेगा, क्योंकि ऐसे बहुत हैं जो यही कर रहे हैं। वे साबुनों के बारे में कह रहे हैं कि 'यही है साबुनों में सबसे ऊपर; यही है सुगंधियों की सुगंधि!' एक्स्टेसी नाम की सेंट है। देर-अबेर कोई न कोई नाम रख ही देगा 'सतोरी', 'समाधि'! वही शब्दावली, वही भाषा उपयोग करनी ही पड़ती है; और कोई उपाय नहीं है। तुम्हें उन्हीं विधियों का उपयोग करना ही पड़ता है, लेकिन इसमें कुछ गलत नहीं है।

मैं रहा पर्वतों में और मैं लौट आया हूं बाजार में। क्या तुम मेरे हाथों में मदिरा की बोतल नहीं देख सकते? अब मैं बाजार में हूं। तुम्हें साहसी होना ही होगा। जाओ और उन सारे माध्यमों का उपयोग करो जो कि उपलब्ध हैं अभी। तुम इसे बुद्ध की भांति नहीं कर सकते हो, तुम इसे जीसस की भांति नहीं कर सकते हो—गए वे दिन। यदि तुम इसे उसी भांति किए जाओ, तब तो खबर पहुंचने, फैलने में लाखों वर्ष लगेंगे। जब तक कि खबर लोगों तक पहुंचे, चीज पहले ही मर चुकी होगी। जब ताजे हों कॉर्न-फ्लेक्स, तब जल्दी करना। पहुंचो लोगों तक।

तीसरा प्रश्न : क्या आप हमसे थोड़ी और बात कह सकते हैं उत्सव के बारे में? क्या दुख का उत्सव मनाना संभव होता है?

ऐसा संभव है क्योंकि उत्सव एक दृष्टि है। दुख के प्रति भी तुम उत्सव की दृष्टि बना सकते हो। उदाहरण के लिए : तुम उदास होते हो—तो तादात्म्य मत बना लेना उदासी के साथ। साक्षी हो जाओ और आनंदित होओ उदासी के क्षण द्वारा, क्योंकि उदासी के अपने सौंदर्य हैं। तुमने कभी ध्यान नहीं दिया। तुम इतना ज्यादा तादात्म्य बना लेते हो कि तुम उदास क्षण के सौंदर्य में कभी गहरे उतरते ही नहीं।

यदि तुम ध्यान दो तो तुम हैरान होओगे इससे कि कितने खजाने तुम चूकते रहे। जरा ध्यान देना—जब तुम प्रसन्न होते हो तो तुम उतनी गहराई में कभी नहीं होते, जितने कि जब तुम उदास होते हो। उदासी की अपनी एक गहराई होती है; प्रसन्नता में एक उथलापन होता है।

जाओ और जरा ध्यान से देखो प्रसन्न व्यक्ति को। वे तथाकथित प्रसन्न व्यक्ति, वे प्लेब्वॉयज् और प्लेगर्लज्—जिन्हें तुम पाओगे क्लबों में, होटलों में, थियेटरों में—वे सदा मुस्कुरा रहे होते हैं और लबालब भरे होते हैं प्रसन्नता से। तुम सदा उन्हें पाओगे उथला, सतही। उनमें कोई गहराई नहीं होती है। प्रसन्नता तो मात्र सतह की लहरों की भांति होती है; तुम जीते हो एक उथला जीवन, ऊपर-ऊपर ही। लेकिन उदासी की एक अपनी गहराई होती है। जब तुम उदास होते हो तो यह बात सतह की लहरों की भांति नहीं होती, यह बिलकुल प्रशांत महासागर की गहराई जैसी होती हैः मीलों-मीलों तक चली गयी।

गहराई में उतरो, ध्यान से देखो उसे। प्रसन्नता बड़ी शोर भरी होती है; उदासी में मौन होता है, एक अपनी शांति होती है। प्रसन्नता होगी दिन की भांति, उदासी होती है रात्रि जैसी। प्रसन्नता हो सकती है प्रकाश की भांति, उदासी होती है अंधकार जैसी। प्रकाश आता है और चला जाता है; अंधकार बना रहता है—वह शाश्वत है। प्रकाश घटता है कभी-कभी; अंधकार तो सदा ही मौजूद रहता है। यदि तुम बढ़ो उदासी में, तो ये सारी चीजें अनुभव में आएंगी। अचानक तुम सजग हो जाओगे कि उदासी किसी उपस्थिति की भांति होती है; तुम ध्यान दे रहे होते हो और देख रहे होते हो और अचानक तुम प्रसन्नता अनुभव करने लगते हो। इतनी सौंदर्यपूर्ण उदासी!—अंधकार का फूल, शाश्वत गहराई का फूल। एक विराट अतल शून्य की भांति, इतना संगीत; जरा-सा भी शोर नहीं, कोई अशांति नहीं। अनंत रूप से इसमें और-और उतर सकते हो, और इसमें से बाहर आ सकते हो नितांत ताजे और युवा होकर। यह एक विश्राम होता है।

यह निर्भर करता है दृष्टिकोण पर। जब तुम उदास होते हो, तो तुम सोचते कि कुछ बुरा हुआ है तुम्हारे साथ। यह व्याख्या ही होती है कि कुछ बुरा घटित हुआ है तुम्हारे साथ, और फिर तुम उससे बचने की कोशिश करने लगते हो। तुम कभी उस पर ध्यान नहीं करते। फिर तुम किसी के पास चले जाना चाहते हो पार्टी में, कि क्लब में, या टी वी चला देते हो या कि रेडियो, या अखबार पढ़ने लगते हो—कुछ न कुछ तो करते हो ताकि भूल सको। यह एक गलत दृष्टिकोण दे दिया गया है तुम्हें—कि उदासी गलत है। कुछ बुराई नहीं है उसमें, वह एक दूसरा छोर है जीवन का।

प्रसन्नता एक ध्रुव है, उदासी दूसरा ध्रुव है। आनंद एक ध्रुव है, पीड़ा दूसरा। जीवन दोनों से बनता है, और दोनों के कारण ही जीवन संतुलित होता है, लयबद्ध होता है। केवल आनंदपूर्ण जीवन में विस्तार होगा, लेकिन गहराई न होगी। केवल उदासी वाले जीवन में गहराई होगी, लेकिन उसका विस्तार न होगा। उदासी और प्रसन्नता दोनों से बना जीवन बहु-आयामी होता है; वह एक साथ सारे आयामों में बढ़ता है।

जरा ध्यान से देखना बुद्ध की प्रतिमा को या कभी झांकना मेरी आंखों में और तुम पाओगे दोनों को साथ-साथः एक आनंद, एक शांति, और एक उदासी भी। तुम पाओगे एक आनंदपूर्णता जिसमें उदासी भी होती है, क्योंकि वही उदासी उसे एक गहराई देती है। देखो बुद्ध की प्रतिमा की तरफ—आनंदपूर्ण हैं, लेकिन उदास भी हैं! यह 'उदास' शब्द ही तुम्हें गलत अवधारणा दे देता है, कि कोई चीज गलत है, यह तुम्हारी अपनी व्याख्या होती है।

मेरे देखे, जीवन अपनी समग्रता में ठीक होता है। और जब तुम जीवन को उसकी समग्रता में समझते हो, केवल तभी तुम उत्सव मना सकते हो अन्यथा नहीं। उत्सव का अर्थ है: जो कुछ घटता है, अप्रासंगिक है—मैं उत्सव मनाऊंगा। उत्सव के लिए कोई शर्त नहीं किन्हीं चीजों कीः 'जब मैं प्रसन्न होऊं तभी मैं उत्सव मनाऊंगा', या कि 'जब मैं उदास होऊंगा तो मैं उत्सव नहीं मनाऊंगा।' उत्सव बेशर्त है, मैं उत्सव मनाता हूं जीवन का। यह उदासी, दुख ले आती है—तो ठीक; मैं इसका उत्सव मनाता हूं। जीवन आनंद लाता है—तो ठीक; मैं इसका उत्सव मनाता हूं। उत्सव मेरी दृष्टि है, जो कुछ जीवन ले आए उसके प्रति एक बेशर्त भाव।

लेकिन समस्या उठ खड़ी होती है क्योंकि जब कभी मैं शब्दों का उपयोग करता हूं, तो उन शब्दों के तुम्हारे मन में कुछ अर्थ होते हैं। जब मैं कहता हूं, 'उत्सव मनाओ', तुम सोचते हो, तुम्हें प्रसन्न हो जाना चाहिए। कैसे कोई उत्सवमय हो सकता है जब कि कोई उदास होता है? मैं नहीं कह रहा हूं कि प्रसन्न ही होना पड़ता है उत्सव मनाने के लिए। उत्सव तो एक अहोभाव है उसके लिए जो कि जीवन तुम्हें देता है। जो कुछ भी परमात्मा तुम्हें देता है, उत्सव उसके प्रति एक अहोभाव है; वह एक धन्यवाद है। मैंने तुमसे कहा है और मैं फिर कहूंगा तुमसे...

एक सूफी फकीर बड़ा गरीब, भूखा, अस्वीकृत, यात्रा का थका-मांदा था। वह रात को पहुंचा एक गांव में और गांव था कि उसे स्वीकार न करता था। गांव था परंपरावादी लोगों का और जब परंपरावादी, रूढ़िवादी मुसलमान हों तो बहुत कठिन होता है उन्हें राजी करना। उन्होंने तो उसे शरण तक न दी अपने नगर में। सर्दी की रात थी और उसे भूख लगी थी, थका हुआ था; पर्याप्त कपड़े न होने से कांप रहा था। वह नगर के बाहर बैठा हुआ था एक वृक्ष के नीचे। उसके शिष्य वहां बैठे थे बहुत उदास; निराश थे, क्रोधित भी थे। और तब वह प्रार्थना करने लगा और वह कहने लगा परमात्मा से, 'आप अपूर्व हैं! आप सदा मुझे दे देते हैं जो कुछ भी चाहिए होता है।' यह तो जरा ज्यादती हुई जाती थी। एक शिष्य कह उठा, 'ठहरिए जरा, आप तो ज्यादा ही कल्पनाशील हो रहे हैं, विशेष कर इस रात। ये शब्द झूठे हैं। हमें भूख लगी है, थके हुए हैं, वस्त्र नहीं, और ठंडी रात का अंधेरा फैलता जा रहा है। चारों तरफ जंगली जानवर हैं और हमें नगर द्वारा अस्वीकृत किया गया है, हमारे पास ठहरने को जगह नहीं। तो किस बात के लिए आप धन्यवाद दे रहे हैं परमात्मा को? इससे आपका मतलब क्या है जब आप कहते कि आप सदा मुझे दे देते हैं जो कुछ भी मुझे चाहिए होता है?' वह फकीर कहने लगा, 'हां, मैं फिर से दोहरा दूंः परमात्मा मुझे दे देता है जो कुछ भी मुझे चाहिए। आज रात मुझे अस्वीकृति चाहिए। आज रात मुझे जरूरत है भूख की, खतरे की। अन्यथा, वह क्यों देता मुझे यह सब? जरूरत होगी। इसकी जरूरत है और मुझे अनुगृहीत होना ही होगा। वह इतनी सुंदरता से मेरी जरूरतों की देख-भाल करता है। वह सचमुच अपूर्व है!' यही होता है दृष्टिकोण जो कि संबंधित नहीं होता स्थिति से। स्थिति प्रासंगिक नहीं होती।

उत्सव मनाओ, जो कुछ भी हो स्थिति। यदि तुम उदास होते हो, तो उत्सव मनाओ—इसलिए कि तुम उदास हो। आजमाओ इसे। जरा इसे आजमाना और तुम हैरान होओगे—बात घटित हो जाती है। तुम उदास हो?—तो नृत्य करना शुरू कर देना क्योंकि उदासी इतनी सुंदर है; तुम्हारी अंतस-सत्ता का इतना शांत फूल! नृत्य करो, आनंदित होओ, और अचानक तुम अनुभव करोगे कि उदासी तिरोहित हो रही है, एक दूरी निर्मित हो गयी है। धीरे-धीरे, तुम भूल जाओगे उदासी को और तुम उत्सव मना रहे

होओगे। तुमने ऊर्जा का रूपांतरण कर दिया होता है।

यही है कीमिया : निम्न धातुओं को उच्चतर स्वर्ण में बदल देना। उदासी, क्रोध, ईर्ष्या—निम्न चीजें स्वर्ण में बदली जा सकती हैं, क्योंकि वे बनी होती हैं उन्हीं तत्वों से जिनसे कि स्वर्ण। सोने और लोहे के बीच कोई अंतर नहीं होता है क्योंकि उनमें वही तत्व होते हैं, वही इलेक्ट्रान्स होते हैं।

क्या तुमने कभी सोचा है इसके बारे में कि कोयले का एक टुकड़ा और दुनिया का बड़े से बड़ा हीरा बिलकुल एक ही हैं? उनमें कुछ अंतर नहीं। वस्तुतः कोयला ही लाखों वर्षों तक धरती में दब-दब कर हीरा हो जाता है। मात्र दबाव का ही अंतर होता है, लेकिन वे दोनों कार्बन ही हैं, दोनों बनते हैं एक जैसे तत्वों से ही। निम्न को बदला जा सकता है उच्चतर में। निम्न चीज में किसी चीज का कोई अभाव नहीं। केवल एक पुनर्सयोजन, पुनर्गठन की आवश्यकता होती है। यही है कीमिया का पूरा अर्थ। जब तुम उदास हो, तो उत्सव मनाना, और तुम उदासी को एक नया ही रूप दे रहे होते हो। तुम उदासी में कोई चीज पहुंचा रहे होते हो जो कि उसे बदल देगी। तुम उसे उत्सवमय बना रहे होते हो। क्रोधित हो?—तो सुंदर नृत्य में डूब जाना। शुरू में यह क्रोधमय होगा। तुम शुरू करोगे नृत्य करना और नृत्य क्रोधमय, आक्रामक, हिंसात्मक होगा। धीरे-धीरे, वह मधुर और शांत होता जाएगा। अचानक ही तुम भूल चुके होओगे क्रोध को, तो ऊर्जा बदल जाती है नृत्य में।

लेकिन जब तुम क्रोध करते हो, तो तुम सोच ही नहीं सकते नृत्य की बात। जब तुम उदास होते हो तो तुम नहीं सोच सकते गाने की बात। क्यों नहीं अपनी उदासी को एक गान बना लेते? गाओ, बजाओ अपनी बांसुरी। शुरू में स्वर उदास होंगे, लेकिन उदास स्वर में गलत कुछ नहीं है। क्या तुमने सुना है, दोपहर में कभी जब हर चीज तप रही होती है, गरमी में जल रही होती है, चारों ओर आग ही आग होती है, अचानक आम्र-कुंज में तुम सुन सकते हो कोयल की कूक उठ रही है! शुरू में, स्वर उदास होता है। वह बुला रही होती है अपने प्रिय को, अपने प्रीतम को, इस भरी दुपहरी में। चारों तरफ हर चीज आग भरी होती है, और वह तड़प रही होती है प्रेम के लिए। बहुत उदास स्वर होता है—लेकिन सुंदर। धीरे-धीरे उदास स्वर बदलने लगता है प्रसन्न स्वर में। दूसरे उपवन से प्रिय उत्तर देना शुरू कर देता है। अब तपी हुई दोपहर न रही; हर चीज शीतल हो रही होती है हृदय में। अब स्वर अलग ही होता है। जब प्रेमी उत्तर देता है, तो हर चीज बदल जाती है। यह एक कीमियापूर्ण बदलाहट होती है।

तुम उदास हो?—तो गीत गाने लगना, प्रार्थना करना, नृत्य करना। जो कुछ तुम कर सकते हो, करना और धीरे-धीरे निम्न पदार्थ बदल जाता है उच्चतर पदार्थ में—स्वर्ण में। एक बार तुम जान लेते हो कुंजी को तो तुम्हारा जीवन फिर वही न रहेगा। तुम खोल सकते हो ताला किसी भी द्वार का। और यह है कुंजियों की कुंजी : हर चीज का उत्सव मनाओ।

मैंने सुना है तीन चीनी फकीरों के बारे में। कोई नहीं जानता उनके नाम। वे जाने जाते थे केवल 'तीन हंसते हुए संतों' के रूप में, क्योंकि उन्होंने कभी कुछ किया ही नहीं था; वे केवल हंसते रहते थे। वे एक नगर से दूसरे नगर की ओर बढ़ जाते, हंसते हुए। वे खड़े हो जाते बाजार में और खूब जोर से हंसते। सारा बाजार उन्हें घेरे रहता। सारे लोग आ जाते। दुकानें बंद हो जातीं और ग्राहक भूल जाते कि वे आए किसलिए थे। ये तीनों आदमी सचमुच सुंदर थे—हंसते और उनके पेट हिलते जाते। और फिर यह बात संक्रामक बन जाती और दूसरे हंसना शुरू कर देते। फिर सारा बाजार हंसने लगता। उन्होंने बदल दिया

होता बाजार की गुणवत्ता को, स्वरूप को ही। और यदि कोई कहता कि 'कुछ कहो हम से' तो वे कहते, 'हमारे पास कहने को कुछ है नहीं। हम तो बस हंस पड़ते हैं और बदल देते हैं गुणधर्म ही।' जब कि अभी थोड़ी देर पहले यह एक असुंदर जगह थी जहां कि लोग सोच रहे थे केवल रुपये-पैसे के बारे में ही, ललक रहे थे धन के लिए, लोभी, धन ही एकमात्र वातावरण था हर तरफ—अचानक ये तीनों पागल आदमी आ पहुंचते हैं और वे हंसने लगते, और बदल देते गुणवत्ता सारे बाजार की ही। अब कोई ग्राहक न था। अब वे भूल चुके थे कि वे खरीदने और बेचने आए थे। किसी को लोभ की फिक्र न रही। वे हंस रहे थे और नाच रहे थे इन तीन पागल आदमियों के आस-पास। कुछ पलों के लिए एक नयी दुनिया का द्वार खुल गया था!

वे घूमे सारे चीन में, एक जगह से दूसरी जगह, एक गांव से दूसरे गांव, बस लोगों की मदद कर रहे थे हंसने में। उदास लोग, क्रोधित लोग, लोभी लोग, ईर्ष्यालु लोग : वे सभी हंसने लगे उनके साथ। और बहुतों ने अनुभव की कुंजी—तुम रूपांतरित हो सकते हो।

फिर, एक गांव में ऐसा हुआ कि उन तीनों में से एक मर गया। गांव के लोग इकट्ठे हुए और वे कहने लगे, 'अब तो मुश्किल आ पड़ेगी। अब हम देखेंगे कि कैसे हंसते हैं वे। उनका मित्र मर गया है; वे तो जरूर रोएंगे।' लेकिन जब वे आए, तो दोनों नाच रहे थे, हंस रहे थे, और उत्सव मना रहे थे मृत्यु का। गांव के लोगों ने कहा, 'यह तो बहुत ज्यादती हुई। यह असभ्यता है। जब कोई व्यक्ति मर जाता है तो हंसना और नाचना अधर्म होता है।' वे बोले, 'तुम नहीं जानते कि क्या हुआ। हम तीनों सदा ही सोचते रहते थे कि सब से पहले कौन मरेगा। यह आदमी जीत गया है; हम हार गए। सारी जिंदगी हंसते रहे उसके साथ। तो हम उसे अंतिम विदाई किसी और चीज के साथ कैसे दे सकते हैं?—हमें हंसना ही है, हमें आनंदित होना ही है, हमें उत्सव मनाना ही है। यही एक मात्र विदाई संभव है उस व्यक्ति के लिए जो जीवन भर हंसता रहा है। और यदि हम नहीं हंसते, तो वह हंसेगा हम पर और वह सोचेगा, अरे नासमझो! तो तुम फिर जा फंसे जाल में? हम नहीं समझते कि वह मर गया है। हंसी कैसे मर सकती है? जीवन कैसे मर सकता है?'

हंसना शाश्वत चीज है, जीवन शाश्वत है, उत्सव चलता ही रहता है। अभिनय करने वाले बदल जाते हैं, लेकिन नाटक जारी रहता है। लहरें परिवर्तित होती हैं, लेकिन सागर बना रहता है। तुम हंसते, तुम बदलते और कोई दूसरा हंसने लगता, लेकिन हंसना तो जारी रहता है। तुम उत्सव मनाते हो, कोई और उत्सव मनाता है, लेकिन उत्सव तो चलता ही रहता है। अस्तित्व सतत प्रवाह है, वह सब कुछ समाए चलता है; उसमें एक पल का अंतराल नहीं होता। लेकिन गांव के लोग नहीं समझ सकते थे और वे इस हंसी में उस दिन तो शामिल नहीं हो सकते थे।

फिर देह का अग्नि-संस्कार करना था, और गांव के लोग कहने लगे, 'हम तो इसे स्नान कराएंगे जैसे कि धार्मिक कर्मकांड नियत होते हैं।' लेकिन वे दोनों मित्र बोले, 'नहीं, हमारे मित्र ने कहा है कि कोई धार्मिक अनुष्ठान मत करना और मेरे कपड़े मत बदलना और मुझे स्नान मत कराना। जैसा मैं हूं तुम मुझे वैसा ही रख देना चिता की आग पर। इसलिए हमें तो उसके निर्देशों को मानना ही पड़ेगा।'

और तब, अचानक ही, एक बड़ी घटना घटी। जब शरीर को आग दी जाने लगी, तो वह बूढ़ा आदमी आखिरी चाल चल गया। उसने बहुत-से पटाखे छिपा रखे थे कपड़ों के नीचे, और अचानक

दीपावली हो गयी! तब तो सारा गांव हंसने लगा। ये दोनों पागल मित्र नाच ही रहे थे, फिर तो सारा गांव ही नाचने लगा। यह कोई मृत्यु न थी, यह नया जीवन था।

कोई मृत्यु मृत्यु नहीं होती, क्योंकि प्रत्येक मृत्यु खोल देती है एक नया द्वार—वह एक प्रारंभ होती है। जीवन का कोई अंत नहीं, सदा एक नया प्रारंभ होता है, एक पुनर्जीवन।

यदि तुम अपनी उदासी को बदल देते हो उत्सव में, तो तुम अपनी मृत्यु को नए जीवन में बदलने में भी सक्षम हो जाओगे। तो सीख लो यह कला जब कि समय अभी बाकी है। जब तक निचले तल की चीजों को उच्चतर चीजों में बदलना न सीख लो उसके पहले मत आने दो मृत्यु को। क्योंकि अगर तुम बदल सकते हो उदासी को, तो तुम बदल सकते हो मृत्यु को। यदि तुम बेशर्त उत्सवमय हो सकते हो, तो जब मृत्यु आये तब तुम हंस पाओगे, तुम उत्सव मना पाओगे, तुम हो जाओगे प्रसन्न और तब तुम मनाए जा सकते हो उत्सव; मृत्यु तुम्हें नहीं मार सकती। बल्कि इसके विपरीत तुमने मार दिया होता है मृत्यु को। लेकिन ऐसा करना प्रारंभ करो, इसे आजमाओ। गंवाने को कुछ है नहीं। लेकिन लोग इतने मूढ़ हैं कि जब गंवाने को कुछ न हो, तो भी वे आजमाएंगे नहीं। गंवाने को है क्या?

यदि तुम उदास हो, तो मैं कहता हूं, 'उत्सव मनाओ, नाचो, गाओ।' तुम गंवाओगे क्या? ज्यादा से ज्यादा उदासी खो जाएगी और कुछ नहीं। लेकिन तुम सोचते हो, ऐसा असंभव है। और यह विचार ही कि ऐसा असंभव है, तुम्हें उसे आजमाने न देगा। और मैं कहता हूं, यह दुनिया की सबसे ज्यादा आसान चीजों में से एक चीज है, क्योंकि ऊर्जा तटस्थ होती है। वही ऊर्जा बन जाती है उदासी; वही ऊर्जा बन जाती है क्रोध; वही ऊर्जा बन जाती है कामवासना; वही ऊर्जा बन जाती है करुणा; वही ऊर्जा बन जाती है ध्यान। ऊर्जा एक ही है। तुम्हारे पास बहुत तरह की ऊर्जाएं नहीं होती हैं। तुम्हारे पास ऊर्जा के बहुत सारे अलग-अलग खाने नहीं होते, जहां कि इस ऊर्जा पर लेबल लग जाए 'उदासी', और उस ऊर्जा पर लेबल लग जाए 'प्रसन्नता'। ऊर्जाएं खानों में बंटी नहीं होतीं, वे अलग नहीं होतीं। तुममें कोई बंधे-बंधाए कोष्ठ अस्तित्व नहीं रखते हैं, तुम तो बस एक हो। यही एक ऊर्जा उदासी बन जाती है, यही एक ऊर्जा क्रोध बन जाती है। यह तुम पर निर्भर करता है।

तुम्हें रहस्य सीखना पड़ता है, यह कला कि कैसे ऊर्जाओं को रूपांतरित करना होता है। तुम तो केवल निर्देश देते हो और वही ऊर्जा गतिमान होने लगती है। और जब संभावना है क्रोध को आनंद में बदलने की, लोभ को करुणा में बदलने की, ईर्ष्या को प्रेम में बदलने की...तो तुम नहीं जानते तुम क्या खो रहे हो। तुम नहीं जानते तुम क्या चूक रहे हो। तुम यहां इस विश्व में होने का सारा सार ही चूक रहे हो। आजमाओ इसे।

चौथा प्रश्न: आपके प्रवचनों को सुनते हुए अब दो वर्ष हो चले हैं। मेरी समझ में आता है कि आप अपने दिये हुए करीब-करीब प्रत्येक वक्तव्य का खंडन कर देते हैं। क्या सचमुच कोई कुछ कर सकता है सिवाय ध्यान से देखने के और प्रतीक्षा करने के?

हां, मैं खंडन करता हूं प्रत्येक कथन का, प्रत्येक शब्द का जो मैं बोलता हूं। मेरे पास सिखाने को

कोई दर्शन नहीं, बल्कि मेरे पास अस्तित्व ही है प्रत्यक्ष दिखा देने को। यहां तुम्हें कोई सिद्धांत नहीं सिखाया जा रहा है। यहां तुम्हें कोई धर्म-सिद्धांत नहीं दिया जा रहा है। मैं कोई दार्शनिक नहीं हूं। मैं उतना ही विरोधात्मक हूं जितना कि स्वयं अस्तित्व। मेरे पास कोई चुनाव नहीं है। अस्तित्व विरोधात्मक है : उसमें होते हैं रात और दिन, गर्मी और सर्दी, शैतान और ईश्वर—उसमें होता है सब कुछ। और मैं अब हूं ही नहीं। ज्यादा से ज्यादा, मैं एक झरोखा हूं अस्तित्व का। मुझे होना ही पड़ता है विरोधात्मक। और जो मैं कहता हूं यदि तुम उसे सोचते ही जाते हो, तो तुम हर दिन और-और उलझन में पड़ोगे। जो मैं कहता हूं, उस पर ज्यादा ध्यान मत देना। जो मैं हूं, तुम अपना ध्यान उस पर दो।

मेरे कथन विरोधाभासी हो सकते हैं—यदि तुम्हें विरोधाभास नहीं दिखाई पड़ते तो वह इसी कारण कि तुम मुझे प्रेम करते हो। वे विरोधाभासी हैं, लेकिन मैं नहीं हूं विरोधाभासी। दोनों अस्तित्व रखते हैं मुझमें, लेकिन मुझमें कोई असंगति नहीं है। इसी ओर ध्यान देना है तुम्हें, इसे ही समझना है तुम्हें। एक गहरी सुसंगति अस्तित्व रखती है मुझ में; मैं किसी भी द्वंद्व में नहीं हूं। यदि कोई द्वंद्व होता तो मैं एकदम पागल हो गया होता। इतने सारे विरोधाभासों के साथ कैसे कोई व्यक्ति जीए चला जा सकता है? कैसे कोई व्यक्ति जी सकता है, सांस ले सकता है?

वे मुझमें कोई विसंगति निर्मित नहीं करते। हर चीज का ताल-मेल बैठा हुआ है। बल्कि इसके विपरीत, वे मदद देते हैं सम-स्वरता को, वे उसे ज्यादा समृद्ध बना देते हैं। यदि मैं एक ही स्वर का व्यक्ति होता, बस दोहरा रहा होता उसी स्वर को बार-बार, तो मैं अविरोधी होता। यदि तुम्हें चाहिए अविरोधी व्यक्ति, एकदम एक-स्वरीय व्यक्ति, तो जाओ जे. कृष्णमूर्ति के पास। वे बिलकुल अविरोधी हैं। चालीस वर्षों से उन्होंने एक बार भी स्वयं का खंडन नहीं किया। लेकिन मैं समझता हूं, इसीलिए बड़ी समृद्धि खो गयी है; बहुत-सी संपन्नता जो जीवन में होती है, खो गयी है। वे तर्कयुक्त हैं; मैं अतर्क्य हूं। वे हैं बाग-बगीचे की भांति : हर चीज सुसंगत है, क्यारियों में उगायी हुई है, तर्कयुक्त हैं, बौद्धिक हैं; मैं हूं स्वच्छंद वन की भांति : कोई चीज उगायी नहीं गयी है।

यदि तुम तर्क की फिक्र बहुत ज्यादा करते हो, तो मुझसे ज्यादा कृष्णमूर्ति को चुनना बेहतर है। लेकिन यदि स्वच्छंद के लिए, बेतरतीब वन के लिए तुम्हारे पास कोई संवेदना है, केवल तभी तुम्हारा ताल-मेल बैठ पाएगा मेरे साथ। मैं तुम्हें खोल देता हूं उस सबके प्रति जो कि जीवन के पास है। मैं नहीं चुनता कि क्या कहना है, मैं नहीं चुनता कि क्या-क्या सिखाना है—मेरा कोई चुनाव नहीं है। मैं तो वही कह देता हूं जो कुछ भी घटता है उसी क्षण में। मैं नहीं जानता कि अगला वाक्य कौन-सा होगा। जो कुछ हो, मैं उसे पूरी निश्चयात्मकता से कह दूंगा। मेरे पास कोई पूर्व-नियोजित नमूना नहीं है। मैं उतना ही विरोधात्मक हूं जितना कि जीवन। और विरोधात्मक होने, सामंजस्य-रहित होने का सारा सार ही यही है कि तुम किसी सिद्धांत से चिपको नहीं। यदि मैं अविरोधी हूं तो तुम चिपकोगे।

कृष्णमूर्ति के पीछे चलने वाले हैं; वे चिपक जाते हैं उनके शब्दों से, सिद्धांत की भांति। मैंने देखा है बहुतेरे बुद्धिमान लोगों को, बहुत ज्यादा बौद्धिक लोग जो सुनते आ रहे हैं उन्हें तीस-चालीस वर्षों से। वे आते हैं मेरे पास और वे कहते हैं : 'कुछ हुआ नहीं। हमने सुना है कृष्णमूर्ति को, और जो कुछ वे कहते हैं, सच लगता है, ठीक मालूम पड़ता है, बिलकुल ठीक बात, लेकिन तब भी कुछ घटता नहीं। बौद्धिक रूप से समझते हैं उन्हें, लेकिन कुछ भी घटता नहीं।' मैं कहता हूं उनसे, 'यदि तुम सुनते रहे हो उन्हें

चालीस वर्ष और बौद्धिक रूप से तुम अनुभव करते हो कि वे ठीक हैं लेकिन कुछ घटता नहीं, तो गिरा देना उस बुद्धिमानी को और चले आना मेरे पास। बुद्धि के हिसाबों से बिलकुल पार हुए व्यक्ति के संग हो लेना। यदि बुद्धि के द्वारा कुछ घटित नहीं होता है, तो हो सकता है वह अबुद्धि के द्वारा घटित हो सकता हो।' तुरंत वे कहते हैं, 'लेकिन आप तो विरोधात्मक हैं! कभी आप यह कहते, कभी आप वह कहते, और हमें पता नहीं कि करना क्या है।'

मैं सचमुच नहीं चाहता कि तुम कुछ करो, मैं चाहता हूं तुम होओ। मैं तुम्हें बौद्धिक नहीं बनाना चाहता। वे बहुतेरे हैं; संसार भरा पड़ा है उनसे और वे जीते हैं बड़ी दुखी जिंदगी। तुम्हें बौद्धिकों से ज्यादा दुखी लोग नहीं मिल सकते। वे तो जीते-जी आत्महत्या करते हैं। वे आत्मघाती, अर्थहीन जीवन जीते हैं। अर्थ अतर्क्य होता है, जीवन की सच्ची कविता विरोधात्मक होती है। कुछ नहीं किया जा सकता इसके लिए। यही जीवन का स्वभाव है, यही है अस्तित्व का ढंग।

मैं तुम्हें किसी निश्चित दृष्टिकोण में प्रशिक्षित करने को नहीं हूं यहां। इसीलिए मैं तुम्हारे साथ कृष्णमूर्ति की बात कर सकता हूं। वे भी ठीक हैं, लेकिन ठीक होने के केवल एक दृष्टिकोण से जुड़े हैं। मैं तुमसे बात करता हूं गुरजिएफ कीः वे भी ठीक हैं, लेकिन ठीक होने का केवल एक दृष्टिकोण लिए हैं। और वे विरोधाभासी हैं; गुरजिएफ विश्वास करते हैं विधि में, समूह में, निश्चित ढंग में, शिक्षा में, प्रशिक्षण में, अनुशासन में, बहुत कड़े अनुशासन में। कृष्णमूर्ति किसी विधि में विश्वास नहीं करते—न ध्यान में, न समूह में, न गुरु में, न शिष्यत्व में। मैं कहता हूं तुमसे कि दोनों ठीक हैं, लेकिन दोनों केवल आंशिक रूप से ही ठीक हैं। एक साथ वे बनते हैं संपूर्ण।

जीवन इतना विशाल है कि न तो कृष्णमूर्ति और न ही गुरजिएफ उसे एक व्यवस्था में ला सकते हैं। जीवन इतना विशाल है कि कोई समाप्ति नहीं ला सकता उसकी। सारे दृष्टिकोण उसमें समा सकते हैं, विपरीत दृष्टिकोण भी, और वे भी सत्य होते हैं। लोग हैं जिन्होंने पाया है विधियों द्वारा, गुरुओं द्वारा; और लोग हैं जिन्होंने पाया है बिना गुरुओं के, बिना विधियों के। ऐसे लोग हैं जो बाधित हुए हैं गुरुओं के द्वारा और विधियों के द्वारा, और ऐसे लोग हैं जो बाधित हुए हैं इस शिक्षा से कि गुरु की कोई जरूरत नहीं और ध्यान की कोई जरूरत नहीं, किसी विधि-विधान की कोई जरूरत नहीं। कई तरह के लोग हैं, और यह अच्छा है। अनेकरूपता है। तो कोई सिद्धांत सत्य नहीं हो सकता। बहुत थोड़े-से लोगों के लिए यह बात सत्य हो सकती है। लेकिन दूसरे सब लोगों के लिए यह बात असत्य होगी। इसलिए इतने सारे सिद्धांत अस्तित्व रखते हैं संसार में। बुद्ध हैं, जीसस हैं, मोहम्मद हैंः ऐसे बिलकुल ही अलग-अलग लोग हैं, और सभी सत्य हैं।

मैं प्रयत्न कर रहा हूं एक नितांत नए प्रयोग काः तुम सभी को एक साथ इकट्ठा कर देने का। यह स्वयं में एक अनुशासन होगा तुम्हारे लिए—ऐसा ही है। यदि तुम मुझे सुन रहे हो कई वर्षों से, तो यह अनुशासन ही है। यह एक ध्यान हुआ। मैं तुम्हें दे देता हूं एक दृष्टिकोणः मैं बोलूंगा पतंजलि पर, तो मैं तुम्हें दे दूंगा एक दृष्टिकोण और मैं एक ढांचा निर्मित कर दूंगा तुममें। अगले ही दिन मैं बोलने लगूंगा तिलोपा पर और मैं गिरा दूंगा वह ढांचा।

यह बात तुम्हारे लिए पीड़ादायक है क्योंकि तुम चिपकने लगते हो। जब तुम बनाते हो एक ढांचा, तो तुम उससे चिपकने लग जाते हो। जिस क्षण मैं देखता हूं कि तुमने सिद्धांत के साथ चिपकना शुरू

कर दिया है, तो तुरंत मुझे विपरीत को बीच में लाना पड़ता है उन्हें मिटा देने को।

कई बार तुम बनाओगे घर, और कई बार मैं तोड़ दूंगा उसे। कई बार तुम अनुभव करोगे कि एक सुव्यवस्था घट गई है, और मैं फिर बना दूंगा अव्यवस्था। इसमें अर्थ क्या होगा? अर्थ यह है कि एक दिन तुम जागरूक हो जाओगे; तुम सुनोगे मुझे लेकिन फिर भी तुम कोई सुव्यवस्था न बनाओगे, तुम कोई ढांचा खड़ा न करोगे। क्योंकि सार ही क्या रहा यदि मैं उसे मिटा ही दूंगा अगले दिन? तुम बस सुनोगे मुझे—शब्दों, सिद्धांतों या धर्म-सिद्धांतों से चिपके बगैर ही। जिस दिन तुम सुन सकते हो मुझे तुम्हारे भीतर कोई ढांचा बनाए बिना और मैं देखता हूं कि तुमने मुझे सुना है और वहां शून्यता है, तो मैंने पूरी कर दी बात।

वर्षों तक मुझे सुनना तुम्हें ले आएगा इस बिंदु तक। तुम्हें आना ही पड़ेगा इस तक, नहीं तो अर्थ क्या है? तुम लाने लगते हो एक सुव्यवस्था, एक अनुशासन; जब तक कि वह तैयार होता है, तो मैं आ पहुंचता हूं और मिटा देता हूं उसे।

एक तिब्बती कथा है मारपा के विषय में। उसके गुरु ने उससे घर बनाने को कहा, अकेले ही, बिना किसी की मदद के। गांव से ईंटों और पत्थरों को मठ तक लाना कठिन था। चार या पांच मील की दूरी थी। मारपा ने हर चीज अकेले ही ढोई; ऐसा करना ही था। और बनाना था तिमंजला मकान, तिब्बत में उन दिनों जो बड़े से बड़ा बनाया जा सकता था। उसने दिन-रात कड़ी मेहनत की। अकेले ही करनी थी उसे हर चीज। वर्षों बीत गए, घर तैयार हो गया, और मारपा लौट आया खुशी-खुशी। उसने गुरु के चरणों में झुक कर प्रणाम किया और बोला, 'घर तैयार है।' गुरु ने कहा, 'अब आग लगा दो उसमें।' मारपा गया और जला दिया वह घर। सारी रात और सारे अगले दिन घर जलता रहा। सांझ तक कुछ न बचा था। मारपा गया, झुका, प्रणाम किया और बोला, 'जैसा कि आपने आदेश दिया था, घर जला दिया गया है।' गुरु ने देखा उसकी तरफ और बोला, 'कल सुबह फिर से शुरू कर दो। एक नया घर बनाना होगा।' और कहा जाता है कि ऐसा सात बार घटित हुआ। मारपा बूढ़ा हो चला, वही बात फिर-फिर करते हुए ही। वह बना देता घर—और वह बहुत ज्यादा कुशल हो गया धीरे-धीरे। वह ज्यादा जल्दी घर बनाने लगा, कम समय में ही। हर बार जब घर तैयार हो जाता, गुरु कह देता, जला दो उसे। जब घर सातवीं बार जल गया, तो गुरु ने कहा, 'अब कोई जरूरत नहीं।'

यह एक कथा है। शायद ऐसा न भी हुआ हो, लेकिन यही तो मैं कर रहा हूं तुम्हारे साथ। जिस क्षण तुम सुनते हो मुझे तो तुम भीतर एक 'घर' बनाना शुरू कर देते हो : सिद्धांतों का ढांचा, एक सुसंगत जोड़, जीने का एक दर्शन, अनुसरण करने का एक सिद्धांत, एक नक्शा। जिस क्षण मैं देखता हूं कि घर तैयार है तो मैं गिराने लगता हूं उसे। और ऐसा मैं करूंगा सात बार, और यदि जरूरत हुई, तो सत्तर बार। मैं प्रतीक्षा कर रहा हूं उस क्षण की जब तुम सुनोगे और तुम इकट्ठा न करोगे शब्दों को। तुम सुनोगे, पर तुम सुनोगे मुझे, उसे नहीं जो कि मैं कहता हूं। तुम सुनोगे सार-तत्व को, उसे धारण करने वाले पात्र को नहीं; शब्दों को नहीं बल्कि शब्दविहीन संदेश को। धीरे-धीरे ऐसा होगा ही। कितनी देर तक तुम मकान बनाए जा सकते हो, यह खूब जानते हुए कि उसे गिराना ही होगा? यही अर्थ है मेरी सारी विरोधी बातों का।

कृष्णमूर्ति ने भी, जो कि कहते हैं किसी सिद्धांत की जरूरत नहीं, लोगों में एक सिद्धांत निर्मित कर दिया है, क्योंकि वे विरोधात्मक नहीं हैं। उन्होंने लोगों में उतार दिया है बड़े गहरे में सिद्धांत। मैंने बहुत

तरह के लोग देखे हैं, लेकिन कृष्णमूर्ति के अनुयायियों जैसे नहीं देखे। वे चिपक जाते हैं, बिलकुल चिपक ही गए हैं वे, क्योंकि वह आदमी बड़ा अविरोधी है। चालीस वर्षों से वह कह रहा है वही बात, बार-बार कह रहा है। अनुयायियों ने बना ली हैं गगनचुंबी इमारतें। चालीस वर्ष में निरंतर इसी में बढ़ते, उनकी इमारत बढ़ती ही जाती है, और-और आगे ही आगे बढ़ती जाती है।

मैं तुम्हें ऐसा नहीं करने दूंगा। मैं चाहता हूं, तुम शब्दों से संपूर्णतया खाली हो जाओ। मेरा सारा प्रयोजन ही यही है तुमसे बात करने का। एक दिन तुम जान जाओगे कि मैं बोल रहा हूं और तुम ढांचा नहीं बना रहे हो। यह भली-भांति जानते हुए कि मैं खंडन कर दूंगा उसका जो कुछ भी मैं कह रहा हूं, तुम चिपकते नहीं हो फिर। यदि तुम नहीं चिपकते, यदि तुम शून्य ही हुए रहते हो, तो तुम मुझे सुन पाओगे, न कि उसे जो कि मैं कहता हूं। और संपूर्णतया अलग ही बात है उस सत्ता को सुनना जो कि मैं हूं, उस अस्तित्व को सुनना जो कि बिलकुल अभी घट रहा है, इसी क्षण घट रहा है।

मैं तो केवल एक झरोखा हूंः तुम देख सकते हो मुझसे और उस पार का कुछ खुल जाता है। झरोखे की ओर मत देखो, उसमें से देखो। मत देखना झरोखे की चौखट की ओर। मेरे सारे शब्द झरोखे की चौखट हैंः उनमें से उनके पार देखना। भूल जाना शब्दों को और चौखट के ढांचे को—और शब्दातीत, कालातीत कुछ मौजूद होता है, आकाश मौजूद होता है। यदि तुम चिपक जाते हो चौखट से, तो कैसे, कैसे पाओगे तुम पंख? इसीलिए मैं शब्दों को गिराता जाता हूं, ताकि तुम चिपको नहीं ढांचे से। तुम्हें पंख पाने ही हैं। तुम्हें गुजरना होगा मुझसे, लेकिन तुम्हें जाना होगा मुझसे दूर। तुम्हें गुजरना होगा मुझमें से, लेकिन तुम्हें भूल जाना होगा मुझे पूरी तरह से। तुम्हें गुजर जाना है मुझमें से, लेकिन पीछे देखने की कोई जरूरत नहीं। एक विशाल आकाश मौजूद है। जब मैं विपरीत बात करता हूं तो मैं तुम्हें दे देता हूं एक स्वाद उस विशालता का।

बहुत आसान होता तुम्हारे लिए, यदि मैं एक ही बात को बार-बार कहता हुआ, तुम्हें एक ही सिद्धांत से फिर-फिर अनुकूलित करता हुआ एक स्वर का आदमी होता। तुम ज्यादा प्रसन्न हो गए होते, लेकिन वह प्रसन्नता नासमझी भरी होती, क्योंकि तब तुम कभी तैयार न हुए होते आकाश में उड़ान भरने को।

मैं तुम्हें नहीं चिपकने दूंगा ढांचे से; मैं गिराता जाऊंगा ढांचे को, इसी तरह मैं तुम्हें धकेल देता हूं अज्ञात की ओर। सारे शब्द ज्ञात से आते हैं। और सारे सिद्धांत ज्ञात से आते हैं। सत्य अज्ञात होता है, और सत्य को कहा नहीं जा सकता है। और जो कुछ कहा जा सकता है, वह सत्य नहीं हो सकता।

ओशो- एक परिचय

सत्य की व्यक्तिगत खोज से लेकर ज्वलंत सामाजिक व राजनैतिक प्रश्नों पर ओशो की दृष्टि उनको हर श्रेणी से अलग अपनी कोटि आप बना देती है। वे आंतरिक रूपांतरण के विज्ञान में क्रांतिकारी देशना के पर्याय हैं और ध्यान की ऐसी विधियों के प्रस्तोता हैं जो आज के गतिशील जीवन को ध्यान में रख कर बनाई गई हैं।

अनूठे ओशो सक्रिय ध्यान इस तरह बनाए गए हैं कि शरीर और मन में इकट्ठे तनावों का रेचन हो सके, जिससे सहज स्थिरता आए व ध्यान की विचार रहित दशा का अनुभव हो।

ओशो की देशना एक नये मनुष्य के जन्म के लिए है, जिसे उन्होंने 'ज़ोरबा दि बुद्धा' कहा है- जिसके पैर जमीन पर हों, मगर जिसके हाथ सितारों को छू सकें। ओशो के हर आयाम में एक धारा की तरह बहता हुआ वह जीवन-दर्शन है जो पूर्व की समयातीत प्रज्ञा और पश्चिम के विज्ञान और तकनीक की उच्चतम संभावनाओं को समाहित करता है। ओशो के दर्शन को यदि समझा जाए और अपने जीवन में उतारा जाए तो मनुष्य-जाति में एक क्रांति की संभावना है।

ओशो की पुस्तकें लिखी हुई नहीं हैं बल्कि पैंतीस साल से भी अधिक समय तक उनके द्वारा दिए गए तात्कालिक प्रवचनों की रिकार्डिंग से अभिलिखित हैं।

लंदन के 'संडे टाइम्स' ने ओशो को 'बीसवीं सदी के एक हजार निर्माताओं' में से एक बताया है और भारत के 'संडे मिड-डे' ने उन्हें गांधी, नेहरू और बुद्ध के साथ उन दस लोगों में रखा है, जिन्होंने भारत का भाग्य बदल दिया।

ओशो इंटरनेशनल मेडिटेशन रिजॉर्ट

ओशो मेडिटेशन रिजॉर्ट का निर्माण इसलिए किया गया ताकि लोग जीने की नई कला का सीधा अनुभव ले सकें- अधिक होशपूर्वक होकर, हास्य और आराम के साथ। यह भारत के मुंबई शहर से सौ मील दक्षिण पूर्व में पूना के कोरेगांव पार्क में वृक्षों से परिपूर्ण चालीस एकड़ आवासीय क्षेत्र में स्थित है। रिजॉर्ट सौ से अधिक देशों से हर साल आने वाले हजारों लोगों के लिए अलग-अलग तरह के कार्यक्रम प्रस्तुत करता है। नवनिर्मित ओशो गेस्ट हाउस परिसर में लोगों के लिए आवास की सुविधा उपलब्ध है।

मेडिटेशन रिजॉर्ट में मल्टीवर्सिटी कार्यक्रम प्रसिद्ध झेन उद्यान, ओशो तीर्थ से सटे पिरामिड परिसर में संचालित होते हैं। ये कार्यक्रम व्यक्तिगत रूपांतरण के लिए व लोगों को जीने की एक नई कला सिखाने के उद्देश्य से तैयार किए गए हैं- एक जाग्रत अवस्था जिसे वे दैनिक जीवन में उतार सकते हैं। आत्म-खोज सत्र, सैशन, कोर्स और अन्य ध्यान प्रक्रियाएं पूरे साल चलती हैं। शरीर को स्वस्थ रखने के लिए एक खूबसूरत व्यवस्था का प्रावधान है जिसमें झेन प्रक्रिया के साथ खेल और मनोरंजन का अनुभव लिया जा सकता है।

मुख्य ध्यान सभागार में सुबह छह बजे से रात ग्यारह बजे तक प्रतिदिन सक्रिय व अक्रिय ध्यान विधियां होती हैं, जिसमें रोज संध्या-सभा ध्यान भी शामिल है। रात को रिजॉर्ट का बहुसांस्कृतिक जीवन खिल उठता है- मित्रों के संग खुले आकाश के नीचे भोजन-स्थल और अक्सर संगीत व नृत्य के साथ। रिजॉर्ट की साफ व शुद्ध पीने के पानी की अपनी व्यवस्था है और यहां परोसे गए भोजन में रिजॉर्ट के अपने फार्म हाउस में उगाई गई सब्जियों का प्रयोग होता है।

मेडिटेशन रिजॉर्ट का ऑन लाइन टूर, साथ ही यात्रा और कार्यक्रमों की जानकारी www.osho.com से प्राप्त की जा सकती है। यह अलग-अलग भाषाओं में विस्तार में दी गई वेबसाइट है, जिसमें हैं- ऑन लाइन ओशो टाइम्स पत्रिका, ऑडियो व वीडियो वेबकास्टिंग, ऑडियों बुक क्लब, ओशो प्रवचनों के संपूर्ण अंग्रेजी व हिंदी अभिलेख और ओशो के वीडियो, ऑडियो व पुस्तकों की संपूर्ण सूची। साथ ही हैं ओशो द्वारा विकसित किए गए सक्रिय ध्यानों की जानकारी जो ज्यादातर वीडियो प्रदर्शन के साथ है।

मेडिटेशन रिजॉर्ट में सहभागी होने व अधिक विस्तृत जानकारी के लिए संपर्क करें:

ओशो इंटरनेशनल मेडिटेशन रिजॉर्ट

17 कोरेगांव पार्क, पुणे -411001, महाराष्ट्र

फोन: 020-66019999 फैक्स: 020-66019990

e-mail-resortnfo@osho.net

website- www.osho.com